›Der zufällige Krieg des Don Emmanuel‹ bricht aus, als die hochmütige Doña Constanza aus einer Laune heraus anordnet, den Fluß, der den ganzen Ort mit Trinkwasser versorgt, umzuleiten, um ihren Swimming-pool vor der Austrocknung zu bewahren. Fintenreich und bauernschlau widersetzen sich die Dorfbewohner, angeführt von Don Emmanuel, dem unsinnigen Verlangen. Unglücklicherweise kommt die Kunde über ihre phantasievollen Sabotageakte dem militärischen Oberkommando zu Ohren, das die linke Subversion am Werk sieht und sofort den brutalen und unfähigen José Figueras mit einem Bataillon in Marsch setzt, um die kommunistische Obstruktion auszulöschen.
Ein mörderischer Entscheidungskampf bringt den Dorfbewohnern den Sieg und die verstörende Gewißheit, daß sie vor dem Militär niemals Ruhe finden werden. So beschließen sie schweren Herzens, ihre Heimat zu verlassen. Mit Sack und Pack und in Begleitung einer Horde geheimnisvoller Katzen setzen sie sich unter der Führung eines zauberkundigen Indios, in die Berge ab, wo sie, nicht ohne ein paar Wunder am eigenen Leib zu erfahren, die untergegangene Stadt Cochadebajo de los Gatos aus den Tagen der Inkas erreichen. Dort angekommen, gründen sie eine neue Gesellschaft, ein Gemeinwesen, das allen Menschen das Glück bringen soll, das sie verdienen.
Louis de Bernières' brillanter Erstling handelt vom Leben, der Liebe und der Gewalt irgendwo in Lateinamerika – »ein Roman voller Weisheit und Komik« (*Washington Post*).

Louis de Bernières wurde 1945 in London geboren und wuchs im Nahen Osten auf. Nach Lehr- und Wanderjahren in Lateinamerika lebt er heute als Schriftsteller wieder in London. Von 1990 bis 1992 erschien seine Lateinamerika-Romantrilogie: ›Der zufällige Krieg des Don Emmanuel‹, ›Señor Vivo und die Kokabriefe‹ (Bd. 13659) und ›Das Kind des Kardinals‹ (Bd. 13660). Der internationale Durchbruch gelang ihm mit seinem Griechenland-Roman ›Corellis Mandoline‹ (1994; dt. 1996, Bd. 13657), der in vierzehn Sprachen übersetzt wurde; die Taschenbuchausgabe wurde in England zum Bestseller. Auf deutsch erschien 1998 bei Argon außerdem seine Erzählung ›Etiketten‹.

Unsere Adresse im Internet: www.fischer-tb.de

Louis de Bernières

Der zufällige Krieg des Don Emmanuel

Roman

Aus dem Englischen
von Klaus Pemsel

Fischer
Taschenbuch
Verlag

Veröffentlicht im Fischer Taschenbuch Verlag GmbH,
Frankfurt am Main, April 2000

Lizenzausgabe mit freundlicher Genehmigung des
Hoffmann und Campe Verlags, Hamburg
Die englische Originalausgabe erschien
unter dem Titel ›The War of Don Emmanuel's Nether Parts‹
im Verlag Secker & Warburg Ltd., London

Druck und Bindung: Clausen & Bosse, Leck
Printed in Germany
ISBN 3-596-13658-X

Dem unverbesserlichen und legendären
Don Benjamin aus Poponte,
der mir etliche Kinder
und drei Pferde anvertraute

Inhalt

1

Capitan Rodrigo Figueras' schönste Stunde

Die Woche ließ sich für Capitan Rodrigo José Figueras vielversprechend an. Am Montag stoppte er mit seinem Zug auf der Straße von Chiriguaná nach Valledupar einen mit Marihuana beladenen Truck und zwang den Bauern, das Fahrzeug bei einer Brücke zu parken. Wie gewöhnlich beschlagnahmte er den Truck, woraufhin der Fahrer – wie üblich – anbot, »die Geldbuße zu zahlen«, was nichts anderes hieß, als die Fuhre zurückzukaufen. Er übergab dem Capitan eines von mehreren Bündeln, die er eigens zu diesem Zweck mit sich führte: ein Bündel für jede Straßensperre. Flugs jagte der Capitan ihm eine Kugel in den Kopf und schenkte damit dem Laster, dessen Ladung und vielen tausend Pesos die Freiheit. Sein Leutnant verfaßte einen kurzen Bericht über den Fahrer – »nach Widerstand gegen die Festnahme erschossen« – und nahm ihn mit dem Personalausweis des Mannes zu den Akten. In der Zwischenzeit eskortierte der Capitan den Truck mit seinem Jeep zu der Hazienda mit dem Rollfeld und verkaufte das Marihuana gegen einen satten Aufschlag an den Gringo mit dem Flieger. Dann verscherbelte er den Truck für einen Spottpreis an einen weißen Gutsbesitzer, der die Angelegenheit mit den Papieren diskret zu regeln verstand. Danach kehrte er mit dem Jeep ins Zeltlager seines Zuges am Fluß zurück, verteilte großzügig ein paar tausend Pesos an seine Männer und schickte den Obergefreiten ins Dorf, um auf seine Rechnung eine

Kiste *aguardiente* und *ron cana* zu kaufen. Darüber hinaus gab er ihm den Befehl, mit einer Auswahl Huren zwischen zwölf und vierzig Jahren in verschiedenen Formen und Größen wiederzukommen. Für jeden Geschmack das Richtige. Was zur Folge hatte, daß die Dorfbewohner eine Woche lang ohne Huren auskommen mußten. Capitan Figueras war fünfunddreißig, hatte eine Frau und fünf Kinder, die durchaus standesgemäß in Santa Marta fern von ihm lebten. Er hatte wulstige Lippen und grinste eigentlich immer irgendwie anzüglich. Das Haar, schwer geworden durch das eigene Fett, lag ihm flachgekämmt auf dem Schädel. Sein behaarter Bauch drohte beständig die Knopfleiste seines Hemdes zu sprengen. Er war in Panama von der US-Armee auf Kosten des amerikanischen Steuerzahlers ausgebildet worden und pflegte für jede Hure, die er sich gegönnt hatte, einen kleinen weißen Strich an die Tür seines Jeeps zu malen.

Wie immer erwachte Misael bei Tagesanbruch und warf getrocknete Maisstengel in die Glut, damit sie wieder aufflammte und er, bevor er sich mit seiner Machete zur täglichen Arbeit aufmachte, zum Frühstück einen starken Kaffee zu seinen *bocadillos* hatte. Er war groß und grauhaarig, dunkeläugig und fröhlich; ein arbeitsreiches Leben hatte ihm die Gestalt eines griechischen Halbgottes verliehen. Etwas, was auf alle bäuerlichen Mestizen und Mulatten zutraf, deren Körper ihrer Form, Kraft und Ausdauer nach perfekt waren, denen aber kein hohes Alter beschieden war; Schönheit hatte eben ihren Preis.

Misael sah nach seinem kleinen Jungen, der als Säugling schrecklich verunstaltet worden war, als er sich ins Feuer gesetzt hatte, und beschloß, weder ihn noch seine Frau jetzt schon zu wecken. Schmale Lichtstreifen schimmerten durch die Ritzen seiner Reisighütte. Er bedachte das Huhn, das sich aufplusternd durch den türlosen Eingang stolzierte, mit einem wohlwollenden Tritt. Es gackerte empört, ignorierte ihn dann und pickte ohne

Aussicht auf Erfolg wütend nach einer Kakerlake. Misael untersuchte derweil seine Schuhe nach Skorpionen und Spinnen und vergewisserte sich, daß keine Korallenschlange im Reisigdach Unterschlupf gefunden hatte. Zufrieden, daß die Welt in Ordnung war, nahm er seine Machete und ging zum Fluß hinunter, um sie an einem der Steine dort zu wetzen, bevor er sich aufmachte, die Bananen umzuhacken, das Maisfeld zu roden und das Maultier zu kastrieren. Alles Dinge, die erledigt werden mußten, ehe es zu heiß wurde zum Arbeiten.

Er spuckte auf den Boden und fluchte auf dem Weg zur Hazienda über die in den Bäumen hockenden Geier. Dann bekreuzigte er sich und murmelte, sicher ist sicher, noch ein *secreto* gegen das Böse, das seine Mutter ihm in einer Sprache beigebracht hatte, die er nicht verstand.

Professor Luis blickte auf die Kinder, die vor ihm auf dem Boden saßen. Das älteste war vierzehn und das jüngste vier. Er lehrte sie alles, was er wußte, und noch einiges mehr, wovon er keine Ahnung gehabt hatte, daß er es wußte, bis er es unterrichtete. Er stammte aus einer wohlhabenden Familie in Medellín, die er zutiefst verabscheute und von der er mit siebzehn davongelaufen war. Nun war er mit Farides verlobt, die für das französische Ehepaar Françoise und Antoine le Moing in deren *estancia* kochte. Was er nicht in Pesos bezahlt bekam, erhielt er an Dankbarkeit und Zuneigung von den Kindern und deren Eltern, die wußten, daß Bildung die einzige Möglichkeit zum gesellschaftlichen Aufstieg bot. Jedes Mädchen in der Umgebung wollte ihn heiraten und mit ihm kluge Kinder haben. Immer wenn der ausgemergelte Priester kam – was etwa alle zwei Jahre geschah –, um die zu verheiraten, die schon lange in wilder Ehe lebten, und die Trauergottesdienste abzuhalten für die seit seinem letzten Besuch schon längst Vermoderten, stattete er auch Professor Luis einen Besuch ab und redete mit ihm über Camilo Torres, Oscar

Romero, José Martí und die Oligarchie. Danach pflegte der Priester auf seinem Muli zur nächsten Station seiner weitläufigen Gemeinde aufzubrechen, ignorierte wie immer die am Schnaps- und Machetenladen feilgebotenen Kondome und blieb höflich zu den *brujos*, den Schamanen, die Vieh heilen und Geister beschwören konnten.

Professor Luis beobachtete die Geier in den Bäumen und wies den ältesten Jungen an, einen zu schießen und darüber hinaus einen Leguan zu erlegen, denn heute stand Biologie auf dem Stundenplan. Es gab einen scharfen Knall und ein schreckliches Gezeter. Dann kam der Junge zurück, kaum in der Lage, die widerliche Kreatur zu tragen. Danach machte er sich auf die Suche nach einem Leguan. Der Professor wies auf die Parasiten im Gefieder des Vogels hin, und sie sprachen allgemein über Schmarotzer. Er weidete den Vogel aus und erläuterte ausführlich: Dies ist die Leber, ihr dürft nicht zuviel trinken, sonst schwillt eure an, und ihr werdet sterben. Das sind die Nieren, trinkt sauberes Wasser. Das ist die Lunge, ihr sollt nicht rauchen. Er führte ihnen vor, daß die Krallen sich automatisch zusammenziehen, wenn Druck auf sie ausgeübt wird. Er nahm zwei Stecken, schnitt dem Vogel die Flügel ab und riß dessen Schwanzfedern aus, um einen Gleiter zu bauen, damit er ihnen die Grundlagen des Fliegens erklären konnte.

Dann kehrte der Junge mit einer großen grünen Eidechse zurück, und mit Hilfe einer alten Autobatterie und zwei Kupferdrähten spürten sie anhand der Zuckungen des Tieres dessen Nervenbahnen auf, die sie im Staub draußen in einem großen Schaubild versinnbildlichten.

Am Ende des Tages warf Professor Luis die Überreste des Geiers den Geiern vor und grillte den Leguan auf einem spitzen Stecken über der Glut. Er war billig und schmackhafter als Hühnchen. Farides kam an die Tür seiner Hütte und sagte: »*Querido*, weißt du denn nicht, daß es großes Unglück bedeutet, einen Geier zu töten?«

Die Hure Consuelo sah dem Freitagabend alles andere als erwartungsvoll entgegen. Ein leichtes Ekelgefühl, ausgelöst von dem Alkohol, überkam sie, und ihr Inneres fühlte sich an wie gemahlenes Glas, weil sie all die Männer hatte befriedigen müssen, die normalerweise zu den Nutten gingen, die im Jeep weggebracht worden waren. Sie dachte an Freitagabend und sagte: »*Mierda*.« Frei zu nehmen kam für sie nicht in Frage, sie war eine tüchtige Hure, war sich ihrer Verpflichtung gegenüber der Öffentlichkeit bewußt, und außerdem war es die Nacht, wo es am meisten zu verdienen gab, die Feiertage ausgenommen. Sie dachte daran, wie alle Campesinos von den Gringos ihren Lohn erhalten und auf ihren Mulis ins Dorf kommen würden. Sie würden sich besaufen, und es gäbe natürlich die üblichen Kämpfe mit Macheten, und wahrscheinlich würde jemand wieder einen Arm verlieren. Die zwei Reihen von *puterías* zu beiden Seiten der Straße würden sich mit Scharen von Männern füllen, die beim Warten immer betrunkener würden, und auch sie würde sich besaufen müssen, damit es ihr nichts mehr ausmachte, ganz wund zu werden. Ach, zum Teufel; sie war die einzige Person im ganzen Ort, abgesehen von den anderen Huren und den Angestellten von Don Emmanuel, die sich einen Boden aus Beton hatte leisten können. Mit zwölf eine Hure, eine Menge Kinder, einen Betonboden mit zwanzig. So läßt es sich passabel leben, kein Mann sagt dir, was du zu tun hast, außer wenn der Preis stimmt.

Der kleine Dreijährige der Hure Dolores brauchte Milch. Consuelo gab ihm die Brust, weil im Augenblick kein Essen da war, und der *niño* mochte es. Alle Huren stillten die Kinder der anderen mit. Es war eine große, zufriedene Familie mit den sprichwörtlich tausend großzügigen Vätern, und jeden Donnerstag brachte einen Don Emmanuel im Landrover in die Klinik nach Chiriguaná, damit einem das Blut getestet werden konnte und sich niemand ansteckte.

Consuelo sah gleichgültig auf die Geier und ging ins Haus zurück, um ihr krauses Haar glattzubürsten. Sie nahm es kommentarlos hin, daß die Männer um so mehr zahlten, je spanischer und je weniger negroid sie aussah.

Hectoros Mutter war eine Arahuacax-India aus der Sierra Nevada, doch er sah aus wie ein Konquistador und hatte daher auch drei Frauen, die exakt an den Eckpunkten eines gleichschenkligen Dreiecks von sechs Kilometer Länge in Lehmhütten lebten, so daß sie sich nie begegneten und aus Eifersucht zu streiten anfingen.

Hectoro war ein ebenso intelligenter wie intoleranter Mann, der einer einfachen Lebensphilosophie anhing: Ein Mann braucht Frauen – er hatte drei; ein Mann braucht ein Dach über dem Kopf – er hatte drei; ein Mann braucht Geld – er war Vorarbeiter auf der Hazienda des Gringos; ein Mann braucht Ansehen – er hatte sein eigenes Maultier, einen Revolver in einem Halfter, lederne *bombachos*, konnte einen Ochsen unfehlbar mit dem Seil fangen und wie kein zweiter weit und breit Alkohol in seinen drahtigen Körper aufnehmen. Der Arzt hatte ihm gesagt, er würde wegen seiner Trunksucht an Leberversagen sterben, und wahrhaftig, seine Haut war gelb geworden; aber er war eben auch stolz und heißblütig, und so hatte er dem Arzt gedroht, ihm das Lebenslicht auszublasen, woraufhin dieser seine Diagnose in etwas weniger Lästiges abgewandelt hatte.

Hectoro war so stolz, daß er selten mit jemandem sprach; tatsächlich verachtete er alle ganz offen, besonders die Gringos, für die er arbeitete. Sie respektierten ihn und ließen ihm in allen Dingen freie Hand. Sie drückten sogar ein Auge zu, als er einen Viehdieb um ein Haar mit einem Schuß in den Unterleib umgelegt hätte. »Gott ist mein Zeuge«, sagte er, »ich hab' den Hurensohn in eine Frau verwandelt und ihm im Puff einen Job verschafft. Soll mal einer sagen, ich sei nicht großzügig.« Selbst diejenigen, die ihn haßten, lachten, gaben ihm einen aus und sahen ihn mit der Ehrerbietung an, die jemand vor einem Mann hat, der dem Tod ins Auge sieht und ungerührt sterben würde, solange es um etwas wirklich Wichtiges wie eine Frau, ein Maultier oder eine Beleidigung geht. Seine Linke, die Zügelhand, steckte in einem schwarzen Handschuh; in seinem Mund glomm stets eine *puro*, eine der coolen, ortsüblichen Zigarren, und seine Augen waren stets zusammengekniffen. Sei es wegen der Sonne, des Rauches, der Gefahr oder den Geiern. Er ritt her, um nachzusehen, ob ein Ochse gestorben war.

Mit fünfzig Jahren war Pedro der Jäger ungewöhnlich alt. Er lebte allein mit seinen sorgfältig abgerichteten Mischlingsjagdhunden im Buschland bei einem Teich mit klarem Wasser. Er war stark und geschmeidig und konnte tagelang ohne Schlaf und ohne Nachlassen der Konzentration auf die Pirsch gehen. Er ging so schnell, daß ein Pferd für ihn vollkommen unnötig war, wo doch jedermann weiß, daß Pferde nur gutes Gras fressen.

Pedro konnte jeder nur denkbaren Tierart nachstellen. Er konnte einen Kaiman mit der Schlinge fangen und ihn in seinem Teich mit Fleischabfällen großziehen, bis er die Haut für ein paar Pesos verkaufen konnte, damit eine Frau in New York für eintausend Dollar eine Handtasche aus Krokoleder ihr eigen nennen durfte. Er konnte eine Boa constrictor mit einem gegabelten Stock fangen und bei sich behalten, bis jemand sie für einen Zauber brauchte. Er konnte der Korallenschlange ihr Gift extrahieren, damit es in winzigen Dosen als Aphrodisiakum oder in starken Dosen bei einem Mord Verwendung finden konnte. Er beherrschte die Kunst, mit einer Laterne im Fluß zu stehen und Fische aufzuspießen, die zarter als eine Forelle und doppelt so groß wie diese waren, und er wußte, welche *secretos* er einer Kuh ins Ohr flüstern mußte, um ihre Geschwüre zum Verschwinden zu bringen.

Heute hatte er getrauert und gefeiert. Seit zwei Wochen war er einem *tigre* auf der Spur gewesen, einem Jaguar, der zu einem bösartigen Einzelgänger geworden war und zwei Esel getötet hatte, ohne sie zu fressen. Für fünfhundert Pesos hatte der Gringo ihn angeheuert, damit er ihm das Fell brachte, und er war mit seinen Hunden und seiner altersschwachen spanischen Muskete losgezogen. Die Hunde stellten den Jaguar unter einem Steilhang, und Pedro hatte ihn mit einem sauberen Schuß durchs Auge erledigt, um das Fell nicht zu verderben. Er enthäutete ihn und verkaufte das Fell für fünfhundert Pesos an den Gringo. Es war eine große Katze, die sich tapfer gewehrt hatte. Pedro feierte seinen Erfolg und trauerte um die wunderschöne, seltene Raubkatze und die zwei Jagdhunde, die von ihr getötet worden waren.

Auf der Hazienda genehmigte sich der Gringo ein Glas Glenfiddich und wandte sich an seine schmallippige, unglücklich wirkende Frau.

»Dafür müßte ich eigentlich auf dem Schwarzmarkt ein Vermögen bekommen.«

»Du hättest es nicht tun sollen«, sagte sie.

Es war früher Freitagabend, als Capitan Rodrigo José Figueras und etliche Jeeps mit den Huren und den Männern seines Zuges auftauchten. Die Männer gockelten herum und drangsalierten die Dorfbewohner. Die Huren gingen wie gewöhnlich ihrem Gewerbe nach. Niemand mochte die Soldaten, und einige Menschen sagten, sie würden zu keiner Hure gehen, die einen Soldaten in sich gehabt hätte. »Sie sind schlimmer als die *gringos*, weil sie vorgeben, etwas zu sein, was sie nicht sind, nämlich *gringos*. Ich spucke auf sie.«

Als der Tag immer kühler und der Alkohol immer wärmer wurde, ließ die Spannung nach. Hunderte von Bauern trafen auf Mulirücken ein, um ihren Frauen, ihrer Arbeit, ihrer Armut zu entfliehen, zu vergessen und etwas Farbe in die Tristesse ihres Alltags zu bringen. Die Soldaten hörten beinahe auf, Soldaten zu sein, und selbst Figueras vergaß für Augenblicke, daß er in den Vereinigten Staaten gewesen war und nie jemand richtig geliebt hatte.

Gegen Mitternacht, als Consuelo bereits völlig ausgelaugt und ihr Betonboden mit Kippen und Spucke bedeckt war, wurde es Capitan Figueras allmählich langweilig, und er entschied, daß es an der Zeit sei, in sein Zelt am Fluß zurückzukehren. Er schickte den Leutnant und den Obergefreiten aus, um die Männer einzusammeln, die fluchten, als sie aus den Puffs geholt und von ihren Flaschen getrennt wurden. Als sie wie eine Kolonne von Versprengten an der staubigen Straße aufgereiht standen, vergewisserte sich der Capitan, daß es fünfundzwanzig Männer waren, und schickte sie zu ihren Jeeps.

Professor Luis, zweiundzwanzig Jahre alt und wahrscheinlich der sanfteste Mann der Welt, lehnte am Jeep des Führungsoffiziers und küßte zärtlich Farides, siebzehn und bei weitem das hübscheste Mädchen im ganzen Landkreis.

Figueras zwängte sich zwischen die beiden und reckte Luis sein stoppeliges Gesicht entgegen.

»So« – ein feiner Speichelregen ging auf Luis' Hemd nieder –, »so, du Hurensohn, du glaubst also, du kannst deine Schlampe auf Regierungseigentum besteigen. Ich nehme an, du glaubst wohl auch, du kannst meinen Jeep ausspionieren.«

»Machen Sie sich nicht lächerlich«, sagte Luis mit zuckenden Augenlidern. »Ich wollte nichts Böses, und sie ist keine Hure. Sie ist noch Jungfrau und meine Verlobte.«

»Würdest du sie auch noch heiraten« – der Capitan hustete, spuckte aus und trat einen Schritt zurück, um sein Gleichgewicht zu halten –, »wenn sie keine Jungfrau mehr und von fünfundzwanzig Männern bestiegen worden wäre?«

Die Soldaten sahen einander an und lächelten nervös, nicht ganz sicher, ob sie entsetzt oder begeistert sein sollten.

Professor Luis drohten die Sinne zu schwinden, aber er antwortete: »Ich werde sie mit meinem Leben verteidigen. Ich gehe zur Polizei.«

Figueras wandte sich an den Obergefreiten. »Zeig ihm, wer hier die Polizei ist.«

Ein Gewehrkolben krachte auf den Hinterkopf von Professor Luis. Er brach zusammen. Farides fiel auf die Knie und jammerte. Der Capitan riß sie an den Haaren hoch. »Sag uns«, befahl er, »daß du eine kleine Hure bist, und wir werden nicht unserer Pflicht nachkommen, dich zu einer zu machen.«

Eine Hure ist eine Hure und hat die Ehre einer Hure. Farides war Jungfrau, und ihr war die Ehre einer Jungfrau eigen. Um Ehre handelt es sich in beiden Fällen, aber sie unterscheiden sich voneinander und sollten also auch nicht durcheinandergebracht werden. Farides traten die Augen aus dem Kopf, als der Capitan die Hand auf ihrer Brust kreisen ließ. Sie verspürte das dringende Bedürfnis, sich zu übergeben, und ihr zitterten die Knie, aber sie erwiderte: »Ich bin keine Hure. Ich bin die Verlobte von Professor Don Luis.«

»Bringt diese kleine Hure ins Schulhaus und bereitet alles vor«, befahl der Capitan. Die Soldaten zerrten die kreischende und sich aufbäumende Farides weg und fingen an, ihr die Kleider vom Leib zu reißen. Sie schleuderten sie auf den Schreibtisch und drückten sie nieder, während sie weinte und bettelte und der Capitan seine Zigarette aufrauchte und an einen neuen Strich für seinen Jeep dachte.

Er wollte gerade den Zigarettenstummel mit dem Absatz austreten, als im Eingang Pedro mit seiner spanischen Muskete, Hectoro mit seinem Revolver und die Hure Consuelo mit ihrer Machete auftauchten.

»Capitan«, sagte Hectoro, jedes Wort sorgfältig betonend, »wenn Sie dieses Mädchen nicht augenblicklich freigeben und das Dorf verlassen, werden wir Sie an den Kaiman in Pedros Teich verfüttern, und Ihre Männer werden einen Bericht schreiben dürfen, demzufolge der stinkende Sohn einer läufigen Hündin aufgehört hat, sich und die *yanquis* sowie den Hohn von einer Regierung zu bereichern.«

Schweiß trat Capitan Rodrigo José Figueras auf die Stirn, und ein dunkler Fleck breitete sich unter den Achselhöhlen und auf dem Rücken seiner Uniformjacke aus. Er starrte Hectoro verächtlich an, aber seine Unterlippe zitterte. »¡*Vamos*!« sagte er zu seinen Männern, und sie zogen ab, beinahe schuldbewußt. Farides drehte sich zur Seite und wimmerte, bis die Hure Consuelo zu ihr trat, eine Decke über sie warf und ihr tröstende Worte zuflüsterte.

Die Jeeps lärmten in die Nacht hinaus, scheuchten die Hühner auseinander und wirbelten eine Staubfahne auf. Eine kleine Menschenmenge stand schockiert und aufgebracht an der Straße, als Farides, in ihre Decke gehüllt, zitternd heraustrat. Schüchtern küßte sie Hectoro und Pedro auf die Wange und kniete sich dann hin, um den Kopf von Professor Luis in ihre Hände zu nehmen, während jemand Wasser holte.

Etwas mehr als einen Kilometer die Straße hinunter befahl Capitan Rodrigo Figueras seinem Fahrer anzuhalten, und nahm etwas aus einer Kiste hinter sich im Jeep. Wie er es von den *gringos* in Panama gelernt hatte, schlich er flink und geräuschlos die Strecke wieder zurück. Er umging die Hütten durch ein Maisfeld und kam zwischen zwei Gebäuden nahe der Menschenansammlung heraus. Er zog die Handgranate ab und warf sie in hohem Bogen in die Menge. Dann schlich er sich gebückt davon.

Drei Tage später brachte der staatliche Rundfunk die Meldung: »Vor drei Tagen überraschte eine Einheit der Regierungstruppen bei Asunción in César eine Gruppe kommunistischer Freischärler. Im Verlauf eines kurzen Gefechts wurden fünf Freischärler getötet und zwanzig verwundet. Soldaten kamen nicht ums Leben. Capitan Rodrigo Figueras ist zum Comandante befördert und für einen Orden vorgeschlagen worden. General

Carlo María Fuerte, der Militärkommandant des Gebiets, sagte heute morgen in einem Interview, daß er und die ihm unterstellten Einheiten auch weiterhin alles in ihrer Macht Stehende tun werden, um die von Kuba gesteuerte kommunistische Verschwörung zu bekämpfen, die die freien Menschen terrorisiert und den Umsturz der freiheitlichen Ordnung dieses Landes betreibt.«

In der gleichen Nacht stieg Federico, der Vierzehnjährige, der für Professor Luis den Geier geschossen hatte, um zwei Uhr aus seiner Hängematte, stahl das Gewehr seines Vaters und zwei Schachteln Patronen und verschwand in den Vorbergen, die so richtig eigentlich in keinem Land liegen.

2

Doña Constanza Evans entschließt sich, den Swimmingpool vor der Austrocknung zu bewahren

Doña Constanza Evans hatte sich gegen zehn Uhr von ihren seidenen Laken erhoben, als die Klimaanlage den täglichen Kampf gegen die Hitze und Feuchtigkeit des äquatorialen Morgens endgültig verloren gab. Sie duschte mit dem kühlen Wasser der hauseigenen Aufbereitungsanlage und trocknete sich vor dem Spiegel ab. Sie verfügte über die Gabe aller verwöhnten Frauen, sich mehreren belanglosen Gedankengängen gleichzeitig hinzugeben und sie allesamt für unermeßlich wichtig zu halten. Und so inspizierte sie, einer alten Gewohnheit aus ihrer Pubertät folgend, ihren vierzig Jahre alten Körper und dachte, dachte an die jüngsten Großtaten der Armee im Dorf, bei denen ihr Stallknecht von einem Granatsplitter getötet worden war, dachte an den leidigen Swimmingpool, der bereits die Hälfte seines Wassers verloren hatte, vor lauter Algen grün wurde und in jeder Trockenzeit von vielen dankbaren Fröschen mit Leben erfüllt wurde.

Ich weiß nicht, wie ich mich in einem derartigen Pool fit halten soll, dachte sie, als sie eine ihrer festen, aber nicht gerade reizvollen Brüste hob, um sich darunter abzutrocknen. *Es ist lange her, seit ich meinen Nabel frei von diesem schrecklichen Fett gesehen habe – das also ist der Preis fürs Kinderkriegen und das wenige Gute, das sie einem bei der Geburt oder danach tun.* Als sie ihr Gesicht abtupfte, hielt sie plötzlich inne. *Das nächste Mal, wenn ich in den* Etados Unidos *bin, mache ich mich über Operationen kundig, die mir wieder meine Jugend zurückgeben. Ich hatte keine Ahnung, daß Juanito Kommunist war. Ob ich von den beiden Kindern einen erweiterten Schlund bekommen habe? Vielleicht macht Hugh deswegen nachts nicht mehr seine ehelichen Rechte geltend. Wenn die Armee sagt, er war Kommunist, dann war er auch Kommunist und hat deswegen den Tod verdient. Ohne Zweifel, Hugh hat sich eine Frau genommen – wahrscheinlich eine Campesinohure. Alles Schlampen. Wie dem auch sei, die Armee wird schließlich von den* yanquis *ausgebildet und versteht ihr Handwerk. Wenn das keine Orangenhaut ist, was ist dann Orangenhaut? Ich sollte mir einen Campesinoliebhaber nehmen. Wie wäre es mit einem großen schwarzen Neger mit Muskeln oder einem Mestizen? Soll doch Hugh schauen, wo er bleibt! Also wirklich, der Pool ist eine ausgemachte Schande; da kann einer ja wie Tschaikowski an Cholera sterben. Juanito wäre ein toller Liebhaber gewesen, schon wie er die Pferde gestriegelt hat. Ein Mann, der mit Tieren umgehen kann, kann auch mit Frauen, so heißt es jedenfalls. Oder war es Beethoven?* Sie öffnete die Beine und trocknete sich zwischen ihren Schenkeln mit größerer Hingabe ab, als sie es sich eigentlich vorgenommen hatte. *Bei der heiligen Jungfrau Maria, ich muß mehr auf mich aufpassen, sonst brenne ich noch aus! Ich brauche einen neuen Stallknecht. Also wirklich, das Leben bietet eine Widersetzlichkeit nach der anderen. Fast sieht es so aus, als wären wir auf dieser Welt nicht zum Glück geboren. War es vielleicht Typhus? Ich habe gehört, daß es so etwas wie spontane Verbrennung gibt. Jetzt wäre es gut, wenn ein Mann oder eine Magd mit einem Eimer Wasser in der Nähe wäre. Sie erzählen sich, daß der Splitter Juanito durch die Schläfe fuhr und ihm das Gehirn im Kopf zerfetzte.* Sie stellte einen ihrer zierlichen Füße auf den Mahagonistuhl, um die Zehen abzutrocknen, schaute aus dem Fenster (das in Wirklichkeit aus feinem Maschendraht gegen die Moskitos bestand, denn selbst die Familie Evans war nicht so dumm, in einem solchen Klima Glasscheiben einzusetzen) und bewunderte die annähernd hundert Zuchtpferde unterschiedlicher Rassen, die auf dem Feld davor grasten. Als sie nach ihrem herrlichen Palomino Ausschau hielt, fiel ihr ein, daß sie doch eigentlich die Mula umleiten könnte. *Ich werde vom Fluß einen Kanal zur Aufbereitungsanlage graben lassen. Ich werde so eine Art Schleuse bauen lassen, damit das Wasser in den Kanal fließen kann, wenn es erforderlich ist. Vor allem werde ich es Hugh nicht sagen, sonst läßt er sich etwas einfallen, um es zu verhindern. Ich werde so tun, als wäre es ein Geburtstagsgeschenk, und auf die Art brauche ich, wenn ich nach New York fahre, mein Taschengeld nicht für ein Geschenk auszugeben.*

Doña Constanza zog eine berückende Schnute vor dem Spiegel und dachte plötzlich wieder an Juanito. Ein kurzer Anflug von Traurigkeit und Bedauern erfüllte ihren Blick und fuhr ihr durchs Herz. Doch dann richtete sie sich auf und sog scharf die Luft ein, und die Spuren der Sechzehnjährigen verschwanden aus ihrem Gesicht, als die aristokratische Kühle sich wie ein Mantel um sie legte. Als sie angezogen war, schritt sie zum Frühstück, von Kopf bis Fuß wieder ganz die spanische Adlige.

Es gab in jenem Land, wie in all diesen unruhigen Staaten, nur vier nennenswerte soziale Schichten. Am unteren Ende der gesellschaftlichen Rangordnung standen die vierzehn Millionen Neger, die direkt von den 1300 Sklaven abstammten, die von den Konquistadoren zum Bau der riesigen Festung Nueva Sevilla importiert worden waren, nachdem diese gezwungen waren, einzusehen, daß die Indios alles andere als willige Sklaven abgaben. Die Indios weigerten sich, ihren Göttern abzuschwören, und verhungerten lieber, als sich der Ehrlosigkeit zu unterwerfen. Die Neger dagegen, die aus verschiedenen Gegenden Westafrikas kamen, hatten keine gemeinsame Sprache, und so war es ein leichtes, sie zu verunsichern und ihnen die Erleuchtung durch das Christentum einzuprügeln. Schließlich tröstet es über die gegenwärtige Hölle hinweg, wenn einem ein künftiger Himmel versprochen wird. Ihr unerschöpflicher Humor und ihr Stoizismus in Verbindung mit ihrer großartigen Konstitution ließ sie trotz Peitsche und Brandeisen erstaunliche Arbeitsleistungen vollbringen. Als die Festung fertiggestellt und deren Kerker mit im Besitz von königlichen Patenten befindlichen englischen Piraten gut gefüllt waren, wurden die Sklaven sich selbst und der Freiheit überlassen. Aus diesen bescheidenen Anfängen gingen sie schließlich als Campesinos hervor, die unersetzlichen Nahrungslieferanten für die gesamte Nation. Folglich stellten sie die ärmste aller Volksgruppen dar und die am meisten, sogar von ihnen selbst, verachtete. Diejenigen, die in den *favelas*, den *barrios* und den unzähligen Wellblechsiedlungen landeten, wurden von Armut und Krankheit zu Diebstahl, Erpressung, Prostitution, Gewalt und Trunksucht getrieben und deshalb mit mehr Abscheu bedacht als ihre Brüder, die Bauern.

In einer zu allen anderen Klassen beinahe ohne Bezug existierenden Welt lebte die indianische Bevölkerung. Die eine Hälfte von ihnen, die Inkas, siedelte beinahe ausschließlich in Höhen von mehr als zweitausend Metern. Sie gingen zu Recht davon aus, daß fast niemand sich die Mühe machen würde, heraufzukommen und nach ihnen zu sehen. So lebten sie friedlich in ihren sorgfältig errichteten Grashütten, bearbeiteten ihre Terrassenfelder, kauten Kokablätter, beteten Pachacamac an und stiegen nur in die Ebenen hinab, um *mochilas* (die sehr praktischen und wunderschön verzierten Tragetaschen mit einem Schultergurt) und Kartoffeln zu verkaufen. Falls irgendwo ein besonders schönes Muli auftauchte, war da stets auch ein besonders feiner Indio in einer weißen Tunika und mit einem hohen weißen Hut, der kerzengerade auf einem glänzend schwarzen Haarschopf saß. Ihre mongolisch wirkenden Gesichtszüge, auch wenn sie schön und reizvoll waren, beeindruckten nicht so sehr wie ihre Sandalen aus Autoreifen und ihre phänomenal muskulösen Waden. Die meisten Indios trugen funktionstüchtige Musketen bei sich, die vor Jahrhunderten den Spaniern abgenommen worden waren, und aus diesem Grund und auch, weil es allgemein bekannt war, daß sie alle die Syphilis hatten, ließ sie jedermann in Ruhe. Die Regierung war sich vage bewußt, daß sie ein lebendes Nationaldenkmal darstellten, und kommandierte Offiziere dazu ab, ihren Schutz und ihr Fortleben sicherzustellen.

Diese unternahmen zum Glück nichts, um sich ihr Gehalt zu verdienen. Und so lebte das edle Volk ungestört dahin, abgesehen von gelegentlichen Abstürzen der Armeehubschrauber, den friedfertigen und beinahe unbemerkten Besuchen von schüchternen Anthropologen aus Oxford oder Cambridge und verirrten Bergsteigergruppen mit vom Sonnenbrand sich schälenden Nasen und von Durchfall geplagten Hinterteilen. Die Bergsteiger kamen erstaunlicherweise zum größten Teil ebenfalls aus Großbritannien. Es sollte daher niemanden überraschen, wenn es in zweitausend Jahren in der Sierra Nevada de Santa Margarita in mehr als zweitausend Meter Höhe noch Acahuateken und Arahuacax gibt, die mit zerriebenen Schneckenhäusern vermischtes Koka von ihren Mörserstößeln lutschen, denn sie sind ein Volk, das die wundersamen Nachteile einer bedeutenden Geschichte am eigenen Leib erfahren mußte.

Die andere Hälfte der indianischen Bevölkerung siedelte in den Dschungelgebieten am Fuß der Gebirge, und obzwar es Übergänge zwischen den beiden gab, waren sie dennoch in Aussehen und Lebensart gänzlich voneinander verschieden.

Ein wenig über den Negern, aber nicht sehr viel, stand die Klasse der Mestizen und Mulatten. Diese rassisch stark unterschiedene Bevölkerungsschicht überraschte vom Äußeren her im ganzen Land am meisten, denn obwohl alle die breite Nase und das krause Haar der Neger besaßen, war ihre Haarfarbe mitunter blond oder rotblond, und sie hatten verschiedentlich blaue, grüne oder bernsteinfarbene Augen. Ihre Hautfarbe war fahlgelb, und auf den meisten Gesichtern zeigten sich ein oder zwei dunkelbraune Schönheitsflecken. Einige waren wohl auch heller, dank der vielen Präparate, die es zum Bleichen der Haut zu kaufen gab, denn in Ländern, wo die Macht nicht in den Händen der Mehrheit liegt, übernehmen die Massen beinahe unweigerlich die Verstiegenheiten und Vorurteile der Herrschenden, gerade so, als wollten sie sagen: »Schaut her, ich gehöre nicht zu den Unterdrückten, sondern zu den Höhergestellten.« Aus der Klasse der Mestizen entsprang ein gewissermaßen sich noch im Embryonalstadium befindliches Kleinbürgertum, das in den Vororten der größeren Städte wohnte und Fernsehgeräte kaufte, die nur das irrlichternde Flackern der Sender in der Hauptstadt hereinbekamen. Das Signal, das über Hunderte von Kilometern von Gipfel zu Gipfel geschickt wurde, bis es sich durch Interferenzen nahezu selbst ausgelöscht hatte, wurde von Geräten empfangen, die mit allen nur denkbaren Spannungen zwischen einhundert und dreihundert Volt betrieben wurden, je nach den Launen der öffentlichen Stromversorgung oder den in den Haushalten vorhandenen Generatoren. Wer nachts durch die Straßen von Valledupar ging, konnte durch die Fenster Mestizenfamilien sehen, die angestrengt auf ein helles Rechteck springender und brummender Linien und Flecken starrten, so als würden sie Runen oder den Flug der Vögel interpretieren. Wenn aufgrund einer atmosphärischen Störung ein Bild erschien oder gar Gesprächsfetzen zu vernehmen waren, folgten stets minutenlange, angeregte Diskussionen und Kommentare, die die Mutter und die älteste Schwester aus der Küche lockten, wohin sie nach einiger Zeit wieder verschwanden, um den Rest der Familie neuerlich dem hypnotisierten Glotzen auf verzerrte und unentschlüsselbare Fetzen alter Cowboyfilme, Episoden der *Familie Feuerstein* – dem üblichen Irrsinn aus den Vereinigten Staaten eben – und der Werbung für Mittel zum Bleichen der Haut zu überlassen.

Die blassen Mulattinnen stellten die bei weitem fleißigsten, weil beliebtesten Prostituierten des Landes. Denn aus der Sicht eines Weißen waren sie schwarz genug, um exotisch und beim Verkehr verrucht genug zu sein, ohne dabei allzu sehr zu schokkieren. Aus der Sicht eines Schwarzen waren sie weiß genug, um exotisch zu sein und den Verkehr gewissermaßen zu einer Ehrung der eigenen Person zu machen. Für Mestizenmänner waren Mulattinnen absolut gewöhnlich, und so besuchten diese die schwarzen Bordelle, die exotisch und verrucht genug waren, um solche Besuche befriedigend ausfallen zu lassen. Weiße Prostituierte existierten nicht, und wenn es sie gegeben hätte, wären sie mit Sicherheit ungeheuer beliebt, erschöpft und reich gewesen, und zweifelsohne wären viele Schwarze und Mestizen in der Stoßzeit jeden Samstagabend zu Tode getrampelt worden.

Die Aussage, daß es keine weißen Huren gab, ist bei längerem Nachdenken leicht irreführend, denn in meiner Darstellung fehlt ja noch die Aristokratie, welche die Oligarchie bildete. Deren Töchter waren auf nichts anderes aus, als die reichsten Männer zu heiraten, die sie auftreiben konnten, um ein möglichst faules und sinnloses Leben führen zu können. Diese tugendhaften Damen gewährten ihren Männern für deren Geld freilich sowenig Verkehr wie irgend möglich und trieben sie so in die Arme derjenigen Frauen, die etwas weniger keusch, tugendhaft und unnahbar waren. Es ist ein Ding der Unmöglichkeit, die mannigfachen und formidablen Leiden zu beschreiben, die diese Ehefrauen der Reichen vorzutäuschen imstande waren. Größtenteils verschmachteten sie regelrecht in exquisit kultivierter Langeweile, die lediglich von der sorgfältigen und wiederholten Lektüre pikanter und kitschiger Romane ein wenig erleichtert wurde, für die sie dann ihren Dienstmädchen Geld zu geben pflegten, damit diese sie in Läden mit dikken und verschwitzten Eigentümern mit Halbglatze, die sich den Habitus eines Literaten gaben, für sie einkaufen gingen. So lebten diese Damen von allem entrückt, was die Welt fesselnd und spannend macht, und suchten, einem quasi natürlichen Gesetz der Schwerkraft folgend, die Gesellschaft Gleichgestellter, um Gerüchte in die Welt zu setzen und Skandale zu lancieren. Was beinahe immer unglücklich ausging, da ahnungslose Ehemänner sich auf einmal hinzugezogen sahen, um wegen vermeintlich erlittener Kränkungen und Verleumdungen die Familienehre zu verteidigen. Anwälte wurden davon reich, und es kam sogar hin und wieder zu Morden durch hochbezahlte Profis, die *jagunços* genannt wurden.

Die Oligarchie bestand aus einem riesigen Netzwerk ungeheuer reicher Landbesitzer, die von den Konquistadoren abstammten, also von räuberischen und barbarischen Analphabeten, die ganze Kulturen im Namen Jesu Christi, der Jungfrau Maria, der katholischen Könige und des Goldes ausgerottet hatten. Damit sicherten sie sich für ihre unsterblichen Seelen auf ewig einen ruhmreichen Platz im Paradies und die immerwährende Bewunderung durch Generationen von Schülern, die im Geschichtsunterricht von ihren großartigen und wagemutigen Heldentaten gegen heidnische Wilde hörten, deren phänomenale Städte und Monumente heute noch zu sehen sind – als Ruinen.

Die Oligarchie war durch Heirat und Eigennutz natürlich untereinander verwandt und verschwägert, nach *La Violencia* mehr denn je. Während dieser Schreckenszeit, die etwa zehn Jahre gedauert hatte, hatten sich zwei Fraktionen der Oligarchie in einer beispiellos blutigen Gewaltorgie bekämpft, während der wohl an die dreihunderttausend Seelen durch *jaguncos* und Guerillakämpfer umkamen, die so viel Geld einheimsten, daß es zu einer beinahe spürbaren Umverteilung des Reichtums kam.

Die Oligarchie zerfiel in Liberale und Konservative, die sich nach dem Erfolg der kubanischen Revolution nur in ihrem Schrecken vor dem Kommunismus einig waren, vor allem da viele an den Bordellen und Kasinos in Havanna mitverdient hatten; andere waren an den Pharmafirmen beteiligt gewesen, die Medikamente herstellten, um die durch das Vorerwähnte verbreiteten Krankheiten zu heilen, und einige hatten mit Waffen gehandelt, die von Banden benutzt wurden, die um die Beherrschung der Pharmafirmen kämpften. Die Liberalen und Konservativen waren jedoch unterschiedlicher Meinung, wie der Ausbreitung der entsetzlichen Bekenntnisse zu »Gleichheit«, »gerechtem Lohn« und »Demokratie« entgegenzutreten sei. Die Konservativen favorisierten ein hartes Durchgreifen; dabei sollten die Landarbeiter kurzgehalten werden, Analphabeten bleiben und einen festen Lohn von lediglich 150 Pesos die Woche erhalten. Die Liberalen dagegen glaubten daran, freundlich zu den Campesinos sein zu müssen, ihnen das Lesen von Zetteln mit Gebrauchsanweisungen beizubringen und ihnen einen Fixlohn von 150 Pesos die Woche auszubezahlen. Auf diese Art hofften sie, daß die Bauern zufrieden genug wären, um sich nicht mehr mit dem Kommunismus abzugeben. Die ganze Situation wurde darüber hinaus noch dadurch heillos verwirrt, daß die Konservativen die Liberalen gewohnheitsmäßig als »Kommunisten« bezeichneten.

Schließlich, nach einem Kompromiß von wahrhaft historischem Rang, wurde die Demokratie durch die Abschaffung von Wahlen wiederhergestellt, und die beiden Parteien vereinbarten, im Vierjahresrhythmus abwechselnd zu regieren, womit sie *La Violencia* auf unabsehbare Zeit verlängerten.

Als wieder Frieden eintrat, kehrte die Oligarchie zu ihren alten Gepflogenheiten zurück, den ältesten Sohn in ein hohes Staatsamt, den zweitgeborenen in ein hohes Kirchenamt und die restlichen Söhne ins Offizierscorps zu stecken. Währenddessen wurden einige Bauern fast zu Kommunisten, ohne je das Wort gehört zu haben.

Doña Constanza Evans, mit der unser Exkurs begann und mit der er nun auch endet, war eine Konservative und wie alle Adligen die direkte Nachfahrin eines ausgesprochen brutalen und erfolgreichen Barbaren. Ihr Mann, Don Hugh Evans, war tatsächlich der Abkömmling eines walisischen Spekulanten aus dem neunzehnten Jahrhundert und besaß offiziell noch immer die britische Staatsangehörigkeit. Konsequenterweise gingen seine beiden Söhne auf die Eliteschule in Harrow, wo sie kräftige Beinmuskeln und eine starke Anglophilie entwickelten, offenkundig in der Annahme, die Harrovians würden alles Englische repräsentieren. Selbstredend fühlten sie sich unter so kultivierten Menschen besonders wohl.

Doña Constanza ließ ihren Vorarbeiter kommen, um ihn anzuweisen, den Kanal zu graben, und schickte an Professor Luis folgende Nachricht: »Ist Tschaikowski oder Beethoven an Cholera oder Typhus gestorben?«

3

Federicos romantische Entscheidung zieht weitere Kreise

Als Federico mit der Flinte und den zwei Schachteln Patronen vom väterlichen Adobehaus wegkroch, soll niemand meinen, daß dies mit einer klaren Vorstellung darüber geschah, was er vorhatte und wie er ebendieses gegebenenfalls bewerkstelligen würde. Eigentlich herrschten in seinem Kopf nur eine gewisse, ihn selbst verblüffende Empörung und so etwas wie eine gnadenlose Entschiedenheit, einen spektakulären Racheakt zu verüben. Er hatte in seinem kurzen Leben schon häufig gesehen, wie Blut vergossen wurde, aber was er gerade im Dorf miterlebt hatte, war von anderem Kaliber als die Messerstechereien einer Frau oder einer Beleidigung wegen, auch anders als die grausigen Amputationen der durch Schlangenbiß versehrten Gliedmaßen, ganz zu schweigen von der unbegreiflichen Agonie seiner Mutter bei der Geburt von Francesca, die er mit einem Gefühl hilfloser Ehrfurcht von einem Winkel der Hütte aus miterlebt hatte. Es war anders, weil all die Gewalt und die Schmerzen, deren Zeuge er bisher geworden war, offenbar einen Grund gehabt hatten, und so bedauerlich dies auch gewesen sein mochte, einen Schock hatten sie bei ihm nicht ausgelöst, weil für ihn nichts Unberechtigtes darin gelegen hatte. Das durch Capitan Rodrigo Figueras' feigen Vergeltungsschlag angerichtete Blutbad und die daraufhin einsetzende Hysterie hatten ein Gefühl moralischer Empörung und Abscheu auf den Plan gerufen, von dem

Federico bisher allenfalls einen Hauch erfahren hatte, wenn Professor Luis ihm für etwas die Schuld zuschob, was er nicht getan hatte. Hinzu kommt, daß ein Campesino ein überaus strenges Ehrgefühl sein eigen nennt, was bekanntermaßen ja der kostbarste und wertvollste Besitz derjenigen ist, die so gut wie nichts haben. Die Ehre ist die einzige öffentliche und persönliche Stimme, der ohne Widerrede allzeit zu gehorchen ist, selbst wider den gesunden Menschenverstand und den Tod. Die Ehre kann einen Mann dazu bewegen, wegen eines Affronts dreißig Jahre nicht mehr mit seinem liebsten Bruder oder seinem Sohn zu reden oder ein Jahr lang zu hungern, um eine Schuld zu begleichen oder ein Versprechen einzuhalten. Die Ehre ist in der Lage, Männer zu den aussichtslosesten, heldenhaftesten und dümmsten Höchstleistungen in Tapferkeit und *machismo* anzutreiben, und es scheint dann, als wäre ihnen entgangen, daß die Tage von Tirant lo Blanc und Don Quijote längst vorbei sind. Diese Art von Ehre stellt eine ausschließlich männliche Domäne dar, denn die Frauen dieser Länder haben einen Ehrenkodex, der sich sehr viel gemäßigter, durch Mitleid, Humor und Lebensweisheiten beeinflußt, äußert und nicht auf einer Stufe steht mit jenen irrationalen, dogmatischen Unbedingtheiten des Mannes, die ihn entweder zu erstaunlich großen Taten der Furchtlosigkeit oder zu den erschütterndsten einfältigen Taten unergründlichen Irrsinns verleiten. Manchmal ist beides unentwirrbar miteinander vermengt, und dann weiß niemand mehr so recht, ob er vor Verzweiflung oder vor Bewunderung weinen soll. Capitan Figueras zum Beispiel hatte jene Granate aus verletzter Ehre geworfen, denn er war begreiflicherweise entehrt und gedemütigt worden durch einen Jäger mit einer Muskete, durch einen wie ein Konquistador aussehenden Mann mit einem Revolver und durch eine Hure mit einer Machete.

Federico dagegen hatte seinen Onkel Juanito verloren, er hatte gesehen, wie sein Lehrer von einem widerlich dicken Offizier mit einem Gewehr zu Boden geschlagen, seine Cousine Farides beinahe vergewaltigt und sein eigener Hund so schlimm mißhandelt worden war, daß sein Vater Sergio sich gezwungen sah, ihn mit genau dem Gewehr, das Federico nun wie ein geraubtes Baby wegtrug, durch einen Schuß zwischen die Augen zu töten. Federico hatte daher einen überaus persönlichen Grund, dem Capitan, einem vom Staat angestellten Militärangehörigen, den Tod zu wünschen. Es trifft sicherlich zu, daß die Beweggründe letztlich aller Campesino-Revolutionäre sich in erster Linie nicht von Idealen oder ökonomischen Theorien herleiten, sondern von einem tief empfundenen Gefühl beleidigter Ehre. Doch selbst wenn dies nicht ganz allgemein der Fall gewesen wäre, so traf es gewiß auf Federico zu, der lediglich lernen würde, die ganze Armee, den Staat und die USA zu hassen, die diese unterstützten, lange nachdem er in die Berge geflüchtet war, um in der Wildnis zu leben und über seinen Vergeltungsplänen und der bei ihrer Ausübung zu erwartenden Befriedigung zu brüten.

Zu diesem Zeitpunkt war er lediglich eine Ein-Junge-Revolution, die zum großen Teil aus einem Gemisch von romantischen Unmöglichkeiten bestand. Es war ihm noch nicht aufgegangen, daß er nicht einfach jeden Offizier töten konnte, um sicherzustellen, daß er Figueras erwischte, und genausowenig hatte er daran gedacht, daß er die fröhliche, anarchische Armut des Dorflebens, die hellen Augen von Francesca oder das Zusammentreiben der Zebubullen am Markttag vermissen würde. Er hielt sich für einen heldenhaften, todbringenden Racheengel, nicht für einen umherstreifenden Jungen, mit einem Gewehr, das ihm bei jedem Abfeuern die Schulter prellen würde und der nichts weiter bei sich hatte als eine *mochila* mit in Palmblättern gewickelten *bocadillas,* drei Avocados und zwei Schachteln mit Patronen.

Als das Morgengrauen die rote Sonne über das Gebirge gejagt hatte, befand sich Federico bereits in einer wesentlich kleinmütigeren Gemütsverfassung als um zwei Uhr nachts. Gewiß, er war etliche Kilometer über die Hazienda des *gringos* mit dem Flugzeug hinausgewandert und befand sich bereits in den Ausläufern des Dschungels vor den ersten Anhöhen der *cordillera*, wo der Boden halb mit Flecken üppigen Grüns und halb mit steinigem Ödland bedeckt ist, das mit den allgegenwärtigen Termitenhügeln wie eine Mondlandschaft aussieht. Aber er war von dem Pfeifen oder Rascheln eines jeden Tieres, das seinen Pfad kreuzte, aufgeschreckt worden. Er zuckte jedes Mal zusammen und bekam einen Schweißausbruch, wenn er plötzlich die Umrisse eines Bullen oder eines Felsens vor sich sah. In seiner Phantasie wurde aus jedem Glitzern des Mondlichts auf seinem Pfad eine Korallenschlange, die sich zum tödlichen Biß aufgerichtet hatte. Hinzu kam, daß der Gewehrgurt bereits seine Schulter wundscheuerte und das Magazin dauernd gegen dieselbe Stelle über seinen Nieren schlug, während er durch die Dunkelheit stolperte. Die Lee-Enfield schien zunehmend schwerer zu werden, doch er klammerte sich beharrlich an sie. Als der Tag anbrach, setzte er sich auf einen Felsbrocken und streichelte den Schaft des Gewehres in der gleichen zärtlichen und überschwenglichen Stimmung, wie er sich in seinen Träumen das erste Liebkosen einer Frau vorzustellen pflegte.

Er legte das Gewehr beiseite und griff in seiner *mochila* nach den *bocadillas*, deren süßer Gujavengeschmack wie eine mütterliche Hand die gerade erlebten Schrecknisse der Nacht vertrieb. Als er satt war, wickelte er den Rest wieder sorgfältig in das Palmblatt und schaute sich nach einem Platz um, der für ein paar Stunden vor der Sonne geschützt war. Er schlief zwischen den Steinen im Schatten des Felsens ein und träumte von seinem geschundenen Hund und den krausen Bauchhaaren von Capitan Figueras, die sich zwischen den Knopflöchern seines Hemdes hervorgeringelt hatten.

Als er gegen Mittag aufwachte, geschah das aus zwei Gründen; erstens, weil die Sonne über den Felsen gestiegen und so heiß geworden war, daß er träumte, er würde in Asche verwandelt werden, und zweitens, weil eine junge Ziege an seinem Hosenbein knabberte. Als er die Augen aufschlug und in deren Augen blickte, dachte er erschrocken, der Teufel wäre ihn holen gekommen, denn die gelbe Iris und der rechteckige Pupillenschlitz im Auge einer Ziege haben etwas entsetzlich Fremdartiges und Unpersönliches an sich. Die junge Ziege sprang ein paar Meter zurück, und Federico starrte sie einige Sekunden lang an, bevor er sich entschloß, sie als Mahlzeit zu erlegen. Vor Aufregung, aber auch weil er vor Schuldgefühlen zitterte, stand er auf, lud das Gewehr durch und drückte es an die Schulter. Das Krachen der .303 ließ ihn zurücktaumeln, und der Schmerz eines vermeintlich gebrochenen Schlüsselbeins durchzuckte ihn. Er riß die Arme hoch, um sein Gleichgewicht zu halten. Danach war er auf sonderbare Art erleichtert, als er feststellte, daß er sein Ziel komplett verfehlt hatte, selbst aus so kurzer Distanz, und daß die Ziege ihn mit einem überraschend komischen Ausdruck im Schutz eines Zitrusbaums musterte. Er fragte sich, ob seine Schulter wohl noch einen Versuch aushalten würde, und spannte den Hahn noch einmal, als eine Stimme hinter ihm ironisch sagte: »*Buena día, señor.*«

Er drehte sich blitzartig, mit dem Gewehr an der Hüfte, auf dem Absatz um – das Ganze hatte etwas von einer Parodie auf die aus den Western so bekannte Bewegung – und sah sich einem sehr großen, dunkelhäutigen Campesino gegenüber, der eine *puro* rauchte und einen langen Stock in der Hand hielt. Jener spuckte aus, blickte sich kühl um und sagte: »Ich nehme an, du hast eine Vorliebe für das grundlose Schießen auf anderer Leute Ziegen.«

Federico erwiderte beschämt seinen Blick und sagte: »Ich wußte nicht, daß es Ihre Ziege ist, *señor.*«

»Alle Ziegen gehören irgend jemandem.«

»Ja, *señor,* es tut mir aufrichtig leid, *señor.*«

Der Campesino tippte mit dem Stock an die Spitze des Gewehrs. »Das solltest du vielleicht woandershin richten. Ich bin etwas größer als die Ziege und nicht so leicht zu verfehlen.«

Federico senkte den Lauf und trat ein paar Schritte zurück, wobei er nicht wußte, ob er das würdevoll oder überstürzt tun sollte, doch der Bauer sagte: »Ich glaube, du solltest das Gewehr mir geben, als Entschädigung für den Schuß auf die Ziege.«

»Das Gewehr kann ich unmöglich hergeben«, erwiderte der Junge erstaunt und verwirrt. »Es gehört meinem Vater, außerdem habe ich die Ziege nicht erschossen.«

»Was du nicht sagst«, meinte der Bauer. »Dem Priester zufolge ist die böse Absicht ebenso schlimm wie die Übeltat selbst. Deshalb solltest du mir das Gewehr geben.«

»Aber es gehört meinem Vater!«

»Dein Vater ist für dich verantwortlich. Um mir den Weg zu ihm zu ersparen, werde ich das Gewehr gleich hier an mich nehmen. Ich sehe, es ist ein Gewehr, um das einen die Leute beneiden, und ich will es haben.« Er trat vor, um nach dem Lauf zu greifen.

In Federico stieg Panik auf, und Schweiß rann ihm von der Stirn in die Augen und blendete ihn.

»Nein!« schrie er und riß das Gewehr hoch. Der Bauer schlug ihm mit der flachen Hand auf den Kopf und nutzte das Abgelenktwerden des Jungen, um den Gewehrlauf fester zu packen.

Ohne daß der Campesino es wußte und ohne daß er bei seinem übereifrigen Versuch, dem Jungen die Waffe zu entreißen, überhaupt damit rechnete, hatte der Junge bereits den Finger am Abzug, und so krachte nochmals ein Schuß, als der Campesino am Lauf der Waffe zog. Die Kugel drang sauber durch sein Brustbein und zerschmetterte bei ihrem Austritt am Rücken zwei Wirbel. Ein Ausdruck der Verwunderung huschte über das Gesicht des Mannes, als er nach hinten fiel und alles Leben aus ihm wich, während Federico, vor Entsetzen gelähmt, nach vorn auf die Knie fiel und sich heftig übergab, bevor er zu weinen anfing und mit den Händen vorm Gesicht vor und zurück schwankte, wobei er winselte, wie es sein mißhandelter Hund getan hätte.

Als Federico es endlich wagte, aus seinen verweinten Augen aufzublicken, sah er, daß sich auf dem Hemd des Bauern ein dunkler Fleck ausgebreitet hatte, sah er, daß dessen Augen umwölkt und glasig wirkten und daß aus dem Mundwinkel ein Rinnsal Blut sickerte. Der Körper sah bereits aus, als wäre darin niemand mehr zu Hause, und die *puro* lag schwelend zwischen den Steinen, so als wäre nichts Umwerfendes geschehen. Federico wußte auch ohne genaueres Hinsehen, daß der Mann so tot war, wie man nur tot sein konnte, und er dafür die Verantwortung trug. Er lehnte sich benommen an den Felsen und rauchte in einer sonderbaren, aber durchaus der Situation angemessenen Geste der Achtung den Rest der Zigarre des Toten auf, so wie es der Campesino sicher auch im umgekehrten Fall getan hätte. Federico sollte die beiden nächsten Tage nicht aufhören, zu zittern und zu würgen. Danach zitterte er bloß noch; dies war seine zweite Begegnung mit einem sinnlosen Tod in ebenso vielen Tagen.

Federico schichtete Steine um die Leiche auf, aber er ertrug es nicht, jedes Mal, wenn er hinkam, die nach innen verdrehten Augen des Mannes zu sehen, genausowenig, wie er es aushielt, die Fliegen zu sehen, die sich bereits eingefunden hatten, um ihre Eier abzulegen, oder die Ameisen, die wie aus dem Nichts aufgetaucht waren und in einem einheitlich schwarzen Band über die Wange des Mannes in seine Augen und in seinen offenen Mund marschierten.

Hinter ihm ertönte ein gutturales Krächzen, und Federico wandte sich zutiefst erschrocken um und sah einen abstoßend kahlköpfigen und mit Parasiten übersäten Truthahngeier auf dem Boden sitzen, der die ausgebreiteten Schwingen langsam bewegte. Dieser sah ihn mit einem Auge an. Der Junge bückte sich und hob einen Stein auf, den er nach dem Vogel schleuderte, der noch einmal krächzte und ungeduldig zurückhüpfte. Wieder war Flügelschlagen zu hören, und zwei weitere Vögel näherten sich, um sich zu vergewissern, ob der Leichnam auch wirklich tot war. Einer pickte eines der verdrehten Augen heraus, woraufhin Federico das Gewehr nahm und stolpernd davonrannte, ohne zu bemerken, daß Pedro der Jäger und Aurelio der Indio ihn während der letzten zehn Minuten aus der Deckung beobachtet hatten, die sie bei der Verfolgung eines kleinen Hirsches aufgesucht hatten.

Es war purer Zufall, daß Doña Constanza ihre Futterraufe im Stall inspizierte, als draußen Pedro Sergio anvertraute, daß dessen Sohn gerade einen Mann getötet habe. In jener Nacht schrieb sie, erfüllt von jenem empörten Gemeinsinn, der alle Konservativen bei Fragen von Recht und Ordnung überkommt, an den Polizeichef des dreihundert Kilometer entfernt gelegenen Cúcuta. Dieser Beamte, der mit der Ausübung seines Berufs nicht behelligt werden wollte, schickte das Schreiben in die Hauptstadt, wo es drei Monate später abgeheftet und vergessen wurde, um für die kommenden Jahre, unheilvoll wie eine vergessene Landmine, Staub anzusetzen.

Und so begann Federicos persönliche Revolution wie alle Kriege und Umwälzungen mit dem Tod eines Unschuldigen, wobei in diesem Fall der Betreffende vier Kinder zu versorgen hatte und eigentlich schon immer ein Gewehr sein Eigentum nennen wollte.

4

Sergio durchdenkt die Sache mit dem Kanal

In den letzten Tagen hatte sich die Welt regelrecht gegen Sergio verschworen, um dessen Leben ziemlich heftig durcheinanderzuwirbeln.

Zunächst hatte die Armee seinen Zwillingsbruder Juanito ermordet. Danach war dieser in der darauffolgenden Nacht Sergio im Traum erschienen und hatte ihm versichert, daß es ihm gut gehe. Er hatte zudem nachdrücklich bestätigt, daß Sergio, wenn seine Leiche ganz verwest sei, seinen Kopf exhumieren und zu einem guten Preis für magische Zeremonien verleihen könne, denn es war allgemein bekannt, daß der Schädel eines Zwillings mit Abstand das beste Medium für eine Kontaktaufnahme mit den Engeln darstellte. Der Kummer über den Verlust des geliebten Bruders ließ sich für ihn deshalb mit einem gewissen Gleichmut ertragen.

Dann war Federico mit Sergios Gewehr verschwunden, seinem teuersten Besitz, und darüber hinaus hatte er den Angaben des Jägers zufolge damit einen Mann getötet. Sergio wußte tief im Herzen, daß sein Sohn eine notwendige Aufgabe zu erledigen hatte, die mit seiner Mannwerdung zu tun hatte, denn Sergio selbst war in etwa dem gleichen Alter in die *cordillera* zur Smaragdsuche aufgebrochen. Dennoch ärgerte ihn der Verlust der Lee-Enfield, obwohl er sie nie benutzt, sondern immer für den Tag aufgehoben hatte, da im Land wieder Gewalt ausbrechen würde, was er dank seiner Zwillingsintuition für sicher hielt. Er fürchtete zudem, daß die Verwandten des Toten herausfinden würden, wer diesen getötet hatte, und eines Nachts mit lodernden Fackeln ankämen, um im Namen der Ehre Rache zu üben.

Drittens hatte Doña Constanzas abwegiger Plan ihn in eine wahrhaft mißliche Lage gebracht, wie in der Bar des Bordells sehr rasch deutlich wurde, als er ihn den Leuten bekanntgemacht hatte. Alle hatten gleichzeitig angefangen, aufgeregt durcheinanderzureden, doch Hectoro traf den Nagel auf den Kopf.

»Es ist doch so«, sagte er und blickte nacheinander von einem Gesicht zum anderen, »daß die Mula uns und alle unsere Felder versorgt, und so ein Kanal würde in der Trockenzeit unsere Ernten in Staub und uns in Skelette verwandeln. Sie ist während der Trockenzeit sowieso nur ein Pißbecken, selbst dann, wenn Doña Constanza nichts vom Wasser für sich abzweigen sollte.«

»Es ist aber auch so«, erwiderte Sergio, »daß das Land, durch das die Mula fließt, Doña Constanza gehört; sie beschäftigt beinahe alle von uns. Nach dem Gesetz hat sie das Recht, zu tun, was sie will, und wir werden den Kanal für ihren schwachsinnigen Swimmingpool graben müssen.«

»Doña Constanza hat das fruchtbarste Land in der Gegend«, sagte Misael, »und doch hält sie darauf bloß Pferde, die zu nichts nütze sind. Ich weiß schon, wo sie sich ihre gesetzlichen Rechte hinstecken kann, nämlich dorthin, wo Don Hugh sich selten hinwagt, weil er um seine Gesundheit fürchtet.«

Misael grinste, und seine weißen Zähne schimmerten im Lampenlicht. Er verdrehte anzüglich die Augen und machte mit seinem Zeigefinger eine unzüchtige Korkenzieherbewegung nach oben, die sogar Hectoro zum Lachen brachte.

Josef, der die Augen zukniff wegen des geisterhaft blauen Zigarrenrauchs, der im Zimmer umherwirbelte, bevor er rasch aufstieg und durch die Tür entwich, meldete sich: »Bestimmt würde der Kanal oder auch der Graben das Wasser nicht behalten, denn die Erde ist so trocken, daß sie es schneller aufsaugen würde, als Hectoro seinen *aguardiente* säuft.«

»Dann sollten wir Doña Constanza begreiflich machen, daß sie eine Rohrleitung mit einer Windmühlenpumpe braucht, so wie sie Professor Luis zu bauen versteht, das wäre eine Lösung«, erwiderte Hectoro. »Und ich lasse meine Ehre nicht beleidigen, Josef, sonst verfüttere ich deine Eier an die Schweine.«

»Die hat sich bereits meine Frau gegönnt«, rief Josef. »Aber zurück zu dem, was wichtiger ist als deine Ehre oder gar meine *cojones*: Wo du recht hast, hast du recht, Hectoro. Ich glaube, Sergio sollte eine Leitung vorschlagen; es ist zwar immer noch Wasservergeudung, aber nicht ganz so abgedreht wie ein Kanal.«

Dolores und Consuelo hatten diesem Männergespräch hinter der Bar gelauscht und miteinander getuschelt. Schließlich ließ Dolores ein langes, kehliges Lachen hören und sagte mit ihrer rum- und zigarrengeschwängerten Stimme: »Männer, es ist immer das gleiche mit euch, ihr geht eine Sache immer zu direkt an.«

»Und die Sache mit euch Frauen ist, daß ihr euer Maul halten solltet, wenn Männer ernsthafte Gespräche führen, aber das kriegt ihr einfach nicht in euren Schädel«, entgegnete Hectoro.

»Was du nicht sagst«, meinte Consuelo. »Männer, ihr solltet auf Dolores hören, die mehr Verstand als ihr alle zusammen hat. Hat sie nicht Lesen gelernt und kennt sich deshalb aus in der Welt?«

»Genau«, sagte Dolores, »denn hier geht es um gesunden Menschenverstand. Die Mula, wie ihr wißt, fließt durch Don Emmanuels Land, wenn sie erst einmal das Pueblo passiert hat, und er braucht das Wasser ebenso wie wir. Redet mit ihm, und er wird Doña Constanza um seinet- und unsertwillen von dem Schwachsinn abbringen. Das liegt doch auf der Hand.«

Ein tiefes Schweigen trat ein, währenddessen Hectoro sein Glas austrank, bevor er verkündete: »*Compañeros*, es schlägt mir schwer aufs Gemüt, wenn Frauen recht haben.«

»Dolores«, sagte Misael mit schelmisch blitzenden Augen, »die Idee ist so brillant, daß du mich in Zukunft umsonst besteigen darfst.«

»Wie entgegenkommend von dir«, erwiderte Dolores, »aber für dich macht es immer noch fünf Pesos!«

»Aber gib mir Bescheid, wenn du ihn hattest«, sagte Josef, »denn ich möchte nicht, daß etwas von mir mit etwas von ihm vermischt wird!«

Don Emmanuel stellte in jeder Hinsicht eine Ausnahme dar. Sein Vater war ein bedeutender Pädagoge in England gewesen, der beschlossen hatte, daß sein Sohn das eigene Institut besuchen sollte. Demzufolge war Emmanuel halbnackt und ungewöhnlich freizügig aufgewachsen. Emmanuel hatte über seinen Vater den ungeheuer kopflastigen und unglücklichen Philosophen Bertrand Russell kennengelernt. Aus diesem Grund sammelte er in einem Anflug von Sentimentalität Russells Werke. Er las sie nie, und wenn irgend jemand eines mal aufschlagen sollte, hätte er es, in tausend verschiedenen Richtungen von Termiten durchbohrt, vorgefunden, so daß das Lesen die doppelte geistige Mühe erfordert hätte, die dieser sehr klare Philosoph im Sinn gehabt hatte; die Werke waren in der Tat so obskur geworden, daß der Eindruck sich einstellen würde, besagter Jemand läse surrealistische Verse oder vielleicht einen amerikanischen Schüler Wittgensteins.

Don Emmanuel ging nach Cambridge, um Botanik zu studieren, und trat den Konservativen, der Labour Party, den Liberalen und den Kommunisten gleichzeitig bei, »um eine ausgewogene Meinung zu bekommen«. In seinem zweiten Studienjahr traf er mit einer Gruppe spindeldürrer, bierernster und bebrillter Botaniker, Schmetterlingsforscher, Anthropologen und Zoologen in den Tropen ein, um Flora und Fauna der Sierra Nevada de Santa Margarita zu studieren. Er war zu der für die Rückkehr vereinbarten Zeit jedoch nicht am Treffpunkt und kam dort tatsächlich nie an. Nach einer ebenso langen wie vergeblichen und strapaziösen Suche, die sich in schrecklichen Fußmärschen durch noch nicht kartographiertes Terrain erschöpfte, aber zusätzlich auch durch einen Armeehubschrauber unterstützt wurde, dessen Pilot eigentlich nur die schöne Aussicht genoß, zog die Gruppe traurig in dem Glauben ab, Don Emmanuel sei von Wegelagerern ermordet worden.

Tatsächlich lebte er zunächst bei den Acahuateken, bei denen er ein Jahr blieb, und danach bei den Arahuacax, wodurch er zu dem einzigen Weißen wurde, der als sachkundiger Führer in Frage kam, wenn Bergsteiger aus Großbritannien sich einen Sonnenbrand auf der Nase und Durchfall holen wollten.

Danach stieg er ins Flachland hinunter und fand das winzige Pueblo, wo er nun lebte – ein so unbedeutender Ort, daß er noch immer nicht auf der Landkarte zu finden ist, obwohl er nun über Fußböden aus Beton verfügt, was dem Handel mit Marihuana und Kokain zu verdanken ist, der das Land in der Tat beinahe vor dem stets drohenden wirtschaftlichen Ruin bewahrt hat.

Als er, wie ein Indio gekleidet, im Dorf ankam, führte sein erster Weg ins Bordell, wo ihn weder seine seltsame Erscheinung, sein fremdartiger Indiodialekt noch seine fehlenden Geldmittel daran hinderten, der Reihe nach sämtliche Huren auszuprobieren.

Nachdem er so seine Glaubwürdigkeit als Mann unter Beweis gestellt hatte, wanderte er mehrere Tage übers Land, bis er zu einem Flecken an der Mula kam, der ihm die Vision einer blühenden Hazienda eingab. Dort baute er sich eine Grashütte nach Indioart, deckte sie mit Palmwedeln und lebte zur Verwunderung der Einheimischen ebenda fortan wie Diogenes und arbeitete gleich Sisyphus, nur mit wesentlich besseren Ergebnissen. Bis zu der Zeit, da die in dieser Erzählung beschriebenen Ereignisse sich zutrugen, besaß er eine selbstgebaute, weiße und kühle Hazienda, hatte in der Mula eine Staustufe geschaffen, die einen Generator antrieb, besaß einen Traktor, einige tausend Hektar

Land, die er womöglich gar nicht mehr zählen konnte, Tausende von Ochsen, um die er weinte, wenn sie zum Markt getrieben wurden, und hatte Beziehungen zu den Bauern, die ebenso gut wie seine Beziehungen zu den übrigen reichen Weißen schlecht waren. Das kam daher, daß er sein Spanisch im Bordell und auf den Feldern gelernt hatte und seine Unterhaltungen deshalb mit einem widernatürlich reichhaltigen und differenzierten Wortschatz wahrhaft drastischer Redewendungen bestritt. Außerdem sprach er stets so, als hätte er keine Vorderzähne, einfach deshalb, weil die Menschen, von denen er Spanisch gelernt hatte, meist selbst keine mehr hatten. Bei jedem Besuch in der Hauptstadt jagte er der gebildeten Gesellschaft kollektive Schauer des Entsetzens über den Rücken, weil er mehr und mehr zu einem virtuosen *enfant terrible* wurde, insbesondere deswegen, weil er öffentlich darauf stolz war, offiziell als tot zu gelten und von seiner Mutter weggekommen zu sein, die so besitzergreifend war, daß sie in die Vereinigten Staaten zog, um seinem Leichnam näher zu sein, wobei ihr auf rührende Art entgangen zu sein schien, daß Südamerika sehr viel weiter weg war, als ein schlichter Blick auf den Globus vermuten ließ, und daß ihr Sohn ficklebendig war.

Don Emmanuel war zu einer lokalen Legende aufgestiegen, einmal wegen seiner Freude an unprätentiös daherkommender Zügellosigkeit, aber auch wegen seiner freundschaftlichen Beziehungen zu den Bauern und seiner unerhört sozialen Einstellung. Er hatte die Dorfschule erbaut und Professor Luis angestellt, damit dieser den zerlumpten Kindern nicht nur Wissen, sondern auch Weisheit beibrachte. Er zahlte ein Viertel mehr als jeder andere *padrón* im ganzen Landkreis und hatte ein Verfahren zur Herstellung von Lehmziegeln in hölzernen Gitterrahmen eingeführt, so daß jeder seiner Angestellten sich ein Häuschen bauen konnte. In seinem Landrover fuhren die Huren jeden Donnerstag zur ärztlichen Untersuchung. Er schlichtete häusliche Streitigkeiten. Er versäumte es nie, an der Seite seiner

Männer zu schuften. Und viele Frauen aus der Gegend konnten Zeugnis davon ablegen, daß selbst der reinrassigste Neger nicht lustbetonter war oder mehr Befriedigung bot als er. Nur eines fanden die Menschen an ihm untragbar, den Umstand, daß er sich weigerte zu rauchen, eine als unsozial betrachtete Marotte in einem Land, wo die gesamte bäuerliche Bevölkerung, Männer, Frauen und Kinder, immer eine dicke Zigarre zwischen den Zähnen klemmen hatte, wo nur verweichlichte Oligarchen Zigaretten rauchten und wo Pfeifen nur von französischen Ingenieuren und englischen Bergsteigern angezündet wurden. Ihre Zigarren sind wie ihr Kaffee mit Abstand die erlesensten der Welt, doch von beiden Genußmitteln behalten sie das Beste für sich und exportieren nur den Abfall, den die Kenner der Welt dann preisen dürfen. Wer abends draußen in der Hängematte eine dieser Zigarren raucht und ein Tässchen dickflüssigen schwarzen Kaffees trinkt, verdammt sich unweigerlich zu lebenslanger Sehnsucht nach diesen Genüssen.

Als Sergio und seine Freunde ankamen, um Don Emmanuel von Doña Constanzas verfänglichem Vorhaben in Kenntnis zu setzen, trafen sie ihn splitternackt in der Mula an, wo er seine Kleidung wusch und aus vollem Hals ein sehr unanständiges Liedchen zu der Melodie der Nationalhymne trällerte. Eine so schwülstige und widerspenstige Melodie, daß selbst Oligarchen sie manchmal nicht erkennen und Haltung annehmen.

Als er die vier sich ihm nähernden Männer erblickte, richtete er sich auf, watete zu ihnen her und entbot ihnen einen Gruß und freundliche Sticheleien. Sergio, der ihn nicht besonders gut kannte, war erstaunt, als Don Emmanuel stehenblieb, wie ein Hund das Bein hob, furzte und ihm bedeutete: »Setz deinen Hut auf, *cabrón*, sonst pinkle ich dir rein. Wenn ich eines nicht ausstehen kann, dann sind es Ehrenbezeigungen.«

Sergio setzte hastig wieder seinen Sombrero auf, und Misael bemerkte: »Don Emmanuel, dein *paloma* wird immer gewaltiger und schlachtengegerbter. Es heißt, du hast ihn dir von deinem Esel ausgeliehen.«

»Ganz im Gegenteil, mein *burro* borgt ihn sich von mir«, erwiderte Don Emmanuel. »Ich schwöre bei der heiligen Jungfrau Maria, eure Frauen haben *chuchas,* die unser teuerstes Stück durch ihre Saugkraft strecken. Wenn ich sterbe, werde ich zwei Särge brauchen.«

»Vermach ihn doch mir in deinem Testament«, sagte Josef, »und ich werde ihn in der Sonne trocknen und als Bullenpeitsche in Ehren halten.«

»Wenn du eines nicht tust, dann das. Da glaube ich noch eher, daß du ihn bei deiner Frau zum Einsatz bringen würdest!«

»Seine Frau würde ihn zweifellos sich selbst einsetzen«, rief Misael.

»Dann wird sie mich in Gottes Namen endlich in Ruhe lassen«, sagte Josef.

Nach dem Austausch weiterer gutmütiger Liebenswürdigkeiten, an dem Hectoro sich nicht beteiligte, weil er zu stolz und zu würdevoll war, informierte er Don Emmanuel von Doña Constanzas Vorhaben und erhielt zur Antwort: »Das werde ich zu verhindern wissen, andernfalls, das schwöre ich bei Gott, werde ich für den Rest meines Lebens nur noch Schweine besteigen. Aber bevor ihr geht, müßt ihr euch meine neue Methode, Ziegen zu zähmen, anschauen.«

Sie folgten ihm zu einem Caracolee-Baum, wo ein großer gelbäugiger und feindseliger Ziegenbock wie geistesabwesend das Gras abfraß. Don Emmanuel ließ sich auf seine Knie nieder und schüttelte vor dem Tier den Kopf, das daraufhin seinerseits den Kopf senkte und mit den Hörnern einen Vorstoß unternahm. »Juchhe!« gellte Don Emmanuel und gab dem Bock einen harten Schlag zwischen die Augen. Danach faßte er ihn fest um den Hals und küßte ihn liebevoll auf die Nüstern. »Da«, sagte er stolz.

»Er verhält sich ganz und gar nicht wie ein *gringo*«, bemerkte Sergio, als sie wieder ins Pueblo zurückgingen.

»Das kommt daher, weil er kein *gringo* ist«, erwiderte Hectoro, »sondern ein *Ingles*.«

»England muß ein tolles Land sein«, sagte Misael. »Ich würde dorthin gehen, wenn irgendwer wüßte, wo es ist.«

»Don Emmanuel weiß es«, sagte Josef.

»Nicht mehr«, sagte Hectoro so rätselhaft, daß die anderen nicht zu fragen wagten, was er damit wohl meinte.

5

Remedios und die pistacos

Die Indios der Anden glauben an die Existenz von Todesengeln mit weißer Hautfarbe, die Menschen zerstückeln. Niemand weiß eigentlich so recht, warum sie an diese *pistacos* glauben, aber es wird allgemein angenommen, daß es sich dabei um eine Hinterlassenschaft der zivilisatorischen Bestrebungen der spanischen Konquistadoren und des segensreichen Wirkens der Inquisition handelt. Manche Gegenden der *cordillera* sind für Weiße noch immer nicht ganz ungefährlich, nicht der *ladrones*, der Räuber, wegen, sondern da es mitunter vorkommt, daß *cholos* mit Bürgersinn in falscher Einschätzung der weißen Identität glauben, zum allgemeinen Wohl der Menschheit einem *pistaco* den Garaus machen zu müssen.

Remedios war schon, als sie noch ein kleines Kind mit einem Trommelbäuchlein – was ihr den Spitznamen *Barrigona* eintrug –, zwei kurzen schwarzen Zöpfen und großen, runden Augen war, materialistisch eingestellt. Sie glaubte weder an Gott noch an Geister, noch an *pistacos*. Als sie älter wurde, glaubte sie noch immer nicht an Gott oder an Geister, aber sie wußte mit Sicherheit, daß die *pistacos* eine realexistierende Größe waren und kein Aberglauben, denn sie hatte sie mit eigenen Augen gesehen.

Sie glaubte nicht an die Geister der Erde, der Felsen, der Gewässer, der Wälder und der Täler, denen ein kleines Stück von allem, was jemand gerade verzehrte, mit den Worten geopfert wurde: »Nimm und iß, damit du mich nicht ißt.« Sie glaubte nicht daran, daß sie sich, wenn sie in vollem Lauf hinfiel, hastig in ihren Rock wickeln mußte, damit sie nicht vom Erdgeist geschwängert wurde. Auch wenn sie sonst hinfiel, glaubte sie nicht daran, daß sie ein Stückchen Erde in den Mund nehmen mußte, um den Geist zu essen, bevor er sie aß. Sie glaubte genausowenig daran, daß die Geister sie einschmelzen konnten, um sie als Talg zu verwenden. Aber sie wurde dazu gebracht, an *pistacos* zu glauben.

Remedios' Mutter aus dem Stamm der Bracamoros schwärzte sich der Schönheit wegen die Zähne. Remedios Vater hatte sie kennengelernt, als er als Wanderarbeiter an einem Wasserkraftwerk in der *montaña* arbeitete. Remedios' nahm, entgegen aller Gesetze der Vererbung und der Wahrscheinlichkeit, weder den Animismus ihrer Mutter noch den strengen Katholizismus ihres Vaters an. Sie glaubte nur an das, was sie sah, hörte, roch, schmeckte und berührte. Die ständigen Meinungsverschiedenheiten ihrer Eltern über die metaphysische Ausrichtung ihres Lebens boten die Gewähr dafür, daß sie schlicht Humanistin blieb, die, wenn sie zum Kirchgang gezwungen wurde, Kinderbücher las, die sie in ihrem Gebetsbuch zu verstecken pflegte.

Als die gewalttätigen Auseinandersetzungen ausbrachen, war Remedios vier Jahre alt und hauptsächlich an Kuchen, dem Spielen im Rinnstein und dem Herumstochern in Hundehaufen interessiert. Als die Gewalttätigkeiten das Städtchen La Cuenca erreichten, war sie sieben Jahre alt, immer noch an Kuchen, aber noch mehr daran interessiert, auf Bäume zu klettern.

Die gewalttätigen Auseinandersetzungen markierten das erste heftige Aufflackern eines Bürgerkriegs, der nie wirklich zu Ende gegangen war, weil niemand je verstand, weswegen er überhaupt erst begonnen wurde. Es mag möglich sein, einem Historiker gleich dessen Ursprung nachzuspüren, doch nicht ohne in Verwirrung gestürzt zu werden.

1946 kam nach dreißigjähriger Herrschaft der Liberalen eine

konservative Regierung an die Macht. Im darauffolgenden Jahr legte der charismatische Anführer der Liberalen, Ignacio Menéndez, in einer berühmten Rede der Regierung sechsundfünfzig Gewalttaten in elf Provinzen zur Last. Neuerlich ein Jahr darauf hielt er eine noch berühmtere Rede, die als die *Oración* in die Geschichte des Landes einging. In ihr sprach er sich für den Frieden aus.

Es ist kaum nachvollziehbar, warum Liberale und Konservative so erbitterte Rivalen waren und warum sie so viel Haß füreinander hegten, da beide Parteien sich aus Mitgliedern der Oligarchie zusammensetzten und exakt die gleiche Politik verfolgten. Doch wie dem auch sei, der berühmt-berüchtigte Funke, der das Pulverfaß letztendlich hochgehen ließ, ereignete sich während einer panamerikanischen Konferenz, zu der Mr. Marshall, Mr. Harriman und General Ridgway eigens angereist kamen, um zu verkünden, daß sie eine Revolution fürchteten, leider aber kein Geld übrig hätten. Fidel Castro befand sich ebenfalls in der Stadt, um an einem zur selben Zeit stattfindenden antiimperialistischen Studentenkongreß teilzunehmen. Señor Menéndez nahm ein Bad in der Menge, schüttelte jovial Hände und empfing die Glückwünsche seiner Anhänger, als jemand auf ihn zutrat und ihn erschoß. Ein Mann, der Lose für eine der zur Plage gewordenen Lotterien verkaufte, eilte, seine Lotteriescheine dem Wind überantwortend, herbei, um den Attentäter zu überwältigen. Ein anderer Mann kam mit einem Stuhl aus einem Restaurant geschossen und zertrümmerte diesen auf dem Haupt des Mörders, der daraufhin von der Menge zu Tode getrampelt wurde. Hinterher konnte niemand mehr sagen, wer der Mann war, so entstellt war er. Danach zog der Mob plündernd durch die Stadt. Er ließ die Botschaft der Vereinigten Staaten, öffentliche Gebäude und das Kapitol (in dem die Konferenz stattfand) in Flammen aufgehen und räumte die Geschäfte leer. Außenminister Marshall und der britische Botschafter gaben den Kommunisten die Schuld für die Vorfälle, was nicht erklärt, warum die Kommunisten ebenso überrascht und verwirrt waren wie alle anderen – und vor allem völlig unvorbereitet. Der Parteichef der Kommunisten verbrachte die zwei Tage des Aufruhrs unter einem Schreibtisch in den Redaktionsräumen einer liberalen Zeitung und dokumentierte damit den traditionellen Widerwillen der Kommunisten gegen Revolutionen, in die sie hineingezogen werden. Lieber hecken sie Revolutionen aus, die nie stattfinden. Die Hypothese des Außenministers Marshall erklärt zudem nicht, warum die Unruhen aufhörten, sobald die Konservativen einwilligten, einige Liberale ins Kabinett aufzunehmen.

Danach begannen die gewalttätigen Auseinandersetzungen, und die Liberalen weigerten sich aus Gründen, die für immer ihr Geheimnis bleiben werden, an der nächsten Wahl teilzunehmen, worauf die Konservativen mangels Gegenkandidaten wiedergewählt wurden.

Die Gewalttätigkeiten nahmen ein immer bedrohlicheres Ausmaß an. Guerillabanden bäuerlicher Liberaler und Konservativer verheerten die ländlichen Gebiete. Die Kommunisten, die nicht ausgeschlossen sein oder nonkonformistisch erscheinen wollten, versuchten sich hin und wieder auf dilettantische Weise an Gewaltakten, als ob sie sich für die endgültige Revolution in Schwung bringen wollten. Bei der nächsten Wahl schaffte es die trotz des aufgekommenen Menéndezismus zahlenmäßig stark dezimierte Kommunistische Partei, die Liberalen zu spalten, indem sie ihren Mitgliedern riet, für einen Rechtsabweichler der Liberalen zu stimmen, der früher Kommunist gewesen war. Dank der Spaltung der Liberalen wurden die Konservativen mit vierzig Prozent der Stimmen wiedergewählt. Was wiederum die Kommunisten, welche die Liberalen bisher als Faschisten denunziert hatten, dazu veranlaßte, eine Kehrtwende zu vollführen und eben diese als Faschisten Geschmähten zu unterstützen.

Eine vereinfachte Darstellung der sich außergewöhnlich komplex darbietenden Konstellationen des nachfolgenden Bürgerkriegs ergibt in etwa folgendes Bild.

Liberale und Konservative schlachteten sich gegenseitig ab. Die Kommunisten verlegten sich aufs Theoretisieren, hielten Reden, veröffentlichten Pamphlete und beschlossen schließlich, die Bauern einschließlich der Frauen und Kinder in »Bataillonen« zu organisieren. Kommunistische Bauern riefen eine unabhängige Republik in Viola aus, die so erfolgreich war, daß sie ausnehmend gut wuchs und gedieh, worauf die Kommunistische Partei sie der »Verbürgerlichung« zieh. Die Liberalen und Konservativen schlachteten einander weiterhin ab, die Liberalen in der Hoffnung, einen Militärputsch erzwingen zu können, und die Konservativen in der Hoffnung, ihren Präsidenten an der Macht halten zu können. Die Kommunisten ihrerseits versuchten, die Linke zu vereinen, ein Vorhaben, das sich zu keiner Zeit und in keinem Land der Welt, mit Ausnahme von Kuba, als durchführbar erwiesen hat. Ihren ansonsten ergebnislosen Zusammenkünften war aber insofern ein Erfolg beschieden, als es ihnen gelang, eine antiimperialistische und antilatifundistische Erklärung zu verabschieden.

Eine neue, unabhängige Republik Menéndeziana wurde im Norden des Landes ausgerufen, und zu ihr strömten Liberale, Konservative, Katholiken, Protestanten, Kommunisten und die Zeugen Jehovas, also praktisch jeder, der ein bißchen Frieden suchte. Diese wurden aufgenommen und in Ruhe gelassen, solange sie sich »Konservative Kommunisten«, »Katholische Kommunisten« und so weiter nannten. Die neue Republik war überaus erfolgreich und wurde so wohlhabend, daß die Kommunisten wiederum nicht anders konnten, als sie zu verdammen. Sie erreichte einen derartigen Grad an Unabhängigkeit, daß ihr Präsident einmal an den richtigen Präsidenten eine Protestnote wegen Grenzverletzungen übermitteln ließ und darin drohte, die diplomatischen Beziehungen zwischen den beiden Staaten abzubrechen.

Dann setzte General Panela, bekannt als El Azúcar, die Konservativen mittels eines Staatsstreichs ab und verkündete eine Generalamnestie für alle Guerilleros. Die Liberalen und Konservativen legten die Waffen nieder, wohingegen die Kommunisten endlich die Gelegenheit ergriffen, im Rampenlicht zu stehen, und beschlossen, sich ernsthaft dem Guerillakampf zu widmen, aber wenig unternahmen.

Panela konnte jedoch nicht verhindern, daß das allgemeine Wüten weiterging, weil die Verwandten der durch die Gewalt Umgekommenen sich zu rächen begannen, was zur Folge hatte, daß Blutsfehden sich seuchenartig ausbreiteten. Hinzu kam, daß die Liberalen und Konservativen allmählich den Verdacht bekamen, Panela sei ein verkappter Linker, woraufhin sie eine von der römisch-katholischen Kirche unterstützte Koalition bildeten, um ihn loszuwerden. Die früheren Todfeinde proklamierten eine ewige Koalitionsregierung, in der die Präsidentschaft und sämtliche offiziellen Ämter alle vier Jahre per Rotation nacheinander von Konservativen und Liberalen eingenommen werden sollten. Sie organisierten eine manipulierte Volksabstimmung, um die Vereinbarung politisch zu legitimieren, was ihnen mit einem Plus von zweieinhalb Millionen Stimmen gelang. Auf diese Art hatte die Oligarchie endlich die perfekte Formel für Demokratie in eigener Sache gefunden. Gemeinsam stürzten sich die neuen demokratischen Machthaber auf die früheren Verbündeten der Liberalen, die Kommunisten, und führten den Bürgerkrieg ad infinitum fort, wobei sie sich besonders darauf konzentrierten, die (mittlerweile) neun unabhängigen Republiken zu zerschlagen. Die Kommunisten ihrerseits bliesen zum taktischen Rückzug ins Gebirge, um ihre »bewaffnete Propaganda« von einem sicheren Ort aus fortführen zu können. Tatsächlich lehnte die Kommunistische Partei revolutionäre Gewalt mit der Begründung ab, daß »die historischen Bedingungen dafür noch nicht gegeben« seien, und beschränkte sich neuerlich darauf, verworrene

Reden zu halten, Flugblätter zu verteilen und Revolutionen zu planen, die sich nie ereignen werden – oder falls denn doch, sicherlich nicht unter ihrer Führung, die insgeheim ohnehin nur dem Namen nach existiert. Das heißt nichts anderes, als daß die noch in den Bergen kämpfenden Kommunisten nichtkommunistische Kommunisten sind.

All das ist Geschichte, läßt aber der Wirklichkeit, in der unterschiedslos Geist und Körper von Unschuldigen wie Schuldigen von einem Alptraum an Brutalität und Unmenschlichkeit heimgesucht wurden, keine Gerechtigkeit widerfahren. Es war so, als wäre eine wahnsinnige qliphothische Kraft aus den Toren der Hölle hervorgebrochen, um auch noch den letzten Rest an Anstand aus dem ihm verbliebenen Versteck zu jagen. Die vier Reiter der Apokalypse ließen der Bestie, dem *Mega Therion*, den Vortritt, die solch unfaßbares Leid über das Leben der Menschen brachte, daß *La Violencia* am Ende mehr als dreihunderttausend Opfer gefordert hatte. Im Rückblick fällt es schwer, nicht zu glauben, daß, nur dürftig kaschiert als Ideologie und moralische Haltung, ein ansteckendes Seelenleiden die ganze Nation mit einer Art irrsinniger Blutrünstigkeit verseucht hatte. Seelische Entartung breitete sich wie eine Krankheit aus, brachte den ländlichen Raum um seine unendliche Ruhe und überzog alles mit einem klebrigen Schleim aus Obszönität, Verworfenheit, Barbarei und sinnlosem Umbruch.

Als die Untergrundkämpfer (niemand wußte, ob sie konservativ oder liberal waren) in La Cuenca einmarschierten, führten sie als erstes eine Massenvergewaltigung aller Mädchen der Volksschule durch. Das war zwar damals durchaus an der Tagesordnung, aber es war das erste und bis zum heutigen Tag letzte Mal, daß Remedios Verkehr mit einem Mann hatte.

Aufgerissen und blutend schleppte sich die kleine Remedios, an Mauern und Zäunen Halt suchend, die Augen voller Tränen, das Gesicht verschmiert, die Kleider zerrissen und völlig außer

Fassung, nach Hause. Als sie daheim ankam, war die Tür angelehnt, und aus dem Inneren war ein fürchterliches Schreien zu hören. Sie stellte sich auf einen leeren Farbkübel und sah durchs Fenster, wie ihre Eltern nach allen Regeln der Kunst abgeschlachtet wurden.

Während *La Violencia* schwang sich die menschliche Intelligenz zu ungekannten Höhen der Erfindungsgabe und der technischen Perfektion auf. Völlig neue Methoden des Skalpierens, Enthauptens, Ausweidens und Vierteilens wurden empirisch-praktisch erprobt und verfeinert. Um diese neue Wissenschaft bildete sich ein kompliziertes technisches Vokabular: *corte de corbata, corte de mica, corte de franela* und so weiter.

Remedios sah entsetzt und gelähmt zu, wie ihr Vater der Prozedur *picar para tamal* unterzogen wurde. Eine Spielart, bei der der Körper auf eine derart ausgeklügelte Weise in winzige Stücke zerschnitten wird, daß das Opfer erst stirbt, wenn es völlig tranchiert ist.

Ihre Mutter, die gezwungen worden war, sich alles mit anzusehen, und von der die Schreie kamen, hatte als nächstes zu leiden. Die Untergrundkämpfer rissen ihr den Fötus aus dem Leib, der ein weiteres Brüderchen von Remedios hätte werden sollen, und ersetzten ihn durch ein Hähnchen. Dann machten sie sich an die komplizierte Durchführung der *bocachiquiar,* einer Art übertriebener Akupunktur, bei der dem Körper Tausende von kleinen Löchern beigebracht werden, so daß das Opfer ganz langsam verblutet.

Remedios nahm sich ihres Bruders Alfredo an, und beide wurden zu Straßenkindern. Sie lebten von Bananenschalen, leckten Bonbonpapiere ab, nagten an von Hunden liegengelassenen Knochen und stahlen Obst von den wenigen *chinganas* und *tiendas,* die damals noch offen hatten. Letztere führen heutzutage in der Regel nur noch billigen Fusel.

Remedios wurde von den Schwestern der Montfort-Mission

und Alfredo von den Brüdern des Göttlichen Willens aufgegriffen. Von diesem Zeitpunkt an sah sie ihn kaum noch, weil die beiden Missionen in einen Streit um die Erbschaft einer reichen, frommen Witwe eines *latifundista* verwickelt waren.

Remedios blieb bis zu ihrem sechzehnten Lebensjahr im Konvent. Während dieser Zeit erreichte ihre Abneigung gegen alles Religiöse ein nicht gekanntes Ausmaß, was die Nonnen, entgegen ihrer Absicht, noch dadurch verstärkten, daß sie an ihr einen Exorzismus verübten. Nachdem ein schwitzender und singender Priester ihr den Kopf geschüttelt und gequetscht hatte, war sie endgültig der Überzeugung, daß sie ihr Leben dem Kampf zum Wohl geistiger Gesundheit zu widmen habe. Sie verließ den Konvent fanatisiert und erfüllt von der morbiden Frigidität der Nonnen.

Nach dem Weggang wurde ihr klar, daß sie auch die liberalkonservative Koalition haßte, die sich nun *Nationale Front* nannte. Sie wußte nicht, wer ihre Eltern ermordet hatte oder für wen diese zu Lebzeiten gestimmt hatten, und so teilte sie ihren Haß gerecht und beschuldigte beide Parteien. Das veranlaßte sie, die einzig verbleibende Alternative zu wählen, die Kommunisten. Diese boten für Remedios zwei Hauptanreize: erstens einen Utopieentwurf und zweitens eine sehr klare Vorstellung, wer als Feind zu gelten hatte – jeder, der nicht in der Partei war und deshalb Teil einer gigantischen Verschwörung zur Unterdrückung der Massen sein mußte.

Remedios bemühte sich redlich, die Massen davon zu überzeugen, daß sie ein Klassenbewußtsein zu entwickeln und sich zu organisieren hatten, wurde aber vollkommen desillusioniert, als sie erkennen mußte, daß die Menschen lieber unorganisiert blieben, sich nicht als Teil der Massen betrachteten (»Mein Großvater war ein Capitan«) und weiterhin liberal oder konservativ wählten – wenn sie denn überhaupt zur Wahl gingen, denn 80 Prozent taten nicht einmal das.

Remedios versuchte die 80 Prozent der Blockfreien zu erreichen, doch jede neue Organisation, die zu deren Blockbildung ins Leben gerufen wurde, formierte schließlich eine eigene Partei, die sich keiner anderen anschließen wollte, vor allem nicht den Kommunisten, die ohne alle Bescheidenheit glaubten, nicht gebunden zu sein hieße, an sie gebunden sein zu müssen.

Die ausufernden politischen Händel und pompösen Verlautbarungen linker Hoffnungsträger nötigten Remedios zu der Erkenntnis, daß es keine Aussicht auf einen Erfolg mit demokratischen Mitteln gab, da jede Stimme für eine der Fraktionen der gespaltenen Linken eine im Kampf gegen die Koalition der *Nationalen Front* verlorene Stimme war. Mit 22 reiste sie in die »Unabhängige Republik des 26. September« und schloß sich den bewaffneten Kräften im Untergrund an. Sie ging mit einer Einheit in die Berge, als die Nationalarmee einmarschierte, um die Republik zu befreien und heim ins Reich zu holen.

Remedios war mittlerweile zu einer Persönlichkeit geworden. Sie strahlte Zielstrebigkeit, unerschütterliches Sendungsbewußtsein, Moral und Kampfesmut aus und war von einer zarten Traurigkeit umflort, weswegen alle *compañeros* sie sehr verehrten. Sie hatte eine wohlgeformte und ebenmäßige Figur, trug ihr schwarzes Haar zu einem Pferdeschwanz gebunden und besaß jene Schönheit, die sich halb indianisch und halb hispanisch präsentierte, obwohl ihr Vater ein Neger gewesen war. »Du hast etwas von einem Konquistadoren in deinem Blut«, pflegte ihre Mutter immer zu sagen. »Hoffentlich färbt das nicht auf deinen Charakter ab.«

Entgegen jeglicher Logik war Remedios trotz ihrer Großherzigkeit und ihrer weiblichen Reize nie verliebt gewesen. Desgleichen hatte sich nie jemand in sie verliebt. Sie war asexuell. Alle Armen dieser Welt waren ihre Familie, und sie hatte die *pistacos* mit ihren eigenen Kinderaugen gesehen.

6

Der General bereitet sich auf seinen Urlaub vor

Er hieß Carlo nach seinem italienischen Großvater und war der denkbar feinste Soldat – was heißt, er war nicht im geringsten interessiert am selbstsüchtigen Einschüchtern von Leuten, am sozialen Aufstieg, an Kriegsverherrlichung oder an echt schottischem Whiskey. Ganz im Gegenteil, er war ein empfindsamer und intelligenter Mann mit einer breitgefächerten Bildung und zahlreichen Hobbys; das erklärt, warum er den Militärbehörden so weit verdächtig war, daß sie ihn nach César schickten, und erklärt, warum die dortigen Zivilbehörden sofort gegen ihn zu arbeiten anfingen. Ein integrer Mann in einem hohen Amt war eine *rara avis* und konnte viel eher den gut geschmierten Gang der Korruption und Inkompetenz zerrütten als ein unberechenbar größenwahnsinniger oder gar extrem gewalttätiger Mensch. Bereits an seinem zweiten Tag im Amt sorgte er für enorme Verstimmung, als er den Polizeichef wegen der Vergewaltigung einer Mestizin ins Gefängnis werfen ließ und die Strafe verdoppelte, als der Schuldige ihm höflich und diskret eine hohe Bestechungssumme anbot, wie das die altehrwürdige Gewohnheit und Praxis war. Alle hielten ihn für verrückt oder – noch schlimmer – für einen Kommunisten, als er den Polizeichef öffentlich bloßstellte. Die Streifenbeamten traten spontan in den Streik. Das fiel allerdings niemandem sonderlich auf, zumal der Streik sowieso rasch beendet wurde, als der schmetterlingskundige General mit einer gründlichen Untersuchung der Personalakte eines jeden Polizisten in der Provinz drohte.

General Carlo María Fuerte hatte eine Anthologie mit respektablen Gedichten zu patriotischen Themen und das umfassendste Werk über die Schmetterlingswelt des Landes vorzuweisen, das je kompiliert worden war. Da sein Land der weltweit bedeutendste Produzent jener Bilderbücher aus Karton ist, wo die Illustrationen sich durch Ziehen an Schlaufen auffalten lassen, beinhaltete sein Buch eine lebensgroße Darstellung des *calicos*-Schmetterlings, der wie eine Eule aussieht. Die Flügel und die Fühler ließen sich bewegen. Es kränkte ihn ungemein, daß dieses hervorragende und umfassende Werk von praktisch jeder bedeutenden Bibliothek auf der Welt erworben, aber kein einziges Exemplar in seinem eigenen Land verkauft worden war. Er schrieb das mangelndem Patriotismus zu, begriff aber nicht, daß vergleichsweise wenig Menschen lesen konnten, daß die Menschen, selbst wenn sie es gekonnt hätten, sich das Buch nicht hätten leisten können, und falls sie sowohl lesen wie auch es sich hätten leisten können, dann mit Sicherheit zu jenen Menschen gehört hätten, die ihre Bediensteten anzuweisen pflegten, jeden Schmetterling zu zerquetschen, der in ihre Nähe kam. Er war gegenwärtig dabei, ein Werk über die Kolibris im Land zusammenzustellen, genauestens illustriert mit Ölbildern, die nach eigens von ihm angefertigten Fotografien erstellt wurden. Er war sich dabei nicht einmal bewußt, daß er drei bis dato nicht dokumentierte Arten entdeckt hatte. Wie sein Schmetterlingsprojekt entsprang auch sein *Picaflores de la Cordillera y la Sierra Nevada* patriotischen Gefühlen.

Es gibt zwei Arten von Patriotismus, wenngleich sie auch manchmal in einer Brust vereint sind. Die erste Art ließe sich unter dem Begriff Nationalismus subsummieren; Nationalisten glauben grundsätzlich, daß alle anderen Länder in jeder nur denkbaren Hinsicht minderwertig seien und ihnen durch Hegemonie lediglich ein Gefallen erwiesen werde. Andere Länder seien stets im Unrecht, weniger frei, weniger zivilisiert, weniger glorreich in der Schlacht, hinterlistig, irreligiös und anormal und anfällig für verrückte und fremdartige Ideologien, die eigentlich kein vernünftiger Mensch glauben könne. Dergleichen Patrioten sind in der Überzahl, und ihre Vaterlandsliebe ist somit das Verabscheuungswürdigste, was es gibt auf Erden.

Für die zweite Art von Patriot mag General Fuerte als schlagendes Beispiel dienen. Er glaubte nicht an »Heimat, Heimat über alles«; im Gegenteil, er liebte sein Land trotz dessen Fehler, die er überdeutlich sah und die er sich zu verbessern bemühte. Es war seine von ihm oft vertretene Meinung, daß jemand, der zu seinem Land halte, wenn es objektiv im Unrecht sei, oder der dessen Fehler nicht wahrnehme, mit Abstand der schlimmste Verräter sei. Während die erste Art von Patriot in Wirklichkeit den eigenen Irrationalismus und nicht das Land verherrlicht, liebte General Carlo María Fuerte sein Land, so wie ein Sohn seine Mutter oder ein Bruder seine Schwester liebt.

Er liebte den Amazonas mit seiner üppig grünen Vegetation, seinen gigantischen Bäumen, seinen giftigen gelben Fröschen und seinen Riesenschlangen, seinen *tigres*, seinen verrückt aussehenden Affen, seinen Eingeborenen, die immer noch nackt herumliefen und mit Blasrohren und vergifteten Pfeilen jagten. Er liebte die Karibik mit ihren schwermütigen Fischen und den Millionen Blauschattierungen des Wassers, ihren schimmernd weißen und gelben Sandstränden. Er liebte die alten spanischen Städte an der Küste, die großen, halbwilden Schweine, die sich Löcher buddelten und den ganzen Tag unter den Palmen dösten, die Fischersfrauen, die in der Abenddämmerung auf die See hinausstarrten, nach ihren zurückkehrenden Männern Ausschau hielten und sich aufgrund der Haie ihretwegen Sorgen machten. Er liebte die Pazifikküste, die beinahe übergangslos zu einem spektakulären Gebirge aufstieg, und nahm Anteil an der landesweiten Trauer bei jedem Erdbeben und jeder Sturmflut, welche die Strände bei Vollmond verwüsteten und Schrecken verbreiteten, so wie er den Nationalstolz über die Fähigkeiten seiner Landsleute teilte, danach unter Rückbesinnung auf die Kräfte aller die Normalität wiederherzustellen, wenn sogar Diebe nicht plünderten und eingefleischte Vergewaltiger verzweifelten Frauen halfen, in den verheerenden Schlamm- und Trümmermassen ihre Kinder zu suchen.

Im Gegensatz zu beinahe allen seiner Landsleute liebte der General sogar die Savanne, deren Hitze in der Trockenzeit die Knochen alles Lebendigen bleichte und die roten Felsen mit dem Knall einer Haubitze zerspringen ließ, deren Feuchtigkeit in der Regenzeit die Leute dazu trieb, den ganzen Tag wie japanische Affen bis zum Hals in den Flüssen zu sitzen, um den schweißgeplagten Körper zu kühlen und den Moskitos zu entgehen, deren unbarmherzige und giftige Stiche rasend schnell vereiterten. Der General pflegte durch diese Wüsten mit ihren Reptilien und grandios verdorrten Gräsern zu wandern und spähte in durch Blitzschlag ausgehöhlte Baumstümpfe, um die Schwärme der mit dem Kopf nach unten hängenden Vampirfledermäuse zu begutachten, die sich nachts auf Hals und Rumpf von Pferden und Mulis niederließen und die Tollwut effektiver verbreiteten als Hunde. Er schlug mit seinem Spazierstock gegen die hohlen Bäume und schätzte im Licht eines Streichholzes, wie viele von den zirpenden und piepsenden Tierchen in dieser unnatürlichen Dunkelheit herumwirbelten und Exkremente aus reinem Blut absonderten.

Er liebte auch den Mond, den gewaltigen und leuchtenden, auf dem ohne Zuhilfenahme eines Fernrohrs alle Mare und Pockennarben zu erkennen sind. In Europa hatte er des Mondes Blässe und Mangel an Glanz derartig verabscheut, daß das vor allem anderen in ihm die Sehnsucht nach der Heimat geweckt hatte, wo nachts alles genau so klar wie tagsüber zu sehen ist, nur verzauberter. In Europa hatten Blitz und Donner nur sein Mitleid erregt, denn in seiner Heimat kracht der Donner so, als ob er aus dem Inneren des eigenen Schädels kommt. Wie von einem Panzergeschütz im eigenen Kopf abgefeuert, hallt er im Schädel nach, bis der Betroffene glaubt, daß ihm die Hirnschale wegfliegt. Daheim ist der Blitz heller als eine Magnesiumflamme und friert die Welt wie die Lichtimpulse eines Stroboskops in einem Standbild ein; er fällt gewaltige Bäume vor unseren Augen und verzweigt sich, um auf den Bergspitzen zu tanzen.

Am meisten aber liebte General Fuerte das Gebirge, denn wer dort hinaufsteigt, vor dem entfalten sich Klima und Lebensformen in drei deutlich getrennten Sphären. Auf den ersten gut zweitausend Metern ist es der Garten Eden, ein Überfluß an Orchideen, Kolibris und lieblichen Bächen mit köstlichem Wasser, die wundersamerweise neben jedem Pfad einherlaufen. Weiter oben kommt auf etwa eintausendfünfhundert Meter Höhe eine Welt aus Felsen und Wasser, geziert von hängenden Gärten mit fremdartigen Pflanzen in Braun, Rot und Gelb, die so sonderbare und zauberhafte Lebensgewohnheiten haben, wie sie nur in Sagen- und Märchenbüchern vorkommen. Darüber befindet sich eine venusähnliche Welt aus Eis, aus heimtückisch auftauchenden Nebeln mit fühlbarem Wasser, aus Flechten und tröpfelnden Quellen, aus zerbröselndem Schiefer und weiß schimmernden Gipfeln, wo die menschliche Realität fern und lächerlich erscheint, wo der Himmel eigentlich durch einen hindurchgeht, wo allein das Atmen schon eine Leistung ist und wo Kondore, unfaßbar schwer und gigantisch, wie Herren eines anderen und phantastischen Universums in den Aufwinden kreisen. Die Inkas hier oben fangen sie, denn sie wissen, daß ein Kondor zum Abheben mehr Platz braucht als zum Landen; und so legen sie einen Kadaver in einen kleinen Pferch und warten. Die Federn verwenden sie für Gewänder, und aus den hohlen Schenkelknochen fertigen sie ihre unterweltliche Flöte, die *quena*. Die Inkas töten zu Recht jeden, der einen Kondor des »sportlichen Vergnügens«

wegen, aus Neugier oder Ruhmsucht abschießt, und sie überlassen die Leiche den Kondoren und kleineren Geiern.

Im Gegensatz zu fast allen Patrioten liebte der General auch das Volk. Es erfüllte ihn mit Ehrfurcht, wenn er die den griechischen Statuen gleichenden Körper der Campesinos mit ihren Muskelpaketen und den unter ihrer schwarzen Haut sich wie Flußläufe abzeichnenden Adern sah. Er verspürte einen rätselhaften und beinahe mystischen Stolz auf die unnahbaren Inkas und ihre untergegangene Kultur und rief sich wiederholt ins Gedächtnis, daß seine Landsleute unter Simón Bolívar wenigstens einmal unermüdlich und unerschrocken gekämpft hatten, um die Länder vom Nordwesten bis hinunter nach Panama zu vereinen und die Spanier mit ihrer korrumpierenden Hybris und unbegreiflichen Grausamkeit zu verjagen. Er sehnte sich wie ein zur falschen Zeit geborener Mann nach der Wiedergeburt jenes feurigen und großartigen Geistes im Volk, das nun ebenso saft- und kraftlos war, wie dessen Vorfahren einst so unbezähmbar gewesen waren.

Der General liebte auch die Armee, die für ihn wie eine Frau war – was heißt, daß er sich häufig mit ihr überwarf; er fand sie ermüdend und phasenweise langweilig. Er war oft gezwungen, sich mit Kleinigkeiten herumzuschlagen, die in seinen Augen unwichtig waren, und mitunter war er versucht, seinen Abschied zu nehmen. Die Armee gab ihm jedoch Ordnung, Stabilität, Ziel und Zweck; es gefiel ihm, sich an Vorschriften halten zu können, weil es ihn davor bewahrte, sich mit Entscheidungen herumquälen zu müssen. Wie die meisten Offiziere ohne Fehl und Tadel sah er die Armee nicht als Kriegsmaschine, sondern als Instrument zur Herstellung von Stabilität und Frieden im Land an. Er hatte nie daran gedacht, an einem Putsch teilzunehmen, und nur einmal eine Schlacht erlebt in einem flüchtigen und unsinnigen Operettenkrieg um ein Stückchen Erde, das niemandem etwas nutzte. Dort hatte er es so weit als möglich vermieden, seine Männer in Gefahr zu bringen. Jetzt wünschte er sich, es nie wieder tun zu müssen. Wenn er an die Armee dachte, dann tatsächlich so, wie ein Mann an seine langjährige edle Gattin denkt – nicht mit Leidenschaft, sondern mit wachsender Achtung und Zuneigung, die das Herz erwärmt und beweist, daß Zufriedenheit erstrebenswerter ist als Glück.

So viel zu dem, was der General liebte. Was er verabscheute, war der Kommunismus, der für ihn ein so schwammiger und nebelhafter Begriff war, daß er auch aus Südafrika hätte stammen können. Das soll heißen, für ihn war ein Kommunist jemand, der das Boot so stark schaukeln wollte, bis Leute herausfielen oder naßgespritzt wurden. Für einen friedlich gesinnten und zufriedenen Mann, der sein Land liebte und das Leben stets fesselnd fand, waren Morde und Sabotageakte gegen die Wirtschaft ebenso brutal wie dumm. »Warum«, pflegte er zu fragen, »jagen sie, wenn sie für das Volk sind, Brücken und Eisenbahnstrecken in die Luft, die zum Wohl des Volkes erbaut wurden? Warum schlachten sie ihre *patrones* ab, so daß alle *fincas* mangels einer guten Verwaltung zugrunde gehen? Warum arbeiten sie nicht von innen auf eine Veränderung hin, anstatt sie von außen mit Gewalt aufzwingen zu wollen?«

Das Problem war freilich zwiefältig. Zum einen wußte der General, ganz wie die Guerilleros selbst, so gut wie nichts von der Theorie des Kommunismus. Es kümmerte ihn nicht, daß es beispielsweise eine atheistische Ideologie war, da er selbst keine Sympathie für die Kirche hatte, und es kümmerte auch die Guerilleros nicht, da sie vor einem Einsatz noch immer zu Engeln beteten und bei taktischen Fragen Geister um Rat baten. Er hatte auch nichts dagegen, daß die Revolutionäre eine Landreform wollten, weil er das selbst für eine gute Sache hielt. Aber ihn bekümmerte und erzürnte es, daß seine Soldaten von vollbärtigen Rüpeln, die nur mit Schlagworten um sich warfen, beschossen wurden, und das auch noch mit ausländischen Waffen.

Er wußte auch, daß der Kommunismus das Gegenteil des amerikanischen Systems war, und er wollte für sein Land das amerikanische System: gute Fernstraßen, gute Nahrungsmittel, ein Auto für jeden, neue Krankenhäuser, politische Stabilität. Er war in den Vereinigten Staaten gewesen und hatte die Leute dort als anständig, ehrenhaft und gastfreundlich erfahren, und deshalb verwarf er alle Geschichten, die er über die Wühlarbeit der CIA, darüber, daß für zwei geliehene Pesos drei Pesos an Zinsen weggingen, und darüber gehört hatte, daß die US-Konzerne die Rohstoffe des Landes ausplünderten, als ausgemachte Propaganda. Ihm erschien das alles absolut unglaubwürdig.

Er glaubte allerdings daran, was er in den Zeitungen las, was er von hochrangigen Offizieren, Ministern und seinen Bekannten aus dem amerikanischen Militär über die Sklaverei hörte, welche die Kommunisten der freien Welt aufzwingen wollten. Und warum hätte er das nicht glauben sollen? Niemand hatte ihm je begründeten Anlaß gegeben, anders zu denken, und dies führt zur zweiten Hälfte unseres zwiefältigen Problems.

Die bestand darin, daß sein Generalsrang ihn naturgemäß von der vordersten Front fernhielt – das heißt, er hatte keinen Anlaß, an der Wahrheit der Berichte zu zweifeln, die von Leuten wie Capitan Rodrigo Figueras eingereicht wurden. Nach seiner Auffassung gab es keinen Beweis, daß solche Männer nicht streng dem Ehrenkodex folgten und tüchtig waren, und selbst wenn es Anzeichen dafür gegeben hätte, mußte er immer noch die Möglichkeit in Erwägung ziehen, daß es sich hierbei um kommunistische Propaganda handelte. Ihm war gesagt worden, daß die Kommunisten häufig die Bauern ermordeten, um die Schuld dem Militär zuzuschieben. Noch dazu hatte er, da er ja aus einer angesehenen Familie in Cúcuta stammte, zwar die Armut und die Demütigung anderer mit eigenen Augen, aber nie mit seinem Herzen gesehen, da er sie selbst nie erfahren hatte. Demzufolge hatte er keine klare Vorstellung von den überaus persönlichen Gründen, die Guerillakämpfer dazu veranlaßten, zu den Waffen zu greifen.

Diese klare Vorstellung fehlte aber ebenso den wenigen kubanischen Agitatoren und Militärberatern, die sich ins Land geschmuggelt hatten, um die Arbeiterbewegung und die Guerillagruppen zu infiltrieren. Sie waren mit dem Kopf voller Ideale und Theorien über bewaffnete Propaganda, die Diktatur des Proletariats, Dschungeltaktiken und über das Opium für die Massen hergekommen, nur um verunsichert, verblüfft und angewidert zu werden von dem herrschenden Aberglauben, dem Mangel an Perspektive, der Angewohnheit, zu Ernten und Fiestas nach Hause zu gehen, der Unfähigkeit (oder eher Weigerung), sich zu organisieren, dem fehlenden Interesse an jeglicher Art von Theorie und den überaus seltsamen Begründungen für die Aufnahme des bewaffneten Kampfes (der *padrón* wollte mir keine fünfzig Pesos leihen; der *padrón* hat meinen Hund abgeknallt; in Venezuela werden bessere Löhne gezahlt; ich möchte nach Frankreich gehen können, aber sie wollen mir keinen Reisepaß geben, weil ich keine Geburtsurkunde habe, was heißt, daß ich noch gar nicht geboren bin, aber ich will ein Recht auf Geburt). Am häufigsten jedoch kämpften die Guerilleros, weil einige zu reich waren und alle anderen zu arm und weil sie auf irgendeine Weise Opfer der Übergriffe der Armee geworden waren. Es genügte ihnen zu wissen, wogegen sie kämpften, sie brauchten keine Ratschläge, wofür sie kämpfen oder wie sie es anstellen sollten.

General Carlo María Fuerte wußte wenigstens, wofür er kämpfte, aber heute bereitete er seinen Urlaub vor, was für ihn ganz einfach war, weil er über sämtliche Urlaubsgesuche in dem Gebiet entscheiden konnte. Er würde mit seiner Eselin, einem Militärrucksack voll Verpflegung, seinem Dienstrevolver zum persönlichen Schutz, seinem Feldstecher und seiner Kamera in die Sierra aufbrechen, um dort nach Kolibris Ausschau zu halten. Damit er in die richtige Stimmung kam, führte er eine Ausgabe von Hudsons *Idle Days in Patagonia* mit sich.

7

Don Emmanuels ergebnislose Diplomatie und ihre Folgen

Don Emmanuel mag als Abgesandter an Doña Constanza die naheliegende, da logische Wahl gewesen sein, aber er war alles andere als die beste. Aus dem einfachen Grund, da er, seit ihm jemand auf die Alter-Junge-laß-dir-mal-was-flüstern-Tour gesagt hatte, daß sein Spanisch, insbesondere in der Wahl der Adverbien, Adjektive und Substantive, unannehmbar vulgär sei, sich gegenüber einflußreichen und angesehenen Personen eine Sprechweise angewöhnt hatte, die zum einen aus seiner gewöhnlich empörenden Direktheit und zum anderen aus jener ausgefeilten Umständlichkeit gespeist wurde, die in mittelalterlichen Romanzen zu finden ist. Der nicht ganz unbeabsichtigte Effekt war der eines extrem überhöhten Sarkasmus, was seinem Ruf als ausgemachter Flegel beträchtlichen Auftrieb gab, insbesondere, da er sich nie bemühte, seine bäuerliche Aussprache aufzugeben oder abzuschwächen.

Sein übliches Fortbewegungsmittel war ein unglückseliger Rotschimmel mit einer weißen Blesse, was dem Tier den ganz und gar unromantischen Namen *Careta* eingetragen hatte. Zu dessen Leidwesen hatte Don Emmanuel, obwohl fit und stark, doch einen sehr voluminösen und festen Trommelbauch, was eine nicht unerhebliche Zusatzbelastung für das Tier mit sich brachte. Hinzu kam, daß das Pferd ein *pasero* war, was in diesem Fall nicht Fährmann heißt, sondern ein Pferd bezeichnet, das sorgfältig darauf dressiert ist, nicht zu traben, sondern stetig und schaukelnd zu kantern. Das aber war eben genau die Gangart, die Don Emmanuel nie zu reiten pflegte, so daß das Tier nicht nur einen durchhängenden Rücken, sondern auch den deprimierten, irritierten und frustrierten Ausdruck eines von der Natur begnadeten Künstlers hatte, den finanzielle Engpässe gewissermaßen dazu gezwungen hatten, einen Job als Bankangestellter anzunehmen. Das Pferd atmete immer scharf ein, wenn sein Herr ihm den *cinturón* spannte, und blieb mitten im Fluß stehen, um auszuatmen, damit der Sattelgurt sich lockerte und Don Emmanuel seitlich herunterfiel. Don Emmanuel war wegen dieses Tricks sehr stolz auf sein Pferd und zitierte dies für gewöhnlich als den unwiderleglichen Beweis dafür, daß ein Pferd auch Humor haben könne. Nichtsdestotrotz verlegte er sich darauf zu warten, bis sein Pferd ausatmete, bevor er den *cinturón* straffte, und so wurde Careta wahrscheinlich das einzige Pferd auf der Welt, das beinahe wie von selbst die Techniken des Hatha-Yoga für sich entdeckte.

Don Emmanuel ritt mit seinem von der Welt desillusionierten *pasero* durch die einzige Straße des Pueblos, wirbelte kleine Staubwolken auf, die von tanzenden Windhosen aufgefangen und davongewirbelt wurden, und wünschte jedem, den er sah, in seinem üblichen nasalen Ton: »*¡Buena día!*« Er kam an den drei Puffs mit Böden aus Beton vorbei, dem kleinen Laden, der Buschmesser, Alkohol, Empfängnisverhütungsmittel und die riesigen Avocados verkaufte, die kleine Jungen von seinen Bäumen stahlen; er passierte das kleine Maisfeld und Professor Luis' quietschende Miniaturwindmühle, die Strom erzeugte, und wandte sich dann nach links auf die Fahrspur zu Doña Constanzas Hazienda hin, während er die ganze Zeit darüber nachdachte, was er ihr sagen könnte, um sie aus der Fassung zu bringen.

Doña Constanza blickte aus ihrem Fenster, an dem sie stehend eine bereits drei Jahre alte Ausgabe von *Vogue* gelesen hatte, und sah seiner Ankunft fasziniert und mit einer Mischung aus Furcht und Aufregung entgegen. Sie beobachtete, wie er, mit bloßem

Oberkörper und halb über dem Hintern hängender Hose, sein Pferd an den Zitronenbaum band, und ermahnte sich, in der sich anbahnenden Geduldsprobe kühl und würdevoll zu bleiben.

Ihr Dienstmädchen, eine reizlose und unbeholfene Mulattin, die eine Vorliebe für oligarchische Manieren hatte, führte Don Emmanuel in Doña Constanzas Zimmer und wartete darauf, weggeschickt zu werden.

»Doña Constanza«, sagte Don Emmanuel, »es ist ein Zeichen der herrlichen Zeiten, in denen wir leben, daß das Dienstmädchen einer Dame so hübsch ist wie ihre Herrin!«

Das Mädchen errötete vor Freude, und ihre Herrin zuckte sichtlich zusammen. »Don Emmanuel, Sie sind reizend wie immer. Nun, wie Sie sehen, bin ich sehr beschäftigt; würden Sie daher die Güte haben, mir vielleicht den Zweck Ihres Besuchs zu offenbaren?«

Don Emmanuel machte eine Show daraus, den Grad ihres Beschäftigtseins herauszufinden, und verbeugte sich, wobei er schwungvoll den Strohsombrero zog. »Madame werden mir verzeihen, daß ich Ihr Geschäft nicht wahrnehme. Es ist ein Zeichen vortrefflichster Erziehung, beschäftigt sein zu können und einem unkundigen Betrachter müßig zu erscheinen.«

Sie kniff den Mund zusammen und blitzte ihn aus ihren Augen an, bevor sie wieder ihre Fassung gewann. »Señor geht heute wieder ganz besonders bedeutungsschwanger zu Werke. Was also ist der Zweck Ihres Besuchs?«

»Es ist mir zu Ohren gekommen, hochverehrte Dame, daß Sie sich mit dem Gedanken tragen, den Fluß, der mein Land und das der Campesinos bewässert, mittels eines Kanals umzuleiten, um Ihre *piscina* aufzufüllen. Dazu sehe ich mich genötigt anzumerken – da ich weiß, Sie schätzen Offenheit –, daß ich und die Leute hier sich eher kastrieren, in den Arsch ficken und in Guano feinster ecuadorianischer Provenienz schmeißen lassen, bevor wir so etwas zulassen.«

»Die Erlaubnis«, sprudelte es aus ihr hervor, wobei ihr augenblicklich das Temperament durchging, »liegt nicht in Ihrem oder deren Ermessen. Ich werde mit dem Wasser auf meinem Land machen, was ich will.«

»Ich appelliere«, sagte Don Emmanuel, »an Ihr sehr ausgeprägtes soziales Gewissen und an Ihre Sorge um mein Gemächt.«

»Ihr Gemächt?« wiederholte sie erstaunt.

»In der Tat, Señora. In der Trockenzeit ist die Mula das einzige Gewässer, in dem ich die Moosbeeren aus meinem Gemächt spülen kann.«

»Moosbeeren!« rief sie mit wachsender Empörung aus.

»Moosbeeren«, sagte er und gab sich betont oberlehrerhaft, »sind die kleinen Flaumbällchen, die in der Unterwäsche auftauchen und sich manchmal in den Schamhaaren verfangen. Sie sind in der Regel von grauer Farbe und wollener Beschaffenheit.«

Doña Constanza schwankte zwischen Verwunderung und Zorn, als sie eisig anmerkte: »Ich sollte in der Tat um Ihr Gemächt besorgt sein, wie Sie es nennen, denn soviel mir zu Ohren gekommen ist, soll es oft an den unhygienischsten Stellen anzutreffen sein.«

»In der Tat«, sagte Don Emmanuel, »ist es oft höchst unhygienisch zwischen den Beinen, wo es sich gewöhnlich befindet, wie einer Dame mit Ihrer umfassenden Erfahrung zweifelsohne bekannt ist, und deshalb appelliere ich an Sie …«

Aber Doña Constanza entfernte sich bereits, als Don Emmanuel endlich bemerkte, daß er sich durch seinen Hang zum leicht Perversen den Fehlschlag seiner Mission eingehandelt hatte. Schweren Herzens machte er sich auf den Heimweg.

Und so kam es, daß Sergio und seine Männer unter Don Emmanuels und Hectoros heimlicher Aufsicht einen Kanal zu graben anfingen, denn Doña Constanza hatte sich strikt geweigert, irgendeine der vernünftigeren und weniger nachteiligen Alternativen zu berücksichtigen, da sie vor allem darauf aus war, Don Emmanuel zu verärgern.

Zunächst waren sie übereingekommen, einen sehr flachen Kanal, vom Swimmingpool ausgehend, zu graben und dabei absichtlich die längstmögliche Strecke zu wählen. Drei Monate lang sah Doña Constanza zu, wie die Bauern, deren Muskeln vor Schweiß glänzten, sich mit ungeheurer Energie abmühten, aber mit ihren Hacken und Spaten fast keine Fortschritte erzielten. Als sie sah, daß der Kanal sowohl zu flach war als auch in die falsche Richtung ging, gab sie Anweisung, ihn tiefer anzulegen und den kürzesten Weg zur Mula einzuschlagen. Sergio entgegnete ihr, daß die Mula an diesem Punkt tiefer lag, und fügte hinzu: »Wir können das Wasser nicht bergauf fließen lassen.«

»Halten Sie sich gütigst an meine Vorgabe«, sagte sie daraufhin lediglich.

Und so wurde denn mit einem neuen Kanal begonnen, der diesmal etwa zehn Zentimeter tiefer ausgehoben und mit dem üblichen atemberaubend langsamen Tempo vorangetrieben wurde. Als er halb fertig war, setzte die Regenzeit ein, und die Mula trat über die Ufer. Die Arbeiten wurden eingestellt. Als das Wasser zurückging und die Moskitos wieder verschwunden waren, war der Kanal voller Schlick, Geröll und Baumstämme. Aber damit nicht genug. Die Mula hatte sich ein neues Bett, etwa zweihundert Meter entfernt von ihrem ursprünglichen, gesucht. Etwas, was in der Vergangenheit durchaus schon vorgekommen war. Zu allem Überfluß befand sich eine nicht zu übersehende Gesteinsschicht aus massivem rotem Fels zwischen beiden Flußbetten.

Doña Constanza ließ sich nicht im mindesten beirren, und die Campesinos waren froh, daß sie ihnen auch weiterhin überdurchschnittlich viel zahlte, um an einem Projekt zu arbeiten, das bis zum Ende aller Tage keine Aussichten auf Vollendung hatte. Als neuerlich sechs Monate Schinderei ins Land gegangen waren, war zu erkennen, daß Sergio zu seinem Glück recht behalten würde und das ausgetrocknete frühere Bett der Mula tatsächlich viel zu niedrig lag, selbst wenn es Wasser geführt hätte. Doña Constanza wies Sergio an, den Kanal zu vertiefen, und behauptete, daß die Mula im nächsten Jahr wieder in ihr früheres Bett zurückkehren würde. Professor Luis traf mit Pfosten und Schnüren ein und errechnete, daß der Kanal am Swimmingpool eine Tiefe von annähernd fünfeinhalb Metern aufweisen müßte. Etwa zur gleichen Zeit entdeckten Sergio und seine Männer, daß in einer Tiefe von eineinhalb Metern massive Gesteinsformationen aus dem gleichen unzerstörbaren roten Fels wie die Gesteinsschicht zwischen den beiden Flußarmen zutage traten. Daraufhin hatte Doña Constanza so etwas wie einen Geistesblitz.

Die Planierraupe brauchte einen Monat, bis sie aus dem dreihundert Kilometer entfernten Asunción eintraf. Was nicht nur daran lag, daß die Maschine langsam war (das war sie natürlich) oder daß die Straßen unwegsam waren (waren sie natürlich auch), sondern schlicht und ergreifend an dem Umstand, daß der Fahrer sich unterwegs leicht zu allen möglichen lukrativen Nebenjobs »überreden« ließ, besonders da er gern die Bewunderung genoß, die die Menschen für die ehrfurchtgebietenden Leistungen empfanden, die seine geliebte Maschine wie durch Zauberhand vollbringen konnte. Er gab kostenlose Vorführungen vor interessierten Menschenansammlungen, denen der Anblick nie langweilig wurde, wie Bäume ohne Sinn und Zweck ausgerissen wurden oder riesige, furchteinflößende Bullen an einem um die Hörner gewundenen Seil davongezogen wurden, obwohl sie ihre Hufe fest in den Boden gestemmt und all ihre Muskeln angespannt hatten. Auf halbem Weg zum Pueblo mußte der Fahrer umkehren, um in Asunción mehr Diesel zu holen.

Als die Planierraupe endlich eintraf, machte sie die Arbeit am Kanal sofort triumphal einfach, und das sogar so sehr, daß es die Besorgnis von Don Emmanuel erregte und er dazu überging, jeden Abend Flaschen mit *aguardiente* in die Nähe des Gefährts zu stellen. Er trug Sergio auch auf, allen im Dorf einzuschärfen, daß sie immer sehr großzügig sein sollten, wenn der Fahrer nach Einbruch der Dunkelheit dort auftauchte. Der Raupenbändiger sah mit der Zeit immer verhärmter und griesgrämiger aus. Die Arbeit begann später und hörte früher auf, bis ihm Doña Constanza schließlich mit Gefängnis drohte, was keine leere Drohung war, da alle Staatsbeamten ohne Ausnahme gegen eine kleine Zuwendung jeden irgendeines Vergehens für schuldig befinden würden. Der öffentliche Dienst war aus diesem Grund eine ebenso ehrenhafte wie profitable Last, und Posten wurden eifrig gesucht und mit Hilfe von Geldscheinen (gewöhnlich Dollarnoten) emsig angestrebt.

Als der Fahrer sich wieder seiner früheren Betriebsamkeit befleißigte und rote Felstrümmer im Fluß auftürmte, um diesen wieder in sein altes Bett umzuleiten, verlegte sich Hectoro auf eine heldenhafte Sabotagekampagne. Don Emmanuel bestellte unmäßige Mengen von *ron cana* und *aguardiente* vom kleinen Laden, und Hectoro sorgte dafür, daß diese, zusammen mit kleinen Mengen in Wasser aufgelösten Zuckers, ihren Weg in den Tank der Planierraupe fanden.

Am ersten Morgen startete die Raupe mustergültig mit dem unversetzten Treibstoff, der noch in den Leitungen steckte. Nach einigen Minuten jedoch überdrehte der Motor, hatte etliche Fehlzündungen, die weiße Rauchwölkchen aus dem Auspuff jagten, und wurde dann auf wunderbare Weise unberechenbar. Es gab Schübe von Frühzündungen, Ausbrüche spektakulärer Explosionen wie Gewehrfeuer und Phasen totalen Stillstands. Daraufhin werkelte der ratlose und frustrierte Fahrer stundenlang an der Benzinpumpe herum, da er dort einen Defekt vermutete. Er saugte die Treibstoffleitungen leer, da er sie voll Luft glaubte. Er trat mit vom Diesel noch brennenden Mund gegen die schweren Ketten und brüllte vor Wut. Am Ende vergrub er den Kopf in die Hände und setzte sich mit dem Rücken an die Maschine, ein Bild herzergreifender Verzweiflung. Schließlich warf er den Kopf in den Nacken, blickte, wie um Hilfe und Inspiration flehend, gen Himmel, stand langsam auf und kletterte wieder in das Führerhaus, wo er mit grimmigem Gesicht Platz nahm, bevor er den Zündschlüssel umdrehte. Der Motor sprang an, lief kurzzeitig, hatte Fehlzündungen, überdrehte und starb ab, was zur Folge hatte, daß die ganze Pantomime von neuem begann, beobachtet von einem Publikum aus Waschweibern mit Körben voller Wäsche auf dem Kopf und Zigarren im Mund, die bei jeder Explosion leise »Hoppla!« und bei jedem Aussetzer »Ay, ay, ay!« riefen. Nachdem sie dem Fahrer eine Weile bei seiner Fummelei und Flucherei zugesehen hatten, schritten sie, mit sich und der Welt im reinen, im Gänsemarsch davon, um ihre Wäsche auf den größten flachen Steinen im Fluß auszuklopfen und dabei rhythmische Gesänge anzustimmen, deren Sinn verlorengegangen ist, die aber wahrscheinlich noch immer in Westafrika gesungen werden.

Überflüssig zu erwähnen, daß die Arbeit nurmehr mit wundersamer Langsamkeit und unter unendlichen Qualen vorankam. Als der Kanal für das bloße Auge als halbwegs vollendet gelten konnte, ergriff der Fahrer die erstbeste Gelegenheit zur Flucht, um mit seinem Feuerwerkskörper zurück nach Asunción zu zukkeln, wo die arg mißhandelte Maschine mit Transfusionen unverpanschten Diesels langsam wieder zu Kräften kam und der Fahrer allmählich wieder zu seiner guten Laune zurückfand und sich erneut darauf verlegte, Bäume auszureißen und Bullen durch die Gegend zu ziehen. Aber wie ein Mann, den seine Potenz einmal im Leben im Stich gelassen hat, hatte er ein für alle Mal den unerschütterlichen Glauben an sich und seine Stärke eingebüßt.

Doch die fröhliche, das Überleben sichernde Sabotage sollte unerwartete und schreckliche Folgen haben. Das lag weder daran, daß sie keinen Erfolg hatte, denn den hatte sie zweifelsohne – der Fluß ließ sich nicht umleiten, und der Kanal lag immer noch trokken –, noch daran, daß der Fahrer psychisch etwas angegriffen war.

Was war geschehen? Es hatte sich herumgesprochen, daß in der Nähe des Pueblos viele Explosionen zu hören waren, die ganz nach Gewehrfeuer, Bomben und Granaten klangen. Daraufhin entstanden im weiteren Umkreis Gerüchte, daß im Pueblo tatsächlich Schüsse, Bomben und Granaten losgingen. Bis diese Geschichten Valledupar erreichten, hatten sie sich zu drastischen Schilderungen von Scharmützeln und sogar erbitterten Schlachten zwischen »den Kubanern« und den belagerten Bauern ausgewachsen, die in eben diesem Augenblick gefoltert, vergewaltigt und erbarmungslos ausgeplündert wurden. Da General Fuerte im Urlaub war und sich der Suche nach Kolibris hingab, setzte Stabsoffizier Hernando Montes Sosa eine bis an die Zähne bewaffnete und von Nervosität und Furcht geplagte Kompanie in Marsch, um Staat und Demokratie zu verteidigen.

So kam es, daß Comandante Rodrigo Figueras sich neuerlich am Schauplatz seiner Demütigung wiederfand, diesmal jedoch mit der dreifachen Anzahl von Männern und anderen Abzeichen auf den Epauletten. Doña Constanza war die erste, die davon erfuhr, als sie an die Haustür gerufen wurde und sich einem unangenehmen, lüstern dreinblickenden, mürrischen Typen mit fettigem Haar, einem Revolver und einer großen Zahl Soldaten im Rücken gegenübersah.

»Wo sind die Kommunisten?« wollte er wissen.

8

Aurelio wird enterbt

Don Hernández Almagro Méndez, Abkömmling von Konquistadoren und Besitzer unermeßlich großer Ländereien, die durch Überweidung und familiäre Mißwirtschaft erschöpft und ausgelaugt waren, sah sich veranlaßt, noch etwas mehr Land zu erwerben. Das unfruchtbare Gestrüpp, in dem lediglich noch ein paar Eukalyptusbäume wuchsen, war einst jungfräulicher Dschungel gewesen, erfüllt von Kräuterduft und geschmückt mit Orchideen und Lianen, wo Morphofalter funkelten, der rauhe Laut des Jaguars widerhallte, gigantische Wolfsspinnen anzutreffen waren und nach Sonnenuntergang das unheimliche Krächzen des Ziegenmelkers ertönte.

Dann war die Familie Méndez gekommen und hatte die Indianer versklavt, hatte sie mit Peitsche und Schwert dazu angetrieben, ihre frühere Heimat niederzubrennen, bis der ganze Urwald von einem flammenden Inferno verzehrt wurde, dessen glutroter Feuerschein in der Dunkelheit noch weit draußen in der Sierra am Himmel zu sehen war. Es übersteigt das Vorstellungsvermögen, wie viele Tiere in dem Feuersturm umkamen; unter den verkohlten Baumstümpfen fanden sich die kalzinierten Überreste von Tapiren, Gürteltieren, Wasserschweinen, Garapuhirschen, dreierlei Ameisenbärenarten, Leguanen, Pekaris, Faultieren, Kapuzineräffchen, Nasenbären und Fröschen, die Laute wie ein weinendes Kind von sich geben konnten.

Kaum hatte sich das riesige Leichentuch aus weißer Asche aufs Land gesenkt, wurden die Indianer angetrieben, das Land zu kultivieren. Viele starben an Krankheiten, Unterernährung und infolge der Mißhandlungen; die übrigen hungerten sich zu Tode oder entkamen den Hundemeuten und den Reitern. Sie versuchten ihr Glück bei den feindseligen Stämmen der Kopfjäger, die in dem Teil des Dschungels lebten, der außerhalb der *encomienda* überlebt hatte. Als Ersatz für die Indianer holte die Familie Méndez Neger aus Westafrika, die sich sehr viel leichter in die Knechtschaft fügten.

Das Land wurde für Bananen, Tabak, Baumwolle und Rinder gerodet, gab aber nach ein paar Jahren gar nichts mehr her, weil die zarte Humusschicht von den Wasserfluten der Regenzeiten in die Flüsse geschwemmt worden war. Auf den Feldern entstanden rasend schnell tiefe Erosionsrinnen, die vom Wasser in erschreckenden Springfluten ausgehöhlt wurden, sogar Rinder und Häuser davonrissen und aus dem ehemaligen Garten Eden schließlich nackten Fels und unfruchtbare, steinharte Erde machten, auf der nur rauhes Gras und wenige Herden gediehen.

Mancherorts begann der Dschungel, sich das Land zurückzuerobern, kroch langsam und zaghaft voran. Auf Jahrhunderte unfähig, das wiederzuerschaffen, was er in wenigen Tagen verloren hatte, schickte er, dessen ungeachtet, Ranken und Fühler aus, schuf nach und nach Grünzungen, wo es wieder Bromelien, Piassavapalmen und die Situlis mit ihren köstlich roten Blüten gab. Die Familie Méndez überließ die Hazienda quasi sich selbst, denn sie hatte ihren Hauptwohnsitz in der Hauptstadt genommen und die Verwaltung *enganchadores* übergeben, die *jornaleros* und *macheteros* anheuerten, welche sich ohne großes Verantwortungsgefühl damit abmühten, das wenige anzubauen, was noch wuchs, und die Rinder zählten.

Die *enganchadores* enthielten den Arbeitern, den üblichen Gepflogenheiten gemäß, ihren Lohn vor; sie verkauften ihnen alles für das Leben Notwendige – Nahrung, Werkzeuge, Leder, Pferde, vermeintliche Arzneien aus Meerwasser und Hühnerblut – und sorgten dafür, daß die Campesinos stets mehr Schulden hatten, als sie verdienten. Riesige, niemals zu tilgende Schuldenberge wurden von den Söhnen geerbt und wiederum an deren Kinder weitergegeben. Unter allen *latifundistas* gab es eine stillschweigende Übereinkunft, derzufolge sie nie einen Tagelöhner einstellten, der seinem *padrón* noch Geld schuldete. Auf diese Weise verbrachten Generationen von Familien ein geschütztes, aber bitterarmes Leben auf der Hazienda Vida Tranquila.

Jahrhunderte später entschied Don Hernández, der erfolgreich mit Regierungsanleihen spekuliert hatte, es sei nun an der Zeit, sein Geld in Bodenschätze anzulegen, insbesondere Gold. Zur Sicherheit wollte er nebenher noch ein wenig Kaffee anbauen. Er wußte, daß er in den Hochebenen oberhalb der Vida Tranquila die allerfeinsten Arabicabohnen für den Feinschmeckermarkt in Europa und Nordamerika anbauen konnte und dort oben eine Vielzahl von Minen aus der Inkazeit lagen, die nach einer Wiedererschließung lohnende Mengen an Erz liefern würden. Zur Untersuchung dieser alten Bergwerke stellte er einen französischen Bergbauingenieur ein, der mit einem günstigen Bescheid zurückkam, aber darauf hinwies, daß das Gebirge noch immer von Aymara-Indios bewohnt sei, die wahrscheinlich jeder industriellen Erschließung höchst ablehnend gegenüberstünden.

Don Hernández entschied sich, die Sache auf jeden Fall in Angriff zu nehmen. Und so zogen seine Arbeitstrupps los. Sie zäunten bis hinauf in die Berge ein Gelände ein und rodeten es für die Kaffeepflanzungen. Dieser Teil des Vorhabens verlief ohne größere Zwischenfälle, aber das Einzäunen weiter oben im Gebirge erwies sich als nicht ganz so problemlos. Zaunpfähle lassen sich nun mal nicht fein säuberlich in Reihen über Gipfel und Schluchten in nackten Fels treiben, da hilft auch ein vom Grundbuchamt beglaubigter Eigentumsvertrag nicht viel weiter. Schließlich sah sich Don Hernández gezwungenermaßen darauf beschränkt, an den äußersten Grenzen seines Besitzes in gewissen Abständen Steinhaufen aufzutürmen und Reisenden den freien Durchgang zu erlauben. Aber er war von der fixen Idee besessen, die Indios loszuwerden, die er für minderwertiger als Tiere und weitaus gefährlicher hielt.

Er schickte Banden von Gaunern auf Raubzug, um die Indiosiedlungen niederzubrennen und die *cholos* von seinem Land zu scheuchen, obwohl sie offiziell unter dem Schutz der Eingeborenenbehörde standen und er nicht die geringste Berechtigung für deren Vertreibung hatte. Nachdem die Aymaras ihre Dörfer zwei- oder dreimal verlegt hatten, begannen sie natürlich, sich zu verteidigen, und schon bald war in jenem Teil der Sierra ein schmutziger Krieg entbrannt, der einigen Jahrhunderten friedlichen Lebens ein Ende setzte. Don Hernández' Meuchelmörderbanden waren allem Anschein nach schon am Verlieren, als der *padrón* auf die Idee kam, heimlich vom Quartiermeister am Militärdepot Corazón gekaufte Minen auszulegen und die Aymaras und ihre Anbauflächen aus dem Flugzeug mit konzentrierten Pestiziden und Herbiziden zu besprühen.

Als die Ureinwohner plötzlich feststellten, daß sie nicht nur in einer pflanzenlosen Wildnis lebten, sondern auch Blut spuckten, am ganzen Körper Ausschläge bekamen, erblindeten und vom »Plötzlichen-Tod-durch-Donner« zerfetzt wurden, zogen sie endlich fort. Einige von ihnen, zu denen auch Aurelio gehörte, verließen die Gegend für immer.

Aurelio, damals ein vierzehnjähriger Junge, bewegte sich auf den oberen Hängen der Bergausläufer nach Süden, blieb in vielen *pueblitos* und arbeitete hier und da ein wenig. Oft fror und hungerte er, fand in Höhlen bei wilden Bullen Unterschlupf und setzte sein Leben aufs Spiel, wenn er den Ziegenpfaden über die Steilhänge des Gebirges folgte. Er wußte weder, wohin er ging, noch, was er eigentlich wollte, bis er eines Tages hoch oben auf einem Osthang entlangkletterte und auf den unter ihm liegenden Dschungel blickte.

Bis zum Horizont erstreckte sich der wogende grüne Urwald ohne Unterbrechung in alle Richtungen. Er hatte von seinem Volk gehört, daß dort nur Indianer lebten und jemand anderes nicht überleben konnte. Er hatte gehört, daß die Indianer böse Leute seien, die erbarmungslos mordeten, Hände und Köpfe von Menschen sammelten und in seltsamen Zungen redeten. Er hatte von den giftigen Schlangen und Pflanzen gehört, von den weißen und schwarzen Flüssen, in denen es von bösartigen Fischen nur so wimmelte, von den riesigen Überschwemmungen in der Regenzeit, die es erforderlich machten, Pfahlbauten zu errichten, und von den Fiebern, die dem menschlichen Körper so schrecklich zusetzten, daß seine Seele entfloh, um dem Verbrennen bei lebendigem Leib zu entgehen.

Doch von seinem Beobachtungsposten aus sah der Urwald verlockend und sicher aus, wie ein Ort unbeschreiblicher Friedfertigkeit, Üppigkeit und Anonymität, wo der Tod, wenn er kam, einen nicht durch einen Flieger oder durch auf den Wegen versteckte Bomben ereilte. Und es war ihm egal, ob er sich verirrte, da er ja sowieso nicht wußte, wohin er unterwegs war.

Er folgte einem Bach abwärts durch die Kare, *quebradas*, Senken und Täler, bis endlich der Urwald selbst in Sicht kam. Er fing einigermaßen sanft an, doch dann wurde die Vegetation immer dichter, immer mehr Kolibris zeigten ihre erstaunlichen Flugkünste – jene winzigen Geschöpfe, welche die Indianer »lebendige Sonnenstrahlen« nennen. Er sah einen Schwarm der Juwelen gleich glitzernden Vögelchen, die zwischen einigen blauen Passionsblumen unter einer prächtigen Aguachepalme umherschwirrten, als ein Falke auf Beutesuche kreisend herunterkam. Die Kolibris flohen alle bis auf einen, der einen kaum vernehmlichen, schrillen Schrei ausstieß und zum Angriff überging. Wäre er darauf gefaßt gewesen, hätte der große Falke diesen winzigen Feind, der blitzartig in jede Richtung manövrieren konnte, ohne Umstände mit einem Schnabelhieb oder einem Flügelschlag töten können. Doch der Kolibri setzte ihm derartig zu, indem er um dessen Kopf schwirrte und nach dessen Augen pickte, daß der Falke mit einem Mal nach oben sauste und das Weite suchte. Der siegreiche Winzling setzte sich auf einen Zweig und ließ ein kriegerisches Triumphgeschrei ertönen. Da wagten sich auch seine Freunde wieder aus ihren Verstecken. Aurelio blieb dieser Vorfall auf ewig im Gedächtnis, und bei der Erinnerung an ihn mußte er stets unwillkürlich lächeln.

Schon bald stellte Aurelio fest, daß es eigentlich keinen Weg durch den Urwald gab. Mit jedem Schritt wurde ihm das Weiterkommen durch riesige Lianen erschwert, die sich hoch in die Bäume schraubten, durch Flächen fleischiger Orchideen, durch Pflanzen, die weißes Gift absonderten, durch Pflanzen, deren Gestank Migräne auslöste, durch Ameisen, deren Bisse ihn fünf Tage krank machten, durch Tausendfüßler, deren Bißwunden ihn beinahe töteten und wochenlang krank machten, durch Zweige, bei deren Berührung er einen Ausschlag an seinen Händen bekam, durch unbegehbare *tauampas*-Sümpfe, durch Dickichte von *cana brava*, durch *sapoeira*, durch rasiermesserscharfe Fucumpalmen, die tiefe, eiternde Schnitte in seiner Haut hinterließen, durch Schwärme stechender Bremsen, durch verletzend-spitze Piassavapalmen – durch den ganzen Urwald und alles, was darin kreuchte und fleuchte. Was nichts anderes bedeutete, als daß er am eigenen Leib herausfand, was alle Dschungelbewohner wissen: daß es am besten ist, den Wasserwegen zu folgen, wo die Gefahren zwar nicht weniger schreckenerregend sind, aber ein schnelleres Vorankommen möglich ist.

Bis er das jedoch für sich realisiert hatte, war er schon krank vor Fieber und Hunger, denn er hatte noch nicht gelernt, zur Abwehr von Insekten sich mit *annatto* und *urucú* zu bedecken. Seine Haut war nicht so widerstandsfähig wie die der Regenwaldindianer. Außerdem hatte er erfahren müssen, daß die Vorstellung, daß einem im Urwald die Nahrung praktisch ins Maul wachse, ein Aberglaube ist. Er wußte noch nicht, daß alles, was die Tukane, die Aras und die Kapuzineräffchen verzehrten, auch von Menschen gegessen werden konnte. Er besaß keine Jagdwaffen, entfachte nur unter großen Schwierigkeiten Feuer und fing Fische und Krebse auf die gleiche Art wie sein Volk im Gebirge, da er sich die im Dschungel gebräuchlichen Methoden noch nicht angeeignet hatte.

Nachdem er den Versuch aufgegeben hatte, sich einen Weg durch das dichte Grün zu bahnen, folgte er den Wasserläufen und umging die Wasserfälle, Stromschnellen und Katarakte. Er watete durchs seichte Wasser, wenn es nicht möglich war, über die Felsen zu springen oder am Ufer entlangzugehen. Dann, eines Tages, als sich dem Wasserlauf zwei weitere anschlossen und einen Fluß bildeten, bemerkte er die Kaimane am Ufer und trat auf einen *arraia*. Der Stachel des Rochens, als Pfeilspitze so wertvoll wie im Fleisch tückisch, ließ ihn rückwärts ins Wasser fallen und zu einer Sandbank kriechen, wo er sitzenblieb und sich den Fuß hielt, während er vor Schmerz fast verging. Der Schweiß brach ihm aus vor Angst, als er die Kaimane bemerkte, die ihn vom Rand der Sandbänke aus beäugten. Als er in die Augen dieser Tiere blickte, besonders nachts, wenn sie glühten, verstand er mit einem Mal, warum die Regenwaldindianer in ihnen den Ursprung des Feuers sahen.

Aurelio entschied sich für den Bau eines Floßes, um sicher übers Wasser zu kommen. Der Dschungel war teilweise so undurchdringlich, daß an manchen Stellen ein bedrückendes Halbdunkel herrschte. Wo die Sonne dann doch durch das Laubdach brach, war das Licht so gleißend hell, daß es Schmerzen verursachte, diese Stelle zu überqueren. Selbst unter der Kleidung konnten Blasen entstehen.

Beim Zuschneiden der Baumstämme und Zusammen

mit Lianen machte Aurelio den ersten Schritt im langen Prozeß seiner Verwandlung vom Indio zum Indianer. Er entdeckte, daß einige Hölzer viel zu hart waren zum Schneiden und andere zu schwer, um auf dem Wasser zu treiben, und er entdeckte, daß einige Ranken sich zum Zusammenbinden eigneten, während andere wiederum einfach brachen, wenn sie gebogen wurden. Als er sich mit der Strömung treiben ließ, stellte er fest, daß er einen Stock brauchte, um zu verhindern, daß sein Gefährt an den vielen im Wasser liegenden Baumstämmen hängen blieb, um sich von den Sandbänken oder Untiefen abzustoßen, wo er auf Grund lief, und um bei der Durchfahrt unter den über den Fluß wachsenden Bäumen die herabhängenden Lianen wegzuschieben. Er bemerkte auch, daß das Floß dazu neigte, sich während der Fahrt zu drehen, also schnitzte er sich ein Paddel, um es besser unter Kontrolle halten zu können.

Aurelio hatte ausgesprochenes Glück. Die Stromschnellen, mit denen er es zu tun hatte, waren sanft, es gab keinen der üblichen Wirbel wie den, der einmal den Dampfer *Ucayali* auf dem Amazonas in die Tiefe gezogen hatte, als der Kapitän besoffen war, und es gab keine Wasserfälle, die er nicht im voraus sah und mit einer Portage umging. Er badete in Gewässern voll von Piranhas, die nicht hungrig waren, weil die Trockenzeit noch keine Überpopulation hervorgerufen hatte, und wenn er beim Schwimmen urinierte, drang kein Schmarotzerwels in seine Harnröhre ein, weshalb er nicht das Schicksal so manchen europäischen Forschers erlitt, dessen Penis aufgeschnitten werden mußte, um den Fisch zu entfernen. Er hatte auch darin Glück, daß es keine Regenfälle gab, welche die Flüsse plötzlich in Katarakte und den Dschungel in eine riesige Seenplatte verwandelten. Günstigerweise ließ sich auch keine *chushupi*, Rattenschlange oder Grubenotter aus dem überhängenden Orchideenflor fallen, und gütigerweise hatte die Anaconda, die ihn passieren sah, bereits ein Pekari verschlungen.

In anderer Hinsicht war Aurelio nicht gerade vom Glück begünstigt. Hunger und ständig wiederkehrendes Fieber mergelten ihn aus. Sein Körper war von den Einstichen der Sandflöhe ganz wund. Unter seiner Haut wanden sich die Maden der Pferdebremse. Außerdem litt er an Dschungelwahnsinn. Schonungslose Einsamkeitsgefühle und Selbstzweifel hatten sich seiner bemächtigt. Es gab rein gar nichts, was er lieben oder mögen konnte. Die Feuchtigkeit erstickte ihn buchstäblich und ließ ihn dermaßen schwitzen, daß er mit einer Armbewegung einen Bogen aus Schweißtropfen fortschleudern konnte. Er fühlte sich erdrückt von den geheimnisvollen Lebensformen, den blendenden Farben von alptraumhafter Surrealität, der gräßlichen Todesgier, der Brutalität und Abscheulichkeit all dieser grotesken Kreaturen, die einander gedankenlos und ohne Mitleid gierig verschlangen. Ihn bedrückten und entsetzten das gnadenlose Sirren der Moskitos, die Rufe der Trompetenvögel, der Lärm der schwarzgesichtigen Brüllaffen mit ihren abstoßenden Kropfhälsen, die von fliegenden Enten erzeugten geheimnisvollen Zuggeräusche, das prähistorische Grunzen der Kaimane, die seltsamen Begrüßungen der Tapire, die genau wie das amerikanische »Hi!« klangen, das irritierende Fingerknakken der Ageroniaschmetterlinge, das von einem geheimnisvollen Fisch unter seinem Floß hervorgebrachte Glockenläuten, das empörte, idiotische Kreischen Hunderter verschiedener Papageienarten, das Husten der Waldfüchse, das Geschnatter der Madenhacker, das dämonische Lachen der Otter, der unirdisch schöne Gesang der weißohrigen Bartkuckucke, die entnervende nächtliche Heiterkeit des Lachfalken, das »Koro! Koro!« des Cayenne-Ibis, das Pfeifen des Hokkovogels, die Jaguarschreie des Tigerreihers, das Klappern des Cocoireihers, und am meisten das irrwitzige Schrillen der Armeen riesiger Zikaden.

Aurelio, vom schreckenerregenden Überfluß der Natur, ihrer sybaritischen und dionysischen Fülle überwältigt, wurde des Nachts in seiner Hängematte von peinigenden Träumen heimgesucht. Am Tag plapperte er mit sich selbst und gestikulierte herum, als würde er vor einem Publikum sprechen. Er fuhr bei jedem Geräusch wie ein aufgescheuchter Hund zusammen und kratzte heftig an seinen Stichen, bis sie eiterten und näßten. Er vergaß, sein Floß zu steuern, und trieb, in der Strömung sich drehend, dahin. Sein Verstand und sein Inkastoizismus kamen ihm langsam, aber sicher abhanden, während seine Phantasie sich mit Erscheinungen, Ungeheuern und der Sehnsucht nach der kalten, sauberen Sierra bevölkerte.

Er wurde eines Tages aus seinem grünbelaubten Dämmerschlaf durch den Anblick eines Mannes gerissen, der mit einer großen *sucuri* rang, deren Leib so dick wie ein menschlicher Schenkel war. Die Wasserschlange war hinter dem fischenden Indianer aufgetaucht, hatte ihre Fänge in seine Schulter geschlagen und sich um ihn geschlungen, um seine Rippen zu brechen und ihn zu ertränken.

Aurelio hatte noch nie in seinem Leben eine solche Schlange gesehen, und zuerst hielt er sie für eine seiner vom Dschungel verursachten Erscheinungen. Er erhob sich auf seinem Floß und stakte zum Schauplatz des ungleichen Kampfes. Der Indianer, eine Miniaturausgabe von Herkules, hieb mit einem Bambusmesser auf die Schlange ein, war aber schon halb ohnmächtig. Aurelio sprang von seinem Floß, das flußabwärts trieb, und warf sich auf die Schlange. Er schlug ihr mit seiner Machete tiefe Wunden und wurde mehr als einmal von ihrem die Luft peitschenden Schwanz niedergeworfen. Plötzlich ließ das Tier von dem Indianer ab und wollte Aurelio an den Hals fahren. Dieser köpfte es, und das Biest verfiel in heftige Todeszuckungen, die so tödlich waren wie seine Taktik im Leben. Aurelio bemühte sich, den zitternden und peitschenden Leib abzuwickeln, und als das um sich schlagende Reptil davongetrieben war, um den Fischen als Nahrung zu dienen, schleppten er und das Opfer sich auf die Sandbank und brachen Seite an Seite zusammen.

Aurelio verbrachte die ersten zehn Tage seiner zehn Jahre bei den Navantes im Koma. Die Gründe, warum er nicht augenblicklich von ihnen getötet worden war, lagen allein darin, daß er das Leben ihres Unterhäuptlings Dianari gerettet hatte und daß der Stamm neugierig war, zu erfahren, wer diese eitrige Erscheinung mit den geflochtenen Haaren denn nun war.

Der *paje* des Clans nahm *ayahuasca* und *yague*, um von den Geistern zu erfahren, ob sie Aurelios Seele aufgeben würden oder nicht, und er feilschte und handelte mit ihnen sehr lange, bis sie einverstanden waren. Dann blies er Rauch über Aurelios Körper, holte die Parasiten mit dem Gebiß eines *tararira*-Fisches heraus und rieb ihn ganz mit Heilschlamm, Rinde und Copaivaöl ein.

Der *paje* war normalerweise der gefürchtetste und daher der kurzlebigste aller Clanmitglieder, aber dieser war ungewöhnlicherweise vom Geist des Mitleids erfüllt und war sogar einmal zwei Wochen lang reglos auf dem Boden liegengeblieben, als Mäuse sich in sein Haar eingenistet hatten. Als Aurelio sich erholte, wurde er schließlich der Schüler des Medizinmanns.

Weit weg in der Sierra verlor Don Hernández Almagro Méndez sein halbes Vermögen in den Minen, die schon seit langem erschöpft waren, und ein ungewöhnlicher Frost vernichtete seine Kaffeeplantage.

9

Die Leiden Federicos

Das Leben ist kaum mehr als der willkürliche Gang von Koinzidenzen und Finten des Schicksals; es läuft nie so wie geplant oder vorhergesagt. Häufig endet jemand im Glück, wenn er gezwungen ist, einen unerwünschten Weg einzuschlagen, oder im Unglück, wenn er einem selbstgewählten folgt. Wie oft können wir es unterlassen, danach zu fragen, was für unheilvolle Ereignisse aus irgendeinem trivialen Umstand hätten erwachsen können, der dadurch eine weit größere Bedeutung, als ihm zukommt, erlangt hat.

Es war eine Koinzidenz, daß ein junger, fünfzehnjähriger Mann, von der Sonne braun gebrannt und mit von Haß und Eifer geschärften Augen, am östlichsten Ausläufer des Berges Wache hielt, als ein athletischer Mann mittleren Alters und von vornehmer Haltung in bäuerlicher Kleidung unter ihm mit einem Esel vorüberging. Dieser hatte einen Feldstecher, eine Kamera und einen Dienstrevolver bei sich. Die Waffe, die im Gürtel des Mannes steckte, erregte Federicos Interesse, weil Guerilleros immer knapp an Waffen sind und sie gewohnheitsmäßig zu sammeln pflegen, so wie andere Leute Briefmarken oder Muscheln.

Federico hatte sich in dem Jahr, seitdem er von zu Hause fort war, stark verändert. Er war nicht nur größer, anmaßender und ausdrucksstärker geworden, nein, er hatte auch ungeheure Entbehrungen und Strapazen durchgemacht und war endlich in den eigenen Augen zum Mann geworden.

Zu Anfang, als er zitternd vor Angst, Schrecken und Übelkeit, aber doch zu stolz und auch zu beschämt, um wieder nach Hause zurückzukehren, von der Leiche weggerannt war, war alles nur schrecklich gewesen. Er hatte keine Ahnung gehabt, was er essen, wie er es bekommen, geschweige denn, wie er es kochen sollte, da er keine Streichhölzer, keine Töpfe besaß. Er hatte immer nur das verzehrt, was seine Mutter auf den Tisch zu zaubern pflegte, hatte sich nie Gedanken darüber gemacht, wie sie die rohen Zutaten zu einer guten Mahlzeit verarbeitete. Ihm fiel ein, daß Mais eßbar war, und ein oder zwei Tage lang stahl er ihn von den Feldern der *minifundistas,* die über die Anhöhen verstreut waren, und aß ihn roh. Dann bemerkte er, daß auch die Yuccawurzeln eßbar waren, die überall wild wuchsen; aber die schmeckten roh nicht, und so aß er statt dessen Mangos, Avocados und Gujaven, die seinen Bauch füllten, aber nicht seinen Hunger nach Fleisch stillten.

Es war nicht sonderlich schwer, ein Hühnchen zu stehlen und zu töten, und auch das Rupfen stellte keine Schwierigkeit dar. Er hatte jedoch kein Messer, um es auszuweiden, und so lief er mit dem Hühnchen stundenlang zwischen den Felsen herum, bis er einen Quarzbrocken fand, der scharf genug war, um die weiche Haut am Bauch aufzubrechen. Doch er konnte kein Feuer machen. Er rieb über altem Laub und trockenem Gras Steine aneinander; ein- oder zweimal schlugen sie Funken, aber ein Feuer brachte er nicht zustande. Er rieb Stecken aneinander, so wie er es von Pedro kannte, wußte aber nicht, welches Holz dafür das geeignete war. In jener Nacht schlief er mit dem Hühnchen in seiner *mochila* neben sich, doch am Morgen befand sich die *mochila* etliche Meter entfernt, und das Hühnchen war weg. Er weinte vor Wut und Enttäuschung und verfluchte das wilde Tier, das so unmoralisch gewesen war, sein gestohlenes Hühnchen zu stehlen. Mühsam dämmte er einen kleinen Bachabschnitt ein und schlug einem dicken *comelón* mit einem Stecken auf den Kopf; das ist ein Fisch, der köstlicher und saftiger ist als eine Forelle, vorausgesetzt, ein Feuer steht zur Verfügung. Er überließ ihn den *enciso*-Ameisen, als er zu stinken anfing. Er lebte von Obst, bis er eine Schachtel mit Wachsstreichhölzern und ein Buschmesser aus der *barraca* eines unglücklichen Bergbauern stahl und entdeckte, daß die einzige Art, ohne Gerätschaften auszukommen, darin bestand, etwas auf einem spitzen Stecken zu rösten oder in der Glut zu backen. Später begriff er dann, warum die neben einer Waffe am meisten geschätzten Besitztümer eines Guerilleros ein Kochtopf und ein Vergrößerungsglas zum Bündeln der Sonnenstrahlen sind.

Mit am schlimmsten empfand er die Einsamkeit, denn er war nicht gerade in einem Alter, wo er sie begierig gesucht und begrüßt hätte. Zugegeben, es gab Zeiten, in denen er sich von einer seltsamen Euphorie getragen fühlte und sich buchstäblich von der Freude über die Freiheit überwältigt glaubte. Dann hüpfte er in den Gumpen herum und ließ sich von jenen sonderbaren kleinen Fischen zwicken, die mit Vorliebe den Schorf von Moskitostichen abknabbern. Oft fühlte er sich völlig eins mit sich und der Welt, da er in einem paradiesischen Garten mit klarem Wasser, pfeilschnellen Kolibris, leuchtender Vegetation und einem verblüffend eckigen Himmel wild in den Tag hinein lebte. Doch als sich ihm eines Tages beim Anblick eines großen, freundlich dreinblickenden Meerschweinchens ein Schluchzen entrang, wußte er, daß er bereits halb irrsinnig von dem Verlangen nach Freundschaft war. Sein Herz war dem Tier zugeflogen. Ein tyrannischer Kummer bemächtigte sich seiner.

Tränen vergießen sich am besten in Gesellschaft, also weinte er in sich hinein und vermißte von ganzer Seele das Leben und die Menschen, mit anderen Worten, alles, was er verlassen hatte. So kam es, daß seine an sich schon wilde Existenz allmählich immer mehr in Unordnung geriet. Er gab es auf, sich jeden Tag gründlich zu waschen, genehmigte sich nur unregelmäßig etwas zu essen und sprach laut mit sich selbst, wenn er etwas zu erledigen hatte, was ihm Konzentration abverlangte. Als hätte es eigens dazu einer Erklärung bedurft. Das Dumme war nur, daß er anderen Menschen unnötig aus dem Weg gegangen war, da er glaubte, er würde ihren Verdacht erregen. So als wären sein Verbrechen und seine Pläne ihm ins Gesicht geschrieben und hätten jemandem tatsächlich etwas ausgemacht.

Dieser Lebensabschnitt fand ein abruptes Ende, als er um eine Wegbiegung ging und sich mit einem Mal direkt vor einem alten Mann wiederfand, der einen mit Bananen beladenen Esel hinter sich her zog. Es war zu spät, um sich ins Gebüsch zu schlagen.

»*¡Buena dia!*« rief der alte Mann, durch seine Zahnlücken grinsend. »Ein herrlicher Tag für die Jagd!« Er begleitete dies mit einem heftigen Kopfnicken zur Lee-Enfield, und seine Stimme hatte ein warmes und freundliches Rascheln wie von trockenem Laub.

Ohne groß darüber nachzudenken, hob Federico die Rechte und erwiderte im Vorbeigehen: »*Saludes, señor.*« Er wandte sich um und blickte dem alten Mann nach, der den steinigen Pfad hinabschritt, seinem Esel zuschnalzte und jedes Mal »*¡Ay, burro!*« ausrief, wenn es diesem einfiel stehenzubleiben. Schlagartig wurde Federico klar, daß er von nun an, ohne besondere Aufmerksamkeit zu erregen, unbehelligt als Jäger durchgehen konnte, und er lachte über sich und den Umstand, daß er bis jetzt so furchtsam gewesen war. In jener Nacht stellte er ganz wie Pedro eine Falle auf; und am Morgen fand er darin einen kleinen Spießhirsch. Er erschoß ihn nicht, weil Kugeln zu wertvoll und zu rar sind, sondern schlug ihn mit einem Felsbrocken bewußtlos und schnitt ihm mit der gestohlenen Machete die Kehle durch.

Später am Vormittag ging er mit dem Hirsch über den Schultern in ein *pueblito* und tauschte ihn gegen ein scharfes Messer, ein Hühnchen, etliche Pfund getrockneten Fisch, Streichhölzer und ein Paar indianischer Sandalen mit Sohlen aus Reifengummi ein. Er blieb lange genug, um noch etwas von seinem Hirsch abzubekommen, der am Abend gegrillt wurde, und um ein kleines Stück von der Leber, wo der Geist sitzt, in den Wald mitzunehmen. Dort angekommen, wickelte er die Leber in ein trockenes Bananenblatt und verbrannte sie am Fuß eines riesigen Paranußbaums, um den Engeln seinen Dank abzustatten, die über sein Glück wachten. Er sprach ein Gebet und murmelte auch ein *secreto*, das die Engel verpflichtete, ihn für mindestens einen Mondzyklus auf seinen Wegen zu leiten. Als er wieder im *pueblito* war, wurden seine Gebete erhört, denn er erhielt den warnenden Hinweis, daß sich weiter oben in der Sierra Guerilleros aufhielten, die ihm wahrscheinlich seine Waffe stehlen würden.

Er bekam es drei Tage später mit ihnen zu tun, als er mitten in der Nacht durch einen heftigen Tritt in die Rippen unsanft geweckt wurde. Er setzte sich überrascht auf und sah, daß ihn vier Silhouetten umstanden, denen alle der charakteristische Schatten eines Gewehrs eigen war.

»Und wer bist du, *compañero*?« fragte eine der Silhouetten mit einer Aussprache, die eindeutig nach eingeschlagenen Zähnen klang.

Federico fing vor Aufregung und Furcht zu zittern an, hauptsächlich jedoch vor Aufregung. »Ich bin Federico«, sagte er mit so klarer und mutiger Stimme wie möglich. »Und wenn ihr die Guerilleros seid, dann möchte ich mich euch anschließen.«

Eine Taschenlampe wurde angeknipst und leuchtete ihm brutal ins Gesicht, so daß er unwillkürlich die Hand hob, um das Licht abzuwehren. Eine der Silhouetten trat zu ihm heran, packte seine Hand, verdrehte sie mit einem festen und geübten Griff und bog ihm den Arm auf den Rücken. Federico wurde weiß vor Schmerz und blinzelte ins grelle Licht der Taschenlampe. Als er das Messer an seiner Kehle spürte, kam ihm der Gedanke, daß dies keine Guerilleros, sondern das Militär war.

»Und selbst wenn wir die Guerilleros wären, *compañero*, warum solltest du dich uns anschließen wollen?« fragte die gleiche Stimme spöttisch.

»Grausamkeit ist hier absolut unangebracht«, sagte eine andere Stimme sanfter als die vorige. »Siehst du denn nicht, daß er noch sehr jung ist? Nun sag schon, Kleiner, warum willst du dich uns anschließen?«

»Die Armee«, sagte Federico, zu eingeschüchtert, um einen ganzen Satz herauszubringen.

»Die Armee?« fragte die sanftere der beiden Stimmen verdutzt. »Was ist mit ihr?«

»Ihr habt Onkel Juanito und die anderen umgebracht, und ihr habt versucht, Farides zu vergewaltigen, und ihr habt meinen Hund getötet. Werdet ihr mich auch umbringen?« Federico bemühte sich, Tränen der Verzweiflung und Furcht zu unterdrücken.

Die Silhouetten brachen in Gelächter aus. »Laß ihn los, Franco«, sagte die sanftere der beiden Stimmen, woraufhin Federico abrupt aus dem schmerzhaften, einfachen Nelson entlassen wurde.

»Wir sind nicht die Armee«, sagte die Stimme, »und das mit deinem Onkel und dem Hund tut mir leid. Du bist noch zu jung, um bei uns mitmachen zu können, aber wir nehmen uns zur Unterstützung unseres Kampfes dein Gewehr. Ich werde dir eine Quittung ausstellen, und du wirst nach dem Sieg dafür entschädigt werden.«

Der Strahl der Taschenlampe wanderte zu einem Notizblock. Der Mann notierte etwas und riß ein Blatt ab. Dann trat er vor und stopfte es Federico in die Brusttasche seines Hemdes. Federico sprang auf, fuchtelte mit den Fäusten herum und schrie: »Nein! Nein! Nein!« Das Ganze war schlicht und ergreifend zuviel für ihn; er durfte nicht zulassen, daß das Gewehr seines Vaters gestohlen wurde. Kaum daß er den Schlag ins Genick spürte, der ihn bewußtlos zu Boden streckte.

Als er erwachte, war es Tag. Ein Mann kauerte über ihm und bot ihm Kaffee an. »Wie geht es deinem Genick, *pobrecito*?« fragte der Mann.

»Es tut weh«, antwortete Federico, wobei er nach hinten faßte, um den blauen Fleck zu befühlen, der so sehr schmerzte, daß er seinen Kopf nicht bewegen konnte.

»Franco ist nicht gerade berühmt für seine Sanftmut«, sagte der Mann. »Wie dem auch sei, wir haben beschlossen, dich für eine Weile bei uns zu behalten. Du hast dich tapfer geschlagen, und so haben wir dich hergebracht zu unserer Führung, die endgültig darüber befinden wird. Trink den Kaffee hier, dann wirst du dich besser fühlen.«

»Wo ist mein Gewehr?«

»Direkt neben dir!« rief der Mann, bereits im Weggehen begriffen, und Federico blickte nach unten und sah, daß dieser die Wahrheit gesprochen hatte. Der Kaffee war so heiß, daß er sich die Lippen verbrannte. Er stellte daraufhin den zerbeulten Becher zum Abkühlen beiseite und besah sich die Umgebung.

Er befand sich inmitten einer Ansammlung von Laubhütten, die, schon ziemlich verfallen, von den Indianern offenbar schon lange aufgegeben worden waren. Die Hütten waren in etwa kreisförmig um einen Platz herum angeordnet, wo Ziegen und Hühner frei umherliefen. Zu beiden Seiten des Pfades, der die kleine Ansiedlung durchquerte, gab es noch mehr Hütten. Ihm gegenüber lag die größte Hütte, auf deren Spitze Zweige und Stecken wie Sonnenstrahlen angeordnet waren. Er dachte unwillkürlich, daß sie früher einmal ein Tempel gewesen sein mußte.

In den Eingängen der Hütten und im Schatten der Bäume hielten sich kleine Gruppen von Menschen in Khaki gekleidet auf. Von Uniformen konnte eigentlich bei ihnen nicht direkt die Rede sein, denn jeder Guerillero hatte dem Khakidress etwas hinzugefügt oder von ihm entfernt, wie es ihm gerade in den Sinn gekommen war. Ein oder zwei hatten sich einfach wie Bauern gekleidet. Wieder andere trugen Ponchos wie die Indios. Nahezu alle hatten eine *mochila*, und alle trugen Waffen. Einige waren eifrig dabei, ihre Waffen zu zerlegen, zu reinigen und wieder zusammenzusetzen; andere dösten mit dem Sombrero über den Augen. Drei

Männer und eine Frau waren ins Würfelspiel vertieft. Zwei Männer ganz in seiner Nähe ereiferten sich über Eroberungen nichtmilitärischer Art. Insgesamt schätzte Federico die Zahl der Anwesenden auf etwa dreißig. Zehn von ihnen entpuppten sich bei genauerem Hinsehen ziemlich eindeutig als Frauen, was Federico einigermaßen beunruhigend fand, da er es nicht erwartet hatte.

Er trank gerade seinen Kaffee aus, als sein Ansprechpartner zurückkehrte. »Komm mit, *señorito*«, sagte er. »Es ist Zeit, vor der Lagerleitung zu erscheinen.«

Federico stand leicht benommen auf, und als er aus dem Schatten trat, traf ihn das Sonnenlicht wie ein Keulenschlag. Sofort begann sein Schädel zu pochen. Er überquerte das Fleckchen Erde, das als *plaza* galt, und wo er den Staub aufwirbelte, waren gleich die Hühner in der Hoffnung auf neu freigelegte Maden zur Stelle. Er wurde in die tempelähnliche Hütte geführt, wo ihm die überwältigend kühle Dunkelheit kurzzeitig die Sinne raubte. Während seine Augen sich langsam an sie gewöhnten, verschwand sein Begleiter, und als er wieder sehen konnte, sah er sich einer Frau gegenüber, die hinter einem groben Holztisch saß. Er schätzte sie auf Mitte, Ende Zwanzig. Sie war ganz in Khaki gekleidet.

»*¿Vale?*« sagte sie. »Und?«

»Ich bin gekommen, um euren Anführer zu sprechen«, sagte Federico. »Aber ich sehe, er ist nicht anwesend.« Er sah sich im Raum um. »Soll ich hier auf ihn warten?«

»Nicht nötig«, sagte die Frau, um deren Mundwinkel ein ironisches Lächeln spielte. »Er ist bereits eingetroffen. Vielleicht solltest du dich etwas genauer umsehen.«

Federico schaute sich nochmals um, sah nichts und fühlte sich leicht verunsichert. »Es tut mir leid«, sagte er, »aber ...«

»Dein Anführer ist eine Frau«, sagte sie. »Wenn das deinen *machismo* beleidigt, darfst du sofort gehen, aber ohne dein Gewehr und mit deinen Hoden im Mund.«

Der Halbwüchsige ließ tief beschämt den Kopf hängen. »Es tut mir sehr leid, *señora*«, sagte er. »Ich habe einfach nicht erwartet ...«

»Halt deinen Mund, bevor du noch eine Dummheit von dir gibst«, rief sie. »Ich bin keine ›*señora*‹, ich bin eine *compañera* und heiße Remedios. Warum bist du hier?«

Federico erzählte stockend seine Geschichte, und als er fertig war, schüttelte Remedios den Kopf.

»Es genügt nicht, nach Rache zu dürsten. Ich möchte nicht an der Seite von Barbaren kämpfen, wo wir doch eben diese Barbaren bekämpfen.«

»Aus welchem Grund sollte ich sonst kämpfen?« fragte Federico echt erstaunt. »Ich will Gerechtigkeit.«

»Das ist nicht das gleiche!« rief sie aus. »Ich will, daß du dich an den Ausspruch Ché Guevaras erinnerst, demzufolge sich alle echten Revolutionäre von den tiefsten Gefühlen der Liebe leiten lassen.«

»Das soll einer verstehen«, antwortete er leicht aufsässig.

»Es ist doch ganz einfach«, erwiderte sie. »Vermutlich bist du unwissend und unerfahren, aber du bist jung genug, um zu lernen. Ich weiß auch, daß du tapfer und ausdauernd bist, was gut ist. Aus diesem Grund werde ich dich vorläufig aufnehmen. Dir wird alles an Theorie und Praxis beigebracht werden, was du wissen mußt. Aber ich warne dich, es wird dich körperlich wie geistig stark fordern. Manchmal wird es dir wie eine Folter vorkommen, adieu. García!«

Der Mann, der ihm den Kaffee gebracht hatte, tauchte wieder auf und geleitete ihn hinaus. Auf dem Weg zurück in den Schatten sagte der Mann: »Ich nehme an, du fragst dich, warum wir eine Frau als Anführerin haben.«

Federico antwortete mit einem Räuspern, das irgendwie neutral klingen sollte.

»Aus einem einfachen Grund«, sagte García. »Sie verübt keine Grausamkeiten. Wir haben sie gewählt, als wir erkannten, daß sie mehr auf dem Kasten und in der Hose hat als wir alle zusammen.«

10

Comandante Figueras stört eine Fiesta

Doña Constanza schwankte einen Augenblick lang zwischen spanischem Stolz und der natürlichen Neigung, in Panik zu geraten; sie war nicht oft mit einer Gruppe verschwitzter, uniformierter Grobiane konfrontiert, die seltsame Fragen stellten. Sie warf den Kopf in den Nacken, sah sie verächtlich an, faßte sich und fragte: »Was für Kommunisten?«

»Was für Kommunisten!« wiederholte Figueras. »Wenn Sie nicht wissen, wo sie sind, dann müssen Sie eine von ihnen sein.« Er senkte das Gewehr und richtete es auf Doña Constanzas Bauch.

Sie schnaubte und erwiderte noch hochmütiger: »Ich bin eine Konservative und stolz darauf, und wenn ich Präsident Veracruz das nächste Mal sehe, werde ich ihm persönlich von Ihren abscheulichen Manieren und Ihrem aufbrausenden Temperament berichten. Ob Sie wohl die Güte haben würden, diese Waffe nicht auf mich zu richten?«

Der Comandante schwankte zwischen Furcht und der Versuchung, sich über sie lustig zu machen. Instinktiv wollte er sie niederschlagen und demütigen, aber sein gesunder Menschenverstand sagte ihm, daß jemand, der so offensichtlich reich und wohlerzogen war, womöglich doch den Präsidenten kannte. Doña Constanza blickte auf seine Schulter und sagte: »Ihre Nummer ist FN3530076. Ich habe sie mir bereits ins Gedächtnis eingeprägt.«

Figueras und Doña Constanza lieferten sich ein Duell mit Blikken, sie beseelt von gnadenloser Verachtung und er in der wachsenden Überzeugung, bereits verloren zu haben. Da meldete sich einer seiner Soldaten, ein rundlicher und triefäugiger Mann mit dem Gesicht eines Sadisten, zu Wort: »Bringen wir die reiche Schlampe doch einfach um, Comandante.«

Figueras, zutiefst dankbar für den Vorwand, seinen Blick von Doña Constanza lösen zu dürfen, wirbelte herum und gab dem verblüfften Soldaten eine schallende Ohrfeige. »Wie kannst du es wagen, etwas so Schändliches auch nur zu denken?« brüllte er. »Du bringst ja die ganze Armee in Verruf! Du wirst vor ein Kriegsgericht gestellt, wenn du dich nicht augenblicklich entschuldigst!« Er knallte dem Mann den Kolben seines Karabiners auf den Fuß, woraufhin jener auf einem Bein hin und her hüpfte und sich ebendiesen hielt.

»Ich bitte vielmals um Entschuldigung, Comandante«, sagte er mit gekränkter und mürrischer Stimme. »Das entspricht doch dem, was wir sonst immer tun.«

»Schande über dich!« bellte Figueras mit wild funkelnden Augen, in denen ein Hauch von Verzweiflung lag. Er wandte sich an Doña Constanza, verbeugte sich und schlug die Hacken zusammen. »Ich entschuldige mich ausgiebig, *señora*«, sagte er, und ein kleiner Schweißtropfen rann ihm die Schläfe hinab und verschwand in seinem Kragen. »Ich muß Sie jedoch nochmals fragen, wo sind die Kommunisten?«

»Es gibt hier keine«, sagte sie. »Die Armee ist hergekommen und hat vor einiger Zeit eine Menge Leute getötet, darunter auch meinen Stallknecht Juanito. Es sollen Kommunisten gewesen sein, aber ich habe da so meine Zweifel. Wie sehen denn Kommunisten eigentlich aus?«

Figueras fragte sich für einen Augenblick, ob sie sich über ihn lustig machte oder ganz einfach nur dumm war. »*Señora*, wir haben Berichte über Gefechtslärm und Explosionen in Ihrer Umgebung erhalten.«

»Dann sind das irreführende Berichte gewesen«, erwiderte sie. »So etwas ist hier nicht vorgekommen.«

»Nichtsdestoweniger sind wir zu einer Untersuchung verpflichtet. Dürfen wir auf Ihrem Grund unser Lager aufschlagen? Ich versichere Ihnen, daß Ihnen daraus kein Schaden erwachsen wird.«

»Das will ich doch wohl auch hoffen«, gab sie patzig zurück, »sonst wird der Gouverneur davon erfahren – ich kenne auch General Fuerte. Sie dürfen das dem Pueblo am nächsten gelegene Feld benutzen, und ich wäre Ihnen zu Dank verpflichtet, wenn Sie die Pferde nicht scheu machen würden. Sie sind höchst wertvoll.«

Beim Weggehen sagte der Leutnant: »Vielleicht steckt sie mit den Kommunisten unter einer Decke.«

»Sie entstammt der Oligarchie, und da gibt es keine Kommunisten.«

»Camilo Torres war ein Oligarch«, sagte der Leutnant.

»Camilo Torres war Priester«, erwiderte Figueras.

»Dann hat sie vielleicht Schiß?«

»Das glaube ich nicht so recht«, sagte Figueras erbittert. »Leutnant, nimm dir vier bewaffnete Männer und befrage die Leute im Pueblo. Bis zur Dämmerung bist du wieder zurück und erstattest mir direkt Meldung.«

Der Leutnant salutierte mit der für ihn typischen lässigen Handbewegung und verließ kurze Zeit später mit einem Unteroffizier und drei ängstlichen Wehrpflichtigen mit aufgepflanztem Bajonett und nervösem Finger am Abzug das provisorische Lager. Zweimal wurden sie von Geiern, einmal von einem Ochsen und einmal von einer Vogelscheuche im Maisfeld aufgeschreckt, die einen wie ein Gewehr geformten Ast hielt, so daß bei der Ankunft im Dorf, das vollkommen friedlich dalag, sich bei ihnen ein dringendes Bedürfnis nach Erfrischungen eingestellt hatte. Der Leutnant befahl ihnen, Haus für Haus zu durchsuchen und Fragen zu stellen; er selbst ging in die Bar am anderen Ende des Dorfes und trank zwei Inca-Colas und eine Aguila. Seine Männer kämmten vorrangig die Bordelle durch und stellten zu ihrer Zufriedenheit fest, daß selbst in den Öffnungen der Huren keine Terroristen waren. Dem Leutnant meldeten sie, daß sie auf die Frage, ob irgendwelche bewaffneten Banditen im Bezirk ihr Unwesen trieben, unweigerlich die Antwort erhielten: »*Ustedes solo*«, also »Nur ihr«. Sie berichteten weiter, daß noch am gleichen Abend eine zweitägige Fiesta beginnen sollte, etwas Unwiderstehliches für jeden eingefleischten Patrioten. Das überzeugte sie restlos davon, daß unmöglich Guerilleros in der Gegend sein konnten, und es überzeugte auch Figueras, als sie es ihm meldeten, so daß er unverzüglich sich selbst und seinen Männern befahl, zur »Verbesserung der Beziehungen mit der Öffentlichkeit« daran teilzunehmen.

Die Fiesta war vor zwanzig Jahren von Dorfbewohnern ins Leben gerufen worden, die begierig darauf waren, die Gründung der Gemeinde zu feiern. Da niemand wußte, wann das gewesen war, war ein *brujo* befragt worden, der mittels heiliger, im trepanierten Schädel eines Mörders in *ron cana* getauchter Kräuter, getrunken von einer hellsichtigen Mulattin, das genaue Datum und sogar die Tatsache festgestellt hatte, daß die Gründung an einem Nachmittag stattgefunden hatte. Das Pueblo war 321 Jahre alt.

Gegen fünf Uhr nachmittags setzte ein Zustrom von Campesinos aus der näheren Umgebung ein, die sämtlich in lederbefransten Scheiden steckende Buschmesser an ihrer Seite trugen. Das war keineswegs ein Zeichen feindlicher Absichten, denn es ist für jeden Bauern undenkbar, ohne Machete an seiner Seite unterwegs zu sein. Diejenigen, die auf Pferden oder Maultieren daherkommen, haben kürzere als die zu Fuß Gehenden; erstere sind oft verchromt und bestehen aus weicherem (und leichter zu schärfendem) Stahl als die für schwerste Arbeiten tauglichen des Bauern zu Fuß, die niemals verchromt sind. Die Macheten sind unentbehrliche Allzweckwerkzeuge; sie werden emsig an speziellen Steinblöcken in den Flüssen gewetzt, bis sie scharf genug sind, um zum Rasieren wie auch zum Baumfällen zu taugen. Sie werden verwendet, um Tiere durch Kopfabschlagen zu schlachten, was sehr rasch vonstatten geht und, so gesehen, human ist, und um den Boden mit einer gleitenden Bewegung aus dem Handgelenk von unerwünschtem Bewuchs zu säubern. Sie eignen sich hervorragend für die Arbeit auf den Zuckerrohr- und Bananenplantagen. Sobald die Bananen reif sind, werden die Stauden mitsamt dem Stamm niedergemäht, da die Früchte nicht auf Bäumen wachsen, wie die meisten *gringos* zu glauben scheinen, sondern tatsächlich an einer besonders hohen Grasart. Wenn sie alt, abgenutzt oder abgebrochen sind, werden die Macheten auf den Steinen abgeschliffen und zu allen nur denkbaren Arten von Messern weiterverarbeitet.

Macheten werden hauptsächlich in Kolumbien hergestellt. Heutzutage sind ihre Griffe bedauerlicherweise aus Bakelit. Die kunstvollen bunten indianischen Muster, die an den Scheiden ins Auge fallen, entpuppen sich bei näherem Hinsehen als mit einem dünnen Faden angenähte Plastikteile. Ausländer überrascht mitunter, daß ihre Souvenir-Machete das Markenzeichen einer Firma namens Collins trägt.

Des weiteren werden Macheten zum Fischfang gebraucht. Der Tatsache geschuldet, daß die Dorfgründung auf einen Fischer namens Esteban zurückging, war die bevorstehende Fiesta mehr oder weniger ein Fischfest. Und so begannen die Festlichkeiten an diesem Abend mit einer feierlichen Prozession zur Mula, die sich glücklicherweise noch ihres ungezähmten Daseins erfreute. Die Prozession von 150 Menschen wurde von Pedro angeführt, der seine spanische Muskete trug und seine Hunde um sich herum geschart hatte. Pedro war naturgemäß seines Alters, seiner Zauberkräfte und seiner Furchtlosigkeit wegen der Anführer. Gegen Mitternacht würde er vor der ganzen Menge Ayahuasca trinken und in Trance verfallen, um sich mit dem Fischer Esteban zu treffen, der ihm alles enthüllen würde, was im folgenden Jahr getan werden mußte.

Pedro folgten zwei Jungfrauen, als solche von einem Frauenausschuß bestätigt. Sie trugen Strohbilder der gebenedeiten Jungfrau Maria, die dem Fluß übergeben werden mußten, ehe das Fischen beginnen konnte. Ihnen schloß sich Hectoro an, den schwarzen Handschuh noch über seiner Zügelhand, den Revolver an der Seite und die ledernen *bombachos* beim Gehen an den Beinen knarzend. Er fühlte sich unbehaglich zu Fuß, da er nie von seinem Muli oder Pferd abzusteigen pflegte, es sei denn, es stand so etwas wie Essen, Schlafen oder Geschlechtsverkehr an. Er hatte seine Leute sogar dazu abgerichtet, Beton und Mörtel in echter Gauchomanier herzustellen, indem sie mit ihren Pferden über die Mischung vor und zurück ritten. Wie dem auch sei, bei dieser Prozession durfte kein Mann beritten sein, nicht einmal Hectoro, und so ging auch er zu Fuß, wobei er sich albern und verwundbar vorkam.

Neben Hectoro schritt Josef, wie immer an die Schande denkend, daß ihm kein anständiges Begräbnis zuteil werden würde. Dahinter kamen Professor Luis, Consuelo, Farides und alle Bewohner des Pueblos und der Umgebung, einschließlich der Kinder, die mit einem monotonen Singsang die Fische günstig zu stimmen suchten. Jeder, alle Kinder über zehn Jahren eingeschlossen, rauchte eine riesige *puro*, damit die Luft wohlriechend genug war, um die bösen Geister abzuschrecken, und rauchgeschwängert genug, um die guten erscheinen zu lassen.

Die Prozession kam an der Hazienda von Don Emmanuel vorbei, der einen alkoholischen *guarapo* aus Ananasschalen zubereitete, mit dem er die Prozessionsteilnehmer auf dem Rückweg zu bewirten gedachte, und überquerte das Feld hinab zur Mula, die dieses Jahr in der Regenzeit ihren Weg ins südliche Bett genommen hatte. Dort angekommen, wandte sich Pedro um und hob die Arme, woraufhin die Menge verstummte. Zu seiner Rechten versank die Sonne hinter den Hügeln und ließ mit ihren Strahlen, die sich an den schneebedeckten Gipfeln der gegenüberliegenden Berge brachen, das Himmelsrund in einem atemberaubenden Sonnenuntergang erglühen, der selbst den Herzen von Vierbeinern und Vögeln so viel ehrfürchtige Gefühle einflößte, daß sie in ein Schweigen verfielen, das lediglich durch das Murmeln des Wassers unterbrochen wurde.

Pedro warf Kopf und Arme zurück und begann – als würde er die ganze Heiligkeit des Universums mit einbeziehen wollen – mit seinem langen Klagelied. In der Stille der hereinbrechenden Nacht rührte der heidnische Bannzauber seiner Stimme die Menge dermaßen, daß es ihr heiß von den Lenden ins Rückgrat fuhr, und jeder spürte, wie ein unsichtbar glühendes Licht über seinem Kopf tanzte. Viele standen wie versteinert, während ihnen Tränen über die Wangen liefen. Andere sanken ehrfürchtig auf die Erde, vom Unbegreiflichen und Numinosen in die Knie gezwungen. In der rasch zunehmenden Dunkelheit fing Pedros Gestalt zu wachsen an. Zuerst schien sie nur eine Handbreit größer, dann so groß wie ein Pferd. Bald kam er den Leuten so hoch wie ein Baum vor, und sie wußten, daß er göttliche Gestalt angenommen hatte. Aus den Tiefen der Eingeweide, dem Sitz des Gefühls, emporsteigend, entströmte seine Stimme der Kehle und klang wie das Echo einer Höhle. Niemand verstand die Worte jener vergessenen Sprache. Die Menschen begriffen sie zwar nicht, aber sie erfaßten sie; sie erfaßten die Sprache der uralten Götter Afrikas.

Als Pedro zu einem Ende kam, fuhr den Leuten ein letzter Schauer vom Rückgrat wieder zurück in ihre Lenden. Stille, Erleichterung und ein Gefühl des Auserwähltseins und der Demut breiteten sich unter ihnen aus. Pedro wurde wieder zu einem schwarzen Jäger mit silbernem Haar, der sich auf seine Muskete stützte und wohlwollend lächelte. »*Vamos, pescadores*«, sagte er.

Die Strohjungfrauen wurden ins Wasser geworfen, die Menschen zündeten ihre Laternen und Fackeln an, zogen die Macheten aus ihren Scheiden und wateten vorsichtig ins Wasser, denn obwohl nur knietief, war die Strömung doch sehr stark. Die Fische schwammen verwirrt, orientierungslos und vom Licht angezogen knapp unterhalb der Oberfläche und schlängelten sich geblendet zwischen den Fischern hindurch. Jeder Mann und jede Frau erlegte je einen Fisch, denn mehr war nicht gestattet, und dann wateten sie heraus, um auf die anderen zu warten. Es ist gar nicht so einfach, einen Fisch auf diese Art zu fangen; die Lichtbrechung im Wasser muß einkalkuliert werden, und vor allem kann die Machete beim Eintauchen ins Wasser leicht abgelenkt werden, so daß jemand sich nur allzu leicht aus Versehen die eigenen Füße und Beine verwunden kann. Das ist keine Kleinigkeit, wenn der Hieb heftig und die Schneide rasiermesserscharf ist; im Handumdrehen kann ein Fuß abgeschnitten oder ein Muskel durchtrennt werden.

Sobald jeder seinen Fisch ans Ufer gebracht hatte, wurde das Glück für das nächste Jahr bestimmt, wobei der Grad davon abhing, ob ein *gamitana*, ein *zungaro*, ein *chitari* oder ein *comelón* erlegt worden war; auf diese Weise hatte jeder Glück, aber einige hatten etwas mehr als andere, was eine ebenso optimistische wie realistische Haltung verrät. Als jeder seinen Fisch hatte, pilgerte die Menge wieder ins Dorf zurück und trank auf dem Weg dorthin Don Emmanuels *guarapo*. Don Emmanuel schloß sich nun seinerseits der Prozession an. Sein roter Bart schimmerte im Fackellicht, und seine ungeschliffenen Reden lösten ein ums andere Mal schrille Heiterkeit unter den älteren Frauen aus. Bei den übrigen herrschte eine angespannte Stimmung vor, denn mittlerweile wußten alle, daß wieder einmal die Armee in der Gegend war und Soldaten an der Fiesta teilnehmen würden.

Die Soldaten waren bereits im Dorf, als die Bewohner eintrafen. Comandante Figueras hatte sich die Kappe tief ins Gesicht gezogen, da er fürchtete, erkannt zu werden. Als die Leute in die Hauptstraße einbogen, ließ er seine Männer in zwei Reihen strammstehen. Die Prozession stockte, und unbehagliches Gemurmel war zu hören. Figueras trat vor und salutierte vor den Leuten, eine Geste, die ihnen ungeheuer komisch vorgekommen wäre, wenn sie nicht so vollkommen fehl am Platz gewesen wäre.

»Bürger!« rief er mit so viel Inbrunst in der Stimme, wie er nur heucheln konnte. »Kein Grund zur Besorgnis! Wir sind lediglich auf der Durchreise und möchten vor unserem Abzug mit euch zusammen feiern, nicht ohne die Hoffnung zu hegen, daß eure guten Wünsche uns begleiten werden!«

Er drehte sich um, schlug die Hacken zusammen und brüllte: »Präsentiert das Gewehr!« Die Männer rissen die Gewehre hoch, legten sie mit leicht fahrigem Schwung an die Schultern, traten mit einem Fuß vor und richteten die Läufe gen Himmel. »Feuer!« brüllte Figueras, und eine Schar Geier flog hastig aus einem der nahegelegenen Bäume auf. »Feuer!« brüllte er noch zweimal, und das metallische Krachen der Schüsse hallte in die Nacht hinaus. Figueras wandte sich erneut der perplexen und verblüfften Menge zu und rief: »¡*Vamos!*«

Don Emmanuel brummte vor sich hin: »Twenty-one-bum salute!« und tippte Hectoro auf die Schulter. »Das wird heute nacht noch Ärger geben.«

»Gut«, sagte Hectoro.

Die Fiesta ließ sich zunächst besser als erwartet an; Professor Luis hatte seinen kleinen Windmühlengenerator an einen Plattenspieler angeschlossen, damit die Leute Musik zum Tanzen hatten. Jedes Mal, wenn der Wind drehte, wurde die Musik schneller oder langsamer, was aber niemandem etwas ausmachte, denn es ist schließlich nicht schwer, schneller oder langsamer zu tanzen.

Eine Tanzfläche war auf der Straße abgeteilt worden, und schon bald hatten die Tanzenden so viel Staub aufgewirbelt, daß kaum noch etwas zu sehen war. Zu jener Zeit, als die Rockmusik noch nicht bis ins Dorf vorgedrungen war, waren alle wie versessen auf *Bambuco* und *Vallenato*, zwei Arten von Tanzmusik, die sich durch ihre faszinierende Vielfalt von Synkopen und den Einsatz der *tiple* auszeichneten, eines zehnsaitigen Instruments, das wie eine kleine Gitarre aussieht, aber eher wie eine Mandoline oder Busuki gespielt wird. Damals war der populärste Tanz *El Pollo Del Vallenato*, der eine Nachahmung der Hühner sein sollte. Die Leute kratzten mit einem Fuß im Staub, so als würden sie nach Würmern suchen, stolzierten mit der grotesken Erhabenheit von Gockeln umher, zuckten mit dem Kopf, das Picken eines Huhnes nachahmend, nach vorn und flatterten mit den Armen. Wenn die Platte zu Ende war, ließen sie eine aufsehenerregende Kakophonie aus Glucksen, Gackern und Krähen ertönen und brachen in begeistertes Lachen aus, bevor sie sich zerstreuten, um noch eine Flasche Aguila zu holen.

Weil es dunkel war und alle vom Alkohol enthemmt und vom Marihuana redselig waren, hatte niemand Figueras erkannt, der schon sehr bald vor Consuelos Puff flach auf dem Gesicht lag. Consuelos Personal war durch eine Busladung außergewöhnlich junger Huren aus Chiriguaná verstärkt worden. Eine kleine Hure wurde, wegen der damit verbundenen Verdienstmöglichkeiten, in einer Familie nicht ohne Stolz gesehen. Die meisten Mädchen begannen im Alter von zwölf Jahren. Wie auch immer, Mädchen, die keine Huren waren, sollten jedoch bis zum sechzehnten Lebensjahr und ihrer Heirat Jungfrauen bleiben. Jede aufgedeckte Verletzung des Moralkodexes wurde mit Kugeln geahndet. Dennoch muß gesagt werden, daß in jener Nacht ausgesprochen intensiv und ausdauernd gehurt wurde. Viele Mädchen kamen daher lieber zum Tanzen heraus, als noch ausgelaugter und wunder zu werden.

Es ging schon auf Mitternacht zu, und der Trubel hatte einen solchen Grad an Ausgelassenheit erreicht, daß keiner mehr so richtig wußte, was eigentlich ablief. Da entschied sich ein spät eintreffender Viehhirte für einen spektakulären Auftritt im Stil der alten Cowboyfilme, die zu der Zeit in den städtischen Kinos gerade die Hauptattraktion waren. Er galoppierte johlend ins Dorf und feuerte mit seinem Revolver in die Luft.

Die Wirkung auf die benebelten Soldaten war dramatisch. Alle kamen sie zur gleichen Zeit zum selben Schluß: Wir sind in einen kommunistischen Hinterhalt gelockt worden. Ein heilloses Durcheinander entstand, als sie sich auf den Boden warfen oder hinter den Häusern in Deckung gingen und wild in die Menge feuerten, die wie durch Zauberhand verschwand. Übrig blieben nur ein vor Schmerz wieherndes Pferd, zwei tote Kleinkinder, drei tote Erwachsene und etliche Verwundete, die stöhnend und zitternd ohne Hoffnung auf Rettung im Staub lagen.

Der Schußwechsel dauerte exakt so lange, bis jeder Soldat seinen gesamten Vorrat an Munition verfeuert hatte, was sich etwa anderthalb Stunden hinzog. Da die Soldaten nicht wußten, wo die Kommunisten waren, feuerten sie auf die Stellen, wo sie Mündungsfeuer sahen – das heißt, sie schossen aufeinander. Da dies in einem Nebel aus Trunkenheit und in den Eingeweiden wühlender Panik geschah, waren lediglich vier Tote und zehn Verwundete zu beklagen. Das entsetzliche Finale dieser betrüblichen Episode hub an, als ein Soldat eine Granate hinter eine Umzäunung warf und von dort kurz darauf ein Unteroffizier wankend hervorkam, der sich den Bauch hielt. Dieser taumelte in die Mitte der Straße, stand eine Sekunde lang reglos da und stieß ein durchdringendes, schauerliches Geheul des Entsetzens und flehentlichen Bittens aus. Er hob die Arme gen Himmel, während ihm gleichzeitig die Eingeweide aus dem Bauch quollen und grotesk schlangenartig auf die Erde glitten. Winselnd und weinend ging er inmitten seiner Eingeweide zu Boden.

Die Soldaten, durch das Entsetzliche mit einem Schlag ernüchtert, fingen an, sich gegenseitig zuzurufen, und kamen vorsichtig aus ihrer Deckung. Sie versammelten sich um die Leiche ihres Unteroffiziers und blickten einander schweigend an. Dann wandten sie sich ab und zuckten die Schultern mit Gesten wie »Ich bin nicht schuld; das alles hat nichts mit mir zu tun«, immer wenn ein anderer ihrem Blick begegnete.

Figueras erwachte vor Consuelos Puff aus seiner Betäubung, setzte sich benommen auf und rieb sich die Augen. Er kam etwas unsicher auf die Beine, urinierte sehr lange an die Hauswand und rülpste mit wohliger Zufriedenheit. Dann wandte er sich um. Für einen Augenblick traute er seinen Augen nicht, als er mit stumpfsinniger Verständnislosigkeit auf das Chaos um sich herum starrte. »*Mierda maricón*« war alles, was er zu bemerken imstande war.

Er ging schwankend zu seinen Männern, blickte auf den Leichnam und bekreuzigte sich. »Zurück ins Lager«, sagte er mit aschfahlem Gesicht.

Die Soldaten verließen das Dorf in dem leicht hilflos wirkenden Bemühen, kein Aufsehen zu erregen, und die Bewohner tauchten langsam aus den Häusern auf. Sie standen ebenso verwirrt und sprachlos wie zuvor die Soldaten auf der Straße. Professor Luis schaltete den Plattenspieler ab, der die ganze Zeit immer wieder die fröhlichen Weisen von *El Pollo Del Vallenato* intoniert hatte. Dann sprach Pedro ein Machtwort: »Dafür werden sie büßen!« Hectoro zog seinen Revolver und schritt davon. Zehn Schüsse waren zu hören, als er die verwundeten Soldaten ins Jenseits beförderte.

Als Figueras und seine Männer am nächsten Tag per Jeep und Truck abzogen, kamen sie an den Leichen einiger Soldaten vorbei, die in den Bäumen hingen und von den Geiern bereits zur Hälfte aufgefressen worden waren. Unter den Leichen balgten sich Hunde um Stücke, die herabfielen. Figueras hielt nicht an. Er machte erst in Valledupar halt, einer Stadt, in der ihn später die Nachricht ereilen sollte, daß er einmal mehr eine Auszeichnung für seinen heldenhaften Widerstand gegen eine übermächtige Guerillatruppe erhalten würde. Darüber hinaus erhielt er den Oberbefehl über eine zahlenmäßig verstärkte Streitmacht, die ein für allemal mit allen zur Verfügung stehenden Mitteln die Kommunisten vernichten sollte.

11

Aurelios Erziehung bei den Navantes

Die Navantes waren stolz darauf, daß Weiße vor ihnen Angst hatten, und nannten ihren Fluß den Totenfluß. Sie ließen durchblicken, daß sie es waren, die Oberst Fawcett, seinen Sohn und Raleigh Rimell getötet hatten, und sie besaßen einen Karabiner, der Winton gehört haben soll, den sie angeblich mit gepanschtem *chicha* vergiftet und in einem Kanu auf dem Fluß ausgesetzt hatten. Zu Weißen waren sie nur dann gastfreundlich, wenn diese nicht mehr weg wollten – wenn doch, wurden sie mit *bordanas* totgeprügelt. Sie nannten ein Messer *couteau*, ein Wort, das sie von einem französischen Forscher gelernt hatten und im feinsten Pariser Akzent aussprachen, und sie kannten ein Lied, das »Cuddle Up a Little Closer, Baby Mine« hieß und das sie einer nach Diamanten und Gold suchenden Gruppe aus *yanquis*, Peruanern und Brasilianern abgelauscht hatten, die sich mit Salzgeschenken und der Vorführung von Leuchtkugeln bei ihnen anzubiedern versuchten. Diese Gruppe hatte es allerdings geschafft, 1935 in der Zeit des Häuptlings Maharon zu fliehen. Das Lied, im Lauf der Brauchtumspflege ein wenig abgeändert, wurde immer noch bei der Initiation von Unterhäuptlingen und bei Hochzeiten gesungen.

Die Navantes sind – wie die Regenwaldindianer allgemein – die meistgereisten Menschen der Welt, obwohl sie nie den Wald oder den *cerrado* verlassen. Ihre kosmopolitischen Reisen bewerkstelligen sie mit Hilfe der Ayahuasca-Getränke, die ihnen unbegrenzte telepathische Energien (daher auch der Zweitname *telepatina*) und die Fähigkeit verleihen, ihre Körper zu verlassen und an ihrem Zielort anzukommen, ohne die Entfernung dazwischen überwinden zu müssen. Besonders gern reisten sie nach New York, wo es Millionen von Kisten gab, die sich von selbst bewegten, und hohe Termitenhügel, wo die Menschen wie Ameisen in großen Kolonien lebten. Dank dieser Reisen durch die Noosphäre gewannen sie die Überzeugung, daß es nicht wünschenswert sei, den Dschungel zu verlassen, wo das Leben so einfach war, weil es keinen festgelegten Tagesablauf gab und niemand irgend etwas tat, außer, ihm war danach.

Sie lebten in sehr großen *chozas*, die jeweils mehr als dreißig Personen sowie ihre Tiere beherbergten, die zum Wärmen nachts mit aufs Schlaflager genommen wurden. Die Hängematten der Männer waren über denen ihrer Frauen, und die wiederum waren über denen ihrer Kinder, und nach Einbruch der Dunkelheit verrammelten sie die niedrigen Hütteneingänge und hielten Holzscheite am Glimmen, um sich eine heimelige Atmosphäre aus undurchdringlichem Rauch zu schaffen. Es gab auch eine Gemeinschaftshütte, in der die verschiedenen Feierlichkeiten und Beratungen stattfanden. Die Hütten wurden immer in der Form einer Mondsichel gebaut, die ihrem Glauben nach aus Pirolfedern bestand. Wenn die Zeit kam, ein Dorf zu verlassen, weil der Boden ausgelaugt war, ließen sie manchmal ihre Haushaltsgegenstände einfach liegen, um sie nicht tragen zu müssen; andernfalls bürdeten die Frauen sie sich auf, weil sie als deren Eigentum betrachtet wurden.

Die Navantes hatten keine Berufe und taten nichts weiter, als Bananen, Mais, Weizen und Erdnüsse anzubauen. Während der übrigen Zeit vergnügten sie sich. Die jungen Frauen stellten kunstfertige Hängematten her, während die alten Weiber *chicha* brauten, indem sie Maniok zerkauten und es zum Gären in eine Schüssel spuckten. Die Männer verbrachten die meiste Zeit mit Jagen und Fischen. Als Aurelio bei ihnen war, merkte er allmählich, daß einem im Dschungel die Nahrung eigentlich doch fast in den Mund wächst. Praktisch jedes Tier, sogar die *haruzam*-Kröte, war genießbar. Es gab siebenundvierzig Arten eßbarer Nüsse, darunter die wunderbare Paranuß. Es gab auch etliche einfallsreiche Fischfangmethoden. Eine davon erforderte, mit Pfeil und Bogen (der beinahe zwei Meter lang ist) wie ein Storch im Wasser zu stehen. Eine weitere Methode bestand darin, quer durch den Fluß eine Barriere ähnlich einem Weidengeflecht zu errichten. Einige warteten dabei auf der einen Seite der Absperrung in ihren Einbäumen, während andere das Wasser peitschten und die aufgescheuchten Fische dazu trieben, in die Kanus zu springen. Und bei einer weiteren Methode wurde mit *ushchachera*-Zweigen aufs Wasser geschlagen, so daß die dadurch vergifteten Fische einfach erntereif an die Oberfläche trieben. Der Artenreichtum der Fische war enorm. Der Piranha war schmackhaft, aber voll störender Gräten. Der *bufeo* wurde als Freund angesehen und nur getötet, wenn jemand die Haut der weiblichen Genitalien zur Herstellung eines aphrodisierenden Talismans wünschte. Der *piracurú* war der größte Süßwasserfisch der Welt und ließ sich selbst von einem ganzen Dorf nicht so schnell verzehren. Der Zitterrochen wurde aus Angst vor Lähmungen nicht verspeist, die *tambaquis* waren beinahe zwei Meter lang und sorgten für ein Festmahl, die *characin* hatten Röhren in ihren Oberkiefern, damit die Fangzähne des Unterkiefers darin aufgenommen werden konnten, und ihre Zähne sowie die der *tararira* eigneten sich hervorragend für das Herausziehen von Dornen und für Operationen aller Art. Der Panzerwels, auf Palmblättern gegrillt, schmeckte köstlich, doch dem Zitteraal war tunlichst aus dem Weg zu gehen. Wenn der Fischer einen guten Fang gemacht hatte, näherte er sich mit Freudengeheul der *aldea*, damit alle Bewohner herbeilaufen und seine Beute bewundern konnten. Zum Frischhalten wurden die Fische in feuchtem Sand eingegraben.

Was die Jagd auf Tiere betraf, so verwendeten die Navantes sehr selten das Zarabatana-Blasrohr mit den in Curare getauchten Pfeilen. Aber sie waren kunstvolle Bogenschützen. Sie wußten ein Bündel Pfeile geschickt in der Linken, der Bogenhand, zu halten, um schnell hintereinander feuern zu können. Die Herstellung von Pfeilen war schwierig, und das war womöglich der einzige Grund, warum sie sich so viel Mühe machten, eine Kunstfertigkeit darin zu entwickeln. Die Ankunft von Missionaren wurde stets begeistert begrüßt, denn nachdem diese getötet oder vertrieben worden waren, konnten die Nägel aus deren Hütten gezogen werden, um als Pfeilspitzen zu dienen, da sie viel besser als Knochen waren. Die Navantes jagten aus vier Gründen: zur Nahrungsbeschaffung, zum Erlegen gefährlicher Raubtiere, zur Werkzeug- und Schmuckherstellung. Das Wasserschwein, eine Art geistig zurückgebliebenes, gigantisches Meerschweinchen (übrigens das größte Nagetier der Welt), lieferte Zähne, die ausgezeichnete Meißel ergaben. Vögel wurden mit stumpfen Pfeilen gejagt, um ihnen die hübschesten Federn für den *acangatara*-Kopfschmuck ausrupfen zu können. Wenn die betäubten Vögel sich wieder besser fühlten, wurden sie entweder freigelassen oder gefangengehalten, um, mutlos geworden, als Federlieferanten zu dienen. Früher oder später starben sie an Unverständnis.

Die Navantes verzehrten mit besonderer Vorliebe Papageien, *ciapu* (Kochbananensuppe), Buschmeisterschlangen, aus dem Sand gegrabene Schildkröteneier, Schakutingas und Helmhokkos, wilden Honig, eine abscheuliche, schleimige Suppe mit dem Namen *piquia,* die sie unerwünschten Besuchern gaben, und alle möglichen Affen, die sie mit vierzackigen Pfeilen abschossen und die nach dem Enthäuten auf beängstigende Weise wie Kinder aussahen und voller Darmparasiten waren.

Sie betrachteten die Tiere als ihnen gleichgestellt, weder unter- noch übergeordnet, und hielten sich immer eine große Zahl ziemlich unmöglich wirkender Haustiere. Einige Tiere wurden gar nicht verzehrt, so etwa die Sonnenralle, die Läuse fraß, oder der Nachtschwalm, welcher der besondere Beschützer der Jungfrauen war, oder auch Eichhörnchen, die die Navantes mit Schlaf assoziierten. Sie zeigten keinerlei Abscheu vor dem Verzehr großer Mengen von Blattschneiderameisen, Wespenmaden und Heuschrecken, die geröstet angenehm nach Anis schmeckten.

Die Jagd auf Ameisen war eine der seltenen Gelegenheiten, bei der eine Frau ihr *uluri* ablegte. Das war ein kleines Dreieck aus Rinde mit etwa drei Zentimeter Kantenlänge, das an einer geflochtenen Schnur um die Taille getragen wurde. An der unteren Spitze war eine weitere geflochtene Schnur befestigt, die bequem zwischen die äußeren Schamlippen paßte und über dem Gesäß am Rücken festgebunden war. Das *uluri* diente dazu, auf das Geschlechtsteil aufmerksam zu machen, da das Dreieck in etwa wie ein Hinweisschild funktionierte. Es galt als Zeichen der erwachsenen Frau, und ohne das *uluri* war ein weibliches Wesen schamlos entkleidet. Frauen besaßen für den Fall der Fälle immer ein Reservedreieck. Sowohl Männer wie Frauen trugen Halsketten mit an die tausend winzigen, kreisrunden Blättchen aus Schneckengehäusen. Für deren Herstellung brauchten die Frauen sechs Monate, denn die Gehäuse mußten auf Stein zermahlen werden, bis sie ganz klein und dünn waren. Jedes Blättchen wurde in der Mitte mit einem Zahn oder einem Stück Hartholz durchbohrt und dann auf einen aus wilder Baumwolle gesponnenen Faden aufgezogen. Die Jungen trugen gewöhnlich eine solche Kette um die Hüfte. Die Männer waren normalerweise überhaupt nicht bekleidet, außer vielleicht mit einer Kette aus Jaguarzähnen um den Hals oder Ringen aus Rinde um die Knöchel. Sie verbrachten Stunden damit, sich ganz wie die okzitanischen Katharer im Mittelalter zu entlausen und zu entzecken, streng nach der Hackordnung, denn Läuse und Zecken waren die einzigen Parasiten, die sich trotz häufigen täglichen Badens nicht entfernen ließen. Die Männer waren lediglich als angezogen zu bezeichnen, wenn sie von Kopf bis Fuß mit den Farben bedeckt waren, die sie für Feiern auftrugen. *Piquia*-Öl (was auch in der Suppe Verwendung findet) wurde mit *annatto* vermischt, was Gelb und Rot ergab, Weiß wurde aus Holzasche hergestellt, und *genipapo* eignete sich ausgezeichnet für Blau und Schwarz. Diese Farben machten ihre von Natur aus helle Haut tabakbraun und trugen auch zum Schutz vor den Schwärmen stechender Insekten wie etwa der Kriebelmücke oder der Sandmücke bei, die Leishmaniose (eine Form der Lepra) überträgt. In ihrem Eifer, so unbekleidet wie möglich zu bleiben, enthaarten sie, mit Ausnahme des Kopfes, gewissenhaft ihren ganzen Körper mit in Holzasche getauchten Fingern, womit sie dem weitverbreiteten Aberglauben Vorschub leisteten, die Regenwaldindianer seien von Natur aus unbehaart.

Ungeachtet seines Zopfes, paßte sich Aurelio rasch dem Stammesleben an. Er lernte die Kunst, ein vollkommen einfaches Leben ohne viel Arbeit zu führen; er lernte tätig zu sein, ohne großen Fleiß an den Tag zu legen, und an einfachen Dingen wie dem *toke-toke*, wie sie ihre sexuellen Vergnügungen bezeichneten, eine kindliche Freude zu empfinden.

Aurelio erlernte die Kunst, glücklich zu sein. Die Navantes stellten sich den Himmel auf eben dieselbe Weise wie die Erde vor, nur daß dort einer all die treffen würde, die schon vorausgegangen waren, auch den Stammesahnherrn Mavutsinin. Aurelio ließ sich vom *paje* umfassend in das medizinische Wissen und die Methoden einweihen, wie mit den Geistern in Kontakt zu treten und zu verhandeln war. Er lernte all ihre Mythen und deren sehr mächtige esoterische Bedeutungen kennen. Er erfuhr die Namen aller Sterne und Konstellationen einschließlich der Lücken dazwischen, wobei sein persönliches Sternbild der »Tapir« war, das sich nahe beim Kreuz des Südens findet. Er erlernte ihre Sprache und erhielt dadurch Zugang zu einer neuen Denkweise. Die Navantes verfügten über keinerlei Bezeichnungen für Sammelbegriffe, und so neigten sie nicht zu Verallgemeinerungen. Sie sammelten allerdings ausgiebigst die Namen spezifischer Dinge, was bedeutete, daß ihre Sprache die Tendenz hatte, sich mit einer derart verblüffenden Schnelligkeit fortzuentwickeln, daß es notwendig war, sich auch in anderen Dörfern des Stammes aufzuhalten, um auf dem laufenden zu bleiben. Ein englischer Anthropologe beschrieb ihre Sprache einmal als primitiv und ungelenk, da er ein Mädchen befragt hatte, das aufgrund seiner Schwachsinnigkeit aus dem Stamm ausgestoßen worden war. In Wahrheit war ihr Wortschatz weitaus umfangreicher als der von Shakespeare und mit Sicherheit größer als der des übereifrigen Anthropologen.

Aurelio erfuhr sämtliche Spielarten des gesellschaftlichen Lebens, die ein Volk kennzeichnen. Er machte sich bei den Kindern beliebt, indem er ihnen Spielzeug auf die traditionelle Weise anfertigte. Zum Beispiel bestanden ihre Rasseln aus einer an einen Stock gebundenen Zikade, die ungehalten zirpte, wenn sie geschüttelt wurde. Er befestigte Baumwollbällchen an Rinderdasselfliegen, damit die Kinder sie beobachten konnten, wie sie eine kurze Strecke flogen, sich erschöpften und wieder eingefangen werden konnten. Er stellte für sie kleine Bogen und Pfeile her, insbesondere die Art von Pfeilen, die als Spitze hohle Nußschalen haben und im Flug sirren.

Aurelio erlernte die Kunst des Ringkampfs, die ziemlich anspruchsvoll geworden war, nachdem ein gefangener *yanqui* ihnen Jiujitsu beigebracht hatte. Ähnlich wie beim Judo war der Kampf dann beendet, wenn einer der beiden Kontrahenten zu Boden geworfen und niedergehalten worden war. Er schaute sich auch den Ritus des Brustklopfens ab, das als Begrüßung diente und je nach sozialem Rang unterschiedlich ausfiel. Er lernte, Tierstimmen nachzuahmen, um sich im Wald zu verständigen und auch Beute anzulocken. Ihm wurde gezeigt, wie aus Zähnen, Muschelschalen und Bambussplittern Messer und Pfeilspitzen angefertigt wurden. Er spielte in den Hütten Musik auf Panflöten, Rindentrompeten und der *goo*. Keine Frau durfte je die Musiker spielen sehen, damit sie es nicht als verweiblicht ansah, und jede Frau, die es dennoch sah, war verpflichtet, dem beleidigten Musiker zu gestatten, seine Männlichkeit unter Beweis zu stellen. Falls es sich um ein junges Mädchen handelte, mußte der Musiker warten, bis diese die Pubertät erreicht hatte, bevor er seinen Stolz wiedererlangen konnte.

Aurelio wurde zweimal durch den Hochzeitstanz verheiratet und mußte erfahren, was es hieß, eine Schwiegermutter zu ernähren, mit der er traditionsgemäß außer durch die eigene Frau nicht sprechen durfte. Seine zwei Frauen brachten beide vor ihrem Tod Kinder zur Welt, und so lernte er, sich der *couvade* zu unterziehen. Er blieb bei jeder Geburt vier Tage in seiner Hängematte und stöhnte den Geburtsschmerz, um von seiner besorgten Gattin behütet zu werden, die, über einem Loch im Boden hockend, geboren hatte. Auf diese Weise nahmen die Männer die Pein der Entbindung auf sich.

Zweimal sprach er das Heiratsgelübde:

»Ich werde diese Frau so wie mich selbst ernähren.
Ich werde auf sie aufpassen wie auf mich selbst.
Ich überlasse ihr den Gebrauch meiner Männlichkeit.«

Er mußte seine Frauen nie schlagen, wie es das Stammesgesetz erforderte, wenn sie ihm untreu geworden wären, und seine Frauen wurden nie vergewaltigt, weswegen er keine Vergewaltiger schlagen mußte, die ihrerseits keinen Widerstand leisten durften, oder auch nicht deren Frauen im Gegenzug zu mißbrauchen hatte. Verbrechen waren an sich unbekannt, außer gegen andere Stämme, da immer wieder gern versucht wurde, deren Frauen zu entführen, besonders deren Töpferinnen. Die Frauen nahmen dies als mehr oder weniger gegeben hin und ließen sich, wo immer sie gerade waren, frohgemut nieder. Einige hatten so im Lauf der Zeit zu mehreren Stämmen gehört.

Die Frauen hatten ihre eigenen Riten, zu denen die Männer nicht zugelassen waren. Wenn ein Ehemann starb, schnitt sich die Frau ihre Haare ab, und niemand durfte um ihre Hand anhalten, bis diese nachgewachsen waren. Das garantierte eine angemessene Zeit der Trauer, und es wurden, da das Haar ungefähr neun Monate zum Nachwachsen benötigte, damit zufälligerweise auch strittige Vaterschaftsfragen ausgeschlossen. Die Frauen glaubten auch, daß die Übergangszeit der Pubertät für sie sehr gefährlich sei und sie während dieser Zeit keinen Schocks, Überraschungen, unziemlicher Ausgelassenheit oder Enttäuschungen ausgesetzt sein durften. Aus diesem Grund setzten sie sich sechs Monate lang in einer Hütte hinter einem Wandschirm auf Palmschößlinge, ließen sich das Haar über ihr Gesicht fallen, sprachen mit niemandem und verließen die Hütte lediglich nachts in Begleitung ihrer Mütter zu einem Spaziergang. Aus diesem Zustand der Verpuppung gingen sie als ausgewachsene Frauen hervor, die zum Tragen des *uluri* berechtigt waren und heiraten durften. Den weniger privilegierten Jungen wurden nur drei Monate gewährt, um zu Männern zu werden, und sie durften nie in das besondere Areal, das ausschließlich den menstruierenden Frauen vorbehalten war und das Pendant zu dem Ort darstellte, wo die Männer ihrer Beschäftigung mit Musik nachgingen.

Wie und warum Aurelio seine Frauen und seine Kinder verlor, und wie und warum er die Navantes verlassen mußte, das ist Teil einer anderen Geschichte, die noch darauf wartet, erzählt zu werden; das gleiche gilt für seine Begegnung mit Carmen in Chiriguaná und seine Heirat mit ihr; aber aus dem hier Erzählten wird ersichtlich, warum aus Aurelio, einem Hochlandindio, ein so kenntnisreicher Dschungelbewohner wurde – was Pedro immer mit Verwunderung erfüllte – und warum er, da dies die einzig mögliche Fortbewegungsart im Regenwald ist, es für den Rest seines Lebens vorzog, sich mit anderen zusammen immer im Gänsemarsch fortzubewegen.

12

Federico wird zum Guerillero, und General Fuerte wird gefangengenommen

Federico bekam García als Ausbilder und Aufseher zugeteilt. Zu Federicos Überraschung stellte sich heraus, daß dieser einer jener revolutionären Priester war, die jede Lehre und jedes Gebot der Kirche anfechten, aber dennoch als Marxist und Revolutionär durch und durch Priester und Katholik bleiben.

García stammte aus einer bourgeoisen Familie in Medellín, einer angenehmen Stadt am Rand des Gebirges, wo auch Professor Luis herkam. Mit neunzehn hatte er sich in eine junge Frau aus den besseren Kreisen verliebt, die zu Verwandten nach Costa Rica geschickt worden war, um die nicht standesgemäße Beziehung standesgemäß zu beenden. In San José hatte sie einen steinreichen Uruguayaner geheiratet, woraufhin García sich mit gebrochenem Herzen in die Arme der heiligen Mutter Kirche warf. Im Priesterkolleg galt er als einzelgängerisch, ernst und eifrig, versetzte aber manchmal seine Lehrmeister durch die Äußerung heterodoxer Meinungen in helle Aufregung. Aus diesem Grund wurde er in eine kleine Stadt weit draußen auf dem Lande geschickt, wo so etwas nichts ausmachte, und dort widmete er sich gewissenhaft seinen Pflichten.

Es geschieht recht häufig, daß gewisse Frauen aus der Bourgeoisie eine hysterisch und irrational zu nennende Leidenschaft für ihren Gemeindepriester entwickeln und dabei sogar so weit gehen, sich vor ihm niederzuwerfen und ihm all ihre Reize darzubieten. Als dies Pater García das erste Mal passierte, versuchte er, dem mit Sanftmut und Einfühlungsvermögen zu begegnen, und sagte der Frau ebenso entschieden wie mitfühlend, daß dies nicht ginge. Aber sie fuhr so hartnäckig fort, ihn zu belästigen und zu verfolgen, daß bald das ganze Städtchen an dem jeder Grundlage entbehrenden Gerücht Anstoß nahm, daß der Priester ein Ehebrecher sei. Eines Tages war er so entnervt, daß er der Frau in unmißverständlichen Worten zu verstehen gab, daß sie ihn in Ruhe lassen solle. Sie nahm seine Zurückweisung eher persönlich denn christlich auf und schwor in ihrem verletzten Stolz hochmütig Rache. Sie schrieb dem Bischof, daß der Priester sie bei etlichen Gelegenheiten versucht habe zu vergewaltigen, insbesondere im Beichtstuhl und auf dem Altar.

Die Ermittler des Bischofs trafen im geheimen ein und bekamen sehr bald in den Bars und Bordellen allen möglichen schlüpfrigen Klatsch und Tratsch über Pater García zu hören, der bereits zum Gegenstand zahlreicher zotiger Witze geworden war. Während seines Prozesses vor dem Kirchengericht beteuerte Pater García vergeblich seine Unschuld. Zu guter Letzt wurde er vom Bischof wegen Unzucht seines Amtes enthoben.

Der Schuldspruch lastete Pater García schwer auf dem Gewissen, denn ihm war nur zu bewußt, daß der Bischof mit der Verurteilung eines Unschuldigen eine Todsünde auf sich geladen hatte. Nacht für Nacht plagten ihn entsetzliche Alpträume, in denen sich der Bischof entsetzlich in den Flammen und Folterqualen der Hölle wand.

Eines Morgens, nach inbrünstigen Gebeten, entschloß sich Pater García, die Seele des Bischofs zu retten, indem er seine eigene Unschuld auslöschte und genau das Vergehen beging, für das er verurteilt worden war. Die junge Frau im Bordell bekreuzigte sich, bevor sie sich ihm hingab, und García erteilte ihr danach die Absolution. Zu sagen, daß García keinen Gefallen an der Unzucht fand, hieße, die Wahrheit Lügen strafen. Allem Anschein nach glaubte er, daß er, je öfter er sündige, desto sicherer sein könne, die Seele des Bischofs zu retten. García übte sein geistliches Amt auf eigene Faust und ohne von der Kirche behelligt zu werden, weiter aus, indem er Bettelpriester wurde. Er wanderte von Pueblo zu Pueblo, tröstete die Kranken und Sterbenden, bettelte um Almosen, predigte das Evangelium und segnete die Verbindungen, welche die Ehe ersetzten. Mit jedem Tag erbosten, bestürzten und deprimierten ihn die Armut, das Unwissen und das Leiden der Campesinos mehr, und als er schließlich von den Guerilleros unter dem Verdacht, ein Spion zu sein, entführt wurde, fand er sich endlich inmitten seiner wahren Brüder wieder.

Der Zugriff war erfolgt, als einer von den Guerilleros ihn dabei beobachtet hatte, wie er hintereinander in drei Bordelle ging. In der Annahme, daß er keinesfalls ein Priester sein könne und daher in einer Verkleidung stecke, also ein Spion sein müsse, hatte Franco ihn mit vorgehaltener Kalaschnikow abgeführt.

Das Lager wurde zu der Zeit vom zweiten Anführer geleitet; der erste hatte im Umland eine Erpressungskampagne organisiert, um Gelder für die Revolution einzutreiben. Als eine sehr große Summe sich angesammelt hatte, war er damit nach Spanien durchgebrannt. Der zweite Anführer sollte ein Jahr später genau das gleiche tun, aber zur fraglichen Zeit machte sich seine Anwesenheit auf höchst unerfreuliche Weise für Pater García bemerkbar. Er malträtierte diesen mit seinen Stiefeln und seinem Gewehrkolben, bis der Priester Blut spuckte und nicht mehr in der Lage war, sich zu bekreuzigen. Er wurde an einen Baum gebunden und für die Nacht sich selbst überlassen. Am anderen Morgen bewies er seine Priesterschaft, indem er den gesamten Text des Requiems rezitierte und danach den zweiten Anführer von jeder Schuld an der erlittenen Gewalttätigkeit freisprach. Das brachte die Guerillakämpfer in ein Dilemma: Die meisten von ihnen wollten keinen Priester umbringen, wie lasterhaft er auch immer sein mochte. Doch andererseits erschien es ihnen nicht ratsam, ihn einfach so laufen zu lassen. Es bestand ja die Gefahr, daß er etwas ausplauderte. Der zweite Anführer wollte ihm die Zunge herausschneiden, damit er nicht reden konnte, die Hände abhacken, damit er nicht schreiben konnte, die Augen ausreißen, damit er sie nicht mehr erkennen konnte, und ihn dann so ziehen lassen. »Wenig genug, was du für dein Land opfern kannst«, sagte er Pater García allen Ernstes.

»Das ist nicht notwendig«, erwiderte García. »Mit eurer Erlaubnis werde ich bei euch bleiben und an eurer Seite kämpfen.«

»Wir würden dich beim ersten Anzeichen von Verrat erschießen«, sagte der zweite Anführer, sichtbar aus dem Konzept gebracht.

»Beim ersten Anzeichen von Verrat werde ich mich selbst erschießen«, erwiderte García.

»¡*Tiene cojones*!« riefen die Untergrundkämpfer mit verhaltenem Lachen.

García war ein kleiner, drahtiger und quirliger Mann mit dem traurigen Gesicht eines Hasen. Schon bald trug er einen Bart, war braun gebrannt und hatte wie alle anderen vom Spähen in die Ferne unter sengender Sonne die gleichen Krähenfüße an den Augen. Er legte jedoch nie sein zerlumptes Kirchengewand ab, obwohl es seine Bewegungsfreiheit einengte und er dadurch oft ins Schwitzen kam. Schon bald war er mit seiner Sanftmut, seinem heldenhaften Einsatz, seinen weisen Ratschlägen und seiner aufrichtigen Sorge um die Genossen bei der ganzen Gruppe beliebt, und selbst die lupenreinen Atheisten unter den Marxisten lernten ihn allmählich achten, was in erster Linie darauf zurückzuführen war, daß er Teile aus dem Evangelium zitieren konnte, die ganz nach Engels klangen.

García nahm den Grünschnabel Federico unter seine Fittiche und brachte ihm bei, mit einem Gewehr umzugehen, Tiere zu fangen, giftige Beeren und Heilpflanzen zu unterscheiden; er kämpfte bei bewaffneten Auseinandersetzungen immer an dessen Seite und behandelte stets die Kratzer, die Federico gern als »Wunden«

hinstellte. Er war es auch, der Federico die Beichte abnahm und ihm die Absolution für den Tod des großen Campesinos erteilte, dessen Ziege er beinahe erschossen hätte.

Er war bei Federico, als dieser General Carlo María Fuerte von der Klippe aus erspähte.

»Holen wir uns seine Waffe«, flüsterte Federico.

García überlegte einen Augenblick und zupfte sich am Bart.

»Ich glaube«, sagte García, »wenn er einen Revolver und kein Gewehr hat, muß er etwas Besonderes sein. Niemand, der bei klarem Verstand ist, verwendet einen Revolver für die Jagd. Ich glaube, wir sollten ihn mitsamt seiner Waffe festnehmen und Remedios vorführen. Ich halte es außerdem für verdächtig, daß er ein Fernglas hat; Viehhirten führen meiner Erfahrung nach so etwas nicht mit sich.«

Federico versuchte, nicht zu zeigen, wie beeindruckt er von Garcías Argumentation war, und so nickte er bloß und erwiderte mit der Miene eines Gleichberechtigten: »Noch dazu, García, ist sein *burro* zu gesund, um vom Land zu stammen. Auch das ist verdächtig.«

García lächelte in sich hinein und gab Federico mit einem Wink zu verstehen, daß er zuerst runtergehen solle. Schweigend glitten und sprangen sie den Hang hinab und bezogen zu beiden Seiten des Hohlwegs hinter einer uneinsehbaren Wegbiegung im Gebüsch Position.

General Carlo María Fuerte, der ein sentimentales Liedchen von Juárez pfiff, bog um die Ecke und sah sich plötzlich zwei schwerbewaffneten Männern gegenüber, der eine offensichtlich noch sehr jung. Er war dermaßen überrascht, daß er nur unter Mühen mit erstickter Stimme herausbrachte: »*¿Bandidos?*«

Der Junge richtete eine ziemlich lange und alt aussehende Waffe auf ihn und sagte stolz: »Nein, *señor*, Guerilleros.«

»Ach«, sagte der General, noch um einige Grade bestürzter.

»Darf ich fragen, wer Sie sind«, sagte García, »und was Sie hier tun?« García tippte mit dem Lauf seiner Maschinenpistole an das Fernglas und die Kamera, entsicherte seine Waffe und fügte hinzu: »Darf ich auch fragen, was es mit diesem Hilfsmittel für eine Bewandtnis hat?«

Der General entschied sich dafür, einen Teil der Wahrheit preiszugeben, da ihm sein Instinkt sagte, er würde fürs Lügen unter Umständen einen hohen Preis zu zahlen haben. »Ich widme mich der Erforschung von Schmetterlingen und Kolibris. Derzeit beschäftige ich mich mit Kolibris, und ich heiße Fuerte.«

»Aha, Kolibris«, sagte Garcia. »Ist Ihnen das wunderschöne Stück von Sagreras mit dem Titel *Imitación al Vuelo del Picaflor* bekannt?«

»In der Tat«, sagte Fuerte. »Ich habe es einmal in Buenos Aires gehört. Ich kenne es unter dem kürzeren Titel *El Colibri*.«

»Es ist ein Vergnügen, einen kultivierten Menschen zu treffen«, rief García. »Wir werden unser Gespräch auf dem Weg zu unserer Anführerin fortsetzen. Bitte zwingen Sie mich nicht, Gewalt anzuwenden.«

Federico stieß dem General seine Lee-Enfield ins Kreuz, und sie erklommen den Pfad ohne besondere Vorkommnisse, außer dem häufig bockigen und launenhaft störrischen Verhalten der Eselin, die Federico am Halfter führte.

Bis sie das verlassene Indiodorf, das ihnen als Lager diente, erreichten, hatten García und der General sich über die venezolanischen Walzer Antonio Lauros unterhalten, waren übereingekommen, daß der paraguayanische Gitarrist Agustín Barrios sehr exzentrisch und mit riesigen Händen gesegnet gewesen sein müsse, hatten die Musik des Argentiniers Ginastera mißbilligt und die des Mexikaners Chávez sowie des Brasilianers Villa-Lobos gelobt. Bei ihrem Eintreffen sang García dem General gerade »Mis Dolencias« vor, um dem General ein typisches Beispiel für *saudade* vorzuführen, und der General lauschte ihm überrascht, da ihm eben erst aufgefallen war, daß dessen zerrissene und schmutzige Gewänder die eines Priesters waren.

Als sie das Lager betraten, tauchte wie aus dem Nichts eine Schar Guerillakämpfer auf, um sich die nachfolgende Szene nicht entgehen zu lassen, wobei einige von ihnen nicht einmal ihre Gespräche unterbrachen. Der General hörte sie wie durch dickes Panzerglas gedämpft und fragte sich, ob er das alles nicht nur träumte.

Und dann stand er auch schon vor Remedios, die Garcías Bericht aufmerksam lauschte. »Durchsucht ihn«, befahl sie.

García wandte sich an den General: »Gestatten Sie?«

Der General nickte zustimmend.

Zu seinem Unglück war der General nicht geistesgegenwärtig genug gewesen, um sich seiner *cedula* und seiner militärischen Erkennungsmarke zu entledigen, und García fand sie sehr schnell in dessen Hemdtasche.

»¡*Madre de Dios*!« rief Remedios. »Wir haben hier nicht nur einen General, sondern den Militärgouverneur von César! Kaum zu glauben! Wir müssen sofort eine Versammlung einberufen. Federico!«

Federico rannte in die Sonne hinaus und mitten in eine Menschentraube hinein, die lauschen wollte. »Versammlung! Versammlung!« schrie er und gestikulierte wie wild mit den Armen, worauf sogleich noch mehr abgerissene Kämpfer aus den Hütten eilten und einen Kreis vor Remedios' Hütte bildeten. Sie fragten einander aufgeregt, was denn eigentlich los sei.

In der Hütte tadelte García den General. »Sie haben gelogen. Sie haben gesagt, Sie seien ein Schmetterlingsjäger und Kolibrispezialist. Lüge ist eine Sünde vor Gott dem Herrn und eine große Dummheit vor Männern mit Waffen.«

Der General sah ihn belustigt an. »Ich habe keine Lügen erzählt. Mein Buch über die Schmetterlinge unseres Landes ist in meinem Gepäck, wenn Sie einmal nachsehen wollen. Sie dürfen es lesen, wenn es Ihnen gefällt.«

»Danke«, sagte García, »und darf ich auch die *Idle Days in Patagonia* lesen?«

»Selbstverständlich«, sagte der General, »aber beschädigen Sie mir, wenn möglich, nicht den Rücken.«

»Das Klima und die Insekten hier werden Ihre Bücher zerstören, bevor ich es kann«, erwiderte García.

»Womit Sie sehr recht haben«, sagte der General. »Termiten haben mir schon Löcher direkt durch meine Bücher gebohrt, und in der Regenzeit traue ich mich nicht einmal, sie aufzuschlagen, weil die Feuchtigkeit den Leim völlig aufgelöst hat.«

García lachte. »In friedlicheren Zeiten, Herr General, sollten wir Bücher erfinden, die tropenbeständig sind.«

»In friedlicheren Zeiten sollten wir den Leuten auch beibringen, sie zu lesen. Aber ich fürchte, es wird zu viel Geld ausgegeben, um die Armee zu füttern, die uns vor Ihresgleichen schützt.«

»Ich habe nicht das Gefühl«, meinte García, »daß Ihre Soldaten, wenn sie aus dem Militärdienst entlassen werden, notwendigerweise Lehrer werden. Wenn sie in den Pueblos auf Lehrer treffen, bringen sie die für gewöhnlich sofort um, außer es sind Frauen, in diesem Fall vergewaltigen sie sie zuerst.«

García und der General blickten einander etliche Sekunden schweigend an, dann sagte der General: »Wenn das zutrifft, mein Freund, würde ich sie vor ein Kriegsgericht bringen. Ich glaube das aber nicht.«

García lachte ironisch auf und verscheuchte eine Stechmücke von seinem Arm. »Herr General, ich glaube, Sie werden uns eine Weile begleiten – das heißt, wenn wir Sie nicht erschießen –, und dann werden Sie bald selbst herausfinden, was die Armee so alles tut. Da sie Ihnen in César unterstellt ist, bin ich mehr als überrascht, daß Sie es nicht bereits wissen, insbesondere, da Sie ja die Befehle dazu erteilen.«

»*Padre*«, sagte Fuerte äußerst ernst, »ich habe nie Verbrechen gegen die Menschlichkeit angeordnet. Sie beleidigen mich, wenn Sie mir das unterstellen.«

»Dann weiß die Rechte nicht, was die Linke tut«, sagte García.

»Ich glaube, die Linke weiß auch nicht, was sie tut«, erwiderte Fuerte. »Aber wie dem auch sei, *padre,* darf ich einen Wunsch äußern?«

García nickte.

»Ich möchte Sie für den Fall, daß ich sterben muß, bitten, daß Sie mir zuerst die Beichte abnehmen und mich dann anständig begraben.«

»Ich bezweifle, daß es so weit kommen wird«, sagte García. »Aber natürlich würde ich notfalls Ihren Wünschen nachkommen.«

»Ich danke Ihnen, *padre.* Gestatten Sie mir die Frage, wieso Sie sich den Kämpfern angeschlossen haben? Sie, ein Mann Gottes?«

»Ich möchte etwas Gutes auf Erden tun. Und warum, um alles in der Welt, sind Sie bei der Armee, ein gebildeter Mann, der Schmetterlinge und die Musik von Chávez liebt?«

In diesem Augenblick trat Federico aufgeregt herein. »Bring ihn raus, García. Er soll vor der Versammlung als ein Feind des Volkes und der Kultur angeklagt werden.«

Der General verzog den Mund zu einem dünnen Lächeln. »Gehen wir also, *padre.* Und die Antwort auf Ihre Frage ist die gleiche wie die, die Sie mir gegeben haben.«

Der ornithologische General trat aus der kühlen Dunkelheit der alten Grashütte ins grelle Sonnenlicht, das über ihm wie eine Leuchtkugel explodierte.

Er beschirmte seine Augen vor der Hitze und sah sich vor einem Halbkreis von etwa dreißig verwegen aussehenden, sitzenden Kriegern stehen, von denen einige ihn mit gelangweiltem Interesse betrachteten, während andere ihn mit einem Haß und einer Feindseligkeit anstarrten, die sogar mit noch betäubenderer und überraschenderer Intensität auf ihn zu treffen schien als die Tropensonne im Gebirge. Er drehte sich um und suchte Garcías Blick. »Seien Sie auch gut zu meiner *burra.* Sie heißt María.«

13

Der einzige Weg, aus einem Campesino einen Freiheitskämpfer zu machen

Campesinos werden nicht aus den gleichen Gründen Guerilleros wie bürgerlich-städtische Intellektuelle. Letzteren kommt die theoretische Überzeugung zuerst und wird in stundenlangen, verwickelten Gesprächen in Cafés und Clubräumen von Studentenorganisationen genährt. Dann verschwinden ein paar Intellektuelle aufs Land, so wie Hugo Blanco in Peru, und versuchen die Landbevölkerung sowie die Minenarbeiter im Gebirge zu organisieren und zu politisieren. Oder aber sie machen es wie Javier Heraud oder Ché Guevara und veranstalten im Dschungel oder im Gebirge heroische *focos,* die nie zu dauerhaften Geländegewinnen führen und stets niedergeschlagen werden, weil Bauern und Überläufer ihre Stellungen wieder der Armee überlassen.

Campesinos sprechen oft kein Spanisch, verfügen über keinerlei Bildung und leben an Orten, wo sie ihr ganzes Leben lang vom Rest der Welt abgeschnitten sind. Sie interessieren sich nicht für Ideen, die in hochtrabenden Worten daherkommen, und werden selten Guerillakämpfer, weil sie sich in das Unausweichliche fügen und ihre *minifundios* aus Angst, eine Ernte oder ihre Ochsen zu verlieren, nicht verlassen.

Ein beträchtlicher Teil jedoch arbeitet unter feudalen Bedingungen auf riesigen *encomiendas,* deren Durchquerung zu Pferd eine Woche oder länger dauern kann. In Bolivien und Peru hat es Landreformen gegeben, aber sie sind von den örtlichen Behörden selten weit im Landesinneren durchgeführt worden und stets im Sumpf aus Bürokratie und Korruption steckengeblieben.

Einige *encomiendas* werden von aufgeklärten und wohlwollenden *padrones* geführt, die Häuser bauen, Schulen und Krankenstationen eröffnen und für die örtliche Polizei aufkommen; zu ihnen gehörte Don Emmanuel.

Die Gebrüder Carillo gehörten jedoch der anderen Spezies an. Die Carillos zahlten ihren Tausenden von Arbeitskräften überhaupt nichts, sondern zwangen diese, als Gegenleistung für die Erlaubnis, eine *minifundio* betreiben zu dürfen, dazu, sechs Tage in der Woche für sie zu arbeiten, wobei drei Fünftel der Erträge direkt an die Carillos abgeliefert werden mußten.

Als wäre diese keineswegs unübliche Sklaverei nicht schon genug, hielten sich die Carillos eine Bande von Schlägern, um die Tagelöhner zu disziplinieren, wie sie es nannten, und erlaubten den örtlichen Amtsträgern nur höchst ungern den Zutritt zu ihrem Land. Die Carillos nahmen sich großzügig das *ius primae noctis* heraus und vergewaltigten und mißhandelten, wann und wo auch immer sie Lust dazu hatten.

Eines Tages notzüchtigten die beiden Brüder eine junge Frau, die Gattin von Pedro Arevalo, ermordeten sie und ließen ihre Leiche in der Kokaplantage liegen. Um Arevalos Klage zuvorzukommen, zeigten sie ihn bei der Polizei wegen Diebstahls an und kehrten mit ein paar Beamten zurück, um ihn zu verhaften. Unterwegs kehrten sie auf ein paar Gläschen ein und setzten sich dabei so außer Gefecht, daß sie einen Jungen namens Paulo wegschicken mußten, um Pedro Arevalo zu holen. Dieser traf auf seinem *burro* ein, und es kam zu einer Auseinandersetzung, in der er die Gebrüder Carillo der Vergewaltigung und Ermordung seiner Frau beschuldigte, während die Gebrüder Carillo ihn des Diebstahls und der Falschaussage bezichtigten.

Die Polizisten, die – abgesehen davon, daß sie betrunken waren – die Carillos nicht besonders leiden konnten, setzten sich, ohne daß sie auch nur im Ansatz zu einer Lösung beigetragen hätten, in Richtung Wache ab, und Pedro und die Carillos kehrten in ihre Häuser zurück.

Pedro Arevalo hatte zwei jüngere Brüder, Gonzago und Tomás, die mit ihm auf der Bananenplantage und seiner *minifundio* arbeiteten. Diese bekamen im Dorf Wind davon, daß die *jaguncos* der Carillos sich am nächsten Abend Pedro vornehmen wollten. Aus diesem Grund machten sie sich am nächsten Morgen mit einer kleinen Gruppe von Campesinos zur Polizei auf, um deutlich zu machen, daß sie Waffen brauchten, um Pedro vor den Carillos schützen zu können. Die drei Polizisten hörten mitfühlend zu, sagten aber, daß sie nicht so ohne weiteres Waffen ausgeben könnten. Der Wachtmeister wollte gerade vorschlagen, er und seine beiden Kollegen sollten mit den Bauern gehen, um Pedro Arevalo zu beschützen, als Tomás, ungeduldig und hitzköpfig wie immer, seinen Revolver zog und zu schießen drohte, falls sie nicht augenblicklich Waffen ausgehändigt bekämen. Gonzago warf sich auf seinen Bruder, und bei dem anschließenden Handgemenge löste sich aus Versehen ein Schuß, der den Wachtmeister in den Kopf traf. Die Campesinos mußten dann die beiden anderen Gesetzeshüter fesseln, um diese daran zu hindern, Tomás wegen Totschlags zu verhaften. Sie nahmen sich vier Gewehre und etwas Munition aus der Waffenkammer und kehrten zu Pedro Arevalos *barraca* zurück, wo sie allerdings feststellen mußten, daß sie zu spät gekommen waren. Pedro hing an einem Caracolee-Baum, und seine Hütte stand in Flammen.

Empört marschierte die Gruppe zur Hazienda und bezog auf den umliegenden Bäumen Stellung. Als Alberto Carillo im Hauseingang auftauchte, bot seine unförmige Gestalt ein nicht zu verfehlendes Ziel. Eine Salve ließ ihn in die Knie gehen, bevor er der Länge nach auf die Holztreppe krachte. Die Gesichter der *jaguncos* tauchten hinter den Fenstern auf, sahen die Invasion der Campesinos, die auf sie feuerten, und verschwanden sogleich wieder.

Eine sich in die Länge ziehende Belagerung der Hazienda begann. Gonzago schnitt mit seinem Buschmesser die dicke schwarze Plastikleitung durch, die das Haus mit Wasser vom Wasserturm versorgte, und hackte das Versorgungskabel des Generators durch, wobei er einen heftigen Stromschlag bekam, der ihn von den Füßen riß. Nichtsdestotrotz trat der gewünschte Effekt ein; die Klimaanlage war außer Funktion gesetzt.

Als der Tag voranschritt und die Sonne den Zenit erreichte, wurde die Hitze im Inneren des Gebäudes aus Beton unerträglich. Ein Mann, der an ein Fenster trat, um frische Luft zu schöpfen, wurde beim Atemholen erschossen. Die Campesinos warteten geduldig, gönnten sich kurze Siestas im Schatten der Bäume, während bei den Männern in der Hazienda die Verzweiflung wuchs. Diese tranken das ganze Bier aus dem Kühlschrank leer und legten nach und nach ihre Kleidung ab. Ein Mann, der die Hitze und die Angst nicht länger aushielt, schlüpfte durch die Hintertür und suchte sein Heil in der Flucht. Die Bauern paßten ihn ab und zerstückelten ihn mit ihren Macheten, so daß seine Schreie in der Hazienda deutlich zu hören waren. Dann knüpften sie die Leiche gut sichtbar an einem Baum auf.

Die Tagelöhner ließen die ganze Nacht über das Haus nicht aus den Augen und feuerten auf zwei *jaguncos*, die im Schutz der Dunkelheit davonzukriechen versuchten. Lediglich einer der beiden wurde getötet; der andere blieb wimmernd unter einem Fenster liegen und flehte die Jungfrau Maria um Hilfe an, bis er kurz nach Anbruch des neuen Tages an seiner Bauchverletzung starb.

Als sich dies alles hier zutrug, war Gonzago neunzehn und Tomás achtzehn Jahre alt. Ihr Bruder Pedro war zweiundzwanzig, als er starb, und seine Frau siebzehn. Die drei Brüder hatten sehr jung ihre Mutter verloren, die bei der Geburt eines kleinen Mädchens starb, das ihre Schwester hätte werden sollen. Die Jungen wurden von ihrem Vater und einem Netzwerk von Tanten großgezogen. Sie gingen nicht zur Schule. Aber sie bekamen das

Lesen von einer Tante beigebracht, die es ihrerseits von Nonnen aus einem Kloster gelernt hatte, das die Carillos »gekauft« hatten, um es in Lagerhallen zu verwandeln. Als Pedro fünfzehn Jahre alt war, starb der Vater bei einem Unfall, als er im südlichen Wald der *encomienda* Bäume fällte. Seitdem arbeiteten sie für die Carillos und auf ihrer *minifundio* und bauten Maniok zur Produktion von *chicha* an, ernteten Mais und Zitronen und züchteten Hühner und Schweine.

Ihre Kleidung wirkte stets abgerissen, aber die Jungen waren bekannt für ihre Streiche, ihr gutes Aussehen und ihre Künste im Zureiten. Es hieß, daß ein Arevalo-Junge einen wilden Hengst in der Hälfte der Zeit bändigen konnte, die ein gewöhnlicher Sterblicher dazu gebraucht hätte. Sie verbrachten ihre Zeit größtenteils mit dem Zähmen von Pferden und Maultieren für die Einheimischen oder die Carillos, wofür sie im allgemeinen mit Hühnchen oder Fleischrationen bezahlt wurden.

Pedro war ein untersetzter Mann mit mächtigen Schultern und dem Hang zum Possenreißen. Er verfügte über einen schier unerschöpflichen Vorrat an Witzen, in der Regel über Tiere, und obwohl er nur eine Melodie kannte, konnte er auf sie unablässig neue Verse aus dem Stegreif dichten, von denen viele entweder obszön oder gotteslästerlich waren. Er hatte das Herz von Rosalita hauptsächlich dadurch gewonnen, daß er sie zum Lachen brachte, aber auch, weil er ihr Liebesgedichte aus dem Stegreif vortrug.

Gonzago und Tomás sahen sich so ähnlich, daß Gonzago sich einen Zapata-Schnurrbart wachsen ließ, damit die Leute sie auseinanderhalten konnten. Sie waren beide von Haus aus schmächtig, hatten auffallend dunkle Augen und Brauen, die in der Mitte der Stirn zusammentrafen. Beide verfügten über jenes bezaubernde, entwaffnende Grinsen, das üblicherweise »spitzbübisch« genannt wird, und ihr dichtes schwarzes Haar bewies, daß auch in ihren Adern ein klein wenig indianisches Blut floß. Gonzago war besonders stolz auf seinen Goldzahn, der bei jedem Lächeln aufblitzte. Dieser war ihm von einem wandernden *cholo*-Zahnarzt unter großen Schmerzen eingesetzt worden. Die Brüder sahen eindeutig mexikanisch aus, was sie von der mestizenhaften Erscheinung der meisten ihrer Nachbarn abhob und sie zu den Lieblingen der Mädchen am Ort machte, die ihnen schon von klein auf die Kunst des verführerischen Blicks gelehrt hatten. Die Brüder waren jedoch von unterschiedlichem Temperament, Tomás aufbrausend und leichtfertig, Gonzago mit seiner Gemütsruhe eher Streitigkeiten aus dem Weg gehend. Tomás kaute gern Koka, Gonzago rauchte lieber Marihuana, das wild auf dem Land wuchs, was wohl am treffendsten die Verschiedenartigkeit ihrer Persönlichkeiten bezeichnet.

Keiner von beiden hätte sich jedoch träumen lassen, daß er eines Tages zu einer Gruppe von Lynchern gehören würde, welche die Hazienda des mächtigsten *latifundistas* in der Provinz belagerte. Die Hazienda selbst erstreckte sich über einige Hektar. Sie bestand aus einem ansehnlichen, einstöckigen Gebäude, das einen rechteckigen Hof umschloß, in dem es Springbrunnen, Pfaue und Nachbildungen klassischer Statuen gab. Daran schlossen sich an ein eigenständiger Gebäudekomplex mit Stallungen und ein Swimmingpool in jener abstrakten Form, die in den Vereinigten Staaten so beliebt war, wo die Carillos sich mindestens drei Monate im Jahr aufhielten, vorzugsweise in Florida oder Kalifornien. Am Ende eines langen Feldes lag ein Hangar, der ein zweimotoriges Geschäftsflugzeug und einen riesigen Cadillac aufnahm. Letzterer war in dem unebenen Gelände und insbesondere während der Regenzeit praktisch ohne jeden erkennbaren Nutzen.

Als der Morgen anbrach, entschieden sich Peralta Carillo und die zehn ihm verbliebenen *jaguncos* dafür, einen Ausfall in Richtung Flugzeug zu wagen. Am östlichen Horizont zeigten sich gerade die ersten gelben und orangefarbenen Streifen, als eine Tür aufgerissen wurde und die elf auf den Hangar zusprinteten.

Überrumpelt reagierten die Campesinos mit einer leichten Verzögerung. Laut rufend schoß Gonzago auf die rennenden Gestalten, und schon bald feuerten alle aus vollem Rohr. Sie streckten sechs *jaguncos* nieder, und Peralta Carillo, der, an Schwerfälligkeit mit seinem Bruder vergleichbar, hinterherwatschelte, wurde ins Bein getroffen und fiel der Länge nach wie ein nasser Sack hin. Er war der einzige, der das Flugzeug fliegen konnte, und so hasteten die übriggebliebenen vier zu dem Cadillac. Einer von ihnen, der Chauffeur der Carillos, hatte die Zündschlüssel, um den Wagen zu starten. Er steuerte das wegen seiner weichen Federung wie wild schaukelnde Auto über die Landebahn auf den Rasen und dann die Zufahrt hinunter. Einer der Tagelöhner jagte mit seiner Schrotflinte eine Ladung in die Frontscheibe, woraufhin das Auto vom Weg abkam und gegen einen Baum prallte. Die Campesinos eilten zum Wagen, zerrten die betäubten Schläger heraus und prügelten diese, ohne daß ihnen dabei ein einziger Fluch über die Lippen gekommen wäre, mit den Kolben ihrer Gewehre zu Tode.

Damit fertig, hielten sie für einen Moment inne und besahen sich, nicht ohne ein leichtes Entsetzen zu verspüren, was sie getan hatten. Danach gingen sie zurück zur Hazienda. Vom zu Boden gegangenen Peralta Carillo kam ein falsches Wimmern zur falschen Zeit. Hätte er sich nicht bemerkbar gemacht, wäre ihm womöglich eine Chance zur Flucht geblieben, so aber sah er sich über den Rasen zu den Bäumen geschleift, wobei er abwechselnd Drohungen brüllte und um sein Leben flehte.

Die Campesinos ließen den erhängten *jagunco* herab und knüpften statt seiner Peralta auf. Der fette, dem Untergang geweihte Feudalherr strampelte und schlug wie wild am Seil um sich, sein Gesicht lief blau an, Schaum trat ihm aus dem Mund, er verdrehte die Augen, und die Zunge hing ihm heraus. Er versuchte, über seinen Kopf zu greifen, um den Strick zu fassen zu bekommen und die erdrosselnde Umschnürung etwas zu lokkern, doch ehe er sich versah, schlitzte ihm einer der alten Bauern mit der Machete seinen unförmigen Bauch auf. Seine Gedärme quollen hervor und wanden sich zuckend zu Boden. Die Campesinos standen, am ganzen Leibe zitternd, dabei und sahen zu, wie ihr früherer Herr wie ein Ochse am Fleischerhaken verendete.

Sie räumten alles, was in der Hazienda nicht niet- und nagelfest war, auf den Rasen, damit jeder, der wollte, sich etwas davon nehmen konnte. Sie plünderten die teuer ausgestatteten Zimmer eines nach dem anderen und zerschlugen alles, was ihnen wertlos vorkam. Dann legten sie Feuer an sämtliche Gebäude und beobachteten aus einiger Entfernung, wie die Flammen ihr züngelndes Geschäft verrichteten und Funken hoch in den Himmel jagten. Sie blieben bis zum Abend, blieben, bis das Dach eingefallen war und nichts weiter mehr stand als verkohlte Balken und verrußte Betonwände. Dann überließen sie die Pfaue sich selbst und kehrten stumm zu ihren Häusern zurück. Die Leichen überantworteten sie den Geiern und Fliegen. Am darauffolgenden Morgen kamen die Einwohner des nächstgelegenen Dorfes, um sich um das noch Verbliebene zu streiten und auf die Leichen der Carillos zu spucken.

Die beiden Polizeibeamten kannten Tomás und Gonzago bedauerlicherweise sehr gut, da Tomás vor einem Jahr für sie eine Stute zugeritten hatte. Als ein vorbeikommender Campesino die Polizeibeamten am anderen Tag losband, begaben sie sich direkt zur *barraca* von Arevalo und sahen, daß diese abgebrannt war und Pedros Leiche im Baum hing. Sie warteten auf die Rückkehr von Tomás und Gonzago und machten währenddessen die Leiche von Pedro los, um sie auf den Boden zu legen, damit sie die Geier und Ameisen fernhalten konnten.

Die zwei Brüder kamen den Weg entlang und blieben wie angewurzelt stehen, als sie die beiden Polizisten erblickten. »*Ola*«, sagte Gonzago kleinmütig.

»*Salud*«, erwiderte der ältere Beamte, der Fulgencio Vichada hieß. »Ich sehe, ihr seid hergekommen, um uns unsere Waffen zurückzugeben.«

Tomás wies auf die Leiche seines Bruders und die abgebrannte Hütte. »Jetzt weißt du, warum wir sie gebraucht haben und warum du sie uns hättest geben sollen.«

Fulgencio seufzte. »Das tut mir alles schrecklich leid«, sagte er, nahm die Mütze ab und kratzte sich am Kopf. »Hört mal, ich muß euch wegen Totschlags, Diebstahls und Freiheitsberaubung festnehmen.«

»Nicht zu vergessen die Carillos und ihre Gorillas, die haben wir auch getötet«, sagte Gonzago. »Dafür kannst du uns ebenfalls verhaften.«

»Alle beide? Die ganze Sippschaft?« fragte Fulgencio. »Und das allein?«

»Auf Ehre und Gewissen«, sagte Tomás. »Nur wir.«

»Selbstverständlich werde ich euch auch deswegen verhaften, wenn meine Ermittlungen ergeben haben, daß ihr dafür verantwortlich seid.« Fulgencio lächelte und schüttelte ihnen die Hände. »Auf Wiedersehen, Tomasito, auf Wiedersehen, Gonzago, und *buena suerte*, hm? Meine Ermittlungen werden drei Tage in Anspruch nehmen, also seht zu, daß ihr möglichst schnell verschwindet, okay?«

»Danke, Fulgencio«, sagte Gonzago und ließ in bester Manier seinen Goldzahn sehen. »Ich nehme an, du möchtest diese Waffen zurückhaben?«

»Behaltet sie«, sagte Fulgencio mit einer wegwerfenden Geste. »Wie gesagt, meine Ermittlungen werden sich drei Tage hinziehen, und Waffen haben wir mehr als genug.«

Die vier Männer begruben Pedro neben Rosalita, und die Polizisten nahmen die beiden Brüder im Jeep bis zur fünfzig Kilometer entfernten Hauptstraße mit. Sie umarmten sich zum Abschied, und dann schlugen sich die Brüder, per Anhalter auf

Lastwagen fahrend, zur kurzzeitig unabhängigen »Republik des 26. September« durch, wo sie sich Remedios' Gruppe der »Vorhut des Volkes« anschlossen und den Kampf fortsetzten, den sie zuvor weit entfernt in ihrer Heimat begonnen hatten. So wurden sie zu Freiheitskämpfern aus dem einzigen Grund, aus dem Campesinos zu Guerilleros werden: aus einem persönlichen.

Die Bauern der Hazienda Carillo teilten die riesige *encomienda* unter sich auf, oder um genauer zu sein, sie bestellten weiterhin ihre eigenen *minifundios*, behandelten die *encomienda* als Allgemeinbesitz und setzten im Swimmingpool Fische aus. Monate später traf die Miliz ein, um sie von der Hazienda zu verjagen, aber das rührte sie nicht sonderlich, weil sie von ihren Erzeugnissen nichts mehr abliefern mußten und so bei weniger Arbeit viel reicher wurden, obwohl sie keine Ahnung von den Kräften des Marktes hatten. Sie bauten niemals die richtigen Mengen zur richtigen Zeit an, aber sie waren trotzdem mit ihrem Auskommen höchst zufrieden und setzten ihre Erzeugnisse auf den lokalen Märkten ab.

Niemand wollte das Gut der Carillos kaufen, aus Angst, das gleiche Schicksal wie diese zu erleiden. Schließlich zog die Miliz wieder ab und überließ es Busch und Dschungel, sich das Land zurückzuholen, das als Allgemeinbesitz genutzt wurde und der einzige Flecken im Land war, auf dem es eine Kolonie wilder Pfaue gab.

14

Parlanchina geht auf ihre Hochzeit

Aurelio hatte starke Zahnschmerzen, und so stieß er sein Messer in den Boden und betete zu den Engeln, da er wußte, daß er auf diese Weise bis Sonnenuntergang schmerzfrei sein würde.

Er war wie die meisten Indios klein und stämmig, hatte ein flaches Gesicht und einen spärlichen Bartwuchs, zog sich immer noch wie seine Vorfahren an und trug die charakteristische *trenza*, den langen Zopf, mit dem die Aymaras wie versprengte Chinesen aussehen. In einer Schale zerstampfte er mit Schneckenhäusern vermischte Kokablätter, so daß er die meiste Zeit über energiegeladen und glücklich vom Lutschen am Stößel war, der wie ein Lollipop seine Backe ausbeulte.

Aus Aurelio war ein großartiger Hundezüchter geworden. Er hatte einmal gehört, daß die mexikanischen Maya Hunde züchteten, die nie bellten, und er hatte es sich zur ganz persönlichen Lebensaufgabe gemacht, diese Art wieder rückzukreuzen. Das Aymara ist berühmt für seine strenge Logik. Sein Satzbau und seine Grammatik läßt buchstäblich das Herz jedes noch so nüchternen Computers höher schlagen. Aber selbst die Logik dieser Sprache hatte es nicht geschafft, aus Aurelio einen rational denkenden Menschen zu machen. Vielleicht wollte er die nicht bellenden Hunde einfach aus einem Solidaritätsgefühl mit jener vor langer Zeit untergegangenen Kultur züchten, oder vielleicht auch deswegen, weil er wußte, daß alle Männer sich irgendeiner Obsession hingeben müssen, um ihrem Leben einen Sinn zu geben, wobei eine Obsession so gut ist wie die andere.

Alle, die Aurelio kannten, wußten, daß er für einen stummen Hund gutes Geld zahlte, obwohl er nicht reich war. Gewisse ehrlose Gesellen dressierten aus diesem Grund ihre Hunde sogar darauf, nicht zu bellen, damit er diese für seine Zucht aufkaufte. Derlei Täuschung erzeugte bei Aurelio, sobald er dieser auf die Schliche gekommen war, eine tiefe Skepsis gegenüber der Vertrauenswürdigkeit der Menschheit an sich. Selbst seiner Frau sagte er: »Ich vertraue eher meinen Hunden als dir, obwohl ich dich mehr liebe als sie.«

Aurelios Frau Carmen war eine kleinwüchsige Negerin mit dichten rotbraunen Haarlocken, die auf eine kleine Rassenmischung irgendwo bei ihren Vorfahren schließen ließ. Ihr Lachen war rauh, sie war umgänglich und rauchte riesige *puros*, deren eingespeichelte Enden sie zwischen die Zähne klemmte. Sie war glücklich, mit Aurelio und seinen Hunden auf einer Lichtung im Dschungel zu leben, sammelte die Paranüsse unter den riesigen Bäumen auf, zapfte ein wenig Kautschuk von den Gummibäumen und baute im ausgelaugten Boden ein bißchen Mais an. Sie hatte trotz eifrigen Bemühens keine Kinder von Aurelio bekommen, und so hatten sie ein kleines Waisenmädchen bei sich aufgenommen, das Aurelio in Valladolid, wohin er hin und wieder zu einem Hundekauf aufbrach, zusammengekauert in einem Hauseingang gefunden hatte.

Zunächst hatte das Mädchen überhaupt nicht gesprochen, und das Ehepaar hatte sich insgeheim schon gefragt, ob es stumm sei. »Alles läuft verkehrt«, sagte Aurelio. »Meine Hunde geben Laut, aber mein Kind schweigt.« Doch das lag, wie sich herausstellte, lediglich daran, daß das etwa vierjährige Kind aus Mangel an Gelegenheit nie hatte sprechen lernen können. Als sie zu einer lebhaften und lustigen Zwölfjährigen mit knospenden Brüsten und koketten Augen herangewachsen war, redete sie wie ein Wasserfall, und das Ehepaar gab ihr den Spitznamen Parlanchina, was sich in etwa mit »Plappermäulchen« übersetzen läßt.

Aber es war nicht leicht, Parlanchina aus ihrem vertierten Zustand zu locken. Sie verständigte sich anfangs nur mit heiseren Grunzlauten ausgesprochen feindseliger Natur und biß Aurelio häufig in die Hand, wenn er in ihre Nähe kam. Aber noch schlimmer war, daß sie lieber auf allen vieren ging und sich eher den Hunden als dem liebevollen Ehepaar anschloß. Sie weigerte sich, gewaschen zu werden oder auch nur ihre Kleider zu wechseln, und stank deshalb fürchterlich. Aurelio wußte, daß die Zeit reif war für etwas drastischere Maßnahmen, als sie einen der Hunde während eines Streits um Küchenabfälle ins Ohr biß. Hinzu kam, daß er am gleichen Tag entdeckte, daß ihr Kot vor Würmern nur so wimmelte. »Es ist Zeit«, sagte er zu seiner Frau, »für ein wenig Grausamkeit, um aus ihr ein menschliches Wesen zu machen.«

Carmen stimmte zu. Sie ging in den Dschungel und sammelte bittere Rinden und Kräuter. Die tauchte sie in *aguardiente*, um eine Tinktur daraus zu machen. Es gelang dem Ehepaar, diese Parlanchina einzuflößen, allerdings erst nach einem langen und erbitterten Kampf, aus dem beide mit blauen Flecken und feindseliger denn je hervorgingen, während das Ehepaar schwer von Kratz- und Beißspuren gezeichnet war. Zu Carmens Zufriedenheit hatten bei der nächsten Inspektion der Exkremente des Kindes die Parasiten ihren Geist aufgegeben und waren dabei, ausgeschieden zu werden.

Als nächstes entschied das Ehepaar, das Kind durch ein System aus Belohnungen und Bestrafungen zu erziehen. Dabei fiel das Bestrafen leicht, weil Tiere mit den Menschen eine allgemeine Abneigung gegen Schmerz teilen. Die Belohnungen waren nicht ganz so leicht zu finden, weil Parlanchina den gleichen Geschmack wie die Hunde hatte und Carmen und Aurelio es nicht für richtig hielten, sie mit Knochen und Küchenabfällen zu belohnen, denn genau davon wollten sie sie ja entwöhnen. Schließlich entdeckten sie zu ihrer Freude, daß Parlanchina ganz versessen auf Nüsse und Gujaven war, und so war fortan ein Teil des Tages dem Sammeln dieser Früchte vorbehalten.

Anfänglich dachte Aurelio, es hätte keinen Sinn, wenn er mit Parlanchina zu sprechen versuchte, »weil sie nichts versteht und nicht antwortet«, und so probierte er eine Verständigung mit Grunzen und Gesten aus.

»Ich glaube«, sagte Carmen eines Tages, »daß wir diese Grunzerei aufgeben sollten. Mir ist das zu mühsam und ermüdend. Vielleicht sollten wir weiterhin deuten und gestikulieren, aber ich meine, wenn wir nicht mit ihr reden, wird sie das Sprechen nie erlernen. Ich denke, wir sollten die ganze Zeit ohne Unterlaß reden.«

Und so redeten Carmen und Aurelio pausenlos. Sie deuteten auf Dinge und benannten sie; schließlich lernte Parlanchina, der gezeigten Richtung zu folgen statt mit verständnisloser Miene auf die Spitze des deutenden Fingers zu starren. Dann lernte sie selbst das Deuten. Carmen und Aurelio redeten die ganze Zeit. Sie sprachen über alles, sie sprachen über nichts, und sie sprachen davon, wie sehr sie das Sprechen satt hatten.

Eines Tages deutete Parlanchina auf eine Gujave auf dem Tisch und lächelte zum allerersten Mal. »Gwubba«, sagte sie klar und deutlich. Das Ehepaar warf sich voll Entzücken auf sie, und von da an gab es kein Halten mehr.

Eine Woche lang probierte die Kleine »Gwubba« in verschiedenen Modulationen und Intonationen aus, bis sie es satt hatte. Dann begann sie sich in einem atemberaubenden Tempo den Wortschatz der Erwachsenen anzueignen. Bald hatte sie es heraus, grundlegende Sätze unter Auslassung unwichtiger Wörter zu bilden, und fing an, einen Ich-Bezug herzustellen: »Ich wollen Hund.« – »Ich gehen Pipi.«

Überglücklich fuhren Carmen und Aurelio damit fort, die ganze Zeit über zu sprechen, und schon bald redete Parlanchina mit sich selbst, wenn sie etwas machte. »Sie denkt laut«, berichtete Carmen. »Das beweist, daß sie denken kann«, erwiderte Aurelio. Dann sprach sie auf einmal besonders grammatikalisch, ließ keine Idiosynkrasien und Ausnahmeregelungen der Sprache zu. »Ich gehte und sehte die Vogels«, sagte sie, und Aurelio sprach: »Ach, wirklich? Ich ging und sah die Vögel auch«, womit er sie durch Beispiele korrigierte. Carmen und Aurelio behielten das ständige Reden bei, bis Parlanchina sieben war und es für so normal hielt, daß sie allmählich zu eben der eingefleischten Plaudertasche wurde, die sie bis zum Tag ihres Todes blieb.

Auch in anderer Hinsicht eignete sie sich viel an. Sie lernte, mit dem Messer umzugehen und behutsam mit den Fingern zu essen, die sie wie gesittete Menschen nicht mehr schlürfend ableckte, und sie stellte ihre Mahlzeit nicht mehr auf den Boden und stürzte sich kopfüber hinein. Sie hörte damit auf, beim Essen zu knurren, sie lernte, langsam zu kauen und die Mahlzeit nicht mehr gierig zu verschlingen, und sie lernte, wie ein ehrbarer Indio geruhsam aufzustoßen.

Carmen brachte Parlanchina bei, ihre Notdurft im Dschungel weit ab vom Haus zu verrichten, sich zu waschen und alle notwendigen Alltagsverrichtungen durchzuführen. Das Mädchen wurde außerdem verspielt und zutraulich, setzte sich bei Aurelio aufs Knie und versuchte, ihm seinen wahren Namen zu entlokken. Sie küßte ihn auf die Wange, flüsterte ihm sinnlose kleine Nettigkeiten ins Ohr und sagte: »Papacito, komm schon, sag mir deinen wahren Namen.«

»Eselsfratze«, sagte Aurelio.

»Oh, Papacito, wie heißt er? Mir kannst du es doch sagen.« Und dazu lachte sie schelmisch und umschmeichelte ihn noch mehr.

»Wie wäre es mit Melonenarsch.«

»Aber nein, Papacito, das ist er nicht. Sag ihn mir. Sonst weine ich.«

»Nein, das wirst du nicht tun, und ich werde ihn dir auch nicht verraten. Wenn ich ihn jemandem sage, wird er Macht über mich haben, und du hast schon genug Macht über mich.«

»Sag, Papa, bin ich gut? Tue ich nicht das, was du sagst?«

»Nicht immer«, erwiderte Aurelio.

»Ooh, was bist du doch für ein großer Lügner. Aber sag, warum hast du denn überhaupt einen wahren Namen?«

»Das habe ich dir doch schon hundertmal erklärt, Kleines.«

»Ich weiß, aber ich hör' es so gern. Es ist so schön gruselig. Erzähl es mir noch einmal.«

»Na gut«, sagte Aurelio und verfiel in seine Erzählstimme: »Am Eingang zur Unterwelt wacht ein Ungeheuer, ein großes, häßliches und wildes Ungeheuer mit messerscharfen Zähnen. Wenn du ihm nicht deinen wahren Namen sagen kannst, wird es dich nicht in die Unterwelt eintreten lassen. Statt dessen« – Aurelio machte knirschende und schluckende Geräusche und klopfte sich auf den Bauch – »frißt dich das Ungeheuer auf, und dein Geist bleibt für immer in seinem Bauch, wo es dunkel und stinkend ist, und dein Geist heult ewig vor Entsetzen und Verzweiflung.«

Parlanchina erschauerte und schüttelte ihr langes schwarzes Haar. »Papacito, wann wirst du mir meinen wahren Namen sagen?«

»Den werde ich dir sagen, wenn du eine Frau geworden bist, Kleines. Das Ungeheuer läßt alle Kinder passieren. Ich werde ihn dir sagen, wenn deine kleinen Brüste anschwellen und dir, dem Mondzyklus folgend, Blut ausfließt.«

»Wann wird das sein, Papacito? Wann?«

»Bald genug, Kleines.«

Parlanchina legte ihre Wildheit nie völlig ab. Sie bewegte sich im Dschungel so natürlich und so furchtlos wie ein *tigre*. Von ihren Eltern lernte sie, alle Tiere, alle Fische und alle Pflanzen zu benennen, und sie studierte deren Eigenschaften und Verwendungsmöglichkeiten als Nahrung und Medizin.

Auf eigene Faust lernte sie, die Tiere aufzuspüren, entdeckte deren Gewohnheiten und fand heraus, wie es war, dieses Tier zu sein. Sie konnte bald deren Stimmen nachahmen und sie dazu verleiten, entweder panisch zu flüchten oder sich ihr zutraulich zu nähern. Sie zähmte einen jungen Ozelot, der groß und schön wurde und die Hunde erschreckte, obwohl er eigentlich kleiner war als diese. Die Raubkatze schritt anmutig seiner anmutigen Herrin hinterdrein und legte sich in der Hängematte zum Schlafen auf sie. Jedes Mal, wenn Parlanchina sich bewegte, ließ sie diese ihre Krallen spüren. »Sie glaubt, daß eine Matratze sich nicht bewegen sollte«, sagte das Mädchen.

Parlanchina wurde größer als ihre Eltern. Mit zwölf wirkten ihre endlosen, geschmeidigen Beine so lang, als ob sie bis unter die Achselhöhlen gingen. Ihr schwarzes, glattes Haar trug sie in der Mitte gescheitelt und hüftlang, so daß es um sie wallte, wenn sie sich anmutig, lautlos und mit sicherem Tritt durch den Dschungel um ihr Haus bewegte. Sie gewöhnte sich an, ihr Haar mit einer Kopfbewegung zurückzuwerfen und einen dann von der Seite mit ihren großen braunen Augen anzublicken. Dann lächelte sie sanft, als wüßte sie ein sündhaftes Geheimnis, und beim Lächeln bog sich ihre Nasenspitze ein klein wenig nach unten. Ihre Sinnlichkeit ausströmende Haut changierte zwischen Oliv und Schwarz und hatte bereits etwas von der Weichheit und dem Glanz eines Teenagers. Sie verfiel – ebenfalls wie ein Teenager – zeitweilig in Tagträumereien, starrte, das Kinn in die Hand gestützt, in die Ferne, so als würde sie in die Zukunft blicken.

»Das Mädchen ist so hübsch, daß mir ganz angst und bange wird«, vertraute Aurelio einmal seiner Frau an. »Sie erinnert mich an eine Waldnymphe.«

»Vor was hast du Angst?« fragte Carmen überrascht.

»Ich fürchte, daß einer der Götter sich in sie verlieben und sie uns wegnehmen wird. Ich habe schreckliche Angst.«

»Ich halte es für viel wahrscheinlicher«, hielt Carmen dagegen, »daß ein junger Mann sie entführen wird, und so sollte es auch sein.«

Aurelio fuhr mit den Fingern durch die kupferfarbenen Locken seiner Frau. »Glaubst du, sie kann einen Mann glücklich machen? Wild und schön, wie sie ist?«

»Ich glaube«, sagte Carmen nach kurzem Nachdenken, »daß sie einen Mann so glücklich machen wird, daß er, wenn er schon nicht daran sterben, sicherlich verrückt werden wird.«

»Ein Schwiegersohn und ein paar Enkel würden mich sehr glücklich machen«, sagte Aurelio betrübt. »Ich werde der heiligen Barbara und auch den Göttern ein Opfer bringen, damit es so kommt.«

»Aurelio«, sagte Carmen, die ihn auf die Wange küßte und mütterlich umarmte, »denk daran, daß Furcht genau das bewirkt, was von uns gefürchtet wird. Deshalb sollte sie uns unbekannt sein.«

Tatsächlich entdeckte Parlanchina die Männer eher, als diese sie entdeckten. Remedios' Gruppe passierte bei ihren Vorstößen von den Vorbergen in die Sierra ziemlich regelmäßig auf einem sieben Kilometer entfernten Dschungelpfad das Gebiet, und gelegentlich kamen auch Militärpatrouillen durch. Parlanchina war von alldem fasziniert, und sie schlich den Männern so leise und gewandt hinterher, wie sie jedem anderen Tier nachstellte. Sie beobachtete deren Verhalten. Die Guerilleros lachten, scherzten und machten stets viel Lärm, während die Soldaten herumschlichen, schwitzten und unter der Last ihrer auf der Haut klebenden Uniform und ihres unförmigen Sturmgepäcks litten. Sie sah, wie deren Augen vor Nervosität hervortraten und wie deren Münder vor Angst wie bei gestrandeten Fischen offen standen. Sie sah, wie sie jedes Mal zusammenzuckten, wenn sie mit den Füßen auf einen knakkenden Zweig traten, und sie begann sich über sie lustig zu machen. Während der Ozelot neben ihr kauerte, ließ sie im Schutz der Bäume unvermittelt das heisere Grollen eines *tigre*, das Kreischen eines Papageis oder das Heulen eines Brüllaffen ertönen. Vor Freude kichernd, erzählte sie ihren Eltern, wie die Soldaten vor Angst in die Luft gesprungen seien, sich flach auf den Bauch geworfen und wahllos in die Gegend gefeuert hätten. Die Eltern schüttelten den Kopf und tadelten sie, aber sie hörte nicht damit auf, weil sie stets hoffte, Federico zu sehen. Federico war der geheime Grund ihrer Tagträumereien, und sie folgte ihm immer, wenn er vorbeikam, um seinen feinen, schlanken Körper und sein hübsches Gesicht zu betrachten. Sie ertappte sich bei der Vorstellung, wie es wohl wäre, seinen flachen Bauch und seine langen Beine zu streicheln, und wenn sie ihn sah, klopfte ihr das Herz bis zum Hals, und sie hatte einen Frosch in der Kehle. Wenn sie Federico nicht sah, tröstete sie sich ein wenig damit, die Soldaten zu peinigen. Aber niemand bekam sie jemals zu Gesicht. Die Soldaten erfuhren nie, daß sie ihre Qualen zum Teil ihr zu verdanken hatten, und Federico wußte nicht, daß das hübscheste und redseligste Mädchen von ganz César sich in ihn verliebt hatte.

Eines Tages kam Parlanchina heim und sagte, ebenso überrascht wie belustigt: »Papacito, die Soldaten verstecken Geschirr auf dem Pfad. Warum, meinst du, tun sie das?«

Aurelio zog das Messer aus dem Boden, wobei er verdrossen daran dachte, daß er sich mit seinen Zahnschmerzen wohl oder übel würde abfinden müssen. Er mußte das in Augenschein nehmen, wovon Parlanchina gesprochen hatte, und ohne Messer ging er nirgendwo hin, auch wenn es Unglück brachte, einen Zauber zu unterbrechen. Er schritt mit Parlanchina durch den Wald und kroch dann bis auf wenige Meter in die Nähe der Soldaten, um sie zu beobachten. Sie versteckten in der Tat Geschirr, das wie zwei zusammengesteckte Teller aussah und von ihnen so vorsichtig behandelt wurde, daß Aurelio zuerst dachte, es könnten nur heilige Objekte sein. Aber dann machte es klick bei ihm, und er erinnerte sich an das, was ihm sein Vater in Bolivien als Kind erzählt hatte, lange Zeit bevor er auf dem Wasserweg und zu Fuß die ganze Strecke bis hierher zurückgelegt hatte. Ihm fiel wieder ein, daß die Weißen, wenn sie die Indios von ihrem Land vertreiben wollten, auf den Wegen Sachen versteckt hatten, die einen schrecklichen Lärm machten und die Glieder der Menschen in die Bäume schleuderten. Er wartete, bis die Soldaten sich verzogen hatten, und sagte dann zu Parlanchina: »Kleines, diese Dinger heißen Plötzlicher-Tod-durch-Donner. Wenn du auf sie trittst, zerfetzt es deinen Körper durch Metall und Feuer. Anscheinend wollen die Soldaten uns vertreiben, so wie mein Volk damals vertrieben wurde. Wir müssen diese Dinger zerstören, aber wir dürfen sie dabei nicht berühren.«

»Wie werden wir sie zerstören, Papacito?«

»Ich gehe mein Gewehr holen. Ich werde Metall mit Metall und Feuer mit Feuer vernichten, und zwar vom Schutz der Bäume aus. Kleines, du mußt hierbleiben und jeden Menschen und jedes Tier vom Betreten des Pfades abhalten. Du selbst darfst nicht auf den Pfad gehen, sonst stirbst du eines schrecklichen Todes. Wenn ich wieder da bin, werde ich die Teller schon finden und sie aus sicherer Entfernung beschießen. Hast du verstanden, Kleines?«

»Ja, natürlich, Papacito. Komm schnell wieder!«

Aurelio schlich davon, und Parlanchina ließ sich an einem Baum nieder, um den Pfad zu beobachten. Nichts regte sich. Aurelio schien sehr lange zu brauchen. Ihr wurde langweilig. Sie nickte im schummrigen Dämmerlicht des Waldes ein. Dabei träumte sie von Federico. Wie schön er war!

Dann erwachte sie mit einem Ruck. Irgend etwas stimmte nicht. Dann erkannte sie, was los war. Ihrem kleinen Ozelot war es ebenfalls langweilig geworden, und er hatte sich davongestohlen. Sie sah, wie dessen gefleckter Schwanz im Unterholz sich bewegte, als er auf den Pfad zutrottete. Sie sprang entsetzt auf: *»¡Gato!* Komm her, *venga. ¡Venga!«* Die Raubkatze drehte ihr schelmisch den Kopf zu und verfiel in Trab. Dieses Spiel trieben sie oft. Es war sehr lustig. *»¡Gato!«* schrie Parlanchina. Dreihundert Meter entfernt hörte Aurelio sie und fing verzweifelt zu laufen an, verfing sich in Dornen und fluchte, als er krachend durchs Unterholz brach.

Parlanchina blieb eine Sekunde lang unschlüssig stehen, während eine schreckliche Angst in ihr aufstieg, und dann rannte sie ihrer Katze nach.

Aurelio hörte die Explosion. Er lief so schnell, wie seine Furcht und sein sinkender Mut es zuließen, brach durch das dichte Grün und fiel neben seinem wunderschönen Kind auf die Knie. Seine Augen waren auf diesen Anblick nicht vorbereitet; nichts in seinem ganzen Leben hatte ihn auf so etwas vorbereitet.

Neben dem zerfetzten Körper ihrer geliebten Katze lag sie. Aus vor Kummer getrübten Augen und mit Entsetzen im Herzen sah er sie blutüberströmt daliegen. Er sah, daß ihre langen Beine zerschmettert, geknickt, zerfetzt und über und über mit dunklem Blut besudelt waren. Er sah, daß ihr weicher Bauch aufgerissen war und die Eingeweide noch pulsierten.

Doch ihr Gesicht, ihr wunderschönes Gesicht, ihr Gesicht eines auf die Erde entsandten Engels! Es war unversehrt; es war vollkommen. Er beugte sich schluchzend über sie und gab ihr einen zarten Kuß auf die Lippen. Er spürte einen sanften Hauch aus ihrem Mund und zuckte hoch, weil Hoffnung verloren in seinem brechenden Herz aufglomm. Sie öffnete die Augen, ihre großen, leuchtenden Augen, und sah ihn mit dem Blick eines Menschen an, der einer alten Liebe Lebewohl sagt.

»Du wirst einen Gott heiraten, Kleines«, sagte Aurelio, dem trotz seiner Erziehung Tränen die Wangen herunterliefen. Aber er zuckte nicht einmal mit der Wimper, solange sie noch in seine Augen blickte; er würde es erst tun, wenn ihr Blick gebrochen war.

Ihr zitterten die Lippen, und sie bewegte den Kopf ein wenig, um ihrem Vater etwas besser in die Augen sehen zu können. Eine große Träne löste sich aus ihrem Augenwinkel und rollte auf ihr Ohr zu. Sie blieb wie ein Regentropfen kurz hängen und fiel dann auf den Boden. Sanft, flehend, als würde sie ihn streicheln wollen, flüsterte sie: »Papacito.«

Aurelio bückte sich und flüsterte ihr ihren wahren Namen ins Ohr. Als er sich wieder aufrichtete, lag Parlanchina mit weit geöffneten Augen da, erstaunt über ihren eigenen Tod.

Aurelio nahm ihren zerschmetterten Leib in seine alten Arme und trug sie nach Hause. Sein Zorn rang mit seinem Kummer, seine Seele rebellierte gegen die Vergänglichkeit, die der Götter Lust ist. Blut tränkte seine Kleidung. Er legte den Körper vor die Türschwelle und rief Carmen. Sie kam mit einer Schüssel voller Bananen, und als sie die Leiche sah, bückte sie sich und stellte ihr Gefäß sorgsam auf den Boden. Sie und Aurelio standen schweigend da und blickten sich über den Leichnam ihres so außergewöhnlichen Kindes hinweg an. Aurelio deutete hilflos auf Parlanchina. »Es ist unsere kleine Gwubba«, sagte er.

Aurelio grub im Abstand von zwei Metern zwei Löcher, die zwei Meter tief waren. Dann höhlte er dazwischen einen Tunnel aus. In diesen Tunnel plazierte er ein Reisiglager. Darauf legte er ihre Hängematte, und dort bettete er sein Kind zur ewigen Ruhe. In ihre Arme schob er ihre geliebte Katze.

Er füllte das Grab wieder, und das übriggebliebene Erdreich schüttete er zu einem Hügel auf. In den Hügel steckte er zwei gerade Zweige, und Carmen webte ein mächtiges Symbol dazwischen.

»Es ist schrecklich, als Jungfrau zu sterben«, sagte Carmen, als sie eines Nachts in den Armen ihres Mannes lag.

»Sie ist mit der Liebe in ihrem Herzen gestorben«, sagte Aurelio. »Und das wird Menschen ihr Leben kosten. Das habe ich mir geschworen, und die Götter, die Engel und die heilige Barbara werden mit mir sein. Das mit den Hunden ist ein für allemal zu Ende.«

Carmen drückte ihn an sich. »Möchtest du andere Väter zum Weinen bringen?« flüsterte sie und strich ihm über das Haar. Sie hatte gelernt, daß Männer mit einer gewissen störrischen Dickköpfigkeit geschlagen waren, weswegen sie wie eine Bestie und wie ein Gott zugleich sein konnten. Dagegen würde sie nicht ankämpfen. Bestimmte Dinge ließen sich nicht bekämpfen. Sie konnte höchstens die Scherben zusammenkehren.

»Morgen«, sagte Aurelio, »werde ich zu den Guerilleros gehen und ihnen sagen, wo die Soldaten den Plötzlichen-Tod-durch-Donner versteckt haben.«

15

General Carlo María Fuerte wird wegen Verbrechen gegen die Menschlichkeit angeklagt

Obwohl Franco und einige andere darauf drängten, den General auf der Stelle zu erschießen, beharrte Remedios auf einem ordnungsgemäß durchgeführten Gerichtsverfahren. Sie bestellte Pater García zum Verteidiger und Franco zum Ankläger des Generals. Das Urteil sollte durch ein Votum des gesamten Lagers ergehen, und Remedios wollte persönlich das Strafmaß verkünden, falls der Angeklagte für schuldig befunden würde.

Der General, der noch immer seine bäuerliche Kleidung trug, sah alt und abgezehrt aus, als er auf die Lichtung geführt wurde. Die Guerilleros lungerten im Gras herum, einige dösten sogar ganz schamlos, und Remedios ließ ihren Tisch aus der Hütte bringen. Sie nahm hinter ihm Platz, räusperte sich bedeutungsvoll und klopfte mit dem Knauf ihres Revolvers auf den Tisch. »Bitte Ruhe im Gericht«, sagte sie. »Die Sitzung ist eröffnet. Franco, du wirst zuerst sprechen.«

Franco erhob sich, spuckte aus und sagte: »Dieser Hurensohn befehligt die Armee in diesem Gebiet, und wir alle wissen, was das heißt. Ich brauche euch nicht zu sagen, was sich hier abgespielt hat, und mir scheint, der einzige, der vorgibt, nichts zu wissen, ist der Befehlshaber selbst. Die Armee hat zum Beispiel in Federicos Dorf ein Massaker verübt, bloß weil sie die Soldaten an der Vergewaltigung eines jungen Mädchens gehindert haben. Und weil wir gerade von Vergewaltigung sprechen« – er wandte sich wutschnaubend an den General –, »deine Soldaten schnappen sich sogar kleine Knaben und Mädchen und vergehen sich an ihnen!« Der General zuckte zusammen.

»In diesem Bezirk«, fuhr Franco fort, »hat die Armee, wie ich definitiv weiß, fünfzehn Dörfer verwüstet, eines sogar zweimal. Sie hat Lehrer, Ärzte und Priester ermordet. Ich weiß auch, daß die Soldaten sehr einträglich mit Marihuana und Kokain handeln; das wissen wir alle. Sie stehlen, wie es ihnen paßt, wann es ihnen paßt, und sie begehen regelmäßig und häufig so grausame Schandtaten, daß einfache Bauern wie wir und Intellektuelle wie Remedios – und sogar Priester wie García – gezwungen sind, aus ihrer Heimat zu fliehen und zu den Waffen zu greifen.« Er wies mit dem Finger wütend auf den General. »Und dieser Mann ist für all das verantwortlich! Liegt es nicht auf der Hand, daß er sterben muß?«

Der General war sichtlich bewegt. García meldete sich zu Wort: »Ich glaube, der General möchte etwas sagen.«

Um Würde bemüht, sagte der General: »Ich weiß von alldem nichts. Ich habe dieses Gerede immer für leeres Propagandagetöse gehalten, und das tue ich noch immer. Ich möchte jedoch all diese Geschichten von Ihnen hören und werde nach meiner Freilassung auf mein Ehrenwort veranlassen, daß diese Übel, wenn es sie denn gegeben hat, gesühnt und die Übeltäter vor Gericht gestellt werden. Ich habe die Polizeibehörde in Valledupar reformiert und werde dasselbe, falls notwendig, mit meiner Armee machen. Lassen Sie mich sagen, daß ich mich immer an die mir zugänglichen Informationen gehalten habe. Es ist nicht meine Schuld, wenn ich falsche Informationen bekomme. Sie können mich dafür nicht anklagen. Es würde mir das Herz brechen, wenn ich gezwungen wäre, nach alldem zu glauben, daß die Armee, die mein Leben und meine Liebe ist, diese Dinge getan haben könnte.«

»Aber es geht doch nicht bloß um die Armee!« unterbrach ihn

Franco, immer noch wütend. »Du bist Gouverneur von ganz César. Du willst uns glauben machen, du seist ehrenhaft und anständig, aber schau dich doch um! Laß dir gesagt sein, was jeder Bauer weiß! Es gibt keine Gerechtigkeit, außer du bist reich, denn mit dem Gesetz läßt sich nichts erreichen, ohne Richter und Beamte zu bestechen und davor noch die Polizisten, wenn du sie denn überhaupt auftreiben kannst. In der ganzen Provinz unternehmen die Beamten nichts ohne Bestechungsgelder, und selbst dann sind sie noch faul und ausweichend! Wo du hinschaust, herrscht Armut! Warum? Weil die Provinzbeamten sämtliche öffentlichen Gelder in die eigene Tasche stecken! Es ist ein nationaler Skandal, der schmachvoll auf uns lastet. Unehrlichkeit ist unser *way of life*, und du, General, hast den Vorsitz darüber! Was kann angesichts all dessen deine Anständigkeit und Ehre schon wert sein? Was kann dein Leben wert sein?«

»Mein Leben gilt nichts«, erwiderte der General. »Ich habe mich ein Leben lang für mein Vaterland abgemüht, und mit Gottes Hilfe werde ich in diesem Bemühen auch meinen Tod finden!«

»Du wirst sterben, weil du fürs Vaterland nichts getan hast, außer in deiner schmucken Uniform herumzustolzieren, auf Abendgesellschaften zu gehen und Bücher über Schmetterlinge zu schreiben, während dein Volk zugrunde geht! Du widerst mich an!« Franco sprach mit einer solchen Verachtung, daß nach Beendigung seiner Rede ein langes Schweigen eintrat.

»Aber Franco«, sagte García sanft, »erwartest du allen Ernstes vom General, daß er auf einen Schlag vierhundert Jahre alte Gepflogenheiten außer Kraft setzt? Du weißt genausogut wie ich, Franco, daß dieses Land von Barbaren erobert worden ist, gierigen Analphabeten, die uralte Kulturen zerstört haben. Heute werden wir von deren Nachkommen regiert, mit dem einzigen Unterschied, daß sie keine Analphabeten mehr sind. In diesem Land ist es schon immer so gewesen, wie du es beschrieben hast – ein christliches Land, wo Gott sich nie blicken läßt, ein Land, in dem

Er sich schämt, unter uns zu wandeln! Das alles ist nicht die Schuld des Generals. Und wie kommst du dazu, Franco, von Gerechtigkeit zu sprechen? Selbst an diesem Gericht waltet keine Gerechtigkeit! Ihr alle wollt den General erschossen sehen, und ihr werdet alle ›schuldig‹ sagen, wenn es soweit ist, selbst wenn ihr im Herzen wißt, daß er ein hinters Licht geführter Unschuldiger ist! Ist das Gerechtigkeit? In zivilisierten Gesellschaften sitzen Gleichrangige über einen wie den General zu Gericht. Wer von uns ist dem General gleich? Er ist kultiviert und ein Ehrenmann, das ist uns allen klar. Nach der Verfassung dieses Staates, die zugegebenermaßen von der Regierung am wenigsten befolgt wird, sollte der General vor ein Militärgericht gestellt werden. Ist das hier ein Militärgericht? Ihm sollte von seinesgleichen der Prozeß gemacht werden. Sind wir Generäle? Nein, das sind wir nicht.«

»Remedios ist unser General, und wir alle sind Soldaten«, erwiderte Franco. »Und die Verfassung besagt gar nichts, wie wir alle wissen. Ich rede nicht davon, was an Gerechtigkeit in den Gesetzesbüchern steht, die sowieso kein Schwein liest. Ich spreche von der Gerechtigkeit des Herzens, die wir alle lesen können.

Laßt mich noch auf etwas anderes eure Aufmerksamkeit lenken, was für uns wichtig ist. Dieser Hund Fuerte ist Mitglied der Regierung, ernannt, um über das Wohl und Wehe dieser Provinz zu befehligen, ohne überhaupt gewählt zu sein! Unsere Regierung ist die Marionette einer fremden Macht ... Woher kommt denn das Geld? Wer reguliert denn den Handel? Wir wissen doch, wessen Werk das alles ist! Und der Schluß aus alldem? Unsere Regierung arbeitet für das Ausland, Fuerte arbeitet für die Regierung, und deshalb arbeitet er für den Erzfeind. Er arbeitet nicht für uns, nicht für sein Vaterland, sondern für die *gringos*. Und wie wird ein Armeeangehöriger genannt, der für den Erzfeind arbeitet? Verräter. Und was ist die Strafe für einen Verräter? Der Tod!«

Vielen Guerilleros ging diese Rede ans Gemüt. »Bravo!« rief einer von ihnen.

»Den Tod!« rief ein anderer.

General Fuerte bedeutete Remedios, daß er reden wolle, und sie nickte. Erschöpft sprach er.

»Da irren Sie sich. Ich habe nie für die Amerikaner gearbeitet. Die Amerikaner arbeiten für uns. Sie geben uns Geld, mehr Geld, als Sie sich vorstellen können, und sie helfen uns, Straßen und Brücken und Krankenhäuser zu bauen, die wir sonst nicht errichten könnten. Ich bin viele Male in Amerika gewesen und auf reiche, großzügige, zuvorkommende, gastfreundliche, anständige und ehrliche Menschen gestoßen. Die Amerikaner sind nicht unsere Feinde; sie sind unsere Freunde. Mächtige Freunde. Unser Land würde ohne ihre Hilfe nicht funktionieren.«

Remedios sprach. »Ich war als Studentin in Amerika. Ich habe Dinge in den *slums* der amerikanischen Städte gesehen, die *favelas* zivilisiert aussehen lassen.«

»Die Richterin hat keine Zeugenaussage zu machen oder Meinungen von sich zu geben«, wandte García ein.

Remedios bedachte ihn mit einem vernichtenden Blick. »Ich verfüge, daß meine Aussage notwendig und relevant ist.«

»Was aber ist der Preis, den wir für diese ›Hilfe‹ zahlen?« fragte Franco mit triefendem Sarkasmus und spuckte danach aus. »Sicher, die *gringonchos* investieren Geld, jede Menge, aber wo bleiben die Profite? Wohin gehen sie? Kommen sie den Arbeitern zugute, die für sie arbeiten? Nein, das eben genau nicht. Bleiben sie in diesem Land? Nein. Was also passiert? Sie nehmen uns alles und geben uns nichts. Sie lassen uns nackt zurück. Wie ›helfen‹ sie uns sonst noch?« Er spuckte wieder aus. »Sie bilden unsere Soldaten dazu aus, diejenigen von uns zu töten, die für die Gerechtigkeit eintreten. Meines Wissens unterhalten die *gringos* ein Lager, wo sie unsere Soldaten dazu ausbilden, Folterungen auszuhalten. Warum tun sie das? Foltern die Guerilleros Soldaten? Nein. Also was passiert? In Wahrheit lernen unsere Soldaten von den *gringos* das Folterhandwerk, weil sie von ihnen mit den vielen verschiedenen Möglichkeiten bekanntgemacht werden. Und warum gewähren sie uns so viel brüderliche ›Hilfe‹? Damit wir allmählich von ihr abhängig werden, und damit sie uns kontrollieren können wie ein Vater seinen kleinen Jungen. Unsere Regierung und unsere Oligarchie verhalten sich den *gringos* gegenüber, wie ich mich früher gegenüber meiner Mutter verhalten habe, wenn ich ein Stück *panela* haben wollte!« Er verfiel in die Babysprache, greinend und lieb: »Mamacita, Mamacita, gib mir bitte etwas *panela*, Mamacita, ich versprech' dir, ich bin auch ganz lieb!« Die Guerilleros lachten, und General Fuerte lächelte.

»In Ihren Worten steckt ein Körnchen Wahrheit«, sagte der General. »Aber es ist besser, wenn der *gringo* hundert Arbeitern hundert Peso pro Tag in einer Mine bezahlt, die er erschlossen hat, als daß hundert Leute alle Tage nichts bekommen, weil die Mine nie erschlossen worden ist, da niemand auf die Idee kam, nach Erz zu suchen.«

»Unsere Regierung erschließt keine Minen, weil sie alle Konzessionen ins Ausland verkauft«, schloß sich Franco an, »damit sie Geld kriegt. Und warum braucht sie Geld? Warum hat sie kein Geld, um Minen zu erschließen? Weil alle Profite ins Ausland gehen, damit *gringos* den ganzen Tag im Schatten sitzen und fette Ärsche kriegen können!« Die Männer lachten; die *gringos* waren bekannt für ihre breiten Hintern.

»Ich möchte etwas sagen«, meldete sich einer. Remedios nickte zustimmend.

»Ich habe einen Cousin in Bolivien. Er arbeitet in den Minen und verdient so gut wie nichts. Er krepiert an einer Lungenkrankheit. Er schnauft wie ein altersschwacher Köter, dabei ist er erst dreißig. Er ist arm, denn wenn die Preise für Zinn erhöht werden, dann wird alles aus Plastik hergestellt. Die Ausländer locken uns in solche Fallen, und wir bleiben auf ewig arm.«

Remedios klopfte mit dem Knauf ihres Revolvers auf den Tisch. »Dieses Gericht ist weit von dem abgeschweift, was Gegenstand dieser Verhandlung ist, ob der General eines Verbrechens gegen die Menschlichkeit schuldig ist oder nicht. Es wird schon sehr heiß, und wir haben sehr lange geredet. Ich glaube, es ist an der Zeit, daß wir zu einem Beschluß kommen, bevor wir hier alle wie Butter in der Sonne zerlaufen. Hast du noch etwas vorzubringen, Franco?«

Franco schüttelte den Kopf. »Ich bin es leid zu reden. Von meiner Seite aus ist alles gesagt.«

»Und du, García, was sagst du?«

»*Compañeros*«, sagte García, »es stellen sich zwei Fragen. Erstens, ist General Fuerte für das verantwortlich, was in dieser Provinz geschehen ist, und zweitens, ist es seine Schuld? Er ist der Gouverneur, und so ist er verantwortlich. Aber ich glaube nicht, daß es seine Schuld ist. Wenn er nicht gewußt hat, was passiert ist, kann es nicht seine Schuld sein, und so ist er unschuldig.«

»Es ist seine Schuld, weil er es hätte wissen müssen!« platzte Franco wütend heraus. »Und woher wissen wir denn, daß er es nicht gewußt hat? Wir haben nur sein Wort, das nichts wert ist, weil er Angst vor dem Tod hat.«

General Fuerte konnte nicht länger an sich halten. »Ich? Ich soll Angst vor dem Tod haben? *Señora* Remedios, ich werde mit Ihrer Erlaubnis Ihren Revolver nehmen und mir eine Kugel in den Kopf jagen, daran werden Sie erkennen, daß ich keine Angst hatte, die Wahrheit zu sagen, weil ich den Tod fürchte! Geben Sie mir Ihre Waffe!«

Remedios stand langsam auf und übergab ihm zögernd, mit dem Griff voran, die Waffe. Der General nahm sie und besah sie sich. Er nahm sie von einer Hand in die andere, so als würde er sie wiegen.

»Das ist eine Armeepistole«, sagte er, den Blick auf Remedios gerichtet. »Ich nehme an, der ursprüngliche Besitzer ist tot.« Remedios lächelte. »Nein, er hat sie zurückgelassen, als er abgehauen ist.«

Der General lächelte sanft und schaute sich um, wie um der Welt und all ihrer Pein und Schönheit Lebewohl zu sagen. Er blickte zur Sonne hinauf. »Ein schöner Tag zum Sterben«, sagte er. »Ich bin sehr froh darüber, daß es nicht regnet.«

Er hob die Pistole und richtete sie aufs Dach von Remedios' Hütte. Wie auf Kommando zogen die Männer ihre Waffen und zielten auf ihn, da sie meinten, er wolle sich den Weg freischießen. Der General lächelte wieder sanft, schloß die Augen und hielt sich die Waffe an die Schläfe. So blieb er ein paar Sekunden stehen, und die Männer sahen starr vor Entsetzen zu, wie er mit dem Finger langsam Druckpunkt nahm. Dann öffnete er plötzlich die Augen und sagte: »Verzeihen Sie, ich habe vergessen zu beichten. Ich möchte Pater García beichten. Ich kann keinen ungeweihten Tod sterben.«

Alle waren zugleich irgendwie erleichtert und aufgebracht in einem. »García«, fauchte Remedios, »nimm ihm die Beichte ab, aber mach schnell, bevor uns die Sonne alle umbringt.«

Auf Knien bekannte der General: »Vater, verzeih mir, denn ich habe gesündigt. Ich habe Böses gedacht und getan ...«

»Unter den gegebenen Umständen, glaube ich, können Sie sich die Einzelheiten sparen«, sagte García und machte mit dem Finger das Kreuzzeichen auf der Stirn des Generals. »*Absolvo te.* Gehe denn hin, mein Kind, und sündige hinfort nicht mehr.« Er beugte sich hinunter und flüsterte dem General ins Ohr: »Bleiben Sie so.«

Er ging zielstrebig auf seine Hütte zu, und der General verharrte mit gebeugtem Kopf kniend in der Sonne. Wenig später tauchte García mit einer Maistortilla, einem Zinnkrug und einer Flasche wieder auf. Er schlug mit Zeige- und Mittelfinger das Kreuz über der Tortilla, murmelte einige Worte und brach ein kleines Stück von ihr ab. Er legte es dem General sanft auf die Zunge. »Dies ist der Leib Jesu Christi, der dir gegeben wird. Iß und gedenke meiner.« Der General zog seine Zunge zurück und schluckte unter Mühen das Brot. Einige Männer bekreuzigten sich.

García goß etwas Zuckerrohrschnaps aus der Flasche in den Zinnkrug und segnete ihn mit dem Kreuzzeichen. Er hielt den Krug dem General an die Lippen und sagte: »Dies ist das Blut Jesu Christi, das für dich vergossen ward. Trink und gedenke meiner.« Wieder bekreuzigten sich einige Männer. García hielt seine Hand über den Kopf des Generals, und dieser spürte deutlich, wie eine Art heilender Wärme davon ausströmte. García betete kurz und blickte dann auf den General hinab. »Stirb in Frieden«, sagte er.

»Ich danke Ihnen, Pater.« Der General erhob sich und stellte sich breitbeinig hin. Wiederum schloß er die Augen und hob langsam die Waffe an die Schläfe. Er nahm entschlossen Druckpunkt, und García winkte Remedios verzweifelt zu, sie solle ihn aufhalten. Sie schüttelte nur heftig den Kopf.

General Fuerte betätigte den Abzug und dachte an seine Ausbildung vor so langer Zeit. »Drücken, nicht schnappen! Drücken, nicht schnappen!« Er erinnerte sich an den kleinen Unteroffizier, der sie in Waffenkunde gedrillt hatte. »Das ist der Hahn, das ist die Kammer; das ist der Verschluß. Die Waffe muß peinlich sauber gehalten werden, sonst blockiert sie, oder der Lauf platzt und bläst dir die Eier weg. Ich werde eure Waffen jeden Tag inspizieren, und wenn sie nicht so sauber wie die Unterwäsche einer Nonne sind, werde ich euch persönlich die Eier wegpusten!«

Die Seele des Generals war bereits halb aus seinem Körper gefahren, als sie mit einem Ruck wieder zurückschoß. Warum? Außer einem Klicken hatte sich nichts ereignet. Er sah verdutzt auf die Waffe und sicherte sie. Als die Männer mit verwundertem Geschnatter ihr Schweigen brachen, öffnete er die Waffe und blickte in die Trommel.

Er warf Remedios einen vorwurfsvollen Blick zu. »Sie ist leer. Sie haben mich das alles umsonst durchleiden lassen. Warum nur?«

»Ich bin kein Barbar und hege nicht den Wunsch, dabei zuzusehen, wie sich jemand eine Kugel in den Kopf jagt.« Sie lächelte.

»Noch dazu bin ich kein Idiot. Ich bin nicht so dumm und klopfe mit einem geladenen Revolver auf den Tisch, wenn dessen Lauf direkt auf mich zeigt. Außerdem würde ich ihn nie geladen einem Gefangenen aushändigen. Billigen Sie mir gütigst ein wenig Intelligenz zu.«

Der General brachte ein dünnes Lächeln zustande, und Remedios nahm die Waffe wieder von ihm entgegen und klopfte damit auf den Tisch. »Ich möchte, daß ihr euch alle jetzt irgendwo in den Schatten zurückzieht und darüber diskutiert, ob der Spruch auf ›schuldig‹ oder ›nicht schuldig‹ lautet. Nach der Siesta werdet ihr wieder herkommen und dem Gericht eure Entscheidung verkünden. Vergeßt nicht, einen Sprecher zu wählen.«

Die Männer versammelten sich im Schatten eines großen Caracolee-Baumes und verfielen in hitzige Diskussionen. Als der Priester ihn wieder in die Hütte führte, die als Gefängnis herhalten mußte, wandte sich General Fuerte an García: »Dieser Zuckerrohrschnaps schmeckte faul. Mich hat es beinahe gewürgt.«

García lächelte. »Der Geschmack von Blut ist alles andere als gut, mein Freund. Denken Sie daran, es war Blut, das Sie getrunken haben.«

»Es war süß, dem Tod so nahe zu sein«, erwiderte der General. »Ich werde mich auf ewig daran erinnern.«

Als das Gericht sich erneut versammelte, wurde der General wieder herausgeführt. »Wie lautet eure Entscheidung?« wollte Remedios vom Sprecher wissen, einem ehemaligen Traktorfahrer aus Asunción.

»Wir haben uns auf eine Art ›schuldig‹ und eine Art ›nichtschuldig‹ geeinigt«, sagte er und grinste dabei vor Verlegenheit, während er sich am Hinterkopf kratzte.

Remedios richtete den Blick gen Himmel und trommelte mit den Fingern auf dem Tisch. »Das hilft uns nicht weiter«, verkündete sie langsam, mit der eindeutigen Betonung auf »nicht«.

»So lautet unsere Entscheidung«, sagte der Sprecher etwas mutiger. »Er ist gewissermaßen schuldig und gewissermaßen auch nicht schuldig, also mußte unser Urteil so ausfallen. Aber wir wollen nicht, daß er erschossen wird. *Tiene cojones.* Wir möchten nicht, daß ein tapferer Mann wie ein Hund stirbt.«

»In diesem Fall«, verkündete Remedios, »werde ich das Urteil fällen.« Sie richtete ihren Blick auf den General, der dem Wortführer mit gerunzelter Stirn gelauscht hatte. »General Fuerte, Sie sind für ›gewissermaßen-schuldig‹ und für ›gewissermaßen-nicht-schuldig‹ befunden worden. Für das ›gewissermaßen-nicht-schuldig‹ verwerfe ich die Höchststrafe. Für das ›gewissermaßen-schuldig‹ verurteile ich Sie, so lange bei uns in Haft zu bleiben, bis ich weiß, was mit Ihnen geschehen soll. Die Sitzung ist geschlossen. Wir müssen uns auf die Rückkehr von Gloria, Tomás, Rafael und Gonzago mit einem weiteren Gefangenen vorbereiten. Der General bekommt Gesellschaft.«

Remedios winkte zwei Männer heran, die ihren Schreibtisch und ihren Stuhl wieder in ihre Hütte zurücktragen mußten, dann trat sie auf den General zu. »Was halten Sie von dem Urteilsspruch, General? So einen würden Sie in einem ›echten‹ Gericht nicht zu hören bekommen, oder irre ich mich da?«

Der General lächelte und fuhr sich mit der Hand über die Augen. »Nein«, sagte er, »aber vielleicht haben sie recht. Ich erkenne, daß ich nichts Falsches getan habe. Ich habe immer nach bestem Wissen und Gewissen gehandelt. Wenn ich Schuld auf mich geladen habe, dann, weil das nicht genug war.«

»Erkenne dich selbst«, sagte Remedios und legte ihm die Hand auf die Schulter.

Der General lachte ironisch. »Ich glaube nicht, daß ich jemals Gelegenheit dazu haben werde, mehr als nur genug zu tun.«

»Ich könnte vielleicht Lösegeld für Sie fordern«, sagte Remedios.

16

Doña Constanza erlebt eine unliebsame Überraschung

Zur gleichen Zeit, als General Fuerte wegen Verbrechen gegen die Menschlichkeit vor Gericht stand, und zur gleichen Zeit, als Comandante oder eher Oberst (was er jetzt war) Figueras mit einem Bataillon von Valledupar aufbrach, kamen vier Guerilleros aus Remedios' Gruppe mit einem ganz besonderen Auftrag vom Gebirge herab, und Doña Constanza las wieder einmal in ihrer drei Jahre alten Ausgabe von *Vogue.* All diesen Menschen setzte die Hitze ungeheuer zu, und alle Gespräche beschränkten sich auf die Wiederholung eines einzigen Satzes: »*Ay, el calor!*« Die vier Guerillakämpfer eilten von Baumschatten zu Baumschatten und von einem Bach zum anderen, um zu trinken. Die Soldaten schaukelten auf den Ladeflächen der Lastwagen dahin, ließen jämmerlich die Köpfe hängen, von deren Stirn der Schweiß in Strömen rann. Er lief ihnen die Arme hinab und in die Mechanik ihrer M-16; er sickerte stechend und beißend aus ihrer Arschkerbe in ihre Stiefel; er bildete Kreuze, die sich zu feuchten, dunklen Flecken auf den Hemdrücken auswuchsen und dann an den Rändern Salz ausblühten; er rann ihnen vom Haaransatz in die Augen, so daß alle ohne Ausnahme die Augen zukniffen, blinzelten und den Kopf schüttelten. Als die Lastwagen anhielten, damit die Männer pinkeln konnten, war deren Urin dunkelgelb und roch scharf, und manch einer stellte fest, daß er überhaupt keine Flüssigkeit mehr in sich hatte, die er ausscheiden konnte.

Auf ihrer Hazienda wies Doña Constanza das Dienstmädchen an, ihr einen großen Krug mit Zitronensaft zu bringen, der mit *panela* gesüßt und mit Eis gekühlt war. Dann entließ Doña Constanza das Mädchen, warf ihr Handtuch ab und legte sich gepeinigt und nackt unter den langsam an der Decke rotierenden Ventilator. Sie schob die *Vogue* beiseite, da ihr beim Anblick all der engen Kleider die Hitze noch unerträglicher vorkam, und ergab sich wie die ganze Nation – ob Oligarch oder Bauer – leidgeprüft und mutlos der dringend geratenen Trägheit, denn die Siesta ist der Vernünftigen einzige Zuflucht.

Auch wenn der Rest der Welt nicht immer eine Siesta nötig hat, Geld brauchen alle, da bildete auch die Gruppe von Remedios keine Ausnahme. Allerdings empfinden gute kommunistische Guerilleros es häufig als ausgesprochen bitter, daß sie mit Kapitalisten Handel treiben und selbst zu Kapitalisten werden müssen, um die Revolution zu finanzieren. So gut wie immer sind sie gezwungen, Waffenschmuggler in verhaßten *yanqui*-Dollar auszuzahlen; entgegen der weitverbreiteten Ansicht hat die UdSSR seit 1964 keine direkte Hilfe mehr geleistet, und die vielen Gruppen, die sich über den Drogenhandel finanzieren, sehen sich daher genötigt, auf die Zahlung in Dollar zu bestehen, um sich Waffen kaufen zu können. In diesem Fall haben die Revolutionäre wenigstens die Genugtuung, zu wissen, daß das mit Dollar bezahlte Kokain direkt in die verhaßten Vereinigten Staaten gelangt und dort das Leben der Bürger und die Sozialstruktur zersetzt. So werden die Amerikaner zu Opfern ihrer eigenen starken Währung, und schon Lenin, den Remedios gern und oft zitierte, hat ja schließlich gesagt: »Die Kapitalisten werden uns die Waffen verkaufen, mit denen wir sie vernichten werden.«

Mit dieser Ironie geht eine weitere einher – nämlich die, daß Revolutionäre, um Frieden, Gerechtigkeit und eine bessere Verteilung des Wohlstands zu gewährleisten, Kriege führen, ungerechte und unmoralische Handlungen begehen und sich Bargeld und Güter von denjenigen aneignen müssen, deren Interessen ihnen am Herzen liegen sollten – den einfachen Leuten, die sich kein anderes Leben leisten können. Wie die meisten anderen Gruppen, gab auch die von Remedios Quittungen für alle enteigneten Güter aus, welche nach dem Sieg eingelöst werden sollten. Die meisten Menschen konnten diese Quittungen nicht lesen, und diejenigen, die dazu imstande waren, wußten nicht, was sie mit ihnen anfangen sollten. In einigen Orten, in denen die Pesos ausgegangen waren, wurden diese Quittungen zu einer Art Ersatzwährung, wobei ihr Wert von der Menge des Geschriebenen abhing. So waren zum Beispiel Bemerkungen zu hören wie: »Ich habe für diese Machete vierzehn Wörter gezahlt.« Oder: »Ein Wort für vier Mangos.« Leute, die von Guerilleros überfallen wurden, baten schon bald ihre Angreifer, die Quittungen immer ausführlicher auszustellen. Das löste jedoch eine Art Wortinflation aus, und die Guerillakämpfer verloren allmählich die Bereitwilligkeit, überhaupt solche Bescheinigungen auszustellen. Dessenungeachtet erreichten die Quittungen der unterschiedlichen Guerillagruppen, auch wenn sie zu einem Tauschmittel wurden, nie die Bedeutung, die sie durch Pancho Villas erstaunliche Glanzleistung in der mexikanischen Revolution von 1913 erlangten – nämlich die Landeswährung vollständig zu ersetzen.

Es kommt eine Zeit, in der die revolutionäre Gerechtigkeit dem revolutionären Gewissen zusetzt und die Revolutionäre etwas aushecken, was diejenigen, gegen die sie kämpfen, wirklich trifft – das Establishment und die Oligarchie.

So kam es, daß vier Mitglieder der »Vorhut des Volkes« die Tür zu Doña Constanzas Hazienda eintraten, in der diese splitternackt und träge unter dem Ventilator lag. Doña Constanza fuhr hoch, stieß spitze Schreie aus und fuhr mit den Händen hastig von einem speziellen Körperteil zum anderen, um ihre Blöße irgendwie zu bedecken.

Die vier Guerilleros senkten ihre Waffen und genossen glotzäugig gaffend den Anblick. »*Madre de Dios!*« rief Tomás.

Rafael kicherte nervös und wollte eine schmutzige Bemerkung machen, kam aber auf keine, und Gonzago sagte, getragen von einer absurd anmutenden Förmlichkeit: »Einen wunderschönen guten Tag«, woraufhin Rafael nochmals kicherte.

Gloria prustete belustigt, bückte sich, händigte Doña Constanza ihr Handtuch aus und sagte zu Rafael scharf: »*¡Callate! ¡Basta ya!*«

»*Perdone*«, erwiderte Rafael, immer noch feixend, »aber ich finde das sehr lustig.«

»Ich aber nicht!« rief Doña Constanza.

»Eines Tages wirst auch du es von der lustigen Seite sehen«, versuchte Gloria sie zu trösten.

»Das bezweifle ich. Jetzt verlaßt mein Haus, oder ich rufe die Polizei.«

»Wie?« fragte Tomás aufrichtig verwundert. »Wir sind zweimal ums Haus herumgegangen und haben nach einem Telefonkabel gesucht, um es durchzutrennen. Du hast kein Telefon. Hier hat doch niemand ein Telefon.«

»Vielleicht steht sie ja in telepathischer Verbindung mit dem Polizeichef von Valledupar«, kommentierte Gonzago.

»Der hat doch keine Gedanken, die zu lesen wären«, sagte Rafael.

»Haltet den Mund, alle miteinander!« befahl Gloria. Dann wandte sie sich an Doña Constanza. »Zieh dir etwas Praktisches an. Wir nehmen dich gegen ein Lösegeld von einer halben Million Dollar als Geisel. Wenn du dich fügst, behandeln wir dich mit Achtung. Wenn du dich wehrst, wirst du erschossen. So einfach ist das.«

»Aber«, erwiderte Doña Constanza mit vor Erstaunen weit aufgerissenen Augen, »er würde das nie zahlen!«

»Liebt er dich denn nicht?« fragte Tomás ernstlich besorgt.

»Still, Tomás!« sagte Gloria. »Er wird zahlen müssen, oder er wird selbst erschossen.« Sie nahm den Quittungsblock aus der

Brusttasche ihres Khakihemds. »Du wirst deinem Mann einen Brief schreiben, den wir dir diktieren werden.«

Zitternd und mit Tränen in den Augen schrieb Doña Constanza folgende Mitteilung nieder:

Ich bin für eine halbe Million Dollar von der »Vorhut des Volkes« als Geisel genommen worden. Wenn du nicht zahlst, werde ich erschossen, und du wirst zu gegebener Zeit auch erschossen, entweder vor oder nach dem Sieg. Das Geld ist bar zu zahlen und hat am Freitag, den 15. März, also in zwei Wochen, um 19.00 Uhr unter den Bogen der Brücke bei Chiriguaná zu sein. Du mußt allein kommen, sonst werden wir beide erschossen. Ich werde einige Tage darauf freigelassen werden. Du kannst der »Vorhut des Volkes« vertrauen, wenn sie dir vertrauen kann. Vorwärts zum Sieg! *¡Patria o muerte!*

Constanza

Darunter schrieb Gloria: »Verehrter Herr, das hier wird von Gloria de Escobal bezeugt, und ich setze meine Unterschrift darunter. Gloria de Escobal.«

Gloria begleitete Doña Constanza in deren Ankleidezimmer und sorgte dafür, daß diese, allen Protesten zum Trotz, feste und praktische Kleidung und Schuhe anzog und mit Ausnahme von zwei Unterhosen und zwei Hemden nichts weiter mitnahm.

Als sie ins Wohnzimmer zurückkehrten, brüteten Rafael, Tomás und Gonzago über der drei Jahre alten Ausgabe von *Vogue*.

»Das sind seltsame Frauen«, sagte Tomás.

»Sie sind alle spindeldürr und haben keine Haare an den Beinen oder unter den Achseln!« bemerkte Gonzago.

»Wer sollte ein Bilderbuch wollen, in dem offensichtlich kranke Frauen abgebildet sind?« wollte Rafael wissen.

»Ich möchte das gern mitnehmen«, sagte Doña Constanza, die Hand danach ausstreckend.

»Das darfst du«, sagte Gloria. »Gebt es ihr.«

»Bist du Ärztin?« fragte Rafael, was ihm einen verächtlichen Blick von Doña Constanza eintrug.

»Nein, ich bin kultiviert.«

»Wie ein Feld?« fragte Tomás verdutzt. »Kann mir das einer mal erklären?«

Doña Constanza wurde angewiesen, ihr Dienstmädchen herbeizuzitieren, das sichtlich eingeschüchtert war und kaum in der Lage war, zu verstehen, was ihm aufgetragen wurde. Gloria gab ihr die Quittung, und da leuchteten ihre Augen auf. »Ah«, sagte das Mädchen, »Sie beschlagnahmen die Herrin und lösen sie nach der Revolution aus!«

»Nicht ganz«, sagte Gloria. »Du mußt das unbedingt Don Hugh Evans geben, denn sonst werden er und Doña Constanza und vielleicht auch du erschossen. Hast du mich verstanden?«

»Ja, Madame«, sagte das Mädchen unter Tränen und machte aus alter Gewohnheit einen Knicks. Rafael kicherte.

»Komm«, sagte Gloria. »Wir haben einen weiten Weg vor uns. Jetzt ist es kühl, und wir sollten eigentlich bis zur Abenddämmerung zurück sein.«

»Gehen?« fragte Doña Constanza. »Ich kann nicht gehen!«

»Warum nicht?« wollte Gloria wissen.

»Ich bin nie gegangen. Ich würde innerhalb von fünf Minuten sterben.«

»Du bist nie gegangen?« fragte Gloria erstaunt. »Jetzt mußt du es aber.« Sie stieß Doña Constanza ihr Gewehr sachte in den Rücken, und die Gruppe verließ das Haus durch die Hintertür und ging unter den sich über die Terrasse wölbenden Bougainvilleas hindurch. Das Dienstmädchen sah, wie sie am Swimmingpool vorbeigingen, der wie immer voller Algen und zufriedener Frösche war, und in Richtung der Vorberge in die Dämmerung entschwanden. Dann rannte es ins Haus zurück.

Don Hugh Evans kehrte zehn Tage später aus der Hauptstadt

zurück. Er war ein sehr großer, dunkelhaariger und distinguiert aussehender, stämmiger, aber athletisch gebauter Mann, der in seiner üppig bemessenen Freizeit im »Welsh and Irish Club« Rugby und im Club »Hojas« Tennis spielte. Als er durchs Dorf fuhr und die Hühner aufscheuchte, spürte er, daß die Leute ihn sonderbar anschauten, und er fragte sich noch immer, warum, als er seinen japanischen Jeep vor der Hazienda zum Stehen brachte. Drinnen traf er das Dienstmädchen an, das sich, in Erwartung des kommenden Ausbruchs den Tränen nahe, auf die Unterlippe biß und an ihren Röcken zupfte.

Don Hugh schritt auf der Suche nach seiner Frau von einem Zimmer zum anderen und kam dann wieder in die Diele zurück. »Wo ist deine Herrin?« fragte er. »Ist sie ausgeritten?«

»Nein, Herr«, erwiderte das Dienstmädchen, mühsam ein Schluchzen unterdrückend. »Vor einer Woche kam die Revolution und hat sie mitgenommen, Herr.«

»Die Revolution?« Er packte sie an den Schultern, baute sich vor ihr auf und schüttelte sie. »Um Himmels willen, soll das heißen, sie ist gekidnappt worden?«

»Ja, Herr. Vor einer Woche, Herr.«

Don Hugh trat einen Schritt zurück und griff sich an den Kopf. Er wischte sich den Schweiß von der Stirn. »Warum, in Gottes Namen, hast du mir das denn nicht gleich gesagt, du dumme Gans? Mit was für einem Alptraum von Kretin bin ich denn hier geschlagen?«

Das Mädchen wich vor seinem Zorn zurück. »Nur die Herrin hat gewußt, wo Sie sind, Herr. Wir sind mit der Quittung nach Chiriguaná gegangen, um sie für ein Fernschreiben zu verwenden, aber das Amt ist vor Monaten von der Revolution zerstört worden, Herr.«

»Herr im Himmel!« brüllte Don Hugh. »Was für eine Quittung? Von was für einer Quittung faselst du da?«

»Die Quittung, die sie Doña Constanza an Sie haben schreiben lassen, Herr.« Das Dienstmädchen weinte nun bitterlich und war kaum mehr imstande zu sprechen.

»Nun, wo ist sie, Weib? Zeig sie mir!«

»Oh, aber das kann ich nicht, Herr. Wir haben sie ausgegeben.«

»Du hast sie ausgegeben? Was soll das heißen, ausgegeben, du widerliche Mulattenschlampe?« Don Hugh trat mit erhobener Hand, bereit zum Zuschlagen, auf sie zu. Seine Augen sprühten Feuer.

»Ich bitte Sie, Herr«, flehte das Mädchen, sich duckend. »Wir haben Sie nicht benachrichtigen können, also nützte sie nichts. Wir konnten auch der Polizei nichts sagen, weil die Revolution gesagt hat, sie würde Sie und meine Herrin umbringen, wenn wir es täten. Also haben wir sie ausgegeben.«

»Wie, um alles in der Welt, könnt ihr eine Quittung ausgeben, Herrgott noch mal?«

»Sie war einhundertzwanzig Worte lang, Herr. Wir haben damit viele Sachen gekauft und drei Tage lang im Dorf gefeiert, Herr.« Bei der Erinnerung trat für einen Augenblick lang ein Leuchten in ihre Augen, und sie blickte scheu zu Don Hugh auf. »Alle sind sehr glücklich gewesen, Herr.«

»So, waren sie das?« schrie er. »Und wer hat die Quittung jetzt? Sag es mir, bevor ich dir den Hals umdrehe.«

»Oh, Herr, sie ist im Kramladen in Chiriguaná. Bitte tun Sie mir nicht weh.«

Don Hugh umklammerte mit seiner riesigen Hand ihren Hals und hielt sie zehn Zentimeter über dem Boden gegen die Wand gepreßt. »Wenn ich zurückkomme, du Idiotin von einem Halbblut, werde ich dich in Stücke reißen und an die Geier verfüttern!«

Er ließ sie los und machte auf dem Absatz kehrt. Wieder im Jeep, raste er mit quietschenden Reifen los und bremste weder für Menschen, Hühner noch Hunde, bis er bei *Pedros Grandiosa Tienda de Ultramarinos* in Chiriguaná ankam. Er trat beim Eintreten nach den Hühnern und marschierte schnurstracks auf den

Besitzer zu, der, Gefahr im Verzug spürend, flink hinter der Theke hervorgesaust kam.

»Womit kann ich dienen, mein Herr?« fragte er schmierig. »*¿Ron cana? ¿Aguardiente?* Avocados? *¿Anticonceptivos?*«

»Ich will sofort die Quittung. Los, die Quittung!« forderte Don Hugh und schnippte vor dem Gesicht des Mannes mit den Fingern. »Die Quittung, oder du bist ein toter Mann!«

»Quittung?« fragte der Ladenbesitzer verwirrt. »Was für eine Quittung?«

»Die mit den einhundertzwanzig Wörtern!« schrie Don Hugh. »Gib sie mir!«

»Aber sie ist in meinem Laden ausgegeben worden, also ist sie mein Eigentum«, sagte der Ladenbesitzer. »Sie können sie also nicht haben. Außerdem habe ich sie meinerseits schon wieder ausgegeben.« Er wich Don Hugh aus, der versuchte, ihn am Kragen zu packen. »Ich habe etwas Handfestes vom Polizisten gekauft.«

»Der Polizist!« rief Don Hugh erstaunt aus. Er drehte sich auf dem Absatz um und trat voller Wut und Frustration gegen ein Regal mit Gujaven, die über den Boden kollerten und die Hühner erneut aufschreckten. Der Hund, der an der Tür gedöst hatte, zog den Schwanz ein und schlich winselnd hinaus.

»Wo, zum Teufel, ist der Polizist?«

»Der hat sich nach Valledupar verabschiedet und gesagt, er wäre in vier Tagen wieder zurück.«

Besinnungslos vor Wut kehrte Don Hugh auf seine Hazienda zurück und verfluchte das Land, in dem ein Polizist vier Tage Sonderurlaub ohne triftigen Grund nehmen konnte. Als er ankam, mußte er feststellen, daß das Dienstmädchen auf und davon gegangen war. Da er keinen blassen Schimmer vom Kochen hatte, schickte er Sergio unter der Androhung auf Entlassung los, um bis zum Abend eine Köchin aufzutreiben. Dieser machte sich gutmütig an die Erledigung seines Auftrags und kam mit der Hure Consuelo zurück. »Oh, mein Gott!« war alles, was Don Hugh hervorbrachte. Und schon bald mußte er feststellen, daß Consuelo überaus großzügig mit der Pimientosoße umging. Den Mund und die Kehle buchstäblich in Flammen, jagte er sie von der Hazienda und verbrachte die nächsten vier Tage wechselweise betrunken oder vor Wut und Empörung fast platzend, bevor er mit einem aberwitzigen Tempo neuerlich nach Chiriguaná zurückkehrte.

Der Polizist, ein aufgedunsener, triefäugiger, schielender, an ein Schwein erinnernder Mann mit einer Narbe über der Nase, molk gerade in der Küche seine Ziege, als Don Hugh eintraf. Fünf Minuten später kam Don Hugh, noch immer vor Wut bebend und um seine Fassung ringend, heraus. Für einhundertzwanzig Wörter hatte der Polizist auf sechs Monate den Verkehr in eigener Sache bei allen Huren in der *putería* großzügigst geregelt.

Als Don Hugh das Bordell betrat, welches mit Abstand das ansehnlichste Gebäude im ganzen Pueblo vorstellte, war er augenblicklich von einem halben Dutzend fröhlich auf ihn einredender Mädchen unterschiedlichster Formen und Größen umringt, die ihn mit obszönen Angeboten traktierten. Don Hugh brüllte und schüttelte sie ab. Sofort erschien die Puffmutter, eine gewaltige Mulattin von der Größe Don Hughs, aber um einiges schwerer als er. Der Anblick dieser furchteinflößenden Dame hatte auf den verzweifelten Ehemann eine durchaus beruhigende Wirkung, und so fragte er, die Stimme beinahe unter Kontrolle, ob er die Quittung mit den einhundertzwanzig Wörtern haben könne.

»Nein, *señor*«, sagte sie, »sie gehört mir; warum sollte ich sie Ihnen überlassen?«

»Dann lassen Sie sie mich lesen. Das Leben meiner Frau hängt davon ab.«

»Meinetwegen, *señor*, aber wenn Sie sie zu stehlen versuchen, wird Felicidad Sie erschießen.«

Aus den Augenwinkeln beobachtete er, wie eine etwa fünfzehnjährige, unschuldig dreinblickende Hure fachkundig mit einem Revolver auf ihn zielte.

»Ich werde sie nicht stehlen. Lassen Sie sie mich nur lesen!« flehte Don Hugh.

Bedächtig hob der Koloß von einer Mulattin den Saum seines Taftrocks und zog aus einem der in die feisten Schenkel einschneidenden Strumpfbänder die Quittung hervor. Don Hugh nahm sie in Empfang und las sie. Dann sank er langsam in einen Sessel und vergrub das Gesicht in den Händen. Er war zu spät gekommen.

Sprachlos vor Erstaunen stolperte er, von einem einzigen Gedanken beherrscht, nach draußen. Es tat zwar nicht wirklich etwas zur Sache, war aber das einzige, woran er denken konnte. Er suchte noch einmal den Polizisten auf. »Was war es, was der Ladenbesitzer von dir gekauft hat? Das Handfeste. Ich möchte es bloß wissen.«

Der Polizist blickte vom Melken auf. »Es war meine Nichte aus Valledupar. Der Mann ist pädophil; im Grunde genommen echt widerlich das Ganze.«

Auf dem Weg zurück zum Jeep kam Don Hugh am Laden vorbei. Dort war ein dürres zwölfjähriges Mädchen damit beschäftigt, *cassava* zu stapeln. Als er an ihr vorbeiging, lenkte sie seine Aufmerksamkeit mit einem unverschämt koketten Augenaufschlag auf sich, bevor sie sich abwandte.

Mein Gott, dachte er, *traurig, aber wahr, mein Land ist ein einziger Sündenpfuhl.*

Er war schon beinahe zu Hause, als er eine gewaltige Explosion vernahm. Er hielt an, blickte sich um und sah eine riesige Wolke aus Staub und Unrat in den Himmel über Chiriguaná steigen. Unfähig, seine Neugier zu bezähmen, wendete er den Jeep und raste zurück.

17

Ein Brief nach Hause

La Estancia

Ma chère Maman,

schwersten Herzens schreibe ich Dir, denn fast scheint es, als ob alles, was schiefgehen kann, ganz gewiß auch schiefgehen wird. Tatsächlich entwickelt sich alles so schlecht, daß ich mich ernsthaft mit dem Gedanken trage, meine allem Anschein nach fruchtlosen Bemühungen hier aufzugeben und nach Frankreich heimzukehren, wo ich wenigstens die Gewißheit habe, daß eine warmherzige und liebevolle Familie meiner wartet, obwohl es mir zugegebenermaßen schwerfällt, mir vorzustellen, was für einem Beruf ich nach fünfzehn Jahren Landwirtschaft in den Tropen dort nachgehen kann.

Vor allem anderen, *ma chère Maman,* es geht Françoise furchtbar schlecht. Ihre Gesundheit war ja noch nie die beste, doch die Hitze und die Feuchtigkeit hier haben ihren Nerven derartig zugesetzt und ihre Widerstandskräfte dermaßen geschwächt, daß jeder Moskitostich zu einer immer größeren und unheilbareren Entzündung wird. Glaube mir, ich habe wirklich alles versucht. Zuerst habe ich es mit Zitronensaft probiert, weil dessen Säure ihn antiseptisch macht; der brennt zwar schrecklich, aber bei meinen eigenen Schnittwunden und tropischen Entzündungen hat er immer seine Wirkung getan. Dann habe ich die violette Tinktur bei ihr zur Anwendung gebracht, die ich beim Vieh verwende; die brennt noch schlimmer, war aber genauso nutzlos. Danach – und das zeigt das ganze Ausmaß meiner Verzweiflung – habe ich den hiesigen Jäger hinzugezogen, der ein *brujo* ist, so etwas wie ein Wunderheiler. Er heißt Pedro, ist sehr groß und grauhaarig und genießt in der Gegend hohes Ansehen wegen seiner Kräfte. Es heißt, er steht mit den Engeln in Verbindung und kennt magische Sprüche, die er *secretos* nennt.

Maman, ich weiß schon, was Du jetzt denkst – daß es schlicht Teufelswerk ist, und ich es als guter Christ und Katholik aus tiefstem Herzen verdammen sollte, aber dieses Land kann einen wirklich zum Äußersten an Hilflosigkeit und Verzweiflung treiben, daß einem keine andere Wahl mehr bleibt.

Jedenfalls kam Pedro her, legte Françoise die Hände in den Nacken und sah ihr sehr eindringlich in die Augen. Er flüsterte ihr etwas ins Ohr, was sie nicht verstand, obwohl sie, wie Du weißt, ziemlich flüssig Spanisch spricht. Dann wollte er mich unter vier Augen sprechen. Er sagte mir, mit ihr sei sehr viel mehr nicht in Ordnung als nur die Entzündungen. Als hätte ich das nicht selbst schon gewußt!

Etwa zur selben Zeit fand ich in einem Schrank ein antibiotisches Puder, das schon drei Jahre über sein Verfallsdatum hinaus war, und streute es auf ihre Wunden. Bereits nach einer Woche trat eine Besserung ein! Wahrscheinlich werde ich es niemals erfahren, ob sie vom Puder oder von Pedros Geheimnissen geheilt wurde – oder gar beides. In diesem Land läßt sich die Vernunft auf nichts anwenden.

Das gilt auch für Françoise. Du mußt wissen, *maman*, daß ich seit meinem letzten Brief mehr denn je der Überzeugung bin, daß sie Krebs hat. Ihre Brüste haben sich weiter verfärbt und sind deformierter und unansehnlicher als jemals zuvor. Die Widerlichkeit, die ihre einstmals so schöne Gestalt entstellt, entzieht sich meiner Beschreibung. Ich glaube auch, daß der Krebs bis in die Nieren vorgedrungen ist, da sie seit neuestem Blut uriniert und dauernd erschöpft ist. Sie ist blaß und abgemagert wie ein Geist in diesem Land, wo alle anderen braun gebrannt sind von der Sonne!

Aber mir sind die Hände gebunden! Sie glaubt nur an »natürliche« Heilmittel und an ihren Geistheiler in Toulouse, der sie vor fünfzehn Jahren von ihrer Migräne kurierte. Ich habe sie ernsthaft davon zu überzeugen versucht, sich von mir zu einem Arzt in der Hauptstadt oder sogar zu ihrem Geistheiler in Toulouse bringen zu lassen, aber sie weigert sich standhaft. Statt dessen hat sie diesem geschrieben, er solle sie aus der Ferne heilen, da sie meint, das sei absolut machbar. Der Mann hat mir bereits eine Rechnung über zehntausend Francs geschickt! Wie Du weißt, *maman*, bringt mir meine Farm den Gegenwert von zwanzig Francs pro Tag ein, was mich, gemessen an den örtlichen Standards, zu einem sehr reichen Mann macht, aber nach französischen Maßstäben zu einem bettelarmen Menschen. Tatsache ist, daß ich den Mann unter gar keinen Umständen bezahlen kann, ganz abgesehen von der bloßen Schwierigkeit, Hunderte von Kilometern in eine Stadt zu fahren, wo ich eine Auslandsüberweisung tatsächlich auf den Weg bringen kann.

Der Jäger sagte mir, das einzige ihm bekannte Heilmittel gegen Krebs sei, eine frisch getötete Korallenschlange roh zu verzehren. Stell Dir das mal vor! Und du mußt es jede Woche tun! Das Gift dieser Schlange ist tödlich, und die Leute töten jede, die sie sehen, weshalb sie nicht mehr so weit verbreitet sind wie früher. Nichtsdestoweniger setzte ich eine Belohnung auf lebende Korallenschlangen aus und habe nun in einer großen Holzkiste einen Vorrat für einige Monate. Wir haben die erste getötet, und Françoise brachte es unter großen Gewissensqualen (sie ist seit vielen Jahren schon Vegetarierin) über sich, sie zu verzehren. Sie sagte, es sei nicht so übel wie erwartet, und der Krebs schien zurückzugehen. Wie auch immer, sie hat sich geweigert, weitere Schlangen zu essen. Sie sagt, sie müsse sich an ihre vegetarischen Grundsätze halten. Und ehrlich gesagt, *maman*, ich glaube, daß sie eigentlich sterben will.

Im Grunde genommen ist sie nur mit mir hierher gekommen, um sich über einen anderen hinwegzutrösten, und wir haben nie die Art von Glück gefunden, die wir zu Recht von einer Ehe erwarten sollten. Sie vermißt das Töpfern sehr. Ich habe ihr kürzlich eine Töpferwerkstatt eingerichtet, aber wir können keinen Ton auftreiben und womöglich nicht einmal den Brennofen beheizen. Sie findet zudem die Bauern unaussprechlich grob und lasterhaft. Ich habe mich schon lange daran gewöhnt und angepaßt, aber auch das erregt ihr Mißfallen. Dazu kommt, daß die Feuchtigkeit der Regenzeit sie zutiefst niedergeschlagen macht. Zu allem Übel hat sich in unseren körperlichen Beziehungen eine tiefe Kluft aufgetan. Ich fühle mich so abgestoßen, und sie ist so gedemütigt und beschämt von ihrem Zustand, daß der Vollzug der Ehe schon vor langem – etwa zur Zeit ihrer letzten Fehlgeburt – aufgehört hat.

Ich wünschte, ich könnte diesen Brief glücklicher schließen, aber ich fürchte, es kommen noch mehr schlechte Nachrichten.

Mich haben Guerillakämpfer der Volksbefreiungsarmee aufgesucht. Sie kamen am Donnerstagabend, als wir alle nach dem Essen draußen saßen. Ich habe noch nie so verwahrloste Gesellen in Khaki gesehen. Sie waren zu dritt und trugen die Hemden offen. Sie hatten alle struppige schwarze Bärte und ungepflegte Haare. Jeder von ihnen war mit derartig viel Waffen und Munition behängt, daß es über meine Vorstellungskraft ging, wie sie überhaupt gehen konnten. Sie waren überraschenderweise höflich, aber das macht ihre Forderungen nicht vernünftiger.

Sie gaben mir eine Woche, um ihnen eine Viertelmillion Dollar in bar aufzutreiben! Wie soll ich Dir erklären, wie schockiert und verblüfft ich war? In meiner Verwirrung konnte ich einen Lachanfall nicht unterdrücken, obwohl ich vor Angst zitterte. Nun war es an ihnen, überrascht zu sein. Ich versuchte ihnen klarzumachen, daß europäische Herkunft nicht automatisch mit ungeheurem Reichtum einhergehe, daß ich nur ein paar Pesos am Tag verdiente und daß meine Frau zu krank sei, als daß ich sie verlassen könne. Als sie Françoise sahen, schenkten sie mir wenigstens in diesem Punkt Glauben. Schließlich kamen wir überein, daß ich sie hin und wieder mit Nahrungsmitteln versorgen würde. Ich weiß, daß dies absolut falsch ist und ich mich hätte weigern sollen, mit ihnen überhaupt etwas zu schaffen zu haben, aber letztendlich bleibt mir keine andere Wahl. Eine Polizei im eigentlichen Sinne existiert hier nicht. Ich mußte einen Beamten bestechen, damit er einen Mann, der meinen Esel gestohlen hatte, verhaften ließ, und es war der reine Zufall, daß das Tier aus eigener Kraft über eine Entfernung von siebzig Kilometern wieder nach Hause gefunden hat. Ich kann mich auch nicht schutzsuchend an die Armee wenden, denn die ist auf schier ungeheuerliche Weise unfähig, und im Fall ihrer Anwesenheit wäre mir augenblicklich der Tod durch die Guerillakämpfer sicher. Die Armee hat sich bereits zwei kleinere Massaker in der Nähe geleistet, und die Einheimischen würden mich wahrscheinlich umbringen, wenn ich die Soldaten herbitten und bei ihnen um Schutz nachsuchen würde. Auf jeden Fall trieben jene keinen Handel mehr mit mir, und ich verlöre über Nacht das in fünfzehn Jahren erworbene Wohlwollen und Vertrauen. Hinzu kommt, daß ich weitaus größere Angst vor der Armee als vor den Guerillakämpfern habe, denn Letztgenannte haben wenigstens ein paar Ideale und einiges mehr an Disziplin. Die Freiheitskämpfer geben für alles, was sie sich nehmen, Schuldscheine aus und versprechen, diese »nach dem Sieg« einzulösen. Das Gute daran ist, daß diese Schuldscheine sich hier als Währung verwenden lassen, so daß ich, wenn ich sie lediglich mit Nahrungsmitteln unterstütze, tatsächlich einen anständigen Gewinn machen würde, was nicht der Fall wäre, wenn ich ihnen Geld gäbe.

Françoise und ich haben jedoch schreckliche Angst, daß sie beschließen könnten, die Kinder zu entführen, da sie jetzt wissen, wo wir leben. Kürzlich haben sie (eine andere Gruppe, habe ich erfahren) Constanza Evans wegen eines Lösegelds von einer halben Million Dollar entführt, und ihre Pachtbauern haben in absolut unbeschreiblicher Liederlichkeit und maßlosen Gelagen drei Tage lang gefeiert. Ich weiß, daß sie eine schlechte Herrin war, aber es zeigt einmal mehr, daß auf die Loyalität der Arbeitskräfte keinerlei Verlaß ist.

Daher haben Françoise und ich entschieden, Jean, Pierre und Marie auf unbestimmte Zeit zu Freunden in die Hauptstadt zu schicken. Anfänglich lehnten sie es rundheraus ab wegzugehen. Sie sind eben echte Kinder vom Land, und allein der Gedanke, von ihren geliebten Pferden, Hunden und Katzen getrennt zu sein und nicht im Fluß schwimmen oder die Alligatoren necken zu können (ich untersage es ihnen immer), sorgte reichlich für Tränen und Proteste. Ich versuchte ihnen, so gut ich konnte, zu erklären, daß sie in großer Gefahr schwebten, aber daraufhin wollten sie erst recht nicht gehen, für den Fall, daß Françoise und mir etwas zustieße. Schließlich schlüpfte Marie in die Rolle des ältesten Kindes und willigte ein, woraufhin die anderen beiden auch nachgaben. Letzte Woche habe ich sie weggebracht. Die Zugreise dauerte zwei Tage und war schlichtweg entsetzlich. Die Schienen sind so holprig verlegt, daß speziell gefederte Sitze importiert werden mußten, um das Reisen wenigstens einigermaßen erträglich zu gestalten. Infolgedessen springen die Fahrgäste wie verrückt gewordene Trampolinspringer auf und ab, und ein normales Verhalten ist unmöglich. Zuerst fanden die Kinder das irgendwie noch lustig und benahmen sich wie Idioten, wollten immer höher hüpfen, aber dann mußten sie sich mehr oder weniger alle gleichzeitig übergeben, und wir konnten niemanden finden, der es aufwischte, also blieb es einfach liegen und stank, bis der Hund von irgendwem vorbeikam und es aufschleckte, woraufhin ich mich ebenfalls übergeben mußte. Wir lebten nur von *arepas*, und ich hoffe, daß die Kinder jetzt nicht so unter Verstopfung leiden wie ich.

Maman, es gab auch einen schrecklichen Unfall im Zug. Wie Du weißt, äffen die Mädchen hier ständig die amerikanische

Mode nach. Im Zug gab es also eine Mulattin, die hochhackige Schuhe trug und vermutlich ein paar Biere zuviel hatte – zur Abkühlung haben wir alle eins getrunken. Diese Frau stürzte aus dem Zug. Anscheinend machte der Zug einen Ruck, als sie gerade von einem Wagen in den anderen wechselte, und dabei knickte sie auf ihren hohen Absätzen um. Es gibt keinen Faltbalg, um ein Herunterfallen zu verhindern, und so fiel sie hinaus. Der Zug hielt an und fuhr zurück, und sie brachten sie in unseren Wagen.

Maman, mir fehlen die Worte, um das Entsetzliche dieser Szene zu beschreiben. Auf ihrer linken Seite war alles Fleisch verschwunden, nachdem sie mehrmals auf die Steine der Böschung aufgeschlagen war, und wir sahen deutlich ihre Knochen. Das Blut floß in Strömen, aber wir konnten nichts für sie tun, da es weit und breit kein Krankenhaus oder so etwas wie einen Krankenwagen oder ein Telefon gab, mit dem Hilfe hätte angefordert werden können. Sie wollte und wollte nicht das Bewußtsein verlieren, lag zwei Stunden lang bloß still weinend da, bis sie starb. Als dies endlich geschah, waren wir um ihretwillen alle sehr dankbar. Aber es folgten noch mindestens zwei weitere Stunden an Weinen und hysterischen Klagen aller Wageninsassen nach. Du magst vielleicht denken, wir hätten sie alle schon seit Jahren gekannt, dabei wußten wir von ihr lediglich, daß sie María hieß. Die Kinder waren zutiefst erschüttert, und ihnen fehlten danach die Tränen, um mir Lebewohl zu sagen.

Die Farm kommt mir nun wie eine Leichenhalle vor; als ich zurückkam, war alles still, und ich begriff mit einem Mal, daß keine Kinder mehr hier waren, die schrien, herumalberten und miteinander rauften. Ich ging in ihr Zimmer, setzte mich auf Pierres Bett und weinte vor Kummer.

Maman, ich fühle mich so leer wie eine Höhle und so trostlos wie eine Wüste. Als ich in dieses Land kam, sprühte ich vor Energie und Optimismus und war entschlossen, mir ein gutes Leben aufzubauen nach dem Aufruhr, den ich in Frankreich verursacht hatte. Damals hatte wenigstens dieses Land hier einen Anschein von Demokratie, vor *La Violencia*, und es gab ein bißchen Kultur, die mich an Zuhause erinnerte. Wir konnten in die Hauptstadt fahren, um ein gutes Orchester zu hören, ein gutes Stück zu sehen oder auf einer Straße zu flanieren, ohne von allen Seiten von bettelnden Leprakranken angefallen zu werden. Damals gab es einen gewissen Wohlstand, aber nun haben wir 200 Prozent Inflation, und es scheint, als ob alles Geld zur Zahlung der Zinsen für die Auslandsschulden aufgewendet wird. Heutzutage verscherbelt die Regierung das Tafelsilber, und alles geht den Bach hinunter. Im Ernst, *maman*, Du würdest nicht glauben, wie verkommen hier alles ist; es ist mir zutiefst zuwider, denn es gibt nicht einmal das Allernotwendigste zu kaufen, und selbst meine Pläne, die Farm zu mechanisieren, mußten zurückgestellt werden, weil es für absurde Summen zwar alle Maschinen in der Casa Inglesa zu kaufen gibt, aber nirgendwo Ersatzteile zu bekommen sind. Die Leute hier haben unglaubliche Fähigkeiten entwickelt, mit so gut wie nichts zu improvisieren. Aber die Bauern können sich nur dadurch über Wasser halten, daß sie Kokain und Marihuana anbauen, was wiederum alle unehrlich sein läßt. Die Prostituierten (verzeih mir, daß ich sie erwähne) werden immer jünger, und alle Welt lebt in Furcht vor Gewalt und Raubüberfällen.

Und doch empfinde ich, *ma chère maman*, wie wunderbar dieses Land ist und wie romantisch. Selbst der Mond ist hier viermal so groß wie in Frankreich, und die Vögel und Schmetterlinge sind unbeschreiblich schön und farbenprächtig. Auch die Menschen sind herrlich geschmückt und, so scheint es, immer voller Lachen und Lebensfreude. Der Boden ist fruchtbar, und wir haben sogar Smaragde und Erdöl, aber anscheinend wird nie etwas daraus. Die Leute hier helfen einander ohne Gegenleistung, und doch wird kein Beamter einen Finger rühren ohne Bestechung – was für ein Widerspruch! Sie lieben die ganze Menschheit, diese Leute, aber bringen einander um, ohne auch nur einen Gedanken daran zu verschwenden!

Ich glaube, alles in allem bräche es mir das Herz, wenn ich von hier weg müßte, was eines Tages sicher der Fall sein wird. Ich liebe es hier, liebe es so sehr, und ich habe mich fünfzehn Jahre im Schweiß meines Angesichts abgerackert, um ein Stück Land ertragreicher zu machen. Ich habe es sogar geschafft, noch Liebe für Françoise zu empfinden, die mir nie verziehen hat, daß ich nicht Jean-Michel bin, und die mich oft unglücklich gemacht hat. Mir graut vor dem Gedanken, daß ich ihren Körper in dieser Erde zurücklassen muß. Wenn sie stirbt, *maman*, und mein Instinkt sagt mir, das wird sie bald – nein, schnalze nicht mit der Zunge, und tadle mich nicht für meine morbiden Gedanken! –, bin ich entschlossen, mein ganzes Hab und Gut zu verkaufen – bloß, wer wird dieses Land kaufen, das sich zu einem Kriegsgebiet entwickelt? – und mit dem Sarg nach Frankreich zurückzukehren. Dieses Land, das ich in mein Herz geschlossen habe und das ich, Gott weiß wie, auch achten gelernt habe, bereitet mir zuviel Kummer, und ich kann seine Grausamkeit nicht mehr länger ertragen. Wenn ich sterbe, *maman*, hoffe ich, daß mein Herz hier begraben bleibt, auch wenn mein Leib in Frankreich ruht.

Ich weiß nicht, ob Du diesen Brief je erhalten wirst. Hier gibt es keine Briefmarken mehr zu kaufen, und deshalb muß ich den Brief und etwas Geld für die Briefmarken dem Lokführer mitgeben, wenn der Zug nach Chiriguaná kommt. In diesen angespannten Zeiten weiß ich nicht, ob ich mich auf seine Aufrichtigkeit verlassen kann.

Ich werde immer an Dich denken und küsse Dich vielmals,
Dein Sohn
Antoine

PS.: Ich habe gerade eine Explosion gehört. Ich frage mich, was das nun schon wieder ist.

18

Die Volksbefreiungsarmee verwirrt die »Vorhut des Volkes« und die Nationalarmee auf einen Schlag

Am Donnerstag, den 14. März, traf ein sehr erschöpfter Campesino staubbedeckt und schweißgebadet auf seinem Maultier im geheimen Lager der Volksbefreiungsarmee ein, das in einem kleinen Tal lag, das nur durch einen engen und stets schwer bewachten Hohlweg erreichbar war.

Zu beiden Seiten des Tales ragten jäh hohe Felswände auf; die Guerilleros hatten durch Beobachtung der dort wild lebenden Ziegen herausgefunden, wie es im Notfall möglich sein würde, aus dem Tal zu entkommen, wobei sie sich völlig sicher waren, daß kein Verfolger imstande wäre, ihnen bei ihrem Aufstieg zu folgen. Für den Fall, daß die Armee ins Tal eindringen sollte, hatten die Guerilleros vor, diese nach der Zerstörung des Hohlwegs von oben aus unter Feuer zu nehmen. Zu diesem Zweck hatten sie zwei Fässer mit Dynamit an strategisch günstigen Stellen plaziert. Besagtes Dynamit hatten sie von der staatlichen Behörde, die die Aufsicht über die Minen des Landes innehatte, unter der Vorspiegelung, sie seien Goldsucher, käuflich erworben. Sie hatten ein Dokument vorgelegt, das sie als Eigentümer des »Fonds« auswies und aus der Hand eines Mitkämpfers stammte, der früher Anwalt gewesen war. Als Gegenleistung für die großzügige und kostenlose Versorgung mit Dynamit hatten sie die offiziell üblichen fünf Prozent auf Lebenszeit angeboten. Im allgemeinen jagten sie mit dem Dynamit Banken in die Luft, um ihrer Verpflichtung der

»fünf Prozent vom Gewinn« gegenüber den Beamten nachkommen zu können. Den Rest wandten sie für die Revolution auf.

Die Volksbefreiungsarmee war bekannt für Gewalt gegen Sachen, wohingegen beispielsweise bei der »Vorhut des Volkes« das Legen von Hinterhalten, bei der Volksbefreiungsfront die Abwicklung von Entführungen und bei den Revolutionären Sozialisten die Ermordung wichtiger Persönlichkeiten im Vordergrund standen. Die Volksbefreiungsarmee wählte wahrscheinlich ihr besonderes Spezialgebiet, weil es den höchsten Grad an Sicherheit bot; es ist alles in allem ziemlich ungefährlich, Bomben zu legen und sich dann in sichere Entfernung zurückzuziehen. Offenbar drang es nie zu ihr durch, daß die Misere der Massen sich nicht durch die Zerstörung der Infrastruktur lindern läßt, die quälend langsam mit dem wenigen noch verbliebenen Nationalvermögen zu deren Wohl aufgebaut wurde. Wie paradox das Verhalten der Volksbefreiungsarmee auch immer gewesen sein mag, es folgte schlicht einer für die Menschheit allgemeingültigen Regel, derzufolge die Menschen grundsätzlich der Überzeugung anhängen, daß, wenn sie etwas fachlich sehr gut beherrschen, dies allein schon aus diesem Grund äußerst wichtig sein muß. Die Volksbefreiungsarmee pflegte einen gekonnten Umgang mit Sprengstoff und hielt allein deshalb ihr Tun für ausschlaggebend.

Ihr kleines Tal im Gebirge war dicht bewaldet und reich an Wasser, und die Guerilleros führten ein Leben in arkadischer Schlichtheit und Muße. Sie setzten es nur aufs Spiel, wenn einem von ihnen ein guter Einfall kam, was als nächstes in die Luft gejagt werden könnte. Der alte Campesino auf seinem Maultier, der ihnen in Valledupar als Späher diente, war mit einer ausgezeichneten Idee eingetroffen und mit ihr direkt zum Kommandanten der Gruppe mit dem sinnigen Namen El Golpe gegangen.

El Golpe war früher ein Montonero-Guerillero in Argentinien gewesen, hatte sich aber abgesetzt, als General Videlas Terrorkampagne sich selbst dessen Kontrolle entzogen hatte und jeder, der auch nur entfernt wie ein Linker aussah, »verschwunden wurde«. El Golpe hatte am eigenen Leib erfahren müssen, wie nutzlos es war, als Guerillakämpfer einem höchst disziplinierten, zahlenmäßig überlegenen, gnadenlosen und fanatischen Feind gegenüberzutreten, und war deshalb in dieses Land gekommen, um gegen einen leichter zu treffenden Gegner Krieg zu führen – einen, der zwar zahlenmäßig überlegen, gnadenlos und fanatisch, aber zugleich undiszipliniert und inkompetent war. El Golpe war stolz auf den Umstand, daß er eine sehr große Ähnlichkeit mit Ché Guevara aufwies – mit seinen sanften Augen und dem schwarzen Bart, der nie so üppig wachsen wollte wie der von Fidel. Irgend etwas an dieser Ähnlichkeit mit Ché löste in seinen Leuten eine warmherzige Achtung und allergrößte Ergebenheit aus. Die meisten von ihnen versuchten, seinen argentinisch-italienischen Akzent und seinen geschmeidigen Gang nachzuahmen.

Der Campesino sagte El Golpe, daß ein Soldat in einer Bar herumerzählt habe, er würde mit seinem Bataillon nach Chiriguaná aufbrechen, um dort einen lokalen Aufstand niederzuschlagen. Sie hätten vor, ihr Lager in der Savanne nördlich der Mula aufzuschlagen. »Chiriguaná ist nicht weit von hier, und dort muß es doch etwas geben, was ihr in die Luft jagen könnt«, hatte der Bauer noch hinzugefügt. El Golpe erkannte augenblicklich, worum es sich bei diesem »Etwas« zu handeln hatte, und machte sich auf die Suche nach seinen beiden Topmineuren.

Er fand sie, die Füße im Wasser, nebeneinander am Flußufer sitzend, in ein ernstes Gespräch über Aphrodisiaka vertieft. »Wenn ich dir doch sage«, meinte der eine gerade, »sie hat mir einen Monat lang keine Ruhe ...«

»In meinem Fall waren es zwei Monate, und ich bin beinahe draufgegangen.«

»Ihr beiden«, unterbrach sie El Golpe, der von hinten an sie herangetreten war und jedem eine Hand auf die Schulter gelegt hatte, »ich habe einen kleinen Job für euch.« Und dann erklärte er ausführlich, worum es sich handelte. Noch am gleichen Abend beluden sie einen Esel mit Dynamit und zogen durch den Hohlweg ab.

»*¡Buena suerte!*« rief ihnen der Wächter nach.

»Wir brauchen kein Glück«, erwiderte einer der beiden. »Das wird kinderleicht.«

»Glück kann nie schaden. Falls ihr auf eine willige Schönheit trefft, besorgt es ihr für mich mit.«

»Wo kämen wir denn da hin, mein Freund, ich werde sie doch nicht mit einer deiner Krankheiten anstecken.«

»Auf daß sie dir eine von den ihrigen schenkt!«

Um etwa die gleiche Zeit brachen Gonzago, Rafael und Tomás mit General Fuertes Eselin María auf, um Don Hughs Lösegeld einzutreiben, das am nächsten Tag hinterlegt werden sollte. Es war vorgesehen, daß sie sich im Dickicht bei der Brücke auf die Lauer legen sollten, um einige Stunden vor und nach Don Hughs Geldübergabe jede Bewegung zu beobachten. Auf diese Weise würden sie sichergehen, nicht in einen Hinterhalt zu geraten, hätten Don Hughs Kommen und Gehen im Blick und könnten sich davon überzeugen, daß er allein kam.

Sie trafen kurz vor dem Morgengrauen ein und wählten eine Stelle, die ihnen ausgezeichnet Deckung bot und von der aus sie eine uneingeschränkte Sicht auf die Brücke und die dazugehörige Straße hatten.

Die Bogenbrücke stellte eine einfache Stahlbetonkonstruktion der billigsten und zweckdienlichsten Art vor. Sie wurde von vier in gleichem Abstand voneinander entfernt stehenden Betonpfeilern getragen, die auf ins Flußbett eingelassenen Steinfundamenten standen. Sie war ursprünglich im Rahmen eines schon lange in Vergessenheit geratenen Entwicklungshilfeprojekts der Vereinten Nationen erbaut worden, um den Verlust von Fahrzeugen zu verhindern, der sich dadurch ergab, daß tollkühne Lkw-Fahrer immer wieder versuchten, während der Regenzeiten bei Hochwasser durch den Fluß zu fahren. Bevor dem Verkehr die Straße von Valledupar in die Hauptstadt zur Verfügung stand, lag diese Brücke an der wichtigsten, von den Seehäfen her kommenden Handelsroute, auf der während der Überschwemmungen der Handel stets zum Erliegen gekommen war. Doch nun hatte sie ihren früheren Glanz weitgehend eingebüßt und wurde hauptsächlich von den Einheimischen zu Fuß oder zu Pferd benutzt. Der Asphalt war von Fahrzeugen, die in der Mittagshitze die Brücke überquerten, zur Seite geschoben worden, und die Fahrbahn war in einem höchst erbärmlichen Zustand. Die ursprünglichen Planer hatten nicht mit der enormen Hitze und Luftfeuchtigkeit in dieser Region gerechnet, so daß der Beton nun, bereits fünfundzwanzig Jahre nach der Erbauung, feucht und rissig geworden war. Große Brocken waren schon abgeplatzt und in den Fluß gefallen. Darüber hinaus hatte die reißende Strömung der Mula, die bei Hochwasser große Steine als Geschiebe mit sich führte, die Bögen und Säulen stark beschädigt. Sämtlicher Schwerverkehr, der in der letzten Zeit hier vorbeigekommen war, nahm wie früher lieber wieder die Furt, als eine Fahrt über die Brücke zu riskieren, und genau wie früher fanden sich nun wieder jede Menge rostiger Wracks geplünderter und ausgeschlachteter Lastwagen im Fluß.

Trotz ihres baufälligen Zustands ging die Brücke, aus einiger Entfernung gesehen, immer noch als würdiges und imposantes Bauwerk durch, und die Einheimischen waren sehr stolz auf sie, weil sie die einzige in der Gegend war und zudem ihnen gehörte. Zu beiden Seiten fanden sich Schilder, auf denen zu lesen stand: »Sie überqueren jetzt die Chiriguaná-Brücke.« Hinzu kamen Graffiti, die die Gefühlslage der Menschen (»Ohne Erendira gibt es kein Leben«), politische Slogans (»Nieder mit der Oligarchie«) sowie nicht ganz so wesentliche Informationen und Empfehlungen wiedergaben (»Juanito fickt Esel«, »Kommt ins Consuelo«).

Tomás, Gonzago und Rafael vereinbarten eine Wachablösung mit einer Stunde Dienst und zwei Stunden Pause. Während der Ruhezeiten rauchten oder dösten die Männer, warfen Steine nach Eidechsen und unterhielten sich. Gegen Mittag spürten alle drei die Auswirkungen des nächtelangen Marsches. Es war die Zeit, in der das ganze Land – selbst in Kriegszeiten – zur Siesta stillsteht. Das lag nicht an der »naturgegebenen Faulheit«, die der Rest der Welt den Lateinamerikanern nachsagt; es lag einfach daran, daß es schlicht und ergreifend nicht möglich war, zu atmen, sich zu bewegen, ohne in Schweiß gebadet zu sein, etwas zu sehen (wegen des Schweißes in den Augen und wegen der flirrenden Hitzeschwaden und Trugbilder) und etwas im Freien zu berühren, weil die Gefahr von Verbrennungen bestand. Die gesamte Nation versank irgendwo im Schatten dankbar in Erstarrung, und es bestand während der Siesta genausowenig die Chance, bei Missetaten ertappt zu werden, wie im Schutz der Dunkelheit. Selbst geräuschvolle Liebesakte während der Siesta empörten die Nachbarn. Nicht so sehr, weil es um Sex ging, sondern weil dies Lärm erzeugte und daher asozial war, wenn entnervte Bürger einzudösen versuchten.

Tomás und Rafael schlummerten im Schatten, und Gonzago starrte auf die Brücke, solange seine Augen das Flirren des grellen Bildes ertragen konnten. Er schloß die Augen und preßte sie an den Arm, bis sie nicht mehr juckten und schmerzten, und dann beobachtete er weiter. Der Schweiß tränkte sein Hemd und seine Hose; Durst meldete sich, so als stecke ihm ein Stachelschwein im Hals. Die Intervalle zwischen dem Ausruhen der Augen und dem Observieren der Brücke wurden allmählich immer länger, dann verfiel auch Gonzago in einen tiefen Schlaf, in dem er unschuldig träumte, er beobachte immer noch die Brücke.

Alle drei hatten zwei Stunden lang selbstvergessen vor sich hin geschlummert, als sie vom Ende der Welt, wie ihnen schien, wachgerüttelt wurden. Zuerst kam ein Grollen, das die Erde erschütterte und Steine wie wahnsinnig gewordene Kakerlaken in die Luft wirbelte. Dann kamen ein Brüllen wie die Stimme Gottes und ein Luftstoß, der ihnen den Atem nahm und ihre Strohsombreros hoch in die Luft riß. Als die Luft wieder ins Vakuum zurückströmte, kam ein mächtiger Wind auf, der sie wieder flach auf den Rücken in die Lage drückte, aus der sie sich verdutzt halb aufgerichtet hatten. Sie sahen, wie dort, wo die Brücke gestanden hatte, sich eine gewaltige Wolke aus Staub und Rauch aufblähte, die wie ein Wüstensandsturm auf sie zuraste. Sie zogen hastig ihre Hemdschöße über Mund und Nase, bevor sie von einem unerbittlichen Hagel aus Unrat, der wie aus dem Nichts zu kommen schien, erneut zu Boden geworfen wurden. Felsen, Steine, Stahlteile und Betonbrocken, Wasser und Schlamm stürzten mit ungeheurer Geschwindigkeit in enormer Fülle auf sie herab, bis sie sich, halb verschüttet, mit heftigen Prellungen und völlig orientierungslos, benommen aus dem Schutt erhoben, um die Lage zu sondieren.

»*Mierda*«, sagte Gonzago.

»*Madre de Dios*«, sagte Rafael.

»*Hijo de puta*«, sagte Tomás.

Das Land um sie herum war einer kleinen, aber verschwenderischen Apokalypse anheimgefallen; Büsche waren entwurzelt und entlaubt; der Boden war mit Schutt aus Brückenteilen übersät. Zwischen den Steinen schlug ein Fisch verloren mit dem Schwanz und schnappte nach Luft. Gonzago schlug ihm auf den Kopf und steckte ihn in seine *mochila*. »Für später«, sagte er.

»Ihr zwei blutet aus der Nase«, bemerkte Tomás.

»Du aber auch«, erwiderte Rafael. Dann blinzelte er durch die Staubwolke, die sich allmählich auf das Gelände um die Brücke herabsenkte. »Mein Gott, schaut euch das nur an!«

Vom Mittelteil der Brücke war nichts mehr übriggeblieben. Bewehrung ragte aus zertrümmerten Sockeln, und die Pfeiler, geborsten, verzogen und verdreht, neigten sich zur Seite. Im Fluß lag in einiger Entfernung von der Brücke ein Armeelaster auf dem Dach; er war eindeutig durch die Explosion so weit geschleudert worden. Ganz in der Nähe des Lasters war ein erbärmliches, durch Mark und Bein gehendes Schreien zu hören; es kam von einem Soldaten, der aus dem Wasser torkelte und seinen abgerissenen Arm in der Hand hielt.

Die drei Guerillakämpfer sahen mit tiefer Bestürzung, die sich zur Panik auswuchs, daß das ganze Gelände um die Brücke vor Soldaten nur so wimmelte, die völlig verwirrt und planlos herumkrochen. Sie konnten eindeutig die dicke Gestalt von Oberst Figueras ausmachen und hören, wie er seinen Männern befahl, auszuschwärmen und das Gebiet zu durchkämmen. Als die drei kehrtmachen und fliehen wollten, sahen sie einen Jeep heranbrausen, der gerade noch rechtzeitig vor der zerstörten Brücke zum Stehen kam. Sie sahen einen großen, dunkelhaarigen Europäer aussteigen und an den Rand des Abgrunds treten, von wo aus er verblüfft das Chaos betrachtete.

»Das ist Don Hugh!« rief Rafael. »Er muß das Geld dabeihaben.«

»Vergiß es, wir können es uns jetzt nicht holen«, sagte Tomás.

»Gehen wir«, meinte Rafael.

»Laßt mich bitte erst noch einen Soldaten erschießen«, bettelte Gonzago.

»Wie willst du denn deine Flinte in all dem Schutt hier finden?« fragte Rafael. »Mach keine Dummheiten. Hauen wir ab, bevor die Sauhunde uns erwischen. Gott weiß, wo die Eselin abgeblieben ist.«

Sie waren nicht gerade in der besten Verfassung für einen Fußmarsch, da sie noch immer von der Explosion erschüttert, verwirrt und desorientiert waren. Aber die Furcht, von den Soldaten geschnappt zu werden, spornte sie zur Eile an, auch wenn ihnen Arme und Beine immer wieder den Dienst zu versagen drohten.

Als die drei sechs Stunden später ins Lager stolperten, boten sie einen erbarmungswürdigen Anblick. Sie waren von dem feuchten Staub, der sich auf sie gesenkt hatte, alle einheitlich grau gefärbt.

Ihre Kleidung hing in Fetzen von ihnen, und alle drei humpelten. Nur ihre Augen leuchteten weiß aus dem ganzen Dreck und Schmutz. Sie waren mit dunklen Flecken getrockneten Blutes von den erlittenen Schnitt- und Schürfwunden übersät. Tomás war durch eine gewaltige Beule an der Schläfe verunstaltet. Sie torkelten zur Mitte der Lichtung und fielen einfach vornüber flach aufs Gesicht. Als Remedios herauskam, um sie zu befragen, lagen sie ausgestreckt da. Vor Erschöpfung und gezeichnet von dem erlittenen Schock, waren sie augenblicklich eingeschlafen.

Das Lager war in hellem Aufruhr. Alle wollten wissen, was den drei Genossen zugestoßen war, aber Remedios ordnete an, daß diese in die Sanitätshütte gebracht und gesäubert werden sollten. Federico und Franco holten Wasser vom Bach, und die Männer wurden entkleidet, gewaschen und mit frischer Kleidung versehen, ohne daß sie aufwachten oder einen Laut von sich gaben. Doña Constanza, die sich durchaus bewußt war, daß ihr Schicksal davon abhing, was Tomás, Rafael und Gonzago zugestoßen war, ging in die Sanitätshütte und pflegte die drei überaus sorgsam, wischte ihnen unnötig oft mit einem feuchten Tuch über die Stirn und murmelte kurze Gebete für ihre Genesung. Sie bemerkte mit einem scharfen, kleinen Stich, wie hübsch Gonzago war und wie unschuldig er im Schlaf aussah. Und so kam es, daß sie seine Stirn öfter abwischte als die der anderen.

Gegen Mittag des nächsten Tages wachten die drei auf und wurden von Remedios, trotz ihrer entsetzlichen Kopfschmerzen und der Blessuren, die es unmöglich machten, daß sie aufstehen oder selbst einen Arm heben konnten, einer strengen Befragung unterzogen. Als Remedios fertig war, rief sie Doña Constanza zu sich. »Anscheinend ist dein Mann mit dem Geld eingetroffen, konnte es aber nicht übergeben, weil die Stelle, wo er es hinterlegen sollte, in die Luft gejagt wurde. Wir können dich also noch nicht erschießen. Dir verbleibt eine Galgenfrist.«

»Noch nicht?« fragte Doña Constanza. »Können Sie nicht meinen Mann benachrichtigen und einen anderen Ort für die Geldübergabe vereinbaren?«

»Nein«, erwiderte Remedios, ernst ihren Kopf schüttelnd. »Es sieht so aus, als ob wir ein unmittelbareres und dringlicheres Problem haben, das Vorrang genießt. Die Armee ist in unser Gebiet einmarschiert. Wir müssen uns erst damit befassen.«

Doña Constanza blickte verwirrt drein. »Ich möchte ja nicht pedantisch erscheinen, aber eine Armee kann nicht ins eigene Land einmarschieren.«

Remedios schnaubte verächtlich. »Unsere schon. Das macht sie häufig.«

»Oh«, sagte Doña Constanza. »Wenn das so ist, habe ich dann Ihre Erlaubnis, weiterhin die Verwundeten zu pflegen?«

»Aber gewiß«, sagte Remedios. »Einmal im Leben kannst sogar du dich nützlich machen.«

Nicht ohne Erleichterung im Herzen ging Doña Constanza wieder in die Sanitätshütte zurück und tupfte Gonzagos Stirn noch um einiges öfter ab als die der anderen. Er lächelte ihr schmerzverzerrt zu. »Doña Constanza, in meiner *mochila* ist ein feiner Fisch; ich möchte ihn dir gern vermachen, sonst verfault er nutzlos.«

19

Josef macht sich Gedanken über den Tod, während andere Pläne schmieden

Weil Josef den Tag über zu viele *puros* geraucht und viel zuviel Zuckerrohrschnaps gesoffen hatte, fand der Abend ihn schon in seiner Hängematte zusammengerollt, während die Zikaden in den Dornenhecken lärmten und rasselten und ein riesengroßer tropischer Mond hoch über den Caracolee-Baum aufstieg, in dem von Zeit zu Zeit die Brüllaffen kreischten und wie Schüler an einem unerwarteten Feiertag herumtollten. Aus der Ferne vernahm er das Grunzen der Kaimane, die schlaftrunken im grünen Wasser der Quelle lagen und deren Augen immer rot glühten, wenn er mit der Laterne des Weges kam. Er hatte des öfteren daran gedacht, sie zu fangen und ihre Häute zu verkaufen, so daß unvorstellbar reiche Damen in Paris oder New York Handtaschen, Schuhe und Geldbeutel aus »Krokoleder« hätten, die mehrere hundertmal mehr kosten würden, als er für die Häute aller Kaimane auf der ganzen Farm bezahlt bekäme; aber Josef rührten die müßigen Kreaturen, und ihm waren die reichen Damen in New York oder Paris genauso egal wie die Armee oder der Gouverneur, und so ließ er sie in Ruhe und schlug statt dessen mit der flachen Klinge seiner Machete die Köpfe der Vipern und Korallenschlangen breit. Es galt die Regel, ihnen unter gar keinen Umständen die Köpfe abzuschlagen, denn es hieß, daß sie einen dann immer noch beißen könnten und die Viper einen immer noch anspringen könnte, indem sie mit den Kiefern vom

Boden hochschnellte. Im Dorf gab es einen Mann, dem mit einer Axt der Arm hatte amputiert werden müssen, weil er diesen Rat ignoriert hatte und weil es innerhalb von 500 Kilometern keinen Arzt gab, der ein Gegengift hätte verabreichen oder eine Operation hätte durchführen können. Im Gegensatz zu vielen anderen sah Josef bewußt davon ab, Boas zu töten, da sie Ratten vertilgten, und er schoß Leguane nur wegen des Fleisches und nicht aus Übermut. Die Überreste warf er in den Fluß, weil er Spaß daran hatte zuzuschauen, wie das Wasser von kleinen Fischen überkochte, die sich um die Fleischfetzen und -stücke rissen. Manchmal erschauerte er bei dem Gedanken, selbst nichts anderes als solche Fetzen und Stücke Fleisch zu sein, und er gelobte, daß er, sollte er schon sterben, ausreichend tief und an geeigneter Stelle begraben werden mußte. Aus diesem Grund hatte er den Preis für seine Beerdigung in einem Sarg, nicht bloß in einem Leinentuch, dem Priester bereits in Raten vorausgezahlt. Oft sagte er: »Ich werde nie von wilden Schweinen, Ameisen, *tigres* oder Fischen gefressen werden!« Seine Freunde zuckten dann mit den Achseln und machten sich einen Spaß daraus zu sagen: »Wen kümmert's? Wenn du tot bist, bist du tot.« Oder: »Als Futter wärst du im Tod wenigstens nützlicher als im Leben!«

An diesem Tag dachte Josef tatsächlich an den Tod, aber nicht an seinen eigenen. Erstens dachte er an den Tod der Insekten, die in der Lampenflamme verbrannten und ihr Leben auszischten, an die versengten, unförmigen kleinen Störenfriede, die er jeden Morgen vom Tisch und von den Fliesen wischte oder mit einem schmutzigen Finger aus der Lampe kratzte, wobei er die Lippen schürzte. Er dachte daran, wie dies doch dem Tod menschlicher Wesen glich, denn mit jedem Tod einer Kreatur stirbt auch ein ganzes Universum. Nur schien, und das befremdete ihn zutiefst, keinem dieser Tode eine größere Bedeutung zuzukommen. *Wir sind alle Insekten,* dachte er, *aber weil ich das besondere Insekt bin, das ich darstelle, bin ich der Mittelpunkt von allem.* Und er wälzte diesen

Gedanken *de todo* in seinem Hirn, bis er so bedeutsam schien, daß er nicht mehr faßbar war.

Zweitens dachte er mit ebenso plötzlicher wie verblüffender Klarheit, *vielleicht sollten wir nur die Offiziere erschießen*. Er entschied sich dafür, diesen Gedanken am nächsten Morgen Hectoro, Pedro und den anderen mitzuteilen, die sich auf die Rückkehr der Armee vorbereiteten. Leute aus Chiriguaná hatten nämlich berichtet, daß die ganze Gegend von Soldaten nur so wimmele. Alle im Dorf erkannten, daß die Armee mit der Absicht zurückgekehrt war, Rache für die zuvor erlittenen Demütigungen zu üben, und ein jeder fieberte dem Kommenden entgegen, fragte sich, was er tun solle, und verlangte nach einer starken Führung.

Tatsächlich ergab sich die Aufteilung der Führungspositionen beinahe wie von selbst. Die Hure Consuelo erwies sich rasch als Anführerin der Frauen und Betreuerin der Kinder, und die Hure Dolores wurde ihr Leutnant. Sie überwachten die Einlagerung von Vorräten in strategischen Geheimlagern, rissen schon im voraus alte Kleidung für Wundverbände in Streifen, übten das Hervorspringen aus Hauseingängen mit einem Buschmesser in der Hand und warfen den Männern vor, sie seien zu stolz und zu blöd, um sie ausreichend mit Gewehren auszustatten. Die Frauen arbeiteten mit den Männern zusammen, um quer über die Straße einen Wall zu errichten, der mit keck von Don Hughs *finca* gestohlenem Stacheldraht bewehrt wurde. Die Felder in unmittelbarer Umgebung des Dorfes wurden abgeerntet und abgebrannt, damit die Armee keine Deckung zum Anschleichen hatte, und jedes nur verfügbare Gefäß wurde mit Wasser gefüllt, sowohl zum Löschen des Durstes wie der Feuer.

Unter den Männern gestalteten sich die Dinge nicht ganz so einfach. Misael, Pedro der Jäger, Hectoro und Josef bildeten sozusagen eine Viererbande. Josef war von Haus aus der Ideenlieferant; er unterbreitete den anderen intelligente Vorschläge, deren Durchführung dann für gewöhnlich beschlossen wurde. Misael konnte hervorragend die Details der zu unternehmenden Schritte ausarbeiten. Hectoro zeichnete sich durch seine charismatische Erscheinung aus, dessen Befehlen sich keiner widersetzen konnte, und Pedro war der strategische Kopf, der sich bei Ausbruch der Feindseligkeiten auch als Taktiker erweisen sollte. Professor Luis agierte als Generalleutnant und Nachrichtenübermittler für sie alle, da er nicht über jene Art von entschlossener und gerissener Intelligenz verfügte, die von einem Krieger verlangt wurde. Er half auch, einige Ideen von Josef in die Tat umzusetzen. Zum Beispiel fand er heraus, wie der Stacheldraht mit Strom aus derselben kleinen Windmühle aufgeladen werden konnte, die schon einmal den Plattenspieler betrieben hatte, und er entwickelte auch Verfahren, wie die Mula zu stauen war, damit die Armee sie nicht so leicht durchqueren konnte.

Hinter all diesen Männern stand Don Emmanuel höchstpersönlich als eine Art graue Eminenz. Er erteilte keine Befehle oder traf Entscheidungen. Er beteiligte sich auch nicht direkt an den Vorbereitungen, außer daß er ein Auge zudrückte, als sein Traktor ausgeliehen wurde, um den Wall schneller aufschütten zu können. Er tat nur seine Meinung kund.

Als Josef den anderen vorschlug, möglichst nur die Offiziere zu töten, stimmten diese sofort zu.

»Die Soldaten sind zwangsverpflichtet«, sagte Josef, »und wollen sowieso nicht kämpfen.«

»Es sind Campesinos wie wir«, bemerkte Misael. »Sie sind unsere Brüder, also sollten wir sie nicht umbringen.«

»Ich stimme zu«, sagte Pedro. »Keine Armee kann ohne Führer kämpfen. Ohne Führer werden sie nicht wissen, was sie tun oder lassen sollen, und abziehen.«

Nur Hectoro hatte Vorbehalte. »Vielleicht hast du recht, aber es wird schwer sein, so lange mit dem Schießen zu warten, bis einer einen Offizier vor sich hat. Noch dazu bringt nichts einen unwilligen Soldaten mehr vom Kämpfen ab als um ihn herum fallende Kameraden. Ich weiß das.«

»Meiner Meinung nach sollten wir Don Emmanuel fragen«, sagte Josef.

Sie trafen Don Emmanuel wie üblich splitternackt im Fluß sitzend an, wo er sich nach der Arbeit abkühlte. Sie stellten sich ans Ufer, sahen auf ihn hinab und wollten von ihm wissen, wie er Josefs Idee fand.

Don Emmanuel ließ ein nachdenkliches »Ah« verlauten. Dann strich er sich durch seinen üppigen roten Bart und schüttelte den Kopf. »Ich halte es, auf die Länge hin gesehen, eher für eine schlechte Idee.«

Die vier Männer waren erstaunt. »Warum?« fragte Josef.

»Weil«, erwiderte Don Emmanuel, »Offiziere die kleinsten Eier haben. Wenn ihr die Geier füttern wollt, dann mit den größten Eiern, einfach aus Mildtätigkeit.«

Die vier sahen einander mit noch größerem Erstaunen an. Misael merkte, daß Don Emmanuel die Unterhaltung mit seinen üblichen Scherzen begann, und erwiderte: »Dann sollten wir dich als erstes erschießen, denn dein Gemächt ist mit Abstand das größte.«

Don Emmanuel machte eine Handbewegung, wie um seine Genitalien zu schützen. »In diesem Fall, meine Freunde, gebe ich euch noch mehr Gründe zu bedenken. Aber zuerst möchte ich wissen, woran ihr erkennen wollt, wer die Offiziere sind?«

»Das liegt doch auf der Hand«, sagte Josef. »Sie tragen andere Uniformen. Die sind in einem helleren Grün gehalten, und sie haben kleine, weiche Hüte mit Spitzen. Sie sind nur mit einer Pistole in einem schwarzen Halfter bewaffnet, sie haben ziemlich weiße Gesichter und sprechen sehr schlecht Spanisch. Ihr erkennt sie daran, daß sie für alles und nichts die Verantwortung übernehmen wollen und alle herumkommandieren. Und sie kauen ständig.«

»Kauen?« meinte Don Emmanuel. »Ich kann dir versichern, daß die Offiziere genau die gleichen Uniformen wie die Soldaten tragen, und sie sprechen ausgezeichnet Spanisch. Diese anderen Leute sind nicht die Offiziere.«

»Wer sind sie dann?« fragte Pedro. »Feldhuren?«

»Nein«, erwiderte Don Emmanuel, »es sind Ranger.«

»Ranger?« sagten Hectoro und Misael gleichzeitig, mit einem Ausdruck des Erstaunens auf ihren Gesichtern.

»Ranger sind amerikanische Militärberater. Mir ist gesagt worden, einige von ihnen seien von der CIA, aber darüber weiß ich nichts Genaues. Es sind meistens Vietnamveteranen, die Experten im Dschungelkrieg und in der Aufstandsbekämpfung sind. Sie kommen hierher, um unseren Offizieren zu sagen, was sie tun sollen, und um die amerikanischen Interessen zu wahren.«

»Das ist ja noch besser«, rief Misael begeistert. »Wenn wir die Americanos umbringen, werden unsere Offiziere sich nicht mehr auskennen und mit den Soldaten abziehen.«

»Es wäre ein Fehler, die Amerikaner zu töten«, sagte Don Emmanuel.

»Aber wenn wir die Amerikaner abknallen, werden sie abziehen!« sagte Hectoro.

»Ihr kennt die Amerikaner nicht«, sagte Don Emmanuel. »Zum einen sind sie ganz zufrieden damit, ihre Männer in aussichtslosen Unternehmen zu verheizen. Zum anderen glauben sie stets, daß sie im Recht sind und daß Gott persönlich für sie kämpft, also geben sie nie auf. Wenn ihr einen *gringo* umbringt, werden sie an seiner Stelle zwei in Marsch setzen, und wenn ihr die auch umlegt, werden sie eine Hubschrauberflotte herschicken. Auf jeden Fall ist es besser für euch, wenn ihr sie nicht tötet, denn sie tun euch sehr viel Gutes.« Don Emmanuel lächelte.

»Und wieso das?« fragte Hectoro.

»Ganz einfach«, erwiderte Don Emmanuel. »Auch wenn sie Fanatiker sind, handelt es sich bei den meisten von ihnen um anständige Männer. In ihrer Anwesenheit schämen sich unsere Offiziere, Grausamkeiten zu begehen. Freilich sind einige von ihnen überhaupt nicht anständig, aber viele sind gut. Zweitens sprechen sie nicht gut Spanisch, nein« – er verbesserte sich –, »sie sprechen ein wenig spanisches Spanisch, aber nicht das echte kastilische Spanisch wie du und ich. Das lernen sie in Akademien, und wenn sie herkommen, versteht sie keiner, und auch sie verstehen niemanden, also werden ihre Ratschläge immer falsch ausgelegt.« Don Emmanuel lachte. »Es verhilft unserer Armee zu dem üblichen Chaos, und das ist gut für euch. Darüber hinaus mögen die meisten Soldaten sie nicht, weil sie *gringos* sind; sie sind reich und glauben, alles zu wissen. Aber sie kennen uns nicht, und sie verstehen uns nicht, und das einzige, was passiert, wenn sie hierbleiben, ist, daß sie wütend und frustriert werden.«

»Wenn wir also die *gringos* nicht erschießen«, sagte Josef, »so können wir dann doch immer noch die Offiziere abknallen.«

»Wenn ihr sie denn erkennen könnt«, erwiderte Don Emmanuel. »Zudem haben sie den Ruf, von den hinteren Linien aus ihre Befehle zu geben, und überhaupt, es wäre sowieso ein Fehler.«

»Und wenn mich nicht alles täuscht, wirst du uns gleich sagen, warum«, warf Hectoro ein, der langsam ungeduldig wurde.

»Ja, Hectoro, auch das ist ganz einfach. Sie sind die Söhne der Oligarchie, deshalb. Wenn ihr ausschließlich sie tötet, wird die Oligarchie noch den letzten Centavo, den letzten Soldaten, den letzten Polizisten einsetzen. Sie werden mit den übelsten und schändlichsten Maßnahmen gegen euch aufwarten. Ich rate euch einfach, sie zu verwunden, denn dann müssen sie abziehen, dann sind sie Helden, und alle sind glücklich. Mama weint vor Freude über ihren heimkehrenden Sohn. Wenn ihr ihn tötet, schreit sie nach Rache und droht, der Konservativen Partei ihre finanzielle Unterstützung zu entziehen, wenn diese keine drastischen Schritte unternimmt.« Don Emmanuel lachte vor sich hin. »Darf ich nun einige Vorschläge machen?«

»Nur zu«, sagte Pedro. »Aber mach keine Witze mehr über die Hoden anderer Leute. Das ist alles blutiger Ernst.«

»Nach meinem Dafürhalten«, sagte Don Emmanuel, »solltet ihr Mittel und Wege finden, daß sie sich körperlich elend fühlen. Vergiftet das Wasser an den Stellen, wo sie trinken. Ich habe einen toten Ochsen, den ich euch gern leihen würde, wenn ihr ihn in der Mula versenken wollt. Ich rate euch auch, so viel wie irgend möglich in die Mula zu pinkeln und zu scheißen, hinter dem Dorf, versteht sich. Verkauft ihnen Fleisch und Obst mit so viel Rattengift drin, daß sie etwas mehr als üblich kotzen müssen. Ich glaube, ihr solltet ihnen auch ein wenig Angst einjagen. Die meisten Soldaten fürchten sich im Dunkeln. Ich bin sicher, daß euch da das eine oder andere schon einfallen wird. Ich für meinen Teil habe auch etwas vorbereitet. Aber ich räume ein, es hat etwas mit den Eiern zu tun.« Er zwinkerte vor Vergnügen mit den Augen. Die vier Männer warteten.

»Es betrifft eine hübsche, kleine Hure namens Felicidad aus Chiriguaná.«

»Die Hure aller Huren?« fragte Hectoro.

»Eben die. Ich habe vom Arzt in der Klinik von Chiriguaná erfahren, daß Felicidad in Barranquilla gewesen ist und sich mit einem nicht zu verachtenden Tripper und einem Hauch von Syphilis angesteckt hat. Ich habe ihr viertausend Pesos gegeben, damit sie zwei Wochen wartet, bis sie sich die Spritzen geben läßt – unter einer Bedingung.«

»Unter was für einer Bedingung, Don Emmanuel? Hoffentlich treibst du keine Spielchen mit uns!« rief Hectoro, der immer noch ungeduldig war und unbehaglich von einem Bein aufs andere trat.

»Unter der Bedingung, daß sie ins Armeelager geht, sich voller Begeisterung für die heldenhaften Eroberer zeigt und mit so vielen Offizieren und ausländischen Beratern wie möglich schläft. Ich glaube, innerhalb eines Monats werden die meisten Offiziere und *gringos* hübsche, kleine Geschwüre an ihren *palomas* und möglicherweise auch in ihrem Mund haben. Wenn da nicht der Eiter von ihnen tropft. Binnen eines Monats werden sie sich beim Urinieren fühlen, als würden sie Glasscherben pissen, und, wenn mich nicht alles täuscht, werden sie sich rasch ins Militärhospital nach Valledupar begeben.«

Die vier Männer lachten lauthals, und Don Emmanuel grinste glücklich und zufrieden. »Ich habe mir gedacht, daß euch das gefallen würde.«

Auf dem Weg zurück ins Dorf sagte Hectoro: »Wie dem auch sei, es wird schwer sein, der Versuchung zu widerstehen, auf die *gringos* zu schießen.«

»Ich glaube, ich werde nur einen anschießen, bloß so zum Spaß«, erwiderte Misael.

»Und ich werde bloß einem Offizier in die Beine schießen«, sagte Pedro.

»Aber«, sagte Josef, »wir haben trotz alldem noch mindestens für einen Monat die Armee hier, selbst wenn Don Emmanuels Plan gelingen sollte. Vor uns liegt ein Monat, in dem wir kämpfen müssen, und das ist eine lange Zeit. Ich glaube, wir sollten den Kampf zu ihnen tragen, so daß sie nicht ins Dorf kommen und unsere Häuser und Felder verwüsten. Meiner Meinung nach sollten wir zuerst angreifen.«

»Ich werde das übernehmen«, sagte Pedro. »Ich bin Jäger. Ich kenne viele Arten zu töten, ohne gesehen zu werden. Gott möge mir verzeihen. Ich gehe nach Chiriguaná.«

Nachdenklich sagte Hectoro: »Und ich werde auch nach Chiriguaná gehen. Ich muß sowieso zum Arzt.«

Misael sah besorgt drein. »Bist du krank, Hectoro?«

»Noch nicht, aber ich möchte ganz sicher gehen. Letzte Woche habe ich mich einfach zu gut amüsiert – mit Felicidad.«

20

Die Unschuldigen

Aurelio stand kurz vor Tagesanbruch auf und zog sich an. Er stocherte in der Glut des Feuers der voraufgegangenen Nacht und fachte es mit getrocknetem Gras wieder an. Als das Gras aufflammte, legte er Rinde und Zweige nach, und schon bald verbreitete sich der köstliche Duft gebratenen Manioks über die Lichtung. Im Wald rührten sich die Tiere, und ihre Rufe erinnerten ihn schmerzhaft daran, wie Parlanchina ihn einst mit ihren Stimmenimitationen ergötzt hatte. Er stand im Eingang der Hütte und blickte auf die Erhebung, unter der das Mädchen in Frieden ruhte. »Guten Morgen, Kleines«, sagte er. Da hörte er sie mit einem Mal fröhlich plappern und sah sie auf sich zugehen.

»*Buena día,* Papacito«, sagte Parlanchina und küßte ihn auf die Wange. Dann verschwand sie mit wallendem langem Haar wieder unter den Bäumen. Ehe der Dschungel sie verschluckte, warf sie ihm noch einen Blick über die Schulter zu und lächelte sanft.

Aurelio sah Parlanchina zu dieser frühen Zeit immer und sprach gewöhnlich ein paar Worte mit ihr. Einmal war sie zu ihm gekommen, als er am Fluß stand und mit dem Speer in der Hand darauf wartete, einen Fisch aufzuspießen. Sie berührte ihn an der Schulter und flüsterte: »Sag mir deinen wahren Namen.«

Aurelio wandte sich um und sah in ihr lachendes Gesicht. Er streckte die Hand nach ihr aus. Sie legte seine Finger an ihre Wange und küßte sie, dann lachte sie wieder und sagte: »Ich weiß deinen wahren Namen jetzt sowieso. Aber für mich wirst du immer Papacito sein, und ich werde deinen Namen nicht aussprechen, für den Fall, daß ihn jemand hört.«

»Parlanchina ...«, hob er zu sprechen an, aber sie hatte ihm nur einen Finger auf die Lippen gelegt und war entschwunden. Es erfüllte ihn stets mit erhabener Trauer, wenn sie ihn verließ. Er hatte sie fragen wollen, ob die Katze noch immer bei ihr war.

Carmen regte sich in ihrer Hängematte. »*Querido,* warum erledigst du meine Arbeit? Ich habe das Frühstück zu machen. Du solltest die Ordnung in unserem Leben nicht ändern, das bringt Unglück.«

Aurelio drehte sich um und ging zu ihrer Hängematte. Er blickte ihr in die verschlafenen Augen und lachte ironisch. »Die Ordnung unseres Lebens hat sich schon verändert.«

»Hast du mit Gwubba gesprochen?« fragte Carmen.

»Wir haben miteinander geredet.«

»Warum sehe ich sie nicht? Warum redet sie nicht mit mir?«

»So ist das nun einmal«, sagte Aurelio. »Ein Sohn erscheint seiner Mutter und eine Tochter ihrem Vater. Wenn wir einen Sohn gehabt hätten, wäre er zu dir gekommen, und ich hätte nichts gesehen. Und außerdem bin ich Indio. Mir erscheinen Geister von Natur aus. Für deinesgleichen müssen sie durch Zaubersprüche herbeigerufen werden, und der weiße Mann weigert sich sowieso, sie zu sehen.«

Carmen dachte einen Augenblick nach. »Es stimmt mich traurig, daß ich sie nicht sehe. Aurelio?«

»Carmencita?«

»Wie finde ich meinen wahren Namen, wenn ich ihn nie erfahren habe?«

»Du brauchst keinen«, erwiderte Aurelio. »Du bist keine Indiofrau. Deine Unterwelt ist eine ganz andere.«

»Und wenn ich bei dir sein will?«

»Dann«, sagte Aurelio, »muß dir jemand deinen wahren Namen sagen. Aber ich kann es nicht; ich kenne ihn nicht.«

»Gwubba war auch kein Indiomädchen«, sagte Carmen, »aber sie hatte einen wahren Namen.«

»Sofern du es willst, wird dir einer zufallen«, sagte Aurelio.

Sie hockten sich im sanften Licht der Morgendämmerung hin und aßen schweigend ihr Maniokgericht. Dann, ohne ein weiteres Wort zu verlieren, stand Aurelio auf und schritt davon, um den Pfad aufzusuchen, wo Parlanchina auf so entsetzliche Weise ihr Leben verloren hatte. Als er am Pfad ankam, wartete sie bereits auf ihn, groß und schön, und in ihren Armen trug sie die Katze. Sie lächelte ihren Vater an und setzte die Katze ab. Die schlenderte mit wedelndem Schwanz ins Unterholz. Liebevoll sah Aurelio ihr nach. »Kommst du mit?« fragte Aurelio.

»Nein, Papacito. Ich bleibe hier, um über den Pfad zu wachen.«

Aurelio blieb noch eine kleine Weile stehen, sammelte seine Energie und Entschlußkraft für den langen Marsch ins Gebirge, dann machte er sich auf den Weg und hielt die Augen offen nach neuen Minen mit ihren verräterischen Dreifachantennen. Zumeist bewegte er sich am Rand des Pfades entlang.

Vier Stunden später schritt er würdevoll ins Lager und setzte sich in der Mitte des Platzes auf den Boden. Die Guerilleros versammelten sich um ihn, von seiner Unverfrorenheit verblüfft, von seinem exotischen Aussehen gebannt und neugierig darauf, was er dort tat. Aurelio ließ in aller Seelenruhe Kokablätter und Schneckenhäuser in die Öffnung seiner Kürbisflasche fallen. Routiniert zerdrückte und zerkleinerte er den Inhalt mit raschen Mörserstößen. Dann schob er sich den Stößel in die Backe und blickte zu den um ihn herumstehenden Männern und Frauen auf, von denen einige ihre Waffen auf ihn gerichtet hatten. »Ich möchte mit der Frau sprechen, die eure Anführerin ist.«

Die Kämpfer sahen einander überrascht an.

»Woher weißt du, daß unser Anführer eine Frau ist?« wollte Franco wissen. »Bist du ein Spion?«

»Ich habe Augen im Kopf«, erwiderte Aurelio.

»Woher hast du gewußt, daß wir hier sind?« fragte Federico, der wie selbstverständlich davon ausging, daß das Lager vor der ganzen Welt geheim sei.

»Ich wohne weiter unten im Dschungel«, sagte Aurelio. »Ich habe es immer gewußt. Ich habe der Frau etwas Wichtiges mitzuteilen, etwas, das ihr alle wissen müßt, wenn ihr am Leben bleiben wollt.«

Federico rannte davon, um Remedios zu holen, die mehr aus Neugier denn aus einem Gefühl der Dringlichkeit heraus kam. »Da ist ja die Frau«, sagte Aurelio, stand würdevoll auf und trat vor sie hin. »Ich habe euch etwas zu sagen, wenn ihr euer Leben retten wollt.«

Remedios ahnte, daß es kein Fehler sein würde, diesem alten Mann mit dem strähnigen Bart und der fremden Tracht eines Indios aus einem fernen Land respektvoll zuzuhören. »Sprich«, sagte sie und stützte die Hände in die Hüften, während sie lauschte.

»Die Soldaten haben Plötzlichen-Tod-durch-Donner auf dem Pfad im Dschungel versteckt, den ihr benutzt, wenn ihr in die Savanne geht. Ihr müßt einen anderen Pfad machen.«

»Plötzlicher-Tod-durch-Donner?« fragte Remedios. »Was ist das?«

»Es sind Teller«, sagte Aurelio, »die im Boden verborgen sind. Wer den Fuß auf sie setzt, dem werden Beine und Körper in die Luft gerissen und zerbrochen. Ihr müßt einen anderen Pfad machen.«

»Er meint Minen«, sagte García. »Sie haben Minen gelegt!«

»Minen«, wiederholte Aurelio langsam. »Ist das ein anderer Name dafür?«

Remedios nickte. »Plötzlicher-Tod-durch-Donner klingt besser. Wir sind dir zu Dank verpflichtet. Warum hast du uns benachrichtigt?«

»Meine Tochter hat euch gemocht«, sagte Aurelio. »Sie hat euch immer beobachtet. Plötzlicher-Tod-durch-Donner hat sie umgebracht. Ich wünsche euch nicht dasselbe. Außerdem«, fügte Aurelio hinzu, »habe ich für die Soldaten auf diesem Pfad den Tod ausersehen, und ihr solltet einen anderen Weg nehmen.«

»Du hast ihnen den Tod ausersehen?« fragte Remedios.
»Ja«, sagte Aurelio, »ich habe ihnen den Tod ausersehen.«
»Verstehe«, sagte Remedios. »Aber sollten sie zurückkommen, würden sie auf ihre eigenen Minen treten. Sie kommen deshalb nicht zurück.«
»Sie werden zurückkommen«, sagte Aurelio. »Sie wollen sehen, wen sie getötet haben. Sie markieren jeden Teller mit einem geheimen Zeichen, damit sie nicht auf ihn treten. Die Tiere sterben nicht, weil meine Tochter über sie wacht, aber ihr werdet sterben, falls ihr meine Tochter nicht sehen könnt.«
»Deine Tochter?« sagte García. »Ich habe gedacht, sie sei getötet worden.«
»Das ist sie auch«, sagte Aurelio geduldig. »Warum muß ich alles zweimal sagen? Ihr Geist wacht.«
Gonzago und Tomás bekreuzigten sich inbrünstig.
»Alter Mann«, sagte Remedios, »wirst du bei uns bleiben, wo du die Soldaten doch so haßt?«
»Ich muß mein eigenes Leben führen«, sagte Aurelio kopfschüttelnd, »aber ich werde für euch und über euch wachen. Meine Tochter und ich werden mit euch sein.«
»Ich danke dir, alter Mann«, sagte Remedios.
»Ich heiße Aurelio«, sagte er, schon im Weggehen begriffen, von einer Würde so wirklich und imposant umgeben wie bei seiner Ankunft.
»Das bedeutet«, sagte Remedios, »daß die Armee ahnt, wo wir uns aufhalten.«
»Das glaube ich nicht«, sagte Gloria de Escobal. »Es sähe ihnen durchaus ähnlich, Minen an jeden nur denkbaren Platz zu legen und einfach darauf zu hoffen, daß es jemanden erwischt.«
»Morgen«, sagte Remedios, »werden wir eine Verlegung des Lagers in Angriff nehmen. Ich glaube, hierzubleiben ist zu riskant.«
»Zu schade«, meinte García, »mir gefällt es hier.«
»Dir würde es hier ganz und gar nicht mehr gefallen, wenn uns

Hubschrauber mit Napalm eindecken«, sagte Remedios. »Ich sehe es noch direkt vor mir, wie meine *compañeros* aus der früheren Gruppe starben.« Sie erschauerte. »An ihre Schreie, als sie brennend herumrannten, werde ich mein ganzes Leben denken. Das Zeug bleibt an einem haften, und du kannst es nicht abschütteln. Wenn du mit der Hand draufschlägst, fängt deine Hand ebenfalls Feuer. Es ist die schlimmste aller nur denkbaren Todesarten. Gott steh mir bei; wenn ich sterbe, soll es sauber sein, durch Blut und nicht durch Feuer.«

»Herr im Himmel«, sagte Gloria, »du wirst im Bett sterben, von der ganzen Nation geliebt, lange nach dem Sieg.«

Remedios lächelte traurig. »Mich schmerzt der Gedanke an das, was ich aufgegeben habe.« Sie ging langsam zu ihrer Hütte zurück, und García sah ihr nach.

»Gesegnet seist du, Remedios«, sagte er.

Wie er es sich vorgenommen hatte, kam Aurelio kurz vor Sonnenuntergang zu Hause an. Sein erster Gang galt dem Tor der Einfriedung. Er öffnete es weit. Die Hunde scharten sich um ihn, winselten und bellten in der Erwartung von Futter. »Meine Freunde«, sagte er, »ich gewähre euch die Freiheit, umherzustreifen und edel und in Frieden zu leben. Wenn ihr hungrig oder krank seid oder wenn es Zeit ist, zu sterben, werde ich euch willkommen heißen und euch pflegen. Ich werde im Wald auf euch lauschen. Hütet euch vor dem Pfad, und achtet auf Parlanchina, wenn sie euch vor etwas warnt.«

Er drehte sich um und ging auf die Hüttentür zu, wobei er das Tor offen ließ. Die Hunde irrten ziellos umher, durch das Ausbleiben von Futter, das offene Tor und den veränderten Ablauf verwirrt. Dann nahm der von ihnen, der zu ihrem ersten Anführer werden sollte, eine Witterung auf und machte sich über die Lichtung, die Nase am Boden, davon. Einer nach dem anderen folgten ihm die übrigen, bis auf eine alte, matte Hündin, die zu ihrem Herrn tapste und ihm ihre feuchte Schnauze in die Hand schob.

»Ah«, sagte er, »alte Kameradin, du darfst bleiben.« Sie legte sich ihm zu Füßen und schlief ein. Von dieser Zeit an kamen und gingen die Hunde, wie es ihnen beliebte, und Aurelio wurde für sie mehr zu einem Onkel als zu so etwas wie Vater und Mutter.

Als die Hunde weg waren, nahm Aurelio seine Machete und zog los, um einige gerade Pfähle zu schlagen, die er auf drei Haufen verteilte. Von dem einen bediente er sich, um zwei Gestelle anzufertigen. Die kürzeren Pfähle versah er mit scharfen Spitzen, die er im Feuer härtete. Das gleiche tat er mit den längeren Pfählen. Die kleineren Pflöcke befestigte er an den beiden Gestellen. Aus zu Seilen gedrehten Tierhäuten und biegsamen Hölzern stellte er Federn her. Dann machte er sich an die Herstellung eines Auslösers. Probehalber schlug er mit einem Stück Holz auf das Gestell, und sofort schnellte die Falle wie beabsichtigt hoch. Auf die gleiche Weise verfertigte er eine zweite Falle. Danach schnallte er sich einen Spaten, seine Machete und den Stapel mit den langen Pflöcken, die er zu einem Bündel geschnürt hatte, auf den Rücken und machte sich auf den Weg zu dem Pfad. Dort angekommen, hob er zwei tiefe Gruben aus und steckte die angespitzten Pflöcke in den Grubenboden. Dann schnitt er mit der Machete Zweige ab und legte sie über die Gruben. Auf diesen wiederum verstreute er Blätter, die er zuvor vom Waldboden aufgelesen hatte. Neben jeder der Gruben hinterließ er ein geheimes Zeichen, ganz so, wie es die Soldaten bei ihren Minen gemacht hatten. Dann kehrte er zurück und holte die beiden seltsamen Apparate. Für diese hob er flache Gruben aus, die er nach Abschluß der Arbeiten ebenfalls mit Laub bedeckte. Als er soweit fertig war, ließ er sich zum Ausruhen nieder und saugte an seinem Kokastößel. Zu guter Letzt pinkelte er am Beginn und Ende der gestellten Fallen, Minen und Gruben quer über den Pfad. Jeden Tag kehrte er mit einer Kürbisflasche, in der er seinen Urin der vergangenen vierundzwanzig Stunden gesammelt hatte, wieder zurück und frischte die Markierungen auf. Auf diese Weise stellte er sicher, daß alle Tiere den

Gefahren dieses Pfadabschnitts aus dem Weg gingen, da sie die Anwesenheit von Menschen witterten.

Remedios und ihre Gruppe räumten die Hütten und suchten sich zwei Täler entfernt einen unzugänglicheren, aber näher an Chiriguaná gelegenen Standort. Dort bauten sie ihr eigenes kleines Reisighüttendorf in den Bäumen. Dabei achteten sie sorgfältig darauf, keine verräterischen Lichtungen zu schlagen, die aus der Luft einzusehen waren, und wurden viel professioneller, was das Verbergen und Tarnen anging. Nur Aurelio und möglicherweise Parlanchina wußten, wohin sie sich abgesetzt hatten.

Nach dem überstürzten Abmarsch der Gruppe kehrten die Indios, die ihr Dorf nie wirklich verlassen hatten, zurück und nahmen ihr althergebrachtes, gemächliches und friedvolles Leben fern von der Welt, die sie fürchteten und verachteten, wieder auf. Noch einmal rannten nackte Kinder über die Lichtung, und Frauen stillten ihre Babys an den Eingängen. Neuerlich kauten alte Männer Koka im Schatten und bauten junge Bananen und Maniok auf den Terrassen an.

Und dann kam er, wie er kommen mußte, der von Remedios prophezeite Tag. Die Luftaufnahmen eines ausländischen Aufklärungsflugzeugs hoch oben in der Atmosphäre hatten eindeutig Bewegungen am Boden ausgemacht, und die Ranger hatten die »Vorhut des Volkes« durch starke Ferngläser von einem benachbarten Gipfel aus beobachtet.

Zwei Wochen nach dem Abmarsch der »Vorhut des Volkes« und der Rückkehr der Indios war mit einem Mal in der Ferne ein rhythmisch knatterndes Dröhnen zu hören. Die Indios hatten schon Hubschrauber gesehen – ließ die Armee sie nicht oft im Gebirge abstürzen? Waren diese Piloten nicht Menschenopfer, welche die Weißen ihren Göttern darbrachten? Die Indios kamen aus ihren Hütten und stellten sich auf die Lichtung, um die Hubschrauber vorbeifliegen zu sehen.

Der erste Kampfhubschrauber, der über den Baumwipfeln auftauchte, flog so tief, daß sie dachten, er würde abstürzen, weshalb sie auseinanderstoben. Zwei Raketen zischten aus den Rohren neben dem Rumpf, und zur gleichen Zeit eröffneten MG-Schützen beidseitig aus den offenen Türen das Feuer. Die Raketen explodierten und ließen einen Splitterregen aus Metall niedergehen. Die entsetzten und verletzten Menschen am Boden lagen entweder verdreht in ihren letzten Zuckungen oder suchten verzweifelt davonzukriechen, wobei sie ihre gebrochenen und blutenden Gliedmaßen hinter sich herzogen. Niemand entkam dem Inferno. Die Frauen und Kinder kreischten und schrien angsterfüllt auf. Die Männer, selbst während einer solchen Apokalypse ihrer stolzen, stoischen Tradition bewußt, kämpften ihre Schmerzen nieder und stöhnten nur leicht. Einer von ihnen hob seinen Bogen, um todesmutig zurückzuschießen, wurde aber wie alle anderen in Flammen gehüllt, als der Schwarm von Napalmbomben aus dem zweiten Hubschrauber wie hungrige Insekten über sie herfiel. Sie sprangen, stürzten und krümmten sich, diese brennenden Menschen, während ihre Augen in den Höhlen schmolzen, ihre Knochen glühten und ihr Blut um die garstig sich aufblähenden Blasen kochte. Einige versuchten verzweifelt, das an ihnen haftende Höllenfeuer wegzuwischen, schlugen um sich, wankten oder stolperten wie betrunken, zuckend im Delirium ihrer höllischen Marter.

Die Splittergranaten aus dem dritten Kampfhubschrauber wirkten beinahe wie ein Hohn auf diese den übelsten Vorstellungen Satans entsprungene Szene. Die Stahlpfeile pfiffen und sirrten zwischen die schmorenden Körper und die wenigen dem Tode Nahen, die sich noch rührten. Völlig überflüssigerweise durchbohrten und zerfetzten sie die verkohlten Überreste.

Die Hubschrauber kreisten noch einmal über dem Schauplatz und entschwanden dann, um weiter oben im Tal zu landen. Die Soldaten sprangen heraus, verteilten sich und rückten in V-Formation zu den vom Hauptmann auf einer Pfeife geblasenen Kommandos vor. Niemand feuerte von den Felsen und Bäumen auf sie, und von den Luftlandetruppen begann allmählich die Spannung abzufallen.

Auf den letzten hundert Metern ins Dorf stürmten, schrien und feuerten die Soldaten. Aber etwas ließ sie in ihrem ungestümen Vorstoß innehalten. Behutsam stiefelten sie zwischen den verkohlten und gepeinigten Überresten von Menschen umher. Der abscheuliche Gestank brennenden Fleisches vermischte sich mit dem Geruch von frischem Napalm am Morgen. In den Bäumen fingen die Aras wieder an, gegen die Stille anzukreischen. Die Männer schauten auf die Leichen und sahen und rochen eine Vision der Hölle. Einer nach dem anderen taumelten sie davon, um sich zusammenzukrümmen, zu kotzen und, als ihnen nichts mehr zum Erbrechen und kein Speichel mehr geblieben war, zu würgen.

Der Hauptmann sah die Körper kleiner Kinder und erkannte an den Umrissen der verkohlten Klumpen die eine oder andere Frau. Er schaute in die Hütten und fand die kümmerlichen Habseligkeiten von Indios, aber weit und breit keine Waffen von Terroristen. Draußen schritt er benommen zwischen den Leichen umher, ein Taschentuch in dem vergeblichen Versuch an Nase und Mund gedrückt, die widerlichen Gerüche von sich fernzuhalten. Er verließ den Ort des Grauens und setzte sich außerhalb des Dorfes auf einen Stein. Seine Leute schlichen wie Zombies umher, wie von Sinnen vor Entsetzen.

Der Leutnant setzte sich neben den Hauptmann und platzte mit verzerrtem und blassem Gesicht heraus: »*Mierda*, Hauptmann, das waren *cholos*. Frauen und Kinder. Sogar Hunde.«

Der Hauptmann erwiderte nichts. Er beugte sich vor und erbrach sich. Er vergrub das Gesicht in den Händen, und sein Körper durchlief ein heftiges und unkontrolliertes Zucken.

»*Mierda*«, sagte der Leutnant.

Da konnte sich der Hauptmann nicht länger beherrschen, und die Tränen sickerten ihm zwischen den Fingern hindurch und tropften auf den Boden.

21

Doña Constanza verliebt sich zum ersten Mal und verliert etliche Pfunde

General Fuerte verfiel während seiner Gefangenschaft in tiefe Melancholie, aber ihn peinigte nicht so sehr der Verlust seiner Freiheit. Als Militärangehöriger hatte er sowieso nie wirkliche Freiheit kennengelernt, so eingebunden in Vorschriften und Pflichten, wie er war. Bis zu einem gewissen Grad bedrückte ihn die Langeweile und die Zeit, die schwer auf ihm lastete. Er war in der gleichen Hütte wie Doña Constanza eingesperrt, aber obwohl sie sich vor den hier geschilderten Ereignissen schon gekannt hatten, stellten sie fest, daß sie wenig miteinander gemein hatten und die Einkerkerung sie nicht in der gleichen Weise in Mitleidenschaft zog.

General Fuerte quälte vor allem, daß er nicht mehr wußte, was er denken sollte. Im allgemeinen schienen ihn die Guerilleros zu mögen; sie brachten ihm Obst oder Nüsse zu essen und klopften ihm oft auf den Rücken mit den Worten: »Keine Sorge, *cabrón*!« Gegen seinen Willen begann auch Fuerte sie allmählich gern zu haben. Insbesondere Pater García wuchs ihm ans Herz, mit dem er viele Stunden, in ernsthafte Gespräche vertieft, verbrachte, die mitunter recht hitzig und heftig wurden. Fuerte ließ sich von Garcías wunderbarer Vision einer künftigen Welt anstecken. Er lauschte García, wenn dieser in hymnischen Worten jenes Arkadien beschrieb, wo keine Staaten und daher keine Möglichkeiten mehr für einen Krieg existierten, wo es eine universelle Brüderschaft der Menschen gab, die sich alles teilten, und wo die Produktionsmittel dem Volk gehörten und das produzierten, was von den vielen benötigt wurde, und nicht das, was die Frivolität der wenigen verlangte. García sprach von der Befreiungstheologie, wo es zur Nächstenliebe gehörte, für die Freiheit des anderen zu kämpfen.

Er sprach auch von den Ungerechtigkeiten, unter denen das Volk litt, und erzählte dem General nicht enden wollende, grauenerregende Geschichten von ihm bekannten Fällen von Brutalität, Gier und Unterdrückung.

Der General zuckte innerlich zusammen, wenn er von all diesen Dingen hörte. Er stritt sich heftig mit García, argumentierte, daß alle Utopien Leid nach sich zögen, daß die Leute, die Revolutionen zum Sieg führen, danach die schlimmstmöglichen Menschen für die Führung eines Staates seien, daß nur ein freier Markt flexibel genug sei, um die wechselnden Bedürfnisse der Menschen zu befriedigen, daß es ihm als Gotteslästerung erscheine und ein Graus sei, wenn im Namen Gottes getötet werde (»Ihre Seite tut das«, erwiderte García), und daß es keinen Grund für so etwas wie staatliche Unterdrückung gäbe, wenn da nicht die Subversion und der Terrorismus von links ihr Unwesen trieben. »Es gäbe keinen Grund dafür«, entgegnete García, »und trotzdem gibt es sie. Das war schon immer so.«

Beide Männer appellierten an die Erfahrung, an die Lektionen der Geschichte, an den Willen Gottes, an die Vernunft, und keiner wollte auch nur einen Fußbreit dem anderen gegenüber nachgeben. Fuerte aber war von Garcías Visionen vom Garten Eden auf Erden infiziert, und wie alle Infektionen juckte und kribbelte sie, und je mehr er sich kratzte, desto weniger verging sie. Fuerte war ein Mann, der einen philosophischen Krieg gegen sich selbst führte, und er verwickelte und verhedderte sich in »Wenns« und »Danns«, in Einschränkungen und Ausnahmen, Zusätzen, Definitionen, Kann- und Soll-Bestimmungen, Möglichkeiten, Rechte und Ungerechtigkeiten. Die beiden Weltanschauungen fochten eine groß angelegte, strategisch auf allerhöchstem Niveau geführte Schlacht in seinem Kopf, und er entfernte sich immer mehr von jener klaren Vision, von der er sich sein ganzes Leben lang hatte leiten lassen. Er blickte voller Bedauern und tiefer Sehnsucht auf jene Vision zurück, tat sie aber auch schon als Zeit der Unreife ab. Wie alle intelligenten Menschen, die nicht wissen, was sie denken sollen, versank er in eine so lähmende Depression, daß er sich selbst gegenüber zu einem Fremden wurde.

Ganz anders Doña Constanza. Ihr war bisher noch nie etwas wirklich Aufregendes oder Fesselndes widerfahren, und so blickte sie nicht ohne eine gewisse Verwunderung über so viel mit Langeweile und Aufregung über Geringfügigkeiten vergeudete Zeit in ihrem Leben zurück. Als Opfer einer Entführung fühlte sie sich wie die Protagonistin in einem wunderbaren, auf einer großen Bühne gegebenen Melodram.

Anfänglich hatte sie sich sehr vor Vergewaltigung, Folter, dem Verhungern oder vor der Möglichkeit, wie ein Tier behandelt zu werden, gefürchtet und daher etliche Tage mit weit aufgerissenen Augen gewissermaßen in einem Zustand der Todesangst gelebt. Aber sie wurde ernährt, durfte sich waschen und sich erleichtern, und Remedios und Gloria schauten sogar vorbei und erkundigten sich, ob sie irgend etwas brauche, und zeigten ihr, wie sie Stofffetzen zusammenrollen und falten konnte, um sie als Damenbinden zu verwenden. Die Guerilleros bedienten sie zu ihrem Erstaunen gewissenhafter als ihre Mulattin auf der Hazienda. Und so ließ sie sich von der Energie und dem Enthusiasmus ihrer Bewacher anstecken und sah sich nach einer Beschäftigung um.

Sie fand Fuerte und García sterbenslangweilig mit ihren unaufhörlichen politischen Auseinandersetzungen, und so setzte sie sich vor die Hütte neben ihren jeweiligen Bewacher. Sie beobachtete das Lagerleben. Anfänglich fand sie es ausgesprochen abstoßend. Die Männer spuckten in einem fort aus und erleichterten sich unverfroren in aller Öffentlichkeit an den Baumstämmen. Manchmal, wenn sie fertig waren, zeigten sie Doña Constanza wie zum Gruß ihr schönstes Stück, verdrehten die Augen und warfen ihr lüsterne Blicke zu. Anfänglich sah sie verächtlich weg, konnte aber doch nicht umhin, aus den Augenwinkeln einen Blick zu riskieren. Die Leute wuschen sich nackt und ohne Scham im Fluß, und schließlich war es ihr peinlich, die einzige zu sein, die angezogen blieb und vor Schmutz stank, und so zog sie sich ebenfalls aus und ließ sich scheu ins Wasser gleiten. Es war ein sehr angenehmes Gefühl. Sie fand die unterschiedlichen Körper der Männer ungemein faszinierend; so viele nackte Männer hatte sie noch nie gesehen; genaugenommen hatte sie bisher eigentlich nur ihren fülligen Mann so zu Gesicht bekommen, wie Gott ihn erschaffen hatte. Gegen ihren Willen ertappte sie sich dabei, wie sie deren Genitalien verglich und taxierte. Da gab es lange, dünne mit einer schweren Eichel wie bei einem Esel. Es gab kurze, dicke, die wie eine Nuß in der Schale ruhten. Es gab sich zart verjüngende. Es gab welche mit überhängender Vorhaut und einige ohne Vorhaut. Die Hoden, entschied sie, waren im allgemeinen gleich, nur daß die größeren dazu neigten, nicht ganz so tief zu hängen. Sie gab sich der Betrachtung der schlanken, muskelbepackten Körper hin und bemerkte, daß auch sie aus manchen Augen verstohlen gemustert wurde.

Ganz zu Beginn verabscheute sie die rüden Gespräche der Männer und war entsetzt, als sie herausfand, daß die Frauen unter den Guerilleros zwar die Männergespräche mißbilligten, sich aber untereinander auf die gleiche Weise ausließen. Sie lauschte übertriebenen Erzählungen von Heldenmut, witzigen Berichten von Demütigungen, traurigen Geschichten von Verrat, und war eines Tages sehr erstaunt, als sie feststellte, daß sie wieder lächeln und lachen konnte. Sie verachtete sich selbst eine Weile dafür, daß sie ihre moralischen Werte verfallen ließ, aber schließlich vergaß sie ganz einfach, beschämt zu sein.

Die gesunde Ernährung, die frische Bergluft, der Anblick nackter Körper und die freizügigen Unterhaltungen trugen alle dazu bei, Doña Constanzas Phantasie zu beflügeln. In ihren Träumen sah sie immer häufiger Szenen mit verschlungenen Gliedern und ungehemmten Bacchanalen. Menschen verrenkten sich kopulierend in schier übernatürlicher Wollust in den unwahrscheinlichsten Stellungen; manchmal schwenkte ihr geistiges Auge wie eine Kamera über eine große Zahl sich windender Leiber; mitunter zoomte es auch nahe heran und bot erstaunlich lebensecht die sexuellen Wonnen in allen Einzelheiten. Dann erwachte sie schwitzend, erregt und feucht und schaukelte wie trunken von den heftigen Ekstasen der Lust in ihrer Hängematte.

Doña Constanza verlor allmählich die sie entstellenden Fettpolster, mit denen die Geburten und der Müßiggang ihren Körper bedacht hatten. Als sie aktiver wurde, stellte sich die verlorengegangene Geschmeidigkeit und Biegsamkeit aus ihrer Jugendzeit wieder ein, und wie damals ließ sie ihren Blick unter den jungen Männern in ihrer Umgebung umherschweifen.

Doña Constanza verlor ihr Fett endgültig, als sie Gloria anvertraute, daß sie das Nichtstun langweile. »Ich möchte gern arbeiten«, sagte sie, meinte damit aber: »Ich möchte raus und bei den Männern sein.« Gloria gab die Botschaft an Remedios weiter, und diese stimmte zu, warnte Doña Constanza aber, daß sie bei einem Fluchtversuch augenblicklich erschossen werden würde.

»Flucht?« sagte Doña Constanza. »Wohin denn? Ich kenne den Weg nach Hause nicht, und ich werde auf eigene Faust weder in den Dschungel hinunter noch ins Gebirge hinauf steigen! Ich will hier bleiben!«

»Wirklich?« fragte Remedios. »Fängst du allmählich an, so wie wir zu denken?«

»Oh, nein«, sagte Doña Constanza.

Remedios stand vor einem Rätsel, ließ sie aber trotzdem zur Arbeit gehen, nachdem sie jemanden bestimmt hatte, der persönlich die Verantwortung für die Bewachung Doña Constanzas übernahm. Remedios ging im Geist alle aus ihrer Gruppe durch und traf ihre Wahl. Die Chancen, daß Doña Constanza genau den Mann bekam, den sie sich am meisten ersehnte, waren denkbar gering, aber die Götter waren ihr gewogen, und so war sie überglücklich, als sie sich mehr oder weniger ständig in der Gesellschaft von Gonzago befand.

Doña Constanza war noch nie in ihrem Leben so munter gewesen, jedenfalls nicht, seit ihre Kinder zum Schulbesuch nach England abgereist waren. Sie pfiff und sang bei der Arbeit, sie lachte und scherzte, sie beteiligte sich am Kochen und Waschen, und sie beeindruckte eines Morgens die Guerilleros sogar mit dem Beweis, daß sie immer noch einen Handstandüberschlag zuwege brachte. Sie fingen an, sie *pájara* (Singvogel) zu nennen, und obwohl sie zehn Jahre älter war als die meisten Männer hier, fanden viele von ihnen sie nach und nach ausgesprochen begehrenswert.

Gonzago war fünfundzwanzig Jahre alt. Er war kein großer Mann, aber er war schlank und schnell. Wenn er lachte, blitzten seine weißen Zähne und sein Goldzahn auf, und seine tiefbraunen Augen schienen noch dunkler zu werden. Er hatte das Gesicht eines mexikanischen Romeos, aber sein Haar war glatt, schwarz und dick wie das eines Indios. Er hatte eine Art an sich, die Doña Constanza einfach unwiderstehlich fand.

Dies wurde Gonzago schon sehr bald klar, obwohl Doña Constanza alles daransetzte, es nicht zu offensichtlich werden zu lassen, was ihr aber gründlich mißlang. Wenn er einen Fleck auf dem Gesicht hatte, entfernte ihn Doña Constanza kokett mit dem Finger. Wenn er sich schnitt, bemutterte sie ihn, versorgte die Wunde, als wäre sie tödlich, und wenn ihm sehr heiß war, wischte sie ihm die Stirn ab, wie sie es nach seiner Rückkehr, ohne das Lösegeld, auf der Krankenstation getan hatte. Doña Constanza fing an, die Knöpfe ihres Hemdes offenstehen zu lassen, so daß Gonzago verlockende Blicke auf ihre festen, kleinen Brüste erhaschen konnte, und manchmal fiel es ihm wahrhaftig schwer, ihr in die Augen zu blicken, wenn er mit ihr sprach, weil sein Blick buchstäblich ständig nach unten gezogen wurde. Als der Reißverschluß ihrer Shorts unwiderruflich seinen Geist aufgab, behielt sie sie unverdrossen an. Die anderen Guerilleros zwinkerten Gonzago schon zu und machten mit den Fingern obszöne Gesten, wenn er an der Seite Doña Constanzas vorbeiging, und stellten ihm Fragen wie: »Wann wird die kleine *pájara* Eier legen?« Eines Tages ertappte Gonzago sogar Remedios dabei, wie sie wissend lächelte, woraufhin er sie dämlich angrinste.

Gonzago fand Gefallen daran, und an Doña Constanza fand er ebenfalls Gefallen. Es bedeutete ihm schon etwas, wenn alle dachten, er hätte eine Affäre mit einer Großen Dame aus der Oligarchie, und, nicht zu vergessen, er genoß auch ihre Gesellschaft. Sie war munter und gab sich feminin, obwohl sie härter als ein Mann arbeitete, und war obendrein sehr verführerisch. Gonzago ertappte sich dabei, wie er sich in seinen Träumen mit ihr in seiner Hütte vergnügte, während sie davon träumte, mit ihm das gleiche in ihrer zu tun.

Beide widmeten sich besonders gern der Nahrungsbeschaffung, weil dann niemand sonst in ihrer Nähe war. Sie machten sich auf die Suche nach Gujaven, Papayas, Zitronen, Yuccawurzeln, Mangos und Avocados, arbeiteten zusammen und spürten, wie der Funke der Begierde zwischen ihnen übersprang. Wenn sie ihn ansah, klopfte sein Herz wie rasend; wenn er sie ansah, spürte sie ein feines Kribbeln in den Brustspitzen; sie lachte, und sein Penis zuckte, so daß er sich wegdrehen mußte, um die Beule in seiner Hose vor ihr zu verbergen; er lachte, und eine verzehrende Lust regte sich in ihrem Schoß.

Doch Gonzago war sehr scheu. Er wußte nicht, wie er die Sache voranbringen sollte. Was tut einer mit einer Großen Dame aus der Oligarchie? Und je länger sie warteten, desto mehr wuchs sich ihr Begehren zu einem gewaltig brüllenden Inferno aus, das nur darauf wartete, in die Freiheit eines Ausbruchs entlassen zu werden.

Es war Doña Constanza, die einen Weg organisierte. Eines Tages zur Siestazeit trieb die Sonne sie in den Schatten eines großen Baumes. Sie setzten sich nebeneinander an den Stamm, tranken das Wasser aus ihren Feldflaschen in großen Schlucken und aßen Mangos. Schon bald trieften sie regelrecht von dem klebrigen Saft der Früchte und lachten über diese Schweinerei. Wollüstig leckte sich Doña Constanza die Finger, während sie ihm direkt in die Augen sah, und sein vorlauter Penis richtete sich wie selbstverständlich zu voller Lebensgröße auf. Doña Constanza schaute auf den kleinen anschwellenden Hügel und gab sich ganz unbeteiligt. »Ich glaube«, sagte sie, »ich muß ein kleines Schläfchen halten. Darf ich meinen Kopf auf deine Schulter legen?«

»Warum fragst du«, sagte Gonzago.

Sie legte den Kopf auf seine Schulter und tat so, als würde sie einschlafen. Gonzago öffnete verstohlen ein wenig ihr Hemd, um ihre Brust zu betrachten. Doña Constanza legte ihr rechtes Bein über das linke und drehte sich um, wobei sie gleichzeitig ein wenig nach unten glitt, so daß nun ihr rechtes Bein etwas über dem seinen lag und ihr Kopf sich an seinen Hals kuschelte. Gonzago mußte sich bewegen, weil sein sich versteifender Penis schmerzhaft in seiner Unterwäsche gefangen war und förmlich danach schrie, befreit zu werden. Doña Constanza verlagerte ihre rechte Hand unschuldig in eine bequemere Position, die wundersamerweise über seiner linken Brust auf der Innenseite seines Hemdes lag. Doña Constanza spürte, wie der Nippel hart wurde. Gonzago hatte nun nicht nur einen nach Befreiung schreienden Penis, sondern auch ein Kribbeln im rechten Arm auszuhalten, auf dem Doña Constanza lag. Er zog ihn behutsam unter ihr hervor, bewegte die Finger, um das Blut wieder zirkulieren zu lassen, und kitzelte sie dabei am Nacken und an ihrem rechten Ohrläppchen. Doña Constanza atmete heiß und schwer an seinen Hals und leckte an ihm unter dem Vorwand, ihre Lippen befeuchten zu müssen. Zugleich fing sie sanft an, seine Brust mit der rechten Hand zu streicheln und die Haare zwischen den Fingern zu zwirbeln. Ihre Hand wanderte umher und strich leicht über seinen Bauch. Sein Penis litt wahre Folterqualen, und Gonzago streichelte ihr Ohr und ihren Nacken mit sich immer neu entfachender Sanftheit. Die schlafende Constanza bewegte ihre Hand nunmehr sehr zielsicher und ließ sie hinterlistig in seine Hose gleiten.

Als sie seinen Penis fest umschloß, stieß Gonzago einen Schrei aus. Und wie nach einem vorher vereinbarten Signal warfen sie sich mit einer Heftigkeit aufeinander, die in der Geschichte der Fleischeslust ihresgleichen suchte. Gonzago stopfte sich ihre Brust in den Mund und vergewaltigte sie mit seiner Zunge. Constanza ließ mit einer Handbewegung seine Hosenknöpfe in die Blätter schwirren und umschloß mit zitternder Hand gierig die zarte Frucht ihrer Träume. Gonzago japste und kniete sich aufrecht über sie, knetete ihre Brüste, während sie seinen schmerzenden und noch immer wachsenden Penis in eine Hand nahm und mit der anderen an seinen Hoden spielte. Brutal warf Doña Constanza Gonzago um und preßte ihn mit ihrem Körper auf den Boden. Sie küßte ihn heftig auf Mund und Hals, ihre feuchte Zunge schnellte, ihre Lippen pochten. Sie rieb ihren Unterleib an seinem Schenkel, und ganz Gentleman hob Gonzago sein Knie, um es ihr leichter zu machen. Doña Constanza gab kleine, spitze Schreie von sich, während ihre Hüften zuckten. Gonzago stieß seine Hand in ihre Shorts und umschloß mit den Fingern ihre Vulva, die vor Saft nur so überfloß, daß es für sie ein leichtes gewesen wäre, jede Mango zu beschämen. Ihre Schreisalve steigerte sich zu immer neuen Crescendos, und sie geilte sich an seinen Fingern mit einer solchen Rasanz auf, daß ihre Laute in ein langgezogenes Jauchzen übergingen. Sie zitterte und bebte, als hätte sie einen epileptischen Anfall. Mit feurigen Augen und zerzaustem Haar sprang sie auf die Füße und stürzte sich auf Gonzagos Hose. Sie bekam sie am Bund zu fassen und zog mit solcher Kraft, daß Gonzago einen vollen Meter über den Waldboden geschleift wurde, bevor Doña Constanza sie triumphierend zur Seite warf, um beim Entledigen ihrer Shorts zuerst auf dem einen, dann auf dem anderen Bein zu tanzen. Das aufgeknöpfte Hemd noch am Körper, bestieg sie Gonzago und schob sich unter Freudengeheul in die rechte Lage, das heißt, sie ruhte nicht eher, bis sie sich so tief wie möglich auf ihn gepfählt hatte. Beide explodierten gleichzeitig und jauchzten und johlten, ruckten und zuckten, bis Constanza urplötzlich erschöpft nach vorn auf seine Brust sank. Sie ließ ein langes, ekstatisches Stöhnen ertönen und glitt seitlich von ihm herunter, wobei sie seinen Penis schmerzhaft an der Wurzel umbog.

Gonzago war ein wenig beschämt. »Ich wollte nicht so früh kommen. Aber ich konnte nicht anders. Mich hat schon lange niemand mehr berührt.«

»Das macht nichts ... das macht nichts ... das macht nichts ...« sagte Constanza, die mühsam nach Luft rang, um ihren Satz zu einem Ende bringen zu können. »Ich bin schon dreimal gekommen.«

Sie schliefen zusammen im Schatten des Baumes ein; Doña Constanza hatte den Kopf auf seinen Bauch gelegt und hielt mit der Hand schützend eben jene Teile umfaßt, nach denen sie sich so lange gesehnt hatte.

Sie erwachte vor ihm. Als sie die Augen aufschlug, sah sie, daß der einäugige rosige Galan sie anblickte. Schlaftrunken begann sie mit ihm zu spielen. Sie streichelte ihn zart und rüttelte leicht an ihm. Dann ließ sie die Hand tiefer gleiten und umschloß die Hoden, worauf der Penis sich stärker zu rühren anfing. Ganz fasziniert von diesem neuartigen Experiment, kitzelte sie die Haare am Perineum. Der Penis wurde länger und versteifte sich. Sie hielt mit der rechten Hand weiter die Hoden umfaßt und fuhr mit ihrer linken massierend am Schaft entlang. Sie tippte auf die Spitze, die daraufhin wie unter einem Stromstoß zuckte, was sie dazu veranlaßte, es noch ein- oder zweimal zu probieren. Der Penis war nun hart und stark, das glitzernde Ende befand sich direkt vor ihrer Nasenspitze. Sie blickte auf, um zu prüfen, ob Gonzago noch schlief, und konnte der Versuchung nicht widerstehen, etwas zu probieren, worüber sie in ihrer Schulzeit das eine oder andere hatte flüstern hören. Vorsichtig fuhr sie mit der Zunge über die Spitze. Es war so schlecht nicht. *Er schmeckt nach mir,* dachte sie. Sie streckte die Zunge heraus und ließ sie um die Penisspitze kreisen, als würde sie einen Lollipop bearbeiten. Sie fand, daß das Gewebe etwas Verletzliches an sich hatte. Sie leckte den ganzen Schaft ab, erst auf der einen, dann auf der anderen Seite und schließlich an der Mitte. Erneut blickte sie auf, um sich zu vergewissern, daß Gonzago noch schlief. Dann ließ sie sich wieder behaglich zwischen seinen Beinen nieder, um ihm die Hoden zu lecken, kitzelte mit der Zungenspitze auch die Stelle direkt darunter. Ein wenig mit dem Kopf zurückgehend, sah sie, daß der Penis deutlich sichtbar im Rhythmus des Herzschlags pulsierte. Wider alles Erwarten und alle Vorurteile wurde ihr klar, daß sie es ungeheuer genoß. Mit der einen Hand tätschelte sie ihn, dann richtete sie sich auf den Knien auf und nahm den Penis voll in den Mund. Zuerst versuchte sie festzustellen, wie weit sie ihn in sich aufnehmen konnte, ohne daß es ihr die Luft nahm, dann ließ sie die Zunge kreisen, während sie den Kopf auf und ab bewegte.

Gonzago entdeckte beim Erwachen, daß der unglaubliche Traum, den er von dem köstlichsten *blow job* seines Lebens gehabt hatte, tatsächlich wahr war, und mittlerweile war Doña Constanza viel zu sehr in ihrem Genuß aufgegangen, um sich darum zu kümmern, ob er schlief oder wachte. Sie liebten sich noch zweimal ausgiebig, dann aber stellte sich das Problem, wie sie ihre zerfetzten Kleider wieder herrichten sollten, damit sie bei der Rückkehr mit den gesammelten Früchten keinen Verdacht erregten.

Gonzago und Constanza gaben sich von nun an bei jeder sich bietenden Gelegenheit in jeder nur erdenklichen Weise der Liebe hin. Manchmal taten sie es in hektischem Tempo, sprangen hinter einen Felsen und rissen sich die Kleider vom Leib, und manchmal genossen sie sich langsam und schmachtend im Abendsonnenlicht. Sie gewöhnten sich daran, den Hintern von Ameisen zerbissen zu bekommen, und nachts stahl sich Gonzago in Constanzas Hütte. Sie liebten sich gerade wegen des Umstands, daß der General nicht geweckt werden durfte, noch um einige Grade leidenschaftlicher. Glücklicherweise schlief dieser aufgrund seiner Depression jetzt immer sehr tief.

Ihre feurige Leidenschaft zehrte an ihnen, bis sie beide dünn und blaß wurden und fiebrige Augen bekamen. Doña Constanza, die mittlerweile eine sehr schillernde Ausdrucksweise angenommen hatte, verkündete eines Tages atemlos, als sie sich geil mit ihren gierigen Geschlechtsteilen verschlangen: »Gonzito, ich möchte auf immer und ewig hierbleiben und so mit dir bumsen, bis meine Füße Wurzeln schlagen und mir mein Kopf abfällt!«

»Du wirst uns beitreten müssen«, sagte Gonzago japsend und sie stoßend.

Remedios nahm Doña Constanzas Antrag an, und letztere wurde das einzige Mitglied der Gruppe, das nicht die leiseste Ahnung hatte, wofür es kämpfte. Aber was kümmerte Doña Constanza das, da sie den Platz in ihrem Leben gefunden hatte, wo sie hingehörte?

22

Oberst Rodrigo Figueras vergißt die beiden obersten Grundsätze der Kriegsführung und gefährdet seine Laufbahn

Hectoro und Pedro warteten auf den Einbruch der Nacht. Hectoro sah den Windhosen zu, wie sie den Sand aufwirbelten und ohne erkennbare Logik am Fahrweg entlang verstreuten. Er war guter Laune, weil der Arzt ihm mitgeteilt hatte, daß sein Blut sauber sei. Er brauchte sich nun nicht länger mehr den Kopf darüber zu zerbrechen, was er seinen drei Frauen erzählen und wie er drei Monate ohne den Genuß eines Weibes aushalten sollte. Er zupfte sich an seinem Konquistadorenbart und zog den Strohsombrero tiefer ins Gesicht. Er hatte aus Zeitmangel mit dem übermäßigen Trinken aufgehört, und seine Leber dankte es ihm damit, daß sie seiner Haut gestattete, zu einem nicht mehr ganz so gelben Farbton zurückzukehren.

Pedro beobachtete die Soldaten mit dem kalten und kundigen Blick des professionellen Jägers. Er hatte bisher, außer daß er für die *gringos* Viehdieben nachstellte, noch keine Jagd auf Menschen gemacht. Hier lagen die Dinge etwas anders, da die Soldaten nicht in Bewegung, sondern in einem Lager versammelt waren. Pedro lächelte bei dem Gedanken, daß die Offiziere vielleicht deshalb nicht aufbrechen wollten, weil es sie nach der Nähe von Felicidad verlangte. Er hatte letztere dabei beobachtet, wie sie nachts von einem Zelt zum anderen kroch, und ihrem verstohlenen Kichern und Flüstern gelauscht.

Pedro und Hectoro hatten den Soldaten jedoch genügend

Gründe geliefert, von hier weg zu wollen. Die Dorfbewohner hatten den toten Ochsen Don Emmanuels flußaufwärts ins Wasser geworfen und schissen und urinierten emsig an die gleiche Stelle, was zur Folge hatte, daß die meisten im Zeltlager nun unter schweren Bauchkrämpfen und Durchfall litten und Opfer einer wahren Kotzorgie wurden. Der Verkauf von vergifteter Nahrung an das Militär war nicht geglückt, da die Soldaten ihre eigene Verpflegung mit sich führten. Misael indes war es gelungen, ihnen *aguardiente* aus Methylalkohol zu verkaufen, woraufhin zwei Soldaten spontan erblindeten.

Seit zwei Wochen schon wurden die Eindringlinge gepeinigt. In der ersten Nacht hatten Hectoro und Pedro einen der Soldaten ausgegraben, der beim vorigen Überfall getötet worden war, und dem Gerippe eine Uniform übergestreift, die einer anderen Leiche vor deren Beerdigung abgenommen worden war. Sie nagelten den verwesenden Leichnam an ein roh zusammengezimmertes Kreuz und pflanzten ihn genau in die Mitte des Lagers auf, wo er dermaßen widerlich vor sich hin faulte und nach Verwesung stank, daß ihn selbst die Geier in Ruhe ließen. Beim Verlassen des Lagers ließen sie gleich noch ein paar Waffen mitgehen. Die sich beim Wekken abspielenden Szenen sorgten bei beiden Männern den ganzen Tag über für Heiterkeit. Die Soldaten hatten bestürzt und entsetzt den Leichnam erblickt und sich die Nasen zugehalten. Dann war ein heftiger Streit darüber entbrannt, wie das schreckliche Kreuz zu beseitigen sei, bis ein Offizier zwei junge Wehrpflichtige mit vorgehaltener Waffe gezwungen hatte, es wegzuschaffen.

In der zweiten Nacht waren die Wachen verdoppelt worden, was Pedro jedoch nicht davon abhielt, eine Soldatenpuppe zu basteln, über diese *secretos* zu sprechen, ihr Nägel in Augen und Unterleib zu treiben und sie wieder in der Mitte des Lagers abzulegen. Dann warteten Hectoro und er, bis eine Wache einschlief, und erwürgten sie. »Ich bringe das einfach nicht über mich«, sagte Pedro, und so mußte Hectoro dem Mann die Augen und Genitalien herausschneiden und sie der Leiche in den Mund stopfen. Am anderen Morgen brach im Lager logischerweise eine Panik aus, und die Männer gestikulierten aufgeregt und sagten zu ihren Offizieren: »Wir können unmöglich gegen Zauberer kämpfen.« Die Offiziere antworteten: »So etwas wie Zauberei gibt es nicht. Seid nicht abergläubisch. Wir haben es hier mit Terroristen zu tun.«

Hectoro und Pedro waren in der darauffolgenden Nacht auf Beobachtungsposten, als die ersten vier Soldaten sich klammheimlich aus dem Staub machten. Einen fingen sie ab, und Pedro zwang ihn, eine Mixtur zu trinken, die ihn für zwei Wochen irrsinnig zu machen versprach. Sie bugsierten ihn wieder ins Lager zurück und sahen zu, wie er herumtorkelte, von Gespenstern und Geistern brabbelte und über die Zelte stolperte. Das Lager erwachte zu neuem Leben, und alle rannten aufgescheucht in der Gegend herum und redeten wild durcheinander.

In den beiden kommenden Nächten unternahmen Pedro und Hectoro nichts, sondern beobachteten nur, wie sechs weitere Männer desertierten. Niemand im Lager wußte allerdings, ob die Soldaten fahnenflüchtig geworden oder von den Mächten der Finsternis weggezaubert worden waren, und so gab es bald niemanden mehr dort, der nicht nervös oder überempfindlich gewesen wäre.

In der sechsten Nacht machten sich Hectoro und Pedro zum großen Teich von Don Emmanuels *finca* auf und fingen einen Kaiman. Es war ein großes Tier, das sich heftig wehrte und wild mit seinem Schwanz um sich schlug, bis ihm Pedro einen Prügel zwischen die Kiefer schob und mit einem Tuch die Sicht nahm. Er betäubte den Kaiman mit einem kräftigen Schlag zwischen die Augen und trug ihn zusammen mit Hectoro zum Lager. Sie warteten, bis ein Zweimannzelt durch Desertion frei wurde und die Wache einnickte, dann deponierten sie den Kaiman und eine tote Ratte ebendort. Sie steckten die tote Ratte in die Öffnung des einen freigewordenen Schlafsacks und zwängten den Kaiman in den anderen, zogen den Reißverschluß und die Schnur so fest zu, daß er nicht herauskriechen konnte. Am nächsten Morgen schwankte das Zelt bedrohlich und beulte sich gefährlich aus, als der Kaiman zu entkommen suchte, und ein Soldat war zu hören, der mit kalkweißem Gesicht herumrannte und schrie: »Suárez hat sich in einen Alligator verwandelt! Suárez ist ein Alligator!«

Figueras blieb am unteren Ende des sich windenden Schlafsacks stehen und trat rasch zurück, als er feststellte, daß sich darin tatsächlich ein wütendes Ungeheuer befand. Genau in diesem Moment sprengte das gefangene Tier den Schlafsack und kroch erbost und flink aus dem Lager. Die Männer brachten sich in Sicherheit und sahen, wie der Kaiman in Richtung Mula verschwand. Figueras befahl einem jungen Gemeinen, in das Zelt zu kriechen und es zu durchsuchen. Der junge Mann, offensichtlich noch ein Teenager, bekreuzigte sich und öffnete behutsam das Zelt. Da er nichts sah, faßte er sich ein Herz und kroch hinein. Rasch kam er rückwärts wieder heraus und richtete sich kerzengerade auf. Mit leicht zittriger Stimme machte er Figueras Meldung: »Herr Oberst, der andere hat sich in eine Ratte verwandelt. Melde gehorsamst, er ist tot.«

Während der nächsten Woche verzichteten Hectoro und Pedro auf jede nächtliche Aktivität. Tagsüber jedoch waren sie sehr geschäftig. Sie inspizierten mit Sergio und Professor Luis die dunklen Winkel und brachten die Zeit mit Sammeln zu. Sie wußten, daß Ungewißheit dem Schrecken den besten Boden bereitet, und sie wußten ebenfalls, daß die Soldaten sowohl krank als auch verschreckt waren und weiterhin nachts desertierten.

Schließlich trugen Hectoro und Pedro das Ergebnis ihrer Sammelwut in drei Säcken zum Lager, und Hectoro sah wieder den Windhosen zu, zupfte sich am Bart und war froh, daß sein Blut sauber war. Die Nacht brach herein, und das Lager versank in Schlaf, bis auf die Wachposten, die sich aus Gemeinschaftsgefühl zusammentaten, obwohl sie sich eigentlich gleichmäßig um das Lager herum hätten postieren sollen. Pedro hatte alle Tiere mit einem besonderen Rauch und den üblichen *secretos* betäubt.

Sie huschten zwischen den Zelten umher, und Hectoro steckte große Taranteln in die säuberlich vor den Zelten aufgereihten Stiefel. Jene waren zwar nicht giftig, aber fast jedermann meinte, sie seien es. Pedro arbeitete sich unbemerkt durch die Zeltreihen und deponierte in jedem Zelt möglichst behutsam Korallenschlangen. Diese Tiere greifen blitzartig an, wenn sie sich bedroht fühlen, und ihr Gift wirkt binnen eines Tages tödlich. Die schläfrigen Schlangen würden sich jedoch bis zum Morgen nicht bedroht fühlen. Sie rollten sich einstweilen zusammen und schlummerten friedlich inmitten der schlafenden Männer.

Hectoro und Pedro leerten den Sack voll Vipern zur Hälfte im Latrinenzelt und zur Hälfte im Versorgungszelt aus.

Das ganze Dorf tobte vor Schadenfreude über das Manöver und seine Folgen, und das, obwohl Hectoro und Pedro sich derart vor Lachen bogen, daß sie eigentlich keinen zusammenhängenden Satz herausbrachten. Leute sahen einander an und prusteten ohne ersichtlichen Grund los. Tranken sie gerade Kaffee, besudelten sie sich und ihr Gegenüber, und wenn sie aßen, bespuckten sie sich gegenseitig mit dem, was sie im Mund hatten. Dolores wäre um ein Haar an einem Stück Banane erstickt und verdankte ihr Leben einzig der Geistesgegenwart von Josef, der ihr so hart in die Rippen stieß, daß der Brocken in hohem Bogen wieder aus ihrer Luftröhre geschleudert wurde.

Noch am selben Tag zog die Armee ab, von Kräften geschlagen, die über ihr Vorstellungsvermögen gingen und sich ihrer Wahrnehmung entzogen. Die Soldaten schlugen fünfzig Kilometer entfernt ein neues Lager auf, verbrachten eine ruhige Nacht und blieben dankbar bis zu jenem Morgen dort, an dem Figueras benommen vor sein Zelt trat und zur Latrine stolperte. Er fummelte an den Knöpfen seiner Hose herum und holte sein bestes Stück hervor. Als sein Blick darauf fiel und er sich wie gewohnt zum Pinkeln entspannen wollte, bemerkte er an der Spitze der Eichel einen kleinen roten Krater, aus dem eine merkwürdig schimmernde Flüssigkeit austrat. Besorgt schaute er noch einmal genauer hin, um sich seiner Sache auch ganz sicher zu sein. »*Mierda*«, sagte er. Er versuchte Wasser zu lassen, doch nichts tat sich. Er konzentrierte sich auf seinen Schließmuskel und versuchte es mit viel Druck, da schoß ein gelblicher Eiterpfropfen heraus und fiel klatschend in die Zinkwanne. Er bückte sich, um ihn zu inspizieren. Dann seufzte er und richtete sich auf. »*Qué puta*«, murmelte er. Er versuchte sich noch einmal zu entspannen, und der Urin begann zu tröpfeln. Seine Miene wechselte von leicht benommener Überraschung über Qual bis hin zu nackter Verzweiflung. Er mußte pissen, aber seine Harnröhre schien in Flammen zu stehen. Es brannte, wenn er pißte, und es brannte, wenn er nicht pißte. Er beschloß, nicht zu pinkeln, und zögerte den Schmerz noch eine halbe Stunde hinaus, bis ihn der Druck seiner schmerzenden Blase überwältigte. Von jenem Tag an fanden er, seine Offiziere und der ausländische Berater heraus, was es hieß, Glasscherben zu pissen.

Figueras schickte einen Trupp Soldaten los, um Felicidad zu verhaften.

»Weswegen?« fragte der Korporal.

Figueras fiel kein Vergehen ein. Er kratzte sich am Kopf und blinzelte verlegen in die Sonne. Schließlich antwortete er wahrheitsgemäßer, als ihm bewußt war: »Verhafte sie wegen Sabotage.«

Aber Felicidad war wie vom Erdboden verschluckt. Sie hatte sich in Chiriguaná ihre Spritzen geben lassen und war zu Don Emmanuel gegangen, um sich dort ein wenig Ruhe zu gönnen. Don Emmanuel gab ihr die zweite Rate ihrer viertausend Pesos.

»Jetzt bin ich sehr reich«, sagte sie glücklich.

»Sehr reich?« wiederholte Don Emmanuel.

»Ja«, sagte sie. »Du glaubst doch nicht, ich habe es sie umsonst tun lassen, oder?«

»Du kleiner Satansbraten!« rief Don Emmanuel aus.

»Nicht, daß ich wüßte«, sagte sie verärgert mit einem Schmollmund. »Ich habe es mir redlich verdient. Ich bin die Hure aller Huren.«

»Das sagt Hectoro auch«, erwiderte Don Emmanuel, »aber bis jetzt fehlt mir dafür noch der Beweis.«

Sie lachte und machte mit dem Daumen und Zeigefinger die Geste des Geldzählens. »In drei Monaten, wenn mein Blut wieder ganz rein ist, werde ich dir eine kleine Kostprobe meiner *guava* geben. Und ...«, sie beugte sich verschwörerisch zu ihm hin, »... wenn es mehr als nur gut ist, werde ich vielleicht kein Geld von dir nehmen.«

Don Emmanuel küßte sie auf die Stirn und ging hinaus, um einige Ochsen zu brandmarken.

Felicidad wurde in jedem Haus des Dorfes festlich bewirtet, obwohl eigentlich niemand so genau wußte, wie wirkungsvoll ihre Form von Sabotage gewesen war. Pedro und Hectoro wurden gleichfalls zu Helden ausgerufen. Keiner von beiden war mit solchen Ausbrüchen an Überschwang der eigenen Person gegenüber vertraut, und sie kamen nur schwer damit zurecht. Schließlich war Pedro schon immer ein einsamer Jäger und Hectoro seit Menschengedenken stolz und abweisend gewesen; sie versuchten, sowenig wie möglich aufzufallen.

Für Figueras entwickelten sich die Dinge nicht ganz so glücklich. Ein Offiziersrat im Lager kam zu dem Ergebnis, daß es ein dringendes militärisches Bedürfnis für die Rückkehr nach Valledupar gab. Die allgemeine Entkräftung der Männer wurde ins Feld geführt, obwohl diese sich bereits wieder erholten, da sie nicht mehr gezwungen waren, Wasser aus der Mula zu trinken. »Ich jedenfalls muß meine Vorgesetzten konsultieren«, sagte Figueras von oben herab, »was ich von hier aus nicht kann, weil sie außer Reichweite unseres Funkgeräts sind.«

Die Abteilung für Geschlechtskrankheiten im Militärkrankenhaus von Valledupar war dienstags und donnerstags geöffnet, für Offiziere von 9.00 bis 11.00 Uhr und für andere Ränge von 15.00 bis 18.00 Uhr, was reichlich Zeit für die Siesta ließ. Am Dienstagmorgen fand sich der Offiziersrat, der so dringende militärische Gründe für den Abzug von Chiriguaná vorgebracht hatte, vollzählig im Wartezimmer der Krankenstation ein. Die Offiziere sahen einander, hochrot vor Verlegenheit, an. Es herrschte tiefes Schweigen, bis Oberst Figueras eintrat. Er musterte die Versammlung, stellte sich breitbeinig, die Hände in die Hüften gestützt, vor sie hin und nickte mit dem Kopf. »Felicidad?« fragte er. Alle Anwesenden schlossen sich trübsinnig seinem Nicken an. »Das heißblütige kleine Biest hat behauptet, ich sei der einzige«, meinte Figueras.

»Wem sagen Sie das«, bemerkte der Leutnant, der aussah, als würde er gleich losheulen. Die Runde nickte ergeben.

Daraufhin gluckste Figueras. »Trotzdem, meine Freunde, das war es mir wert, und ich für meinen Teil würde glatt noch einmal drübersteigen. Ja, bei Gott!« Die Runde konnte ein Lächeln nicht unterdrücken, und die meisten pflichteten ihm bei. Der Blick von Figueras fiel auf ein Graffito an der Wand, das verkündete: »Niemandem unterhalb des Ranges eines Stabsoffiziers ist es gestattet zu behaupten, er hätte es vom Scheißhaus.«

Der Stabsoffizier war mit Oberst Figueras ganz und gar nicht zufrieden. Dieser stand vor seinem Vorgesetzten, der einen Stapel Berichte durchging, darunter auch den von Figueras, und wartete darauf, zusammengestaucht zu werden.

»Ihr Bericht wimmelt ja nur so von Fehlern«, sagte er und blickte Figueras über den Rand seiner Lesebrille hinweg an.

»Danke, Herr Kommandant.«

Der Stabsoffizier seufzte schwer. »Wie auch immer, Sie verdanken Ihre rasche Beförderung ja Ihrer ins Auge fallenden Tapferkeit und Ihrem Erfolg auf dem Schlachtfeld und nicht Ihrer literarischen Begabung.«

Er ging nochmals die Berichte durch, runzelte mißbilligend die Stirn und schnalzte mit der Zunge. »Herr Oberst«, sagte er, »ich lese hier von einer zerstörten Brücke, von Skeletten, Dünnpfiff, Erbrechen, Wahnsinnsattacken, Schwarzer Magie, Schlangen, toten Ratten, Spinnen und Alligatoren. Ich lese hier von zwei Soldaten, die unter ungeklärten Umständen spontan erblindeten, und von einem Wachposten, der verstümmelt wurde. Ich lese hier von einem Verlust von vierzig Männern Ihres Bataillons. Vierzig Mann!« Der Kommandant hob verzweifelt die Hände. »Und wie gingen sie verloren? In der Schlacht? Auf der Patrouille? Nein! Dreizehn kamen durch Schlangenbisse um, vier bei der Sprengung einer Brücke, und den Rest führen sie als *desaparecidos* auf! Darf ich fragen, wie sie verschwunden sind, Herr Oberst?«

Figueras kämpfte mit einem Schweißausbruch und hatte glasige Augen. »Meiner Überzeugung nach wurden sie vom Feind gefangengenommen«, sagte er.

»Mitten aus dem Lager? Keiner der Verschwundenen ist als Wachposten aufgeführt; ich könnte es ja verstehen, wenn sie beim Wacheschieben gefangengenommen worden wären! Aber nein, Sie haben hier hingekritzelt: ›Im Schlaf verschwunden‹!« Der Stabsoffizier stand von seinem Schreibtisch auf, drehte Figueras den Rücken zu, trat ans Fenster und starrte finster hinaus. Dann wandte er sich abrupt um und donnerte mit der Faust auf den Tisch. »Sie sind desertiert, Figueras! Und dafür habe ich eine einfache Erklärung! Erstens, Ihre Wachen haben nicht ihre Pflicht erfüllt. Zweitens ...«

»Die Männer waren alle verängstigt«, sagte Figueras lahm. »Sie glaubten, wir würden gegen böse Geister kämpfen.«

»Unterbrechen Sie einen vorgesetzten Offizier nicht! Zweitens, sie waren demoralisiert und eingeschüchtert.« Der Stabsoffizier hielt inne und sagte matt: »Sind Ihnen auf der Akademie die neun Grundsätze der Kriegsführung beigebracht worden?«

»Zu Befehl, ja, Herr Kommandant.«

»Wie lauten die beiden ersten?«

Figueras durchforstete vergeblich sein Gedächtnis und antwortete auf gut Glück: »›Kämpfen‹ und ›Niemals zurückweichen‹.«

Der Stabsoffizier ließ einmal mehr einen gequälten Seufzer

hören. »Der erste, Figueras, lautet: Wähle ein Ziel aus und behalte es bei. Der zweite besagt, daß die Moral unter allen Umständen aufrechterhalten werden muß.«

»Richtig«, sagte Figueras, »jetzt fällt's mir wieder ein.«

»Das fällt Ihnen ja reichlich früh ein. Ihre Männer desertierten, weil die Moral zusammenbrach. Lassen Sie es sich gesagt sein, Herr Oberst: Der beste Weg, die Moral aufrechtzuerhalten, ist, streng dem obersten Grundsatz zu folgen und die Männer mit dessen Umsetzung zu beschäftigen.« Der Stabsoffizier hielt wieder inne und spielte mit seinen Papieren. »Was also war Ihr Ziel, Herr Oberst?«

»Die Vernichtung der Kommunisten, Herr Kommandant.«

»Und haben Sie etwas unternommen, um die Kommunisten zu vernichten? Ich lese hier nichts von irgendwelchen Patrouillen, sei es zur Sicherung oder zur Aufklärung. Ich lese hier, daß kein einziger Schuß gefallen ist, nicht einmal ein versehentlicher. Keinerlei Meldung darüber, Figueras, daß jemand überhaupt einen Terroristen zu Gesicht bekommen hat. Sie haben nichts weiter unternommen, Sie sind bloß einen Monat lang zum Zelten aufs Land gefahren.«

Figueras starrte angestrengt auf seine Stiefelspitzen. »Wir wußten nicht, wo die Kommunisten waren, Herr Kommandant.«

Die Miene des Stabsoffiziers verfinsterte sich. »Gestatten Sie mir einige Anmerkungen zu diesem Punkt. Sie haben es versäumt, mit der internen Sicherheitsgruppe der Luftwaffe, mit der Luftüberwachung des Heeres, mit den Dschungelrangern oder den Gebirgsrangern Verbindung aufzunehmen. Aus diesem Grund überrascht es mich nicht sonderlich, daß Sie auf keine Kommunisten gestoßen sind. Zweitens, wenn ich von Ihren Schwierigkeiten mit ›Schwarzer Magie‹ höre, schließe ich daraus, daß Sie nicht von Guerilleros, sondern von Bauern terrorisiert worden sind; Alligatoren in Schlafsäcken gehören nicht gerade zum klassischen Repertoire bäuerlicher Guerillataktiken, genausowenig wie Korallenschlangen und Vipern! Drittens steht in Ihrem Bericht kein Wort über einen der für Sie so typischen heldenhaften Einsätze gegen Terroristen. Sie sind zweimal befördert und zweimal mit der Andenkondormedaille für Tapferkeit ausgezeichnet worden, einmal in Silber und einmal in Gold. Ich bin geneigt anzunehmen, daß Sie in Ihrem Bericht diesmal auf die Erwähnung von Heldentaten verzichtet haben, weil Sie wußten, daß unser Militärberater Major Kandinski ebenfalls einen Bericht abliefern würde, der mit dem Ihren in Übereinstimmung gebracht werden mußte!«

Figueras starrte immer noch höchst beklagenswert auf seine Stiefel und schwitzte ausgiebig vor sich hin.

»Wie dem auch sei«, fuhr der Stabsoffizier fort, »ich habe beschlossen, wider mein Gefühl, Ihren früheren Berichten Glauben zu schenken. Aber ich behalte mir vor, diese einer Prüfung zu unterziehen.« Er betonte das ›Aber‹. »Und wissen Sie auch, warum?«

»Nein, Herr Kommandant.«

»Weil, mein lieber Herr Oberst, ich einen weiteren Grund für Ihre Untätigkeit während Ihres kleinen Ausflugs gefunden habe.« Er ging den Stapel der Berichte durch und zog einen hervor. »Dieser hier ist von meinem Ersten Sanitätsoffizier. Sind Sie sich dessen bewußt, daß Homosexualität in den Streitkräften Grund für eine sofortige unehrenhafte Entlassung ist? Ich ersehe aus seinem Bericht, daß Sie und Ihre Offiziere bereits unter einer Vielzahl höchst unehrenhafter Absonderungen leiden.«

»Homosexualität?« echote Figueras.

»Ja, Oberst, Homosexualität! Und bevor Sie einwenden, daß ärztliche Befunde eigentlich unter die Schweigepflicht fallen sollten, darf ich Ihnen Abschnitt sechsundsechzig, Unterabschnitt fünf, Absatz zehn, Paragraph drei des Handbuchs der militärischen Durchführungsbestimmungen vorlesen, vom Parlament mit dem Armeegesetz von 1933 verabschiedet.« Der Stabsoffizier griff zu dem Handbuch und schlug die entsprechende, mit einem Eselsohr markierte Seite auf. »›Die zuständigen ärztlichen Stellen sind verpflichtet, allen befehlshabenden Offizieren sämtliche Einzelheiten ansonsten vertraulicher Natur mitzuteilen, sofern diese, nach

Meinung der ärztlichen Stellen, die Schlagkraft und Disziplin der Truppe nachteilig beeinflussen könnten.« Der Kommandant legte das Handbuch beiseite und nahm den ärztlichen Bericht wieder auf. »Hier heißt es, alle Offiziere Ihres Bataillons leiden unter ein und derselben Kombination sexuell übertragbarer Krankheiten; zum einen die gewöhnliche Gonorrhöe und zum anderen eine Variante der Syphilis, wie sie in der Gegend um Barranquilla aufzutreten pflegt. Die einfache Erklärung für all das ist, Herr Oberst, daß Sie und Ihre Offiziere Verkehr miteinander gehabt haben.«

»Ja, Herr Kommandant, das haben wir«, sagte Figueras, der dachte, mit »Verkehr« sei eine Art von Beratung gemeint.

Der Stabsoffizier war verblüfft. »Dann geben Sie also zu, daß Ihr Ferienlager einzig und allein der Durchführung homosexueller Orgien gedient hat?«

»Nein, nein, Herr Kommandant. Wir hatten jeden Tag militärischen Verkehr und Lagebesprechungen miteinander. Ich wußte nicht, daß Tripper durch Reden übertragen werden kann.« Figueras ließ beschämt den Kopf hängen.

Der Stabsoffizier ging vor Wut in die Luft. »Oberst Figueras! Wo, um Himmels willen, haben Sie Ihren Verstand gelassen! Ich meine, daß Sie und Ihre Offiziere, offenbar auch noch Major Kandinski, ihre Freizeit damit verbracht haben, miteinander zu vögeln, und deshalb haben sie alle dieselbe Krankheit!«

Oberst Figueras war schockiert und entsetzt. Furcht und Scham waren wie weggeblasen, als es heftig aus ihm herausbrach: »Ich bin kein *maricón*! Jeder, der mich einen *maricón* nennt, sollte keine Angst vor dem Tod haben!«

Der Ausbruch nötigte dem Stabsoffizier zum ersten Mal in der Unterredung ein Lächeln ab. »Was haben Sie denn dann für eine Erklärung, Herr Oberst?«

»Felicidad«, stieß Figueras hervor.

»Felicidad? Herr Oberst, von ›Glück‹ bekommen Sie keinen Tripper, wie Sie das nennen.«

»Nein, Herr Kommandant, Felicidad, so hieß das Mädchen, die kleine Hure! Sie hat uns alle verführt und jedem von uns weisgemacht, er sei der einzige. Wir sind reingelegt worden, Herr Kommandant.«

Der Stabsoffizier nickte, stützte die Hände auf den Schreibtisch und beugte sich vor. »Es scheint also ganz so, Herr Oberst, als ob Sie und Ihre Kameraden das Opfer einer Nymphomanin mit einer Vorliebe für Offiziere geworden sind.«

Der Kommandant trat wieder ans Fenster und beobachtete die Soldaten, die unten im Hof gedrillt wurden. Figueras blickte erwartungsvoll auf dessen Hinterkopf. Ohne sich umzudrehen, sagte der Stabsoffizier: »Oberst Figueras, mein erster Reflex war, Sie wegen krasser Unfähigkeit wieder zum Gemeinen zu degradieren. Ich hatte jedoch Ihren bis dato ehrenhaften Leumund und den Skandal für die Armee zu berücksichtigen, falls Sie vor ein Militärgericht gestellt worden wären. Deshalb« – er machte auf dem Absatz kehrt und blickte Figueras scharf und durchdringend ins Auge – »gebe ich Ihnen eine allerletzte Chance. Sie werden in drei Monaten wieder für kampftauglich erklärt werden. Ich rate Ihnen, fortan Ihre militärischen Pflichten ernst zu nehmen und sich an vorderster Front zu tummeln. Ich schreibe das alles in Ihre Akte, und dort wird es bleiben, bis ich sicher bin, daß diese ganze Stümperei ein Ausnahmefall war. Abtreten.«

Figueras salutierte und tönte: »Ich danke Ihnen, Herr Kommandant.« Er marschierte so stramm, wie das seine Statur eben zuließ, aus dem Zimmer und lehnte sich im Flur mit dem Rücken an eine Wand.

Figueras wischte sich noch immer mit einem Taschentuch den Schweiß von der Stirn, als der Stabsoffizier an seinen Schreibtisch zurückkehrte, um die Arbeit an einem unlösbaren Problem wiederaufzunehmen. Wo, um alles in der Welt, steckte bloß der Militärgouverneur?

23

Die Geheimmonarchie der katholischen Könige

Freimaurer in der ganzen Welt neigen zu der Aussage: »Unsere Gesellschaft ist keine geheime Gesellschaft, sie ist eine Gesellschaft der Geheimnisse.« Und wenn sie sich nicht zum Zweck ihrer geheimnisvollen Rituale treffen, sammeln sie Geld für wohltätige und achtbare Zwecke. Jede Loge prägt im Lauf der Jahre ihrer Existenz einen eigenen unverwechselbaren Charakter aus und zieht eine Mitgliederschaft an, die zumeist aus einem Stand kommt.

Es gab in der Hauptstadt eine Loge mit Verbindungen zur Vatikanbank, deren Mitglieder sich ausschließlich aus den oberen Rängen der Streitkräfte rekrutierten und die Geld ausnahmslos zum Wohl der Katholischen Aktion gegen kommunistische Subversion und der Gesellschaft zur Christianisierung und Bildung sammelten.

Wie gewöhnlich waren die Waffengattungen des Militärs eifersüchtig, sehr von sich eingenommen, auf die eigenen Vorrechte bedacht und sahen einander als Rivalen um die Macht an. Die Marine hatte sich tatsächlich derartige Sorgen darüber gemacht, zu weit vom Machtzentrum entfernt zu sein, daß sie ihre Ausbildungsstätten und ihr Hauptquartier von Puerto del Inca an der Küste in die Hauptstadt (Hunderte von Kilometern landeinwärts gelegen) verlegt hatte, so daß Generationen von Matrosen auf dem Trockenen in der Verteidigung der Territorialgewässer ausgebildet wurden. Die Loge war der Dreh- und Angelpunkt jeglicher innermilitärischen Zusammenarbeit, da Admiral Fleta, General Ramírez und Luftwaffenchef Marschall Sanchis ihr angehörten. Nach den Ritualen und Initiationen der Loge pflegten sie sich oft in deren plüschgepolsterte Lounge zu setzen und über die Lage der Nation und darüber zu sprechen, daß etwas unternommen werden müsse.

Die drei Männer waren glühende Verehrer des katholischen Glaubens und Strenggläubige in Sachen Vaterland, Familie, Recht und Ordnung. Sie sahen sich umgeben von Atheismus und Marxismus, Scheidungen, Unzucht, fahnenschwingenden libertären Studenten, streikenden Arbeitern, welche die Wirtschaft ruinierten, und einer zivilen Regierung, die keine drastischen Maßnahmen ergriff, weil sie die Meinung des Auslands fürchtete. Der Ordnung halber sei erwähnt, daß alle drei eine Militärjunta, gemäß dem Grundsatz »jeder Waffengattung ein Drittel«, nach argentinischem Vorbild favorisierten. Sie waren aber auch Realisten. Es schien ihnen durchaus möglich, daß die Dollarströme, wenn die Demokraten in den Vereinigten Staaten die Wahl gewannen, im Fall eines Putsches versiegen würden. Zudem war ihnen nicht entgangen, daß der Präsident, wie auch immer die Finanzpolitik der Regierung sich gestaltete, ihnen stets alles bewilligte, was sie verlangten, weil er einen Militärputsch mehr als alles andere auf der Welt fürchtete. Trotzdem entschieden sie, daß die Operation mit dem Decknamen *Los Reyes Católicos* streng geheim bleiben und sie eine Art nichtamtliche Junta bilden sollten. Vor allem anderen waren ihnen ergebene Offiziere zu finden, die ihnen dabei halfen, die Drecksarbeit zu erledigen, gewissermaßen halfen, das Unkraut der Subversion auszujäten. Alle etablierten hierfür ein ähnliches System, und nicht ohne Bedauern sehen wir uns gezwungen, uns ganz im Sinne des hier obwaltenden Erzählflusses allein auf die hehren Bemühungen des Heeres zu konzentrieren.

General Ramírez fiel auf, daß einer seiner Flügeladjutanten, ein gutaussehender und im rasanten Aufstieg begriffener Star am Geheimdiensthimmel, besonders leidenschaftlich und offen für die strategische Bedeutung der Republik sowohl im unvermeidlichen Krieg gegen die Sowjetunion als auch im nicht mehr zu vermeidenden Kampf gegen die atheistischen Marxisten eintrat. Ramírez bestellte den Capitan in sein Büro, wo der junge Mann sich allen drei Stabschefs gegenübersah.

»Capitan«, sagte der General, »gehe ich recht in der Annahme, daß Sie bereit wären, zu kämpfen und zu sterben und sogar Mittel einzusetzen, die gegen Ihr christliches Gewissen gehen, um das Vaterland und unseren *way of life* zu bewahren?«

»Jawohl, Herr General«, erwiderte der Capitan, der schon eine Beförderung witterte.

»Gut«, sagte der General. »Ich nehme an, Sie wissen um die Gefahren, denen wir uns durch den Feind im Innern gegenübergestellt sehen?«

»Die Kommunisten, Herr General?«

»Ja, Capitan, und all ihre Mitläufer, die ihnen helfen, das Land auszubluten. Capitan, ich schlage vor, daß Sie und all jene, die Sie als Mitarbeiter rekrutieren werden, offiziell zu unserem strategischen Beobachtungsposten in der Antarktis versetzt werden.«

Dem jungen Mann rutschte das Herz in die Hose. Das war keine Beförderung nach seinem Geschmack. »In die Antarktis, Herr General?« fragte er und spürte, wie sein linkes Bein in der Kniekehle zu zittern anfing.

»Freilich haben wir nicht im Ernst vor, Sie dorthin zu schicken. Statt dessen werden Sie hier in den Untergrund gehen. Capitan, Sie sollen unabhängige Kader rekrutieren und zusammenstellen, um Umstürzler und die Subversion auszumerzen. Ihnen werden die Akten des Internen Sicherheitsdienstes des Heeres geöffnet werden, und Sie werden diese Umstürzler verhaften, festhalten und befragen, um herauszufinden, was sie wissen. Sie werden

Menschen ohne Haftbefehl festnehmen, ohne Anklage und ohne ordentliche Verfahren.« Der General hob in einer Geste der Hilflosigkeit die Hände und warf Admiral Fleta und Luftwaffenchef Marschall Sanchis einen resignierenden Blick zu.

»Sie sehen also selbst, Capitan, wie ernst die Lage schon ist und welche extremen Mittel wir gezwungen sind, einzusetzen.«

»Jawohl, Herr General.«

Der General fuhr fort: »Manchmal, Capitan, werden wir Militärs (und dies, Capitan, ist eine der Lehren der Geschichte) dazu getrieben, unzivilisierte Methoden anzuwenden, um den Fortbestand der Zivilisation an sich zu sichern. Wenn einer Soldat ist, ist dies eine äußerst schwere Bürde, eine schreckliche Belastung und eine ungeheure Verantwortung. Habe ich mich klar ausgedrückt, Capitan?«

»Jawohl, Herr General.«

»Was ich Ihnen damit sagen will, Capitan, ist, daß diese Feinde der Zivilisation dauerhaft aus dem Verkehr gezogen werden müssen – zum Wohl aller.«

»Dauerhaft?« echote der Capitan.

»Dauerhaft«, bekräftigte der General. »Wir können jedoch unter gar keinen Umständen zulassen, daß die Ehre der Streitkräfte von denen beschmutzt wird, die unsere Bemühungen und sogar unsere Existenz als solche zu untergraben suchen.« Der General legte eine rhetorische Pause ein. »Das heißt, daß Ihre Organisation offiziell nicht existiert. Wenn sie auffliegt, werden wir jedes Wissen darüber abstreiten und keine Verantwortung übernehmen. Und wenn Sie enttarnt werden, Capitan«, sagte der General und lehnte sich, auf seine Ellbogen gestützt, nach vorne, »und die Beweise unwiderleglich sind, werden wir Sie wegen Überschreitung der Kompetenzen und Handelns ohne Befehl vors Kriegsgericht stellen und Sie standrechtlich erschießen lassen.«

Der Capitan sagte gar nichts und dachte schon an hastigen Rückzug, als der General ihn aus seinen Gedanken riß.

»Geldmittel werden Ihnen mehr als reichlich zur Verfügung stehen. Rechnungen und Berichte legen Sie uns vor, und wir werden diese augenblicklich vernichten. Wir werden Sie mit sofortiger Wirkung zum Oberst befördern, und Sie werden einen speziellen Sold inklusive Gefahrenzulage und Überstundenausgleich bekommen. Ihre neue Wirkungsstätte ist die Militärschule für Elektro- und Maschineningenieure. Wir haben den den Offizieren vorbehaltenen Flügel mit den vielen kleinen Zimmern, die sich für die zeitweilige Unterbringung von Gefangenen eignen und über weitere entsprechende Einrichtungen wie Badezimmer verfügen, räumen lassen. So weit, so klar?«

»Zu Befehl, ja, Herr General.« Der Capitan fühlte sich überfahren.

»Gut«, sagte General Ramírez. »Wir haben für Sie eine kleine Flotte von Ford Falcons bereitgestellt, einige in den Farben der staatlichen Telefongesellschaft, einige in denen der staatlichen Ölgesellschaft. Sie verfügen über ausgesprochen große Kofferräume, Herr Oberst.«

»Jawohl, Herr General.«

»Nun gut, Herr Oberst. Sie werden morgen um Punkt 11.00 Uhr wieder hier in meinem Büro erscheinen, dann werden wir ins Detail gehen. Wegtreten.«

Der frischgebackene Oberst salutierte schneidig und schritt aus dem Zimmer. Draußen vor der Tür nahm er sein Käppi ab und zog sich für zwanzig Minuten in die Latrinen zurück. Panik stieg in ihm auf, und er überlegte sich ernsthaft, nach Ecuador zu fliehen. Aber dann fielen ihm wieder die »mehr als reichlich zur Verfügung stehenden Geldmittel« und die Beförderung ein, und er dachte: *Mal sehen, was daraus wird.*

Drinnen im Zimmer stellte Admiral Fleta General Ramírez eine Frage. »Glaubst du, wir können uns auf ihn verlassen?«

»Ich denke schon«, erwiderte der General. »Zunächst einmal lasse ich ihn durch den Internen Sicherheitsdienst des Heeres beschatten, und wenn er seinen Pflichten nicht nachkommt, wird er von ihr entbunden.«

»Und in die Antarktis abkommandiert?« fragte Luftwaffenchef Marschall Sanchis. Die anderen beiden lachten.

Der Oberst fand alles viel einfacher als zunächst erwartet. Er konsultierte die Akten des Internen Sicherheitsdienstes des Heeres und stellte fest, daß es zwei Kategorien gab: »C« für *communistas* und »SV« für *subversivos varios*. Der Oberst war von der bloßen Zahl der Akten verblüfft. Es gab Hunderttausende von ihnen, und er dachte: *Es muß alles viel schlimmer sein, als ich dachte.*

Als Angehöriger des Militärs, der Ordnung und Systematik liebte, beschloß er, bei A anzufangen und sich einfach von vorn nach hinten durchzuarbeiten. Er entschied, einstweilen alle zu ignorieren, die außerhalb der Hauptstadt wohnten, fotokopierte die ersten fünfzig Akten und nahm sie mit nach Hause. Unterwegs kaufte er einen besonders großen Terminkalender für den Bürogebrauch und einen Satz Postkarten. Er erwarb einen Setzkasten mit Drucktypen für Kinder und verfaßte folgende Standardmitteilung:

> Sehr geehrte/r ....
>
> Bitte finden Sie sich um ..... Uhr am .... 19... im Hochsicherheitstrakt der Militärschule für Elektro- und Maschineningenieure ein. Melden Sie sich an der Rezeption, und warten Sie dort. Es handelt sich um eine rein routinemäßige Anfrage. Wenn Sie aus irgendeinem Grund nicht zu der angegebenen Zeit erscheinen können, rufen Sie bitte die Telefonnummer 47867132 an, damit ein anderer Termin mit Ihnen vereinbart werden kann.

Am nächsten Tag stellte er eine Sekretärin ein und übertrug ihr die Verantwortung für die Terminabsprachen, die Versendung der Postkarten und die Aufgabe als Vorzimmerdame. In der ersten

Woche brachte er sein Büro in Ordnung und übte seine Befragungstechnik mit Hilfe eines Spiegels und eines Tonbandgeräts.

In der zweiten Woche trafen allmählich die *subversivos varios* ein und warteten nervös im Vorzimmer, wobei sie sich fragten, worin ihr Vergehen bestand und welchem Zweck denn eigentlich die Befragung diente.

Der Oberst befragte vier Menschen am Vormittag und vier am Nachmittag, außer am Freitag, denn da schrieb er seinen Rapport an General Ramírez. Am Ende der zweiten Woche hatte er das Gefühl, daß er so nirgendwohin gelangte, und war bereits gelangweilt und frustriert.

Der oder die Befragte saß stets nervös zappelnd vor ihm, und der Oberst blickte von der Akte auf zum Studenten, der Hausfrau oder dem Sozialarbeiter oder wem auch immer und sagte: »Hier steht, daß Sie während des Abspielens der Nationalhymne dabei beobachtet wurden, wie Sie nicht aufstanden / Ihr Gespräch nicht unterbrachen / verächtlich lachten«, oder er verfiel auf die Formulierung: »Es wurde während einer Gewerkschaftssitzung bemerkt, daß Sie bei einem Witz über die Marine höhnisch lachten.«

Der / Die kleinmütige Student / Hausfrau / Sozialarbeiter brachten dann halbherzige Entschuldigungen vor (»Ich hatte eine Beinverletzung«, »Der andere hat mir eine Frage gestellt«, »Mein Freund hat mich gekitzelt«). Der Oberst runzelte darauf betont streng die Stirn und seufzte verstimmt. Der oder die Befragte wurde daraufhin noch nervöser, und der Oberst stand auf und begann, im Zimmer umherzuwandern, und wollte etwas über die Subversion und die Umstürzler erfahren.

Der / Die Befragte sah verwirrt zu ihm auf und sagte: »Ich weiß gar nichts«, und der Oberst hielt dann eine strenge Strafpredigt über die vaterländischen Pflichten. Eingeschüchtert und unglücklich eilte das Opfer seiner Ansprachen davon, seufzte, schüttelte den Kopf und dachte: *Was sollte das Ganze bloß?*

Der Oberst wurde immer reizbarer und verlor immer rascher die Fassung, als die von ihm Befragten ihm keine vielversprechenden oder aufregenden Informationen lieferten, doch er behielt die Kontrolle über sich, bis, ja, bis er eines Tages einen radikalen Anwalt befragte.

Besagter Anwalt trug eine runde John-Lennon-Brille, hatte fettiges langes Haar, Pickel, war unrasiert, und der Oberst dachte: *Wo hat der Mensch denn seine Muskeln?* Ihn befiel jene irrationale Furcht und Abneigung, welche die meisten Militärs gegenüber Menschen empfinden, denen sie unterstellen, daß sie homosexuell sind. Der Mann mit seiner Künstlerkrawatte, seiner Weste von einem Wohltätigkeitsbasar und seinen Sandalen ließ den Oberst schon Haltung annehmen, bevor jener überhaupt nur ein Wort von sich gegeben hatte.

Der Anwalt kam herein und setzte sich unaufgefordert, sah den Oberst mit einer gewissen verächtlichen und erwartungsvollen Unverschämtheit an und drehte sich eine Zigarette.

»Sie dürfen in diesem Raum hier auf das Rauchen verzichten«, sagte der Oberst brüsk. »Ich verabscheue es.« Langsam und bedächtig steckte sich der radikale Anwalt die Zigarette in den Mund und zündete sie an. Der Oberst riß sie ihm von den Lippen und trat sie mit dem Absatz seines Stiefels aus.

»Ich hoffe, Ihnen ist klar, daß ich lediglich der Neugier halber hierher gekommen bin«, sagte der radikale Anwalt. »Es existiert keinerlei Gesetz, demzufolge ich dazu verpflichtet bin, hier zu erscheinen.«

»Ich möchte Ihnen einige Fragen stellen«, sagte der Oberst. »Das hat nichts mit Recht und Gesetz zu tun. Eher eine Frage der Kooperation, wenn Sie so wollen.«

»Und was passiert, wenn ich nicht ›kooperiere‹?« fragte der Anwalt und lehnte sich auf seinem Stuhl zurück.

Der Oberst gab keine Antwort. Er griff zur Akte und zitierte: »Der Verdächtige macht es sich zur Aufgabe, vor Gericht gesellschaftsschädigende Elemente und Subversive zu verteidigen. – Sie verteidigen Linke?« fragte der Oberst.

»Ich habe das Recht, keine Fragen zu beantworten, wenn mein eigener Anwalt nicht zugegen ist. Tatsächlich brauche ich, wenn ich nicht verhaftet oder angeklagt bin, überhaupt keine Fragen zu beantworten. – Ich möchte Ihren Namen wissen, Oberst.«

»Sie wollen meinen Namen wissen?« fragte der Oberst ungläubig. »Sie?«

»Meine Organisation besorgt sich den Namen jeder Drecksau, die dient, und wir melden deren Tun selbstverständlich an die Menschenrechtsbewegung und die UNO.«

Der Oberst war fassungslos. »Sie haben mich einen *cochino* genannt?«

»*Cochino*«, erwiderte der Anwalt. »Der Begriff paßt zu dem Typ von Latino-Nazi, den Sie repräsentieren. ›Nazi‹ schreibt sich N-A-Z-I, und *cochino* schreibt sich C-O-C-H-I-N-O, wenn Sie die Wörter in Ihren illegalen Bericht aufnehmen wollen. Ich nehme an, Sie möchten doch gern das flüssige Buchstabieren erlernen.«

Zorn und Frust zweiwöchiger ergebnisloser Bemühungen kochten beim Oberst über. Er schritt zum Anwalt und packte ihn an seiner Weste, riß ihn vom Stuhl hoch und schleuderte ihn an die Wand, so daß dessen Kopf beim Aufprall ein hörbares Knirschen von sich gab.

Der Anwalt ächzte, fing sich aber wieder und höhnte dann: »Gewalt ist also die einzige Sprache, der eine Drecksau mächtig ist?«

Der Oberst holte aus und zertrümmerte dem Mann mit der Faust das Nasenbein, so daß diesem Blut übers Kinn lief. Der Anwalt wischte es mit dem Handrücken weg und sagte: »Was zu beweisen war.«

»Sie haben hier überhaupt nichts zu beweisen«, brüllte der Oberst. »Sie sind eine abscheuliche kleine Schwuchtel, die sich für wichtig hält. Sie haben mich ein Schwein und einen Nazi genannt. Wie würden Sie mich denn noch nennen?«

»*¡Fascista!*« erwiderte der Anwalt.

Der Oberst versetzte dem Mann einen kräftigen Hieb in die Magengrube, worauf dieser zusammenbrach und sich stöhnend am Boden wand. Vor Verachtung und Ekel rasend, trat ihm der Oberst zweimal hart in die Nieren und schleifte ihn dann über den Boden auf den Flur hinaus. Dort öffnete er die Tür zu einem der kleinen Zimmer, die früher für zu Besuch weilende Offiziere gedacht waren, und schmiß den Anwalt hinein. Als der Mann auf dem Boden ächzte und stöhnte, sagte der Oberst: »Wenn Sie auf zivilisierte Art und mir gegenüber mit dem gebotenen Respekt zu sprechen in der Lage sind, werde ich Sie gehen lassen.«

Der Oberst zitterte vor Wut und Empörung, als er sich an den Tisch setzte und sich auf die nächste Befragung vorzubereiten suchte. Entgegen seiner sonstigen Angewohnheit brüllte er die junge Frau an und brachte sie zum Weinen.

Zwei Stunden später hämmerte der radikale Anwalt gegen die Tür und schrie: »Ich muß auf die Toilette!«

Das hörte der Oberst in seinem Büro und wurde sofort wieder wütend. Er schritt zur Tür des Zimmers, in dem der Mann untergebracht war, und schrie mit angeekelter Stimme: »Piß dir doch in die Hose!«

Als der Oberst an jenem Abend in seinem Ford Falcon der staatlichen Telefongesellschaft, noch immer voller Wut, nach Hause fuhr, befand sich der radikale Anwalt immer noch ohne Essen in seiner Zelle und pinkelte in eine Ecke des einstmals für Offiziere bestimmten Zimmers.

24

Gloria und Doña Constanza als Verschwörerinnen

In Uruguay ging schon seit Menschengedenken alles seinen außerordentlich bedächtigen und langwierigen Gang. Der Staat war jahrelang von zwei Zentrumsparteien regiert worden, den Colorados und den Blancos, deren Parteizugehörigkeit sich quasi von Generation zu Generation vererbte, etwa so wie bei den Whigs und den Tories im Großbritannien des 18. Jahrhunderts. Irgendwelche Unterschiede in ihrer Politik waren jedoch so gut wie nicht erkennbar. Die Situation glich der in Kolumbien mit den dortigen Liberalen und Konservativen.

Die Dinge gerieten jedoch in Bewegung, als Dutzende enthusiastischer Splitterparteien sich an den Universitäten breitmachten, wo die mehr oder weniger müßiggängerischen Kinder der Ober- und Mittelschicht ausgiebig Zeit und Geld hatten, um von allem desillusioniert zu werden und nächtelang endlos darüber zu debattieren, wie alles gesellschaftlich verändert werden müsse. Gloria de Escobal, deren Vater Botschafter war, schwankte zwischen der »Frente Amplio« und der »Partei für den Sieg des Volkes«, bis sie sich schließlich für letztere entschied, obwohl diese sehr viel kleiner war.

Gloria, fünfundzwanzig, war im englischen Brighton nobel erzogen worden und hatte einen Mann mit so viel Geld geheiratet, daß sie nichts zu tun hatte, außer zum Einkaufen nach Buenos Aires zu fliegen oder zum Sonnenbaden nach Punta del Este. Im Winter zog es sie für gewöhnlich nach Italien.

Sie brachte ihrem Mann einen Sohn zur Welt und verkündete dann, sie wolle studieren. Ehemann und Familie protestierten, aber sie ging dennoch an die Universität. Woraufhin ihr Mann sich von ihr scheiden ließ, als ihm ihre Verbindungen zur Linken zu peinlich und gefährlich wurden. Mit Erlaubnis von Glorias Eltern entführte er das Kind und erlangte vor Gericht das Sorgerecht. Und so beschloß Gloria, auf eigene Faust noch ein Kind zu haben, dessen Vater diesmal keine Rolle spielen sollte.

Gloria war kein Mitglied der Tupamaros. Aber wegen deren Aktivitäten wurde es sehr bald sehr ungemütlich, überhaupt links zu sein. Die milde Regierung der Mitte durchlitt wie das ganze Land alle Höhen und Tiefen an Verwirrung und Ratlosigkeit und fragte sich, woher wohl die nächste Granate kommen und wer wohl als nächstes umgebracht werden würde. Die Tupamaros hielten das Werfen von Pflastersteinen, wie es die Studenten in Paris bevorzugten, für verweichlicht und ineffektiv, waren aber ebenso überrascht wie alle anderen, als das aufgebrachte Militär die Macht an sich riß und das ganze Land elf lange Jahre barbarisch unterdrückte.

Gloria de Escobals kleine Partei war dem Papier nach legal, aber sie bemerkte sehr bald das Fehlen vertrauter Gesichter, und ihr kamen Geschichten von Folter und Mord zu Ohren. Sie packte ihre Siebensachen, nahm ihr Baby auf den Arm und zog nach Argentinien. Sie richtete sich in einer sehr teuren Wohnung in Belgrano, Buenos Aires, ein und lebte dort durchaus komfortabel von dem Geld, das ihr Vater ihr schickte, und dem, was sie sich als Sekretärin nebenher verdiente.

Sie versuchte, die bewaffneten Männer, die sie entführten, dazu zu überreden, daß sie ihr Baby bei sich behalten durfte, aber sie sagten ihr, das Baby würde versorgt werden, und so mußte sie es in der Wohnung allein lassen, obwohl es erst ein Jahr alt war. Glorias Vater wurde mitgeteilt, das Baby sei bei Gloria im Gefängnis. Gloria wurde gesagt, das Baby sei bei ihrem Vater. Tatsächlich wurde das Kleine nach Santiago de Chile gebracht und in eine öffentliche Toilette geworfen. Die Männer rissen sich auch Glorias Besitz unter den Nagel und verkauften ihn meistbietend.

Gloria wurde mit verbundenen Augen zur Baufirma Onetti verfrachtet, die kurz zuvor pleite gegangen war und deren Gebäude, wie geschaffen für die Gefangenen, leerstanden. Gloria hörte, wie die Eisentüren sich hinter ihr schlossen. Dann wurde sie über eine Metalltreppe in den Keller hinabgestoßen. Zwei Wochen lang wurde ihr die Augenbinde nicht abgenommen, und sie durfte nicht sprechen. Zu ihrer Verblüffung bemerkte sie anhand des Flüsterns ihrer Bewacher, daß diese wie sämtliche Gefangenen ebenfalls aus Uruguay stammten.

Gloria bekam während der vierzehn Tage dreimal etwas zu essen und schlief nicht, weil so viel geschrien wurde und die Folterer sehr laut Schallplatten abspielten, um die Schmerzensschreie der Opfer zu übertönen. Manchmal wurden die Gefangenen in Gruppen gefoltert, hin und wieder wurde Gloria aber auch allein weggebracht.

Im Vergleich zu den argentinischen Folterern waren die uruguayanischen noch gesittet. Sie banden Gloria lediglich mit Klavierdraht die Handgelenke hinterm Rücken fest und zogen sie daran an einem Balken hoch. Die Füße steckten sie in einen Tank mit Salzwasser. Dann verpaßten sie ihr Elektroschocks am ganzen Körper, in der Regel natürlich an den Brüsten und den Genitalien. Die Folterer sollten sie eigentlich nach anderen Uruguayanern im argentinischen Exil und nach ihr bekannten linksgerichteten Aktivitäten in Uruguay befragen, vergaßen das aber für gewöhnlich.

Gloria hatte insofern Glück, als sie nur ein paar Wochen lang ihre Arme nicht mehr gebrauchen konnte. Endlich wurde sie zu einem Militärflugplatz gebracht und nach Montevideo ausgeflogen. Dort kam sie ins Gefängnis, ohne daß sie gefoltert oder ermordet wurde. Das kam daher, daß die Argentinier in einem weiteren exemplarischen Fall von internationaler innergeheimdienstlicher Zusammenarbeit den Entführten eine wunderbare Idee unterbreitet hatten, wie ihre Gefangenschaft zu legitimieren sei.

Die von Buenos Aires eingeflogene Gruppe wurde auf einen Lastwagen verfrachtet und zur Villa Maravillosa überstellt, wo sie in ein Zimmer gepfercht wurde. Dort blieb sie in Handschellen, während Soldaten das Zimmer mit Waffen und Munition füllten.

Als die Fernsehkameras eintrafen, wurden den Gefangenen die Augenbinden abgenommen und sie einzeln und in Handschellen aus der Villa Maravillosa geführt. Danach durften die Kamerateams in die Villa und bekamen das riesige Waffenlager der Terroristen vorgeführt.

Da Gloria nun eine offizielle Gefangene war, konnte ihr Vater, der Botschafter, seine Verbindungen spielen lassen, um sie herauszuholen. Gegen ein gewisses finanzielles Entgegenkommen diagnostizierte der Gefängnispsychiater bei ihr, daß sie zeitweise unzurechnungsfähig gewesen sei und unter dem Einfluß einer Gehirnwäsche gestanden habe. Und so wurde sie unter der stillschweigenden Voraussetzung entlassen, daß sie Uruguay verließ und ihr Vater persönlich für ihr zukünftiges Verhalten haftete.

Kinder- und heimatlos irrte Gloria durch jene Teile Lateinamerikas, die sie noch einreisen ließen, bis sie in Mexico City Remedios kennenlernte, die exilierte Montoneros für ihre Guerillagruppe in ihrem Heimatland zu rekrutieren versuchte. Gloria hörte auf, eine Salonkommunistin zu sein, die irgendwie mit den Terroristen sympathisierte, und schloß sich Remedios an, um ganz praktisch Kommunistin zu werden, was eigentlich mehr einer Terroristin gleichkam.

Gloria entschlug sich im Gebirge all ihrer Oberschichtallüren und -attitüden, behielt aber einen Hauch von Kultiviertheit und innerer Überzeugung bei, was ihr eine Art von konzentrierter

Selbstsicherheit verlieh, welche die übrigen Guerilleros respektierten. Es herrschte die stillschweigende Übereinstimmung, daß Gloria, wenn Remedios je etwas zustieß, aller Wahrscheinlichkeit ihr als Anführerin nachfolgen würde. Sie nahm sich Tomás als Liebhaber, konnte aber wegen der Spätschäden der Folter keine Kinder von ihm bekommen.

Gloria und Doña Constanza wurden enge Freundinnen, was mehr oder weniger überraschen mußte. Zwar entstammten sie ähnlichen Verhältnissen, doch Gloria war ungeheuer ernst und intellektuell und gab sich, als würde sie nie wieder im Leben so etwas wie Glück erfahren. Doña Constanza hingegen war ungeheuer frivol, wollte mit Politik nichts zu tun haben und war die ganze Zeit über trunken vor Glück. Vielleicht kamen sie sich deswegen so nahe, weil sie beide exzellente Kriegerinnen waren, weil Gonzago und Tomás Brüder waren und weil jede in der anderen all die Eigenschaften sah, die sie so beneidenswert fanden.

Eines Tages war Constanza nach einer besonders erfrischenden und virtuosen Nummer mit Gonzago auf einem Sims hinter einem Wasserfall, zerrauft und über und über mit den Exkrementen von Mauerseglern bedeckt, zurückgekehrt und saß mit Gloria am Rand des Lagers. Sie beobachteten eine Prozession von Blattschneiderameisen, die ihre Vorräte heimschafften und einer Gruppe von kleinen Guerilleros glich, als Gloria unvermittelt fragte: »Denkst du noch an deinen Ehemann?«

»Eigentlich nicht«, erwiderte Constanza. »Das scheint mir alles eine halbe Ewigkeit her.«

»Und doch sind es nur ein paar Monate«, bemerkte Gloria.

»Ich weiß, aber trotzdem. Ich frage mich, was er wohl tut. Vermutlich veranstaltet er mit irgendeinem Mulattenmädchen violette Erdbeben.«

»Ich nehme eher an, daß er sich vor lauter Sorgen um dich die Fingernägel bis an die Achselhöhlen abgefressen hat«, erwiderte Gloria. Sie schwieg. »Ich denke oft an meinen Mann. Verstehe mich bitte nicht falsch, ich mag Tomás sehr, und ich will das Rad der Zeit nicht zurückdrehen; aber ich habe meinen Mann geliebt, vor allem zu Beginn. Was haben wir nicht alles für romantische Träume.«

»Wie war er denn?« wollte Constanza wissen.

»Oh, groß, gutaussehend, sehr reich.«

»Klingt großartig«, bemerkte Constanza.

»Na ja, das war es auch, aber er hat mich nie richtig kennengelernt. Er wollte es nicht, hat es nicht einmal versucht. Ich war bloß sein hübsches Weibchen, das er auf die Stirn küßte, wenn er nach Hause kam.«

»Hugh hat nicht mal das fertiggebracht«, sagte Constanza. »Er hat nur über Rugby und Polo gesprochen. Er hat mich, ficktechnisch gesehen, nie die Sterne in meinem Kopf sehen lassen wie Gonzago.«

»Dann veranstaltet er womöglich auch keine violetten Erdbeben mit einem Mulattenmädchen, oder?«

»Oh«, lachte Constanza, »ich glaube, das war schon immer sein Ding, und deshalb war er an mir wahrscheinlich nie sonderlich interessiert.«

»Ich frage mich, ob dein Mann je das Geld zusammengekriegt hat, das er unter die Brücke legen sollte. Was glaubst du?«

»Ich denke schon«, sagte Constanza. »Er hat immer das Richtige getan, und das zur rechten Zeit. Er war wie ein Deutscher.«

»Warum holen wir uns dann nicht das Geld von ihm? Vermutlich hat er es noch immer, wenn er wirklich so gründlich ist, wie du sagst.«

»Wahrscheinlich wartet er noch heute darauf, daß wir uns melden«, sagte Constanza.

»Wir müssen ihm bloß eine neue Lösegeldforderung zukommen lassen. Dann tauschen wir dich gegen das Geld aus.«

»Und dann«, schloß sich Doña Constanza an, »laufe ich ihm wieder davon.«

»Ist das aber nicht ein bißchen gemein, jemandem so etwas anzutun? Ich meine, das ist doch völlig prinzipienlos.«

»Wir werden ihm das Geld nach dem Sieg zurückerstatten«, sagte Constanza zynisch. »Ich bin gespannt, was Remedios dazu sagen wird.«

Remedios hatte in der Tat gehörige Zweifel. »Zum einen sieht es so aus, als wäre die Armee in dem Gebiet aktiv. Ich möchte am Ende nicht Männer und Ausrüstung für nichts und wieder nichts verlieren. Zweitens: Wie soll ich wissen, Constanza, daß du dir das nicht zusammengesponnen hast, um fliehen zu können und uns nachher zu betrügen?«

Constanza war zutiefst beleidigt und konnte ihren Ärger kaum unterdrücken. »Das ist doch lächerlich!« sagte sie. »Zunächst habt ihr, selbst wenn ich nicht zurückkomme, immerhin noch die halbe Million Dollar. Und wie soll ich Soldaten oder so etwas hierher bringen, wo ich doch nicht einmal weiß, wo wir überhaupt sind!«

»Wir könnten ihr auf dem Weg dorthin die Augen verbinden«, sagte Gloria, »wenn du das wirklich für nötig hältst.«

»Sogar darauf würde ich mich einlassen«, sagte Constanza, immer noch böse auf Remedios. »Aber ich komme sowieso zurück, wegen Gonzago und weil ich hier sein will.«

Remedios seufzte, hatte aber immer noch so ihre Zweifel. »Ich werde darüber nachdenken«, sagte sie, »und euch morgen meine endgültige Entscheidung mitteilen.«

Als Gloria und Constanza von der Hütte weggingen, fragte Gloria: »Übrigens, warum bist du eigentlich nicht von Gonzago schwanger geworden? Wäre es nicht an der Zeit?«

»Oh«, erwiderte Constanza, »ich habe gedacht, zwei Kinder genügen. Ich habe mich in New York sterilisieren lassen.«

Gloria war überrascht. »Und ich habe immer gedacht, du wärst katholisch.«

»Das schon, aber Religion hat nichts mit der praktischen Seite des Lebens zu tun. Warum bist eigentlich du nicht schon von Tomás schwanger geworden?«

Gloria lächelte sehr traurig. »Auch ich bin sterilisiert worden, in Buenos Aires.«

Am Morgen änderte Remedios ihre Meinung. Sie schickte Federico nach den beiden Frauen, und die machten sich in höchst erwartungsvoller Stimmung auf den Weg zu deren Hütte. »Ich bin gespannt, was sie sagen wird«, meinte Constanza.

Remedios teilte ihnen mit, daß sie Aurelio gesehen habe, »diesen komisch aussehenden *cholo*«, und daß er ihr gesagt habe, daß die Armee gerade abgezogen sei, als er nach Chiriguaná zum Maisverkaufen ging. »Aber er hat auch gesagt«, fügte Remedios hinzu, »daß noch immer Dschungelranger patrouillieren. Seinen Worten zufolge sind sie weit im Osten und bekommen von den dortigen Indios das Leben schwergemacht. Euch sollte also nichts geschehen. Wir wissen zwar nicht genau, was die Gebirgsranger machen, aber das braucht unten in der Savanne nicht euer Problem zu sein.«

»Heißt das etwa, wir können gehen?« fragte Gloria.

»Ja, das heißt es. Aurelio kommt morgen früh hierher, um euch durch den Dschungel zu führen, damit ihr nicht in seine Fallen tappt, und er wird euch auch wieder zurückbringen. Wann das genau sein soll, müßt ihr mit ihm selber ausmachen. Und was dich angeht, Constanza« – Remedios blickte ihr fest in die Augen –, »so habe ich beschlossen, dir zu vertrauen. Aber wenn du uns hinters Licht führen solltest, verspreche ich dir, daß du aufgespürt und erschossen wirst. Hast du mich verstanden?«

»Natürlich«, sagte Constanza. »Aber da ich euch nicht zu verraten gedenke, werdet ihr mich auch nicht erschießen müssen.«

»Gut«, sagte Remedios. »Gloria, du hast den Befehl über diesen Stoßtrupp. Ich möchte, daß du Federico mitnimmst, weil er aus dem Dorf kommt und sich auskennt. Du solltest noch zwei Leute mitnehmen.«

Remedios lächelte in sich hinein. Sie wußte nur zu gut, daß Gloria Gonzago und Tomás auswählen würde, und ihr war klar, daß Constanza viel weniger Lust zur Flucht verspüren würde, wenn Gonzago eifersüchtig bei Don Hughs Hazienda wartete. »Ach, übrigens, Constanza ...«

»Ja, Remedios?«

»Wenn dein Mann Gewehre, Munition oder Sprengstoff in seiner Hazienda gebunkert hat, wir wären für eine kleine Aufmerksamkeit seinerseits sehr dankbar.«

Aurelio wartete im Morgengrauen auf sie und führte sie, ohne ein Wort zu verlieren, aus dem Lager. Er brachte sie unfehlbar durch den Dschungel, obwohl es manchmal so aussah, als gäbe es keinen Pfad. Es ist nicht notwendig, die Reise hier zu beschreiben, es soll nur so viel verraten werden, daß sie lang, unerträglich wegen der blutrünstigen Insekten, feucht und schweißtreibend war. Auch sei noch erwähnt, daß Aurelio auf dem ganzen Weg sah, daß Parlanchina sie begleitete, für gewöhnlich ein paar Schritte hinter Federico gehend. Ihr langes Haar wallte um ihre Hüften, und sie plapperte unentwegt die ganze Zeit über, während ihr Ozelot neben ihr trottete.

Aurelio verließ die Guerilleros am Rand des Dschungels, wo er zur Savanne wird, und zeigte Federico genau, wie sie ins Dorf gelangten, obwohl dieser es schon wußte. Sie kamen überein, sich in genau einer Woche wieder an derselben Stelle zu treffen. »Wenn ihr nicht da seid«, sagte Aurelio, »dann werde ich noch zwei Tage auf euch warten.«

Nachdem sie weg waren, sprach Aurelio zu Parlanchina: »Gwubba, gehört es sich, daß du einen Mann liebst, der kein Geist ist?«

»Papacito«, sagte sie, »ich weiß von Dingen, von denen du nichts weißt.«

Alle waren überrascht, als sie das Dorf durch Glorias Feldstecher beobachteten, der früher einmal General Fuerte gehört hatte. Sämtliche Felder um das Dorf waren abgeerntet, und an den beiden Enden der Straße war jeweils eine mit Stacheldraht bewehrte Schanze errichtet worden.

»Ist es von der Armee eingenommen worden?« fragte Constanza.

»Laßt es uns herausfinden«, erwiderte Gloria.

Sie rückten vor, dann gab Gloria den Feldstecher Federico. »Kommt dir irgend jemand bekannt vor?« Federico musterte das Dorf in wachsender Erregung.

»Ich sehe meinen Vater!« rief er. »Er hat ein neues Gewehr! Ich sehe Misael und Josef, auch sie haben Waffen, und da ist die Hure Dolores, die auf dem Wall eine *puro* raucht. Ay! Alle sind sie bewaffnet!«

»Ich glaube, sie sind dabei, die Verteidigung gegen die Armee zu organisieren«, sagte Constanza. »Sie haben ja auch allen Grund dazu.«

Vorsichtig näherte sich der Trupp dem Dorf. Als sie auf das kahle Feld traten, schwenkte Federico sein Gewehr und schrie: »Nicht schießen! Nicht schießen! Ich bin's, Federico! Ich bin's.«

Aus einer kleinen Menschentraube löste sich eine Gestalt, um zu sehen, was es mit dem Geschrei auf sich hatte, und schritt auf Federico zu. Sie hielt an, wie um sich zu vergewissern, was sie sah, und verfiel dann in Trab. Mit einem Mal rannte auch Federico.

Vater und Sohn standen einander mitten auf dem Feld gegenüber. Keiner sprach ein Wort, aber beide lächelten sie. Federico sah, daß sein Vater noch so aussah wie früher, nur kleiner, und Sergio stellte fest, daß sein Sohn zum Mann geworden war. Dann fiel Sergios Blick auf die Lee-Enfield. »Mein Sohn«, sagte er, »du hast mein Gewehr gestohlen und damit einen unschuldigen Mann getötet. Ich mußte mich deiner schämen.«

Federico hielt ihm das Gewehr entgegen. »Vater, es hat seither einige Männer getötet, die nicht unschuldig waren. Hier ist es, ich gebe es dir zurück.«

Sergio nahm das Gewehr und wog es liebevoll in den Händen. »Eine herrliche Waffe.« Er löste den Gurt seines M-16-Karabiners von der Schulter und übergab ihn Federico. »Ich glaube, du wirst ein Gewehr brauchen, Federico, also nimm dieses hier. Pedro hat es den Soldaten abgenommen. Ich habe keine Verwendung für zwei Gewehre.«

Vater und Sohn umarmten sich weinend, während die kleine Schar Guerilleros diskret in einiger Entfernung wartete.

Dann gingen sie gemeinsam ins Dorf, wo sie einen Aufruhr erregten, wie er weder vorher noch nachher jemals wieder dort erlebt wurde. Es war nicht so sehr die Rückkehr Federicos der Auslöser dafür; alle hatten irgendwie gewußt, daß er eines Tages zurückkehren würde, wie das Söhne immer zu tun pflegen.

Aber es war der Anblick ihrer früheren Grundherrin, schlank und sonnengebräunt, im Kampfanzug aus Khaki, das Haar offen tragend und über den Rücken fließend, mit zwei Granaten am Gürtel und einem halbautomatischen Gewehr über der Schulter, der das Aufsehen verursachte. Sie wußten schlicht und ergreifend nicht, was sie davon halten sollten. Als alle sie erkannten, fiel ihnen vor Verblüffung buchstäblich die Kinnlade herunter.

Doña Constanza stemmte eine Hand in die Hüfte und sagte: »Was, zum Scheißdonnerwetter, gibt es denn hier zu glotzen?« Was natürlich den Grad an Verblüffung nur noch steigerte. Einem Mann, der ihr mit offenstehendem Mund und ausgestrecktem Finger folgte, warf sie an den Kopf: »Mach das Maul zu, oder die Scheiße wird kalt!«

Sie streckte die Nase in die Höhe, ganz wie in alten Zeiten, und folgte Federico und den anderen, die sich mit Pedro, Hectoro, Josef und Misael zur Beratung trafen. Sie lauschten mit ernster Miene der Geschichte des Dorfes, seit Federico es verlassen hatte, und unterrichteten dann die vier Männer von ihren Plänen. Es wurde ausgemacht, daß die Guerilleros die Gastfreundschaft des Dorfes genießen sollten.

»Es spricht einiges dafür«, sagte Pedro, »gemeinsam zu kämpfen, wo wir doch gegen die gleiche Armee kämpfen.«

»Wann erwartet ihr die Soldaten zurück?« fragte Gloria.

»Das eben wissen wir nicht. Vielleicht könnten wir euch eine Nachricht zukommen lassen, wenn sie eintreffen. Wir werden sie in jedem Fall angreifen, bevor sie uns überfallen.«

Gloria kam ein Gedanke. »Kennst du den *cholo* Aurelio?«

»Den kenne ich«, sagte Pedro. »Ein ausgezeichneter Jäger; ich versorge ihn mit Werkzeug und er mich im Gegenzug mit Arzneien aus dem Dschungel.«

»Weißt du, wie du ihn finden kannst, ohne in seine Fallen zu tappen?«

»Selbstverständlich«, erwiderte Pedro. »Er hat sie mir gezeigt, damit wir unseren Handel fortsetzen können.«

»Das ist ja ausgezeichnet«, erwiderte Gloria. »Du mußt ihn benachrichtigen, wenn die Soldaten anrücken, und er wiederum wird es uns mitteilen.«

Am folgenden Morgen ließ Doña Constanza ihre Waffen in Sergios Hütte zurück, und Gloria fesselte ihr die Hände. Der Trupp schleppte sich mühsam die drei Kilometer des Fahrwegs zu Don Hughs Hazienda entlang. Gloria betrachtete das Haus aufmerksam durch ihren Feldstecher und sagte: »Wir haben Glück. Er ist da.« Sie schickte Federico und Tomás auf Erkundung. Als sie zurückkamen, trat die Gruppe aus dem Schatten und marschierte unerschrocken die Auffahrt hinunter. Gonzago zog ein Messer und hielt es Constanza, um des größeren dramatischen Effekts willen, an die Kehle.

Als Don Hugh nach stürmischem Hämmern ihnen die Tür öffnete, geschah etwas höchst Merkwürdiges. Der Anblick ließ sein Herz höher schlagen, obwohl besagtes Organ ihm zugleich in die Hose fiel. Er erblickte drei Krieger, Gonzago, Tomás und Gloria, bis an die Zähne bewaffnet, und bei ihnen ein gefesseltes Wesen, das Ähnlichkeit mit seiner Frau in jungen Jahren aufwies. Als er nochmals genauer hinschaute, stellte er fest, daß es wirklich seine Frau war. »Constanza?« fragte er.

»Hallo, Hugh«, antwortete sie, aufrichtig erfreut, ihm gegenüberzustehen, ganz so, als wäre er ein Cousin, den sie seit langem nicht mehr gesehen hätte.

»Laßt uns keine Zeit verlieren«, sagte Gloria brüsk. »Wir sind von der ›Vorhut des Volkes‹. Wie Sie sehen, ist Ihre Frau am Leben und unversehrt, und wir sind bereit, sie gemäß den ursprünglich genannten Bedingungen freizulassen; eine halbe Million US-Dollar. Darüber hinaus verlangen wir, daß Sie uns alles an Waffen, Munition oder Sprengstoff aushändigen, was Sie im Haus haben.«

»Ich habe nichts dergleichen hier«, erwiderte Don Hugh.

»Lüg doch nicht«, sagte Constanza scharf, fügte aber, als sie ihren Schnitzer erkannt hatte, hinzu: »Sie werden das Haus sowieso durchsuchen. Das haben sie mir jedenfalls gesagt.«

»Durchsucht das Haus«, befahl Gloria den beiden Brüdern. Diese kamen einige Zeit später mit zwei Gewehren, einer Browning-Automatik und etlichen Schachteln Patronen wieder.

»Wir haben Ihnen, großzügig, wie wir sind, Ihre Schrotflinte gelassen«, sagte Gonzago mit einem ebenso reizenden wie funkelnden Lächeln, »damit Sie weiter Tauben schießen können.«

»Eine halbe Million Dollar!« verlangte Gloria.

Don Hugh seufzte schwer und trat resigniert ins Haus zurück. Kurze Zeit später kam er mit einer alten braunen Aktenmappe heraus.

»Die tragen Sie jetzt zur mittleren Koppel hinüber«, sagte Gloria, »und leeren sie dort aus. Dann packen Sie den Inhalt wieder in die Tasche und bringen sie zu uns zurück.« Don Hugh tat, wie ihm befohlen, und Gloria war sichtlich erleichtert, daß die Mappe keine Sprengfalle enthielt. Don Hugh kehrte zurück, und Gloria durchsuchte die Tasche sorgfältig nach einem Minisender. Sie schob Doña Constanza zu Don Hugh, dann ging sie mit den beiden Männern die Auffahrt zurück. Tomás trug die Aktentasche.

»Haben sie gesagt, wohin sie gehen?« fragte Don Hugh, während er die Schlüssel seines Jeeps aus der Tasche holte.

»Sie sind auf dem Weg nach Valledupar«, log Doña Constanza verabredungsgemäß.

»Ich gebe ihnen eine Stunde«, sagte Don Hugh entschieden, »und dann fahre ich zu Don Pedro. Wir werden den Flieger nach Valledupar nehmen, und wenn diese elenden Mistkerle dort auftauchen, nehmen wir sie mit der halben Armee in Empfang.«

»Hoffentlich erwartest du nicht von mir, daß ich mit dir mitkomme«, sagte Doña Constanza. »Ich bin so müde, ich könnte eine ganze Woche lang schlafen.«

Don Hugh fiel plötzlich ein, daß seine Frau wieder da war, was ihm aufgrund des Verdrusses, den er angesichts der Übergabe von einer halben Million Dollar empfand, zwischenzeitlich abhanden gekommen zu sein schien. Er legte ihr den Arm um die Schultern und küßte sie auf die Stirn. »Mein armer Liebling«, sagte er. »Du mußt Furchtbares durchgemacht haben. Du kannst dir gar nicht vorstellen, wie besorgt ich um dich war! Es hat mich schier in den Wahnsinn getrieben. Ich habe mir die Haare gerauft!«

»Erspare mir die Übertreibungen«, sagte Constanza grausam. »Ich nehme nicht an, daß du dergleichen getan hast.«

Don Hugh sah sie mehr als nur überrascht an; seine Frau, die sich sonst an die Spielregeln zu halten pflegte, verdarb ihm sein galantes Spiel.

Schweigend nahm Doña Constanza ihren Mann an der Hand und führte ihn ins Schlafzimmer. Sie gab sich ihm, eingedenk der alten Zeiten, um Lebewohl zu sagen und ihrem Bedauern Ausdruck zu verleihen, ein letztes Mal langsam und zärtlich hin.

Don Hugh war angenehm überrascht, aber auch ein wenig argwöhnisch angesichts ihrer neuen Lüsternheit, ihrer neuen Figur und ihrer neuen Sinnlichkeit. »Wenn ich wieder da bin – wahrscheinlich wird es ungefähr eine Woche dauern, um die Polizei und die Richter zu bestechen –, machen wir noch einmal Flitterwochen! Wie wäre es mit Rio oder Paris?«

Constanza nickte.

Don Hugh brauste im Jeep davon, und Constanza blickte ihm mit einem leisen Bedauern nach, einen kleinen Stich im Herzen, als sie seine breiten Rugbyspielerschultern hinter dem Steuer in einer Staubwolke verschwinden sah. *Wer zu spät kommt,* dachte sie, *den bestraft das Leben.*

Doña Constanza setzte sich hin und schrieb ihm eine Notiz:

Mein lieber Hugh,
ich bin sehr lange von dir weg gewesen, und in dieser Zeit hat sich bei mir alles von Grund auf verändert. Ich halte es nicht länger für möglich, daß wir noch einmal von vorne beginnen können. Deshalb sage ich dir hiermit Lebewohl. Es war süß von dir, das ganze Geld für mich zu bezahlen, und ich werde immer in Dankbarkeit daran denken. Ich weiß jedoch, daß du noch sehr viel mehr hättest zahlen können, ohne daß es dir groß etwas ausgemacht hätte, und außerdem glaube ich, du warst nie glücklich mit mir. Ich habe keinen anderen (wie denn auch, ich war eine Gefangene), aber ich habe das Gefühl, ich muß ein neues Leben beginnen. Ich gehe nach Costa Rica und dann nach Europa. Richte den Kindern ganz liebe Grüße von mir aus. Eines Tages, wenn ich mit mir ins reine gekommen bin, werde ich mich wieder melden.

Mit der Bitte um Vergebung
Constanza

Sie ging nach oben und fand ihr Scheckbuch. Auf ihrem Konto war eine Menge Geld, das sich eines Tages vielleicht noch als nützlich erweisen konnte. Außerdem nahm sie ein Foto von Hugh und den Kindern mit.

Im Dorf wurde allen eingeschärft, daß Don Hugh nicht gesagt werden dürfe, Constanza sei wieder in die Berge gegangen, und schon gar nicht, sie sei eine Guerillera geworden.

Sie blieben noch für weitere fünf Tage im Dorf. Federico war erstaunt, daß seine kleine Schwester Francesca zu einer schönen jungen Frau herangewachsen war, und sie lachte ihn aus, als er sie vor Männern warnte.

»Dir droht größere Gefahr durch die Waffen als mir durch die Männer«, sagte sie. »Du solltest auf der Hut sein!«

Der Trupp traf sich zur verabredeten Zeit mit Aurelio und kehrte unbeschadet wieder ins Lager zurück. Constanza entschied, Gonzago nichts von ihrem letzten Schäferstündchen mit Don Hugh zu erzählen. Manchmal, wenn es angebracht wäre, zu lügen, ist es weitaus besser, ganz einfach die Wahrheit nicht zu erzählen.

Aurelio hatte Parlanchina wieder hinter Federico hergehen sehen. »Gwubba«, sagte er, »hast du nicht einen Gott geheiratet?« Aber Parlanchina warf lediglich ihren Haarschopf zurück und lächelte ihr geheimnisvolles Lächeln. Von nun an wurde Federico von quälenden Träumen über ein wunderschönes, wildes Mädchen heimgesucht, das im Dschungel lebte.

25

Ein jungfräuliches Paar

Federico war nicht ganz zufrieden mit seinem neuen Gewehr. Es war moderner und auch etwas kürzer als die Lee-Enfield. Die Kugeln waren kleiner bei diesem Selbstlader, aber das verführte zur Verschwendung von Munition, etwas, woran unbedingt gespart werden mußte. Allerdings waren die Kugeln viel leichter zu beschaffen; bei der alten .303 hatte es in dieser Hinsicht Probleme gegeben.

Was ihn ganz und gar nicht zufriedenstellte, war zum einen, daß die M-16 über große Weiten nicht so zielgenau war, und zum anderen, daß der Selbstlademechanismus an seiner Waffe leicht klemmte und umständlich zu reinigen war. Ersteres war ärgerlich, weil er sich zum Scharfschützen gemausert hatte und einer der wichtigsten Fleischjäger der Guerillagruppe geworden war. Letzteres war bei einem Feuergefecht ausgesprochen lebensgefährlich.

Er versuchte wiederholt, sie gegen eine Kalaschnikow oder ein Jagdgewehr einzutauschen, aber das wollte niemand mitmachen. Jedermann hatte sich an seine Waffe gewöhnt und sah es als unheilvoll an, sich von ihr zu trennen. Federico wollte vor allem deswegen eine Kalaschnikow, weil sie äußerst einfach war und selbst völlig verdreckt immer noch funktionierte. Genau das aber war der Grund, warum alle ihre behalten wollten, und so war er gezwungen, sich damit abzufinden, daß er seine M-16 immer peinlich sauber und gut geölt halten mußte. Remedios versprach ihm eine Kalaschnikow für den Fall, daß der Gruppe irgendwann eine in die Hände fallen sollte.

Federico war gewöhnlich mit den Aktivitäten der Gebirgsranger befaßt. Diese Männer waren hochqualifizierte Gebirgssoldaten, deren ursprüngliche Aufgabe es gewesen war, die Indios gegen die Raubüberfälle von Banditen und gegen andere Vertreter der modernen Zivilisation zu schützen. Heutzutage aber handelte es sich bei Gebirgsrangern hauptsächlich um Männer mit Feldstechern, hochauflösenden Fernrohren und Infrarot-Nachtsichtgeräten, die einzig und allein die Aufgabe hatten, Guerillagruppen zu lokalisieren und deren Aufenthalt zu melden. Sie hatten Befehl, erst zu schießen, wenn ihnen keine andere Wahl mehr gelassen wurde, und so unauffällig wie möglich zu operieren. Remedios und die Guerilleros nahmen sich zu Recht vor deren Aktivitäten in acht. Da Federico sehr fit und wendig war, gehörte es zu den ihm übertragenen Aufgaben, die Gegend nach ihnen abzusuchen und sie zu erschießen, sobald er sie aufspürte.

Zum Glück für alle Parteien war die Sierra Nevada de Santa Margarita ungeheuer groß, nicht kartographiert und größtenteils unzugänglich, denn sonst hätte das Blutvergießen auf beiden Seiten dramatische Züge angenommen. Die Behörden nahmen in der Regel an, daß jeder nicht zurückgekehrte Gebirgsranger durch einen Bergunfall zu Tode gekommen sei, und unternahmen nichts, während Federico deren Waffen an sich nahm und die Leichen so unauffällig wie möglich verschwinden ließ.

Im allgemeinen wurden die Ranger paarweise von einem Hubschrauber an passender Stelle abgesetzt, von wo aus sie nach fünf Tagen wieder abgeholt werden sollten. In der Zwischenzeit war es ihre Aufgabe, die nahegelegenen Gipfel abzusuchen und jede Aktivität in Reichweite ihrer Geräte zu melden. Die Methode, nach der sie vorgingen, war die, die angrenzenden Gebiete systematisch zu inspizieren, so daß im Verlauf eines Jahres das gesamte Gebirge von ihnen durchkämmt wurde.

Doch die Aufgabe war extrem hart und schwierig und – um der Wahrheit die Ehre zu geben – eigentlich unmöglich zu lösen. Nicht nur, daß die Gebirgsranger, schwer bepackt mit ihrem Proviant, ihren Gewehren, ihrer Bergsteigerausrüstung und ihren Überwachungsgeräten, in fünf Tagen etliche Gipfel erklimmen sollten, auch das Gebirge selbst war gegen sie. Auf den Gipfeln über 2500 Metern war es bitterkalt, und das Wetter schlug ständig um. So war es durchaus möglich, einen Berg den ganzen Vormittag bei wunderschönstem Sonnenschein zu erklimmen, den Gipfel zu erreichen, die Feldstecher herauszunehmen und fünf Minuten später in Wolken und gefrierenden Regen, untermischt mit heftigen Schneeschauern und beißendem Staub, gehüllt zu sein. Darüber hinaus zerkleinerte der Nachtfrost die Felsen der Bergflanken regelrecht zu Geröll, und so war es keine Seltenheit, daß jemand, insbesondere bei feuchter Witterung, im Versuch, vorwärts nach oben zu klettern, wieder nach rückwärts abrutschte.

Die Guerillagruppen kamen den Gebirgsrangern sehr schnell auf die Schliche. Jene zogen sich über die Berghänge tiefer in den dichten Dschungel zurück, der die Gebirgsflanken auch in höheren Lagen bedeckte. Falls sie Hubschrauber kommen hörten, rückten sie unverzüglich in genau die Täler ein, welche die Ranger in der Woche zuvor inspiziert hatten. Auf diese Weise mußten sie lediglich einmal pro Jahr für etwa eine Woche umziehen. Sie fanden zudem heraus, daß die Ranger ziemlich leicht abzuknallen waren.

Dafür gab es zwei Gründe. Zum einen schienen die Ranger niemals zu erwarten, jemand anderen als einen Indio zu Gesicht zu bekommen. Das rührte daher, daß ihnen gewöhnlich nur Indios begegneten, denn die Guerilleros hielten sich ja logischerweise immer versteckt, wenn die Hubschrauber eintrafen. Dieses Fehlen direkter Feindberührung machte sie unvorsichtig und oberflächlich und zu Opfern, denen denkbar leicht aufzulauern war. Zum anderen hätten die Ranger sich ein derart strapaziöses und armseliges Leben aufgehalst, wenn sie ihrem Auftrag gemäß vorgegangen wären, so daß sie ziemlich oft rein gar nichts taten. So ging es für sie letztendlich nur noch darum anzukommen, fünf Tage am selben Ort zu kampieren und sich dann wieder abholen zu lassen. Sie wußten es einfach nicht zu schätzen, daß ihnen, selbst wenn sie zwei Jahre mit ihrer Vorgehensweise durchgekommen waren, in der ersten Woche des dritten Jahres immer noch im Schlaf die Kehle durchgeschnitten werden konnte.

Nichtsdestoweniger bereiteten die Aktivitäten der Ranger den Guerilleros Sorgen. Es war immerhin möglich, daß das Oberkommando der Luftwaffe irgendwann entschied, Erkundungen nach dem Zufallsprinzip durchzuführen, und es lag durchaus im Bereich des Möglichen, daß ein Hubschrauber eintraf, ohne gehört zu werden, da die Akustik der Gebirgszüge sehr eigenwillig sein kann.

Federico befand sich daher ständig auf Einzelpatrouille, um nach Rangern Ausschau zu halten. Die Art und Weise, wie er seiner Aufgabe nachkam, blieb ihm überlassen, und wenn er gewollt hätte, hätte er noch Leute mitnehmen können, aber er glich zu sehr Pedro, dem Jäger, den er als Junge immer bewundert und nachzuahmen versucht hatte. Er betrieb seine Sache sehr ernsthaft, ging gern allein auf die Pirsch und widmete der Verfeinerung seiner Technik viel Zeit.

Federico hatte bereits zwei Einheiten der Gebirgsranger ausgelöscht. Die ersten beiden waren von ihm erschossen worden, als sie angeseilt hoch über ihm in einer Felswand kletterten. Sie waren ungeheuer tief gefallen, und er hatte Schwierigkeiten gehabt, ihre Leichen ausfindig zu machen, die er unter Geröllhaufen begrub, so daß die Kondore sie nicht schänden konnten (in dieser Hinsicht hatte er ein starkes Anstandsgefühl entwickelt, seit er die Leiche des ersten von ihm erschossenen Mannes nicht vor den Geiern hatte schützen können). Zweimal den ganzen Weg zurücklegend, hatte Federico dann deren Ausrüstung triumphierend ins Lager gebracht und war von Remedios vor der ganzen Gruppe dafür gelobt worden.

Das zweite Paar hatte Federico erschossen, als er einen Berghang überquerte und unter sich zwei Ranger sah, die im Begriff standen, eine Indiofrau zu mißbrauchen. Einer versuchte, die sich verzweifelt wehrende Frau mit dem Gewehrkolben gefügig zu machen, während der andere am Boden kniete und ihre Beine umklammerte, um sie zu Fall zu bringen. Federico schoß dem ersten Mann in den Kopf, als dieser gerade zum Schlag ausholte. Der Mann fiel flach auf den Rücken.

Der andere Ranger richtete sich auf, erstarrte für den Bruchteil einer Sekunde und nahm dann Reißaus. Die Indiofrau griff sich einen Felsbrocken und setzte ihm tatsächlich nach. Federico war schnell laufende Ziele nicht gewohnt, und so brauchte er vier Schuß, bis er den Mann mit einer Kugel von den Beinen holte. Der krümmte sich vor Schmerzen und umklammerte seinen Schenkel. Die Indiofrau holte ihn ein und zerschmetterte ihm mit dem Felsbrocken den Schädel. Dann richtete sie sich auf, strich ihre Kleider glatt, wischte sich mit dem Schal über die Stirn, ging zurück, um ihren Hut zu holen, und machte sich stolz und mit festem Schritt auf den Weg ins Tal hinunter. Sie blickte sich nicht einmal um, um zu schauen, wer sie denn gerettet hatte. Vermutlich nahm sie an, daß ein anderer Indio nur seine Pflicht und Schuldigkeit getan hatte. Federico brachte die Ausrüstung zu Remedios und erhielt ein Extralob.

Falls Federico keine Ranger sah, was sehr selten der Fall war, kehrte er gewöhnlich mit etwas Fleisch fürs Lager zurück. Es war so einfach, die dummen und arglosen Vikunjas zu erlegen, daß er nach einer Weile ein schlechtes Gewissen bekam und statt dessen die wildlebenden Ziegen schoß, die sich weiter oben im Gebirge aufhielten. Weiter unten stellte er Wildschweinen und Hunden nach, die Tollwut hatten. Diese Hunde wurden natürlich nicht verzehrt, aber ihr Abschuß war eine Bürgerpflicht, der sogar Geächtete nachkamen.

Eines Nachts, Federico träumte zum hundertstenmal von dem

wunderschönen Mädchen mit den großen braunen Augen und dem hüftlangen schwarzen Haar, das im Dschungel lebte, erwachte er mit dem Gedanken, *das heißt, daß ich in den Dschungel gehen und Dschungelranger erschießen muß.* Aber eigentlich, so viel ist gewiß, hoffte er, auf diesem Weg im Dschungel das Mädchen zu finden, das ihm schon so viele ruhelose und verzückte Nächte bereitet hatte.

Er ging zu Remedios und bat um Erlaubnis, in den Dschungel hinabsteigen zu dürfen, was diese ihm brüsk verweigerte. »Die Erlaubnis gebe ich dir nicht. Du kannst da nicht hinuntergehen. Zum einen wacht Aurelio für uns über den Dschungel, und wir brauchen dich dort nicht, da uns die Gebirgsranger viel mehr Sorgen machen. Dazu kommt, daß Aurelio überall Fallen aufgestellt hat und du nicht weißt, wo sie sind. Du kennst zwar das Gebirge und die Savanne, aber nicht den Dschungel dazwischen, und du würdest dich augenblicklich verirren und nie wieder zu uns zurückfinden. Zum anderen gibt es gegenwärtig keine Dschungelranger in diesem Gebiet, und ich werde dir unter gar keinen Umständen die Erlaubnis geben, die Zeit von uns allen, einschließlich deiner eigenen, zu vergeuden.«

Federico machte sich auf seinen üblichen Weg zu den Gipfeln, doch als er außer Sichtweite des Lagers war, ging er um die Talflanke herum und begann mit dem Abstieg in den Dschungel. Er nahm an, daß er sein Fortkommen im Urwald ebenso leicht nach dem Sonnenstand bestimmen könne wie in den Bergen.

Nach und nach wurde die Vegetation üppiger und undurchdringlicher. Die Feuchtigkeit nahm zu, so daß Federico immer öfters anhalten und seinen Durst in den Bächen stillen und sich erfrischen mußte. Das Blätterdach über seinem Kopf wurde unerbittlich dichter und das Licht spärlicher. Beinahe auf Schritt und Tritt mußte er sich der Insekten erwehren.

Plötzlich hielt er an. Ihm war, als würde jemand in seinem Kopf zu ihm sprechen: »Die Erlaubnis gebe ich dir nicht. Du kannst nicht dort hinuntergehen.« Das waren Remedios' Worte, aber nicht ihre Stimme. Er blieb stehen und schüttelte den Kopf. »Du kennst den Dschungel nicht«, sagte die Stimme, die Remedios' Worte gebrauchte. Federico schüttelte wieder den Kopf, so als würde er eine Fliege von seinem Ohr verscheuchen. Er trat einen Schritt nach vorn, aber seine Beine kamen ihm mit einem Mal sehr schwer vor, so als würde er ein großes Gewicht tragen oder jemand ihm auf den Schultern sitzen. Er setzte sich an den Wegrand, um darüber nachzudenken, ob er seinen Plan weiter verfolgen sollte. Alle hatten ihn stets vor dem Gang in den Dschungel gewarnt. Es gab dort Sümpfe, feindliche Indianer mit Blasrohren und vergifteten Pfeilen, Schlangen, Dunkelheit, unvermutet auftauchende Steilabhänge und von Ranken verborgene Fallgruben. Es war ein Ort von tödlicher Selbstvergessenheit, wo Menschen über ihr Irregehen den Verstand verlieren. Federico blieb sehr lange so sitzen. Währenddessen schlug sich sein gesunder Menschenverstand mit seiner Starrköpfigkeit herum. Er war in dem Alter, wo einem Mann jene grimmige Selbstsicherheit und jener starre männliche Stolz eigen ist, die offenbaren, daß er sich seiner selbst als Mann noch nicht sicher ist. Als er so dasaß, befeuerte Furcht seinen Starrsinn. Er stand auf und ging weiter, widerstand der Kraft, die ihn zurückstieß und die von zwei Händen herzurühren schien, die sich gegen seine Brust stemmten. Er überwand diese Kraft und schritt weiter in das ewig grüne Halbdunkel des Dschungels.

Parlanchina tauchte am Rand der Lichtung auf und winkte ihrem Vater zu. Er legte den Pflanzstock für Mais, den er gerade schnitzte, beiseite und folgte ihr, als sie sich zwischen den Bäumen hindurchschlängelte. Alle paar Schritte blieb sie stehen, sah ihn an und gab ihm mit sorgenvoller Dringlichkeit Zeichen. Aurelio eilte ihr nach.

In Lateinamerika heißt er *tigre*, aber er ist kein Tiger, außer was seine Wildheit und seinen Mut betrifft. Die größten Jaguars sind mehr als zwei Meter lang, den herrlichen, gestreiften Schwanz nicht eingerechnet. Er gleicht einem Leoparden, ist aber mit seinem gedrungenen Kopf und den mächtigen Beinen weitaus kräftiger gebaut. Normalerweise trägt er ein goldbraunes Fell mit schwarzen Flecken an den Beinen und schwarzen Rosetten an den Flanken. Manchmal treten auch schneeweiße Katzen auf, und sehr selten gibt es schöne, göttergleiche Exemplare in Samtschwarz. Letztere verleihen den Kriegern einiger Indianerstämme die Häuptlingswürde, wenn sie von diesen im Zweikampf erlegt werden. Das Fell wird ihnen genommen und mit Würde getragen. Der schwarze Jaguar ist heilig und mächtig, und die Indianer halten ihn für den mutigsten aller Jaguars.

Der Jaguar jagt den natürlichen Gegebenheiten seines Lebensraums gemäß. In den argentinischen Pampas tötet er Schafe und Rinder. An Flüssen fängt er Fische und Schildkröten. In Wäldern reißt er Tapire. Im Dschungel liegt er reglos auf den Ästen der Bäume und fällt Affen und Vögel an. Oft liegt er auf einem Ast über einem Pfad, weil Tiere, ähnlich wie Menschen, am liebsten dem einfachsten Weg folgen. Aber Jaguars greifen höchst selten den Menschen an; sie sind weise genug, diesen seiner Wege gehen zu lassen, denn er ist das gefährlichste Tier der Welt.

Federico ging weiter, erblickte die im Sonnenlicht funkelnden Vögel in ihrer atemberaubenden Farbenpracht, die in den Bäumen kreischten, beobachtete die Affen, die vor ihm, durch die Zweige brechend, flohen. Schweiß tropfte ihm von der Stirn und stach ihm in den Augen, so wie die Moskitos seine Arme und seinen Hals zerstachen. Er dachte schon daran umzukehren. Als er auf dem Pfad für einen Moment eine Pause einlegte, ließ über ihm ein *tigre* sein dumpfes Grollen ertönen.

Federico schreckte auf und fiel auf seinen Hintern, wobei er sich den Knöchel verstauchte. Er richtete sich halb auf und mühte sich verzweifelt, sein Gewehr von der Schulter zu reißen. Der große schwarze *tigre* machte einen Buckel und riß sein Maul auf;

er fauchte und knurrte aus der Tiefe seiner Brust und sah sich nach einem Fluchtweg um, überlegte, wohin er schnell springen könnte. Von Panik erfüllt, brachte Federico die M-16 an die Wange, zielte unbeholfen auf den Kopf der Katze und drückte ab. Federicos ohnehin schon rasender Herzschlag beschleunigte sich noch um einiges mehr, als sich nichts tat. Er hatte vergessen, den Sicherungshebel umzulegen. Er musterte die ihm fremd vorkommende Waffe. In seiner Verzweiflung wanderte sein Blick zweimal über den Hebel, bevor er ihn erkannte. Dann endlich legte er ihn mit schweißnassen und zitternden Fingern vorschriftsmäßig um. Die Katze sah ihn immer noch an und fauchte, so als würde sie ihm zu verstehen geben wollen, er solle sich verziehen. Aber Federico brachte das Gewehr nochmals an die Wange und feuerte wieder auf den Kopf der Katze. Doch die Waffe war weder ordnungsgemäß angelegt, noch hatte er sorgfältig gezielt, und so zischte die Kugel harmlos aus dem wild schwankenden Lauf und schlug in einen Ast über dem Katzenkopf. Als die Kugel davonsirrte, duckte sich die Katze auf dem Ast und machte sich wutentbrannt zum Sprung bereit.

Federico versuchte hastig, noch einmal zu feuern. Aber nun hatte das Gewehr eine Ladehemmung, und Federico mühte sich noch immer mit dem unvertrauten Mechanismus ab, als der *tigre* mit vor Haß blitzenden Augen und mit von ungeheurer Wut gespeistem Mut vom Ast auf ihn zu jagte. Seine gewaltigen Pranken landeten auf Federicos Schultern und warfen ihn um. Der *tigre* grub Federico seine Krallen ins Fleisch und zerfetzte ihm mit einem Biß die Kehle.

Federico starb wie im Traum. In seiner Seele kehrte eine überirdische Ruhe ein, und er verspürte nichts von dem Schmerz, der durch seinen Körper raste. Er dachte für einen Moment an Francesca und wie schön sie geworden war. Er dachte an Sergio, der ihm den Diebstahl verziehen hatte. Er dachte voller Mitleid an den Mann, den er getötet und nicht vor den Geiern gerettet hatte. Er dachte an den Geier, den er für Professor Luis geschossen hatte. Er dachte an seine Mutter, wie sie *arepas* machte.

»Ich habe dich noch davon abhalten wollen«, sagte die Stimme, die nicht Remedios gehörte. Ob Federico die Augen aufschlug und Parlanchina erblickte oder ob er sie nur im Todestraum sah, wer kann das schon wissen. Aber sie stand mit Tränen in den braunen Augen über ihm, und ihr langes Haar fiel ihr ins Gesicht.

»Du bist das Mädchen aus meinem Traum«, sagte er. »Du bist das wilde, wunderschöne Mädchen aus dem Wald.«

Sie lächelte. »Du bist wie ich jungfräulich gestorben. Ich habe dich davon abhalten wollen. Aber du hast mich beiseite gestoßen. Ich bin hier, um dich zu führen.«

Federico sah, wie schön sie war; er sah, daß ihre Haut glatt und vollkommen war, daß ihre Brüste knospten und daß ihre Beine lang und gerade waren. Sie streckte ihm die Hand entgegen, um ihm aufzuhelfen, und er ging mit ihr, sah nicht, wie der *tigre* seinen Körper zerfetzte, der so köstlich und vollkommen wie der von Parlanchina gewesen war. Er sah und hörte nicht Aurelio, der die Katze heftig anbrüllte, so daß sie sich davonschlich. Er sah nur Parlanchina neben sich, die ihn an der Hand führte, ihn von der Seite ansah und das Lächeln eines Mädchens aufgesetzt hatte, das um die frivolen Geheimnisse der Welt weiß.

Aurelio öffnete Parlanchinas Grab auf der einen Seite. Er sah, daß ihre Knochen sauber und weiß im Tunnel auf dem Reisigbett lagen. Er sah auch, daß die Knochen ihrer geliebten Katze sauber waren und über denen ihrer Herrin ruhten. Die Termiten hatten ihre Aufgabe erfüllt. Aurelio legte Federicos Leib zu Parlanchina und blickte ein letztes Mal auf die schlanken, langen Glieder und das jugendliche, von der Bergsonne gebräunte Gesicht. Er schob den Körper näher zu den beiden anderen, so daß die Knochen aufeinanderfallen und sich miteinander vermischen würden.

Er verschloß das Grab wieder und dachte daran, wie er Federico zum ersten Mal als Halbwüchsigen gesehen hatte, der versehentlich einen unschuldigen Mann getötet hatte, und er dachte daran, wie Parlanchina ihm im Dschungel gefolgt war.

»Gwubba« – er klagte sie an –, »hast du ihn in den Tod geführt, weil du ihn liebst?«

»Nein, Papacito«, sagte sie. »Ich habe ihn davon abhalten wollen. Aber manches läßt sich nicht verhindern. Er ist zu Tode gekommen, weil er mich liebte.«

Aurelio blickte in ihre dunklen, glühenden Augen und war sich sicher, daß sie die Wahrheit sagte. Sie lächelte ihn traurig und irgendwie glücklich an.

»Dann hast du also keinen Gott geheiratet?«

»Nein, Papacito.«

26

Oberst Asado blüht auf

Als der Oberst am nächsten Morgen zur Arbeit kam, öffnete er angewidert die Tür der Zelle des radikalen Anwalts. Der Gestank von abgestandenem Urin stach ihm in die Nase. Der Anwalt saß auf der Kante der Matratze, ein Häufchen Elend. Er hatte noch immer verkrustetes Blut an seinen Lippen und seinem Kinn.

»Raus mit dir!« sagte der Oberst. »Und in Zukunft weißt du, wer die Leute sind, denen du Respekt entgegenzubringen hast.«

»Respekt?« fragte der Anwalt und sah auf. »Wie soll ich gewalttätigen Menschen Respekt entgegenbringen?«

»Du bist der erste Mensch, den ich je in meinem Leben geschlagen habe«, erwiderte der Oberst, »und ich habe das nicht als Soldat, sondern als Mann getan.«

Der radikale Anwalt lachte bitter. »Sie wollen Informationen von mir über Menschen, die für eine bessere Welt kämpfen, damit alles so bleibt, wie es ist. Sie sind bereit, dafür Menschen zusammenzuschlagen. Sie sind ein *fascista*!«

Der Oberst erwiderte nichts. Er ging hinaus und schloß die Tür hinter sich ab. Ein paar Minuten später kehrte er mit einem Eimer und einem Scheuertuch zurück. »Bevor du gehst«, befahl er, »machst du diese Sauerei weg.«

»Ich weigere mich«, sagte der Anwalt. »Es ist nicht meine Schuld, daß ich hier ohne Toilette eingesperrt wurde.«

Der Oberst drückte dem Mann grob den Wischlappen in die

Hand und wiederholte: »Du machst das hier sauber, oder du kommst hier nicht raus.« Dann verließ er den Raum, sperrte die Tür wieder hinter sich ab und ging zu seiner ersten Befragung.

Heute fiel es ihm schon wesentlich leichter, die verängstigten Menschen, die zu ihm kamen, zu schikanieren und zu tyrannisieren. Einer Frau – sie war Lehrerin – schlug er ins Gesicht. An diesem Abend waren drei Menschen wegen Informationsverweigerung eingesperrt, dazu noch der Anwalt, der sein Zimmer aufgewischt, aber gedroht hatte, den Oberst wegen widerrechtlicher Freiheitsberaubung anzuzeigen. Der Oberst wußte nicht, wie er sich diesem gegenüber verhalten sollte. Er fürchtete, daß der Mann vor Gericht gehen und er selbst vor einem Erschießungskommando enden würde.

Als er heimfuhr, dachte er: *Der Mann ist doch ein Wurm, ein Insekt, genau der Abschaum, der die Anarchie gären läßt und das Vaterland zersetzt.* Er erinnerte sich daran, was General Ramírez über das Dauerhaft-aus-dem-Verkehr-Ziehen von Subversiven gesagt hatte, und dachte: *Wirklich, dieser widerliche Kerl ist ein echter Subversiver, also gut.* Es war an der Zeit, seine vaterländische Pflicht zu tun. Diese Entscheidung trug ihm eine schlaflose Nacht ein.

Am Morgen schoß er dem Mann in die Brust, obwohl seine Hände zitterten und er einen Anflug von Ekel über seine Tat verspürte. Als es dunkel war, schaffte er den leblosen Körper nach draußen und warf ihn in den geräumigen Kofferraum seines Ford Falcon. Er fuhr aus der Stadt, kippte ihn auf die städtische Müllhalde und bedeckte ihn mit Abfällen. Während der Nacht legten die herumstreunenden herrenlosen Hunde, die vom Abfall lebten, die Leiche frei, und als die Männer von der Müllabfuhr sie am Morgen darauf fanden, war sie von den Tieren halb aufgefressen. Es erschien lediglich eine Kurzmeldung in der lokalen Zeitung, und die Leiche wurde nicht identifiziert. Sie wurde unter einem kleinen Holzkreuz beerdigt, auf dem stand: *»Non Nombre.«*

Der Oberst fühlte sich erleichtert; außerdem hatte er eine Eingebung. Er sah in der Akte des Verstorbenen nach und vergewisserte sich, daß dieser als alleinlebend registriert war. Er beschloß, die Wohnung des Mannes zu durchsuchen, um dort nach brauchbaren Informationen über dessen subversive Klienten zu forschen.

Er stemmte, ohne Aufmerksamkeit zu erregen, die Tür mit einem Brecheisen auf und verschaffte sich ohne große Mühe Zutritt. Die Wohnung glich einer Müllhalde, volle Aschenbecher, die schmutzige Wäsche lag auf dem Boden verstreut, und die Laken in dem ungemachten Bett waren offensichtlich seit Wochen nicht gewechselt worden. Der Oberst ging an den Schreibtisch des Mannes, steckte, einer weiteren Eingebung folgend, ein Blatt Papier in die Schreibmaschine und tippte: »Ich halte es nicht mehr aus. Ich verschwinde.«

Dann durchwühlte er den Schreibtisch und nahm alle Papiere an sich, die ihm irgendwie nützlich vorkamen. Er stand vor dem Bücherregal des Mannes; er sah Bücher wie »Das Kapital«, Freuds »Psychopathologie des Alltagslebens« und Reichs »Die Massenpsychologie des Faschismus« und dachte: *Ich hatte recht, dieses Ekel umzubringen.*

Der Oberst durchsuchte nun die restliche Wohnung des Mannes. Im Nachttisch am Bett fand er einen Goldring mit einem Tigerauge. Er nahm ihn heraus. *Der muß einiges wert sein,* dachte er, legte ihn aber wieder zurück. Es sollte keine Minute vergehen, da öffnete er die Schublade erneut und nahm ihn heraus. »Warum nicht?« sagte er laut. »Der Mistkerl braucht ihn ja nicht mehr.« Er steckte ihn in die Tasche und hatte augenblicklich ein schlechtes Gewissen. Er holte ihn wieder hervor und betrachtete ihn in der Absicht, ihn wieder in die Schublade zurückzulegen, doch statt dessen streifte er ihn sich kurzerhand über den kleinen Finger und behielt ihn.

Beim Verlassen der Wohnung fiel ihm auf, daß er die Tür mit dem Brecheisen schwer beschädigt hatte, und dachte: *Da das wie ein Einbruch aussieht, muß ich alles wie nach einem Einbruch aussehen lassen*. Also ging er wieder hinein und verstreute die Sachen in der Wohnung sorgfältig auf dem Boden; doch irgendwie befriedigte ihn auch das noch immer nicht richtig, und so gab er es auf, es wie nach einem Bilderbucheinbruch zu arrangieren, und warf alles so heftig wie möglich durcheinander. Das sah dann schon in seinen Augen viel besser aus.

Im Lauf des Tages entschied der Oberst, es sei an der Zeit, noch mehr Befrager zu rekrutieren, weil es ansonsten eine Ewigkeit dauern würde, alle Akten auf eigene Faust durchzuarbeiten. Er holte drei Kameraden aus seinem alten Regiment, mit Zustimmung des Generals, der sie allesamt beförderte. Dann rief der General den Oberst zu sich.

»Oberst«, sagte er, »ich bin nach dem Lesen Ihrer Berichte etwas besorgt darüber, daß die Sache nicht so gründlich angegangen wird, wie ich es mir vorgestellt habe. Wie es aussieht, holen Sie die Leute her, indem Sie ihnen Postkarten schicken. Ich nehme zwar zur Kenntnis, daß dies sparsam ist, aber ich glaube auch, daß jeder Mensch, der nach Erhalt der Postkarte auftaucht, eigentlich kein Umstürzler sein kann.«

»Nein, Herr General«, erwiderte der Oberst, »aber ich wollte gründlich vorgehen und kam zu der Überzeugung, daß die beste Art, um zu vertuschen, daß jemand ein Umstürzler ist, die ist, sich ganz unschuldig zu benehmen. Ich glaube, es ist besser, auf Nummer Sicher zu gehen, Herr General.«

»Ach so«, sagte der General.

»Ich habe auch«, fuhr der Oberst fort, »bereits einen solchen Umstürzler aufgespürt und seinen Fall, wie soll ich sagen ..., abgeschlossen, Herr General.«

»Sehr gut«, sagte der General. »Aber ich glaube, Sie sollten sich mehr auf die konzentrieren, die nicht erscheinen. Und noch etwas ...«

»Ja, Herr General?«

»Wenn Fälle ›abgeschlossen‹ werden müssen, wie Sie es nennen, gefällt es mir nicht, wenn die Leute Ihre Postkarten erhalten, die später von Verwandten gefunden werden könnten. Verstehen Sie, was ich meine?«

»Jawohl, Herr General«, sagte der Oberst.

»Ich halte es außerdem für besser, wenn Sie an deren Wohnort in Zivil erscheinen und sie zur Schule für Elektro- und Maschineningenieure begleiten. Ich schlage vor, ihnen die Augen zu verbinden, damit sie nicht wissen, wohin sie gebracht werden.« Der General gab seiner Stimme einen erfahrenen und vertraulichen Ton. »Unter uns, Herr Oberst, es ist eine psychologisch hochwirksame Vorgehensweise, denn wenn Ihre Befragten ein bißchen verängstigt sind, werden sie Ihnen eher Informationen liefern. In Erfüllung der Pflicht, Oberst, müssen Menschen manchmal eingeschüchtert werden, wie abscheulich das auch immer sein mag.«

»Zu Befehl, ja, Herr General«, sagte der Oberst.

»Und noch etwas. Sie sollten Ihr Unternehmen in einem etwas größeren Stil aufziehen. Ich verlange, daß Sie richtiggehend Einsatzgruppen bilden. Und machen Sie sich keine Sorgen um die Kosten.« General Ramírez hob den Zeigefinger. »Schicken Sie einfach alle Rechnungen an mich, und ich werde sie über den Wohltätigkeitsfonds und das Witwenrentenversorgungsprogramm des Heeres begleichen lassen.«

Der Oberst wies jeden seiner drei Kameraden an, jeweils vier weitere ideologisch verläßliche Leute zu rekrutieren, und schon bald herrschte in seiner Befragungsstelle eine rege Betriebsamkeit. Die zwölf von seinen Kameraden angeheuerten Männer holten die subversiven Elemente in Vierergruppen ab, gewöhnlich nach Einbruch der Dunkelheit, und der Oberst und seine drei Kameraden verhörten sie dann. Schon sehr bald stellte der Oberst fest, daß die Verdächtigen oft zusammengeschlagen und unter Schock stehend eintrafen, aber die Männer sagten ihm, sie wären bei der Verhaftung auf heftigen Widerstand gestoßen und hätten sich nicht anders zu helfen gewußt. »Sehr gut«, sagte der

Oberst, der schon einige Eigenheiten und Redewendungen von General Ramírez übernommen hatte.

Der Haken an der Sache war nur, daß zusammengeschlagene Menschen nicht nach Hause geschickt werden konnten, wo sie sich beschweren würden, daß sie von der Geheimpolizei verhaftet und mißhandelt worden waren. Der Oberst behielt sie also einstweilen im Gebäude, das schon nach kurzer Zeit gnadenlos überfüllt war. Die ganze Situation setzte mehr und mehr seinen Nerven zu, da nicht nur Essenszuteilung, Badezeiten, Toilettengänge und das Ausstellen von Rechnungen zu organisieren waren, sondern auch noch Verhöre durchgeführt werden mußten, die zu nichts führten. Doch am schlimmsten von allem war, daß er den ganzen Tag über gezwungen war, den Lärm der Leute anzuhören, die an ihre Türen hämmerten, lauthals ihre Rechte einforderten und weinten. Manchmal, wenn er es nicht mehr aushalten konnte, ging er in die Zellen und prügelte die Leute so lange, bis sie endlich Ruhe gaben.

Eines Tages brachten die Männer eine junge Frau herein, aufreizend gekleidet, sorgfältig geschminkt und sehr selbstsicher. Sie lächelte zutraulich und setzte sich. »Was kann ich für Sie tun?« fragte sie.

Aus irgendeinem Grund verunsicherte sie den Oberst durch die Art, wie sie ihn ansah. Er stellte ihr Fragen zu subversiven Aktivitäten, doch sie erwiderte einfach seinen Blick und behielt ihr zutrauliches Lächeln bei.

»Was muß ich tun, um hier herauszukommen?« fragte sie. »Ich glaube, ich würde praktisch alles machen.« Sie hatte nun einen lasziv-schleppenden Ton angeschlagen und sagte dieses »Alles« so verlockend, daß dem Oberst ein Schauer über den Rücken lief.

»Alles?« forschte er nach.

»Oh, ja, alles«, erwiderte sie.

Sie sahen einander einen Augenblick lang an, und dann stand sie auf, ging zur Tür und drehte den Schlüssel im Schloß um. Dann trat sie nahe an den Oberst heran. Sie näherte ihre Lippen seinem Ohr und flüsterte heißblütig: »Sagen Sie mir, was ich tun soll, und dann lassen Sie mich gehen.« Sie beugte sich zurück und warf ihm ein strahlendes Lächeln zu. Während sie sich spielerisch an seinen Hemdknöpfen zu schaffen machte, fühlte er die Erregung in sich wachsen. Er roch ihr schwüles Parfüm, einen moschusähnlichen Duft. Plötzlich entzog sie sich ihm und warf ihm einen Blick über die Schulter zu. Dann entledigte sie sich ihrer hochhackigen Schuhe und fing ganz langsam und aufreizend an, sich auszuziehen. Er sah gebannt, entsetzt und verwirrt zu. Sein Herz begann schneller zu schlagen, und er fühlte sich mit einem Mal ein wenig schwach. Als sie nackt war, wandte sie sich um, hob die Arme und drehte eine kleine Pirouette, wie um sich selbst vorzuführen. »Gefällt Ihnen das?« fragte sie.

»Madame, ich muß Sie bitten, sich wieder anzuziehen«, sagte er steif.

»Oh, seien Sie doch kein Spielverderber«, erwiderte sie, trat nahe zu ihm hin und fing an, sein Hemd aufzuknöpfen. Sie zog einen Schmollmund.

»Madame«, sagte er, »ich muß Sie warnen ...«

»Oh, sch«, bedeutete sie ihm und legte ihm einen Finger auf die Lippen. Sie knöpfte ihm die Hose auf und ließ ihre kühle, elegante Hand in den Hosenschlitz hineingleiten. Gegen seinen Willen spürte er, wie dort unten etwas hart anschwoll. Sein Atem begann stoßweise zu gehen. Sie drapierte sich auf dem Schreibtisch und streckte ihm die Arme entgegen.

»Madame ...«

»Nun komm schon« – wieder schmollte sie –, »sei wenigstens einmal in deinem Leben ein böser Junge.«

Er bestieg sie, kam sich aber dermaßen unbeholfen und lächerlich vor, daß ihm sein bestes Stück den Dienst versagte. Er kämpfte eine Weile dagegen an, ließ aber schon bald angewidert und gedemütigt von ihr ab.

»Raus hier«, sagte er wütend.

»Oh, nicht böse sein«, sagte sie im Tonfall einer Mutter, die ein Kind tröstet, das sich weh getan hat. »Ich wollte dir nur ein wenig Abwechslung bieten.«

Als er sah, wie sie sich routiniert anzog, kam dem Oberst bei dem Gedanken, was er versäumen würde, erneut eine Erektion zu Hilfe. Er trat hinter sie, wirbelte sie herum, riß ihr das Höschen herunter und hob sie auf den Schreibtisch. Ihre Arme klammerten sich um seinen Nacken. Die Beine hielt sie hinter seinem Rücken gekreuzt. Er drang in sie ein und kam bereits nach wenigen Stößen.

Als sie gegangen war, schaute er in ihre Akte, wo er den Vermerk fand: »Callgirl; trifft sich berufsbedingt mit Gewerkschaftsfunktionären.«

Also hatte er gerade einen Freistoß von einer Nutte bekommen. Er war aufgebracht und gedemütigt, fühlte sich beschmutzt.

Nach diesem Vorfall änderte sich seine Sichtweise auf die weiblichen Gefangenen von Grund auf. Wenn er sie verhörte und seine Macht über sie spürte, versteifte sich sein Penis, und die Haare an den Beinen prickelten. Er fühlte sich allmählich wie ein Gott und gab sich ganz dem Gefühl hin, die Frauen seien verfügbare Objekte, die er wie Fliegen zerdrücken könne. Aber zu seinem Leidwesen boten sich ihm keine Frauen mehr an, was ihn allmählich ungehalten machte. Eines Tages ließ er sich ganz einfach gehen.

Sie war eine hübsche neunzehnjährige Soziologiestudentin mit strahlendem, blauäugigem Blick und braunen Locken. Sie sagte, sie wüßte nichts, und er verlor die Beherrschung, wie er es neuerdings immer zu tun pflegte. Er gab ihr eine schallende Ohrfeige. Sie ging zu Boden. Er betrachtete sie, wie sie hilflos klagend schluchzte, zog seinen Gürtel aus der Hose und schlug nach ihr, als sie sich auf dem Teppich krümmte und schrie. »Sag mir's, verdammt noch mal!« brüllte er. »Sag's mir!«

»Aber«, wimmerte sie unter Schluchzen, »ich weiß doch gar nichts.«

Er kniete sich hin und drehte sie um. Die Wimperntusche lief ihr mit den Tränen übers Gesicht. Er zerriß ihr Hemd und schob ihren Büstenhalter nach oben. »Sag's mir lieber«, befahl er, während er das Fleisch mit den Händen knetete.

»Oh, Gott«, stöhnte sie voller Verzweiflung und lag hilflos schluchzend da, während er ihr die Jeans öffnete und sie nach und nach auszog. Sie blieb reglos liegen und weinte ununterbrochen, als er sie vergewaltigte.

Von diesem Zeitpunkt an verging sich der Oberst praktisch an allen Frauen, die sich in seinem Büro einfanden, vor allem an den jungen und hübschen, und sperrte sie dann ein. Manchmal vergewaltigte er die hübschesten von ihnen mehrmals, bevor er sie seinen Mitarbeitern überließ, welche die gleichen Gewohnheiten wie er angenommen hatten. Dem Oberst war inzwischen alles einerlei. Er genoß die Macht. Er wußte, er stand über dem Gesetz.

Er schlug von nun an routinemäßig alle seine Gefangenen zusammen. Sie tischten ihm Lügen auf, nur um irgend etwas zu sagen, aber selbst das war ihm schon egal. Die von ihnen genannten Personen wurden ganz einfach auch verhaftet und ebenfalls zusammengeschlagen. Er entdeckte, daß Menschen, insbesondere Mädchen, sich besonders stark vor der Entstellung ihres Gesichts fürchteten, und so hatte er stets einen Schürhaken im Gasofen stecken. Er erfuhr, daß die Gefangenen ihn *Asado* nannten – das bedeutet »wütend«, aber auch »Grillfleisch«. Der Name bereitete ihm eine grimmige Genugtuung, und es machte ihm nichts aus, wenn seine Kollegen ihn so anredeten. Aus dem Mund der Gefangenen bestätigte es seine Macht, und aus dem Kollegenmund bekundete es Zwanglosigkeit und Vertrautheit. Seine drei Kameraden waren bereits berüchtigt als El Electricista, der Menschen gern mit Hilfe eines stromgeladenen Rinderstocks verhörte, El Verdugo (der Henker), der die Wippfolter anwandte, und El Baño, der die Leute gern ertränkte.

Es war unmöglich, all diese Menschen nach einer derartigen Behandlung nach Hause zurückkehren zu lassen, und so wurden diejenigen, die nicht unter der Folter starben, mit einem Genickschuß getötet, was in den Augen ihrer Peiniger die geringste Schweinerei hinterließ. Schließlich faßte der Sportplatz der Heeresschule für Elektro- und Maschineningenieure keine weiteren Leichen mehr, und der Oberst war gezwungen, nach Alternativen zu suchen. Er ließ ein Krematorium bauen und einige Leichen auf Friedhöfen abladen, wo sie als *Non Nombre* beerdigt wurden. Er requirierte ein Transportflugzeug und warf Leichen über dem Dschungel ab, wo ihr Tod den Terroristen in die Schuhe geschoben wurde – das Ganze fiel unter die Rubrik »Freiflug«. Wieder andere ließ er im Meer versenken. Damit hörte er aber auf, als die Gezeiten in bestürzender Anzahl Leichen an den Stränden der Urlaubsorte anschwemmten.

Schon bald waren die Zeitungen voll mit Berichten von Menschen, die von bewaffneten Meuchelmördern in Ford Falcons entführt wurden und auf Nimmerwiedersehen verschwanden. Verwandte schrieben Haftprüfungsgesuche an die Polizei, die mit der ganzen Sache nichts anzufangen wußte. »Wir können Ihrem Schreiben nicht entsprechen«, hieß es meist, »da wir keine Meldung von einer Verhaftung haben.« Oberst Asado setzte dem allem ein Ende, indem er jeden Journalisten, der von den Verschwundenen berichtete, und jeden Verwandten, der Wirbel machte, verhaften ließ. Die breite Öffentlichkeit begriff sehr schnell, insbesondere als die Marine und die Luftwaffe sich ebenfalls an dem Spiel beteiligten. Ein stummer Terror senkte sich auf die Hauptstadt des Staates.

Oberst Asado eröffnete vier weitere Außenstellen und hatte bald sechzig Mitarbeiter. Er wurde reich durch den Verkauf der Besitztümer der Verschwundenen, wurde noch reicher durch die Entdeckung, daß General Ramírez sich nie der Mühe unterzog, die ihm zugegangenen Rechnungen zu prüfen, und reicher als reich durch die Annahme von Bestechungsgeldern von all jenen, die meinten, ihre Freiheit erkaufen zu müssen, bevor sie getötet wurden.

27

Von Heilungen, Katzen und Gelächter

La Estancia

Ma chère Maman,

es gibt so viel Neues zu berichten, seit ich Dir das letzte Mal geschrieben habe, daß ich kaum weiß, wo ich beginnen soll! Hoffentlich hat mein letzter Brief Dich nicht allzusehr deprimiert; ich selbst war zu der Zeit furchtbar depressiv, aber seitdem hat sich alles zum Besseren gewendet, hauptsächlich, weil ich nun wieder etwas Hoffnung für Françoise habe.

Erinnerst Du Dich noch daran, daß ich einen *brujo* (eine Art Schamane) erwähnte, der Pedro heißt? Einige nennen ihn auch El Legatero, weil er Alligatoren bei lebendigem Leib zu fangen versteht. Vielleicht weißt Du auch noch, daß er Françoise riet, gegen ihren Krebs Korallenschlangen roh zu verspeisen; sie weigerte sich aber, mehr als eine zu essen, und erlitt einen Rückfall.

Nun ja, er ist vor ein paar Tagen zurückgekommen und hat mir gesagt, er und ein Indio würden im Dorf, aus dem er stammt, eine besondere Heilsitzung abhalten, und hat uns dazu eingeladen. Er sagte: »Sie sollten beide kommen, weil die *señora* ihre Krankheit zum Teil auch wegen Ihnen hat.« Ich war sehr verdutzt und wußte nicht, ob ich empört sein oder es lächerlich finden sollte. Ich wagte es jedoch nicht, etwas zu sagen, weil der Mann mir sehr ernst vorkam und etwas wahrhaft ehrfurchtgebietend Mystisches an sich hatte. Er ist sehr groß und hager, hat Armmuskeln wie ein Ausbilder der Fremdenlegion und trägt Kleidung, die er selbst aus den Tieren verfertigt, die er erbeutet. Er hat einmal ganz allein einen Jaguar für Don Pedro (den Mann mit dem Flugzeug) gestellt und ihm genau durchs Auge geschossen, damit das Fell nicht beschädigt wird. Wie jemand mit einer alten Muskete so toll schießen kann, ist mir vollkommen schleierhaft. Auf jeden Fall ist er in Würde ergraut, und ich gestehe, daß seine Einladung mir eher wie ein Befehl vorkam.

Françoise war sehr schwach und erschöpft, und an dem betreffenden Abend wollte ich sie fast nicht mitnehmen. Doch schließlich fuhren wir die zwanzig Kilometer über äußerst abschrekkende Schlammpisten zum Dorf. Als wir dort ankamen, war es in einer Art Belagerungszustand, bloß ohne Belagerer. Quer über die Straße verlief ein stacheldrahtbewehrter Wall, und alle, selbst die Frauen und Kinder, waren bis an die Zähne bewaffnet. Ich fragte eine Frau, was denn los sei, und sie sagte: »Wir warten auf die Soldaten.« Ich fragte sie, ob sie kommunistische Revolutionäre oder ähnliches seien. Sie sah mich an, als ob ich verrückt wäre, und brach in Gelächter aus. Doch sie zeigte mir zumindest den Weg zur Heilsitzung.

Die war in einer schrecklich schmuddeligen kleinen *choza* (die in den Anden übliche Hütte), und als wir hineingingen, konnte ich zuerst nichts außer dem in der Mitte brennenden Feuer sehen. Eine Stimme sagte: »Setzen Sie sich«, und ich erkannte Pedro, den Schamanen. Er war bis auf ein Lendentuch nackt und sah, mit seinem Gesicht halb im Schatten und der rot über seinen Körper tanzenden Feuerglut, sehr düster aus. Er fragte: »Haben Sie kein Fleisch, keinen Zucker und kein Salz verzehrt?« Ich erwiderte: »Nein, haben wir nicht.«

Er sagte uns, wir sollten von unseren Krankheiten berichten, und die Frau neben mir sagte, sie sei Prostituierte (verzeih mir die Nennung ihres Gewerbes) und habe von der Ausübung ihres Berufs einen schlimmen Rücken bekommen. Sie sagte, sie heiße

Dolores. Dann war da noch ein Mann namens Misael, der ein bißchen wie Pedro aussah, groß, muskulös und etwa im gleichen Alter. Er sagte, er sei anstelle seines kleinen Sohnes da, der furchtbare Verbrennungsmale habe. Ich fand das ein bißchen seltsam, aber alle schienen es für normal zu halten, daß jemand anstelle eines anderen geheilt werden konnte. Da war noch ein Indio, der sich Aurelio nannte, ein sehr seltsam aussehender kleiner und gedrungener Kerl mit einem mongoloiden Gesicht und einem langen Zopf. Er sagte, er sei hier, um Pedro mit den Geistern zu helfen. Immer wieder unterhielt er sich mit einer für uns übrigen völlig unsichtbaren Person, die er mit Gwubba anredete. Ich glaubte, er sei mehr oder weniger verrückt.

Pedro und der Indio zündeten riesige Zigarren an und füllten dann eine Kürbisflasche mit einem Zeug, das sie *ayahuasca* nennen. Ich glaube, es ist ein Quechua-Wort, weiß aber nicht, was es heißt. Sie ließen jeden von uns den Inhalt einer vollen Kürbisflasche trinken, während Pedro sang und der Indio mit einer Klapperschlangenrassel Geräusche produzierte. Der Tee schmeckte ganz übel und kam mir beinahe wieder hoch; er war fettig und bitter und reizte die Kehle.

Wir saßen etwa eine Stunde da, während sie sangen und klapperten, und plötzlich sagte Aurelio: »Die Geister sind hier.« In genau diesem Augenblick wurde mir sehr übel, Françoise übrigens auch. Mein Herz raste, und auf einmal verlor ich vollkommen die Orientierung. Ich konnte nicht mehr aufrecht sitzen, weil ich nicht mehr wußte, was der Boden, das Dach oder die Wände waren. Ich konnte auch nichts mehr sehen, weil Streifen und Flecken in strahlenden Farben, vor allem Blau, mir vor den Augen tanzten und große, wattige violette Lichtkugeln auf mich zu und dann wieder weg schossen. Mit einem Mal waren die Hüttenwände so nahe, daß ich keine Luft mehr bekam, und dann wieder waren sie meilenweit weg, so daß ich mich klein wie eine Ameise fühlte. Ich troff vor Schweiß, und meine Lunge verweigerte mir den Dienst.

Dann fand ich mich zu Hause wieder, wo ich unter den Bougainvilleas saß und den Mond bewunderte, und darauf war ich als Kind wieder in Frankreich, versuchte, eine Feige zu pflücken, die zu hoch für mich hing, und dann war ich wieder in der Hütte, konnte aber die anderen nicht sehen. Ich kroch auf der Suche nach ihnen herum, aber der Boden kippte immer wieder, so daß ich herumrutschte, und auf einmal kehrte sich alles von oben nach unten, so daß ich an der Decke kroch. Aber ich fühlte mich so schwer, daß ich mich kaum rühren konnte, und als ich »*Au secours*« schrie, brachte ich nur ein ersticktes Japsen zustande.

Schließlich beruhigte sich alles, und da waren sie wieder, sangen und klapperten noch immer. Ich dachte gerade, *Gott sei Dank ist alles vorbei*, als sie sich in Tiere verwandelten. Sie waren Rinder, Lamas, Chinchillas, Jaguars, Ozelots, Tukane und Kaimane, wechselten so rasch und unvermittelt von einer Art in die andere, daß ich meinen Schreck vergaß und wie hypnotisiert zusah. Dann auf einmal sah ich ein schönes junges Mädchen mit hüftlangem Haar hinter dem Indio stehen, dem sie die Hände auf die Schultern gelegt hatte.

Als dies alles vorüber war, rückte Pedro zu Françoise hinüber, die flach auf dem Rücken lag. Er öffnete ihr Hemd und entblößte ihre Brüste, ein so grausiger Anblick, daß ich mich gar nicht daran erinnern mag. Pedro nahm das Fleisch einer Brust in den Mund und saugte daran. Dann beugte er sich übers Feuer und ließ seinen Speichel hineintropfen. Glaub mir, *maman*, sein Speichel verwandelte sich in einen Skorpion, der in der Glut landete, herumhuschte und zu Asche verschmorte. Er wiederholte das gleiche mit der anderen Brust und spuckte – kaum zu glauben – eine Schlange von einem Meter Länge ins Feuer, wo sie sich brennend wand. Dann kam er zu mir und saugte mir Kaktusstacheln aus dem Bauch!

An diesem Punkt wurde ich ohnmächtig, und als ich aufwachte, fingen Aurelio und Pedro noch mal mit der ganzen Geschichte an, und wir mußten noch mehr *ayahuasca* trinken. Mir war immer noch schwindlig davon, als ich merkte, daß ich alles aus dem Hinterkopf sehen konnte. Ich drehte mich sogar von ihnen weg, um zuschauen zu können. Dann sagte mir Aurelio etwas mit einer so tiefen und hohl klingenden Stimme, daß ich vor Entsetzen bewußtlos wurde und erst am nächsten Morgen wieder aufwachte. Mein Mund fühlte sich wie ein alter, mit Parmesankäse gefüllter Stiefel an.

Alle anderen waren schon wach, und Pedro fragte: »Möchten Sie eine *copa*?« Er gab mir ein Täßchen mit *chacta*, das sehr stark ist. Es brannte mir ein Loch in den Bauch, aber ich fühlte mich augenblicklich besser.

Ich fragte Pedro: »War der Krebs meiner Frau nun natürlich, oder werden Sie mir sagen, er war durch böse Geister verursacht?«

Er erwiderte sehr ernst: »Wenn Sie es sich genau überlegen, ist alles natürlich und geht auf die Geister zurück.«

Maman! Ich sehe schon, wie Du Dich beim Lesen dieser Zeilen eifrig bekreuzigst! Aber ich muß Dir die wunderbare Neuigkeit sagen, daß sich Françoises Krebs in der Woche darauf sehr rasch zurückbildete und sie zum ersten Mal seit Monaten wieder strahlt und glücklich ist! Sie sagt mir, sie habe das gleiche wie ich gesehen, nur während ich bewußtlos war, sah sie einen Engel, einen hermaphroditischen Engel! Sie sagt, er hätte einen Speer und eine Waagschale in Händen gehalten und sie auf den Mund geküßt, so daß es sie am ganzen Körper kribbelte. Sie ist überzeugt, es war der Erzengel Raphael, weiß aber nicht, warum. Sowohl Françoise wie auch ich sind völlig aus dem Häuschen, daß es ihr besser geht, wie Du Dir leicht vorstellen kannst. Ich rechnete schon mit ihrem Tod in wenigen Wochen, und mir war das Herz schwer. Nun ist es leicht wie das eines Zaunkönigs!

Als ob das nicht schon seltsam genug wäre, sind wir unmittelbar danach noch zusätzlich von der außergewöhnlichsten aller

Plagen hier in der Gegend heimgesucht worden. Aber lasse mich gleich hinzufügen, es ist eine gutartige. Du hast wohl schon bemerkt (wie könnte es auch anders sein?), daß sich lehmige Pfotenspuren auf dem Papier finden und daß meine Handschrift ungewöhnlich krakelig ist. Das kommt daher, daß eine große schwarze Katze sich, während ich das hier schreibe, aufs Papier setzen will und dabei auch noch nach meinem Stift hascht. »Was ist daran so sonderbar?« höre ich Dich fragen. »Mein Sohn liebt Katzen.« Das Sonderbare daran ist, *maman*, daß wir von einer Katzenflut wahrhaft biblischen Ausmaßes buchstäblich überschwemmt worden sind. Ich kann Dir die schiere Menge dieser Tiere gar nicht beschreiben, die wie aus dem Nichts aufgetaucht ist! Sie sitzen auf Zaunpfosten, auf Toren. Sie rekeln sich wollüstig auf Dächern und Ästen; sie sind in meinem Jeep, im Haus, im Stall, auf den Feldern. Ich kann mich abends nicht wie gewohnt hinaussetzen, weil drei oder vier mir sogleich in den Schoß und auf die Schultern springen, und sie besetzen auch Françoises Hängematte auf der Veranda. Ich muß sie aus dem Spülbecken schmeißen, bevor ich mir die Hände waschen kann, und vor dem Zubettgehen auch aus der Dusche. Morgens wachen Françoise und ich, erstickt und schwitzend, vom Gewicht der Katzen auf dem Bett auf, und manchmal wecken sie mich, indem sie mir ihre rauhen kleinen Zungen in die Ohren stecken und schnurren. Ich kann Dir gar nicht sagen, wie das kitzelt!

Merkwürdig ist nur, daß ich dauernd ums Haus gehe und alle Türen und Fenster schließe, aber sie kommen dennoch und streichen mir um die Beine, als könnten sie durch Wände gehen.

Eine weitere Merkwürdigkeit ist, daß sie mich bis jetzt trotz ihrer Allgegenwart überhaupt nicht gestört haben. Es sind nicht die üblichen räudigen, flohzerbissenen und halbverhungerten diebischen Kätzchen, die normalerweise hier vorkommen, sondern große und schlanke mit reizenden Köpfen und charmantem Benehmen. Sie stehlen kein Essen, scharren nicht im Garten oder lassen Mäuseeingeweide auf dem Boden liegen. Die meiste Zeit sitzen sie auf ihren Hinterbeinen, als würden sie auf ein Ereignis warten, für das sie anscheinend geduldig auszuharren bereit sind. Sie sind sehr zutraulich und schnurren unweigerlich, wenn du sie an den Ohren und am Hals kraulst. Sie sind ganz furchtlos und genügsam, und nachts ist der Lärm der Zikaden mittlerweile völlig vom Schnurrgeräusch ersetzt worden, das so wie gedämpftes Tosen ans Ohr dringt, wie ein in der Ferne zu hörendes Meer. Es ist ein viel beruhigenderes Geräusch als das der Zikaden, und ich zumindest bin ganz froh darüber. Françoise hatte zuerst Angst, sie würde Heuschnupfen kriegen, da sie gegen Katzen allergisch ist, aber bislang, Gott sei gelobt, ist sie gesund geblieben, abgesehen davon, daß sie über eine Katze gestolpert ist, als sie im dunklen Flur zum Badezimmer ging. Sowohl sie wie die Katze blieben glücklicherweise unverletzt.

Die Katzen sind nicht nur hier auf der *estancia*, sie haben anscheinend den ganzen Landkreis heimgesucht. Im Umkreis von dreißig Kilometern ist jeder von ihnen überrannt, und die Hunde, so scheint es, haben Angst, sich zu zeigen. Ich habe kleine schwarzweiße mit glücklicher Miene, rothaarige, weiße mit einem blauen und einem grünen Auge, ungeheuer pelzige in Rauchblau und kurzhaarige, getigerte gesehen, aber die bemerkenswertesten sind die großen schwarzen. Mir ist die eine schon sehr ans Herz gewachsen, die auf meinem Tintenlöscher sitzt und mich vom Schreiben abzuhalten versucht.

Ich muß von noch mehr merkwürdigen Dingen berichten. Die Brücke bei Chiriguaná ist vor kurzem ganz spektakulär in die Luft geflogen; dabei sind vier Soldaten umgekommen. Der Explosionsstaub ist bis hierher geflogen, so daß alles weiß und wie mit Zucker bestäubt wirkte. Die Armee hatte dort einen Monat lang kampiert und ist wieder abgezogen, und danach gab es etwas, was ich nur als Lachplage beschreiben kann. Mir ist es eine ganze Zeit lang nicht gelungen, etwas Sinnvolles aus den

Ortsbewohnern herauszubekommen, weil sie einen nur anzusehen brauchen und schon in Lachkrämpfe ausbrechen. Meine Wäscherin hat mich unabsichtlich mit *chicha*-Bier bespuckt, das sie gerade trank, als ich hereinkam, um mit ihr wegen des verstörenden Kicherns zu reden. Anstatt sich zu entschuldigen, brach sie in weitere Heiterkeitsstürme aus, bis auch ich davon angesteckt wurde und zu lachen anfing. Françoise kam herein und wollte wissen, was denn so witzig sei, und sehr bald kreischten wir alle drei vor Lachen, die Tränen rollten uns übers Gesicht, und wir mußten uns vor lauter Krämpfen den Bauch halten. Ich konnte dem nur ein Ende machen, indem ich aus der Tür kroch und meinen Kopf in die Regentonne steckte. Danach tat mir der Hals fürchterlich weh, Françoise ebenfalls, aber wir müssen bei der Erinnerung daran immer noch unweigerlich losprusten.

Alle hier sind von einer gewaltigen Heiterkeit wie gelähmt, die Arbeit ist komplett eingestellt. Ich befürchte sehr stark, daß bald jemand daran sterben wird. Hier in der Gegend scheint niemand solche außergewöhnlichen Ereignisse wie Katzen- oder Lachplagen irgendwie bemerkenswert zu finden. Ich habe gehört, daß es vor meiner Ankunft an verschiedenen Orten Plagen von fallenden Blättern, von Schlaflosigkeit, von unsichtbaren Hagelkörnern, von Amnesie gab, und ein anderes Mal gab es einen mehrjährigen Wolkenbruch, der alles verrosten und vermodern ließ.

Zu meiner Freude kann ich sagen, daß seit meinem letzten Brief mich die Volksbefreiungstruppe offenbar vergessen hat, und so hole ich die Kinder wieder her. Ich habe auch noch gehört, daß Doña Constanza Evans kürzlich von ihrem Mann gegen ein Lösegeld von einer halben Million Dollar freigekauft worden ist und sich dann augenblicklich nach Costa Rica abgesetzt hat. Ich hielt sie für eine schrecklich hochnäsige und steife Frau, und so meine ich, ihr Mann kann von Glück sagen, daß er sie losgeworden ist, auch wenn es ihn einen Batzen Geld gekostet hat.

Glaubst Du, Du könntest in Erfahrung bringen, inwieweit die Möglichkeit besteht, mir einen neuen Motor für den Landrover zu senden? Der von meinem ist jetzt dreißig Jahre alt und so oft repariert worden, daß keine der übergroßen Kolben oder Ringe als Ersatzteile mehr erhältlich sind. Der Wechselkurs ist derzeit so schrecklich ungünstig, daß ich meine, es wäre billiger, einen von Frankreich herüberzuschicken. Ich werde ihn mit dem bezahlen, was noch auf meinem Konto bei der Crédit Lyonnais ist.

Hoffentlich heitert Dich dieser Brief mehr auf als mein letzter. Es ist schon sonderbar, wie einer so schnell aus den tiefsten Tiefen zu den höchsten Höhen gelangen kann (und umgekehrt natürlich auch).

Zum Abschluß, *maman*, möchte ich Dir ein anschauliches Beispiel geben, wieviel besser das Leben geworden ist, indem ich noch mitteile, daß draußen vor meinem Fenster eine kleine schwarzweiße Katze mit gelben Augen sitzt, die sich selbst beigebracht hat, auf der Wäscheleine zu balancieren – dabei ist sie dreimal runtergefallen –, und in der Küche höre ich Françoise und die Köchin Farides vor Lachen brüllen.

Ich küsse Dich tausendmal,
Dein Dich liebender Sohn
Antoine

28

Die Schlacht von Chiriguaná

Nach ausgedehntem, diskretem und sanftem Werben, einschließlich einer zweijährigen feurigen Verlobungszeit, sollte die Hochzeit des aus Medellín stammenden Professors Luis, der ein hingebungsvoller Lehrer des Landvolks war, mit Farides, der aus Chiriguaná gebürtigen Köchin des vor kurzem von Pedro und Aurelio geheilten französischen Ehepaars, stattfinden. Die Trauung sollte in einer kleinen Lehmkirche in Chiriguaná von dem reisenden Priester durchgeführt werden, mit dem Professor Luis immer über die Ideen von Camilo Torres und Oscar Romero diskutiert hatte.

Josef war ganz aus dem Häuschen, den Priester wiederzusehen, weil er nun, nachdem er den Priester schon für ein angemessenes Begräbnis bezahlt hatte, in der Lage war, ihm das Lesen dreier Messen für die Ruhe seiner Seele und ihres raschen Durchgangs durchs Fegefeuer zu zahlen. Josef glaubte, sobald er gut im Himmel angekommen sei, würde er mit unerschöpflichem Vergnügen unendlich oft kopulieren können, und das war der tiefere Grund dafür, daß er so viel Geld so bewußt für seinen Tod und seine Auferstehung ausgab. Der Priester hatte ihm bereits bedeutet, daß es im Himmel keinen Sex gebe, aber Josef hatte darauf nur erwidert, das sei ein Widerspruch in sich, und daher »könnte selbst Gott so etwas nicht glauben«. Der Priester seufzte und ließ ihm seine schlichte Bauernlogik.

Der *cura*, Don Ramón, war fünfundvierzig Jahre alt. Er war, seit er mit dreiundzwanzig das Priesterseminar verlassen hatte, stets in derselben riesigen Gemeinde seinen priesterlichen Pflichten nachgekommen und ritt immer in derselben Abfolge und im selben gelassenen Schritt auf seinem Muli von Ansiedlung zu Ansiedlung. Manchmal hatte er kein Dach über dem Kopf, weil es in den Niederungen der Savanne keine *tambos* so wie im Gebirge gab, und oft schlief er, nicht gespeist und höchst unrein, nur in seine *gara*, seine lederne Satteldecke, geschlagen, unterm Sternenzelt. Er kam in seinem schwarzen Priestergewand, mit weißem Staub bedeckt, in einem Dorf an, segnete Verbindungen, führte Taufen durch und hielt Trauergottesdienste und Messen für die seit seinem letzten Besuch Verstorbenen ab. Er akzeptierte dankbar die Gastfreundlichkeit der Gemeindemitglieder und war sich nicht zu schade, bei den Tieren zu schlafen, um seinen Gastgebern keine größeren Umstände zu machen. Er war klein, etwas untersetzt und ergraute langsam. Seine Miene wirkte stets unendlich bedrückt, ermattet und resigniert, und wenn er das Kreuz schlug, spürten alle, daß er dessen Bedeutung wirklich verstand, denn sein eigenes Leben bestand nur aus Leiden und Opfern. Da seine Augen schon sehr schwach waren, verließ er sich bei den Gottesdiensten auf seine Erinnerung und beim Zurücklegen der festgelegten Reiseroute auf das Gedächtnis seines Mulis.

Don Ramón war ein *cura* aus Überzeugung; viele seiner Berufskollegen jedoch bemächtigten sich skrupellos der Gaben, die ihre Gemeindemitglieder in der Kirche der Jungfrau Maria und den Toten darbrachten. Es war durchaus üblich für einen *cura*, daß er sich für das Erteilen der Absolution unter den schönen Frauen bediente und zahlreiche kleine Bastarde zeugte, die seltsamerweise *anti-Cristos* genannt wurden. Ebenso weit verbreitet war es, mit Sterbenden einen Handel abzuschließen, der diesen gegen eine Schenkung an die Kirche den Weg ins Paradies ebnete. Viele Priester wurden so zu reichen Grundbesitzern. Die

Kirchenoberen in den Großstädten bestanden zu zwei Dritteln aus Kapitalisten und Mitgliedern der Oligarchie, die sich nach einer Militärregierung, teurer Kleidung und der Vernichtung der Radikalen sehnten und einem Priester wie Don Ramón tiefe Verachtung und Mißtrauen entgegenbrachten, der glaubte, daß die Nächstenliebe auch die Wahrung der Interessen eben jenes Nächsten mit einschloß. Unter dem Vorwand, er sei »politisch«, hatten die Kirchenoberen Don Ramón bereits einmal mit Amtsenthebung gedroht, und seitdem war ihm seine Berufung zu einer Quelle steten Kummers geworden.

Die kleine Kirche aus Lehm in Chiriguaná hatte ein Wellblechdach, unebene und schiefe rosafarbene Wände und einen Boden aus gestampfter Erde. Keinerlei wie auch immer geartetes Gestühl lud zur Andacht ein. Die Frommen unter den Dorfbewohnern hatten sie mit allerlei Flitterkram, trüben Spiegeln und kitschigen, selbstgebastelten Statuen der Jungfrau Maria ausgestattet. Über der bemalten Kiste, die als Altar diente, hing ein leicht ins Groteske gehender Corpus Christi, dessen Züge vom Tod gräßlich verzerrt, dessen Körper verdreht und durchbohrt und von fahlgelber Farbe war. Die Dornenkrone war aus den Dornen des Zitronenbaums hergestellt. Hinzu kam, daß der ganze Kopf mit großen Tropfen grellroten und überaus realistisch wirkenden Blutes verziert worden war. Dem Altar gegenüber hing über der Eingangstür ein ähnlicher Christus, ganz dem Leiden hingegeben. Während seiner vielen Besuche hatte diese ausgefallene Dekoration Don Ramón stets aufs neue deprimiert und in ihm den Wunsch geweckt, daß die beiden Kreuze eigentlich in eucharistischen Gewändern erstrahlende Christusfiguren verdient hätten, Sinnbilder des Christus Rex, den er als seinen persönlichen Erlöser verehrte. Der *cura* war jedoch daran gewöhnt, die mehr dem Praktischen verpflichtete Frömmigkeit seiner Gemeinde zu tolerieren und zu verstehen. So wohnte er ohne Bedenken sogar den zweiten Taufen bei, den *yacucheos*, wo die *brujos* mittels Zigarrenrauch und heidnischen Gesängen allerhand böse Geister austrieben. Er besuchte die *lanta tipina*, den Ritus des ersten Haarschnitts, nicht aber *la ispa*, weil er dann doch etwas dagegen hatte, den Urin von Babys trinken zu müssen.

Farides war dunkeläugig, schwarzhaarig und immer für ein Lächeln gut. Sie sah wie eine Haitianerin aus und hätte förmlich einem Gemälde von Gauguin entsprungen sein können. Eines schönen Tages würde sie mollig sein, doch bis jetzt war sie weich und kurvenreich und verbreitete eine Schalkhaftigkeit, die durch ihre Angewohnheit akzentuiert wurde, eine weiße Blüte über dem linken Ohr zu tragen. Für die Trauung hatte sie sich die glänzendste und bunteste Kleidung ausgeborgt, die sie im ganzen Landkreis auftreiben konnte, darunter auch Felicidads knallrote Strümpfe und deren goldgesäumten Rock. Als die Sonne um die Mittagszeit immer höher stieg, bereute sie es, sich derart üppig ausstaffiert zu haben. Der Schweiß unter ihrem Make-up sorgte allmählich dafür, daß sie sich wie ein gesottenes Hühnchen vorkam.

Professor Luis trug den einzigen ihm noch verbliebenen Anzug aus seiner Jugendzeit in Medellín. Seitdem war er, wen wundert's, um einiges gewachsen. Der Anzug war unübersehbar zu eng und an den Armen und Beinen viel zu kurz. Um die zu kurz geratenen Ärmel zu kaschieren, hatte er sich aus Karton ein hübsches Paar weißer Manschetten angefertigt, und um das Hochwasser seiner Hosenbeine zu überspielen, trug er auf Hochglanz polierte schwarze Stiefel mit riesigen silbernen Sporen, die ihn so betont männlich und so schneidig aussehen ließen wie Pancho Villa höchstselbst. Er hatte sich, gewissermaßen als krönenden Abschluß, eine schwarze Krawatte im Westernstil umgebunden und einen schwarzen *guarapon*-Sombrero aufgesetzt, den er unlängst von einem Indio in Cochabamba günstig erstanden hatte.

Professor Luis und Farides wurden im ganzen Landkreis sehr geschätzt, und die Jugend, die Schönheit und die zärtliche Zuneigung der beiden füreinander hatten sogar im Herzen von Hectoro etwas angerührt. Normalerweise sprach er, seines übersteigerten Stolzes wegen, nur ein einziges Mal am Tag. Aber heute fürchtete er, daß ihn das sentimentale Schluchzen, das ihm die Kehle zuschnürte, überwältigen könnte. Darum gestattete er sich etwas Monologisches: »Die Campa-Indianer feiern ihre Hochzeiten im Mittelpunkt eines jubelnden Kreises ihrer Stammesangehörigen. Warum tun wir das nicht auch?«

Auf zwei der besten Pferde von Don Emmanuel, denen Blumen und Lametta in Halfter und Schwanz geflochten waren, brachen Braut und Bräutigam auf. Sie ritten nebeneinander her und wurden mit ermunternden Anfeuerungsrufen von der Hochzeitsgesellschaft genötigt, sich an jeder Kreuzung zu küssen. Das ganze Dorf folgte dem Paar auf Pferden, Eseln und Mulis, wobei Don Emmanuels grauer Hengst reichlich für Chaos sorgte. Misael konnte ihn nur mit Mühe daran hindern, die weiblichen Tiere zu besteigen und all jene in den Hintern zu beißen, die ihn durch ihr Überholen beleidigten. Die den Zug begleitenden Katzen drohten das eine oder andere Mal unter die Hufe zu geraten. Manche sahen aber auch einfach nur schnurrend und mit zukkendem Schwanz vom Straßenrand aus der Prozession zu.

Den Dorfbewohnern folgte Don Emmanuel auf seinem Traktor. Sein mächtiger Bauch und sein roter Bart glitzerten in der Sonne. Wie üblich ergoß sich von seiner Seite ein Schwall ordinärer Bemerkungen und Schmähungen über die Frauen aus der Gruppe, die, nicht zimperlich, es ihm in gleicher Münze heimzahlten. Don Emmanuel hatte seinen größten Anhänger aufgeboten, der restlos mit Dorfkindern und Katzen überfüllt war. Letztere saßen sogar statuengleich mit stoischer Gelassenheit auf den Kotflügeln.

Die fröhliche Gesellschaft wirbelte eine Wolke weißen Staubes auf, als sie auf Chiriguaná zuhielt, was natürlich nicht nur ihrem Aussehen nicht sonderlich zuträglich war, sondern auch bei allen

Beteiligten einen beträchtlichen Durst erzeugte, der nach der Ankunft unbedingt mit *chicha, chacta, pisco, aguardiente, ron cana, guarapo,* Aguila-Bier und großen Mengen an Fruchtsäften gelöscht werden mußte, während die weitaus genügsameren Katzen sich an der Mula aufreihten und Wasser schlabberten. Als auch das vollbracht war, sollte die standesamtliche Trauung auf der *plaza* stattfinden, da Chiriguaná noch über kein eigenes Rathaus verfügte.

Der Bürgermeister war zugleich der Dorfpolizist, was eine wünschenswerte Verminderung der Bürokratie vor Ort mit sich brachte, da lediglich ein Mann statt ihrer zwei bestochen werden mußte; was Wunder, daß die Einheimischen dem Bürgermeister auch den Posten des Landrats und Distriktgouverneurs zuschanzen wollten. An diesem Tag hatte er ungewohnterweise seine Uniform an und trug quer über der Brust seine Amtsschärpe in den Nationalfarben: Rot für das Blut der nationalen Märtyrer, Gelb für den Sand und die Sonne, Blau für das Meer und den Himmel und Grün für den Regenwald. Er hatte sich rasiert und die Haare gekämmt und wurde diesmal nicht von seiner Ziege begleitet. Als er sich in die Brust warf und den Bauch einzog, war die Gemeinde stolz, daß er ihr Bürgermeister und Polizist war, obwohl er schielte, eine Narbe quer über der Nase hatte und seine zwölfjährige Nichte aus Valledupar für einhundertzwanzig Wörter an den Lebensmittelhändler Pedro verkauft hatte.

Der Bürgermeister hatte die langatmigen Ausführungsbestimmungen für die standesamtliche Trauung verlegt, und so mußte er eigens für diesen Anlaß eine Rede extemporieren, die kurz und prägnant war. Also verkündete er: »Hiermit erklärte ich kraft meines Amtes, daß ihr nach den Bestimmungen und Vorschriften der Republik gesetzlich verheiratet seid. Lang lebe die Republik!« Der Polizist schnitt die aufbrandenden Jubelrufe der Menge ab, indem er mit seiner Pistole in die Luft schoß, was viele Katzen in Deckung gehen ließ. Er steckte die Waffe wieder ins Halfter zurück und sagte: »Ich bin noch nicht zu Ende. Als euer Bürgermeister habe ich ein Recht darauf, eine Rede zu halten – und genau das gedenke ich auch wahrzunehmen.«

Er richtete seinen Blick gen Himmel, wie um sich der Inspiration einer höheren Macht zu versichern, und räusperte sich.

»Eine gute Frau«, sagte er, »ist wie eine Ziege. Sie ist schön, anmutig, nicht nachtragend, reich gesegnet und fruchtbar. Sie ist eine gute Gefährtin und vertreibt die Einsamkeit. Farides ist schön, anmutig, nicht nachtragend und hat die Einsamkeit von Professor Luis bereits vertrieben. Nur Zeit und Rührigkeit werden zeigen, ob sie fruchtbar ist.« Er zwinkerte verschmitzt, und die Leute johlten. Der Polizist hob seine Hand und gebot Ruhe. »Und ein guter Mann«, fuhr er fort, »ist wie ein guter Ziegenbock. Er ist hübsch, edel, beschützend und fruchtbar. Er ist auch ein guter Kamerad und vertreibt die Einsamkeit. Professor Luis verfügt über all das, aber nur die Zeit wird es weisen, ob er auch fruchtbar ist! Ich möchte die Gelegenheit wahrnehmen, euch beiden all die Energie zu wünschen, um eben das herauszufinden!« Die Menschen jubelten erneut, und wieder hob der Polizist die Hand.

»Ein gutes Ehepaar ist wie gute Musik. Damit sie gut ist, muß sie weiblich und voller Grazie und Zärtlichkeit sein, aber sie muß auch männlich und voller Stärke und Willenskraft sein. Dann haben wir wahre *duende* und wahre *saudade*. In Professor Luis sehe ich wahrhaften *machismo*, und in Farides sehe ich *gracia*. Mögt ihr euch auf ewig lieblicher Musik hingeben!«

Auf dieses Stichwort hin stimmte die kleine, vom Bürgermeister eigens aus Valledupar herbeigeholte Kapelle eine rührende Weise aus Vilcanota an und leitete damit eine *retreta* ein, die dann den ganzen Tag über andauern sollte. Zur Kapelle gehörten ein *tiple*-Spieler, der erstaunliche Tremoli zustande brachte, ein Dickerchen mit einem uralten, vor lauter Grünspan kaum mehr zu erkennenden Sousaphon, eine Anzahl von Trommlern, ein Trompeter aus Mexiko und ein kleiner Indio, der *quena* und Panflöte spielte. Anfänglich spielten sie mitten auf der *plaza*, später aber wanderten sie musizierend in der Menge aus Katzen und Feiernden umher, bis sie schließlich aufhören mußten, weil sie über Gebühr dem Alkohol zugesprochen hatten und es inzwischen unmöglich geworden war, beim Spielen nicht über die Katzen zu stolpern.

Es war ein Ding der Unmöglichkeit, alle zur kirchlichen Zeremonie in die Kirche hineinzuzwängen, und selbst Don Ramón und das Brautpaar hatten einige Mühe, sich ihren Weg nach vorn zu bahnen. Don Ramón verjagte die Katzen vom Altar und dem Corpus Christi und hielt dann den Gottesdienst mit schlichter Würde und ohne Zuhilfenahme eines Meßbuchs ab. In einer Ansprache erinnerte er die Gemeinde daran, daß Don Luis ein wahrer Sohn Christi sei, weil er sein Leben und seine Einsatzkraft anderen widme, und Farides ein wahres Kind der Jungfrau Maria, weil auch sie ihr Leben dienend verbracht habe. Er beauftragte die Gemeinde, für das Ehepaar zu sorgen, wie es ihm gebührte, und immer danach zu streben, ihm Glück und Anerkennung zu verschaffen. Dann gab er ihnen seinen Segen.

»Auch ich habe einen Segen zu schenken«, sagte Aurelio, der sich erhoben und nach vorn gedrängt hatte, und blickte Don Ramón erlaubnisheischend an. Don Ramón nickte, und Aurelio legte Farides die Hände auf die Schultern. Sie lächelte ihn an, als er zuerst in Aymara und dann in Quechua sagte: »Ich weihe diese Jungfrau der Mondscheibe.« Dann ging er zu Luis, legte ihm die Hände auf die Schultern und sprach erst in Aymara und dann in Quechua: »Diesen Jungmann weihe ich dem Sonnenrad.« Er trat einen Schritt zurück und legte ihre Hände ineinander, über denen er das Zeichen für die Sonne, den Mond, den Fisch und die Schlange schlug. Nun war das Paar auch zu Aurelios persönlicher Zufriedenheit auf die rechte Weise zu Mann und Frau geworden.

»Danke schön«, sagte Luis, der wie alle anderen rein gar nichts verstanden hatte, und Aurelio nickte und kehrte an seinen Platz zurück, wo er eine große schwarze Katze verscheuchen mußte, die sich mittlerweile dort breitgemacht hatte.

Der Polizist verkündete am Eingang der Kirche: »Und somit erkläre ich den *carnival* für eröffnet! Ihr Männer paßt lieber auf: Die Mädchen sind gut bewaffnet, und ihnen ist nicht zu trauen!«

Alle strömten aufgeregt schwatzend aus der Kirche auf die *plaza* hinaus. Dort kürten sie Farides zur *regiadora*. Sie wurde auf Schultern getragen, lächelte und winkte, wobei sie noch nach allen Händen schlug, die ihr an den Beinen hochglitten, und in gespielter Empörung aufkreischte. Sie verlangte eine Prozession durch die enge Straße, und auf halbem Weg hob sie die Hände und verschränkte sie hinter dem Kopf.

Auf dieses Signal hin tauchten die Mädchen, deren Verschwinden niemand bemerkt hatte, an den Fenstern und Balkonen im ersten Stock der Häuser auf und ließen einen wahren Platzregen an Mehl, Eiern und Wasser auf die Männer und Katzen niedergehen, die sich wie auf Kommando zerstreuten und unter den Balkonen Zuflucht suchten. Als das Bombardement aufhörte, reckte Misael den Kopf hervor und schaute nach oben. Ein Sack voller Mehl an einer Schnur traf ihn mit voller Wucht, und Felicidad kicherte vor Vergnügen, als sie diesen wieder hochzog. »Ay! Ay!« applaudierten die Mädchen von ihren Brüstungen, aber Misael streckte neuerlich den Kopf hervor, und ein Ballon mit Wasser traf ihn voll ins Gesicht. Er tanzte in die Mitte der Straße und verschwand buchstäblich unter einem Sturzbach an Flüssigem und Festem. Am Ende sah er wie ein grob aus Lehm modellierter Mann aus. Er riß die Arme hoch und schrie: »*¿Es yo solo que tiene cojones?*«, und die Männer erwiderten die Herausforderung ihrer Männlichkeit, indem sie mutig in die Straßenmitte strömten, um den Kampf aufzunehmen.

Die Männer warfen Eier, *arepas*, Guaven, Mangos, Papayas, *canchas*, und die Frauen antworteten mit Mehl, ihren Wasserbomben und Eiern, so daß ein großes, wildes, lachendes, kreischendes, schwitzendes, triefnasses und mehlbestäubtes Durcheinander entstand, welches das ganze Städtchen erfüllte und es in ein liebenswert glitschiges, schneeweißes Tohuwabohu verwandelte, aus dem die Katzen in Scharen flüchteten. Nach einem halbstündigen heftig ausgetragenen Gefecht blies Felicidad in die Pfeife des Polizisten, die sie sich dafür eigens ausgeliehen hatte, und wie auf Kommando standen alle still und blickten zu ihr hinauf. Der Polizist, der seine Würde mitsamt seiner Uniform unter Felicidads Balkon zu bewahren gewußt hatte, trat hervor und verkündete: »Die Schlacht ist vorbei, und gewonnen haben die Mädchen!«

Die lachenden hübschen Mädchen in den Häusern klatschten vor Freude in die Hände und jubelten, woraufhin die Männer buhten: *»¡Abacho las muchachas!«*

Felicidad rief dem Polizisten zu: *»¡Señor Jefe!* Wir möchten über den Waffenstillstand verhandeln!« Kaum daß er zu ihr hochblickte, leerte sie auch schon einen Eimer Wasser über ihm aus. Er jaulte voller Empörung auf und wurde zum Dank mit einer ganzen Tüte Mehl bestäubt. Zu guter Letzt folgte noch eine Wasserbombe. »Trau nie einer Frau beim *carnival*!« triumphierte Felicidad, und die völlig unvorbereiteten Männer wurden erneut von oben mit einem Hagel an Wurfgeschossen eingedeckt.

Die Schlacht dauerte mit unverminderter Härte an, bis einige unerschrockene Seelen auf den Gedanken kamen, die Türen aufzustemmen und in die Häuser einzudringen, um den Nahkampf aufzunehmen. Möbel stürzten um, Menschen fielen über Katzen, und Zimmer wurden verwüstet, als die sich kreischend wehrenden Mädchen gewaltsam aus den Häusern getragen und mitsamt ihren feinen Kleidern in den Fluß geworfen wurden. Viele Männer gingen, gegen alle Regeln des Anstands, ebenfalls baden, als sie den durchnäßten Mädchen ritterlich die Hand reichten, damit diese herausklettern konnten. Aber es wurden auch viele enge

Freundschaften geschlossen, die sich im weiteren Verlauf des Tages mit Hilfe von Alkoholika und Tänzen noch vertieften. Bald würde es weitere Hochzeiten und *carnivals* geben und dann noch mehr Hochzeiten und noch mehr *carnivals*. Mit anderen Worten, die Bevölkerung würde einen Zuwachs an neuen Erdenbürgern wie an Lebensfreude verzeichnen können.

Am nächsten Morgen steckte sich Farides ausgesprochen schelmisch eine rote Blume hinters linke Ohr und promenierte aufreizend und wissend die Straße entlang, während das Feiern unaufhaltsam weiterging. Im Verlauf dieser drei Tage wurde es einzig zur Siesta unterbrochen. Dann hallte die Stadt regelrecht vom Schnarchen und Schnurren wider. Die Katzen, immer noch voller Anmut und heiter, tappten unter den Feiernden umher und verzehrten die zerbrochenen Eier, während Teigbatzen auf höchst unfeine Art ihr Fell verklumpten. Sie würden wie alle anderen später ganz schön viel zu putzen haben.

Die Hure Dolores schenkte Farides ein Döschen, das eine weiße Creme enthielt. »Falls Luis fremdgeht oder seine Manneskraft versagt«, flüsterte sie, »dann reibst du dir das in deine *chucha*, und er wird unweigerlich vor Lust auf dich um Sinn und Verstand gebracht. Ich habe es von einer *canoera* erworben, als ich in Iquitos war. Es ist aus den Eiern des *bufeo* hergestellt.« Dolores zwinkerte und nahm einen Zug von ihrer *puro*. »Es ist eine sehr wirksame Creme. Gib gut auf sie acht.«

Farides errötete und lächelte. »Danke schön, Dolores. Ich werde sie in Ehren halten, aber hoffentlich nie brauchen.«

29

Oberst Asado macht einen kleinen Fehler

Olaf Olsen aus Norwegen war ein sehr mächtiger Industrieller, der die Niederlassung einer amerikanischen Firma leitete, die Geländewagen für zivile wie auch militärische Zwecke produzierte. Auf die Geschichten von Leuten, die einfach verschwanden, gab er nichts, weil er ein aufrichtig konservativer Mensch war. Er kannte niemanden, der verschwunden war, und dachte wie viele andere, daß nur Leute verschwanden, die es verdient hatten.

Herr Olsen hatte eine hübsche blonde Tochter namens Regina. Sie hatte sich zwischen Gymnasium und Universität ein Jahr freigenommen und wohnte noch zu Hause bei ihrem Vater. Herr Olsen vertrat die Ansicht, daß Regina erfahren sollte, was es heißt zu arbeiten, und so gab er ihr sehr wenig Taschengeld und freute sich, als seine Tochter ihre Dienste als Babysitter annoncierte. Eine der Frauen, deren Kinder sie hütete und mit der sie sich ganz gut anfreundete, war ebenso blond wie sie, um die sechsundzwanzig Jahre alt und hieß Esmeralda.

Esmeralda war allein erziehend. Sie hatte in jüngeren Jahren zu jener Art von Stadtguerilla gehört, die Backsteine durch die Fenster von Polizeiwachen schmissen und Feuer in den Clubräumen von elitären Golfclubs legten. Freilich war sie dem schon längst entwachsen und arbeitete mittlerweile als Kassiererin in einer Bank, hatte aber noch einige Freunde aus jenen radikalen Tagen.

Sie war auf Oberst Asados Liste, doch der kannte ihre Adresse nicht. Er verhaftete eine Freundin Esmeraldas und folterte und vergewaltigte sie aus irgendeinem unerfindlichen Grund nicht; in einem seltenen Anfall von Großzügigkeit ließ er ihr als Gegenleistung für Esmeraldas Adresse das Leben und die körperliche Unversehrtheit. Die Freundin hörte die von El Electricista verursachten Schreie und gab Oberst Asado die Adresse preis.

Sie eilte nach Hause, um Esmeralda anzurufen, aber niemand hob ab, und so entschied sie, gleich am nächsten Morgen nochmals anzurufen.

Gleich am nächsten Morgen kam Regina zum Babysitten, die nicht wußte, daß Esmeralda und ihr Baby im Haus ihres Freundes übernachtet hatten.

Regina öffnete das Tor und ging die Zufahrt hoch. Sie blickte auf und sah vier Männer auf sich zukommen, die aus dem Schatten der Veranda getreten waren. Regina hatte all die Geschichten über Entführung, Vergewaltigung, Folter und Mord gehört, und im Gegensatz zu ihrem Vater glaubte sie daran. Anstatt darauf zu warten, nach ihrem Ausweis gefragt zu werden, floh sie durchs Tor und begann die Straße entlangzusprinten. Oberst Asado lief ihr hinterher, kniete nieder, zielte mit der Pistole auf sie und feuerte. Regina fiel aufs Pflaster; sie wurde in den geräumigen Kofferraum des Ford Falcon der staatlichen Telefongesellschaft geworfen und zum Verhör abtransportiert.

El Electricista verfügte über einen großen Metallgrill, der gut geerdet war. Wenn er nicht gerade für Verhöre in Gebrauch war, legten die Offiziere eine Tischplatte darauf und verzehrten dort ihre Mahlzeiten. El Electricista mochte seinen Metallgrill sehr, er nannte ihn Susana. Tatsächlich entwickelten alle Folterer nicht nur eine Zuneigung zu ihren Werkzeugen, sondern auch zu ihren beruflichen Aufgaben, die sie mit beispielhafter Hingabe und Effizienz ausführten.

Aus Angst, etwas zu vermissen, ging kaum noch einer von

ihnen nach Hause. Sie beendeten ihre Schichten spätabends und nahmen sie frühmorgens wieder auf. Manchmal geschah es, daß sie vierundzwanzig Stunden am Stück nicht schliefen. Sie aßen in der Schule, schlangen ihre Mahlzeiten hinunter und übernachteten auf dem Gelände, wo sie die Schreie und hysterischen Weinkrämpfe und die Tag und Nacht zum Übertönen abgespielte laute Musik einfach ausblendeten. Sie waren zu besessen, zu zwanghaft und schlicht und ergreifend süchtig geworden.

El Electricista bekam als erster Gelegenheit, seine patriotische Pflicht an Regina zu erfüllen. Er riß ihr die Kleider vom Leib und hatte gleich das Gefühl, daß irgend etwas nicht stimmte. Als er sie umdrehte, entdeckte er die Schußverletzung am Rückgrat, knapp oberhalb des Steißbeins. Asado kam herein und sagte: »Na? Ist die nicht hübsch?« Er durchsuchte ihre Habseligkeiten, damit er ihren Ausweis an das Formular für »Fall abgeschlossen« heften konnte. Regina kam wieder zu Bewußtsein, noch während er suchte, und stellte fest, daß sie ihre Beine nicht mehr bewegen konnte. Sie blickte in die Runde, um herauszufinden, wo sie war, wobei sie feststellte, daß sie nackt war und zwei Männer sich ihren Ausweis ansahen.

»Das ist sie nicht«, sagte Asado mit einem leisen Anflug von Panik.

»Na und?« erwiderte El Electricista. »Wir können doch trotzdem unseren Spaß mit ihr haben.«

»Nein, das können wir nicht«, sagte Asado. »Sie ist Ausländerin. Schau dir die Adresse an. Sie hat einen reichen Papa. Er könnte ein hohes Tier sein, vielleicht sogar Botschafter. Ich fürchte, das bedeutet nichts Gutes.« Er wandte sich an Regina. »Wer ist Ihr Vater, und was treibt er?«

»Kann ich bitte meine Kleider haben?« fragte sie.

»Oh, tut mir leid«, sagte Asado, mit einem Mal die Ritterlichkeit in Person. »Es war notwendig, sie zu entfernen, um Sie untersuchen zu können. Sie sind verwundet worden.«

»Ich kann meine Beine nicht bewegen«, sagte sie.

»Keine Sorge, wir kümmern uns um Sie«, tröstete sie Asado und ging eine Decke für sie holen.

El Electricista folgte ihm. »Um Himmels willen«, sagte er, »bringen wir sie doch einfach um die Ecke. Wer wird es schon erfahren? Wir verschaffen ihr einen Freiflug.«

»Wir warten erst einmal ab«, erwiderte Asado. Sie kehrten mit der Decke zurück. »Jetzt erklären Sie uns mal etwas über sich und Ihre Familie. Für das Krankenblatt.«

Als er die gewünschte Auskunft erhalten hatte, rief Asado beim Inneren Sicherheitsdienst des Heeres an und gab seinen Codenamen durch. Er fand heraus, daß Olsen und seine Tochter definitiv als »unberührbar« eingestuft worden waren. Asado dachte, er sollte vielleicht doch lieber El Electricistas Ratschlag beherzigen, aber etwas, vielleicht sein Selbsterhaltungstrieb, riet ihm, das zu tun, was jeder vernünftige Armeeangehörige in seiner Situation getan hätte. Er reichte das Problem an den befehlshabenden Offizier des Sicherheitsdienstes weiter. Der traf umgehend ein und ließ Regina in den Sicherheitstrakt des Militärkrankenhauses bringen. Dort wurde ihr die Kugel aus dem Rücken entfernt und ihr Leben gerettet, aber ihre Beine blieben für immer gelähmt. Dann wurde sie Asado erneut mit den Worten übergeben, er solle sich um sie kümmern, bis die Vorgesetzten zu einer Entscheidung gekommen wären. Das Problem war nur, diese konnten sich nicht entscheiden. Sie steckten in der Klemme; wenn sie Regina freiließen, wären sie peinlichen Fragen, dem Entsetzen der Öffentlichkeit über die Brutalität und den Forderungen nach einer Erklärung seitens des norwegischen Botschafters ausgesetzt, und wenn sie sie beseitigten, wäre das unter Umständen noch peinlicher, wenn jemand Zeuge ihrer Entführung geworden wäre. Was in der Tat geschehen war.

Eine Nachbarin erzählte es Esmeralda, und diese rief Herrn Olsen an. Der handelte ungewöhnlich rasch und entschieden. Er telefonierte mit einem guten Bekannten, einem sehr korrekten und ehrenwerten General des Heeres, Esteban Correra, der die Panzerbrigaden befehligte.

Zusammen mit ihm ging er ins Polizeihauptquartier und wollte den Polizeichef sprechen. Ein mürrischer, übergewichtiger Polizist klopfte an die Tür seines Chefs und ging hinein. Er kam wieder heraus und sagte: »Er ist beschäftigt und kann Sie jetzt unmöglich empfangen.«

General Correra zückte seinen Ausweis und reichte ihn dem Polizisten. »Zeig das deinem Chef«, sagte er, »und sag ihm, wenn er nicht binnen fünfundzwanzig Sekunden hier draußen steht, werde ich ihn verhaften und erschießen lassen.«

Es dauerte keine fünf Sekunden, da stand der Polizeichef vor ihnen und überschlug sich vor Besorgnis und Hilfsbereitschaft. Was er General Correra erzählte, erschütterte diesen tief und erregte dessen Zorn.

»Herr General«, sagte er mit einer hilflosen Geste, »wir haben fast jeden Tag vierzig oder fünfzig Leute hier, diejenigen, die seit Monaten kommen, gar nicht mitgerechnet. Sie rennen uns mit der Forderung nach Haftprüfung die Tür ein, aber wir können ihnen nicht helfen, weil wir die vermißten Personen nicht haben und nicht wissen, wo sie sind. Es sind einfach zu viele Fälle, um sie alle zu untersuchen, und so müssen wir sie ignorieren. Ich bin überrascht, Herr General, daß Sie überhaupt zu uns gekommen sind.«

»Warum?« fragte der General. »Es liegt doch auf der Hand, daß jemand bei Entführungsfällen zur Polizei geht.«

»Mich überrascht Ihr Erscheinen hier«, sagte der Polizeichef, »weil anscheinend alle außer Ihnen wissen, daß die Streitkräfte die Entführungen vornehmen.«

General Correra war verblüfft. »Unmöglich!« meinte er.

Der Polizeichef nahm ihn am Arm beiseite und sagte ihm in vertraulichem Ton außer Hörweite von Olsen: »Ich kenne in meiner beruflichen Funktion alle Leiter der Geheimdienste in diesem

Land persönlich, und ich kann Ihnen versichern, daß es ohne jeden Zweifel die Streitkräfte sind. Diese Information ist streng geheim und ausschließlich für Ihre Ohren bestimmt. Unter uns gesagt, Sie sollten General Ramírez aufsuchen, um das zu klären.«

General Correra wandte sich an Olsen. »Gehen Sie nach Hause, und überlassen Sie alles Weitere mir. Ich muß jemanden aufsuchen.«

General Correra war ein edler, mutiger Mann, der nie zögerte, das Rechte zu tun. Er war sehr groß, agil und äußerst würdevoll; Ungerechtigkeiten konnte er nicht ausstehen. Politisch galt er als »gemäßigt«, wodurch er in den Kreisen der Militärs als potentiell subversiv und in der Allgemeinheit als konservativ angesehen wurde.

Er suchte General Ramírez auf und verlangte eine umfassende interne militärische Untersuchung der Entführungen. Er sagte sogar, solange er, Correra, die Panzerbrigaden befehlige, gebe es noch jemanden, der die Ehre der Armee hochhielte. General Ramírez entgegnete ihm, daß ihm die Lage bereits bekannt sei und er schon Schritte eingeleitet habe, um eine Klärung herbeizuführen. Er sagte Correra, daß er vom Fall Olsen bereits unterrichtet sei, daß das Mädchen augenblicklich freigelassen werden würde und die Offiziere, die sie rechtswidrig entführt hätten, vor ein Kriegsgericht kämen. Er gratulierte Correra zu seinem prompten Einschreiten und zu seiner Integrität und meinte: »Das Heer braucht mehr Männer wie Sie, Herr General.«

Nachdem Correra gegangen war, tätigte General Ramírez einen Anruf, und General Correra war eine Woche lang wie vom Erdboden verschluckt. Dann aber tauchte sein gefolterter und von Kugeln durchsiebter Körper auf eben derselben städtischen Müllkippe auf, wo auch der tote radikale Anwalt abgeladen worden war.

General Ramírez vergoß in aller Öffentlichkeit Tränen anläßlich der Beerdigung Correras, wo er eine Grabrede und eindrucksvolle

Ansprache gegen den Terrorismus hielt. Für ihn hatte dieser ein weiteres untadeliges Opfer gefordert. Die Rede wurde ungekürzt von der nationalen Presse abgedruckt, die einen deutlich stärker ausgeprägten Selbsterhaltungstrieb als der anständige und treuherzige General Correra entwickelt hatte.

Doch Olsen war nicht bereit, sich entmutigen zu lassen. Er hatte die erste Bemerkung des Polizeichefs gehört, wonach die Entführungen auf das Konto der Streitkräfte gingen, und wandte sich an den norwegischen Botschafter. Dieser wußte bereits von den Entführungen; er konnte sich wie die mexikanische, die schwedische und die US-amerikanische Botschaft vor Bitten um Hilfe und Asyl von verzweifelten Menschen kaum retten, nur norwegische Staatsangehörige waren bisher nicht darunter gewesen. Die Bittsteller sagten ihm, daß lediglich zwei der größeren Botschaften überhaupt keine Hilfe leisteten, die britische und die sowjetische – aus unerfindlichen Gründen, die aber möglicherweise im Zusammenhang mit wichtigen Geschäften standen, die diese nicht gefährden wollten.

Der norwegische Botschafter suchte den Präsidenten auf, nachdem er über das norwegische Außenministerium wie auch seine Botschaft unbeantwortet gebliebene Protestnoten übermittelt hatte.

Als er das Büro des Präsidenten betrat, sah er dessen Frau bei jenem auf den Knien sitzen. Der Präsident hatte sie während einer seiner Exilzeiten in einem Stripclub in Panama entdeckt, wo sie als »Darstellerin« arbeitete. Sie war vierzig Jahre jünger als er und auf eine ziemlich unangenehme Art sehr hübsch. Der ehemalige Geschäftsführer des Stripclubs, der eines Tages auch einmal Präsident werden würde, war derzeit Außenminister und hatte auf Kosten seines Ministeriums zahlreiche Bücher über Okkultismus veröffentlicht. Das war seiner Meinung nach voll gerechtfertigt, da ihm die Bücher von niemand anderem als dem Erzengel Gabriel diktiert worden seien. Die zwei Rausschmeißer, pardon, Türsteher des Clubs waren nun Landwirtschaftsminister beziehungsweise Gesundheitsminister.

Die Gattin fütterte den Präsidenten mit Geleefrüchten, die er ganz besonders mochte. »Jetzt komm schon, Daddykins«, sagte sie gerade, »du bekommst so lange keine Früchtchen mehr, wie du nicht dieses klitzekleine Blättchen Papier für dein ›la-la-launisches Püppchen‹ unterschreibst.«

»Das kann ich nicht, Süße«, erwiderte er. »Es kostet uns zu viel.«

Sie zog einen Schmollmund und ließ ihr Hinterteil auf seinem Schoß kreisen. »Keine süßen Früchtchen mehr!« sagte sie und hielt ihm ein Stück Geleefrucht unter die Nase, das sie wegzog, als er den Mund öffnete.

»Also gut«, sagte er und tätschelte ihr den reich mit Rüschen drapierten Hintern. »Nur weil du es bist, mein kleines Kätzchen.« Er beugte sich über das Blatt und kritzelte krakelig seine Unterschrift aufs Papier. Gurrend sprang seine Frau auf und küßte ihn auf die Stirn, was selbstredend einen knallroten Lippenabdruck hinterließ. Sie nahm das Papier und stöckelte aus dem Zimmer, nicht ohne jedoch dem Botschafter zuvor noch einen verführerischen Blick zugeworfen zu haben.

Der Präsident sah den Botschafter voller Hilflosigkeit an und sagte, als ob das eine Art Erklärungsversuch wäre: »Meine Frau. Nun, was kann ich für Sie tun?«

Der Botschafter legte dem gleichgültig lauschenden Präsidenten, der sich zwischenzeitlich an der Schachtel mit Geleefrüchten gütlich tat, seinen Fall dar. Als der Diplomat fertig war, sagte der Präsident: »Mein lieber Herr Botschafter, ich habe von Ihnen genau das gleiche zu hören bekommen wie von sechs weiteren Botschaftern im letzten Monat und muß Ihnen sagen, daß ich nichts von alldem weiß, rein gar nichts. Ich habe General Ramírez, Admiral Fleta und Luftwaffenchef Marschall Sanchis sowie die Leiter unserer Sicherheitsdienste befragt, und ihnen sind diese Vorkommnisse ebenso schleierhaft wie mir. Wir sind alle der Meinung, daß dies Teil einer zionistischen Verschwörung zur Destabilisierung des Landes als Vorbereitung einer israelischen Invasion unserer südlichen Provinzen ist.«

Der norwegische Botschafter traute kaum seinen Ohren. »Ich bitte Sie, bleiben Sie ernst, Eure Exzellenz«, sagte er.

»Oh«, sagte der Präsident, »ich kann Ihnen versichern, daß mir sehr ernst zumute ist. Wir haben definitive Beweise vom Marinegeheimdienst und vom Inneren Sicherheitsdienst der Luftwaffe. Deren Berichte habe ich hier auf meinem Schreibtisch liegen.«

Der Botschafter war versucht, sich über den Präsidenten lustig zu machen, doch statt dessen sagte er: »Eure Exzellenz, ich kann nicht glauben, daß ein Mann mit Ihrer politischen Erfahrung und Intelligenz solche Berichte überhaupt ernst nehmen kann. Sie sind einfach zu absurd und entbehren jeglicher Grundlage. An Ihrer Stelle würde ich die Verfasser dieser Berichte in eine Nervenheilanstalt einweisen lassen.«

Der Präsident schüttelte lächelnd den Kopf. »Herr Botschafter, ich muß Ihnen mitteilen, daß ich über Informationen zu diesem Thema verfüge, über die Sie nicht verfügen und die ich so ernst nehme, daß ich bereits der Internierung gewisser Juden und Zionisten zugestimmt habe, die nach den Informationen der Sicherheitsdienste auf jeden Fall daran beteiligt sind.«

Der Botschafter wurde ärgerlich. »Eure Exzellenz, das beweist doch nur, daß Sie Nazis in Ihren Sicherheitsdiensten haben!«

Nun wurde der Präsident seinerseits böse. »Herr Botschafter, darf ich Sie daran erinnern, daß diplomatische Vorrechte auch mißbraucht werden können?«

Der Botschafter erhob sich und sagte sehr entschieden: »Eure Exzellenz, wenn es in diesem Land Pogrome gibt, wird keine Kulturnation der Welt mehr etwas mit Ihnen zu tun haben wollen! Darf ich Sie daran erinnern, daß – nur als Beispiel – Norwegen Ihre sämtlichen Wasserkraftwerke baut? Ich muß Ihnen, Eure Exzellenz, ebenfalls mitteilen, daß meine Regierung sofortige Ergebnisse bei der Suche nach Regina Olsen verlangt! Die Armee hat sie in ihrem Gewahrsam, Herr Präsident, wie aus den jüngsten Ereignissen deutlich wird. Ich schlage vor, Sie fangen mit ihr an.«

Der Präsident schloß die Augen und seufzte matt. »Herr Botschafter, ich werde alles tun, was in meiner Macht steht, aber muß ich Ihnen tatsächlich erklären, daß ein Mann in meiner Position sehr behutsam mit der Armee umzugehen hat? Ich glaube, Sie sind sich dessen vollauf bewußt.«

»Ja, Eure Exzellenz, dessen bin ich mir sehr wohl bewußt, aber als norwegischer Botschafter obliegt mir die Pflicht, mich um norwegische Staatsbürger zu kümmern. Das wird Ihnen doch hoffentlich auch bewußt sein.«

Der Präsident zog eine Schublade seines Schreibtischs auf und holte einen Revolver hervor. Er wog ihn gedankenverloren in der Hand. Dann zeigte er ihn dem Botschafter. »Ich habe nur diesen einen einzigen hier«, sagte er. »Die Armee hat Tausende davon.«

Als der norwegische Botschafter wütend und frustriert den Raum verließ, entschied er, dem seiner Frau treu ergebenen alten Präsidenten nicht zu sagen, daß er noch immer Lippenstift auf der Stirn trug.

30

María und die Soldaten kommen zurück

Die Arbeit im Büro des Gouverneurs kam fast zum Erliegen, als General Fuerte immer länger ausblieb. Ohne seine lenkende Hand verlor die Belegschaft jeden Sinn für Zweck und Ziel, und die Sekretärinnen feilten ihre Nägel, stickten während ihrer Bürostunden, sprachen über ihre Affären und spielten Scharaden. Capitan Rojas, Fuertes Adjutant, mußte sich verärgert und gedemütigt eingestehen, daß niemand von seiten des Personals sich an seine Anweisungen hielt oder seine Tiraden ernst nahm. Sie tätschelten ihn am Kopf, brummten ihm begütigend wie einem Kinde zu und boten ihm mit *choncaca* gesüßten Zitronensaft an. Erst wurde er wütend und verbittert, dann verfiel er in Depression und Apathie, was nur von seinen verzweifelten Bitten an den Stabsoffizier unterbrochen wurde, den General aufzuspüren.

»Die Schwierigkeit ist ganz einfach die«, sagte der Stabsoffizier, »daß der General sich selbst Urlaub gegeben und keinen Antrag ausgefüllt hat. Niemand weiß, wo er hin ist, was er vorhat oder wie lange er wegzubleiben gedenkt. Ich habe keinen stichhaltigen Beweis dafür, daß er verschwunden ist!«

Der Stabsoffizier war dennoch nervös, weil er über dunkle militärische Kanäle von all den hochrangigen Offizieren gehört hatte, die verschwunden waren, und zum Teil auch Andeutungen erhalten hatte, warum das geschehen sei. Er war verständlicherweise darum bemüht, nicht sein eigenes Verschwinden heraufzubeschwören, indem er eine Untersuchung in Gang setzte, und neigte eher dazu, den Fall unter der Rubrik Desertion abzulegen, da er von Capitan Rojas gehört hatte, daß der General auf seiner Eselin als *peon* verkleidet weggeritten sei. Er entschied sich dafür, erst einmal nichts zu tun, sondern bis zur Rückkehr des Generals lediglich die zivile Verwaltung zu übernehmen.

Eines Morgens stürmte Capitan Rojas mit hochrotem Kopf und völlig außer Atem vom raschen Treppensteigen ins Büro des Stabsoffiziers, salutierte und sagte: »Melde gehorsamst, María ist zurück, aber ohne den General!«

»María?« fragte der Stabsoffizier. »Wer ist denn das?«

»General Fuertes *burra*«, sagte der Capitan. »Sie ist vor meinen Augen die Chiriguanástraße entlanggetrottet und in ihr Quartier verschwunden.«

»Die Eselin des Generals«, sinnierte der Stabsoffizier. »Wie sonderbar. Ist sie wohlbehalten und unverletzt?«

»Ja«, erwiderte Rojas, »außer daß sie von der Reise staubbedeckt und eindeutig trächtig ist.«

Der Stabsoffizier öffnete eine Schublade und zog ein Formular hervor, das er sorgfältig ausfüllte, während er den Capitan nach Einzelheiten ausfragte. »Chiriguaná«, sagte er, »ist eine Brutstätte der Revolution. Ich glaube, wir können getrost annehmen, daß General Fuerte durch Terroristen umgekommen ist. Ich werde General Ramírez von meiner Analyse in Kenntnis setzen und seine Instruktionen abwarten. In der Zwischenzeit lassen Sie gegenüber niemandem ein Wort verlauten.«

»In Ordnung, Herr General, aber was soll ich mit María machen?«

Der Stabsoffizier sah ihn an und zog verwundert die Augenbrauen hoch. »Kümmern Sie sich persönlich um sie, Capitan.«

Der Capitan salutierte und trat ab. Er ging wieder in den Stall und fand María auf der Seite liegend vor. Im Stroh lagen vier kleine Fellbündel. María erhob sich mühsam und fing an, ihre

Nachkommenschaft sauber zu lecken. Der Capitan sah zu; sein militärischer Verstand verweigerte seinen Sinneseindrücken ihre Berechtigung, als die ungewöhnlich großen schwarzen Kätzchen erbärmlich nach Milch miauten. Dann erkannte er, daß hier ein Notfall vorlag, weil die Kätzchen nicht an Marías Zitzen herankamen, da Kätzchen im Liegen saugen und Esel stehend stillen. Erleichtert, daß er endlich ein Problem hatte, das ohne weiteres durch Entschlußfreudigkeit und tatkräftiges Handeln gelöst werden konnte, enteilte er zu den Kramläden und kehrte so schnell wie möglich mit einem Babyfläschchen zurück. Er kniete sich vorsichtig hin, um die Uniform nicht zu beschmutzen, und molk María zaghaft. Sie schnaubte und drückte ihn zur Seite. Er machte beruhigende Geräusche und imitierte die Schnalzlaute, die der General immer gemacht hatte, und María gab ihre Milch her. Peinlich genau auf Gerechtigkeit bedacht, fütterte er die Kätzchen mit gleich großen Portionen und war bezaubert von ihren geschlossenen Augen, ihrer Hilflosigkeit, ihren stoppeligen Stummelschwänzchen, ihrem kläglichen Miauen und ihren großen, seidigen Ohren. Er meinte, er könne es unmöglich mit seinem Gewissen vereinbaren, daß er sie ganz allein der Pflege von María überließ, und so verfrachtete er sein Feldbett in den Stall, damit er sie Tag und Nacht alle zwei Stunden füttern konnte. Er wurde so vernarrt in seine kleinen Pflegekinder, daß die Mädchen im Büro ihn Capitan Papagato nannten und in den Stall gehen mußten, um ihm seinen mit *choncaca* gesüßten Zitronensaft zu bringen und alle Dokumente vorzulegen, die seiner Unterschrift bedurften. Seine Apathie und Depression wichen einer seraphischen Verzückung, und als die schwarzen Katzen später so groß wie Pumas wurden, ging er mit den hundegleich an seiner Seite trottenden Tieren überallhin. Sie demolierten sein Quartier bei ihren Tollereien und Balgereien, und Capitan Rojas ließ sich ein Viererbett zimmern, damit alle Platz zum Schlafen hatten. Er beantragte, seinen Namen urkundlich in Papagato zu ändern, und gebrauchte daraufhin stolz den ihm ursprünglich im Spott zugedachten Namen. Seine Autorität bei den Mädchen wurde absolut, weil sie vor den riesigen, gelbäugigen Katzen eine jeder Vernunft spottenden Angst hatten, und die anderen Mädchen in Valledupar waren von seiner geheimnisvollen Beziehung zu den Vierbeinern fasziniert. Capitan Papagato ließ noch eine zusätzliche Liegefläche an sein Riesenbett anbringen und glaubte fortan, daß kein Mensch je so vom Glück gesegnet gewesen sei wie er.

Figueras wurden derlei Segnungen des Glücks nicht zuteil; nach der dreimonatigen Kur von der gewöhnlichen Gonorrhöe und der Barranquilla-Syphilis wurde er mit seiner Brigade wieder zurück an die unsichtbare Front abkommandiert. Es hieß, von ihnen würden nicht nur konkrete, sondern auch spektakuläre Resultate erwartet. Nervös und langsamer, als es der militärischen Vorsicht angemessen war, brach die Militärkolonne wieder zur Stätte ihrer früheren Niederlagen auf und kampierte so unauffällig wie möglich in der Savanne fünf Kilometer vor Chiriguaná. Die Späher, die Figueras auszuschicken für nötig hielt, kehrten ohne nennenswerte Erkenntnisse zurück, außer daß die örtliche Bevölkerung von unaufhörlichen Lachkrämpfen befallen zu sein schien und daß die ganze Gegend von Katzen nur so wimmelte. »Das weiß ich bereits«, sagte Figueras. »Sie sind beständig zwischen meinen Füßen, und ihr verdammtes Schnurren hält mich vom Schlafen ab.«

Pedro unterrichtete Aurelio von der Rückkehr der Soldaten, und der wiederum informierte Remedios. Er führte sie und ihre Guerilleros auf sicheren Wegen durch den Dschungel, und sie trafen zwei Tage vor Figueras' geplantem Vorstoß im Pueblo ein. Remedios überreichte Sergio Federicos kümmerliche Habseligkeiten und umarmte ihn. »Sie hatten einen großartigen Sohn«, sagte sie. »Wir alle vermissen ihn.« Sergio seufzte. »Ich vermisse ihn auch, aber er spricht in meinen Träumen zu mir, und Aurelio sagte, er sei sehr glücklich verheiratet.«

Remedios, stolze Atheistin, Marxistin und Materialistin, seufzte insgeheim vor Mitleid mit seinem Aberglauben, sagte aber: »Ich freue mich sehr, das zu hören.«

General Fuerte wurde von der Gruppe an einem um seine Hüfte geschlungenen Strick mitgezerrt. Er war mittlerweile so apathisch, daß er zwei Monate lang weder gesprochen noch sich nennenswert gerührt hatte. Er schlief unregelmäßig zumeist in aufrechter Position, und Pater García, überzeugt davon, daß der General eigentlich schon gestorben war, hatte bereits eine Totenmesse für ihn gelesen, obwohl seine Körperfunktionen eindeutig noch intakt waren. Fuerte war wie ein stummes Maskottchen oder ein altes Gemälde geworden, das eigentlich niemand mehr wahrnahm. Als Franco es leid wurde, den General am Strick hinter sich herzuziehen, schlang er diesen einfach um dessen Hüfte und legte ihm das Ende in die Hand. Der General tappte wie ein Automat hinter Franco her und führte sich selbst an der Leine. Als die Guerilleros im Pueblo angelangt waren, trieb Franco einen schweren Pfahl in den Boden und band den Strick des Generals daran. Fuerte schritt langsam um den Pfosten herum, bis der Strick sich völlig aufgewickelt hatte, und blieb dann während all der nun folgenden Ereignisse dort sitzen. Er hatte zwei Katzen im Schoß und eine schnurrende um die Schultern drapiert.

An jenem Abend bemerkten alle, daß die Katzen immer aufgeregter wurden; sie schritten unruhig umher, krallten sich in Baumstämme und kletterten auf die Hüttendächer. Die Hunde schlichen unter die Tische, und die Pferde, Esel und Mulis wieherten auf den Feldern und galoppierten ziellos von einem Ende des Dorfes zum anderen.

»Da liegt etwas in der Luft«, sagte Pedro zu Remedios.

»Ja«, sagte sie, »wir werden eine Schlacht schlagen, die unvergeßlich bleiben wird. Die Tiere wittern den Tod.«

Remedios, Pedro, Misael, Hectoro und Josef trafen sich und hielten Kriegsrat. Remedios wollte der Armee mit Überraschungsangriffen in der üblichen Guerillamanier zusetzen. Misael votierte für ein defensives Operieren von den Schanzen und Befestigungen des Pueblos aus. Hectoro befürwortete eine frühmorgendliche Kavallerieattacke gegen das feindliche Lager, hauptsächlich mit Macheten bewaffnet. Misael meinte, da sie nun über zwei Maschinengewehre verfügten, wäre es ein Kinderspiel, die Soldaten niederzumähen, wenn sie offene Flächen überquerten. Remedios behauptete, daß sie mit ihrem Plan den Feind beständig in Verwirrung und Unordnung stürzen und seine Widerstandskräfte schwächen könnten, ohne eigene Verluste zu erleiden. Hectoro beharrte darauf, daß er mit seinen Leuten die Feinde einfach in Stücke reißen könnte, während diese noch schliefen und unvorbereitet seien. Keiner von ihnen war bereit, seine Meinung zu ändern, und so folgte eine lautstarke Auseinandersetzung, welche die neue Allianz schon im Ansatz zum Scheitern zu bringen drohte. Schließlich bat Josef um Gehör.

»Hört mal her«, sagte er. »Es sind alles gute Pläne. Wir sollten sie uns alle zunutze machen.«

»Wie?« wollten Remedios und Hectoro wie aus einem Munde wissen.

»So«, sagte Josef und bedeutete ihnen, ihm auf die Straße zu folgen. Er nahm einen Stock und begann in den Staub zu zeichnen, was gar nicht so einfach war, weil die Katzen sich natürlich sofort auf die scharrende Spitze stürzten.

»Hier«, sagte Josef, »ist das Pueblo, und hier ist die Barrikade. Auf der Barrikade postieren wir unsere beiden MGs. Die zwei Schützen und ihre Ladegehilfen sind die einzigen Leute im ganzen Dorf.« Er zog eine weitere Linie, und Remedios bückte sich, um die Katze zu entfernen, die auf das Stockende sprang. »Hier draußen«, fuhr Josef fort, »auf der Seite, sind Remedios' Guerilleros. Sie nehmen die offene Fläche unter Feuer und machen kleine Angriffe von der Flanke aus, wenn neue Magazine in die MGs geladen werden müssen. Du«, sagte er zu Hectoro, »solltest alles an

Pferden, Mulis und Eseln Verfügbare nehmen, selbst wenn es nicht genügend Reiter für sie gibt, und dich mit deiner Kavallerie in den Rücken der Soldaten begeben und ihnen in einigem Abstand folgen, so daß sie euch nicht sehen können. Wenn wir die Soldaten massakriert haben und etwaige Überlebende am Boden liegen oder sich zurückziehen, werden die MGs und auch Remedios das Feuer einstellen, dann könnt ihr von hinten zum Sturmangriff übergehen und die Soldaten in Stücke hauen!«

»Bravo!« rief Hectoro.

»*¡Excelentisimo!*« sagte Remedios und klopfte Josef auf die Schulter. »Aber wieso glaubst du, sie werden einen einfachen Frontalangriff ausführen? Sie könnten etwas Komplizierteres vorhaben.«

»Nein, das werden sie nicht«, erwiderte Josef. »Sie stehen immer noch unter dem Befehl des dicken Offiziers, der schon mal hier war. Er ist ein Feigling und Dummkopf, der immer das Einfachste tun wird. Noch dazu weiß er nicht, daß ihr bei uns seid und wir über MGs verfügen. Er meint, er könne ein kleines Pueblo voll von Leuten überrennen, die nur mit Flinten und Buschmessern bewaffnet seien. Zudem bin ich mir sicher, er wiegt sich in dem Glauben, daß wir von seinem Kommen nichts wüßten. Es liegt also auf der Hand, daß sie uns auf die schnellste und denkbar einfachste Weise angreifen werden.«

»Wenn das klappt«, sagte Remedios bewundernd, »dann solltest du deinen Namen in Bolívar ändern.«

»Das wird klappen«, sagte Josef. »Und außerdem habe ich für die Maschinengewehre einen kleinen Trick auf Lager, von dem ich in Bolivien während der Zeit des Chacokriegs gegen Paraguay gehört habe.«

Am nächsten Tag zog Hectoro mit seiner Kavallerie ab und schlug einen weiten Bogen, um hinter der Armee in Stellung zu gehen. Er verbot Lagerfeuer sowie irgendwelche Lichter und machte sich persönlich zum Ausspähen des Lagers auf. Am Morgen sah er, wie Figueras zu seinen Offizieren sprach und wie die

Offiziere darauf ihre Männer unterwiesen. Er blieb lange genug, um noch mitzubekommen, daß die Brigade in Pfeilformation ausrückte und dann ausschwärmte. Er rannte zu seiner Kavallerie zurück und schickte eines der Kinder im Galopp über die Savanne, um das Pueblo vor dem bevorstehenden Angriff zu warnen.

Nach dem nervenaufreibenden, aber ereignislosen Vorrücken erstickten die Soldaten beinahe am Staub, und der Schweiß floß ihnen unter ihren Helmen nur so in Strömen. Sie traten gereizt nach den Katzen, die sie ins Stolpern brachten, weil sie nach deren Schnürsenkeln haschten.

Sie hielten am Rand der abgemähten Felder an, und Oberst Figueras trat vor, um das Dorf durch den Feldstecher in Augenschein zu nehmen. Zu seinem Entsetzen mußte er feststellen, daß da Bollwerke und Befestigungen waren. Er registrierte dann aber zu seiner Erleichterung, daß das Dorf bis auf die Katzen völlig verlassen dalag. Er rechnete sich aus, daß er mit zweitausend Mann und ohne Verteidiger das Gefecht höchstwahrscheinlich überleben würde. Zur Sicherheit zog er sich hinter seine Brigade zurück und gab den Befehl, mit aufgepflanztem Bajonett vorzurücken. Die gesamte Brigade schritt unbekümmert über die abgebrannten Felder, als Josef hinter der Barrikade auftauchte und mit einem MG zu feuern begann. Er mähte eine Bresche in die Infanterielinie und sah zu, wie die Männer sich zu Boden warfen. Er stellte das Feuer ein und schrie, so laut er konnte: »Rasch jemand zu mir! Das MG hat eine Ladehemmung.«

Die Soldaten sprangen auf und gingen zum Angriff über. Das zweite MG eröffnete das Feuer, Josef ratterte wieder los, und die Guerilleros schossen nach Belieben von der Seite. In dem mörderischen Kugelhagel strauchelten und fielen die Soldaten eine halbe Stunde lang. Die noch nicht Gestorbenen täuschten ihren Tod vor, unter ihnen auch Figueras, der sich in einen Bewässerungskanal warf und still liegen blieb, bis er den verzweifelten Versuch unternahm davonzukriechen.

Die MGs verstummten, die Guerilleros stellten das Feuer ein, und zweihundert Soldaten ließen ihre Waffen fallen und rannten in Deckung, doch da donnerte auch schon eine wilde Horde von Mulis und Eseln heran, warf sie zu Boden und trampelte über sie hinweg. Als die zweihundert sich wieder aufrappelten, stürmten Hectoro und die Männer und Frauen des Dorfes auf sie zu, schossen ihnen mit Revolvern aus nächster Nähe in die Brust und hackten ihnen mit ihren Macheten die Glieder und Köpfe ab. Hectoro stieg vom Pferd und schritt mit eisiger Miene durch das Gemetzel, um allen noch Lebenden die Kehle durchzuschneiden. Bei jedem spuckte er aus und murmelte: *»Hijo de puta.«*

Etwa fünfzig Mann der Brigade, darunter Figueras, gelang die Flucht zurück ins Lager. Sie ließen ihre gesamte Ausrüstung hinter sich zurück und rasten mit ihren Lkws in Richtung Valledupar davon. Figueras bemerkte zu seiner Erleichterung, daß er der einzige überlebende Offizier war und auch Major Kandinski fehlte. Im Geist ging er schon die Einzelheiten seiner heldenhaften Taten gegen eine überwältigende Übermacht durch, die er in seinen Bericht einzufügen gedachte.

Auf dem Schlachtfeld waren die Sieger gleichermaßen von Jubel und Entsetzen erfüllt. Erschüttert, blaß und zitternd umarmten sie einander und wanderten dann benommen unter den Gefallenen umher.

»Das waren Unschuldige«, sagte Misael. »Schaut sie euch an, alles noch Kinder.«

»Ja«, sagte Pedro. »Halbe Kinder mit verrückten Anführern und Furcht im Herzen.«

»Die meisten haben sich bepißt«, sagte Josef. »Schaut euch ihre Hosen an.«

Die Leichen lagen verstreut wie zerbrochene Vogelscheuchen, verdreht, blutig und unwirklich da. Ihr letzter Ausdruck stand ihnen noch ins Gesicht geschrieben: Schrecken, heftiger Schmerz und Unverständnis. Die siegreichen Krieger, von denen keiner auch nur einen einzigen Kratzer abbekommen hatte, waren sprachlos vor Entsetzen und Scham und zu sehr von Zerknirschung und Mitleid erfüllt, als daß sie eine Fiesta oder irgendwelche Jubelfeiern hätten ausrufen können. Sie saßen unter den Toten, streichelten in sich gekehrt die Katzen und murmelten Gebete.

»Wir können sie nicht alle begraben«, sagte Remedios.

»Wir können sie aber auch nicht verbrennen«, erwiderte Josef. »Das wäre ein Sakrileg.«

»Wir könnten sie mit Hilfe von Don Emmanuels Traktor unter die Erde bringen«, schlug Pedro vor.

»Und ich werde eine Totenmesse lesen«, sagte García. »Sie sollen eine richtige Beerdigung haben.«

»Hol den Traktor, Pedro«, sagte Josef. »Wir werden die Leichen aufsammeln, bevor die Geier sie kriegen.«

Die siegreichen Rebellen arbeiteten in Paaren, entfernten Ringe, Ausweise und private Papiere, bevor sie die Leichen an den Knöcheln und Achseln packten und an den Rand des Schlachtfelds trugen. »Ich glaube«, sagte Doña Constanza, »das beste wäre, sie im Kanal zu begraben, den ich vor meinem Weggang habe ausheben lassen. Es wäre ein leichtes, sie mit dem Erdaushub zu bedekken, und außerdem könnten wir sie Seite an Seite legen anstatt auf einen Haufen. Es würde mehr unseren Respekt bezeugen.«

Remedios arbeitete mit Tomás zusammen. Sie drehte gerade ihren zwanzigsten Toten auf den Rücken, um ihn wegzutragen. Als sie dessen Gesicht sah, hielt sie entsetzt inne und rang nach Luft. Hastig bückte sie sich und suchte im Hemd des Mannes nach dessen Erkennungsmarke. Sie starrte sie an und drehte sie um, so als würde auf der Rückseite noch mehr stehen. Dann setzte sie sich neben die Leiche und vergrub den Kopf zwischen ihren Knien. Sie schluchzte auf, und Tomás legte ihr die Hand auf die Schulter. »Was ist, Medio? Hast du ihn etwa gekannt?«

Remedios blickte voll Jammer zu ihm auf, während ihr Tränen über die Wangen liefen. »Es ist mein kleiner Bruder Alfredo. Ich habe ihn seit seinem zwölften Lebensjahr nicht mehr gesehen. Er könnte durch meine Kugel gestorben sein. Ich wußte nicht, daß er eingezogen war.«

Tomás setzte sich neben sie, den Arm um ihre Schultern gelegt, und weinte mit ihr. »Medio«, sagte er, »wir alle haben heute unsere Brüder getötet.«

Sie riß sich zusammen und stand auf. »Genaugenommen habe ich ihn kaum gekannt.«

Remedios ließ nicht zu, daß sie Alfredo gesondert begruben. Die Leichen wurden im Anhänger zu Doña Constanzas Kanal transportiert, was den Großteil der Nacht und des folgenden Morgens in Anspruch nahm. Als der Traktor sie mit der Baggerschaufel unter dem Aushub für den Kanal begrub, rezitierte Pater García die Beerdigungslitanei sowie die Namen der Toten und las eine Messe für ihre Seelen. Nur Hectoro wollte nicht daran teilnehmen, und Aurelio zögerte lange, bis er sie in Aymara und Quechua segnete. Die Katzen sammelten sich auf der gegenüberliegenden Kanalböschung und sahen dem ganzen Prozedere zu.

Remedios füllte etliche *mochilas* mit den Erkennungsmarken und hing sie General Fuerte um den Hals. »Gehen Sie nach Valledupar«, sagte sie ihm, »zu Ihresgleichen.«

Ohne ein Wort zu verlieren, verließ General Fuerte das Pueblo mit klimpernden und klappernden *mochilas*. Die Guerilleros gaben ihm bis Chiriguaná das Geleit, wünschten ihm viel Glück, tranken auf sein Wohl und hielten einen Lastwagen an, damit er mitfahren konnte. Fuerte ging ohne Kommentar und verzog keine Miene, doch er bückte sich und hob eine Katze auf, um sie mitzunehmen.

Die Lachplage war nun ein für allemal vorbei.

31

Weitere Bemühungen von Olaf Olsen, Oberst Asado und Seiner Exzellenz dem Präsidenten

Olaf Olsen entsprach genau der Vorstellung von einem erfolgreichen norwegischen Geschäftsmann. Er war fünfundvierzig Jahre alt, blond, sah jünger aus, als sein Alter vermuten ließ, und war ein kühl denkender Kopf. Seine norwegische Leidenschaft fürs Skifahren und für Körperertüchtigung war ungebrochen. Er hatte sich zu genau der Zeit scheiden lassen, als es in Skandinavien Mode wurde. Er stammte aus Oslo und hatte dort noch ein Haus, auf etwa halbem Weg zwischen dem Munch-Museum und dem Vigeland-Park. Als junger Mann war er in die skandinavische Firma eingetreten und hatte dort, ausschließlich auf sich selbst gestellt, eine steile Karriere gemacht.

Als bedeutender ausländischer Industrieller kannte er nahezu jede wichtige Persönlichkeit. Bei ihnen allen machte er seinen Einfluß geltend. Dabei fiel ihm auf, daß er stets von vier Männern in einiger Entfernung verfolgt wurde, die ungewöhnlich aussehende Filzhüte tief ins Gesicht gezogen hatten. Er ignorierte sie in der Regel. Nur einmal wünschte er ihnen einen guten Tag, als er blitzschnell umkehrte und an ihnen vorbeiging. Ihre verwirrten und verlegenen Mienen verschafften ihm dabei ein wenig Genugtuung als Entschädigung für seine wachsende Verzweiflung und Verärgerung.

Als erstes ging Olsen wieder zur Polizei, die diesmal bestätigte, daß sie durch die Armee von einem offiziellen Einsatz, was den Ort und die Zeit von Reginas Entführung betraf, in Kenntnis gesetzt worden war. Die Polizei hatte ein inoffizielles Übereinkommen mit den Streitkräften, demzufolge sie von allen Einsätzen informiert werden sollte, weil die Polizei in der Vergangenheit oft von Zeugen der Entführungen herbeigerufen worden war und es etliche Feuergefechte zwischen der Polizei und dem Militär gegeben hatte. Der für die Aufzeichnung des Funkverkehrs zuständige Polizist hatte anfänglich eine Heidenangst, Olsen das zu sagen, was dieser wissen wollte, aber seine Bedenken wurden durch eine Handvoll amerikanischer Dollar und Olsens Versicherung überwunden, er kenne jemanden, der ihn erschießen lassen könne. Also ging der Polizist heimlich die Aufzeichnungen durch und gab Olsen zu verstehen, daß dessen Tochter von einer Einsatztruppe aus der Militärschule für Elektro- und Maschineningenieure entführt worden war.

Nach Verlassen des Polizeihauptquartiers suchte Olsen jedes Krankenhaus in der Hauptstadt und im Umkreis von hundert Kilometern auf. Es gab nicht allzu viele, aber in jedem war er genötigt, dem Krankenhaus eine »Spende« zukommen zu lassen, um die Einlieferungslisten gezeigt zu bekommen. Das ganze Unternehmen stellte sich als ziemlich nutzlos heraus, da alle von den Militärs eingelieferten Fälle unter dem falschen Geschlecht, der falschen Staatszugehörigkeit und dem falschen Namen eingetragen wurden. Er fand sogar einen Eintrag mit »Pato Donald« und einen weiteren mit »Ratón Miguel«.

Olsen ließ dem Präsidenten über den norwegischen Botschafter ein Schreiben zukommen, in dem er ankündigte, daß er, sollte seine Tochter nicht binnen zehn Tagen freigelassen werden, die nationale, die norwegische und die nordamerikanische Presse unterrichten würde. Das Präsidentenbüro antwortete umgehend, daß alle Leiter der Sicherheitskräfte mit oberster Dringlichkeitsstufe angewiesen worden seien, seine Tochter zu finden. Olsen war das Ganze vollkommen schleierhaft, da er dem Präsidentenbüro bereits genau mitgeteilt hatte, wo Regina war und wer sie abgeholt hatte. In den nächsten zehn Tagen erhielt er folgende Briefe:

VON: Militärschule für Elektro- und Maschineningenieure

Sehr geehrter Herr Olsen,

mit Bedauern nehmen wir das Verschwinden Ihrer Tochter zur Kenntnis, sind jedoch aufs höchste darüber befremdet, daß Sie dem Präsidenten mitgeteilt haben, sie sei in unserem Gewahrsam. Wie Sie wissen, sind wir eine militärische Ausbildungsstätte und daher nicht für Festnahmen zuständig, selbst in Kriegszeiten nicht. Viel Glück bei Ihrer weiteren Suche.

VON: Innerer Sicherheitsdienst des Heeres

Sehr geehrter Herr Olsen,

mit Bedauern müssen wir Ihnen mitteilen, daß unseren Ermittlungen zufolge Ihre Tochter Regina mit ihrem Liebhaber nach Thailand durchgebrannt ist. Sie hatte das Gefühl, Sie würden gegen ihre Heirat sein, da es sich bei dem fraglichen Herrn um einen Schwarzen handelt, der vierzig Jahre älter ist als sie und an anarchistischen Umtrieben beteiligt war. Außerdem hat er zwanzig Jahre wegen Kindesmißhandlung im Gefängnis verbracht.

Es tut uns sehr leid, Ihnen nur mit dieser schlechten Nachricht dienen zu können.

VON: Direktor der Stadtpolizei

Sehr geehrter Herr Olsen,

ich beziehe mich auf Ihren kürzlich aus dem Präsidentenbüro an mich übermittelten Brief und auch auf Ihren in Gesellschaft des verstorbenen Generals Correra abgestatteten Besuch. Wenn Sie Ihre Tochter finden wollen, muß ich Sie nochmals an die Worte erinnern, die ich Ihnen damals gesagt habe.

Im Land tobt gegenwärtig ein schmutziger Krieg zwischen Elementen der äußersten Rechten und Elementen der Linken. Alle Indizien deuten darauf hin, daß Regina irrtümlich zwischen die Fronten dieses schmutzigen Krieges geraten ist und sich nun in den Händen *rechter Extremisten* befindet, deren Identität ich derzeit aus einer Reihe von Gründen, für die Sie hoffentlich Verständnis haben werden, nicht enthüllen kann.

Ich wünsche Ihnen aufrichtig viel Glück bei Ihrer Suche und rate Ihnen, im Umgang mit diesen äußerst gefährlichen Menschen so viel Vorsicht und Diskretion walten zu lassen, wie es Ihre väterliche Liebe zuläßt.

VON: Staatlicher Informationsdienst

Sehr geehrter Herr Olsen,

wir haben ausgiebige Nachforschungen nach dem Verbleib Ihrer Tochter Regina Olsen angestellt. Nach unseren Informationsquellen war Ihre Tochter ein geheimes Mitglied der extremen Linken und hat sich an terroristischen Anschlägen beteiligt. Wir glauben, daß sie untergetaucht ist.

VON: Nachrichtendienst des Außenministeriums

Sehr geehrter Herr Olsen,

unsere Nachforschungen im Fall des Verschwindens Ihrer Tochter Regina haben ergeben, daß sie geheimes Mitglied einer extrem rechten Terrororganisation, der CC, war und in einem Feuergefecht zwischen dieser und einer linksgerichteten Gruppe in Kolumbien getötet wurde. Es tut uns sehr leid, der Übermittler dieser traurigen Nachricht sein zu müssen.

VON: Innerer Sicherheitsdienst des Innenministeriums

Sehr geehrter Herr Olsen,

es hat uns sehr betrübt, von dem plötzlichen Verschwinden Ihrer Tochter Regina zu hören, und wir haben uns nach Kräften und ohne Ansehen der Kosten darum bemüht, sie ausfindig zu machen.

Nach unseren Informationen ist sie zuletzt beim Bergsteigen in der Sierra Nevada de Santa Margarita gesehen worden, und Berichten von dort zufolge soll sie in einem nicht mehr in Gebrauch befindlichen Minenschacht zu Tode gestürzt sein, dessen Lage wir bis jetzt noch nicht haben feststellen können. Wir bedauern sehr, Ihnen diese schlechte Nachricht übermitteln zu müssen.

Olsen ging außer Landes, ohne jemanden davon zu unterrichten, und flog in die Vereinigten Staaten, wo er sehr viel Hilfe und gute Ratschläge von Senatoren und Kongreßabgeordneten der Demokraten erhielt, und dann weiter nach Norwegen. Ein paar Tage nach seiner Abreise stürmte ein Großaufgebot bewaffneter Männer mit ungewöhnlich aussehenden Filzhüten seine Wohnung in einem noblen Vorort und erschoß in Ermangelung seiner Person die Putzfrau.

In Europa war Olsen rastlos tätig. Allein Seine Heiligkeit der Papst schrieb dreimal und erkundigte sich nach Reginas Verbleib; der amerikanische Außenminister verlangte dieselbe Auskunft, als er zu einem Staatsbesuch eintraf; das Internationale Freikirchliche Komitee in der Schweiz schloß sich an; Mitglieder der Liberaldemokraten und der Labour Party in Großbritannien schrieben und wollten etwas wissen, ebenso die Sozialisten in Frankreich. Allen teilte der Präsident mit, daß die Suche nach Regina Olsen noch immer in vollem Gange sei.

Inzwischen ging das Sterben in der Militärschule für Elektro- und Maschineningenieure ganz normal weiter. Oberst Asado hatte eine glänzende Idee gehabt, um sich des leidigen Papierkrams zu entledigen. Er und seine Männer gingen dazu über, die Stadt in ihren Ford Falcons zu durchkämmen und nach Leuten Ausschau zu halten, die wie Subversive aussahen, die Automarken von Subversiven fuhren, in den Gebieten lebten, wo Subversive wohnten, und wenn es gutaussehende Frauen waren, um so besser, außer für El Verdugo, der sich gern auch an jungen Männern verging.

Eines Tages sagte Oberst Asado zu El Baño: »Ich wette, ich kann eine hübschere Frau herbeischaffen als du!«

»Wieviel?« erwiderte El Baño, den die Herausforderung reizte.

»Eintausend Pesos!« rief Asado.

»Die Wette gilt!« rief El Baño.

Als El Baño mit seinem Fang zurückkehrte, vergewaltigte Asado bereits zwei kleine Sechzehnjährige, denen die Arme auf den Rükken gebunden waren und denen Tränen übers Gesicht liefen. El Baño sah zu, wie sie schluchzten, und sagte zu Asado: »Okay, du hast gewonnen.«

In der Zwischenzeit kamen den ausländischen Botschaften die Standardantwort des Präsidenten auf ihre Anfragen nach vermißten Personen immer fragwürdiger vor; der Präsident gab stets an, daß sie Opfer interner Auseinandersetzungen unter den Linken seien. Daraufhin stellte jemand in der amerikanischen Botschaft eine Statistik zusammen und hielt fest, daß die Menschen in Schüben verschwanden: 14 liberale Christen, 4 progressive Katholiken, 7 Nonnen aus der Dritte-Welt-Bewegung, 20 Prostituierte, 41 Rosenkreutzer, 53 Gewerkschafter, 25 Homosexuelle, 19 Hippies, 5 Künstler, 11 Journalisten, 4 Filmproduzenten, 4 Zeitschriftenredakteure, 7 Schriftsteller, 8 Evangelisten, 3 Anglikaner, 3 Mormonen, 35 Zeugen Jehovas, 8 Jünger von Hare Krishna, 2 von der Divine Light Mission, 85 Sozialisten, 60 Demokraten, 40 Leute von der Fortschrittspartei, 33 von der Nationalpartei, 20 von der Liberaldemokratischen Partei, 41 von der Radikalen Partei, 18 Christdemokraten, 43 Sozialdemokraten, 2114 von der Kommunistischen Partei, 66 von der Menschenrechtsbewegung, 1563 von der Frauenrechtsorganisation, 100 Pazifisten, 100 Atomwaffengegner, 22 Rotarier, 903 von der Marxistischen Front, 20 Führer einer Pfadfindergruppe und beinahe 2000 Juden und Zionisten. Die restliche Kategorie, die regelmäßig und nicht in Schüben verschwand, war »junge Frauen«.

Die Botschaft der Vereinigten Staaten schickte Kopien dieser

Liste an alle größeren Botschaften, die wiederum Kopien an ihre jeweiligen Außenministerien sandten, und eines Morgens sah sich Seine Exzellenz mit einer förmlichen Flut offizieller Proteste anderer Länder wegen »organisierter totalitärer Unterdrückung« konfrontiert. Selbst die Sowjetunion schloß sich den Protesten an, da sie nun alle Nahrungsmittel importiert hatte, die sie hatte bekommen wollen, lediglich Großbritannien legte keinen Protest ein – wie üblich.

Aber der Präsident hatte größere Sorgen. In einem Land, das sich nicht im Krieg befindet, wo schon das Leben der Menschen dem verbissenen Ordnungsdenken des Militärs *a priori* als Verstoß gilt und wo die Regierung so chaotisch und korrupt ist, daß die meisten Zivilisten eine Militärregierung vorzögen, gehört es zu den vordringlichsten Aufgaben, dem Militär eine Beschäftigung zu verschaffen, um es davon abzuhalten, einen Putsch auszuhekken. Der Präsident war vollständig davon in Anspruch genommen, einen äußeren Feind ausfindig zu machen, und zu diesem Zweck las er sich durch Stapel von Geschichtsbüchern und hielt das Staatsarchiv auf Trab, indem er anordnete, daß alle alten Verträge zu überprüfen seien, die nicht durch Schimmel oder Termiten vernichtet, nicht zum Anzünden der Gaslampen verwendet oder an amerikanische Universitäten verkauft worden waren. Er fand, daß 1611 sein Land einen Felsen mitten im Pazifik besessen hatte, der von englischen Freibeutern erobert und für König James beansprucht worden und seitdem im Besitz der Briten verblieben war. Der Präsident konsultierte die Sammlung der Zeitschrift *National Geographic* in der Staats- und Universitätsbibliothek und entdeckte, daß die Insel unbewohnt war bis auf Schildkröten, Leguane, wilde Schweine, Robben, wilde Ziegen, Seevogelkolonien, Finken und einen gestrandeten Matrosen aus Neuseeland, der dort als Eremit sein Dasein fristete.

Der Präsident beriet sich mit seinem Astrologen, seinem Tarotkartenleser und den Stabschefs, die einhellig den Plan guthießen, und entsprechend veröffentlichte der Präsident seine »Carta Historica«, die auch heute noch vollständig und nicht ohne Stolz in sämtlichen Geschichtsbüchern des Landes zum Abdruck kommt.

Mitbürger!

Es gibt eine Schande und eine Schmach, die so lange schon auf dem Gewissen unseres Landes lasten, daß sie einen Makel hinterlassen haben, der den ansonsten strahlenden Stern unserer Ehre beständig befleckt! Es ist meine ureigene wie auch Ihre Pflicht, meine Landsleute und Mitbürger, diese Schmach zu tilgen, diese schwärende Wunde ein für allemal auszubrennen!

Wie Ihnen allen wohl bekannt, geht es um *La Isla de los Puercos* im Pazifik, die, obwohl sie ursprünglich uns gehörte, uns gestohlen und von einer verruchten Kolonialmacht besiedelt wurde, deren Namen ich nicht über meine Lippen bringen kann, so sehr widert er mich an! Sie alle wissen, welches Empire ich meine, und ich weiß, daß Sie es aus vollem Herzen hassen!

In diesem Sinne habe ich unseren ehrenwerten Streitkräften befohlen, diese Insel ohne Rücksicht auf Verluste zurückzuerobern, um unserer Ehre Genüge zu tun und den Ruhm unseres gesegneten und geliebten Vaterlands zu mehren! *¡Los Puercos Son los Nuestros! Patria o muerte!*

Die Briten hatten nicht die geringste Ahnung davon, daß Endeavour Island im Spanischen den Namen Schweineinsel trug, und merkten erst recht nicht, daß ein Eigentum der Krone überfallen werden sollte. Um so mehr fieberten die Streitkräfte und die Nation hier im Land dem Krieg entgegen. Überall tauchten Graffiti und Plakate auf, die verkündeten: »*¡Los Puercos Son los Nuestros!*«, und vor dem Präsidentenpalast versammelten sich schreiende und singende Menschen, vom patriotischen Fieber erhitzt. Keinem einzigen der Demonstranten machte es etwas aus, daß niemand so genau wußte, wo die Insel eigentlich lag; es galt nur, euphorisch und trunken zu werden und sogar Polizisten und Soldaten zu umarmen. Noch nie war eine Nation so im nationalen Taumel vereint gewesen, und sogar Asado gönnte seinen Opfern einen folter- und vergewaltigungsfreien Tag.

Der Präsident informierte die Stabschefs davon, daß die Insel aufs heftigste verteidigt werden würde und eine sehr große Streitmacht zum Gelingen eines erfolgreichen Angriffs erforderlich sei. Die Marine, die nur zwei Schlachtschiffe (amerikanischer Bauart, Überbleibsel aus dem Zweiten Weltkrieg) und vier Fregatten (britischer Herkunft, mit Kohlebefeuerung, Baujahr 1920) besaß, requirierte dementsprechend fünf Frachter, um die Soldaten und die für die Fregatten benötigten Kohlen zu transportieren. Die Luftwaffe stellte fest, daß die Insel außerhalb der Reichweite ihrer Kampfjets lag und ließ aus diesem Grund riesige Treibstofftanks unter jede Tragfläche montieren, die im leeren Zustand abgeworfen werden konnten. Das Heer erkannte, daß seine gewaltigen Vorratslager wegen des Schwarzmarkthandels leergefegt waren, und hoffte darauf, daß es genügend Nahrung auf der Insel gäbe, wenn es mit fünftausend Wehrpflichtigen ankam (General Ramírez wollte seine Berufssoldaten keinem Risiko aussetzen).

In der folgenden glorreichen Schlacht verlor die Luftwaffe zehn Flieger. Zwei gingen schon beim Start zu Bruch, weil die Piloten es nicht gewohnt waren, ein Flugzeug mit Bombenlast und zusätzlichen Treibstofftanks zu fliegen. Drei scheiterten, da die kleinen Sprengstoffladungen zum Abwerfen der Zusatztanks viel zu stark waren und die Flügel gleich mit absprengten. Drei stürzten einfach ins Wasser, weil die Piloten sich mit Langstrekkenflügen über dem offenen Meer nicht auskannten, sich verirrten und ihnen der Treibstoff ausging. Die letzten beiden gingen verloren, weil sie sich, im Tiefflug befindlich, beim Kreuzen der Route der *USS New California* nicht identifizierten. Sie wurden durch Lenkwaffen vom Himmel geholt. Die zehn Flieger, die *La*

Isla de los Puercos erreichten, warfen ihre Bombenlast mit makelloser Präzision ab und töteten eine große Schildkrötenkolonie.

Die Marine traf ein und schoß Granaten auf die Insel, während die Soldaten, seekrank, ausgehungert und von Kopf bis Fuß mit Kohlenstaub bedeckt, an Land gingen. Sie landeten zu beiden Seiten der Insel mit der Absicht, die Verteidiger in einem Belagerungsring einzuschließen, aus dem es für diese kein Entrinnen mehr geben sollte. Sie rückten tapfer vor, während die Marinegranaten vor ihnen, manchmal aber auch mitten unter ihnen explodierten, bis die Soldaten der östlichen Seite die Soldaten der westlichen Seite über einen Hügel kommen sahen. Endlich, der Feind! Eine heftige Schlacht hub an, die vier Stunden lang tobte, bis die Funker der Kommandanten Ost und West es schließlich schafften, während eines Abflauens des Kriegslärms miteinander ins Gespräch zu kommen. Ein Waffenstillstand wurde vereinbart, ein Sieg erklärt, und die Soldaten umarmten einander weinend und jubelnd. Auf der Spitze des Hügels wurde die Flagge gehißt. Dazu wurden die vielen Strophen der Nationalhymne mit ungewöhnlicher Begeisterung gesungen. Schlußendlich schlug die Armee ihr Lager auf.

Exakt 940 Männer fielen, und um die 2000 wurden verletzt. Die Soldaten blieben auf der Insel, bis alle Tiere aufgegessen waren, dann brachte die Marine sie wieder zurück. Sie kamen, seekrank, ausgehungert und wiederum von Kopf bis Fuß mit Kohlenstaub bedeckt, zu Hause an, wo sie wie Helden empfangen wurden. Sie wurden in Restaurants umsonst verköstigt, von Prostituierten umsonst bei Laune gehalten und während der einwöchigen Nationalfeierlichkeiten von der Menge ohne Unterlaß stürmisch gefeiert. Die Presse druckte fette Schlagzeilen – ¡AHORA LOS PUERCOS SON VERDADERAMENTE LOS NUESTROS! (»Jetzt sind die Schweine wirklich unser!«) –, und bei einem staatlichen Gedenkgottesdienst wurden die Namen von 940 Soldaten, dazu die der zehn Piloten und der Name eines Marinesoldaten verlesen, der bei einer Heizkesselexplosion auf einer der Fregatten ums Leben gekommen war. 950 Familien wurden zudem großzügige Staatspensionen versprochen, die aber aus Gründen, die niemand so recht begriff, der Bürokratie nicht zu entlocken waren.

Als die Engländer endlich erkannten, was geschehen war, und eine Einsatztruppe der Marine Ihrer Majestät eintraf, fanden sie lediglich eine Unmenge von Tierskeletten und einen alten Eremiten aus Neuseeland, der eine ihnen unbekannte lateinamerikanische Flagge als Mantel trug.

Der Präsident rechnete sich mit dem ihm eigenen Hang zur Beliebigkeit aus, daß er die Chancen eines Putsches um etwa 10 Prozent verringert hatte. Er ließ in Windeseile Wahlen abhalten, die er mit der »Los-Puercos-Siegerabstimmung« ohnehin gewonnen hätte, selbst wenn er nicht – Vertrauen ist gut, Kontrolle ist besser – die Wahlurnen im voraus mit Stimmzetteln zu seinen Gunsten gefüllt hätte. Die wenigen Demographen des Landes vermerkten verdrossen und nicht ohne einen gewissen Zynismus, daß die Bevölkerung sich in den fünf Jahren zwischen den Wahlen anscheinend schon wieder verdoppelt hatte.

32

Exodus

Am 28. Oktober 1746 hatten die Einwohner Limas gerade das Fest der Heiligen Simon und Judas gefeiert. Es war eine herrliche Vollmondnacht, als das Erdbeben die Stadt in drei Minuten völlig zerstörte und sechstausend tötete. Der Ozean zog sich drei Kilometer zurück, und die dann heranrollende Flutwelle vernichtete Callao. Am 13. Mai 1647 forderte ein Erdbeben in Santiago de Chile zweitausend Tote. Am 13. März 1650 ließ ein viertelstündiges Beben in der Stadt Cuzco keinen Stein mehr auf dem anderen, und ein Priester hing fünf Tage lang über einem Abgrund, nur von seinem Priesterrock gehalten. Ein Bild der Jungfrau Maria in der Kirche des heiligen Franziskus, das entzweigerissen worden war, fügte sich wie durch ein Wunder wieder von selbst zusammen, und einmal drehte sich in Lima eine Statue des heiligen Petrus auf ihrem Sockel mit dem Gesicht zur Wand. Im Dorf Chapi-Chapi wanderte das Bild der Jungfrau Maria aus seiner Nische an der Wand zur Tür der Kapelle. Als der Priester versuchte, die Jungfrau zu ihrer eigenen Sicherheit ins Dorf zu schaffen, fuhr ein Hagelsturm dazwischen, der erst aufhörte, als er sie wieder in ihrer Nische aufgehängt hatte.

Das Gebirge an der Westflanke des amerikanischen Kontinents gebiert sich täglich aufs neue mit heroischen Donnerschlägen, Krämpfen und Zuckungen. In der Westdrift der Kontinente mahlen, gleiten und rutschen die Kontinentalsockel aneinander entlang, schieben die Pazifikküste zusammen und drücken jedes Jahr die Berge mehr in die Höhe. Diese wachsen schneller noch, als sie in den Frösten zersplittern und zerbröseln und vom Gletschereis, dem Scheuern des staubigen Windes und dem Hagelschlag aufgerieben werden. Die gewaltige Gebirgskette, wovon die kreißenden Anden siebentausend Kilometer bedecken, gleicht einem Leviathan, der sich den Zuckungen peinigender Verstopfung und schmerzhafter Blähungen hingibt. Der titanische Druck auf die Eingeweide und Schließmuskeln der Erde bringt die gewaltigsten Hämorrhoiden, die unglaublichsten Fisteln, die ungeheuersten Brüche hervor, die sich Gott oder Mensch nur vorstellen können. Täler verschwinden unter Schlammlawinen, Spalten öffnen und schließen sich, Flüsse ändern ihren Lauf, und das Gebirge türmt sich höher und höher auf. Die Pässe sind so hoch, daß früher einmal der einzig vernünftige Weg von Lima nach Iquitos eine mehrmonatige Dampferreise via Liverpool zum Preis von sechzig Pfund Sterling war.

Obschon die Anden dem galligen Auswurf einer planetarischen Verdauungsstörung gleichen, sind sie aber auch ein Palast reiner Schönheit! Sie winken mit Versprechen von Einsamkeit und Frieden, flüstern von Gold, Silber, Blei, Kupfer und sauberem Wasser, aphrodisischer Luft, versunkenen Kulturen und verborgenen Gärten vorsintflutlicher Unschuld.

Nach dem Massaker bei Chiriguaná wußten Remedios und alle Einheimischen, daß sie nie wieder Ruhe und Frieden finden würden. Ihnen war klar, daß früher oder später ganze Armeen einfallen und aus Rache plündern, zerstören und den errungenen Sieg wieder zunichte machen würden. Sie wußten, daß beim nächsten Mal Panzer, Kampfhubschrauber, heulende Düsenjäger und eben nicht demoralisierte Wehrpflichtige kommen würden, sondern die Elitesoldaten, welche die *portachuelos* an der Grenze bewachten. Alle sahen ein, daß es an der Zeit war, aufzubrechen und woanders ein neues Leben zu beginnen. Viele zogen zu Verwandten in anderen Gegenden, aber zweitausend Menschen schlossen sich der kleinen Heerschar von all jenen an, die ins Gebirge ins Exil gehen, die Grenze überschreiten und in einem vergessenen Tal in Sicherheit einen Neuanfang wagen wollten. Remedios und ihre Guerilleros, die den totalen Krieg hautnah gesehen, gespürt, gehört und gerochen hatten, gaben ihren Taum vom siegreichen bewaffneten Kampf auf und begannen, mit den anderen vom Anfang einer neuen Schöpfung, einer neuen Welt und eines besseren Lebens zu träumen. Aber sie nahmen die eigenen und von den Soldaten erbeuteten Waffen mit, für den Fall einer Bedrohung von außen – und aus alter Gewohnheit. Don Emmanuel besuchte Don Hugh, Don Pedro und das französische Ehepaar und riet ihnen wegzuziehen, bevor die Invasion mit der Kraft eines Holocausts über sie hereinbrechen würde. Don Hugh und Don Pedro flohen in die Hauptstadt. Ohne eigentlich zu wissen, warum, schlossen sich Antoine und Françoise mit ihren Kindern den Flüchtlingen wegen deren Vision vom Elysium und wegen Don Emmanuels Begeisterung an. Wenn es nicht klappen sollte, konnten sie ja noch immer nach Frankreich zurückkehren.

Die Vorbereitungen zum Aufbruch dauerten zwei Wochen. Jedes nur erdenkliche Nahrungsmittel, Werkzeug, Utensil, Haushaltsgut und Objekt mit Erinnerungswert wurde in Bündel gepackt, um es auf die Tiere laden zu können. Don Emmanuel stellte mit Hectoros Hilfe Gruppen von Viehhirten zusammen, um all seine Herden und die der ebenfalls wegziehenden Leute zusammenzutreiben. Ohne Skrupel »organisierte« er auch alle Pferde und Rinder von Don Hugh und Don Pedro, da er zu Recht annehmen konnte, daß diese ihre Herden mit Versicherungsgeldern und Regierungsentschädigungen wieder aufbauen würden.

In der ganzen Gegend wurde bis zur letzten Minute chaotisch gepackt, wieder ausgepackt, weggeworfen und wieder aufgeklaubt, wobei die Launen der Katzen für erhebliche Behinderungen sorgten, da sie es für selbstverständlich hielten, daß dies alles ein Spiel war, rein zu ihrer Unterhaltung gedacht. Hectoro wurde wegen deren Übergriffe auf sein Gepäck so stinkwütend, daß er aus nächster Nähe auf eines der Wesen schoß; das Tier blinzelte ihn nur an und haschte nach den Fransen seiner Macheten-scheide und den ledernen Verschnürungen seiner *bombachos*. Als er erkannte, daß die Tiere unzerstörbar waren, legte Hectoro seinen Revolver weg und fügte sich ihren launischen Zudringlichkeiten.

Don Emmanuel und seine Leute banden die Pferde nach einer ausgeklügelten Rangordnung an den Halftern zusammen, mit seinem grauen Hengst an der Spitze. Das gleiche veranlaßte er bei den Mulis und Eseln. Vor jeden Rinderzug spannte er einen Bullen, und an die Spitze des ersten Zuges kam Cacho Mocho, der Bulle mit dem abgebrochenen Horn, welcher der unumstrittene König aller Bullen der Gegend war, ein wahrer Riese, der als einziger in Don Emmanuels Garten durfte, um die Blumen dort zu fressen, und der in seiner Sanftmut der Berührung einer Jungfrau glich. Die Hühner sollten in Kisten auf den Packpferden transportiert und die Ziegen herdenweise getrieben werden, da sie zu eigensinnig und reizbar waren, um sich zusammenbinden zu lassen. Die Hunde, das wußten sie, würden den Menschen sowieso nachlaufen.

Im Morgengrauen des zur Abreise bestimmten Tages wurden die vielen tausend Tiere mit dem für das Exil bestimmte Hab und Gut beladen. Eine Arbeit, die bis zum Mittag erledigt war. Jede Person erhielt die Verantwortung für eine gleich große Abteilung des Zuges, und als dann Hitze und Feuchtigkeit zu drückend und die Menschen empfindlich und gereizt wurden, zogen sich alle zur Siesta zurück, außer Doña Constanza und Gonzago, die sich an der Mula heftig liebten, und Professor Luis und Farides, die es etwas sanfter und züchtiger auf dem Tisch des Schulhauses miteinander trieben.

Als alle sich am frühen Abend wieder einfanden, waren die

Katzen wieder fiebrig und fickrig und die Tiere einer Panik nahe. Es gestaltete sich zunehmend schwieriger, sie alle in Bewegung zu setzen, und sie ließen sich kaum beherrschen. Staubwolken stiegen auf, Ladung fiel herab und wurde unter Flüchen und Kraftausdrücken wieder aufgepackt. Die Menschen bekamen Huftritte auf die Füße, Mulis legten sich hin und weigerten sich, wieder aufzustehen, und Katzen flitzten zwischen ihren Füßen herum oder ließen sich von anderen Tieren mitnehmen, wobei sie sich logischerweise überall festkrallten, um einen sicheren Halt zu finden, womit sie die Tiere dazu brachten, zu schnauben, zu buckeln und die Augen ängstlich zu verdrehen, weil irgend etwas ihnen in den Rücken stach.

An jenem Abend schlugen die Pilger ihr Lager am Rand der Savanne auf, und die Lkws, gepanzerten Fahrzeuge und Tanks rollten Kolonne um Kolonne aus Valledupar. In einem der Lkws saß Figueras mit seinem Zug von zwanzig Männern. Er war zum Leutnant degradiert worden, und auch seine Auszeichnungen waren ihm wieder aberkannt worden, obwohl er höchstpersönlich einen wahnsinnigen Terroristen mit Taschen voller Erkennungsmarken verhaftet hatte, der mit einer Katze im Arm durch das Tor des Hauptquartiers spaziert war.

Am frühen Morgen waren die Tiere erneut einer Panik nahe, als Aurelio die Kolonnen durch den Dschungel führte. Oben in den Bäumen brüllten die Affen, polterten von Ast zu Ast, und die Tukane und ihre farbenfrohen Verwandten kreischten und flogen im Kreis. »Irgend etwas ist ganz und gar nicht in Ordnung«, meinte Aurelio. »Die Tiere sind über diesen Weg unglücklich. Mit eurer Erlaubnis werden wir diesen Hügel ersteigen und über den Hangrücken gehen.«

»Mir ist alles gleich«, erwiderte Pedro, und die Kolonne zog links durch die außergewöhnlich üppige Vegetation den langen, sanften Hang hinauf.

Don Emmanuel hatte eine Idee. Er kam an die Spitze und sagte:

»Ich glaube, wir sollten ein paar Bäume fällen, damit sie uns nicht so leicht folgen können. So einen wie den da zum Beispiel.« Er deutete auf einen hohen, buschigen Baum am Wegrand.

»Dann fang schon mal mit dem Umhacken an«, sagte Aurelio, und er und Pedro stießen sich in die Seite, zwinkerten und sahen in Erwartung des Kommenden vergnügt zu, wie Don Emmanuel seine Machete zog und ausholte. Die Schneide krachte an die Rinde und federte sirrend und zitternd zurück, und Don Emmanuel ließ die Machete zu Boden fallen, damit er seine geprellte Hand umklammern und mit verzerrtem Gesicht auf und ab hüpfen konnte. Er beugte sich nach vorn und sah, daß am Baum keinerlei Kerbe zu sehen war. Dann schaute er zu Aurelio und Pedro auf, die immer noch grinsten.

»Dieser Baum ist ein *quebracho*«, sagte Aurelio. »Das Holz ist so hart, daß es zum Pflastern von Straßen verwendet werden kann. Probier es mit einem anderen.«

»*Quebracho?*« fragte Don Emmanuel. »Ein Axtbrecher?«

»Und auch ein Machetenbrecher«, sagte Pedro, der Don Emmanuel dessen Buschmesser wieder aushändigte und auf den Abschnitt deutete, wo etwas von der Klinge abgesplittert war.

»Ihr seid beide Hurensöhne«, sagte Don Emmanuel bitter. »Das war meine Lieblingsmachete.«

Don Emmanuel wollte sich nicht so einfach geschlagen geben. Er schritt neben Aurelio her und deutete auf seiner Meinung nach zum Fällen geeignete Bäume, aber Aurelio sagte immer wieder: »Nein, das ist ein Gummibaum; das wäre Verschwendung. Nein, das ist ein Paranußbaum; das wäre Verschwendung. Nein, das ist ein heiliger Baum; Pachacamac wäre beleidigt.«

»Ich geb's auf«, sagte Don Emmanuel schließlich. »Obwohl die Tiere Dunghaufen hinterlassen, denen selbst ein Blinder folgen könnte.«

»Probier's mit dem«, sagte Pedro. »Aber fang mit dem Umlegen erst an, wenn alle vorbei sind.«

Don Emmanuel fällte den Balsabaum innerhalb von wenigen Minuten und kehrte mit wiederhergestellter Ehre zum Treck zurück.

Stetig stiegen sie die Böschung des Hanges höher hinauf, eines langgezogenen Bergrückens, der sich auf einer Höhe von dreitausend Metern weit in den Dschungel vorstreckte. Oben angekommen, setzten sich die Menschen, die Katzen und die anderen Tiere in die Sonne, schöpften Atem und genossen die kühle Brise und die frischere Luft. Unter sich sahen sie den dünnen Regenwaldstreifen zwischen dem Gebirge und der Savanne und im Norden den riesigen, grünwogenden Dschungel, der sich bis zum Horizont erstreckte. Zur Linken stieg das Gebirge verlockend, aber ehrfurchtgebietend auf, und zur Rechten waren durch Feldstecher das verlassene Pueblo, das verlassene Chiriguaná und der schmale Streifen der glitzernden Mula zu sehen. Die Leute blickten voller Heimweh und Bedauern zurück auf das Land ihrer Geburt, ihrer Arbeit und ihrer Fiestas, und alle dachten: *Eines Tages werden wir zurückkehren.*

Die Gesellschaft erhob sich gerade vom Gras des Bergvorsprungs, als plötzlich der Grund für die kürzliche Unruhe der Katzen und die launische Widerspenstigkeit der Packtiere überdeutlich wurde. Es gab ein fernes Grollen, und die Erde bebte unter ihren Füßen, wackelte wie ein großer Batzen Gujavengelee. Menschen und Tiere wurden auf die Knie oder den Rücken geworfen, und die Katzen sprangen ihnen in die Arme und klammerten sich rettungsuchend an sie. Die zweitausend knieten, bebten mit den Erschütterungen und bebten vor Furcht. Sie bekannten alle gleichzeitig ihre Sünden, und Pater García mußte ihnen allen zur gleichen Zeit die Buße abnehmen und unter dem Grollen und Grummeln der Erde eine Massenabsolution erteilen. García errechnete, daß das Erdbeben genau zwei Ave Marias und ein Tota Pulchra Est dauerte.

Das Erdbeben endete mit einem sanften Rülpsen und Gurgeln

in den Eingeweiden der Erde, und die Menschen, die sich noch immer bekreuzigten und Engel und Geister anriefen, erhoben sich mit einem leichten Zittern in den Beinen. Sie blickten auf die Landschaft zu ihren Füßen und sahen, daß ihre frühere Wohnstätte in eine schimmernde und wirbelnde See aus strahlendem Silber getaucht war, denn das Sonnenlicht wurde von dem blassen weißen Staub reflektiert, der von den Erschütterungen des Erdbebens aufgewirbelt worden war. Sie wußten es zwar nicht, aber ihre Wohnungen unter dem Staub waren unbeschädigt. »Ay! Ay! Ay!« riefen die Pilger, von Ehrfurcht überwältigt und von der Schönheit des funkelnden Sees in der Ebene ergriffen. Als sie eine Zeitlang so dagestanden und zugeschaut hatten, wie der Ozean aus Staub sich sanft setzte, hörten sie urplötzlich ein neues Brüllen und Tosen. Etwa fünfzehnhundert Meter entfernt, über dem Tal, durch das sie zuvor gegangen waren, brach plötzlich eine über hundert Meter hohe, riesige Wasserwand durch den Einschnitt zwischen zwei Bergen und beschrieb einen Riesenbogen, bis sie in den Dschungel darunter krachte und die Bäume wie Streichhölzer knickte, als sie in majestätischer und göttlicher Unerbittlichkeit apokalyptisch ins Mulabecken toste, einen Sprühnebel hoch in die Luft wirbelte und wie die Herden herkulischer Bullen brüllte, die in unfaßbare prähistorische Kämpfe verwickelt sind.

Wie benommen stand die Menge da und wurde Zeuge, wie der gewaltige Schwall schäumenden und glänzenden Wassers sich endlos weiter zwischen den Bergen hervor nach unten ergoß. Sie sahen zu, wie die Ebene sich in einen konturlosen, schlammigen See verwandelte, der strahlend glänzte und sich immer weiter zum Horizont hin ausbreitete. Ganz allmählich verringerte sich die kolossale Flut, bis zwei Stunden später nur noch ein in einen Teich plätschernder Wasserfall von ihr übrig blieb.

Schweigsam schlugen die Leute auf der Anhöhe ihr Lager auf. Als der Abend hereinbrach, schritten sie durch das Lager und hielten Katzen in den Armen, um sich zu trösten. Diejenigen, die einem anderen in der Vergangenheit Unrecht getan oder ihm etwas verübelt hatten, entschuldigten sich und umarmten einander. Alte Freunde schüttelten sich die Hände, und Menschen, die früher nie miteinander geredet hatten, tauschten Vertraulichkeiten aus. So etwas wird nicht durch Furcht ausgelöst, sondern durch die Erkenntnis, daß es im ganzen Universum nichts Stabiles gibt und alles letztendlich zufällig ist und urplötzlich das Leben der Menschen ins Chaos stürzen kann. Menschen sehen sich ihres Schutzes beraubt, und das reißt Wunden in die Herzen derjenigen, die sich noch nie vorher hilflos und klein gefühlt haben, und zeigt, wie wertvoll alles Vergängliche und Irdische ist. Angesichts solch gewaltiger Kraft, solch gleichgültiger Gefühllosigkeit, solch geistloser und unwiderstehlicher Verheerung weiß ein jeder mit absoluter Sicherheit, was es heißt, eine Ameise in einem Ameisenhaufen zu sein, wenn der Fuß eines gedankenlosen Menschen darauf tritt.

Die Fahrzeuge an der Spitze der Invasionskolonne sahen sich auf einmal in rasch ansteigende Wassermassen fahren. Die ganze Kolonne hielt an, und der Generalmajor der Portachuelo-Wachen kam nach vorn und verschaffte sich von einem Lastwagen herab einen Überblick über die Lage. »Das habe ich schon einmal gesehen«, sagte der Generalmajor. »Dieses Beben hat im Gebirge etwas in Bewegung gesetzt, und das hier ist das Ergebnis. Wir werden umdrehen müssen.«

Mit großer Mühe manövrierten die Fahrzeuge im saugenden Schlamm vor und zurück, bis es endlich möglich war, vor den Wassermassen nach Valledupar zurückzukehren. Die Flut näherte sich der Stadt bis auf siebzig Kilometer und verebbte dann sanft.

Die Regierung rief natürlich nicht den nationalen Notstand aus, Rettungseinsätze wurden gar nicht erst versucht. Was die Regierung anbetraf, so war die Revolution zu Recht begraben und vergessen.

Oben auf dem Bergsockel wandte sich Pedro an Aurelio: »Ist Carmen da drunten?«

»Nein«, sagte Aurelio. »Wir wohnen auf dem erhöhten Gelände dort drüben auf der anderen Seite. Das ist unversehrt geblieben. Sie wird glauben, daß ich tot bin, aber wenn ich zurückkomme, wird sie feststellen, daß ich es nicht bin.«

Pedro schaute auf den riesigen See, der nun ruhig im Mondlicht dalag, und kraulte die Katze, die ihren Kopf an seiner Wange rieb.

»Wir haben Schwein gehabt.«

»Ihr habt Glück gehabt, daß ich hier war und auf die Tiere gehört habe«, erwiderte Aurelio ungehalten.

Josef stieß zu ihnen und blieb eine Weile bei ihnen stehen. »Denkt an all das Geld, das ich vergeudet habe«, sagte er, »um bei Don Ramón für ein anständiges Begräbnis und die drei Messen zu zahlen.«

»Mach dir keine Sorgen«, erwiderte Pedro. »Ich glaube, Pater García würde es umsonst tun, und so würdest du immer noch eine Beerdigung und drei Messen erhalten, nachdem du genau eine Beerdigung und drei Messen bezahlt hast.«

Josef nickte und versuchte, die Logik von Pedros Worten zu verdauen.

»Dennoch«, fügte Pedro hinzu, »würdest du auf der Welt mehr Nutzen bringen, wenn du an meine Hunde verfüttert werden würdest, was, *cabrón*?«

33

Das Wirtschaftswunder und der Incaramapark

Manchmal kommt es vor, daß in vergleichsweise nicht so mächtigen und verarmten Ländern Menschen mit ungeheuren Visionen auf den Plan treten, die von der Enge ihres Lebens frustriert sind und danach trachten, für sich und ihr Land nach den Sternen zu greifen. Es ist so, als möchten sie von den Berggipfeln aus rufen: »Schaut her, wie gewaltig unsere Träume sind! Seht euch die Geburt wahrer Größe an!« Es mag auch das eine oder andere Mal vorkommen, daß zwei solche Männer zur gleichen Zeit in Erscheinung treten, und wenn dies geschieht, muß die Welt ehrfürchtig aufblicken. In unserem Fall waren die beiden Männer der Wirtschaftsminister Dr. Jorge Badajoz und der Bürgermeister der Hauptstadt, Raoul Buenanoce, deren Bestrebungen merkwürdigerweise parallel liefen, auch wenn sie eigentlich keinen direkten Bezug zueinander hatten.

Der Präsident konnte sich ausnahmsweise erlauben, in wirtschaftlicher Hinsicht ein etwas optimistischeres Gefühl zu hegen; die Stadtguerilla hatte sich anscheinend wie durch ein Wunder in Luft aufgelöst. Er hatte gerüchteweise davon gehört, daß sie von den Streitkräften klammheimlich ausgelöscht worden war. In jedem Fall machte sich Erleichterung bei ihm breit, weil nun jede von ihm eröffnete Brücke nicht am Tag nach der Einweihung wieder in die Luft gejagt wurde und weil die Stromausfälle heutzutage nicht durch Bomben, sondern ganz altmodisch durch

Schlamperei ausgelöst wurden. Er freute sich auch, daß so viele Gewerkschaftsführer unerklärlicherweise während des letzten Generalstreiks verschwunden waren, weil ihre Nachfolger moderater in ihren Forderungen nach Lohnerhöhungen waren, um die zweihundertprozentige Inflationsrate auszugleichen. Er hatte feldzugmäßig Hunderte von Haftbefehlen gegen Streikende wegen Unruhestiftung und Obstruktion ausstellen lassen, und General Ramírez hatte netterweise eine große Zahl von Soldaten in Zivil unter alle Streikgruppen geschleust, um sie zu Gewalttaten anzustiften. Sobald es dazu gekommen war, traten die Polizeikräfte mit ihren Schlagstöcken und Wasserwerfern in Aktion und versprühten Wolken von Reizgas, das die Streikenden sich heftig übergeben ließ, während sie gleichzeitig naßgespritzt und auf den Kopf geschlagen wurden. Arbeiter, die in einer widerlichen Lache von Erbrochenem die Hölle des Niedergeknüppeltwerdens genossen hatten, gaben sich verständlicherweise eher mit einem ständig fallenden Lebensstandard zufrieden, und so lief in der Industrie größtenteils alles wieder glatt.

Guerillagruppen im Gebirge oder im Dschungel stellten in den Augen des Präsidenten kein ernstzunehmendes Problem dar. Er begab sich nie freiwillig ins Landesinnere, und es war ihm auch egal, was all diese schmutzigen und ungebildeten Bauernflegel anstellten, solange sie der Hauptstadt fern blieben. Denjenigen, die doch ankamen und sich in Wellblechsiedlungen und *favelas* häuslich niederließen, nahm er den Mut, indem er der städtischen Polizei befahl, deren Hütten aus Pappe niederzubrennen, die Bauern auf Lastwagen zu verfrachten und sie so tief wie möglich im Landesinneren wieder abzuladen.

Nun, da ein Wirtschaftswachstum wieder möglich war, beauftragte der Präsident Dr. Badajoz, das dazu passende Wunder zu vollbringen. Dieser war Vorsitzender der staatlichen Ölgesellschaft und saß auch im Vorstand des Rates für freien Handel. Er hatte ausgedehnte Beziehungen zur internationalen Bankenwelt und war, da er in Eton erzogen worden war, ein anglophiler Snob. Er hatte seinen Abschluß in Volkswirtschaftslehre in Harvard gemacht und war ganz und gar vom Friedmanschen Monetarismus überzeugt. Er hing dem Glauben an, daß die Kräfte des Marktes Preise und Inflation durch freien Wettbewerb ins Gleichgewicht bringen würden.

Dr. Badajoz inspizierte an seinem ersten Tag im Amt die wirtschaftliche Lage: Die Auslandsschulden beliefen sich auf fünfzehn Milliarden Dollar, die Zahlungsbilanz wies fünf Milliarden Dollar Defizit aus, es gab so gut wie keine Reserven an fremder Währung, und das Wirtschaftswachstum war negativ und wurde Schrumpfungsrate genannt. Er fand, daß die Regierung fünfzehn Jahre lang eine Politik der Verstaatlichung aller unergiebigen Industrien betrieben hatte, und nun beschäftigte der Staat beinahe die Hälfte aller Arbeitnehmer in den Städten. Er fand auch, daß der Staat in der Vergangenheit einschüchternde protektionistische Maßnahmen gegen Importe ergriffen hatte, womit er sehr vielen unrentablen Betrieben dazu verholfen hatte, im Geschäft zu bleiben. Dr. Badajoz entschied, die Staatsbetriebe zu verkaufen und die untragbaren Importzölle aufzuheben. Doch ihm wurde vom Präsidenten verboten, Arbeitslosigkeit zu erzeugen, denn dieser glaubte, jeder Arbeitslose würde *stante pede* zu einem Terroristen werden. Dr. Badajoz erkannte sehr rasch, daß es nicht so einfach werden würde, wie er zunächst gedacht hatte; der einzige Ausweg erschien ihm der, das Wagnis auf sich zu nehmen, den Lebensstandard einzuschränken und gleichzeitig die Produktivität zu erhöhen, damit jeder bei zunehmend wertloseren Löhnen beschäftigt blieb.

Dr. Badajoz ließ unerschrocken die Preise auf dem freien Markt auf ihr tatsächliches Niveau klettern, so daß der Tabak augenblicklich doppelt so teuer wurde und Benzin um 40 Prozent mehr kostete. Bald stiegen die Preise pro Monat um 50 Prozent, und Badajoz mußte feststellen, daß er die Inflation anheizte, zu deren Bekämpfung er ja eigentlich sein Amt angetreten hatte, deshalb fror er alle Löhne ein und sorgte für eine Halbierung der Kaufkraft aller Gehälter.

Zu seinem Leidwesen bemerkte Dr. Badajoz, daß er die Staatseinnahmen durch Besteuerung nicht erhöhen konnte; niemand außer den Beamten hatte je Steuern gezahlt, und da er jetzt reprivatisierte, kamen sogar noch weniger Steuern als vorher in die Staatskasse. Alle, mit Ausnahme der beim Staat Beschäftigten, bestachen die Finanzbeamten, sie steuerlich nicht zu veranlagen, und fast alle Geschäfte wurden sowieso illegal in US-Dollar abgewickelt, dessen Kurs auf dem Schwarzmarkt täglich in den Zeitungen notiert wurde.

Vor einigen Jahren hatte die Regierung an den Index gekoppelte Anleihen aufgelegt, und die Leute benutzten gewöhnlich ihre Gehälter, um diese zu kaufen, damit sie die Auswirkungen der Inflation ausgleichen konnten; sie ließen sich nur dann Beträge in bar auszahlen, um einkaufen zu gehen, wenn ihnen der Tauschhandel aus irgendeinem Grund verwehrt war. Niemand verwendete mehr Schecks, weil sie in den drei Tagen bis zur Wertstellung sehr viel an Kaufkraft einbüßten.

Dr. Badajoz beschloß, sein ganzes Vertrauen in Öl, Kaffee und tropische Früchte zu setzen, den traditionellen Wirtschaftsgrundlagen. Er leitete eine Kampagne ein, die landwirtschaftlichen Konzernen große Anreize bot, während die Deregulierung der Importe die Produktionszweige zu mehr Wettbewerbsfähigkeit zwang. Auf diese Weise wurde das ganze Land deindustrialisiert, da billige ausländische Güter die einheimischen Waren ersetzten und ausländisches Kapital ins Land floß, um sich aus der brachliegenden industriellen Infrastruktur die fettesten Brocken herauszupicken.

Diese unerwarteten Wirkungen wahrnehmend, beschloß Dr. Badajoz, die Währung durch die Erleichterung ausländischer Investitionen zu stabilisieren, und so gab er die Zinssätze frei und setzte den offiziellen Wechselkurs des Peso auf zweihundert Peso pro Dollar fest (der in Wirklichkeit vierhundert betrug), um die Inflation zu reduzieren. Aber er drückte gegenüber denjenigen ein Auge zu, die den Peso zum wahren Kurs handelten. Als er erkannte, daß sein Vater, einer der reichsten Männer Lateinamerikas, bald sterben würde, führte er sein nichtinterventionistisches Credo zu einem nur allzu logischen Ende und schaffte die Erbschaftssteuer ab.

Der größte Vorteil dieses herausragenden Volkswirtschaftlers war seine Glaubwürdigkeit bei den wichtigsten Vertretern der internationalen Bankenwelt. Vielleicht war es seine schlanke, kadaverhafte Ernsthaftigkeit, sein ausgezeichnetes Englisch, seine Savile-Row-Anzüge oder der aristokratische Hauch von *savoir-faire*, doch was es auch immer gewesen sein mochte, er bekam von den ausländischen Banken alles, was er wollte. Er beschaffte zu günstigen Rückzahlungsbedingungen sechshundert Millionen Dollar von einem amerikanischen Bankenkonsortium, dreihundert Millionen von europäischen Banken und dreihundert Millionen vom Weltwährungsfonds. Er eröffnete eine Filiale der Nationalbank in Paris.

Die Dinge gestalteten sich für ihn so günstig, weil die dramatische Absenkung des Lebensstandards und die Flut billiger Importe die Inflation auf 100 Prozent halbiert hatten und der schärfer gewordene internationale Wettbewerb die Wachstumsrate auf 5 Prozent ansteigen ließ. Eine gute Kaffee-Ernte brachte die Zahlungsbilanz und die ausländischen Währungsreserven wieder in die schwarzen Zahlen.

Wäre er so weise gewesen, wie es seinem guten Ruf nach zu vermuten stand, so hätte er spätestens zu diesem Zeitpunkt zurücktreten müssen, um jemand anderen den Wirbelsturm ernten zu lassen. Aber da er glaubte, alles wäre unter Kontrolle, machte er fatalerweise weiter. Der Präsident untersagte ihm zwar immer noch, mit seinem Privatisierungsprogramm Arbeitslosigkeit zu erzeugen, aber die ausländischen Gesellschaften, welche die Industrien aufkauften, waren nicht daran interessiert, die Produktion im Land aufrechtzuerhalten; sie schafften lediglich alle Maschinen in ihre Heimatländer und ließen ein Heer von Arbeitslosen zurück. Badajoz mußte sie wieder beschäftigen, obwohl er eigentlich nichts Sinnvolles für sie zu tun hatte, so daß die Zahl der Staatsbediensteten so hoch wie zuvor blieb und der Staatsanteil an den Ausgaben rasch anstieg.

Der Doktor fand auch heraus, daß er einen maßgeblichen Teil der Wirtschaft nicht kontrollieren konnte, und der Präsident weigerte sich sogar, ihm zu sagen, wie groß dieser sei. »Es würde Sie nur in Rage bringen«, hatte er gesagt, »und ich selbst kann den Gedanken daran kaum ertragen.« Badajoz erkannte, er würde die Inflation niemals besiegen können, solange die Streitkräfte so viel ausgaben, wie sie wollten. Sie besaßen ihre eigenen Werften, Webereien, Chemiebetriebe, Eisenhütten und Flugzeugfirmen und gaben im Ausland riesige Summen für deutsche Panzer, amerikanische Jagdflugzeuge, britische Radargeräte und französische Hubschrauber aus – und für Raketen, von woher auch immer. Zusätzlich wollten sie sich den Erwerb von sechs Verkehrsflugzeugen durch die staatliche Luftfahrtgesellschaft nicht durch ein Veto untersagen lassen, wobei sie als Begründung anführten, diese wären im Fall eines Krieges nützlich. Sie sollten auf neuen Routen nach Japan und Singapur eingesetzt werden, aber dorthin verreiste nie jemand, und die Flugzeuge blieben ungenutzt. Als ob das nicht schon genug wäre, mußte Badajoz auch entdecken, daß es unter Firmen üblich war, dem Militär bei jedem Geschäftsabschluß bis zu 5 Prozent »Begünstigungsgeld« zu zahlen. Des weiteren konnte er die Marine nicht daran hindern, stark in die Atomforschung und den Bau von Wasserkraftwerken zu investieren. Kurz gesagt, als die wirtschaftliche Lage des Landes sich verbesserte, sah das Militär seine Chance, immer größere Geldsummen für sich zu fordern.

Fast schien es, als ob alles gleichzeitig geschah. Die Traktoren- und Fahrzeugindustrie, die aus fünf großen Firmen bestand, brach innerhalb eines Monats aufgrund der billigen Importe und des überbewerteten Pesos zusammen. Die neue Landwirtschaftsrevolution, welche die Wirtschaft hätte retten sollen, mußte mit ausländischen Maschinen weiterwerkeln. Dr. Badajoz hatte die Zinssätze freigegeben, um Dollarspekulationen zu verhindern, und plötzlich waren jene höher als die Inflationsrate, so daß alle Bauern pleite gingen und keiner in irgend etwas mehr investieren wollte. Die Menschen verkauften all ihre Aktiva und spekulierten statt dessen auf dem Kapitalmarkt. Ausländisches Kapital strömte in die Wirtschaft, um die gestiegenen Zinssätze auszunutzen, und zog sich einen Monat später mit dem Geld des Staates in Form von Zinszahlungen wieder zurück. Drei Banken brachen zusammen und mußten liquidiert werden, weil sie das ihnen geschuldete Kapital nicht eintreiben konnten; und selbst wenn sie es vermocht hätten, wären sie dadurch allenfalls zu Eigentümern von verschuldeten Fabriken und Farmen geworden, mit denen sie nie einen Gewinn hätten erzielen können.

Erfolgreiche Spekulanten machten teuren Urlaub im Ausland und gaben im Verlauf von zwei Jahren einundvierzig Milliarden Dollar aus, meist in den Vereinigten Staaten, weil der Peso gegenüber dem Dollar immer noch überbewertet war, weshalb die amerikanische Währung billig wurde. Aus den gleichen Gründen erhöhten sich die Importe in einem Jahr um 55 Prozent.

Nach drei Jahren Wirtschaftswunder zog Dr. Jorge Badajoz aufgrund der folgenden Informationen im Jahresbericht seines Ministeriums Bilanz: Seit er im Amt war, befanden sich 90 Prozent der Kredite und Zahlungsmittel in öffentlicher Hand, der Lebensstandard war um 50 Prozent gefallen, ebenso das Bruttoinlandsprodukt. Die Auslandsschulden beliefen sich auf sechzig Milliarden Dollar, und die Inflation hatte sich auf 400 Prozent verdoppelt. Die Nationalbank ließ zum ersten Mal in der

Geschichte des Landes einen 1000000-Pesoschein drucken. Dr. Badajoz verkaufte alles, was er hatte, und verschwand von einem auf den anderen Tag verbittert, desillusioniert und traurig mit Koffern voller Dollar. Später hieß es, daß er in Uruguay lebte.

Raoul Buenanoce war ein gebildeter Mann, der für die Hauptstadt unter seiner väterlichen Führung eine große Zukunft voraussah. Hier die Rede, die er, im gleichen Jahr wie Dr. Badajoz zu Amt und Würden kommend, anläßlich seiner Amtseinführung hielt:

»Wir können in der Tat stolz auf unsere Stadt sein, mit ihren großartigen Kolonialbauten, ihren vier Hochhaustürmen, ihren Parks und Boulevards! Wir haben hier eine Filiale von Selfridges, wo es Leder und Schmuck zu kaufen gibt! Wir haben Damen und Herren, die so elegant gekleidet sind wie die in Paris. Wir haben vier Theater, welche die besten Inszenierungen aus Buenos Aires und Madrid zeigen! 1944 ist Segovia hier aufgetreten, und dann noch einmal 1963!

Aber wir dürfen uns nicht auf unseren Lorbeeren ausruhen! Es ist meine Absicht, daß zum Ende meiner Amtszeit unsere geliebte Hauptstadt nicht nur die Hauptstadt unseres stolzen Landes, sondern die Kulturhauptstadt der gesamten zivilisierten Welt sein wird! Ich werde die *favelas*, diese *villas miserias*, die unsere Vorstädte umringen, vollständig beseitigen und an ihrer Stelle einen Park einrichten, wie ihn die Welt noch nicht gesehen hat! Es wird ein Park sein, wo unsere dankbaren Mitbürger zum Ausruhen und Erholen hingehen werden, nachdem sie sich den Schweiß der täglichen Mühsal von der Stirn gewischt haben!«

Diese edle Rede, der donnernder Applaus folgte, ging dem wohl ehrgeizigsten Bauprogramm in der Geschichte der Menschheit voraus.

Buenanoces erstes Projekt war der Bau einer gigantischen Schnellstraße zum Flughafen, die die Stadt genau in der Mitte durchschneiden sollte. Er beschaffte sich auf dem internationalen

Markt eine Milliarde Dollar und ließ eine Schneise durch die historische Altstadt schlagen, da die Schnellstraße fünfzehnspurig sein sollte. Sie verlief schnurgerade bis zu dem Punkt, wo sie um die norwegische Botschaft einen Bogen machen mußte, da diese sich geweigert hatte umzuziehen, bevor nicht Regina Olsen freigelassen wurde. Buenanoce machte dreitausend Menschen obdachlos, und das Projekt wurde nie fertiggestellt, weil er voller Ungeduld war, mit dem Park voranzukommen. Das letzte Stück der Schnellstraße endete mitten auf einer Brücke, und so fuhr alle Welt am Ende immer noch auf der alten Route zum Flughafen.

Buenanoce zerstörte die Elendsquartiere und siedelte dreihunderttausend Menschen zwangsweise um. Als sie wieder zurückkehrten, stellte er seinen eigenen privaten Geheimdienst auf, dessen vordringlichste Aufgabe darin bestand, diese derartig einzuschüchtern, daß sie auf Nimmerwiedersehen verschwanden. Danach nutzte er den Geheimdienst, um seine eigenen Arbeitnehmer im Auge zu behalten und Unmut in der Hauptstadt zu ersticken.

Beim Bau der Schnellstraße hatte Buenanoce zweihunderttausend Tonnen Asphalt, viertausend Stahlträger und siebenhunderttausend Kubikmeter Beton verbraucht, aber das war nichts im Vergleich mit dem gewaltigen Aufwand, den er für die Neuerschaffung der großen Weltwunder im Erholungspark zu treiben gedachte. »Ich weiß genau, was getan werden muß«, sagte er mit einem vielsagenden Lächeln, das sein Doppelkinn vorteilhaft zur Geltung brachte. »Ich habe genug Erfahrung, um zu wissen, daß es notwendig ist, eine Vielzahl von Plänen zu haben und nicht mehr aufzuhören, sobald der Anfang gemacht ist.«

Das riesige Projekt sollte die öffentliche Hand gar nichts kosten, da alle Investitionen vom privaten Sektor über die Vergabe öffentlicher Aufträge beschafft werden sollten. Sämtliche Verluste aus dem laufenden Geschäft sollten die Investoren tragen. Die im Wettbewerb erfolgreiche Firma sollte fünfzig Millionen Dollar aus öffentlichen Geldern erhalten, die am Ende aus dem erzielten Gewinn wieder zurückzuzahlen waren. Wenn die Arbeit nicht rechtzeitig fertig wurde, würde die Firma zwanzigtausend Dollar pro Tag an Konventionalstrafe zahlen müssen.

Alles sah somit sehr geschäftsmäßig aus, bloß wurde die Firma, die den Zuschlag bekam, von einem Luftwaffengeneral, einem Stabsoffizier des Heeres und einem Konteradmiral der Marine geleitet. Buenanoce beschaffte noch zusätzlich zwanzig Millionen Dollar für sie als Geste des guten Willens, und um alles rechtzeitig fertigzustellen, wurden alle Vorhaben gleichzeitig in Angriff genommen.

Folgendes wurde zu bauen begonnen: ein zoologischer Garten, ein Aquarium, ein riesiger Vergnügungspark, ein Kino, ein zweihundert Meter hoher Drehturm, bunte Fontänen, ein Tanzpalast für fünfzehntausend Menschen und ein ökologischer Park. Dazu kamen als exakte Nachbildungen die Maya-Ruinen in Chichén Itzá, die Hängenden Gärten der Semiramis in Babylon, der Turm zu Babel, die Pyramiden, der schiefe Turm von Pisa, die Freiheitsstatue, die St.-Paul's-Kathedrale, die St.-Basilius-Kathedrale, der Petersdom, die Sphinx, das Schloß von Cartagena in Kolumbien, Michelangelos David (in doppelter Größe), Machu Picchu, der goldene Tempel von Amritsar, die Festung von Cuzco, das Taj Mahal, das Empire State Building, das Observatorium von Intihuatana, die Stadt Petra, der Eiffelturm, das aufgegebene Opernhaus von Manaus, Notre-Dame, die Menhire von Carnac und Stonehenge, der Sonnentempel in Teotihuacán, der Tempel des Conde in Palenque, die Verbotene Stadt in Beijing, El Escorial, die Meerjungfrau von Kopenhagen (in doppelter Größe), der Tempel von Viracocha, der Londoner Tower, der Sultanspalast in Brunei, die Altstadt von Huanaco, ein maßstabgerechtes Modell des Ural, der Palast von Huayna Capac und eine verkleinerte Version des Panamakanals, überspannt von einem Modell der Golden Gate Bridge im Maßstab 1:4.

Das Projekt bekam den Namen Incarama. Doch schon bald kamen Gerüchte auf, daß das Ganze nicht besonders gut lief. Ein Teil der Probleme ergab sich daraus, daß der Zoll, gegen gewisse Zuwendungen, darin eingewilligt hatte, die riesigen Container, die von Übersee hereinkamen, nicht zu überprüfen. Statt Riesenrädern und Servierwagen, hieß es hinter vorgehaltener Hand, würden diese Container Panzer, armierte Fahrzeuge, Flugzeugersatzteile, Raketen, Präservative, Flanellunterwäsche, Staatsflaggen, elektrische Rinderstöcke, Zahnpasta, Toilettenpapier, Taschenrechner und ausländische Kunstwerke enthalten. Dazu schienen die Rechnungen seltsam überhöht, und das meiste Geld fand unerklärlicherweise seinen Weg auf Nummernkonten in der Schweiz, Luxemburg und Jersey, wo es den Aktieninhabern von Incarama gutgeschrieben wurde.

Der Fertigstellungstermin kam und verstrich, und es wurden keine Konventionalstrafen verhängt. Das Konsortium erhielt noch eine Frist von sechs Monaten für die Fertigstellung und eine Überbrückungshilfe von zwanzig Millionen Dollar aus kommunalen Mitteln. Danach brach Incarama zusammen und ging in Liquidation. Kein einziges Projekt war fertiggestellt worden. Die Schulden waren so enorm, daß die Hauptgläubigerbank ebenfalls zusammenbrach und von der Nationalbank übernommen werden mußte, was Dr. Badajoz' Haushaltspläne für dieses Jahr zunichte machte.

Die Hauptstadt war bankrott, und Raoul Buenanoce schloß die Krankenhäuser und sozialen Dienste, bevor er mit Koffern voller Hundertdollarscheine nach Uruguay floh. Die Stadt ist nun in ganz Lateinamerika dafür bekannt, daß ihre *favelas* inmitten von äußerst pittoresken Ruinen liegen und ihre Wasserversorgung über eine Nachbildung des Panamakanals erhalten.

34

General Fuerte erfreut sich der Gastfreundschaft des Inneren Sicherheitsdienstes des Heeres

Der Stabsoffizier hatte Oberst Figueras' Rapport mit großer Skepsis gelesen und insbesondere die Einzelheiten nicht geglaubt, die tatsächlich stimmten, nämlich die Katzen- und die Lachplage. Er las von Figueras' heldenhaften Attacken und Gegenattacken unter unglaublich widrigen Umständen und von kühnen Rückzugsgefechten, bei denen Figueras ganz allein zwanzig Minuten lang eine Brücke gehalten hatte, damit seine Männer entkommen konnten. Der Stabsoffizier rief alle Überlebenden zu sich und befragte jeden einzelnen. Dann befahl er Figueras zu sich.

Figueras dröhnten noch die Ohren von der Standpauke des Stabsoffiziers, und die Degradierung zum Leutnant lastete schwer auf seinem Gemüt, als General Fuerte wie ein lebender Leichnam seinen Weg auf dem Exerzierplatz kreuzte. Figueras blieb stehen und sah sich das schäbige, schlurfende Individuum mit dem Stoppelbart, den leeren Augen, den klappernden *mochilas* und der in den Armen ruhenden Katze an. »Wer bist du denn?« wollte Figueras wissen.

Der General dachte kurz nach, dann erwiderte er zurückhaltend: »Es tut mir sehr leid, daß ich so lange gebraucht habe. Ich war bei den Guerilleros.«

»Bei den Guerilleros?« rief Figueras. Er steckte die Hand in eine der *mochilas* in der Hoffnung, dort Münzen zu finden, und fischte einige Erkennungsmarken heraus, die er eingehend musterte.

»Und damit bist du den ganzen Weg von Chiriguaná bis hierher gekommen?«

Der General überlegte wieder. »Jemand hat mich und die Katze in einem Lastwagen mitgenommen. Es tut mir leid, daß ich so lange gebraucht habe.«

»Du kommst mit«, sagte Figueras, zog seine Pistole und drückte sie dem General ins Kreuz. Er eskortierte ihn zur Wachstube, wo er ihn hineinschob und die Tür hinter ihm zusperrte. Dann ging er zum Stabsoffizier zurück.

»Nicht Sie schon wieder«, waren die Worte, die er zu seiner Begrüßung zu hören bekam.

»Doch, Herr General«, sagte Figueras. »Es gibt höchst wichtige Neuigkeiten. Ich habe eben unter großer Gefahr für Leib und Leben einen bewaffneten Guerillero festgenommen, der alle Erkennungsmarken der in Chiriguaná Getöteten bei sich trug.«

Der Stabsoffizier seufzte matt. »Herr Leutnant«, sagte er gedehnt, den Titel betonend, »Sie vergessen, daß mein Fenster zum Exerzierplatz hinausgeht. Sie haben gerade einen alten Landstreicher mit einer Katze und einem Haufen Taschen festgenommen.«

»In den Taschen sind die Marken, Herr General, und er hat mir gesagt, er sei bei den Guerilleros gewesen. Das ist die Wahrheit«, fügte er hinzu.

»Also gut, Herr Leutnant, dann benachrichtigen Sie den Inneren Sicherheitsdienst des Heeres, damit jemand kommt und ihn zum Verhör abholt. Und nun haben Sie die Güte und verschonen mich für sehr lange Zeit mit Ihrem Anblick. Abtreten.«

Figueras salutierte, trat ab und ging direkt ins Funkbüro, um eine Botschaft zu übermitteln. »Schreib es bloß nicht auf«, sagte der Funker, dem Figueras' Lese- und Schreibschwäche nur allzu bekannt war. »Diktier es mir einfach.«

Der General saß zwei Tage lang mit seiner Katze in einer Zelle und bemerkte nicht einmal, daß ihm niemand etwas zu essen brachte. Er hatte schon vor langer Zeit eine Methode entwickelt, sich im Zustand des Wachseins restlos dem Schlaf hinzugeben. Dabei vergnügte er sich mit Wachträumen und Kindheitserinnerungen. Er nahm keine Notiz davon, daß er während der holprigen Fahrt in die Hauptstadt im Kofferraum des Ford Falcon drei Tage lang jegliche Nahrung vorenthalten bekam, aber er vermißte seine Katze, die ihm aus den Armen gerissen und über den Exerzierplatz davongejagt worden war. »Das war meine Katze«, meinte er nur traurig.

Als er in der Militärschule für Elektro- und Maschineningenieure eintraf, übergaben die beiden Folterknechte den General El Verdugo, der den Bericht las, den ihm diese in die Hände gedrückt hatten.

»Name nicht bekannt ... Subjekt wahnsinnig ... soll zur Guerilla gehören, ›Vorhut des Volkes‹ aus Chiriguaná ... peinlich zu verhören ... die üblichen Fragen.«

Grob schubste El Verdugo sein Opfer durch die Flure, vorbei an Zellen mit weinenden Gefangenen und widerlich stinkenden Exkrementen. Der General sah nicht die Aufschrift an der Wand, die besagte: »Wir werden weiter morden, bis das Volk begreift.« Er sah nicht die trostlosen Glühbirnen oder das hysterische, mit blauen Flecken und Verbrennungen übersäte nackte Mädchen, das an den Haaren an ihm vorbeigezerrt wurde. Er sah nicht die eingetrockneten Blutlachen auf dem Boden oder die blutigen Spuren an den Wänden, und er roch auch nicht das verwesende und verbrannte Fleisch. Er sah einen Kaisermantel auf einer Akazienblüte und einen Kolibri in einer blauen Lupine.

El Verdugo schob den General ins Henkerzimmer und band ihm die Handgelenke hinter dem Rücken zusammen. Er befestigte einen Karabinerhaken an den Fesseln und zog das Seil straff, das über einen an der Decke angebrachten Flaschenzug lief. El Verdugo, ganz der auf Abstand und fachliches Können bedachte Experte, riß plötzlich am Seil und mußte zu seiner Überraschung feststellen, daß der General nicht aufschrie, obwohl dessen Schultergelenke brutal knackten. »Wer bist du?« wollte er mit einem weiteren Ruck am Seil wissen.

»Kaiser«, sagte der General, immer noch träumend.

»Kaiser von was?« fragte El Verdugo, der neuerlich am Seil ruckte.

»Akazie«, sagte der General.

El Verdugo ging an seinen Tisch und schrieb: »Subjekt sagt, er sei der Kaiser von Asien.«

»Wenn du dir einen Scherz erlauben willst«, sagte El Verdugo mit zusammengebissenen Zähnen, »dann wollen wir doch einmal sehen, wie dir das gefällt.« Er zog den General zur Decke hoch und ließ ihn abrupt nach unten sacken, indem er mit seinem Fuß die am Boden montierte Sperre freigab. Die Schultern des Generals knackten mit dem Geräusch eines schnalzenden Bogens. »Und nun, wer bist du jetzt, Kaiser?«

»Sie haben mir meine Katze genommen«, flüsterte der General, dessen Augen sich mit Tränen füllten. »Wo ist meine Katze?«

El Verdugo ging wieder an seinen Tisch. »Subjekt ist offensichtlich vollkommen geistig umnachtet«, schrieb er, »und unempfindlich gegen jegliche Art von Schmerz.«

Er ließ den General herab und durchschnitt seine Fesseln, worauf dessen Arme nutzlos an der Seite baumelten wie die einer hölzernen Gliederpuppe. El Verdugo gab ungern auf, aber er hatte empfänglichere und befriedigendere Opfer zu foltern, und so kreuzigte er den General mit dem Kopf nach unten am Rost an der Wand, wo dieser die ganze Nacht über hing, von Katzen träumte, nichts sah und hörte von den zwanzig Menschen, deren Körper und deren Geist El Verdugo zerbrach, während die Hauptstadt schlief.

Am nächsten Morgen übergab El Verdugo den General El Baño. El Baño blickte fachmännisch in die leeren Augen seines Opfers. »Den bring' ich schon zum Reden«, sagte er und führte den General zu seinen Spezialbädern. Er warf den General in einen Tank und drückte ihn unter Wasser. Der General träumte davon, im Mutterschoß zu sein, und hörte auf zu atmen. Seine Körperfunktionen waren dem völligen Stillstand so nahe, daß El Baño ihn eine Stunde lang ergebnislos unter Wasser hätte halten können. Als El Baño die Hände wegnahm, kam der General nicht wie die anderen japsend und keuchend hoch. Er blieb einfach lächelnd im Wasser liegen, während ihm eine Kette kleiner Blasen aus dem Mund stieg. El Baño zerrte ihn heraus und stieß ihn in ein Bad aus Urin und Exkrementen und tauchte ihn für vier Minuten unter. Dann gab er auf und ließ den General wegbringen, damit er statt dessen Leute foltern konnte, die sich vor ihm duckten, ihn anflehten und seine totale Dominanz anerkannten.

El Electricista brachte den General wieder zur Vernunft und zurück in die Wirklichkeit. Er schnallte ihn auf Susana, seinen geliebten Metallgrill, und streifte ihm Ringe über die Finger, die durch Drähte mit dem Grill verbunden waren. Zur Erhöhung der Leitfähigkeit goß er einen Eimer Wasser über den reglosen Körper und schaltete seine *picaña* ein. Er fuhr damit über ein Bein des Generals, und der Körper zuckte und verkrampfte sich. Der General spürte, wie ein Blitzstrahl seine Muskeln in Stücke riß, und er erwachte augenblicklich aus seinem schon so lange andauernden Traum. Er hob ruckartig den Kopf und merkte, daß er sich nicht rühren konnte. »Wer, zum Teufel, sind Sie?« wollte er wissen.

»El Electricista«, erwiderte der Folterer, »stets zu Diensten.« Erfreut über seinen Erfolg, hielt er den elektrischen Rinderstab an das andere Bein. Der General bäumte sich auf und schrie. »Das ist besser«, sagte El Electricista. »Nun, wer bist du?«

»General Carlo María Fuerte«, sagte der General. »Militärgouverneur von César. Ich werde Sie an die Wand stellen lassen, wenn ich hier rauskomme.«

»Wirst du aber nicht«, erwiderte El Electricista. »Du bist also der Kaiser von Asien und ein General, habe ich das richtig verstanden?« Er hielt die *picaña* etliche Sekunden an den Nabel seines Opfers.

Wiederum zuckte der General unkontrolliert und heulte auf. Atemlos und gemartert wiederholte er: »Ich bin General Fuerte.«

»Sie sind ein Guerillero aus Chiriguaná«, sagte El Electricista, der die *picaña* an den Mund des Generals führte. Als das Geschrei abgeflaut war, spuckte der General, dem das Zahnfleisch blutete, aus und sagte: »Ich bin General Fuerte. Ich wurde vor Monaten von den Guerilleros gekidnappt, dann haben sie mich freigelassen.«

»Lügner!« rief El Electricista und drückte die *picaña* an die linke Brustwarze des Generals. Lächelnd genoß er die Schreie, den Geruch versengten Fleisches, die Zuckungen und bekam eine Erektion.

»Du weißt, zu welchen Stellen ich mich hinarbeite, nicht wahr?« höhnte er. »Erzähle mir etwas über die Guerilla und den anderen Abschaum, mit dem du unter einer Decke steckst.«

Der General setzte schon zum Reden an, als El Electricista die Spitze des Stabes an dessen rechte Brustwarze drückte. Er wollte gerade wieder zu sprechen anfangen, als jener die *picaña* rechts an den Penisschaft drückte. Als der General endlich aufgehört hatte, unkontrolliert zu urinieren, zu schluchzen und zu würgen, sagte El Electricista: »Ich dachte, du wolltest mir etwas erzählen.«

Der General begann, ihm von seiner Gefangenschaft zu erzählen, und daß dies alles hier ein Irrtum sein müsse, als der Stab links an seinem Penisschaft angesetzt wurde. Als er wieder zu Bewußtsein kam, übergoß ihn El Electricista erneut mit Wasser und sagte: »Wir haben das Beste noch gar nicht probiert, habe ich recht?« Darauf fuhr er mit dem Stab über die Hoden des Generals bis vor zu dessen Penisspitze. Der General spürte, wie sein Körper tausendfach in kleine Fetzen zerrissen wurde, so als würde er von winzigen Pinzetten gestochen. Er erwachte erst am nächsten Morgen und mußte feststellen, daß er seine Arme nicht mehr gebrauchen konnte. Da erinnerte er sich an die Folterungen des vorigen Tages.

El Electricista kam zu ihm und trat ihn zusammen. »Ich habe was ganz Feines für dich«, sagte er und zog den General an den Haaren ins Elektrozimmer. Auf dem Grill lag ein junges Mädchen, etwa sechzehn, nackt und geschunden. Ihr Körper war mit Brandflecken und Wundmalen übersät. El Electricista nahm einen Revolver in die eine und eine Peitsche in die andere Hand. Er gab dem General die *picaña* und schaltete sie ein. »Foltere sie«, befahl er.

Der General war bestürzt. »Das werde ich nicht«, sagte er.

Die Peitsche wickelte sich um seinen Körper, und die Metallstückchen, die in die Schnur geflochten waren, rissen ihm das Fleisch in Streifen vom Körper. »Foltere sie«, schrie El Electricista, »oder sie wird dich foltern!«

»Ich kann meine Arme nicht gebrauchen«, erwiderte der General. »Und wenn ich es könnte, würde ich Ihnen eher das Genick brechen oder bei dem Versuch sterben.«

»Mutige Worte, *communista*! Du hast deine Wahl getroffen.«

Das gefolterte und verängstigte Mädchen sah ihn voll Entsetzen mit einem flehentlichen Blick aus ihren Augen an, als er so tat, als würde er mit dem Stab gleich ihre Brüste und Genitalien berühren.

»Nein, nein, nein!« wiederholte sie. »Bitte nicht.«

»Du kennst das doch schon, nicht wahr, *flaca*? Soll ich jetzt mit dir spielen, oder wirst du mit diesem feinen Herrn spielen?«

»Das kann ich nicht«, sagte sie verzweifelt.

»Ich schon«, sagte El Electricista, der sie angeiferte und ganz langsam die *picaña* auf ihre Brust richtete.

»Ich tue es«, sagte sie. »Bitte, ich werde es tun.«

Das Mädchen schluchzte, blind vor Tränen, als es den Anweisungen des Folterers gehorchte. »Es tut mir leid, es tut mir so leid«, sagte es immer wieder, als es dem General die *picaña* ansetzte, der daraufhin zuckte und kreischte.

El Electricista kommandierte unablässig: »Auf die Eier, du Miststück. Nein! Länger! Fester! Mehr Wasser!« Wenn sie aufhörte oder zögerte, peitschte er sie aus. Am Ende wurde ihm der Kitzel unerträglich, und er vergewaltigte die Kleine wie von Sinnen über dem bewußtlosen Körper des Generals, bevor er ihr einen Genickschuß verpaßte. Er ließ den General die ganze Nacht über auf Susana geschnallt und trat wiederholt heftig nach dem Körper des toten Mädchens, wobei er schrie: »Miststück! Miststück! Nutte!« Dann riß er sich zusammen und ging zur Verabredung mit seiner Freundin, um sich *O Lucky Man* mit spanischen Untertiteln anzusehen.

»Mein armer *querido*«, sagte diese. »Du siehst so müde aus. Du solltest dich nicht so hart rannehmen lassen.«

Er lachte verbindlich. »Ein Mann tut, was ein Mann tun muß.«

Als Asado zwei Tage später von einem Spezialauftrag zurückkam, spazierte er in El Electricistas Zimmer und fragte: »Wie läuft's? Was Neues?«

»Nicht viel. Bloß einen Verrückten. Aber ich habe über eine Neuerung nachgedacht.«

»Eine Neuerung?«

»Ja«, sagte El Electricista. »Du läßt sie eine Schnur mit kleinen Elektroden schlucken, und dann rammst du ihnen die *picaña* in den Arsch.«

Asado lachte. »Klingt vielversprechend! Hast du es schon ausprobiert?«

»Hab ich«, erwiderte El Electricista. »Ich hab' es bei dem Verrückten probiert. Es funktioniert ausgezeichnet.«

»Wer ist der Verrückte?« fragte Asado. »Lohnt es sich, ihn ein wenig zu rösten?«

»Er hat zuerst gesagt, er sei der Kaiser von Asien, aber er ist in Wirklichkeit ein Guerillero aus Chiriguaná. Jetzt behauptet er, General Fuerte zu sein. Er ist wahnsinnig, aber zäh.«

Asado war bestürzt. »General Fuerte war Kommandant der Offiziersschule, als ich noch Kadett war. General Ramírez hat mir vor drei Wochen befohlen, sein Verschwinden aus Valledupar zu untersuchen. In welcher Zelle steckt der Verrückte?«

»In der dritten links. Ich habe ihn zwei Tage im Krümmschrank stehen lassen. Ich an deiner Stelle würde es sein lassen; er ist kein General, bloß ein kommunistischer Landstreicher.«

Der dem Tod nahe General Fuerte wurde umgehend ins Militärkrankenhaus geschafft und nach viermonatigem Aufenthalt von dort weiter ins militärische Erholungsheim Villa Maravillosa gebracht, wo er unter Anleitung fachkundiger Physiotherapeuten allmählich wieder lernte, seine Arme zu gebrauchen. In seiner Abteilung gab es auch eine junge Norwegerin im Rollstuhl, die behauptete, sie sei Regina Olsen, wäre von der Armee angeschossen und in ein Folterzentrum verschleppt worden. Bei ihnen lag auch ein junger Capitan der Luftwaffe, der durchgedreht war und ständig wiederholte: »Es waren *cholos*. Ich hab' es getan. Ich bin der Schuldige. Ich war es.« Regina erzählte Fuerte, der junge Mann habe versehentlich einen Indianerstamm massakriert, und das Militär sähe sich in der allergrößten Verlegenheit, sollte er herauskommen. »Mich wollen sie auch nicht rauslassen«, fügte sie hinzu. »Ich werde wahrscheinlich für immer hierbleiben. Ich weiß nicht, was mit Ihnen geschehen ist, aber ich schätze, Sie werden hier auch nicht mehr rauskommen. Das tut niemand. Sie haben Glück«, fügte sie hinzu. »Dem letzten Irrtum hier hatten sie die Zähne mit dem Hammer eingeschlagen.«

In der nächsten Woche waren Regina Olsen und der verrückte Capitan plötzlich über Nacht verschwunden. Der General freute sich darüber, falls sie in Sicherheit waren, und sorgte sich um sie, falls es zu einer sehr zynischen Lösung gekommen sein sollte. Eines Morgens zog er seine Uniform an, machte einen Spaziergang in der von hohen Mauern umgebenen Grünanlage und bemerkte zu seiner Überraschung, daß es einen leicht zu erklimmenden Baum gab, dessen einer Ast über die Mauer ragte.

Er verstauchte sich den Knöchel bei der Landung und humpelte zur Straße. Er hielt einen bereits überfüllten Bus an und zeigte seinen Ausweis dem Fahrer, der viel zu eingeschüchtert und beeindruckt war, um von ihm die Entrichtung des Fahrpreises zu verlangen, und sogar eigens für ihn einen Umweg zum Militärflughafen machte. Dort drohte der General drei Offizieren mit dem Militärgericht, wenn sie sich weiterhin seinen Befehlen widersetzen sollten, ihm einen Piloten und ein kleines Flugzeug zur Verfügung zu stellen, das ihn nach Valledupar zu bringen hatte. Er erreichte sehr rasch sein Ziel.

Als er das Büro des Stabsoffiziers betrat, sagte er nicht einmal »Guten Tag« oder erwiderte den militärischen Gruß des anderen.

»Keine Fragen!« sagte der General. »Ich war auf einer streng geheimen Mission und habe keine Zeit für überflüssige Reden. Welche sind die besten Soldaten, die wir hier haben? Rasch, antworten Sie mir!«

Der erstaunte Stabsoffizier sagte: »Wir haben noch eine Kompanie der Portachuelo-Wachen hier, Herr General.«

»Gut«, sagte der General entschieden. »Sie sollen innerhalb einer Stunde mit Verpflegung für drei Tage einsatzbereit antreten. Zusätzlich müssen Transportfahrzeuge und zwei leere Lkws bereitgestellt werden. Außerdem möchte ich auch drei Sanitäter dabeihaben. Sorgen Sie dafür. Es handelt sich um einen Notfall.«

»Jawohl«, erwiderte der Stabsoffizier und salutierte. »Darf ich noch hinzufügen, daß es schön ist, Sie wieder bei uns zu haben. Ich bin sehr erleichtert. Ich habe um Ihr Leben gefürchtet.«

»Danke schön«, sagte der General. »Auch ich habe um mein Leben gefürchtet.« Dann brach er zu seinem Büro auf, änderte aber wieder seine Meinung und kehrte nochmals zum Stabsoffizier zurück, den er beim Telefonat mit dem Quartiermeister antraf. Er bedeutete dem Stabsoffizier, daß er warten könne, bis das Gespräch beendet sei. Als die Befehle übermittelt worden waren, sagte er dem Stabsoffizier: »Unter keinen Umständen dürfen Sie irgend jemandem, nicht einmal General Ramírez, davon berichten, daß ich hier war oder mit Soldaten von hier aufgebrochen bin. Ich gelte offiziell immer noch als vermißt und handle auf allerhöchsten Befehl hin. Ist das klar?«

»Höher als General Ramírez?« fragte der Stabsoffizier. »Eine höhere Autorität gibt es doch gar nicht.«

»Sie bekunden damit Ihr Unwissen«, sagte der General. »Es gibt eine viel höhere Autorität. Bitte schicken Sie nach jemandem, der die Ersatzschlüssel zu meinem Quartier holt und sie herbringt. Um 16.00 Uhr müssen die Männer in den Lkws auf dem Exerzierplatz sein. Ich werde unterwegs anhalten, um sie einzuweisen.«

Als der General seine Räumlichkeiten betrat, fand er sie so vor, wie er sie verlassen hatte. Sie waren lediglich verstaubt und rochen leicht muffig. Er hörte ein Geräusch an der Tür und sah, wie sie sich einen Spaltbreit öffnete und ein Lichtstrahl hereinfiel. Seine Hand fuhr zum Pistolenhalfter, doch dann trat er vor und bückte sich. Er streichelte den Rücken, der sich ihm entgegenwölbte und um seine Beine strich. »Kleines Kätzchen«, sagte er. »Ich habe dich vermißt. Und wie, um alles in der Welt, hast du gewußt, wo ich wohne? Und von was hast du gelebt?«

Die Katze miaute bettelnd, und der General öffnete eine kleine Dose Corned beef für sie und leerte deren Inhalt auf eine Untertasse. Er zog seinen Kampfanzug an und brachte die vierzig bis zum Abmarsch verbleibenden Minuten damit zu, in die Tür eine behelfsmäßige, aber funktionierende Katzenklappe einzubauen. Er hinterließ einen Zettel im Postfach des Stabsoffiziers: »Sorgen Sie dafür, daß meine Katze täglich um 18.00 Uhr gefüttert wird.«

35

Der Präsident entdeckt die aphrodisierenden Eigenschaften der Konversion von Militärs

Zur gleichen Zeit, als Asado seinen ersten gesetzwidrigen Handel abschloß und die aus seiner Tätigkeit hervorgehenden Waisen an kinderlose Ehepaare in Europa und den USA verkaufte, fanden sich die drei Stabschefs in der Altherrenloge in eine heftige Diskussion verstrickt.

»Ich sage euch, jetzt ist genau der richtige Zeitpunkt!« rief Admiral Fleta aus. »Die Öffentlichkeit himmelt uns an wegen Los Puercos!«

»Sie himmeln auch den Präsidenten an«, erwiderte General Ramírez. »Es war alles seine Idee, und er hat die meisten Lorbeeren dafür geerntet – und eine Riesenmehrheit bei der Wahl obendrein.«

»Die hätte er sowieso bekommen«, gab Luftwaffenchef Marschall Sanchis zu bedenken. »Alle wissen doch, daß sie manipuliert war.«

»Er hätte aber auch ohne zu manipulieren gewonnen«, sagte Ramírez. »Das liegt doch auf der Hand.«

»Wie dem auch sei«, sagte Fleta, »die Hauptstadt ist bankrott, die Sozialversorgung ist am Ende, die Inflation beträgt über vierhundert Prozent, und die Löhne sind eingefroren. Die Öffentlichkeit ist ernsthaft unzufrieden. Ich denke, sie würde uns unterstützen.«

»Aber sie legt es Buenanoce und Badajoz zur Last, nicht dem

Präsidenten!« schnaubte Ramírez. »Seine Position ist unangreifbar.«

»Seit wann gilt denn die Meinung des Volkes hier?« fragte Fleta. »Es ist voreingenommen, irrational und faul. Wir können doch ohne das Volk regieren, oder?«

»Das nehme ich jedenfalls an«, sagte Sanchis. »Aber wir müssen uns auf die stillschweigende Unterstützung der Mittelklasse verlassen können, die Recht und Ordnung bewundert und Politik verabscheut. Die Werktätigen können wir getrost ignorieren. Und die Linke ist in etwa vierzig Fraktionen aufgesplittert, die sich gegenseitig bekämpfen. Zum Totlachen. Wußtet ihr, daß es fünf Kommunistische Parteien gibt, die alle von sich behaupten, die einzige und wahre zu sein?«

»Jetzt sind es schon sechs«, sagte Fleta.

»Wie das?« wollte Ramírez wissen.

»Eine der Parteien hat einen Aktivisten wegen Homosexualität ausgeschlossen, und der hat einige Parteimitglieder mitgenommen. Sie werden von der sie ausschließenden Partei die Mario-Kommunisten genannt, und sie selber nennen die anderen die Macho-Kommunisten. Ist das nicht süß?«

»Ja, wirklich«, sagte Sanchis. »Soviel ich weiß, befinden sich die Trotzkisten, die Marxisten und die Anarchisten offen im Krieg miteinander. Die Linken brauchen wir überhaupt nicht zu fürchten; wenn die ein Erschießungskommando antreten lassen müssen, dann bilden sie einen Kreis.«

»Warum haben wir sie denn dann die ganze Zeit über ausgerottet?« fragte Fleta echt verwundert.

»Weil sie trotz allem immer noch eine Menge Unheil stiften«, erwiderte Ramírez. »Und sie sind eine echte Teufelsbrut.«

»Laßt uns nicht abschweifen«, warf Sanchis ein. »Werden wir nun die Macht ergreifen oder nicht?«

»Alles in allem bin ich dafür«, sagte Fleta.

»Einverstanden«, sagte Ramírez. »Gesetzt den Fall, alles ist wohl bedacht, bin ich dafür, aber nur, weil es zum Wohl des Landes ist. Macht an sich bedeutet mir nichts.«

Fleta zog zynisch eine Braue hoch. »Soll das heißen, du hast nicht vor, die Präsidentschaft zu übernehmen?«

»Oh, nein«, rief General Ramírez. »So war das ganz und gar nicht gemeint. Schließlich ist das Heer der traditionsreichste und größte Truppenteil, also ist es nur natürlich, daß ich Präsident werde.«

»Darf ich dich daran erinnern, daß in den letzten fünfzehn Putschen seit *La Violencia* immer der Oberkommandierende des Heeres Präsident war!« sagte Fleta eisig. »Ich halte es daher für mehr als nur gerecht, wenn die Marine auch einmal zum Zuge kommt.«

Luftwaffenchef Marschall Sanchis fuhr dazwischen. »Ich darf euch beide daran erinnern, daß das Heer beim Volk völlig unbeliebt und die Marine äußerst klein ist. Die Luftwaffe ist aufgrund ihres romantischen Images bei weitem der beliebteste Truppenteil. Darüber hinaus gestattet mir, euch daran zu erinnern, daß ihr beide dreiundsechzig Jahre alt seid und in zwei Jahren aus dem aktiven Dienst ausscheiden werdet. Ich bin erst siebenundfünfzig.«

»Schaut euch Stroessner in Paraguay an!« rief Ramírez. »Und Pinochet in Chile! Gómez in Venezuela! Sie haben alle bis ins hohe Alter weitergemacht!«

»Mag sein«, erwiderte Sanchis. »Aber in unserem Land haben sich Militärs als Präsidenten immer an die Tradition gehalten, mit fünfundsechzig abzutreten. Wenn ihr einfach so mit dem Überkommenen brecht, nennen uns die Leute bald größenwahnsinnig.« Sanchis blickte bedeutungsvoll von einem zum anderen.

»Ist mir egal, was die Leute mich nennen«, erwiderte Ramírez gereizt, »besonders Angehörige untergeordneter Truppenteile.«

»Alternde Militärpräsidenten leiden zudem häufig unter mangelndem Urteilsvermögen«, erwiderte Sanchis. »Schaut euch Pinochet an. Er war verrückt genug, eine Wahl anzusetzen. Schaut euch Galtieri an; er hat Großbritannien den Krieg erklärt.«

»Das haben wir doch auch!« rief Fleta.

»Was du nicht sagst! Aber wir haben es ihnen nicht auf die Nase gebunden, und sie haben es monatelang nicht herausgefunden, und zu guter Letzt war der Krieg dann schon vorbei.«

»Ich nehme dir die Unterstellung übel, ich sei senil«, sagte Ramírez. »Wenn du bei mir in der Truppe wärst, würde ich dich dafür sofort erschießen lassen.«

»Ich auch«, sagte Fleta. »Als Ehrenmann sollte ich dich eigentlich fordern, aber zivilisiert und mit Manieren begabt, wie ich nun einmal bin, kann ich es nicht.«

»Ich wollte damit lediglich zum Ausdruck bringen, daß es ein schlechtes Beispiel abgibt, wenn wir mit einer ehrenwerten Tradition brechen«, sagte Sanchis ergeben. »Ich weiß doch, daß keiner von euch beiden senil ist.«

»Wie wäre es mit einem vierten Mann?«

»Du meinst eine Marionette als Präsidenten?« fragte Ramírez. »Aber die haben wir doch schon!«

»Es geht doch um das Wohlergehen dieses unseres Landes«, konterte Sanchis. »Eine Marionette als Präsident wäre auf gar keinen Fall angebracht.«

Die Unterredung im Ruheraum der Loge zog sich in diesem Stil bis in die frühen Morgenstunden hin, und es wurde kein förmlicher Beschluß gefaßt, außer daß für den nächsten Montag eine weitere Diskussion über dasselbe Thema anberaumt wurde. Vom staatlichen Informationsdienst erhielt der Präsident einen Tonbandmitschnitt des Gesprächs, und in den darauffolgenden Tagen wurde er sehr nachdenklich und von dem Gehörten völlig in Anspruch genommen. Die Stabschefs ihrerseits verließen das Treffen in der Überzeugung, daß unbedingt etwas unternommen werden müsse, um die Macht der beiden anderen einzuschränken. Ein buchstäblich mit Händen zu greifender Nebel aus Intrigen und Gegenintrigen begann durch die Flure der Macht zu wabern.

Ohne Gefahr, dafür Widerspruch zu ernten, läßt sich eines festhalten: Langgediente Militärs neigen alle zur gleichen Denkweise. Die einzige Ausnahme, die einem natürlich sofort in den Sinn kommt, ist die radikale Militärregierung in Peru, die mit ungeheurem bürokratischem Aufwand, würdig der herausragendsten Zivilregierung, Landreformen durchführte. Gestehen wir ihr den Rang von Ehrenzivilisten zu und kehren wieder in unser eigenes Land zurück, wo General Ramírez, Admiral Fleta und Luftwaffenchef Marschall Sanchis, einem einheitlichen Muster folgend, zur wechselseitigen Destabilisierung ihrer Logenbrüder übergingen.

Eine Armee ist hauptsächlich in drei Bereichen verwundbar: Mannschaft, Ausrüstung und Kommandostruktur. Durch einen Angriff auf nur einen dieser drei Bereiche läßt sich der Wirkungsgrad von allen einschränken.

Alles fing zunächst ganz harmlos damit an, daß in einer Woche vier Hubschrauber des Heeres unter ungeklärten Umständen im Gebirge abstürzten. Ramírez hielt das, ohne handfeste Beweise zu haben, für mehr als nur Zufall und betrachtete das Ganze als abgekartetes Spiel von Marine und Luftwaffe. Er sorgte umgehend dafür, daß eine Haftmine an einer Fregatte der Marine angebracht wurde und daß ein Raketenlager der Luftwaffe explodierte. Sanchis und Fleta vermuteten ihrerseits sofort, daß die jeweils anderen zwei Truppenteile gemeinsam gegen sie arbeiteten, und so verlor in der nächsten Woche das Heer zwei Panzer durch Boden-Boden-Raketen, die Marine einen Aufklärungshubschrauber und ein Küstenwachboot und die Luftwaffe einen nagelneuen Jagdbomber aus Frankreich.

Sämtliche Befehlshaber waren außer sich, befahlen ihre jeweiligen Spezialisten für Undercover-Operationen zu sich, ermahnten sie, für gutes Geld ihre patriotische Pflicht zu erfüllen, und unterrichteten sie präzise darüber, welche »Verräter« ohne Rücksicht auf Befangenheiten jedweder Art auszulöschen seien.

Die Bombe unter General Ramírez' Podium bei der Parade anläßlich der Verabschiedung von Offizieren aus dem aktiven Dienst ging nach der Zeremonie hoch und tötete niemanden. Die Admiral Fleta zugedachte Kugel des Attentäters drang harmlos durch dessen Hut, und die Granate in Luftwaffenchef Marschall Sanchis' Aktenmappe detonierte nicht. Bei allen drei lagen die Nerven blank, trotzdem schmiedeten sie weiter gemeinsam Pläne, so als würden sie nicht den geringsten Verdacht auf Verrat hegen. Der Präsident studierte wie immer die Abschriften ihrer Unterredungen und fragte sich einmal mehr, ob er es wagen könne, sich den Zorn des gesamten Militärs zuzuziehen und die drei wegen Hochverrats verhaften und erschießen zu lassen. Er entschied, erst einmal abzuwarten und zu schauen, inwieweit er die drei Oberbefehlshaber dazu ermuntern konnte, sich und ihre Truppenteile gegenseitig auszulöschen. Er zitierte die Oberbefehlshaber einer nach dem anderen in den Präsidentenpalast und warnte sie mit unübertrefflich konkreter Unkonkretheit vor Komplotten, zu denen er von seinem staatlichen Informationsdienst Hinweise erhalten hätte. Diese Komplotte, sagte er ihnen, würden von »gewissen Angehörigen« der anderen beiden Truppenteile ausgeheckt; selbstredend sei die Information streng vertraulich und dürfe auf gar keinen Fall irgend jemandem weitergegeben werden.

Die Stabschefs veranlaßten umgehend ihre Sicherheitsdienste, daß die anderen Sicherheitsdienste zu unterwandern seien. Das war beinahe unmöglich. Jemand aus dem Heer läßt sich beispielsweise nicht so ohne weiteres in eine Marineorganisation einschleusen, weil die Mitgliedsanträge von der Gutachterkommission der Marine sorgfältig überprüft wurden. So wurde es also notwendig, bekannten Mitgliedern der anderen Dienste hohe Bestechungssummen anzubieten, und bald wußte keiner mehr, wer ein einfacher, doppelter oder dreifacher Agent war. Die daraus entstandene Atmosphäre aus Verdächtigungen und Paranoia führte dazu, daß die Maßnahmen gegen zivile Subversive nahezu vollständig aufhörten, weil es so viel Zeit in Anspruch nahm, die Agenten der Geheimdienste der anderen Militärabteilungen dingfest zu machen, zu foltern und zu beseitigen. Nicht ohne Ironie dabei war, daß die Linken, obwohl selbstverständlich alle Anschläge, Entführungen, Beseitigungen und Explosionen ihnen und ihren terroristischen Umtrieben angelastet wurden, plötzlich feststellten, daß sie nicht mehr verfolgt wurden, und vorsichtig wieder aus ihren Verstecken kamen.

Die Kommunisten konnten wieder ungestört Flugblätter verteilen, in denen sie alle anderen Organisationen verurteilten und zur Einheit aufriefen, und die Anarchisten konnten wieder ungestört Parolen auf Brücken und Polizeigebäude malen; die Trotzkisten konnten wieder ungestört die Kommunisten des Stalinismus bezichtigen; die Maoisten tauchten ebenfalls auf, um die permanente Revolution zu predigen und Centavos zur Unterstützung der Untergrundorganisation »Leuchtender Pfad« in Peru zu sammeln. Alle ergingen sich in begeisterten Reden, so als wäre die Revolution bereits siegreich gewesen. Sie stritten untereinander um die Reinheit der Lehre und trauerten insgeheim den Tagen nach, in denen sie gezwungen waren, mittels ausgeklügelter Geheimhaltung zu operieren, Schlüsselwörter zu verwenden, tote Briefkästen zu benutzen und sich an geheimen Orten in rattenverpesteten Kellern zu treffen. Die nachlassende Verfolgung hinterließ bei ihnen aber auch das Gefühl, an Bedeutung verloren zu haben, was ihren Stolz kränkte. Die Maoisten und Anarchisten gingen daher dazu über, Bombenattentate auf militärische Ziele zu verüben. Sie wußten allerdings nicht, daß ihnen das inoffiziell nie in die Schuhe geschoben werden würde. Wenn sie es allerdings gewußt hätten, steht zu bezweifeln, ob sie auch weiterhin Bomben gelegt hätten, denn nichts ärgert einen Revolutionär mehr als der Umstand, für unbedeutend und keiner weiteren Beachtung für wert befunden zu werden.

Die Anschläge der Militärs untereinander nahmen an Ausmaß und Perfidie zu. Berufsoffiziere wurden in den Kofferräumen von Ford Falcons aus ihren Wohnungen abtransportiert. Ihre Leichen fanden sich auf den Friedhöfen wieder und wurden als *Non Nombre* beerdigt. Aus Flugzeugen wurden Leichen abgeworfen, bis die Indianer der Anuesha, Jibaros und Bracamoros allmählich ihrer Mythologie den Gedanken einverleibten, daß Engel tatsächlich ihre Flügel verlieren können und daraufhin zu Boden stürzen. Die Marine entdeckte eine Meeresströmung, die die Leichen nicht an die Strände von Urlaubsorten spülte. Die Haie gewöhnten sich an das Motorengeräusch der Beiboote, die ihnen ihre Mahlzeiten brachten, und zogen in Erwartung ihrer Ankunft ungeduldig ihre Kreise. Die Meeresoberfläche wurde kurzzeitig tiefrot und schäumte und brandete unter gewaltigen Flossenhieben auf, wenn die Haie um einzelne Brocken kämpften. Diejenigen, die unglücklicherweise noch bei Bewußtsein waren, versuchten davonzuschwimmen, wurden aber plötzlich wie Angelkorken unter Wasser gezogen, worauf sie noch einmal hochkamen, bis sie dann endgültig auf Nimmerwiedersehen in der Tiefe verschwanden. Das Heer versuchte sich an einer ähnlichen Beseitigungsmethode in einem riesigen Becken voller Piranhas, mußte aber zu seinem Leidwesen feststellen, daß die Tiere ihrem gefräßigen Ruf nicht ganz gerecht wurden, da sie die Soldaten in die leicht unangenehme Lage brachten, die nur teilweise angefressenen Leichen wieder herausfischen zu müssen. Und so wurde denn auch dieses besondere Experiment abgebrochen. Doch irgend jemand kam auf die glorreiche Idee, die Piranhas in Admiral Fletas Swimmingpool auszusetzen. Jener hatte diesen aber nur aus Statusgründen anlegen lassen; niemand schwamm je darin, so daß Fleta erst etwas von dem monströsen Attentat bemerkte, als er auf seinem sehr großen Grundstück lustwandelte und die verhungerten Fische tot an der Wasseroberfläche treiben sah. Er faßte es als üblen Scherz auf und begriff nie, daß es ein besonders alberner Anschlag auf sein Leben gewesen war – in seiner ganzen Hoffnungslosigkeit etwa vergleichbar mit dem berühmten CIA-Komplott, in Kuba die Wiederkunft Christi zu inszenieren, um den Atheisten Castro zu stürzen.

Es läßt sich nicht mehr genau feststellen, wie viele Menschenleben dieser geheime Vernichtungskrieg gekostet hat, weil alle Aufzeichnungen vernichtet wurden, bevor der Skandal untersucht werden konnte. Und es wurde ein Skandal daraus, weil die Offiziere Familien entstammten, die in der Lage sind, Krach zu schlagen, wenn ihre Söhne verschwinden. Einige der protestierenden Familien verschwanden ebenfalls, aber dadurch nahm der Skandal rasch heroische Ausmaße an, bis sogar die Zeitungen Kurzmeldungen darüber zu veröffentlichen begannen. Die Streitkräfte sowie der Präsident schoben die ganze Schuld den Terroristen zu. Aber es hatte sich bereits allgemein herumgesprochen, daß nur das Militär, die staatliche Telefongesellschaft und die staatliche Erdölgesellschaft genügend Ford Falcons besaßen, um Menschen in einem solchen Umfang zu entführen. Wenn Terroristen jemand kidnappten, geschah das für gewöhnlich in verbeulten alten Kisten aus den fünfziger Jahren, denn etwas anderes konnten sich diese nicht leisten.

Der Präsident befahl seinen Stabschefs, dem Terror ein Ende zu machen, ohne natürlich zu verstehen zu geben, daß er wußte, daß sie für das Ganze verantwortlich waren. Er war aber insgeheim erleichtert, als es um keinen Deut besser wurde. Der Militärhaushalt wurde in der Hauptsache auf Pro-Kopf-Basis berechnet, und die Abnahme der Mannschaftsstärke tat seiner antiinflationären Politik gut. Darüber hinaus zeigte er sich höchst zufrieden über den Aderlaß an potentiellen Putschisten.

Der schmutzige Krieg pflanzte sich in der Hierarchie von oben nach unten erst zu den Unteroffiziersrängen, dann zu den Berufssoldaten und schließlich zu den Wehrpflichtigen fort. Das Verteidigungsministerium erhielt Gesuche von Leuten, die sich freikaufen wollten, und der Präsident hörte, daß sie alle abgelehnt wurden. Beiläufig erwähnte er anläßlich eines Fernsehinterviews, daß nach derzeit geltendem Recht jeder Militärangehörige befugt sei, sich in Fragen der Militärgerechtigkeit direkt an das Staatsoberhaupt zu wenden, und unterschrieb die daraufhin einsetzende Flut von Freikaufgesuchen, ohne sie überhaupt zu lesen.

Diejenigen, die finanziell nicht in der Lage waren, sich freizukaufen, desertierten bald in ihre Städte und Dörfer, und es wurde viel Energie darauf verschwendet, sie wieder einzufangen. Die Einbußen an militärischer Schlagkraft im Lauf eines Jahres waren höchst dramatisch, sowohl bezüglich der Ausrüstung als auch der Mannschaftsstärken, eine Entwicklung, die der Präsident hocherfreut registrierte. Der einzige Wermutstropfen war, daß Sanchis, Ramírez und Fleta immer noch wohlauf waren und intrigierten, wie die Tonbandmitschnitte auch weiterhin enthüllten. Noch dazu schienen sie anzudeuten, daß der Terror heruntergefahren werden sollte. Laut einer Abschrift war folgende Aussage von Ramírez zu vernehmen gewesen: »Ich glaube, es ist höchste Zeit, daß wir diesen Terrorismus niederschlagen. Meint ihr nicht auch, daß wir drastische Schritte unternehmen sollten?« Von den anderen beiden war auf dem Mitschnitt »zustimmendes Grunzen« zu hören. Der Präsident las jedoch, daß es immer noch kein festgelegtes Datum für den Putsch und noch immer keinen eindeutigen Führer gab.

Leichten Herzens begab sich der Präsident in das plüschige Gemach seiner Gemahlin. Sie zog eine Schnute, als er eintrat, und streckte die Arme aus.

»Daddykins ist gekommen, um mit seinem ungezogenen Schulmädchen zu spielen«, verkündete Seine Exzellenz.

36

¡De Tu Casa a la Agena, Sal con la Barrigada Llena!

Es gab einmal einen Maler, der in die Kordilleren wanderte, um ein unsichtbares Gemälde von Christus zu malen. Als er damit fertig war, kletterten die ortsansässigen Indios auf die Felsen, um es zu betrachten, und kamen überein, daß es tatsächlich ein Bild von Viracocha darstellte. Ein des Weges kommender Chinese ging hinauf, um nachzusehen, was so eine Aufregung auslöste, und fand zu seiner Überraschung, daß auf dem Fels ein Bild von Buddha zu sehen war. Der Maler blieb bei seiner Behauptung, er habe Christus unsichtbar porträtiert, und es kam zu einem lautstark und erbittert ausgetragenen Disput. Mitten in der Auseinandersetzung bemerkte einer der Indios, daß das Porträt sich selbst ausgelöscht hatte.

Die Wahrheit ist, daß das Gebirge einen Ort vorstellt, wo jeder, wenn er nur hinsieht, finden kann, was er gerade finden will, solange er beherzigt, daß die Berge sich nicht gern zum Narren halten lassen und insbesondere diejenigen nicht leiden können, die vorgefaßten Ideen anhängen.

»Ich wollte dich schon immer fragen«, sagte Pedro, »warum du nicht im Gebirge geblieben bist, wo du dich zu Hause fühlst, sondern in den Dschungel gezogen bist, wo du alles von Grund auf neu hast erlernen müssen.«

Aurelio erwiderte: »Weil ich vom Leben im Gebirge hier, das nicht meine Heimat ist, Heimweh bekommen hätte. Im Dschungel werde ich nicht von Erinnerungen heimgesucht.«

»Dennoch«, sagte Pedro, »möchtest du uns führen und uns beibringen, wie es sich hier lebt, bevor du nach Hause zurückkehrst?«

»Ich muß tun, worum du mich bittest; ich hatte es ohnedies vor, anderenfalls wärt ihr alle in ein paar Tagen tot. Aber ich muß Carmen benachrichtigen. Hier oben ist ein *tunday*, und ich möchte ihr eine Botschaft schicken.«

Der Zug der Menschen und Tiere erklomm den letzten Teil des Bergrückens, von wo aus die Flut beobachtet worden war, und mühte sich ein kleines Hochplateau hinauf, eine *puna*, die am Ende in zwei Täler auslief. Aurelio ging voraus und zu einem auf zwei Steinhügeln liegenden großen, hohlen Stamm mit eingebrannten Löchern. Er nahm das darin befindliche Schlagholz heraus und schlug auf den Stamm, der dumpfe, weithin hallende Töne erklingen ließ. Am einen Ende des Stammes konnte er hohe Töne hervorbringen und in dessen Mitte tiefe. Indem er Rhythmus und Lautstärke variierte, konnte er der schlichten Tonfolge Betonung und Bedeutung verleihen und damit Carmen mitteilen, daß er lange weg sein und etwas sehr Wichtiges zu erledigen haben würde. Er wartete, bis er Rauch aus feuchten Blättern aufsteigen sah, die Carmen verbrannte, um ihm mitzuteilen, daß sie seine Nachricht empfangen hatte. Dann legte er das Schlagholz in den Hohlraum des *tunday* zurück und schloß sich wieder der Menge an.

»Ist euch aufgefallen«, sagte Gloria, »daß diese Katzen immer größer werden?«

»Ich kann sie gar nicht mehr heben«, erwiderte Constanza, »aber sie spielen immer noch wie kleine Kätzchen.«

Pater García, der neben ihnen schritt, sagte nichts zum Thema, weil er gerade dabei war, im Kopf eine neue Theologie auszuarbeiten, die mit jedem Meter an überwundener Höhe immer interessanter und überzeugender wurde – aber auch immer häretischer.

Die Guerilleros schritten leicht und geübt aus. Aber die Dorfbewohner waren bereits außer Atem und hatten Schmerzen in den Waden und Schenkeln. Die Tiere stapften bloß durch einen Traum aus Grünfutter, stopften sich im Vorübergehen das Maul mit Eßbarem voll und sahen aus, als hätten sie mit einem Mal bewegliche, herabhängende Schnurrhaare aus Gräsern und Blumen bekommen.

Als der Zug am Fuß des Gebirges angekommen war, wurde deutlich, daß eigentlich niemand eine besonders klare Vorstellung davon hatte, wo es hinging oder was, wenn sie irgendwo angekommen wären, dann zu tun sei. Unter diesen Umständen schien eine Wahl so gut wie die andere, und als Sergio Pedro und Hectoro erzählte, daß Federico ihm im Traum gesagt hätte, sie sollten den Ursprung der Flut zu finden suchen, zuckten diese bloß mit der Schulter und stimmten zu, einzig Aurelio wandte ein, es würde in den Fluttälern keine Nahrung geben, weil alles weggeschwemmt worden sei.

»Wir werden tagsüber marschieren«, sagte Sergio, »und mit Glück wird Federico mir nachts mitteilen, wohin wir am nächsten Tag zu gehen haben.«

»Mit Verlaub«, meldete sich Aurelio, »Federico ist kein Indio. Die Indios reisen im Gebirge nur in gerader Linie, egal, was ihnen im Weg steht. Auf diese Weise verirren wir uns nie. Sag Federico, er soll uns in gerader Linie führen und eingestehen, wenn er sich verirrt hat.«

»Er ist ein Geist«, erwiderte Sergio leicht ungehalten. »Geister verirren sich nicht.«

»Dann kennst du die Geister nicht«, sagte Aurelio. »Sie wissen kaum mehr als das, was sie im Leben wußten, und haben an denselben Fehlern zu tragen, einschließlich dem Vermögen, in die Irre zu gehen.«

Sobald die Leute auf der *puna* waren, sammelten sie Alfalfa und Ichugras für die Tiere und luden es bündelweise auf deren bereits bepackte Rücken, weil im Gebirge die goldene Regel gilt: »Von deinem Haus zu dem eines anderen sollst du immer mit vollem Bauch gehen!« Die Indios selbst konnten diese Regel ignorieren, weil sie tagelang nur mit Koka auskommen konnten, das unerklärlicherweise Hunger und Durst verringert und ihnen ausreichend Energie liefert, sie aber häufig nicht sehr alt werden läßt, da ihre Körper sich selbst aufbrauchen.

Während die anderen Futter sammelten, gingen Pedro und Misael zusammen die Hügel hinauf, um einer kleinen Vikunjaherde nachzupirschen, die am Hang über ihnen graste. Die beiden Männer umgingen die Tiere in einem Bogen, bis sie oberhalb von ihnen waren, und krochen dann unbemerkt und gegen den Wind zu ihnen hinunter. Aus nächster Nähe konnten sie vier Tiere erlegen, als diese zur Flucht ansetzten, worauf die ganze Herde in vollem Tempo über die Felsen davonjagte. Als die Männer sich an den Abstieg machten, um sich Helfer für den Abtransport der Beute zu holen, sagte Misael: »Wie sollen wir zweitausend mit nur vier Vikunjas ernähren?«

»Das geht nicht«, erwiderte Pedro. »Aber wir haben genug Nahrung in den Packtaschen. Diejenigen, die nicht jagen können, sollten einstweilen von Pflanzen leben.«

Auf der *puna* wurden die Tiere enthäutet und zerwirkt, und Pedro und Misael verteilten alles, was sie nicht selbst tragen konnten. Aurelio nahm die Felle, weil er besonders warme Gewänder und Schals daraus zu machen verstand, die bald vonnöten sein würden, wenn sie oberhalb der Schneegrenze einen Paß zu überwinden hatten.

Am Ende der Hochebene wählten die Reisenden die *quebrada* rechter Hand und mußten über die sich am unteren Ende eines jeden Tales oder Steilhangs ansammelnde Endmoräne klettern, die aus verstreuten Felsbrocken und Tierknochen bestand.

Um sich herum erblickten sie die Überreste des vergangenen Lebens, das aus diesen Bergen früher wahrhaft geschäftige Ameisenhügel gemacht hatte. An den Hängen waren noch die *andenes* zu erkennen, die auf Steinmauern gestützten Anbauterrassen, welche die untergegangene Zivilisation mit Nahrung versorgt hatten. Auf dem Grund des Tales fanden sich die verfallenen Überreste kleiner Häuser, die aus *tapiales* erbaut worden waren, der Lehmversion der in Don Emmanuels Holzrahmen hergestellten Ziegelart. Anhand der Mauergrundrisse konnten die Leute erkennen, daß hier die Bauern einst in ihren *chácaras* gewohnt und Herden von Lamas und Alpakas für Wolle und Fleisch gehalten hatten. Jetzt aber gab es nurmehr ein oder zwei *tambos,* Schutzhütten, die provisorisch aus zusammengebundenen Bündeln von Magueyfasern errichtet worden waren.

Höher und höher ging es. Die Pflanzenwelt veränderte sich. Hier wuchs bereits nichts mehr, was ihnen aus der smaragdgrünen Üppigkeit des Regenwalds oder der Ebene des Mulabeckens bekannt war. Hier oben gab es lange Gräser, Akazien, Guinual- und Quishua-Bäume, feingliedrige, krummgewachsene Büsche mit weißen Blüten und silberflaumigen Blättern, die ein köstliches Aroma verströmten, wenn sie verbrannt wurden. Hie und da, an vor dem Wind, aber nicht vor der Sonne geschützten Stellen, standen Feuerbüsche, einige bis zu fünfzehn Meter hoch, deren scharlachrote Blüten in üppigen Blumengirlanden leuchtend aufflammten, und ab 1800 Meter Höhe tauchten Gruppen von duftenden Zedern auf, welche die kleinen Gehölze bildeten, die von den Indios *jaguey* genannt werden. Hoch oben in den Lüften kreisten schwarze Geier, welche die Menschen für Kondore hielten (bis sie einen echten sahen), und es gab weiße Alcamarini-Vögel zwischen den Felsen an den Abhängen.

Den Leuten kam dieser ungewohnte Anblick, diese fremdartigen Pflanzen und die kleinen Chinchillas, die piepsend vor ihnen davonrannten, wie die Wunder aus einer anderen Welt vor. Und wie kalt das Wasser der Bäche war. Wer es trank, bekam augenblicklich Kopfweh und rieb sich mit dem Ausruf »Ay, ay, ay!« vor Schmerz die Schläfen und entschied sich, nicht die Geschlechtsteile damit zu waschen, bevor es sich nicht etwas erwärmt hatte.

Sie wunderten sich über die kleinen, wilden Rinder, die sich frei im Tal bewegten und so ganz anders waren als die großen Zebus, die sie bisher gekannt hatten und die ein konstantes Brummen von sich gaben, als würden sie sich Botschaften übermitteln. Manchmal rutschte ein Zebu auf den felsigen Pfaden oder beim Durchqueren eines Flusses aus. Dann mußte die verstreute und hin und wieder auch durchnäßte Ladung erneut aufgepackt und das Tier dazu angetrieben werden, sich wieder in die *recua* einzureihen, damit es an den Zug neu angebunden werden konnte. Den ganzen Tag waren Rufe zu hören wie »*¡Ay, mula!*«, »*¡Vamos, bribón!*« und das langgezogene »*Tscha-a-a-ah!*«, um die Tiere in Bewegung zu halten. Für kurze Zeit folgte dem Zug ein kleiner, wilder Bulle, und die Leute weiter hinten gaben ihm den Spitznamen Nicolito und versuchten, ihn zum Näherkommen zu bewegen. Aber er war auf der Hut und wich ihnen aus, stand dann oben auf einer Kuppe und sah ihnen nach. Danach vermißten sie ihn mit demselben Gefühl, das einer empfindet, wenn er sich von jemandem verabschiedet, der unter günstigeren Umständen ein Freund hätte werden können.

Die Katzen, die immer noch wuchsen, spielten zwischen den Felsen, lauerten einander auf und rollten die Hänge hinunter, wenn sie sich balgten. Einige trotteten ganz ernst neben den Menschen her, denen sie sich angeschlossen hatten. Während andere den wilden Ziegen und Vögeln nachzustellen versuchten, die aber zu gerissen waren, um sich von ihnen fangen zu lassen. Die Katzen hatten es gar nicht gern, wenn sie in den Bächen und Flüssen nasse Pfoten bekamen, und vor den *pongos*, den weiß schäumenden Sturzbächen, hatten sie besondere Angst. Da saßen sie dann knurrend am Wasser, während alle hindurchwateten, und liefen ängstlich am Ufer entlang, als die Menschen in der Ferne zu verschwinden drohten. Wenn schließlich die Angst, ihre

Leute zu verlieren, die Oberhand über sie bekam, tapsten sie vorsichtig durch das ihnen ungewohnte Element, hoben nach jedem Schritt ihre Pfoten, um das eiskalte Wasser abzuschütteln, und knurrten aus tiefster Kehle.

Die biblische Prozession kam durch eine kleine Ansiedlung von *chozas*, wo die Bewohner sich vor ihnen hinter den Eingängen ihrer Hütten versteckten und verwirrt und aufgeschreckt hervorspähten. »*Shami*«, sagte Aurelio zu einem von ihnen auf Quechua-Art, »komm her.« Da er seine Muttersprache hörte, näherte der Mann sich vorsichtig. Und Aurelio begrüßte ihn und fragte, wo sie ihr Nachtlager aufschlagen könnten. Der *cholo*, dessen Hals aufgrund von Jodmangel durch einen Kropf schrecklich aufgebläht war, schien geistig zurückgeblieben zu sein, und Aurelio bekam wenig Sinnvolles aus ihm heraus. Der Indio wies vage ins Tal hinauf und sagte: »Hinter der *campiña*.«

Sie kamen durch die *campiña*, wo die *cholos* Kartoffeln, Roggen und Alfalfa auf kleinen Parzellen anbauten und wo Schafe auf den umliegenden Hängen grasten, und fanden sich in einer Mondlandschaft aus vulkanischem Tuff und Asche wieder, die ihre Atemwege reizte, als der beim Aufstieg immer stärker und kälter werdende Wind hineinfuhr.

Um sie herum waren die Berge bereits schneebedeckt. Im Aufwind breiteten die Kondorgeier ihre gewaltigen Flügel aus und kreisten in ungeheuren Höhen in der Hoffnung auf Aas. Irgendwo weiter oben spielte ein Schafhirte Musik; es war die unheimliche, sehnsuchtsvolle Flötenmusik der Inkas, welche die *quena* aus den großen, hohlen Schenkelknochen des Kondors anfertigen und *yavari* spielen, indem sie die Flöte in einer *olla* blasen, dem irdenen Topf, der die Töne hallen und in schmerzlichem Verzehren und grenzenlosem Heimweh schwingen läßt.

Raimunda, das kleine Mädchen von Dolores, wurde, ehe sie sich versah, von einem Bergskorpion, dem überall lauernden *alacrán*, schmerzhaft gestochen, und ihr Fuß schwoll an, während sie vor Überraschung und Pein schrie und heulte. Dolores ließ das Kind den Fuß in einen eisigen Bach halten, und dann lud Sergio Raimunda sich auf den Rücken, wo sie, noch immer weinend, ihre Arme um seinen Hals schlang, während ihr Fuß pochte und pulsierte, als ob in ihm eine explodierende Sonne wäre.

Sie stießen auf einige der alten Minen, in denen nach Gold, Silber, Quecksilber und Blei geschürft worden war, lange bevor die Konquistadoren mit ihren raubgierigen Seelen aus Glasscherben und Feuersteinsplittern ankamen und die Minenarbeiter versklavten, die erleben mußten, daß ihnen alle Geheimnisse entlockt wurden und sie dann mit ihren eigenen Knochen dafür bezahlen mußten. Wer die Augen offenhielt und wußte, wonach er zu suchen hatte, konnte noch immer die wunderschönen Inkagefäße finden, die zusammen mit den Toten bestattet worden waren und deswegen *huacas* hießen. Sie bestanden aus zusammengehörigen Paaren und waren sorgfältig mit komplizierten, grotesken und kunstvollen Mustern verziert. Sie kamen auch in Tierform vor, beispielsweise als Enten, und besaßen akustische Eigenschaften. Wenn etwa Wasser von einem Gefäß ins andere gegossen wurde, ergab das die Laute der dargestellten Tiere. Und wenn es zwei Enten waren, entstand dabei das Geräusch von kämpfenden Enten, was zur Folge hatte, daß deren lebende Artgenossen aufgeschreckt wurden und in das Lärmen mit einstimmten. Die Kunst, diese wunderlichen und bezaubernden Gefäße herzustellen, ist verlorengegangen. Und heute sind sie nur noch in Gräbern oder als Scherben zwischen den Ruinen dieser sagenumwobenen Zivilisation zu finden.

An den Bächen waren auch noch die vor langer Zeit weggeworfenen *porongos* zu finden, die Goldpfannen, über denen die Leute gekauert und den Schlick unermüdlich gesiebt hatten, bis nur noch die glänzenden Goldbröckchen übriggeblieben waren. Wo es Flöze, *farallones*, gab, waren noch immer die schmalen Eingänge zu den Minen zu sehen oder die Stellen, wo riesige, senkrechte Furchen in die Bergflanken gekerbt worden waren, und vielleicht waren dort noch die Überreste der großen *kimbaletes*, gewaltige, dinosaurierartige Maschinen aus Granit, die mit einem Mahlstein das mit Wasser und Quecksilber vermischte Erz zertrümmerten. Überall lagerten Abraumhalden, die auf die gierigen Hände eines neuen Konquistadoren warteten.

In den Bächen waren hin und wieder noch die ausgeklügelten Abstiche und Kanäle der Goldwäscher zu sehen, die es verstanden hatten, die Goldkörner allein durch deren Eigengewicht aus dem Sediment zu waschen. Und vielleicht fanden sich in der Nähe noch Bruchstücke der Lehmöfen, die der Weiterverarbeitung des Geschürften dienten und ohne Blasebalg funktionierten, weil sie so geformt waren, daß der Wind sich in ihnen verfing.

Viel Zeit war seit dem Verschwinden der Abenteurer vergangen. Nun, da reiche Leute Geld machen, indem sie mit Geld spekulieren und keine wirkliche Arbeit mehr zu verrichten brauchen. Wie lange mag es schon her gewesen sein, daß jemand die begierige Frage auf Quechua gehört hat: »*¿Ori cancha?*« Und wann hatte jemand das letzte Mal die *desconfianza* der argwöhnischen Indios und die tödlichen Überfälle bewaffneter *ladrones* riskiert, die von denen schmarotzten, die sich abrackerten, und davonschlichen, um einander wegen ihre Gewinne zu ermorden? Heutzutage kommt niemand mehr mit einem Muli und einer Spitzhacke daher, um seine *pertenencia* abzustecken und seinen Körper auszumergeln, um entweder an Erschöpfung zu sterben oder reich heimzukehren. Heutzutage entweihen die Menschen uralte Gräber und legen sich nachts Kräuter unters Kopfkissen, damit sie davon träumen, wo das Gold verborgen liegt. Es gibt keine verrückten Abenteurer mehr, deren Gier von Entbehrungen und Heldenmut beflügelt wird.

Als an jenem Abend die Menge ihr Lager aufschlug, zeigte Aurelio den Leuten, wie sie Süßwasserkrebse fangen konnten, indem sie zum Anstauen Stecken ins Bachbett trieben, zwischen die Weidenzweige gewunden wurden. In der Mitte wurde ein Loch gelassen und ein Korb daruntergehalten, so daß das Wasser hindurchfließen und die Schalentiere am Boden gesammelt werden konnten. Nach dem viel Geduld erfordernden Entfernen der Schale wurden sie dann genüßlich verzehrt.

Den Tieren wurden die Vorderbeine gefesselt und das Futter gegeben, das sie auf ihrem Rücken getragen hatten. Die Menschen erhitzten Nahrung über kleinen Feuern und wünschten sich, sie hätten Zelte und Ponchos. Einige vertrieben sich die Zeit damit, mit erhitzten Messern Muster in ihre Kürbisflaschen zu kerben, andere erzählten Geschichten oder sangen. Viele begannen schon zu zittern, zu schwitzen und mit den Zähnen zu klappern. Untrügliche Anzeichen von *terciana*, dem ebenso unvermeidlichen wie unerklärlichen Bergfieber. Es kann einen Mann flachlegen, daß er sich sterbenselend fühlt. Dann, eine Stunde später, geht es ihm so gut wie selten zuvor, und er schreitet mit neuer Frische aus, bloß um wieder zusammenzuklappen und sich so *raquítico* wie noch nie in seinem Leben zu fühlen.

Als die Feuer aufflammten und die sinkende Sonne die schneebedeckten Gipfel in eine schier unendliche Zahl von Rottönen tauchte, erstrahlte der Himmel türkisfarben, bevor er sich verfinsterte. Die Katzen als eingefleischte Nachtjäger begaben sich auf die Pirsch, und als die Sterne wie Diamanten im kobalt- und indigoblauen Kissen der Nacht funkelten, kehrten sie zurück und brachten den Menschen *cui*, Enten, Chinchillas und wilde Ziegen zum Verzehr.

»Die sind schon was, diese *gatos*«, sagten die Leute und aßen, den Arm um ein Tier gelegt, dem sie die weichen Ohren und den Hals kraulten. Am Morgen würden die Katzen dann so groß wie Pumas sein, aber in dieser Nacht schmiegten sich alle – Katzen wie Menschen – aneinander, um sich gegenseitig zu wärmen.

Schon bald hallte das Tal sachte von dem sirrenden Schnurren wider.

37

Nemesis: General Fuerte zieht das Escuadrón de la Muerte *aus dem Verkehr*

General Ramírez war kürzlich in eine Gewohnheit aus längst vergangenen Jugendtagen, das Kauen der Fingernägel, zurückgefallen. Er hatte mit den Zähnen gerade einen Daumennagel abgerissen und die Nagelwurzel auf der einen Seite zum Bluten gebracht. Er genoß es, auf dem Nagel herumzukauen und gleichzeitig die Wunde zu beruhigen, indem er den Daumen zwischen den zu einer Faust geballten Fingern versteckte.

Ihn plagten große Sorgen. Er hatte in dem schmutzigen Vernichtungskrieg eine beträchtliche Menge von Männern und Material verloren und spürte, wie seine Macht und sein Einfluß im Schwinden begriffen waren. Nicht einmal der Präsident nahm ihn mehr ernst, so seine Auffassung, und jetzt machte ihm auch noch die Geschichte mit General Fuerte Sorgen, ganz abgesehen davon, daß es noch immer keine Entscheidung darüber gab, wer nach dem Putsch Präsident werden würde.

Wenn Asado ihn um Rat gefragt hätte, hätte Ramírez ihm gesagt, General Fuerte habe zu »verschwinden«, doch Asado hatte ohne Befehl von oben den General direkt ins Krankenhaus gebracht. Jeder Tag, den der General am Leben blieb, machte es schwieriger, ihn loszuwerden, aber dennoch mußte etwas unternommen werden, weil Fuerte für seine Unbeugsamkeit, Gerechtigkeit und Prinzipientreue bekannt war. Wenn er je entlassen werden würde, stellte er zweifellos mehr als nur eine Verlegenheit dar. Ramírez wußte sehr genau, daß Fuerte unter seinen Leuten auf ein hohes Maß an Loyalität zählen konnte, die, wenn es hart auf hart kam, eher diesem als dem Oberkommando gehorchen würden. Ramírez hatte angeordnet, daß General Fuerte in einer Woche entlassen werden und dann bei einem Verkehrsunfall umkommen sollte. Aber nun hatte er die Nachricht erhalten, daß Fuerte irgendwie aus der Villa Maravillosa geflohen war, und niemand wußte, wohin. Er hatte nach Valledupar telegrafiert, aber dort hatte es lediglich geheißen, nein, der General sei noch nicht aus dem Urlaub zurück, und ja, sie würden ihn benachrichtigen, falls er auftauche.

General Fuerte brauchte nur zwei Tage, um von Valledupar in die Hauptstadt zu kommen, und bei der abendlichen Lagebesprechung im ersten Feldlager hatte er die Offiziere mit folgenden Worten unterrichtet:

»Meine Herren, wir haben eine wichtige Mission vor uns, bei der Tempo und Effizienz ausschlaggebend sind und Überraschung das Schlüsselelement ist. Es ist an oberster Stelle bekannt geworden, daß gewisse abtrünnige Offiziere, die ohne militärische Befugnis handeln, im alten Offiziersflügel der Militärschule für Elektro- und Maschineningenieure ein zur Folterung und Vernichtung von Menschen bestimmtes Konzentrationslager eingerichtet haben. Dort sind sowohl Zivilisten wie Militärs aller Waffengattungen, die auf eine Weise, die Sie leider mit eigenen Augen sehen werden, zu Tode gefoltert worden. Unser Befehl lautet einfach, die abtrünnigen Offiziere zu verhaften und die Gefangenen herauszuschaffen. Zum Glück haben wir wenig oder gar keinen bewaffneten Widerstand zu erwarten, aber niemand sollte im Ernstfall zögern, gezielt von der Schußwaffe Gebrauch zu machen.

Es ist keine besondere Taktik erforderlich; wir werden dort eindringen und den Gegner allein schon durch unsere Zahl überwältigen. Ich werde den Männern den Weg weisen, und Ihre Aufgabe besteht darin, so rasch wie möglich die Gegebenheiten des Ortes zu erkunden, jeden Widerstand mit einem Minimum an Blutvergießen auszuschalten und mit der Evakuierung zu beginnen.

Meine Herren, Sie sind für diesen Auftrag ausgewählt worden, weil Sie als die besten, verläßlichsten und ehrenwertesten Soldaten des Landes gelten. Die Bedeutung dieser Mission sollte für Sie auch dadurch hervorgehoben werden, daß sie von einem General und nicht von einem *comandante* oder einem Oberstleutnant befehligt wird.

Meine Herren, ich entschuldige mich für die mangelnde Detailgenauigkeit des Planes. Leider steht ein Grundriß des Gebäudes nicht zur Verfügung. Aber ich möchte, daß Zug eins dafür verantwortlich ist, die Abtrünnigen unter verschärften Arrest zu stellen. Zug zwei hat die Aufgabe, diejenigen Gefangenen herauszubringen, die nicht in der Lage sind, sich auf den Beinen zu halten, und sie so behutsam wie irgend möglich in den leeren Lastwagen unterzubringen. Zug drei sammelt diejenigen, die noch gehen können, und bereitet sie für die Rückreise nach Valledupar vor, womit ich sagen will, daß sie gewaschen, bekleidet und mit dem ernährt werden sollten, was auf dem Gelände zu finden ist. Die Gefangenen werden verschreckt und desorientiert sein, und Sie haben dafür zu sorgen, daß sie sanft, höflich und ruhig behandelt werden. Zug vier übernimmt die Verantwortung dafür, am Tor jedem den Zugang zu verweigern, der nicht einen Ford Falcon fährt. Letztere sollten hereingelassen und die Insassen notfalls unter Anwendung von Gewalt verhaftet werden. Selbstverständlich hat der Zug auch sicherzustellen, daß niemand das Gelände verläßt.

Meine Herren, Sie können abtreten, um Ihre Mannschaften zu unterrichten. Sagen Sie Ihren Leuten, daß die Ehre unserer Armee auf dem Spiel steht und daß ich höchstes Vertrauen in die Portachuelo-Wachen setze.«

Am nächsten Abend machte der Konvoi in der Wildnis des Incaramaparks halt, und die Soldaten zelteten in den düsteren Ruinen des Escorialpalasts neben dem Viracocha-Tempel. Der General teilte den Offizieren Abänderungen und Verbesserungen seines Planes mit und machte dann einen Spaziergang, um unter dem Sternenzelt eine *puro* zu rauchen. Das Rauchen hatte er sich bei den Guerilleros angewöhnt, und seine Gedanken kehrten zurück zu der Zeit, die er bei ihnen verbracht hatte. Er erinnerte sich mit einem Lächeln an seine hitzigen Auseinandersetzungen mit Pater García und dachte an etwas, das er diesem hatte sagen wollen. Er stellte sich vor, wie er sprach: »Mit unseren Gesetzen, Institutionen und unserer Verfassung ist überhaupt nichts verkehrt, denn die sind alle demokratisch und aufgeklärt. Verkehrt ist, daß sie von Menschen umgesetzt werden, die sich an sie nicht gebunden fühlen.« Der General kickte einen Stein in einen Busch und sah Fledermäuse so groß wie Falken, die zwischen den Ruinen herumschwirrten. Er lachte in sich hinein. *Ich bin selbst so etwas wie ein Guerillero geworden. Ich habe Soldaten, die strenggenommen nicht unter meinem Befehl stehen. Ich handle ohne Erlaubnis von General Ramírez.* Er stellte sich seinen Oberbefehlshaber vor und dachte: *Den Mann habe ich sowieso nie geschätzt. Er ist kein Soldat, er ist Politiker. Ich frage mich, ob Remedios mein Tun gutheißen würde. Oder wäre sie sauer auf mich, weil ich ihr die Schau stehle?* Er kehrte zu seinem Nachtlager zurück. Als er sich hingelegt hatte, wälzte er noch Pläne in seinem Kopf, bis er einschlief und von Heliconiidenfaltern träumte.

Am nächsten Vormittag hielt der Lastwagenkonvoi um elf Uhr vor den Toren des ehemaligen Offiziersflügels der Militärschule für Elektro- und Maschineningenieure. Zug vier stürzte aus dem ersten Fahrzeug und überwältigte die beiden verblüfften Wachen in der Wachstube. Die Tore wurden geöffnet, und die Kolonne rollte auf den Hof und hielt an. Als die Portachuelo-Wachen ins Gebäude rannten, rangierten die Fahrzeuge, bis sie alle abfahrbereit mit der Schnauze zum Tor standen.

Wie vorausgesagt, gab es keinerlei Widerstand. Die Folterer arbeiteten in Hemdsärmeln, als die Zugkommandanten mit ihren

Männern hereinstürzten, sie entwaffneten und mit dem Gesicht nach unten auf den Boden warfen. Asado, verschreckt und schwitzend, mußte alle Schlüssel übergeben und einen Feldwebel begleiten, um jede Tür und jeden Schrank aufzuschließen.

Die Wachen waren von dem, was sie vorfanden, schockiert und angeekelt. Der Gestank nach verbranntem Fleisch, nach Kot, Schweiß, Urin und Angst machte es ihnen fast unerträglich, sich überhaupt dort aufzuhalten. Überall waren stinkende Pfützen mit sich zersetzendem Blut und Exkrementen. Einige Soldaten stießen mit ihren Gewehrkolben durch die Gitterstäbe der Zellenfenster und zertrümmerten die Scheiben, um frische Luft hereinzulassen. Keiner von ihnen wußte, was er mit den Gefangenen machen sollte, die, nackt und bis auf die Knochen abgemagert, apathisch an den Wänden saßen und sie mit den toten Augen bereits Gestorbener anblickten. Einige waren tatsächlich schon tot; General Fuerte persönlich identifizierte in einem Zimmer voller Leichen, die noch nicht beseitigt waren, Regina Olsen und den verrückten Capitan. »Für die können wir nicht mehr viel tun«, sagte der General. »Laßt sie liegen.«

Die Gefangenen waren jämmerlich verwundet; die meisten Männer waren grob kastriert worden, ihre Hodensäcke hingen in fauligen Fetzen herab. Alle waren übersät mit blauen Flecken, Verbrennungen und Peitschenstriemen. Einigen fehlten Zähne, Augen und Ohren, und andere hatten keine Finger und Zehen mehr. Die Soldaten konnten sie ohne weiteres abführen, obwohl die Bedauernswerten glaubten, sie würden zu weiteren Folterungen gebracht werden. »Ich weiß gar nichts«, sagten sie, als die Sanitätsgefreiten sie behutsam in den Badewannen wuschen, »ich weiß überhaupt nichts.«

Der Unteroffizier von Zug drei fand ein Zimmer, dessen Tür die Aufschrift »Kriegskasse« trug. Es war bis zur Decke mit Kleidungsstücken gefüllt. Er brachte mit vier Männen so viel an Kleidung, wie er tragen konnte, in die Umkleideräume der Bäder, wo die restlichen Soldaten des Zuges die vor sich hin dämmernden Gefangenen mit allem halbwegs Passenden aus dem Haufen anzogen.

Am Tor verhafteten die Soldaten von Zug vier El Verdugo, der gerade vom Einkaufen kam. Die Soldaten von Zug zwei trugen die Gefangenen, denen es nicht mehr möglich war, zu gehen, zu den Lastwagen. Die Gefangenen meinten, sie würden zur Beseitigung weggebracht, und diejenigen, die noch weinen oder rufen konnten, taten dies.

In der Elektronikabteilung der Schule sahen zwei Ausbilder, am Fenster stehend, der Szene zu. »Ich frage mich, was da unten vorgeht«, sagte der eine.

»Frag lieber nicht«, erwiderte der andere. »Daran darfst du nicht einmal im Traum denken!«

General Fuerte betrat das Konferenzzimmer, wo die Folterer festgehalten wurden. Insgesamt waren es fünfzehn Mann. Der General und Asado erkannten sich sofort wieder.

»Herr General!« rief Asado, sprang auf und salutierte.

»Ich erinnere mich an Sie«, sagte der General. »Sie sind auf der Offiziershochschule mit der Medaille für ehrenhaftes Verhalten ausgezeichnet worden.«

Der General wandte sich an den Unteroffizier. »Nehmen Sie zwei Männer und vergewissern Sie sich, daß alle Telefonleitungen nach draußen unterbrochen sind. Danach stellen Sie sechs Mann ab, um sämtliche Aktenschränke auf die Lastwagen zu laden.« Er wandte sich wieder Asado zu. »Setzen Sie sich, Mann. Ich erweise Barbaren keine militärische Ehre.«

Der General übergab das Kommando dem Kompanieführer und verließ mit drei Lastwagen voller Verwundeter das Gelände. Er fuhr zum Militärkrankenhaus, nachdem er herausgefunden hatte, daß alle zivilen Krankenhäuser geschlossen waren, und befahl den herumstehenden Sanitätern, die Kranken von den Lkws herunterzuheben. Er ging zum Empfangsschalter und sprach die junge Frau vom Heeressanitätsregiment an, die dort Dienst tat. Sie gab ihm einen Stapel Formulare. Er griff sich eines und stellte fest, daß es drei Seiten lang war. »Sie müssen für jeden Patienten eines ausfüllen«, bekam er zu hören. Der General wuchtete den Stapel auf den Tisch. »Nein«, sagte er. »Die können Sie ausfüllen oder ignorieren, ganz wie es Ihnen beliebt. Dafür habe ich zu viele Kranke und zu wenig Zeit.«

»Ich muß aber darauf bestehen«, erwiderte die junge Frau. »Wie viele?«

»Etwa sechzig«, sagte er und fügte dann hinzu: »Und Sie sollten gar nicht erst versuchen, hier auf irgend etwas zu bestehen.« Er zeigte auf die Schulterstücke seiner Kampfjacke. »Wissen Sie, was das bedeutet?«

Die junge Frau musterte ihn. »Das bedeutet, daß Sie Offizier sind.«

»Das heißt, ich bin General!« sagte er grimmig. »Und es bedeutet für Sie, daß ich meine Männer rufe und Sie alle verhaften lasse, wenn Sie oder Ihr Krankenhaus sich nicht augenblicklich in Bewegung setzen. Darf ich bitten!«

Das eingeschüchterte Mädchen rief bei der Notaufnahme an, und schon bald herrschte im Krankenhaus ein reges Treiben. Das Mädchen stand mit einem entsetzten und fragenden Ausdruck im Gesicht neben dem General und betrachtete die menschlichen Wracks, die auf Bahren hereingetragen wurden. »Wer waren die?« fragte sie in einem Ton, als wären diese bereits tot.

»Opfer von Terroristen«, sagte der General.

»Es tut mir leid, daß ich Sie nicht an Ihrem Abzeichen erkannt habe«, sagte das Mädchen. »Ich habe noch nie einen General im Kampfanzug zu Gesicht bekommen.«

Der General kehrte zur Militärschule für Elektro- und Maschineningenieure zurück. Kurze Zeit später brach der Fahrzeugkonvoi wieder nach Valledupar auf, nicht ohne jedoch zuvor die Tore der Schule verbarrikadiert zu haben.

An jenem Abend versuchte General Ramírez Asado telefonisch zu erreichen, mußte aber feststellen, daß die Leitung tot war. Er schickte einen Motorradkurier hin, der meldete, daß das Gebäude verriegelt und unbewacht sei. Ramírez entsandte daraufhin eine kleine Gruppe von *pyragues*, die meldeten, daß das Gebäude so verlassen wie die *Marie Celeste* sei, »von einigen Leichen abgesehen«. Ramírez spürte mehr denn je, daß ihm die Macht entglitt, und er riß sich den Nagel vom rechten Zeigefinger und kaute versonnen auf ihm herum, während die Nagelhaut vor sich hin blutete.

Trotz der Pflege der Sanitäter starben drei der transportfähigen Verwundeten auf der holprigen und langen Reise an den Folgen innerer Blutungen. Die übrigen brachte Fuerte ins Militärhospital nach Valledupar mit der strikten Anweisung, ihre Einlieferung als vertraulich, als »auf allerhöchste Anweisung hin« zu behandeln. Er verbrachte eine Woche mit dem Verhören der Folterer und mit der Durchsicht der Unterlagen in den Aktenschränken. Die Bürodamen freuten sich sehr, ihn wiederzusehen, aber nur so lange, bis sie begriffen hatten, wieviel Arbeit nun auf sie wartete. Sie wurden angewiesen, jedes Blatt Papier aus den Aktenschränken zweimal zu kopieren. Ein Exemplar sollte an die Adresse der »nächsten Angehörigen« gehen, wie sie in den Formularen vermerkt worden war. Den zweiten Satz Kopien sollten sie in alphabetischer Reihenfolge ordnen und buchstabenweise in Päckchen an den *New York Herald* adressieren. Die Originale deponierte General Fuerte in einem Banksafe in Asunción.

Er flog nach Mérida und gab dort seine Päckchen und die Sendungen an die Angehörigen auf. Dann flog er zurück nach Valledupar, um das geheime, aber legale Kriegsgerichtsverfahren gegen die Folterer zu eröffnen, bei dem er und der Stabsoffizier den Vorsitz übernahmen. Um Zeit und Energie zu sparen, entschied er sich dafür, ihnen allen gleichzeitig den Prozeß zu machen, da die Beweise gegen alle die gleichen, die Zeugen der Anklage die gleichen, die Entschuldigungen der Angeklagten die gleichen und die verhängten Strafen die gleichen sein würden.

Fuerte und der Stabsoffizier riefen einen Zeugen nach dem anderen auf. Alle kamen sie aus dem Militärhospital von Valledupar. Der General zitierte ausgiebig aus den Akten, die ihm in Kopie vorlagen.

Er mußte den Comandante häufig an seine Pflicht erinnern, die Gefangenen nach bestem Wissen und Gewissen zu verteidigen. Aber dieser fand die Aufgabe abstoßend und wiederholte das, was die Gefangenen bereits unzählige Male zuvor vorgebracht hatten: »Sie handelten auf Befehl.« Der General fand sehr rasch heraus, was er bereits wußte, daß nämlich die Befehle von General Ramírez kamen.

Asado sagte: »Was aber kaum zu beweisen sein wird, da der Dienst offiziell nie existiert hat.«

Der General klopfte mit dem Stift auf den Tisch. »Das alles läßt sich sehr wohl beweisen«, sagte er. »Sie haben nicht – wie angeordnet – dessen Befehle vernichtet. Ich habe sie handgeschrieben in Ihren Aktenschränken vorgefunden.«

»Dann wissen Sie auch, daß wir keine Schuld tragen. Wir haben lediglich befehlsgemäß unsere Pflicht erfüllt.«

Nach etlichen Sitzungstagen entschieden der General und der Stabsoffizier, der mittlerweile mühseligen Fragerei ein Ende zu setzen. Sie riefen die fünfzehn Folterer zum Urteilsspruch herein. Der Stabsoffizier sprach.

»In den Nürnberger Prozessen ist als Grundsatz des internationalen Rechts festgehalten worden, daß die ›Ausführung von Befehlen‹ keine Entschuldigung für die Art von Scheußlichkeiten darstellt, die Sie täglich nach eigenem Bekunden und nach den Aussagen der Zeugen begangen haben. Dieses Gericht befindet Sie darum in folgenden Punkten für schuldig: Mord, widerrechtliche Freiheitsberaubung, illegale Entführung, Mißhandlung, böswillige Körperverletzung, Diebstahl, Einbruch, Hausfriedensbruch,

Vergewaltigung, widerrechtliche Festnahme, Befolgung ungesetzlicher Befehle und so weiter und so weiter. General Fuerte wird nun das Urteil verkünden.«

General Fuerte legte seinen Stift beiseite und sah die Folterer ernst an. »Die üblicherweise zu verhängende Strafe für derartige Verbrechen ist nach dem Militärstrafgesetz der Tod durch Erschießen.«

Die Folterer spürten, wie ihnen die Knie weich wurden und ihre Lippen zu zittern begannen. Asado fühlte Panik in sich aufsteigen, und er konnte sich nur mit Mühe beherrschen, nicht in die Hose zu machen.

Der General fuhr fort: »Ich werde Sie jedoch auf eine Art und Weise aburteilen, die dem Rechnung trägt, wie Sie mit anderen umgegangen sind.«

Der General hielt neuerlich inne und schloß dann mit den Worten: »Ihre Methoden erinnern mich ans Mittelalter, und deshalb werde ich ein mittelalterliches Urteil fällen, das zu Ihren Verbrechen paßt. Zweifellos haben Sie schon von Bestrafungen durch ein Gottesurteil gehört: Menschen wurden gezwungen, ihre Hände in kochendes Wasser zu halten oder über glühende Kohlen zu laufen. Ich verurteile Sie also zur Bestrafung durch ein Gottesurteil.«

Als die Männer hinausgeführt wurden, wandte sich der Stabsoffizier an den General. »Und was machen wir mit Ramírez?«

»Einstweilen noch nichts«, sagte der General. »Ich habe sämtliches Material der ausländischen Presse zugespielt. Zweifellos wird er zurücktreten und dann verhaftet und legal vor ein Gericht gestellt werden. Falls das nicht eintreten sollte, werden wir ihn selbst verhaften und vors Kriegsgericht stellen müssen.«

»Einen internen Putsch?«

»Genau das.«

Der General kehrte in sein Wohnquartier zurück und fütterte seine Katze, die in erstaunlich kurzer Zeit zur Größe eines Pumas herangewachsen war. Er ging in den Stall und versorgte María mit Zuckerrohrblättern, dann führte er mit Papagato die Katze und die anderen Tiere spazieren.

Noch am gleichen Abend wurden die Folterer etliche hundert Kilometer weit ins Dschungelinnere geflogen und aus dem Flugzeug geworfen. Sie schwebten an ihren Fallschirmen herab. Diese verfingen sich in den Bäumen auf dem Gebiet des Stammes der Chuncho, eines Steinzeitvolkes, das immer noch sechsmonatige Ehen auf Probe und Kannibalismus praktizierte.

38

Zeit der Wunder, Zeit der Erschöpfung

Bei Tagesanbruch zitterten die Umsiedler vor Kälte und Fieber. Sie drängten sich verzagt um ihre Feuerchen, kauten kandierte Gujaven und ein paar Brocken *panela,* um in die Gänge zu kommen. Sie klagten auch über Kopfweh. Die Luft war so kalt und rein, daß das Atmen schmerzte, und die meisten Flachlandbewohner hatten ihren Atem noch nie kondensiert gesehen, und so holten sie tief Luft, blähten die Backen auf, um einander zuzuschauen, wie sie Nebel erzeugten. Dazu riefen sie »Huuh« und lachten über die in ihren eigenen Dunst gehüllten Gegenüber. Auch den Rindern war das alles neu, und sie hüpften nervös nach jedem Ausatmen, während die Katzen mit ihren Atemfahnen zu spielen versuchten, indem sie sich auf die Hinterbeine setzten und mit ihren Pfoten danach schlugen. Es hatte sich auch Bodennebel gebildet, der bis in Kniehöhe reichte, so daß alle auf Wolken zu gehen schienen, wie die dunklen Schatten von Engeln oder verirrten Geistern, die an den Toren des Lebens warteten. Als die Sonne am östlichen Talende unter ihnen aufging, gafften die Leute mit offenem Mund, denn sie waren noch nie so hoch über der Sonne gewesen. Der Nebel um ihre Füße stieg bis zu den Schenkeln und dann weiter bis zu den Hüften, so daß die Kinder nichts mehr sehen konnten und die Erwachsenen zweigeteilt waren. Als der Nebel ihre Köpfe erreichte, setzte sich jeder, der gestanden hatte, hin, um überhaupt noch etwas zu sehen. Sie schienen in ein Zwielicht hinabgetaucht zu sein, denn der Himmel war verschwunden und hatte einem seltsamen Halbdunkel Platz gemacht.

Der Nebel verschwand so plötzlich, wie er gekommen war, und es wurde lichter Tag. Als die Sonne allmählich ihre Knochen auftaute, zitterten die Menschen wieder wie beim Aufwachen und mußten sich zu ihren Verrichtungen regelrecht antreiben. Sie kochten Kaffee, wickelten ihre Habseligkeiten in Satteltaschen, füllten ihre Thermoskannen und Kürbisflaschen am Bach und begannen, die Tiere wieder aneinanderzubinden. Die Pferde und Mulis schienen wohlauf zu sein, doch die Zebus hatten sichtlich unter der ungewohnten Kälte in der Nacht gelitten. Ihnen tränten die Augen und troffen die Nasen. Außerdem fiel ihnen das Atmen schwer. Don Emmanuel, dem die meisten gehörten, inspizierte sie voller Besorgnis, da er sich ihnen gefühlsmäßig verbunden fühlte. Er entschied, daß er sie nachts auf irgendeine Weise gegen den Frost zu schützen hatte, sonst würden viele sterben, vor allem, da die lange Wanderung an ihrem Fett zehrte.

Don Emmanuel überraschte es sehr zu hören, daß Doña Constanza zu den Guerilleros gestoßen war, und noch mehr erstaunte es ihn, als er im Gespräch mit ihr entdeckte, daß sie ihre oligarchischen Manieren abgelegt hatte, die Liebhaberin eines Tagelöhners geworden war, sich über seine derben Späße amüsierte und sie als eine Aufforderung zum Schäkern auffaßte. Das erste, was sie bei seinem Anblick sagte, war: »*Hola, cabrón!* Wie geht es deinen Moosbeeren? Zieren sie noch immer dein Gemächt?«

»Selbstredend tun sie das«, erwiderte er. »Ich suche Freiwillige zum Abpflücken.«

»Dann«, sagte Constanza, »wirst du hier viele deiner alten Freundinnen aus den Freudenhäusern antreffen, die dir zu Willen sein werden.«

»Wie ich sehe«, sagte Don Emmanuel, »hast du schon einen hübschen jungen Mann gefunden, der sie dir entfernt.«

»Deine Augen trügen dich nicht, Don Emmanuel, obwohl ich

mich im Gegensatz zu deiner Hoheit oft genug wasche, damit sie sich nicht ansammeln.«

Unter all den Leuten waren nur zwei Menschen, die sich allein unter den ihnen Fremden fühlten, Antoine und Françoise le Moing, die eigentlich nur Farides, ihre ehemalige Köchin, kannten. Unter den veränderten Bedingungen des Exodus erschien es ihnen nicht angemessen, Bedienstete zu haben, und so hielten sie sich an Professor Luis und Farides und erledigten ihren Teil der Arbeit, um nicht allzu isoliert zu sein. Professor Luis fand das französische Ehepaar gebildet und anregend, und so verwendeten er und Farides einen Großteil der gemeinsam verbrachten Zeit darauf, das Spanisch und die Geschichtskenntnisse ihrer Gesprächspartner aufzubessern.

Sie waren über zwei *quebradas* aufgestiegen, als Pedro rechter Hand in nördlicher Richtung eine Höhle erspähte. Er ging mit Aurelio hinauf, um sie in Augenschein zu nehmen, denn Aurelio sagte, er habe eine Ahnung, um was es sich dabei handeln könnte. Als sie eintraten, standen sie beinahe übergangslos im Finstern. Also kehrte Pedro zurück, um seine Lampe zu holen.

Als sie angezündet war, drangen sie, von deren schimmerndem gelbem Licht geleitet, weiter ins Dunkel vor und sahen, daß in die Wände in regelmäßigen Abständen Nischen eingelassen und in den Fels Fische, Schlangen, Sonnen- und Mondsymbole, Jaguars und Wächterfratzen eingeritzt waren. Pedro hielt das Licht in eine Nische und fuhr erschrocken zurück. Er hielt es in die benachbarte Nische und winkte Aurelio zu sich heran.

Sie befanden sich in einer Katakombe. Embryonal gehockt, wie die Mumien aus alter Zeit, saßen die Toten, die Haut winkelförmig über ihre Knochen gespannt, die Lippen von ihren Zähnen zurückgewichen, das Haar in zerzausten Büscheln von der staubigen Kopfhaut abstehend, als ob sie das Leben parodieren wollten, mit weit aufgerissenen Mündern da, auf ewig in Überraschung erstarrt. Spinnen und blinde Insekten hausten bei ihnen, und in einer der Nischen entrollte sich eine augenlose silberweiße Schlange vom Hals eines Toten und schlüpfte aufgeschreckt in den Bauch ihrer Wohnstätte, wo sie zischte und damit anzeigte, daß sie in Ruhe gelassen werden wollte.

»Wir sollten es den anderen nicht sagen«, meinte Aurelio. »Das ist ein heiliger Ort, und außerdem würden sie es für ein schlechtes Omen halten.«

»Ich halte es für ein gutes Omen«, sagte Pedro, »daß jemand so lange tot und dennoch ungestört bleiben kann. Meinst du, ob es hier Gold gibt?«

»Wenn ja«, sagte Aurelio vorwurfsvoll, »dann gehört es nicht uns und ist darum ohne Nutzen. Laß sie in Ruhe.«

»Ich habe noch nie so viele Tote gesehen«, bemerkte Pedro, als sie wieder die Geröllhalde hinunterstiegen.

»Natürlich hast du das«, sagte Aurelio. »In der Schlacht bei Chiriguaná.«

»Vielleicht werden die auch eines Tages gefunden«, sagte Pedro. »Und die Leute werden sagen: ›Ich habe noch nie so viele Tote gesehen‹ und sich fragen, warum sie da sind.«

»Unter den zerschmetterten Knochen werden sich auch Kugeln finden«, sagte Aurelio. »Was könnte eindeutiger sein?«

»Aber niemand wird je die wahre Geschichte hören«, meinte Pedro.

»Wir sollten Professor Luis bitten, sie aufzuschreiben«, erwiderte Aurelio, »und das Papier dann in einer Büchse bei den Leichen vergraben.«

Sie schlossen sich dem langsam dahinstapfenden Zug wieder an und stiegen über einen niedrigen Bergkamm zu einem der langgestreckten, hohen Plateaus auf, die *pajonales* heißen und Bergwanderer stets mit ihrer unnatürlichen Flachheit und ihrem hohen Gras überraschen. Es wurde beschlossen, daß die Tiere hier grasen durften, damit die Menschen Futter sammeln und sich ausruhen konnten.

Sie waren noch nicht ganz an der Schneegrenze, aber auf genau der Höhe angekommen, wo die meisten Menschen sich auf einmal ganz krank von der *soroche* fühlen. Unter den zweitausend waren nur Aurelio und Don Emmanuel schon vorher bis in diese Höhe vorgestoßen, und sie hatten die Anzeichen der Krankheit bereits verspürt.

»Wir sollten hier mindestens drei Tage bleiben, vielleicht sogar länger«, sagte Don Emmanuel, »sonst kriegen wir eine Menge Schwierigkeiten.«

Aurelio stimmte zu, und so ging er mit Don Emmanuel zu den einzelnen Gruppen, um sie über die *soroche* zu informieren und zu verkünden, daß sie hier Rast machen würden, um ihr Einhalt zu gebieten.

So gut wie jeder hatte fürchterliche Kopfschmerzen, und einige litten an Durchfall und Erbrechen. Es wurde zu einer schier übermenschlichen Anstrengung, einen Fuß zu heben und vor den anderen zu setzen, und es war unumgänglich notwendig, alle fünfzehn Schritte stehenzubleiben, um tief Luft zu holen. Unüberwindliche Erschöpfung, Reizbarkeit und Apathie hatten Mensch und Tier gleichermaßen befallen, und sogar die Katzen waren zu übellaunig, um einander im Gras aufzulauern.

Don Emmanuel erklärte den Leuten: »Ihr werdet alle eine Weile krank sein, weil es hier oben weniger Sauerstoff zum Atmen gibt. Wenn ihr meint, ihr würdet sterben, laßt euch nicht täuschen; ihr werdet euch bald besser fühlen. Jeder von euch muß seinen eigenen Weg finden, wie er damit umgeht. Manche Leute essen viel und trinken eine Menge Alkohol, doch für andere macht es die *soroche* noch schlimmer, und so dürfen sie nur sehr wenig essen und trinken. Einige Leute sollten sich wiederum anpassen, indem sie sich mit irgend etwas beschäftigen, wieder andere sich ins Dunkle legen und nichts tun. Mein Rat ist, eine Menge *panela* zu essen, Koka zu kauen, wenn ihr es habt, und soviel wie möglich zu vögeln. Ihr werdet wohl schon bemerkt haben, daß im Gebirge eure Lenden stärker jucken als bei einer Wäscherin in Iquitos!«

Die meisten Menschen fühlten sich zu schlecht, um noch zu lächeln, aber Farides blickte Professor Luis verschämt an und lächelte, und Gonzago und Doña Constanza hatten diesen Rat bereits befolgt und fühlten sich sehr gut. Felicidad, die seit der frühen Pubertät keine Keuschheit gekannt hatte, hatte in ihrem ganzen Leben noch nie so wenig Lust gehabt, violette Erdbeben zu erzeugen. Sie lag wie ein Häufchen Elend stöhnend da, ihre Schläfen pochten, ihr Atem rasselte im Hals, und sie hatte eine *mochila* auf die Augen gelegt, um dem Licht zu entkommen. Die Tiere, denen nicht zu helfen war, lagen träge wiederkäuend im Gras, fühlten sich so schlecht wie die Menschen, mit denen sie zogen, litten aber stoischer, denn es entspricht der Wahrheit, daß derjenige, dem die Worte fehlen, um seinen Schmerz auszudrükken, entsprechend weniger leidet.

Misael spürte, wie er Schmerzen im Knöchel bekam, und verkündete, daß es regnen würde. Diejenigen, die ihn und die Unfehlbarkeit seines Knöchels kannten, zogen weiter die Hänge hinauf und errichteten behelfsmäßige Unterstände zwischen den Felsen. Die übrigen schauten zum leuchtend blauen Himmel auf und sahen, daß nicht einmal um die Gipfel Wolken waren; sie lachten skeptisch und blieben auf dem *pajonal*, wo sie mitten in der Nacht plötzlich von lähmendem, eisigem Regen durchnäßt wurden und feststellen mußten, daß sie in einem sich rasch bildenden Morast lagen. Fluchend und ihr Unglück beklagend, klaubten sie ihre nassen Habseligkeiten zusammen und stapften die Hänge hinauf, während die Katzen, die am nächsten Morgen so groß wie Jaguars geworden sein würden, an den Berghängen auf der Suche nach Höhlen umherpirschten, in denen sie dann das gefrierende Wasser vom Fell lecken und in dichtgedrängten, verwickelten Haufen zusammenliegen konnten, um es warm und gesellig zu haben.

Der Morgen brachte den elenden Menschen wenig Trost. Sie kauerten, durchnäßt und fiebernd vor *terciana* und *soroche*, beieinander. Zum ersten Mal waren sie demoralisiert und erfüllt von Verzweiflung, Bedauern und Hoffnungslosigkeit. Sie vermißten die staubige Ebene, die sie früher als zu heiß und zu feucht verflucht hatten. Sie verspürten allmählich den Schrecken der ihnen unbekannten Bestimmung und des auf sie wartenden Lebens im Exil. Nur wenige hatten geschlafen, und keiner von ihnen mochte es, wenn der Regen gefror und sie klamm machte, ein Regen, den sie doch als warm, willkommen, freundlich und sinnlich kannten.

Mit dem ersten grauen Licht des Tages gab es ein neues Wunder, das sicherlich Erstaunen ausgelöst hätte, wäre es nicht mit so viel Elend verbunden gewesen, denn über das *pajonal* wogte brodelnd und wirbelnd eine Wolke auf sie zu, während zur gleichen Zeit eine weitere Wolke rasch vom Himmel herabsank, so daß sie sich mit einem Mal einer Verschwörung feuchtkalter Nebel gegenübersahen, denen es ein diebisches Vergnügen zu bereiten schien, die Leute zu peinigen. Die Sicht betrug kaum mehr als eine Armlänge, und die Menschen fielen über Felsblöcke, als sie einander zuriefen oder versuchten, ihre Habseligkeiten, im vergeblichen Bemühen, sie trocken zu halten, einzusammeln. Noch dazu ließen sich die Katzen nirgends blicken, und da die Leute sich an ihre Anwesenheit als ein gutes Omen und ein Zeichen übernatürlicher Gunst gewöhnt hatten, kam es ihnen nun, da diese verschwunden waren, so vor, als ob sie auch ihr Glück verlassen hätte. Erst als beißend kalte Windstöße die Leute noch elender gemacht, aber das Wolkenmeer verjagt hatten, tauchten auch die Katzen wieder auf, die aus den Höhlen und Spalten kamen, um sich im schwachen Sonnenlicht zu strecken, zu gähnen und sich ans Putzen zu machen. Sie waren nicht nur so groß wie Jaguars geworden, sondern es gab nun, wo zuvor übergroße, gefleckte, übergroße, buschige blauweiße Katzen, übergroße schwarzweiße und trübweiße Katzen mit sonderbar gefärbten Augen gewesen waren, auf einmal nur noch Jaguars, meist samtschwarz, einige aber auch mit bräunlichen Decken und dunklen Rosetten. Zum ersten Mal hatten einige Leute Angst vor ihnen, denn der Jaguar ist die wildeste aller südamerikanischen Raubkatzen; doch als sie wie gewöhnlich spielten und den Menschen Guanakos zum Verzehr brachten, stellte sich heraus, daß sie immer noch schnurren konnten, wenn sie zufrieden waren, und so war es den Menschen, als sei die übernatürliche Gunst wieder zu ihnen zurückgekehrt.

An den nächsten beiden Tagen blieben die Menschen auf dem *pajonal*, um sich zu akklimatisieren und die Tiere grasen zu lassen. Nachts gingen sie zu den Katzen in die Höhlen und Spalten, wärmten sich an den dumpf riechenden Katzenkörpern und erholten sich, vom Schnurren eingelullt, von ihrer Krankheit. Am Morgen wurden sie dann von den rauhen Zungen der Katzen geweckt, die sich daran machten, ihre menschlichen Gefährten abzulecken, nachdem sie sich zuvor selbst geputzt hatten.

»Ich weiß noch, wie sie mich an meinen Ohren gekitzelt hat«, sagte Antoine zu Françoise. »Nun rauht sie mir das ganze Gesicht mit ihrer Zunge auf!«

»Wir sind ihre Kätzchen«, erwiderte Françoise, die nun fröstelte, nachdem die sie wärmende Katze ihrer Wege gegangen war. »Ich hoffe bloß, daß sie nicht versucht, uns, am Genick gepackt, herumzutragen.«

Als die *soroche-* und Depressionsepidemie vorbei war und ein schöner, strahlender Morgen anbrach, der eine gute Weiterreise versprach, beluden die Leute ihre Tiere in unausgesprochener Einmütigkeit und machten sich wieder nach Westen auf den Weg. Am Ende des Plateaus, wo es sich in drei *quebradas* teilte, von denen eine anstieg, eine abfiel und eine eben war, stießen sie auf eine Ruine.

Nicht einmal Aurelio wußte genau, was das früher gewesen war. Es waren nur vier massive Wände geblieben, die zu einem rechteckigen Wall angeordnet waren. Alle umstanden sie und fragten sich, warum so etwas in dieser himmlischen Wildnis anzutreffen war, so als bestünde ihre Funktion lediglich in der Aussage, daß es keinen Ort gebe, wo nicht schon jemand gewesen sei. Die Steine paßten so fugenlos zusammen, daß Francesca mit ihrem Messer nirgendwo dazwischenstoßen konnte, obwohl die Steine alle möglichen polygonalen und rhomboiden Formen aufwiesen.

»Wie, um alles in der Welt, haben sie das so perfekt hinbekommen?« fragte Don Emmanuel. »Ganz ohne Werkzeug aus Eisen?«

Aurelio lächelte. »Sie haben überhaupt kein Werkzeug verwendet. Jeder Stein hat bereits vorher vollkommen gepaßt.«

»Wie?« wollte Pedro wissen. »Nirgendwo sind solche Steine zu finden.«

»Wir haben einmal Kräuter gekannt, welche die Steine weich werden ließen, so daß wir sie wie Lehm bearbeiten konnten«, sagte Aurelio. »Und wir haben Kräuter gekannt, um sie wieder zu verfestigen. Aus diesem und keinem anderen Grund sind sie so vollkommen.«

»Das glaube ich dir nicht«, sagte Don Emmanuel. »Das ist unmöglich.«

Aurelio mahlte seine Kokablätter in seinem Mörser und saugte einen Augenblick am Stößel wie ein alter, pfeiferauchender Franzose. »Wenn du es für unmöglich hältst«, sagte er, »dann wirst du das Geheimnis nie ergründen und dich stets mit Eisen abmühen müssen, mit dem es nie *so* vollkommen sein wird.« Er legte die Hand auf den Stein und tätschelte ihn liebevoll. »Wir kennen das Geheimnis des Steines«, sagte er stolz, »aber ihr werdet es nie erfahren.«

»Wir errichten gute Häuser aus *tapiales*«, entgegnete Sergio. »Was für einen Sinn hat es, Steine wie Lehm zu machen, wenn es schon Lehm gibt?«

»Das hält länger«, sagte Aurelio, »so lange, daß es sogar die Erbauer überdauert.«

»Aber warum«, wollte Hectoro wissen, »wohnen die *cholos* dann in dreckigen kleinen *chozas*?«

»Weil das Geheimnis tot ist. Unsere Priester und Adligen, die es kannten, wurden im Namen des Gottes ermordet, der unser Gold und unser Silber wollte. Wir haben alles an die Zivilisation verloren. Diese Steine sind wie ein Körper, der zerfällt, wenn der Geist daraus entflohen ist, und wir, die wir noch übrig sind, sind wie das Haar, das noch eine Weile am toten Körper wächst.«

»Auch das glaube ich nicht«, sagte Don Emmanuel, der dem melancholischen Indio auf den Rücken klopfte. »Ihr, die ihr noch übrig seid, seid wie die letzten Samen eines gewaltigen gefällten Baumes. Die Samen werden zu großen Bäumen heranwachsen, von dem zu Erde gewordenen alten Baum genährt.«

»Wenn Samen weit verstreut werden«, erwiderte Aurelio, »dann wächst zwar etwas aus ihnen, aber es entsteht kein Wald.«

»Wenn diese Bäume wiederum ihre Samen verstreuen, füllen sich die Zwischenräume«, sagte Don Emmanuel, »und dann wird ein Wald entstehen.«

Aurelio blickte etwas hoffnungsvoller drein. »Das wäre zu wünschen. Aber dennoch werden wir nie mehr das Geheimnis der Steine ergründen, Wald hin oder her.«

»Du wirst *tapiales* nehmen müssen«, sagte Sergio, und alle lachten über sein schlichtes Gemüt.

Am Ende des Tales war eine von den drei Routen zu wählen: auf ebener Erde im mittleren Arm weitergehen, im linken absteigen oder im rechten in das ewige Eis hinaufsteigen.

»Federico meint, wir sollten dort hinauf gehen«, sagte Sergio den Leuten an der Spitze.

»Dann irrt er sich«, sagte Don Emmanuel. »Der Weg führt zu einem Gletscher und endet im Nichts, wie eindeutig zu sehen ist.«

Der Streit, der sich anschloß, wurde durch die Entscheidung beendet, daß Don Emmanuel und Aurelio zum Gletscher aufsteigen, um die Möglichkeit einer Route zu erkunden, und, oben angekommen, das vor ihnen liegende Gelände in Augenschein nehmen sollten.

Die beiden Männer seilten sich an, und Don Emmanuel nahm die lederne *gara* von einem Muli herunter, sehr zur Verwunderung des Tieres. Beide Männer waren sich darüber einig, daß der Aufstieg sehr gefährlich und ziemlich sinnlos sein würde, denn es stand für sie vollkommen außer Frage, daß Rinder dort hinaufgetrieben werden könnten. Mehr noch, sie waren überzeugt, daß der Gletscher zu einem langen, möglicherweise sehr schmalen Kamm führte, der zwei Gipfel verband und auf der anderen Seite aller Wahrscheinlichkeit nach sehr steil abfiel.

In der Überzeugung, sie würden sich anschicken, eine gefährliche Sackgasse zu erkunden, näherten sich die beiden Männer dem Gletscher und kletterten über das Geröllfeld der Moräne, die der Gletscher jahrhundertelang faul vor sich her geschoben hatte. Am Ende der Gletscherzunge war der Schnee schmutzig und firnig, aber beim weiteren Aufstieg glitzerte eine frische Schneedecke strahlend im Sonnenlicht, weshalb sie die Augen zukneifen mußten. Die Schneedecke war jedoch nicht trittfest, und Don Emmanuel verschwand auf einmal bis zu den Achselhöhlen im Schnee. Er strampelte sich mühsam vorwärts, um wieder auf die Beine zu kommen. Und so plagten sie sich weiter voran, wobei sie trotz des eiskalten Schnees schwitzten und noch einige Male tief einsanken. Aurelio ging voraus, weil er leichter war, was sich als Glück für ihn erwies, als er mit seinem Gewicht eine Schneebrücke über einen engen Spalt zum Einsturz brachte. Sein Fall ließ Don Emmanuel kopfüber in den Schnee stürzen und Aurelio in einen Abgrund aus blauen Eiswänden unter sich blicken, als sein Gefährte ihn wieder emporzog. Sie wichen seitlich aus, um einen Übergang zu finden, wobei Aurelio in vier Spalten und Don Emmanuel in zwei fiel, da er im Gefolge von Aurelio mit einbrach.

Für den Aufstieg zum Kamm brauchten sie erschöpfende fünf

Stunden, und oben angekommen, mußten sie sich wegen der dünnen Luft hinsetzen, während ein schneidender Wind den Schnee um sie herum verwirbelte. Aurelio hatte den Aufstieg, der indianischen Tradition gemäß, barfuß bewerkstelligt und rieb sich nun die Füße mit Schnee ab. Der Ausblick vom Kamm war atemberaubend; weit unter ihnen schlängelte sich ein Flußtal, von Süden her kommend, abwärts, üppig grün, und dahinter stiegen Gipfel immer höher auf, glitzernd, weiß bekrönt und ehrfurchteinflößend. Sie konnten keine Pässe unterhalb der Schneegrenze ausmachen, und beiden wurde klar, daß die Reise ihres Völkchens bald ein Ende haben mußte, denn die meisten würden ohne jeden Zweifel bei dem Versuch umkommen, die vor ihnen liegende Bergkette zu überqueren.

Sie blickten immer noch über das gezackte Dach der Welt, als hinter ihnen ein tiefes Grollen ertönte. Sie wandten sich um und sahen vom Gipfel zu ihrer Rechten eine gewaltige Lawine abgehen und an Fahrt gewinnen. Es war so, als würde eine Bergflanke losbrechen und mit einer anmutigen Bewegung unter Stentorgebrüll auf den Gletscher rutschen. Die beiden Männer sahen ehrfürchtig und gebannt zu, wie Abertausende Tonnen von Eis, Schnee und Fels herunterdonnerten und eine Schneewolke aufwirbelten, die bis zu ihnen hoch drang.

Weiter unten im Tal schauten die Exilierten, wie vom Blitz getroffen, zu, wie der gewaltige weiße Sturzbach herunterrauschte, riesige Felsblöcke vor sich her schob und die Erde unter ihnen erzittern ließ. Sie fielen auf die Knie, bekreuzigten sich, riefen alle verfügbaren Geister und Engel an und glaubten, daß Aurelio und Don Emmanuel gewiß tot und tief unter der gewaltigen Lawine begraben lagen.

Als die Lawine verebbt war und die Wolke aus Eis und Schnee sich wieder gelegt hatte, kletterten einige furchtlose Seelen vorsichtig zum Gletscherrand, um zu schauen, ob sie die beiden Männer entdecken konnten, und erblickten statt dessen fünfhundertundzwei. Steifgefroren und frisch wie am ersten Tag, an dem sie von der tödlichen Umarmung des ewigen Eises umfangen worden waren, lagen vor ihnen der Conde Pompeyo Xavier de Estremadura, 50 spanische Soldaten in voller Rüstung und 451 Indiosklaven, die auf einer von dem für seine Gewissenhaftigkeit bekannten Pizarro angeordneten Expedition zur Entdekkung der legendären Inkastadt Vilcabamba vom Tod ereilt worden waren. Zu guter Letzt vom Berg erlöst, der sie gefordert hatte, waren sie, ihre Mulis und ihr Gepäck von den Wellen der wogenden See, die sie im Jahr 1533 am Cäcilientag unter sich begraben hatte, wieder freigegeben worden.

Die in Sprachlosigkeit erstarrten Zeugen dieses Phänomens natürlicher Gefriertechnik wurden von dem laut rufenden Don Emmanuel aus ihrer Verwunderung gerissen, der mit Aurelio im Gespann auf der ledernen *gara* sitzend den Hang herabrodelte. Beide stießen die Hacken in den Schnee, um ihren improvisierten Schlitten zum Halten zu bringen, und spazierten in stummem Erstaunen unter den Eisgesellen aus alter Zeit umher. Vor dem Grafen in seiner reichverzierten Rüstung sagte Aurelio: »Dieser sieht genau wie Hectoro aus.«

Aurelio bat darum, die Leichen dort zu belassen, wo sie waren, und bedeckte sie mit Schnee, um sie gefroren zu halten. »Ich habe einen Plan«, sagte er, und die Leute erfüllten seine Bitte und markierten jedes Grab im Eis mit langen, im Tal abgeschnittenen Stecken. Dann sagte Aurelio zu Sergio: »Dort oben gibt es nichts außer dem Himmel und einem langen Absturz. Ich hatte recht, auch Geister können sich irren.«

Sergio verneinte energisch, daß sein Sohn sich geirrt haben könnte, und sagte: »Er wollte uns diese toten Männer zeigen.«

»Wir werden dem Weg folgen, den ich vorgeschlagen habe«, meinte Aurelio, »wenn mein Schwiegersohn den Weg nicht finden kann.«

Aurelio, voller Stolz, recht behalten zu haben, führte die Karawane durch das mittlere Tal, das ebenerdig weiterführte, bis sie nach einer langen Wanderung an den Rand jenes bereits erwähnten Absturzes kamen, nur weiter unten. Als sie über die Kante blickten, sahen sie ein riesiges Wolkenmeer unter sich, das wie ein Ozean in verlangsamter Bewegung rollte und sich an Felsvorsprüngen brach, dabei klar umrissen wogte und strudelte. Es war ein gewaltiges Wunder. Sergio stellte sich neben Aurelio. »So«, sagte er mit überlegener Miene, in die sich etwas Verletztheit mischte, »wie steht es nun um die Urteilskraft der Lebenden?«

Unter ihnen stieg das Wolkenmeer wirbelnd empor, und die Menschen folgten der Linie der Steilkante nach links und kehrten der Sonne den Rücken zu. Als die Wolken auf gleicher Höhe waren, gab es ein neues Wunder zu bestaunen, denn jede Person sah sich auf einmal direkt ihrem schattenhaften Geist im Nebel gegenüber. Jeder Geist hatte einen Strahlenkranz in den Farben des Regenbogens um den Kopf, und als die Menschen vor Ehrfurcht und Schrecken auf die Knie fielen und sich bekreuzigten, fielen auch ihre Geister auf die Erde und bekreuzigten sich. Als sie wieder aufsprangen, taten das auch ihre Geister, die jede ihrer Bewegungen nachahmten, bis die Leute schließlich, als ihr Schrecken sich gelegt hatte, mit ihren Geistern zu spielen begannen und ausprobierten, ob sie diese mit einer blitzschnellen Bewegung zu fassen bekommen konnten. Dann wogte die Wolke hoch und floß über die Kante, hüllte alle ein, und die Schattengeister mit ihren Heiligenscheinen verschwanden.

Die Menge machte mit den Tieren zusammen kehrt und lenkte ihre Schritte wieder zurück zum Fuß des Gletschers, von der Wolke gefolgt. Dort nahmen sie die letzte ihnen verbliebene Möglichkeit.

Der Hang fiel in einem sanften Bogen steil ab und führte weit unter die aufragende Wand des Steilhangs, dessen lotrechte Säume, wie sie sehen konnten, von Eisenoxiden rot gefleckt waren. Ein breiter Fluß mit in Gischt gehüllten Stromschnellen und glitzernden Wasserfällen floß zwischen den Zwillingsbrüsten eines Tales im Süden über und hinter den Hinabsteigenden donnernd herab.

Die Menschen spürten, wie die Luft wärmer und dichter wurde, als sie abwärts gingen. Und so schafften sie in wenigen Stunden, wofür sie beim Aufstieg Tage gebraucht hatten. Der Hang wand sich um den Fuß des Berges, dessen Gipfel die nördliche Ecke des Kamms markierte, auf dem Aurelio und Don Emmanuel gestanden hatten. Er war nun von genau der Wolke bedeckt, die ihnen ihre Geister in schöner Anmut und Glorie enthüllt hatte.

Es ging weiter abwärts, und noch immer machte die Bergflanke einen Bogen, bis die Menschen unter sich das größte aller Wunder erblickten und in sprachloser Verblüffung innehielten.

39

Seine Exzellenz wird Meister und zeugt ein magisches Kind

Seine Exzellenz, der Präsident, überblickte nicht ohne Genugtuung die Ergebnisse seiner Politik des Teile-und-Herrsche. Die Streitkräfte gingen in einem Chaos aus Konfusion und Furcht unter, und die Stabschefs hatten noch immer keinen Beschluß hinsichtlich des immer wieder verschobenen Staatsstreichs gefaßt. Darüber hinaus bahnte sich um die unappetitliche Person von General Ramírez ein appetitlicher Skandal an. Der Präsident wußte nicht, wie das zustande gekommen war, aber aus Berichten in der ausländischen Presse ergab sich, daß der General in schändliche Aktivitäten verwickelt war, bei denen sehr viele Menschen verschwunden waren, und es schien höchst wahrscheinlich, daß Ramírez, der mächtigste und gefährlichste Stabschef, bald gezwungen sein würde, seinen Rücktritt einzureichen.

Während General Ramírez an seinen Nägeln kaute und sich immer unwohler in seiner Haut fühlte, verbrachte Seine Exzellenz dagegen immer weniger Zeit damit, sich um die Gefahren und Schwierigkeiten seines Amtes Sorgen zu machen, weshalb er feststellte, daß er unter ungeheurem Entscheidungsdruck stand. Er mußte sich mit der fortdauernden Wirtschaftskrise im Land und in der Hauptstadt beschäftigen – das heißt, dem Vermächtnis von Raoul Buenanoce und Dr. Jorge Badajoz.

Insbesondere erregten die sechzig Milliarden Dollar Auslandsschulden seine Sorge, weil das Land kaum die Zinsen dafür aufbringen und schon gar nicht mit der Rückzahlung beginnen konnte. Daher wurde es nahezu unmöglich, ausländische Kredite zu erhalten, und der Weltwährungsfonds war keineswegs bereit zu helfen, weil er bereits Schwierigkeiten mit Mexiko, Brasilien und Argentinien hatte, was gleichfalls für die Weltbank und alle größeren Kreditinstitute, insbesondere Lloyd's, galt. Seine Exzellenz versuchte nach Kräften, einen Zahlungsaufschub zu erwirken, erkannte aber, daß eine dramatischere Antwort auf das Problem gefunden werden mußte.

Er dachte daran, die Kaffee-Ernte aller anderen kaffeeproduzierenden Länder der Welt zu sabotieren, um bis zur nächsten Ernte die Preise hochzutreiben, bekam aber zu hören, daß jede beispielsweise nach Kolumbien oder Brasilien eingeschleuste Krankheit bald auch hierher gelangen würde und daß Kenia zu weit weg sei, um Ziel einer einfach zu bewerkstelligenden Sabotage sein zu können. Er erkannte, daß er nichts unternehmen konnte, um die Zinnpreise hochzutreiben, denn die Menschen würden statt dessen einfach Plastik verwenden, und bei dem ständigen Durcheinander in der OPEC war an eine Manipulation der Erdölpreise gar nicht zu denken.

Er suchte vergeblich nach Alternativen, bis seine Ideen bald jeden Kontakt mit der Realität verloren hatten. Er schickte staatlich finanzierte Expeditionen auf die Suche nach El Dorado, obwohl die Legenden es eher in Peru, Guyana, Ecuador, Kolumbien oder möglicherweise sogar Bolivien vermuteten. Er ließ Indiohäuptlinge intensiv befragen, wo das Inkagold hergekommen sei, erhielt aber nur wenig hilfreiche Antworten wie: »Es kam von hier und ging nach Spanien.« Er wies seinen Botschafter in London an, die Ladung der von Sir Francis Drake gekaperten Schatzgaleonen zurückzuverlangen, und dachte sogar daran, Chile den Krieg zu erklären, damit er die Salpeterfelder erobern könnte, welche die Chilenen den Peruanern gestohlen hatten. Im Geist drehte und wendete er das berühmte Sprichwort, daß »dieses

Land ein Bettler in Lumpen ist, der auf einem Haufen Gold sitzt«. Er fragte sich: »Wo ist der Haufen Gold?« Seine Nachforschungen ergaben, daß alle Schürfrechte für Gold, Silber, Blei, Quecksilber, Kupfersulfat, Eisen, Zinn und Smaragde in der Hand ausländischer Konzerne waren, die allein über das Kapital verfügten, in sie zu investieren, und so fiel ihm ein, daß diese Industrien eigentlich alle verstaatlicht gehörten. Dann fiel ihm ein, was mit Salvador Allende geschehen war und wie die Vereinigten Staaten reagiert hatten, als Castro die amerikanischen Tycoons aus dem Land warf, und er erkannte, daß das Ganze einer Einladung an die CIA gleichkäme, ihn zu beseitigen.

Dann fiel ihm ein, daß er einen Artikel über Alchimie gelesen hatte, in dem stand, daß gewisse Weise das Geheimnis gefunden hätten, niedere Metalle in Gold zu verwandeln, und daß dies einmal vom Imperator des Rosenkreutzer-Ordens in aller Öffentlichkeit vorgeführt worden sei. Er befahl dem Staatsarchivar, in die Universitätsbibliothek zu gehen und jedes Buch zu fotokopieren, das sich dort zum Thema Alchimie fand. Aus den Vereinigten Staaten bestellte er ein komplettes Laboratorium, das im unbenutzten Flügel des Präsidentenpalasts eingerichtet werden sollte.

Der Präsident fand seine neue Lektüre schwülstig, unverständlich und widersprüchlich. Das meiste war in Latein oder Griechisch, und er mußte einen Gelehrten zum Übersetzen anstellen. In den spanischen Texten war die Rede von Antimon, philosophischem Merkur, dem weißen Löwen, Wasser-Auripigment, Citrinitas, meridianer Röte, *argent vive*, Dissolution, Koagulation, Präzipitation, dem Weißen des Schwarzen, dem Roten des Weißen, dem Zitrin des Rotes, nassem Feuer, dem Raben, dem Geier, dem roten Löwen, dem fliehenden Flüchtigen, Colcothar, dem Ei der Henne, dem flüchtigen Ens, eiweißhaltigen Körpern, der Latte, dem Kot, dem Drachen, dem Perskrutinator der Wasser, dem Stein der Weisen, Magnesia, schieferigem Schwefel, Jungfrauenmilch, dem rationalen Wirkungsmittel, Botri, Vitriol, Tragakanth, Ixir, der physischen Quintessenz und der intellektuellen Essenz.

Ihm brummte der Schädel vor Verwirrung und Unverständnis. Er rätselte sich durch die Werke von Basilius Valentinus, Cornelius Agrippa, Paracelsus, Vaughan, Ficino, Roger Bacon, Geber, Kirchringius, Heliodorus, Synesius, Athenagoras, Zozimus, Archelaos, Olympiodorus, Sendivogius, Eirenaeus, Albertus Magnus, Hermes Trismegistos und der meisten anderen Namen, die in der hermetischen Kunst ein Begriff waren.

Nachdem er sein Laboratorium mit Retorten, Reagenzgläsern, Öfen, Vakuumkammern, Retortenständern, Brennern, Schmelztiegeln und etlichen Reihen bunt leuchtender Chemikalien in Gläsern ausgestattet hatte, machte er sich an die Arbeit, Gold aus Blei zu erschaffen. Bevor er sich selbst geistiger Verwirrung aussetzte mit dem Versuch, Dutzende von unverständlichen alchimistischen Traktaten mit all ihren mystischen Diagrammen zu einem sinnvollen Ganzen zusammenzufügen, entschied er sich dafür, jedes Traktat einzeln durchzuarbeiten, und fing mit der Goldenen Tafel des Hermes Trismegistos an.

Bereits im fünften Absatz scheiterte er. »Nimm eineinhalb Unzen von der Feuchtigkeit, einen vierten Teil der meridianen Röte, welche die Seele Gottes ist, das heißt, eine halbe Unze, vom Auripigment die Hälfte – welche acht ist –, das ergibt drei Unzen, und wisse, daß der Rebstock der Weisen aus dreien gezogen wird und der Wein daraus in dreißig vervollkommnet wird.«

Es war mehr als hoffnungslos; es war nachgerade unmöglich zu verstehen, worauf diese Weisen, Meister und Magier wirklich hinauswollten – alle waren gleich obskur.

Und so wurde der Präsident zum *Paffer*, wie es in der Renaissance hieß, einem willkürlichen und unangeleiteten Experimentierer. Nach ein oder zwei schlimmen Verbrennungen, nachdem er an Chlor beinahe erstickt und von Schwefelwasserstoff abgestoßen worden war, nachdem die Kappe eines Schuhs sich durch einen Spritzer Salpetersäure aufgelöst und nachdem er seine Haare verloren hatte, ließ sich der Präsident einen Gummianzug mit eingebauter Gasmaske anfertigen und verwendete eine Taschenlampe, um sich in den mit giftigen Dämpfen untermischten Rauchwolken zurechtzufinden.

Nach sechs Monaten unverdrossenen Experimentierens hatte Seine Exzellenz noch kein Blei in Gold verwandelt. Er hatte vier gefährliche Brände, drei Explosionen und zahllose Verpuffungen von giftigen Gasen ausgelöst, die das Laboratorium tagelang selbst für den Träger einer Gasmaske nicht betretbar machten.

Es gelang ihm aber dessenungeachtet, aus Versehen einen Sprengstoff zu erfinden, der alles im Umkreis von exakt zwei Metern rund um den Explosionsherd zerstörte, ab da jedoch abrupt und unerklärlich seine Sprengkraft verlor. Er wiederholte, ganz der stolze Erfinder, dieses Experiment mehrmals und schrieb das Rezept nieder, weil er beabsichtigte, es in den Vereinigten Staaten patentieren zu lassen.

Seine Aufmerksamkeit wurde jedoch durch ein Gespräch mit dem Außenminister abgelenkt, der im Okkulten sehr versiert und – wie schon erwähnt – mit dem Erzengel Gabriel persönlich bekannt war. Jener setzte den Präsidenten davon in Kenntnis, daß alle alchimistischen Schriften verschlüsselte Metaphern seien, die sexuelle Techniken beschrieben, die der Erfüllung der Wünsche und der Vereinigung der Seele mit Gott dienten.

Der Präsident eilte zu seinen Büchern zurück und machte sich zunächst anhand von Basilius Valentinus' *Streitwagen Antimons* an ihre Übersetzung in Beischlafregeln für Zauberer, womit ihm ein weitaus größerer Erfolg beschieden war als zuvor, da er sie als Lehrbücher in Sachen esoterischer Chemie aufgefaßt hatte. Von intellektueller Anregung befeuert, arbeitete der Präsident die Nächte durch, womit er seine Gesundheit (die durch seine fehlgeschlagenen Experimente ohnehin beeinträchtigt war) weiter schädigte. Ihn trieb der Glaube, daß er hier endlich einen wunderbaren Weg gefunden hatte, ans Ziel seiner Träume zu kommen und gleichzeitig die köstlichsten und erregendsten Sinneslüste zu genießen.

Er stellte ein alchimistisches Glossar zusammen, aus dem hier ein paar Begriffe folgen.

Der Mutteradler = Schleimhäute
Cucurbitum = die weiblichen Geschlechtsteile
Der weiße Adler = die weibliche Gleitflüssigkeit
Das Menstrum = ein weiteres Wort für das Letztgenannte
Alembic = die Schleimhäute während des Geschlechtsakts
Der Adler = das Weibliche
Der Löwe = das Männliche
Der rote Löwe = Samen
Elixir = Samen
Quintessenz = verwandelter Samen
Subliminat = in spirituelle Glückseligkeit verwandelte körperliche Ekstase

Nachdem er all diese Begriffe und Dutzende weiterer übersetzt hatte, entschied Seine Exzellenz, daß es an der Zeit sei, sich der Zusammenarbeit seiner Frau zu versichern, um herauszufinden, wie gut sich die Instruktionen als sexuelle Metapher befolgen ließen und was sich aus ihnen für Resultate ergäben. Sie, die als »Darstellerin« in einem Stripclub gearbeitet hatte, war überglücklich, ihre panamesischen Künste auf diese neuartige Weise einsetzen zu können, und sie gingen wie folgt vor:

Tagsüber praktizierten sie magische Keuschheit – das soll heißen, sie versuchten, keine Gedanken erotischer Natur zuzulassen. Alle geistigen Bilder von Kopulation oder Nacktheit verbannten sie strengstens aus ihrem Sinn, um sich auf irdische und strikt unverlockende Angelegenheiten zu konzentrieren. Sie entdeckten beide, daß dies keine leichte Sache war, und bestätigten den populären Mythos, daß die meisten Menschen die meiste Zeit an Erotisches denken, selbst wenn sie Präsident sind. Der Zweck dieser schwierigen und unmenschlichen Übung war, all ihre sexuelle Energie für die Abende aufzusparen.

Am Abend badeten sie gemeinsam und wuschen einander mit großer Sorgfalt und Hingabe, aber nicht ganz ohne Ausgelassenheit. Sie trockneten sich ab und zogen sich ins Schlafgemach des Präsidenten zurück, wo sie ein kleines Ritual durchführten, das er selbst erfunden hatte. Dabei legte der Präsident seiner Frau die Hände auf die Schultern, blickte in ihre Augen und psalmodierte: »Du bist meine Königin, du bist die lebende Isis, du bist meine Priesterin.« Daraufhin legte sie ihm die Hände auf die Schultern, blickte ihm in die Augen und rezitierte: »Du bist mein König, du bist der auferstandene Osiris, du bist mein Priester.«

Dann legten sie sich nebeneinander aufs Bett und tauschten Zärtlichkeiten aus, bis sie zur nächsten Phase fortschreiten konnten, in der sie sich, mit den Armen um seinen Nacken, auf seinen Schoß setzte und danach trachtete, ihn allein mit Kontraktionen ihrer Vagina zu stimulieren. Sie wurde schließlich sehr versiert darin, und so konnten sie zwei oder drei Stunden so weitermachen und sich in völliger Stille in die Augen blicken, bis sie ganz hypnotisiert wurden, eine Vereinigung mit ihrem höheren Selbst erlebten, Gipfel der Ekstase erreichten, zu einem Wissen von Gott gelangten, in ihrer Einbildung zu Isis und Osiris wurden und sich ganz fest eine Verringerung der Staatsschulden vorstellten.

In dieser Version des Ritus verbaten sie sich, einen Höhepunkt zu erreichen oder gar zu wünschen, denn so konnten sie das Ritual auf unbestimmte Zeit hinauszögern, was gut für den Aufbau magischer Energie war. Auf diese Weise konnten sie den Ritus endlos wiederholen, ohne entkräftet zu werden.

Diese Vorgehensweise verschaffte ihnen ein außergewöhnliches Gefühl der Energiegeladenheit und des Wohlbefindens und war so köstlich und erhebend, daß der Präsident allmählich die Staatsgeschäfte vernachlässigte und statt dessen Bilder von den Engeln malte, die ihm in seinen hypnagogischen Visionen erschienen waren. Er war sehr zufrieden mit sich, denn die Tatsache, daß er genötigt war, den Orgasmus nicht zu erreichen, hatte ihn von der Impotenz geheilt, die von seiner Altmännerfurcht herrührte, überhaupt nie zum Höhepunkt zu kommen. Heutzutage bedurfte es eines vorher vereinbarten Signals, damit seine Frau mit ihren geschickten Muskelkontraktionen ihn davor bewahrte, auf dem Wellenkamm davongetragen zu werden.

Nachdem sie diesen mystischen Ritus vervollkommnet hatten, gingen sie zum dritten Grad über, der bis auf eine Kleinigkeit mit dem zweiten identisch war. Der Unterschied bestand darin, daß sie nach zwei oder drei Stunden ihre massiv aufgestauten Begierden gleichzeitig in einem allumfassenden Höhepunkt explodieren lassen durften. Während dieser Ekstasen sollten sie sich so machtvoll wie möglich die Verringerung der Staatsschulden vorstellen.

Das war in der Praxis jedoch nicht ganz so leicht zu bewerkstelligen wie in der Theorie. Beim ersten Mal schafften sie es tatsächlich, im genau gleichen Augenblick in göttlichem Feuer zu verglühen, aber das war so überwältigend, daß sie beide vergaßen, sich ihr »magisches Kind«, die Verringerung der Schulden, zu vergegenwärtigen.

Beim zweiten Mal kam der Präsident vor seiner Gattin ans Ziel und war zu verärgert über sich, um noch richtig phantasieren zu können. Beim dritten Mal kam er überhaupt nicht zum Höhepunkt, weil ihm die Konzentration und der Zustand erhabener Wonne bei dem Versuch abhanden kamen, das Fiasko des zweiten Anlaufs ja nicht zu wiederholen.

Im vierten Versuch lief jedoch alles glatt ab, ganz im Sinn des alchimistischen Zwecks. Sie schwebten stundenlang – wie ihnen schien –, ineinander verschlungen, bebend, zitternd und in mystischer Ekstase gebannt, auf der Grenzlinie zwischen freudigem

Schmerz und schmerzlicher Freude. Sie sahen Engel, die ihnen mit ihren Flügeln zufächelten, das Bett hob sich von selbst in die Luft und drehte sich in der Schwebe, ein Fenster zerbrach mit einem scharfen Knall in lauter Scherben, die Tür öffnete und schloß sich von allein, sie spürten den Kuß Gottes auf ihren fiebrigen Stirnen und sahen mit großer Klarheit die Gewölbe des Schatzamts mit Gold überfließen.

Als es vorbei war, nahm das Bett sachte wieder seinen angestammten Platz ein, und das erschöpfte und erleuchtete Paar fiel eng umschlungen zur Seite, während beide keuchten und gepeinigt japsten. »Daddykins!« rief die Frau des Präsidenten. »Oh, Daddykins!« Beide sanken in einen wonnigen Schlummer, auf den viele glückliche Monate folgten, in denen sie Poltergeisteffekte, heilige Wonnezustände und lebhafte Bilder der nationalen Zahlungsfähigkeit erzeugten.

Jeden Tag ließ sich Seine Exzellenz einen Finanzbericht kommen und durchforstete ihn nach Anzeichen der Geburt des magischen Kindes. Er bemerkte zufrieden, daß ein karibischer Hurrikan den Preis für Bananen und Tropenfrüchte in die Höhe getrieben hatte und daß die Kaffee-Ernte nicht wie im vorigen Jahr durch Regen ruiniert worden war. Er sah, wie die Schulden sich nach und nach auf fünfzig Milliarden Dollar verringerten.

Dennoch war er nicht überzeugt, daß die Alchimie für dieses bescheidene Ergebnis verantwortlich war, und sein Glaube daran schwand trotz des guten Zuredens des Außenministers allmählich. Dann kehrte die Expedition zur Auffindung von El Dorado mit der frohen Kunde zurück, daß der Ingenieur in der Sierra eine neue Smaragdlagerstätte entdeckt hatte, als er Vogeleier sammelte.

Aus den Lektionen der Geschichte klug geworden, verkaufte der Präsident die Konzession nicht an die Nordamerikaner, sondern gründete mit Regierungszuschüssen eine staatliche Minengesellschaft. Um ansatzweise die erschreckende und unvermeidliche Korruption und Schlampigkeit zu umgehen, die sich bei einem solchen Projekt zwangsläufig ergeben würden, entschied er, einen Offizier von über jeden Zweifel erhabener Unbescholtenheit und Vaterlandsliebe mit der Leitung zu beauftragen. Er hatte gerade das Telegramm an General Fuerte in César abgeschickt, als er eine Depesche aus Valledupar erhielt, daß General Fuerte in der Nacht zuvor ermordet worden sei.

Verzagt und frustriert suchte er seine Gattin auf, die schon den ganzen Tag mit Bauchkrämpfen im Bett lag, die er für eine Folge ihrer übernatürlichen alchimistischen Anspannungen hielt. Im Flur begegnete ihm die Hofdame seiner Frau, die hysterisch kreischte und sich mit der Schnelligkeit eines Maschinengewehrs und der Inbrunst einer heiligen Katharina bekreuzigte. Da er es selbst durch Schütteln und durch Schläge nicht schaffte, etwas Sinnvolles aus ihr herauszubringen, betrat er das Gemach seiner Gattin und entdeckte, daß sie über einem kleinen, pelzigen schwarzen Bündel girrte, das an ihrer Brust nuckelte, während es rhythmisch mit seinen Pfoten dagegendrückte.

Sie blickte bei seinem Eintreten auf und lächelte züchtig. »Schau, Daddykins«, sagte sie mit gespitzten Lippen. »Ich wußte gar nicht, daß ich schwanger war, aber eben habe ich ein kleines Baby bekommen. Ist es nicht süß?«

Die Hände hinter dem Rücken, beugte er sich nach vorn und musterte den Neuankömmling. Er richtete sich auf und schürzte die Lippen.

»Bist du sicher, daß ich der Vater bin?« fragte er. »Es sieht mir eher wie eine Katze aus.«

40

General Carlo María Fuertes dreifache Ermordung

General Carlo María Fuerte hatte allergrößte Vorsicht walten lassen. Er hatte die Portachuelo-Wachen umgehend an die fernen Gebirgsgrenzen abkommandiert, wo sie hergekommen waren, und dafür gesorgt, daß nur der Stabsoffizier alle Befehle und Direktiven aus Valledupar unterzeichnete. Nichtsdestoweniger war General Ramírez über militärische Geheimkanäle zu Ohren gekommen (was sich mit der Zeit sowieso nicht hätte verhindern lassen), daß General Fuerte wieder in César aufgetaucht und seinen Dienst erneut aufgenommen hatte. Er beglückwünschte General Fuerte telegrafisch zu seiner Genesung und fügte noch eigenhändig hinzu, daß er sich persönlich die abtrünnigen Offiziere vorgeknöpft habe, die ihn gefangengenommen und mißhandelt hätten. Dann arrangierte er einen Mordanschlag, der den Linken in die Schuhe geschoben werden sollte, und schrieb einen Brief an den *New York Herald*, in dem er die von ihnen veröffentlichten Dokumente als Fälschungen denunzierte. Er setzte ein Rücktrittsgesuch an den Präsidenten auf, las es mehrmals durch, während er heftig an den Fingernägeln kaute, und zerriß es dann.

General Fuerte wußte, was ihm blühte, und verdoppelte die Sicherheitsvorkehrungen innerhalb und außerhalb der Garnison. Ihm mißfiel jedoch die Beschneidung seiner eigenen Freiheit, und so machte er immer noch Spaziergänge mit seiner großen Katze (die mittlerweile nur noch eine Pfote durch die Katzenklappe brachte), manchmal auch in Begleitung von Capitan Papagato und dessen vier Katzen.

Trotz der großen Unterschiede in Alter und Rang waren die beiden Männer Freunde geworden. Es lag nicht nur daran, daß beide Männer in ihre Tiere vernarrt waren, und auch nicht daran, daß General Fuerte dankbar war, daß Papagato sich um María und ihre widersinnige Nachkommenschaft gekümmert hatte. Es kam eher von einem gemeinsamen Gefühl der Ermattung und Empfindlichkeit.

General Fuerte hatte genau jenen Lebensabschnitt erreicht, in dem ein Mann sich fragt, ob sein Leben etwas wert gewesen war, ob er etwas erreicht hatte und ob er wirklich so wie bisher weitermachen will. Er hatte sich gefragt, was er vermißt haben könnte während seiner langen Liebesaffäre und Ehe mit der Armee und ob es nicht irgendwo ein frischeres und besseres Leben gäbe, mit dem er seine Tage auf Erden abrunden könnte.

Capitan Papagato wiederum war achtundzwanzig Jahre alt und spürte bereits, daß ihm seine Jugend unbemerkt entschlüpft war, verschlungen von Bestimmungen, Formularausfüllen, Drill, Messetagen, Messeessen, Ausbildungslagern mit den Amerikanern in Panama und vom Anschnauzen widerspenstiger und analphabetischer Wehrpflichtiger. Er fühlte sich unausgefüllt und hatte Angst vor einem Leben, das sich erbarmungslos in einer Leere aus Schattenbildern erging.

»Ich habe daran gedacht, meinen Dienst zu quittieren, Herr General«, sagte er eines Tages, als sie draußen in der Savanne spazieren gingen.

»Ach wirklich?« erwiderte der General. »Auch ich habe an das gleiche gedacht. Ich möchte gern verschwinden und irgendwo neu anfangen.«

»Sie überraschen mich, Herr General. Ich hätte gedacht, Sie würden auf immer hierbleiben und mich überreden wollen, ebenfalls auszuharren.«

»Vor ein paar Monaten hätte ich so reagiert, vor meiner Mission.«

»Verzeihen Sie, Herr General, aber keiner von uns weiß so recht, was das für eine Mission war. Sind Sie in der Lage, darüber etwas mitzuteilen?«

»Leider nein, Capitan, sie ist höchst vertraulich.«

Sie schritten schweigend weiter, die Hände hinter dem Rücken wie Offiziere, die eine Parade abnehmen. »Schauen Sie«, sagte der General, »ein Pekari!«

Sie sahen zu, wie das kleine Tier bei ihrer Annäherung davontrottete, und der General sagte: »Ich habe vor, nächste Woche die Garnison zu verlassen. Ich möchte eine ausgedehnte Expedition unternehmen, um die Tiere der Sierra zu klassifizieren, so wie ich es mit den Schmetterlingen und in gewissem Maße mit den Kolibris gemacht habe.«

»Eine Expedition, Herr General? Ah!« Der Capitan nahm seinen ganzen Mut zusammen. »Verzeihen Sie die Aufdringlichkeit, Herr General, aber darf ich Sie begleiten? Ich brenne darauf.«

Erleichtert und überrascht merkte der Capitan, daß der General von der Idee sehr angetan schien. »Aber Sie wissen, Capitan, daß einer in der Armee seinen Rücktritt sechs Monate vorher einreichen muß. Vorher auszuscheiden heißt demnach desertieren. Ich kann kein Vergehen gutheißen.«

»Haben Sie sechs Monate vorher gekündigt?« fragte der Capitan.

»Nein, ich muß zugeben, daß ich das nicht gemacht habe, aber ich habe den obersten Sanitätsoffizier dazu überredet, mich für dienstuntauglich zu erklären, und so werde ich nächsten Mittwoch das Kommando abgeben und in sechs Monaten die Bestätigung meiner Pensionierung erhalten. Ich bin effektiv ein freier Mann.«

»Herr General!« rief der Capitan. »Sie könnten mich doch unehrenhaft entlassen!«

»Sie entlassen? Weswegen denn bloß?«

»Irgend etwas!«

»Sie haben die Wahl zwischen Wahnsinn, Homosexualität, unehrenhaftem Verhalten, Dienstuntauglichkeit ...«

»Wahnsinn, Herr General, ich wähle den Wahnsinn. Schließlich habe ich vier Katzen und habe meinen Namen in Papagato umändern lassen!«

»Ich werde mit dem obersten Sanitätsoffizier über Ihren Fall reden«, versprach der General. »Aber er muß Sie befragen. Ich rate Ihnen, Ihre Katzen mitzunehmen und dummes Zeug zu reden.«

»Oh, vielen Dank, Herr General! Wirklich, vielen Dank!«

»Nicht der Rede wert, Capitan. Ich würde mich über Ihre Gesellschaft bei meiner Expedition freuen; ich unternehme sie aus rein nichtmilitärischen und ganz eigennützigen Gründen.«

Der Capitan schüttelte dem General kräftig die Hand, wobei seine Augen vor guter Laune und Begeisterung blitzten. »Ich werde eine Woche lang ganz von Sinnen sein!«

»Nicht so von Sinnen«, erwiderte der General, »daß Sie vergessen, einen *burro* zu kaufen und alles für die Reise Nötige zusammenzupacken. Lassen Sie alles andere beim Quartiermeister, damit Sie es später zurückverlangen können.«

Nachdem der General alles Notwendige in Taschen gepackt hatte, die María tragen sollte, verließ er am nächsten Dienstagabend sein Quartier, um einen kleinen *paseo* in die Stadt zu unternehmen. Er trug Zivilkleidung und einen zerbeulten Strohsombrero. Das war schon immer seine Art von Verkleidung gewesen für das heimliche Belauschen von Gesprächen in Bars, wo er die Ortsansässigen mit ihren bitteren Beschwerden über die Bestechlichkeit der Beamten hören konnte. Er hatte als Folge dieses einfachen, aber höchst wirkungsvollen Verfahrens viele aus ihren Ämtern gejagt.

An diesem Abend verschwendete er jedoch keinen Gedanken auf so etwas wie Korruption, denn er roch schon im voraus die milde Luft der Freiheit. Er hatte ein Testament hinterlassen, in dem er all seine Habe der Patriotischen Veteranenvereinigung des Heeres, der Marine und der Luftwaffe vermachte, den Inhalt seines Tresors im Banksafe in Asunción aber der Universitätsbibliothek im kalifornischen Berkeley, wo er einmal vor der Fakultät für Zeitgeschichte einen Vortrag über *La Violencia* gehalten hatte. Er hatte fest vor, in seinem Zimmer einen Abschiedsbrief zu hinterlassen, den er im Geiste schon aufgesetzt hatte: »Ich halte das Leben nicht mehr aus. Ich gehe mich ertränken.« Aber am späten Abend, auf dem Weg nach Hause, stolperte er am Straßenrand über etwas Weiches, aber Schweres und fiel beinahe hin. Er zog seine Taschenlampe hervor und ließ den Strahl über den vor ihm liegenden Körper wandern. Es war El Gandul, ein ortsbekannter Säufer, dessen Faulheit und schmarotzende Lebensweise ihm auch den Beinamen El Cucarachero eingetragen hatten. Sein wirklicher Name war nicht bekannt. Niemand wußte, wo er herkam, und zweimal schon hatte er sich verletzt, als er auf der Straße hingefallen und ins Delirium versunken war. Diesmal war etwas Schweres über seinen Kopf gefahren und hatte sein Gesicht auf den Steinen zu einer unerfreulichen, blutigen und unkenntlichen Masse zerquetscht. Der General bemerkte, daß der mittellose Vagabund genau die richtige Größe und Statur hatte, und zerrte ihn ins Gebüsch in der Hoffnung, er könne mit dem Jeep wieder herkommen, bevor die Leiche von Hunden oder Geiern gefunden wurde.

Er schaffte den Leichnam in sein Quartier und entkleidete ihn, wobei er versuchte, nicht auf das gräßlich entstellte Gesicht zu blicken. Er zog der Leiche seine Armeeunterwäsche an (khakigrün, aus Baumwolle, nur für Offiziere), die er selber nie trug, und hievte sie in sein Bett. In jener Nacht schlief er im Feldbett auf der Veranda, da er sich lieber von Moskitos stechen ließ, als sich das Haus mit einem steifwerdenden, heruntergekommenen Säufer zu teilen.

Am Morgen ging er in die Waffenmeisterei und beschaffte sich dank seiner Befehlsgewalt eine Sprengladung mit Zeitzünder, wofür er die erforderlichen Formulare in dreifacher Ausfertigung ausfüllte. Unter »Verwendungszweck« trug er ein: »Aufstandsbekämpfung«. Das Gerät war mit einer einfachen Vierundzwanzig-Stunden-Anzeige mit einem roten Pfeil für die »Detonationszeit« und einem weißen Stundenzeiger ausgestattet, der vorher auf die genaue Uhrzeit eingestellt werden mußte. Er las die Gebrauchsanweisung sorgfältig durch.

Lesen Sie diese Anweisungen, *bevor* Sie am Gerät irgend etwas einstellen.

1. Prüfen Sie, ob der SET-Knopf *gedrückt* ist.
2. Stellen Sie den weißen Zeiger auf die korrekte Uhrzeit ein.
3. Stellen Sie den roten Pfeil auf die gewünschte Detonationszeit ein.
4. Ziehen Sie den SET-Knopf *heraus*. Das Gerät ist nun *aktiviert* und sollte *nicht* umgestellt werden, bevor der SET-Knopf wieder *gedrückt* ist.
5. Gehen Sie unter gar keinen Umständen in einer anderen als der beschriebenen Weise vor.

Der General stellte das Gerät für den folgenden Tag auf drei Uhr morgens ein und deponierte es unter seinem Bett.

Er packte seine wenigen Habseligkeiten in Marías Tragetaschen: zwei Garnituren Wäsche, zwei Paar Kampfstiefel, seine Medaillen, zehn Packungen Überlebensrationen der Armee, Wassersterilisierungstabletten, Insektenschutzmittel, Feldstecher, Kompaß, Revolver, topographische Karten des Militärs, eine Ausgabe seines Buches *Picaflores de la Cordillera y de la Sierra Nevada*, etliche Notizbücher, Waschsachen, Handtücher, ein Feldbett, ein Schlafsack, eine große Wasserflasche, ein ihm von seiner Mutter geschenktes Kruzifix und ein neues Exemplar von W. H. Hudsons *Idle Days in Patagonia*, das er das letzte Mal nicht hatte lesen können, weil er vergessen hatte, es von Pater García zurückzuverlangen. Da er dachte, er hätte etwas Wesentliches vergessen, stellte er sein Zimmer auf den Kopf, bis er seinem Gepäck noch einen Verbandskasten, ein Buschmesser, vier Schachteln Munition und eine Schere hinzugefügt hatte. Er stand mitten im Zimmer und fragte sich, ob er sein Armeegewehr stehlen sollte oder nicht, und sperrte dann die Eisentruhe unter seinem Bett auf und nahm es heraus. Er holte den Repetierhebel aus der anderen Truhe im Wohnzimmer und setzte sich zum Zusammenbauen aufs Bett. Er ölte das Gewehr sorgfältig und schob den Hebel hin und her, um zu sehen, ob alles auch funktionierte. Er nahm den Ladestock, einen zusammengerollten Reinigungslappen und ein Kännchen Gewehröl, wickelte alles in ein Tuch und steckte es in sein Gepäck. Er befestigte einen Gurt am Gewehr und prüfte, ob er bequem eingestellt war.

Die Taschen lud er in seinen Jeep und fuhr die kurze Strecke zu Marías Stall in der Nähe seines Büros, wo er alles ablud. Dann fuhr er zurück, um seine Katze zu holen, und wartete auf Papagato mit seinem Esel und seinen vier Katzen.

Der Capitan traf kurz darauf in bäuerlicher Kleidung ein, und die beiden Männer schritten mit ihren Eseln schweigend in Richtung Chiriguaná davon, die Sombreros tief ins Gesicht gezogen. Die Katzen streiften neben der Straße in der Savanne umher, lauerten einander auf oder jagten ihren eigenen Schwänzen nach.

»Ich muß etwas gestehen«, sagte der General schließlich.

»So?«

»Capitan, ich habe Sie angelogen. Ich habe keinen ärztlichen Entlassungsbescheid. Ich desertiere. Hoffentlich sind Sie nicht gar zu schockiert, aber mich plagen Schuldgefühle, seit ich es Ihnen erzählt habe.«

Der Capitan schaute in die Ferne und nahm seinen Hut ab, um sich Luft ins Gesicht zu fächeln. »Wahnsinn vorzutäuschen ist auch eine Form des Desertierens«, sagte er.

An jenem Abend kochten sie *sancocho* unterm Sternenzelt und unterhielten sich leise. Im Unterholz um sie herum raschelten die Tiere, und die Zikaden zirpten. Der General rauchte zu seinem Kaffee eine *puro*, und der Capitan sagte: »Jetzt sehen Sie wirklich ganz wie ein Campesino aus.«

»Sie sollten es auch einmal probieren«, sagte der General. »Dann werden Sie seine Schönheit entdecken. Es gibt nichts Vergleichbares auf Erden, das so angenehm die Probleme vertreibt und die Gedanken klärt wie eine von diesen.«

»Wenn das so ist, haben Sie dann vielleicht auch eine für mich?«

»Natürlich«, sagte der General und griff in seine Tasche nach einer Zigarre.

Capitan Papagato zündete sie an, und der köstliche Rauch trieb in die Nacht hinaus und vermischte sich mit dem Duft der Bougainvilleas.

»Ich fühle mich wie benebelt«, sagte der Capitan nach einer Weile. »Hoffentlich wird mir nicht schlecht.«

»So weit wird es nicht kommen«, erwiderte der General. »Dazu ist die Nacht zu schön.« Er schwieg kurz. »Haben Sie ein Zelt mitgenommen, Capitan?«

»Selbstverständlich.«

»Gott sei Dank. Ich wußte doch, daß ich etwas Wichtiges vergessen hatte. Aber es ist noch keine Regenzeit, und wenn wir Glück haben, brauchen wir es nicht.«

In dieser Nacht wartete Comandante Domingo Hugo Galdos aus General Ramírez' inoffizieller Abteilung des Inneren Sicherheitsdienstes des Heeres darauf, daß der Wachposten seinen Rundgang beendete. Der Wachposten war offensichtlich gelangweilt und müde, denn er war stehengeblieben, um unerlaubterweise hinter vorgehaltener Hand eine Zigarette zu rauchen, nachdem er sich zuvor leicht ängstlich umgesehen hatte, ob nicht etwa der diensthabende Offizier unerwarteterweise zu einer Kontrolle auftauchte.

Comandante Galdos war in Zivilkleidung per Eisenbahn eingetroffen. Er hatte eine Aktentasche mitgenommen, um wie ein Geschäftsmann auszusehen. Aber seine Sonnenbrille machte es schwer, in ihm nicht den Geheimdienstagenten zu sehen, wobei der Eindruck noch verstärkt wurde durch den schlechtsitzenden Anzug und die eckigen Schuhkappen. In seiner Aktentasche führte er eine sehr genaue Karte, wie er General Fuertes Quartier finden konnte, einen Plan des Hauses, Einzelheiten über die Routinen der Wachposten und eine langläufige Handfeuerwaffe inklusive Schalldämpfer mit sich. Er hockte bereits seit zwei Stunden in Erwartung eines günstigen Moments in einer äußerst unbequemen Position in den Büschen. Das Leder seiner neuen Schuhe schnitt ihm ins Fleisch, seine Schenkel schmerzten, und die Moskitos saugten ihn aus.

Als der Augenblick gekommen war, flog er förmlich aus den Büschen über die Straße und dann die Treppe hinauf ins Haus des Generals. Zu seiner Erleichterung und ein wenig überrascht stellte er fest, daß die Tür nicht verschlossen war. Er schlüpfte hinein und stieß direkt gegen einen Ständer, in dem der General seine Spazierstöcke aufzubewahren pflegte. Von dem verursachten Lärm entsetzt und mit klopfendem Herzen und einem leichten Druckgefühl im Magen blieb Comandante Galdos, zur Salzsäule erstarrt, stehen und lauschte in die schreckenerregende Stille hinein.

Als er endlich aufatmen konnte, holte er eine kleine Stablampe aus seiner Tasche und knipste sie an. Er fand die Türklinke zum Schlafzimmer und drückte sie sehr langsam herunter. Die Tür sprang mit einem scharfen Klicken auf, und Panik überflutete ihn. Er dachte spontan an Flucht, als er die Tür öffnete und sie in ihren Angeln ächzte. Neuerlich erstarrte er. Dann glitt er ins Zimmer, verfluchte das Knarzen seiner neuen Lederschuhe und richtete das Licht aufs Bett. Über und über mit Schweiß bedeckt, pumpte er blitzartig vier Kugeln in den Rücken von El Gandul, der, auf die Seite gedreht, unter der Bettdecke lag. Mit dem dringenden Bedürfnis, urinieren zu müssen, kehrte Comandante Galdos so schnell, wie er gekommen war, in den Flur zurück, nicht ohne jedoch noch einmal über die Spazierstöcke zu stolpern. Er fluchte, riß sich zusammen und spähte zur Tür hinaus. Da er keine Posten sah, flog er, die freie Fläche überquerend, wieder ins Gebüsch zurück und rannte davon, fiel aber der Länge nach in einen Bewässerungsgraben. Seinen Fall auf die Steine fing er mit den Händen ab, die logischerweise zu bluten anfingen, also blieb er erst einmal schwitzend und bibbernd liegen, bis er seine Fassung einigermaßen zurückgewonnen hatte. Dann erhob er sich, trat auf die Straße und hielt direkt auf eine Bar zu, wo er vier *aguardientes* in Folge kippte und zehn Zigaretten Kette rauchte. Eine Nutte machte sich an ihn heran, sah seine blutenden Hände und flakkernden Augen und machte sich auch schon wieder davon.

Teodoro Mena Machicado, überaus erfahrener Mörder der Revolutionären Sozialisten (Turcos Lima Front) und bekannt als El Amolador, weil er seine Aufträge stets mit einem Messer zu erledigen pflegte, traf kurz nach Comandante Galdos' Abgang ein. Er war per Anhalter aus Isabel gekommen, wozu er zwei Tage gebraucht hatte. Er war müde und verdreckt, aber ganz und gar von der Absicht beseelt, seine revolutionäre Pflicht mit äußerster Entschiedenheit und Selbstaufopferung zu erfüllen. Er hatte bisher sieben hochrangige Offiziere im Auftrag des Volkes exekutiert, und General Fuerte sollte der achte sein. Es war ihm nicht bekannt, daß er bislang nicht weniger als drei Offiziere mit linksgerichteten antiamerikanischen und nationalistischen Sympathien, drei gemäßigte und nur einen einzigen rechten Offizier hingerichtet hatte. Aber seiner Meinung nach waren sie ohnehin alle gleich, und er gehörte nicht zu denen, die mit Einwänden und Vorbehalten kamen, wenn es darum ging, Klassenfeinde zu beseitigen. Auf revolutionäre Gerechtigkeit brennend, die nur er von Blutrünstigkeit unterscheiden konnte, wartete er im Gebüsch, bis der Posten vorüber war.

Als er seine Gelegenheit gekommen sah und die Erregung in sich wachsen fühlte, flitzte er über die Straße, nahm die Treppe des Generalshauses in wenigen Sätzen und griff nach der Klinke. Er stürmte hinein, krachte in die Spazierstöcke, hielt sich aber nicht damit auf, seine angeschlagenen Schienbeine zu halten, sondern rannte direkt ins Schlafzimmer des Generals. Dort zog er sein liebevoll geschärftes Schlachtermesser aus dem Gürtel, warf sich auf den Körper und stieß es diesem viermal tief in die Brust, wobei ihn die Rippen nicht sonderlich behinderten. Zu guter Letzt zog er das Messer heraus und wischte die Klinge am Laken ab.

Einer Eingebung folgend, zerrte er an der Schulter der Leiche und drehte sie um. Im klaren Mondlicht, das durchs Fenster fiel, blickte er in das entstellte, dreckverkrustete und blutverschmierte Gesicht von El Gandul, das nur so von Fliegen wimmelte und aus dessen Mund schon Maden krochen. Ein ekelerregender Geruch stieg ihm in die Nase.

Bestürzt und angeekelt fuhr El Amolador zurück und rannte davon. Im Flur krachte er in die Spazierstöcke und humpelte zur Tür, die Hand am Knie. Er wartete, bis der Posten vorüber war, und sprintete über die Straße ins Gebüsch. Einige Meter rannte er gebückt, dann kehrte er wieder auf die Straße zurück.

Erleichtert kehrte er in der nächsten Bar ein und setzte sich neben Comandante Galdos, der bereits glasige Augen hatte und nicht mehr ansprechbar war. El Amolador bestellte eine Flasche *ron cana* und trank sie ohne Zuhilfenahme eines Glases oder die Zugabe von Inca-Cola und sah zu, wie Galdos' Zigarette inklusive Filter herunterbrannte und an den Fingern des Mannes zwei Brandblasen verursachte.

Comandante Galdos schreckte hoch, schüttelte die Hand und schrie: »*¡Mierda! Que maricón de puta! Jésus!*«

El Amolador legte ihm die Hand auf den Arm und zerrte ihn wieder auf seinen Hocker. »Trink noch was, *cabrón*.«

Die beiden Attentäter aus den entgegengesetztesten politischen Lagern tranken durstig wie Elefanten, schworen sich ewige Freundschaft, umarmten sich, unterhielten sich über ihre überaus leidvollen Erfahrungen mit der Liebe von Frauen, erzählten sich sexuelle Großtaten in poetisch übertriebener Stilisierung und schliefen tief und fest mit dem Kopf auf dem Tresen, als General Fuertes Bombe die Nacht erhellte und mit einem wahren Donnerschlag den Frieden erschütterte.

Keiner von beiden erwachte. Jenseits von Gut und Böse murmelte Comandante Galdos: *»¡O qué chucha!«* El Amolador grunzte schweinisch und fragte: »Was? Wo?«

Der zoologische General schlief selig unterm Sternenzelt, den Arm um den Hals seiner schnurrenden Katze gelegt. Er war der einzige Mann, der in seiner Abwesenheit dreimal in einer Nacht das Ziel von Anschlägen wurde, darunter einem von ihm selbst in Szene gesetzten, und überlebte, um aus der Armee zu desertieren und zu einer Expedition aufzubrechen.

41

Der Beginn der nach-sintflutlichen Geschichte von Cochadebajo de los Gatos

1

Seit den erdgeschichtlichen Urzeiten hatte es hier ein langes Tal gegeben, von der Auffaltung der Sierra und der unaufhaltsamen Erosion des Wassers geschaffen. An dessen östlichem Ende hatten sich seit jeher zu beiden Seiten zwei Gipfel lotrecht in den Berghimmel erhoben. Dann drückte, bevor der Mensch je seinen Fuß dorthin setzte, ein gewaltiges Erdbeben die Falten der leidenden Erde noch ein weiteres Mal zusammen und neigte den südlichen Gipfel schief über den Talausgang, so daß dessen Flanke überhing und der Fluß in Kaskaden hindurchstürzte.

Hunderte von Jahren hatten die Inkas im Tal des überhängenden Berges gelebt und dort eine steinerne Stadt erbaut, mit Tempeln und Stufentürmen, mit Anlagen zum Pokatokspiel, bei dem die Verlierermannschaft manchmal geopfert wurde, und mit in geometrischen Mustern gepflasterten Straßen, an denen sich niedere Häuser und verzierte Steinsäulen aufreihten. Am westlichen Ende der Stadt errichteten sie steinerne Ebenbilder von Jaguars, deren Reihen sich dem Reisenden gleich bei seinem Eintreten präsentierten. Am nördlichen Berghang erbauten sie auf halber Höhe den Palast ihrer Herrscher.

Dann ertönte eines Tages ein fürchterliches Grollen, und eine auf dem Feld arbeitende Frau deutete nach Osten und schrie. Die Menschen rannten auf die Straßen und Plätze, um erstaunt zuzusehen, wie am Rand ihrer Welt die überhängende Bergflanke gleichsam an einer Nahtstelle abbrach, in Trümmer zerschellte, die berstend und brüllend zu Tal rauschten, um einen riesigen Damm aufzutürmen, der den Fluß ins Tal hinein staute. Mit einem gewaltigen Krachen spaltete sich der letzte Teil des Überhangs ab und donnerte herab, wobei er Wolken aus Felsstaub hoch in die Luft wirbelte, wo sie von den scharfen Winden verstreut wurden.

Die verzweifelten Menschen konnten den Damm nicht so schnell beseitigen, wie das Wasser stieg. Sie wuchteten Felsen über den Hang am Talende, aber viele waren so schwer, daß selbst zwanzig Männer sie nicht heben konnten. Sie gaben den ungleichen Kampf auf, als die Angst sie überwältigte, ihnen könnte der Weg abgeschnitten werden, und brachen zu einer langen Wanderung in Richtung Cuzco auf, auf der sie allerdings nach und nach in der unversöhnlich feindseligen Wildnis der *portachuelos* umkamen. Sie waren tot, lange bevor ihr Tal sich in einen riesigen See verwandelt hatte, der ihre Stadt unter Wasser setzte und mit gnadenlosem Druck gegen den Damm drückte, auf die Zeit wartend, da der Berg sich wieder rührte, der Damm barst und die Wassermassen freisetzte, die sich freudig durch die *quebradas* wälzten, durch den Regenwald krachten und sich im Mulabecken ausbreiteten, wo sie dann wiederum in den Schoß des Himmels, der sie geboren hatte, verdunsteten.

So kam es, daß die Reisenden von der Höhe aus eine intakte Stadt erblickten, halb unter Schlamm begraben und mit glitzernden Wasserlachen in den Senken. Sie sahen die Stufentürme und Tempel, den Herrscherpalast, die Dächer der kleinen Häuser und die Jaguarobelisken, die sich an der Eingangsstraße aufreihten.

Remedios kam zu Pedro nach vorn und sprach: »Wie sollen wir sie nennen? La Libertad?«

»Nueva Chiriguaná«, schlug Misael vor.

»Nein«, sagte Aurelio. »Es ist eine Stadt der Katzen unter einem See. Ihr Name wird Cochadebajo de los Gatos sein.«

Er sagte dies mit solcher Autorität, daß der Strom der Vorschläge sofort versiegte und der Name ihrer neuen Heimat an alle weitergegeben wurde. Die Menschen ließen sich den Namen auf der Zunge zergehen und fanden ihn gut.

»*Vamos*«, sagte Hectoro. »Wir haben einiges freizuräumen.«

»Ich werde euch jetzt verlassen«, verkündete Aurelio, »aber ich werde wiederkommen. Ich habe wichtige Dinge zu erledigen.«

»Komm mit Schaufeln zurück«, sagte Don Emmanuel, und Aurelio drehte sein Muli um und führte es den Weg, den er gekommen war, den Hang hinauf.

Er kehrte in den Dschungel zu Carmen zurück und sammelte Knollen und Kräuter, die er in Säcken verstaute. Dann ging er ins Gebirge, um zwei Wochen lang zu fasten und die Macht der Geister zu beschwören. Als er das Gefühl hatte, der Schleier zwischen dieser und der nächsten Welt sei so dünn, daß er durch ihn hindurchfassen konnte, kehrte er in den Dschungel zurück und belud vier Mulis mit den Arzneien. Nach einem viertägigen Marsch erreichte er die Gletscherzunge, wo er eine Woche blieb, um mit der Hilfe von Federico und Parlanchina die Arbeit zu verrichten, die er sich vorgenommen hatte.

Die Bevölkerung von Cochadebajo de los Gatos sah sich Arbeiten von wahrhaft herkulischen Ausmaßen gegenüber, und viele dachten, daß nicht einmal ein Versuch lohnen würde. Don Emmanuel, der das Tal der Länge nach abgegangen war, stellte jedoch fest, das vom Rest des Dammes noch viel zuviel Wasser zurückgehalten wurde. Eine ganze Woche anstrengender Arbeit war vonnöten, die großen Felsen über den Hang zu hebeln und zu schieben und sie wirbelnd und springend in das Tal darunter zu entlassen, wo sie inmitten der zersplitterten Stümpfe des Waldes, der vor der Flut dort gestanden hatte, krachend zu einem Halt kamen.

Als das Wasser versickert war und die äußeren Ränder des Flutschlamms allmählich trockneten, hatte Sergio eine geniale Idee.

»*¡Escuchame!*« rief er eines Abends im Hof des Palasts, wo die meisten Leute kampierten. »Wir haben sehr wenig Schaufeln und Spaten, insgesamt vielleicht zweihundert, und wir haben keinen Platz, um Futterpflanzen anzubauen. Schneiden wir den Lehm doch zu Ziegeln, wenn er trocknet, und reichen sie dann von Hand zu Hand weiter, so daß diejenigen an den Hängen *andenes* bauen können. Wenn sie fertig sind, können wir sie auffüllen, und wir werden die besten Ernten der Welt haben!«

Die Anführer zeigten sich tief beeindruckt. Hectoro sagte: »Das löst auch das Problem, wohin mit dem ganzen Lehm. Es ist eine gute Idee, Sergio.«

»Um Auseinandersetzungen zu vermeiden«, schlug Remedios vor, »sollten wir übereinkommen, daß niemand ein Haus bezieht, bevor nicht alle freigeräumt sind, damit jeder einen Platz zum Wohnen hat.«

»Niemand würde sich daran halten«, sagte Josef, »obwohl es ein guter Einfall ist. Es wäre besser, wenn diejenigen, die ein besonderes Haus wollen, Lose ziehen würden wie in der Lotterie.«

»Wir haben keine Lotterielose«, bemerkte Sergio.

Am nächsten Tag wurde die Umsetzung von Sergios Vorschlag in Angriff genommen, und niemand drückte sich vor der Aufgabe, nicht einmal die wollüstige und genußsüchtige Felicidad, die ihre Röcke hochschlug und mit den anderen Ziegel weiterreichte.

Im Lauf der Wochen wurden die Menschen dünn und abgezehrt, lebten von dem wenigen noch übriggebliebenen Essen, von dem, was die Katzen anschleppten und was in benachbarten Tälern von Misael mit seinem Mulizug aufgestöbert wurde. Bei einem dieser Streifzüge traf er auf eine kleine Indiosiedlung und tauschte ein Muli gegen Saatkartoffeln, Yucca, Maissamen, drei Mutterschafe und einen Bock ein. Aus diesen bescheidenen Anfängen und weiteren Tauschgeschäften mit Ziegen, Bananen und Lamas wuchs das gewaltige Landwirtschaftsunternehmen, das eines Tages den Grundstock der blühenden Bergbauernkultur von Cochadebajo de los Gatos bilden sollte, die ihren Überschuß an die Stadt Ipasueño und die Dörfer überall im Hochland verkaufte.

Es dauerte etliche Monate, um das Gröbste an Schlamm zu beseitigen; die Leute waren jedesmal, wenn es regnete, an der Arbeit gehindert, und als die Terrassen errichtet wurden, mußten die Lehmziegel immer weiter hinauf transportiert werden. Schließlich dauerte es Jahre, bis die ganze Stadt endlich ausgegraben war, weil der Arbeitseifer nachließ, sobald es genug bewohnbare Häuser gab. Denn danach gruben die Leute Häuser nur an den zwei für Gemeindedienstvorhaben reservierten Tagen aus oder wenn ihnen danach war, an eine sonnigere Stelle umzuziehen, weil sie ihre Nachbarn nicht mehr ausstehen konnten oder weil die Familie Zuwachs bekam, was eine geräumigere Wohnung notwendig machte. Die Steine trugen immer noch die dunklen Flecken ihres jahrhundertelangen Begrabenseins im Schlamm, und es verging viel Zeit, bevor sie die ihnen innewohnende Feuchtigkeit endgültig verloren hatten. Die Menschen entwickelten eine submarine Mentalität, denn überall um sie herum waren die Spuren geruhsamer Jahrhunderte der Überflutung. Sie sagten zum Beispiel: »Schwimm doch heute abend zu mir rüber, und wir trinken eine *copa* zusammen«, oder sie deuteten etwa auf eine spielende Katze, lachten und sagten: »Schau dir diesen Katzenfisch an!«

Während der Frühphase der Ausgrabungen verzeichnete die Schar der Werktätigen einen dramatischen Zuwachs an Arbeitskraft. Ein Glitzern am Westhang war Consuelo ins Auge gefallen, und sie hatte die Hand erhoben, um ihren Blick zu beschirmen. »Ay! Ay! Schaut!« schrie sie, und alle blickten in Richtung ihres ausgestreckten Armes, wo sie in der Ferne Aurelio an der Spitze von 451 Indios beiderlei Geschlechts und von 50 spanischen Soldaten in voller Rüstung erblickten, unter denen auch ein Graf war.

Einmütig ließen die Leute ihre Ziegel und ihre Werkzeuge fallen und näherten sich der geschichtsträchtigen Kolonne aufgetauter menschlicher Anachronismen. *»¡Hola!«* schrie Aurelio und führte die Kolonne auf die Neugierigen zu.

Pedro löste sich aus der Menge und schritt Aurelio zur Begrüßung entgegen. Er ließ den Blick über die Kolonne schweifen und sagte: »Du bist ein großer *brujo*.«

»Nein«, sagte Aurelio. »Das Geheimnis liegt in dem Wissen, wie es sanft und so schnell wie möglich auszuführen ist.«

Die Leute scharten sich um die Neuankömmlinge und stellten fest, daß diese wie Tote gingen, ohne Leben in den Augen und ohne Ausdruck in ihren Gesichtern. »Sind sie noch tot?« fragte Pater García.

»Nein, sie schlafwandeln. Es werden viele Wochen vergehen, bis sie aufwachen. Und wenn das geschieht ...«, er deutete auf die Spanier in voller Rüstung, »... dann werdet ihr mit denen wahrscheinlich einen Haufen Ärger kriegen. Ihr solltet sie einsperren, sonst sperren sie euch ein.«

»Wie sollen wir so viele zusätzliche Mäuler stopfen?« wollte Remedios wissen. »Es gibt kaum genug für uns.«

»Sie werden wenig zu sich nehmen, bis sie aufwachen. Ich werde hierbleiben, um mich um die *cholos* zu kümmern. Ich hätte sie ...«, er spuckte aus, »... beinahe nicht wiederbelebt. Sie sind euer Problem.«

In den Wochen vor ihrem Aufwachen arbeiteten die aufgetauten Schlafwandler aus dem Zeitalter der Weltreiche wie Automaten neben den Leuten. Nachts schliefen sie nicht, sondern saßen reglos, mit den Händen auf den Knien und leerem Blick, da. Die Menschen sprachen mit ihnen wie mit Kindern und fütterten sie mit pürierten Bananen und Suppe, die ihnen wie bei Babys das Kinn hinunterlief. Die Riesenkatzen leckten ihnen die Gesichter ab und säuberten sie so, wie sie es mit ihren Jungen zu tun pflegten. Des Nachts legten sie sich ihnen zum Schlafen auf den Schoß.

»Warum hast du das getan?« fragte García eines Tages. »Warum hast du sie aus dem Tod zurückgeholt?«

»Ich wollte die *cholos* nach dem Geheimnis der Steine fragen«, sagte Aurelio. »Und die Spanier habe ich aus Rache zurückgebracht.«

»Rache?« wiederholte García. »Du wirst sie doch hoffentlich nicht wieder töten?«

»Nein, García. Du wirst schon sehen.«

Als die Indios aufwachten, war Aurelio gekränkt, als er entdeckte, daß sie nicht nur völlig entsetzt über die fremden Leute um sie herum waren, sondern auch in einer Sprache redeten, die weder Aymara noch Quechua, noch Guarani, noch eine andere ihm bekannte war. Seine Versuche, sich mit ihnen anzufreunden, schlugen fehl, und in der Nacht nach ihrem Erwachen setzte sich die ganze Gruppe aus Cochadebajo de los Gatos ab und verschwand in die Berge, dankbar in dem Glauben, sie wäre der Sklaverei entronnen.

Die Spanier jedoch wachten in dem Glauben auf, daß sie überall das Sagen hätten. Zuerst waren sie vollkommen desorientiert und konfus, waren sie doch in einer Stadt, an die sie sich nicht erinnerten, und bei Leuten, die sie nicht wiedererkannten. Aber schon eine halbe Stunde nach dem Aufwachen hatte der herrschsüchtige Conde Pompeyo Xavier de Estremadura Felicidad geschlagen, weil sie keinen Knicks gemacht hatte, als sie ihm über den Weg lief, und einer der Gemeinen hatte Francesca in aller Öffentlichkeit sexuell belästigt und dann auf Josef eingedroschen, als dieser ihn wegzog.

Nach etlichen unerträglich gemeingefährlichen und unverschämten Vorfällen dieser Art stieg Hectoro auf sein Pferd und fing den Grafen mit seinem Lasso ein, als dieser sich gerade anschickte, Remedios zu befehlen, ihm etwas zu essen zu bringen. Unter lauten Flüchen in seinem sonderbaren Kastilisch wurde der arrogante Konquistador zur Jaguarkolonnade geschleift und an einen der Obelisken gebunden. Die restlichen unedlen Iberer wurden mit vorgehaltenen Waffen zusammengetrieben, zu dem gleichen Ort gescheucht und ebenfalls an die Obelisken gefesselt.

»Ich verlange«, donnerte der Graf in seiner seltsamen Aussprache, »augenblicklich freigelassen zu werden, sonst werdet ihr alle das Schwert Seiner Katholischen Majestät schmecken! Eure Stadt wird dem Erdboden gleichgemacht und jeder von euch gevierteilt und den Hunden zum Fraß vorgeworfen. Wie könnt ihr es wagen, diese gotteslästerliche Ungeheuerlichkeit gegen die Macht Spaniens zu verüben!«

»Halt's Maul«, sagte Hectoro mit zusammengebissenen Zähnen, »oder ich werde dir deine *cojones* abschneiden und dich zwingen, sie zu schlucken.« Er zog sein Messer und fuchtelte damit vor dem Gesicht des Adligen herum.

Hectoro ritt an eine Stelle, wo ihn jedermann hören konnte, und verkündete: »Spanier, ihr seid alle vierhundert Jahre tot gewesen, und wir haben euch freundlicherweise wieder zum Leben erweckt. Hier gibt es keinen spanischen König! Es gibt überhaupt keine Könige hier und auch keine Grafen, Herzöge oder Prinzen! Ihr habt Demut und Dankbarkeit zu üben, ihr habt euch höflich zu benehmen, sonst jagen wir euch ins Gebirge zurück in den diesmal sicheren Tod.« Er legte um der Dramatik willen eine Pause ein. »Für uns seid ihr geringer als Hunde, ihr habt keinen Rang und keine Privilegien, und ihr werdet von uns nicht beachtet werden, bis ihr es verdient! Ich verurteile euch zu einer Woche Demütigung für euer Barbarentum!«

Hectoro schwang sich vom Pferd und schritt zum Grafen, der ihn geringschätzig anstarrte und verächtlich sagte: »Ihr werdet sterben, Hundling, sobald der König davon erfährt!«

Hectoro spuckte vor ihm aus, öffnete seinen Hosenstall und pißte ausgiebig auf die Füße des Grafen. Dieser wurde tiefrot vor Wut und kämpfte gegen seine Fesseln an, wobei er ohne Unterlaß Blasphemien und Verwünschungen brüllte. Die Leute jubelten und klatschten, und Hectoro schritt gemächlich zu seinem Pferd zurück und schwang sich wieder in den Sattel. Er nahm den Applaus der Menge wohlwollend entgegen und bat um Ruhe. »Tut ihnen nichts«, rief er. »Beschämt sie.«

Aurelio wandte sich an Pedro. »Rache«, sagte er und ging lächelnd davon.

Eine Woche lang vergnügten sich die Kinder damit, Hectoros Akt nachzuahmen und Lehmbatzen auf die Spanier zu werfen, die an den ziselierten Brustpanzern und Helmen zerplatzten und die scharlachroten Beinkleider befleckten. Felicidad zupfte dem Grafen am Bart und zwickte ihn in die Nase, während er sie in sprachloser Empörung finster anblickte. Francesca zog dem Soldaten, der sie belästigt hatte, die Hose runter und schüttete ihm Pimientosoße aufs Gemächt, und Consuelo füllte den eisernen Helm des Mannes, der sie herumgestoßen hatte, mit Pferdescheiße und setzte ihn ihm wieder auf.

Die Soldaten wurden erst freigelassen, als jeder von ihnen unter Androhung der Verbannung gelobt hatte, nie wieder öffentlich Ärgernis zu erregen und ohne Schonung der Kräfte bei der Beseitigung der Schlammassen zu helfen. Die kratzbürstigen der aufgetauten Soldaten wurden einige Monate lang tatsächlich wie verächtliche Sklaven behandelt, zusammengebunden und bei vorgehaltener Waffe zur Arbeit gezwungen. Der aufsässige und uneinsichtige Graf blieb noch einen Monat länger an den Obelisken gebunden, bevor er zerknirscht einwilligte, wie alle anderen zu arbeiten. Weil er es aber nicht gewohnt war, mit spöttischer Verachtung behandelt zu werden, wich sein harscher Stolz allmählich einer betrübten Niedergeschlagenheit, und er kümmerte vor sich hin. Schließlich bekam sogar Hectoro Mitleid mit dem mutlos gewordenen Krieger, und Remedios, empfindsam für sein ständiges Leiden, seine umständliche unterwürfige Höflichkeit, seine tiefe Melancholie und seine seltsame Redeweise, verliebte sich in ihn und beschenkte ihn mit kulinarischen Leckerbissen.

Vor und während dieser Ereignisse hatte Pater García im Kopf die Einzelheiten seiner neuen Theologie weiter ausgearbeitet. Nach längerem Grübeln über das unbegreifliche Übel in der Welt kam er zu dem Schluß, daß Gott nicht sie erschaffen hatte, sondern nur die Seelen. In Wirklichkeit war Gott ein kosmisches Versehen unterlaufen, und er hatte den Teufel erschaffen, und der Teufel war dafür verantwortlich gewesen, die Welt zu erschaffen und die Seelen dazu zu verleiten, in Körper zu schlüpfen. Der einzige und zudem beschwerliche Weg zurück zu Gott war der, die Schöpfung des Teufels vollständig zu leugnen, kein Fleisch mehr zu essen, um nicht in den Prozeß der Seelenwanderung einzugreifen, und das Reich des Teufels dadurch zu schwächen, daß Mann und Frau sich der Fortpflanzung verweigerten.

Als er sein Neues Evangelium auf den Plätzen predigte, stellte er rasch fest, daß er niemanden bekehrte, und mußte sich gezwungenermaßen eingestehen, daß er selbst die praktische Seite seiner Forderungen ungenießbar fand. Nach vielen Wochen ernsthaften Nachdenkens predigte er dasselbe Evangelium, nur mit dem Zusatz, daß Cochadebajo de los Gatos der Beginn einer neuen Schöpfung, eines neuen Zeitalters von Gottes aktivem Eingreifen ins Universum sei, weshalb der Verzehr von Fleisch erlaubt sei und die absolute Verpflichtung bestände, sich soviel wie möglich zu vermehren, um das neue Reich gegenüber dem des Teufels zahlenmäßig zu vergrößern. Pater Garcías revidierte albigensische Häresie wurde augenblicklich beliebt, und er wurde ein heiterer und gelassener Mann, der eine Aura der Heiligkeit und Glückseligkeit ausstrahlte. Seine Predigten wurden immer entrückter und unverständlicher, bis er eines Tages, in mystischer Ekstase verzückt, spontan levitierte und in der Lage war, einer schnurrenden Versammlung von Katzen von der Spitze eines Obelisken aus eine Predigt zu halten.

42

Die Trauerfeierlichkeiten für General Carlo María Fuerte

Die diversen Überbleibsel El Ganduls wurden eingesammelt und in einen Militärsarg gelegt. Dieser wurde auf einen Lastwagen verladen und in die Kaserne gebracht, wo er mit der Nationalflagge bedeckt wurde. Bevor er seinen Weg in die Hauptstadt antrat, veranstaltete der Stabsoffizier eigens für den Sarg eine intime kleine Parade.

Der Sarg mit dem Degen und der Kappe des Generals wurde auf eine Geschützlafette gestellt, und die ganze Garnison in Galauniform paradierte im gemessenen Marschtritt daran vorbei, die Gewehre geschultert. Praktisch die ganze Stadt kam zum Zuschauen, und es wurde der großartigste Militäraufmarsch, der je in César zu sehen gewesen war. Viele Soldaten marschierten mit tränenüberströmten Wangen vorbei, und diejenigen, die General Fuerte gekannt hatten, wie etwa sein Büropersonal, weinten so herzzerreißend, daß bald die ganze Bevölkerung von ihrem Schluchzen angesteckt wurde. General Fuerte war der einzige aufrichtige und ehrenwerte Gouverneur gewesen, den sie je gehabt hatten, und so wurde sein Sarg beim Vorbeizug mit Blumen überschüttet, und einige Menschen riefen unpassenderweise »*¡Viva el general!*«, weil ihnen kein geeigneterer Ausdruck einfiel.

Auf der *plaza* schwenkten die Soldaten zur Formation um und blieben stehen. Die vier kleinen schwarzen Pferde mit nickenden Federbüschen zogen die Geschützlafette in die Mitte, und dort hielt der Stabsoffizier eine schwülstige Rede im üblichen Stil. Er stand am Fuß der Statue von Simón Bolívar und sprach folgende Worte, die am folgenden Tag ungekürzt in der *Prensa* aus Valledupar abgedruckt wurden:

»Bürger und Soldaten von Valledupar! Eine höchst betrübliche Pflicht läßt uns hier auf der *plaza* vor dem Standbild des erhabensten Helden unserer Nation, Simón Bolívar, zusammenkommen! In diesem Sarg vor uns, viel zu früh geöffnet, liegen die sterblichen Überreste unseres unglücklichen und geliebten Gouverneurs, dessen Lebensfaden, auch wenn er viel zu kurz abgeschnitten wurde, sich in meteorischer Leuchtkraft abspulte und uns in seinem Gefolge einen ruhmreichen und schimmernden Nachglanz hinterlassen hat. So wie die unterschiedlichen und wunderschönen Spektrallinien durch eine Sammellinse in einen funkelnden weißen Lichtstrahl von strahlendem Glanz verwandelt werden, so kamen die Einzelheiten, die er in seiner Arbeit sammelte, vereinte und zusammenfaßte, danach aus seinem edlen Hirn in den schönen Hervorbringungen öffentlichen Friedens und Einklangs heraus, deren Verdienst ausreicht, seinen Sarkophag in den Tempel der Unsterblichkeit eingehen zu lassen!

Wenn der Zerfall der Materie, welche die Hülle des menschlichen Körpers bildet, nicht die Zerstörung der Persönlichkeit mit sich bringt, wenn ein unsterblicher Geist überdauert, der in unendlichen und ruhmreichen Spiralen zum liebevollen Busen des allmächtigen Schöpfers wandert oder aufsteigt, dann ist seine grausame und willkürliche Auslöschung im Flammenmeer einer subversiven Explosion nicht Tod und Vergessen, sondern eine Transformation, ein bloßer Wechsel von einer Existenz in eine andere! Wahrhaftig, die Puppe hat ihre Hülle gesprengt, und der prachtvolle Schmetterling – die glänzende psychische Entität – ist zu glücklicheren Gefilden entflogen, um sich mit dem Urgrund unseres Daseins zu vermischen. Sein edler und feiner Geist, der sich wie die Bewegungen der Meereswellen ausbreitet, schwebt wie die Kolibris, die er so liebte, unter den einnehmenden und duftenden Gebeten der Chöre der Hierarchie der ätherischen Bewohner der himmlischen Gefilde!

Bürger und Soldaten von Valledupar! Sagen wir dem ausgezeichneten General Carlo María Fuerte Lebewohl! Beten wir, daß wir stets vor unseren tränenerfüllten Augen unserer betrübten und bezwungenen Seelen das vollkommene Bild seines großartigen Beispiels haben! Unsere Tränen sollen nicht die Erinnerung an diesen makellosen und gewissenhaften Staatsdiener wegwaschen! Erinnern wir uns an ihn mit großzügiger Dankbarkeit, und sorgen wir dafür, daß seine Amtsnachfolger seinem Vorbild folgen!«

Der Stabsoffizier wischte sich mit dem behandschuhten Rücken seiner Hand verstohlen die Tränen aus den Augen, zog seinen Degen und hielt ihn gen Himmel gestreckt. Die Soldaten präsentierten das Gewehr, traten mit einem Fuß einen Schritt nach vorn und hoben die Waffen an die Schulter. Als der Stabsoffizier den Degen senkte, jagten die Soldaten drei Salven in den Himmel, und als Erwiderung darauf dröhnte aus der Kaserne der Ehrensalut der Feldgeschütze.

Die Bevölkerung von Valledupar ehrte den von sechs Soldaten auf ihren Schultern getragenen Leichnam mit einer *despedida* bis zum Bahnhof.

In einem Interview noch am gleichen Abend verblüffte der Stabsoffizier die ganze Nation mit der Feststellung, daß seiner Meinung nach der Anschlag auf den General das Werk rechtsgerichteter Extremisten innerhalb des Heeres sei. Alle hatten angenommen, daß die Ungeheuerlichkeit, unbeschadet des Wahrheitsgehalts, linken Terroristen angelastet werden würde. General Ramírez wies die Behauptung des Stabsoffiziers hastig in einer etwas zu scharf gehaltenen Presseerklärung zurück und setzte auf diese Art das Gerücht in die Welt, daß er selbst für die Ermordung des Generals verantwortlich sei. Seine Stellung wurde immer unsicherer und unhaltbarer, als die Gerüchte sich ausbreiteten und sogar die Landespresse zu der Verwegenheit zurückfand, die Artikel aus dem *New York Herald* abzudrucken. Seine Exzellenz, Präsident Enciso Veracruz, nutzte die Gelegenheit, ernannte den Stabsoffizier zum Militärgouverneur von César und beförderte ihn zum General, ohne Ramírez zu konsultieren. Als die Revolutionären Sozialisten (Turcos Lima Front) versuchten, sich zu der Greueltat zu bekennen, schenkte ihnen niemand Glauben, und General Ramírez machte sich öffentlich lächerlich, indem er vorgab, daß er ihnen glaube. Der frischgebackene General verblüffte die Nation des weiteren damit, daß er in César eine Volksabstimmung abhielt, um sich in seinem Amt bestätigen zu lassen. Er gewann mühelos ohne Wahlfälschung, da nur die Kommunisten eine Opposition zu organisieren versuchten. Sie zerstritten sich zutiefst über die Wahl eines Kandidaten, mit dem Ergebnis, daß die linken Wählerstimmen sich auf neun Hoffnungsträger aufspalteten, die ihre Wahlreden dazu verwendeten, einander als Kapitalistenlakaien, Revisionisten, Revanchisten, Trotzkisten und Handlanger der Bourgeoisie zu denunzieren. Die breite Masse, die mit der Fachsprache der Linken nicht vertraut war, stimmte für den einzigen Kandidaten, dessen Reden sie verstehen konnten – der Hauptgrund, warum der zum General beförderte Hernando Montes Sosa die Wahl so leicht gewann.

El Ganduls sterbliche Überreste wurden unter militärischer Bewachung in den Präsidentenpalast gebracht. Dort wurde der Sarg auf einem Podium in der Eingangshalle aufgebahrt, so daß die Menschen herbeiströmen konnten, um dem vermeintlichen General die letzte Ehre zu erweisen. Seine Exzellenz verkündete eine viertägige Staatstrauer mit sich anschließendem Staatsbegräbnis in der prächtigen Kathedrale »Zur heiligen Maria Mutter

Gottes«. Zudem gedachte er persönlich in der ersten Nacht die Totenwache am Sarg zu halten.

Die nachfolgenden Ereignisse, tragisch, zwiespältig und niederträchtig, wie sie waren, nahmen das Ausmaß einer heldenhaften Farce an, welche die Glaubwürdigkeit aufs äußerste strapaziert und Zeugnis ablegt über die Art und Weise, in der Niedertracht unfehlbar in eigener Münze vergolten wird.

Präsident Veracruz hielt seine Totenwache, indem er sich ein Bett in die Vorhalle bringen ließ. Um drei Uhr früh klingelte sein Wecker. Er stand auf und ließ vier Männer zum Kücheneingang herein, die einen Ersatzsarg trugen, der mit seinen Beuteln voller Nägel exakt das gleiche wog wie das Original. Die Männer vom Staatlichen Informationsdienst packten etwas vom neuen alchimistischen Sprengstoff des Präsidenten in den Sarg und bauten eine Fernzündung in Form eines Pistolengriffs zusammen, die sie dem Präsidenten übergaben. Der schloß sie vorsichtig in den Safe seines Büros ein. Die vier Männer verließen wieder durch den Kücheneingang das Gebäude und nahmen die sterblichen Überreste von El Gandul gleich mit. Sie fuhren mit ihrem Truck zum Armenfriedhof und stellten den Sarg ans Ende der Reihe der Särge, die, im Freien stehend, auf eine Beerdigung warteten. Am Morgen danach zählte der Küster die Sargreihe zweimal durch, merkte, daß er einen zuviel hatte, und beerdigte den letzten, um Verzögerungen und Komplikationen zu vermeiden, unter *Non Nombre*, was diesmal ausnahmsweise der Wahrheit entsprach.

Am Abend war Admiral Fleta mit der Totenwache an der Reihe. Er döste bis halb drei in einem Sessel, dann entriegelte er die Tür des Lieferanteneingangs, um fünf Männer hereinzulassen, die einen Ersatzsarg trugen, der Kugellager in Beuteln und zwei Haftminen mit Zeitzünder enthielt. Die Männer des Marinegeheimdienstes entschwanden mit dem anderen Sarg in der Dunkelheit der Nacht und transportierten ihn zum Hintereingang von Admiral Fletas am Stadtrand gelegener Villa. Die Beseitigung einer derart heißen Ware wollte er niemand anderem überlassen.

Am nächsten Abend war die Reihe an Luftwaffenchef Marschall Sanchis. Er schlief auf einem ausgezogenen Doppeldiwan mit Unterbrechungen bis ein Uhr. Dann sperrte er die Türen des Dienstboteneingangs auf und ließ zwei kichernde Callgirls undefinierbarer Herkunft herein, die ihm halfen, die Zeit bis halb vier zu vertreiben. Punkt halb vier schickte er sie wieder weg und bat fünf Männer einzutreten, die einen Ersatzsarg mit Muttern und Bolzen in Beuteln und zwei zeitgesteuerten Splitterbomben trugen. Die Männer des Internen Sicherheitsdienstes der Luftwaffe brachten den anderen Sarg weg und lieferten ihn am Seiteneingang von Luftwaffenchef Marschall Sanchis' Haus am Stadtrand ab, wo er in den Keller gestellt wurde, um zu einem passenderen Zeitpunkt entsorgt zu werden.

In der letzten Nacht der Totenwache tigerte General Ramírez in der Vorhalle auf und ab, rauchte eine Zigarette nach der anderen, kaute an seinen Fingernägeln und ging alle zehn Minuten auf die Toilette. Um drei Uhr früh schritt er zum Dienstboteneingang und schloß ihn auf, um vier Männern vom Internen Sicherheitsdienst des Heeres zu öffnen, die einen Ersatzsarg, angefüllt mit Splittergranaten und zwei zeitgesteuerten Claymore-Peilminen, hereinbrachten. Die vier Männer schulterten den anderen Sarg und trugen ihn zu einem Truck, der ihn zu General Ramírez' Anwesen fuhr. Dort fand der Sarg in der Garage einen vorläufigen Aufbewahrungsort.

All dies bezeugt nicht so sehr die wellenartige Bewegung der Koinzidenz oder die undurchschaubaren Machenschaften der Synchronizität, sondern vielmehr die einheitliche und stereotype Art und Weise, wie das Militär bei gesetzwidrigen politischen Machenschaften intrigiert.

Am Morgen des Staatsbegräbnisses telefonierte General Ramírez mit dem Büro des Präsidenten und sagte, ein erneutes Auftreten seines Rückenleidens hindere ihn daran, seiner Pflicht als Sargträger nachzukommen, und er habe höchst ungern die ehrenhafte Aufgabe an einen seiner Stellvertreter delegiert. Admiral Fleta rief an und teilte mit, seine geliebte Mutter liege im Sterben, deshalb könne er seine Pflicht als Sargträger unmöglich erfüllen und habe die Aufgabe an einen Kommandeur übergeben. Er verkniff sich die Bemerkung, daß der Kommandeur ein lästiger nationalistischer Linker war, der einmal eine Meuterei am Luftwaffenstützpunkt Maracay angezettelt hatte, aber von Präsident Veracruz amnestiert worden war. Luftwaffenchef Marschall Sanchis ließ sich durchstellen und klagte, daß der *paludismo*, den er sich in der *montaña* während seiner zeitweiligen Versetzung zur peruanischen Luftwaffe zugezogen hätte, ihn wieder flachgelegt habe und er höchst widerwillig seine Pflichten als Sargträger dem Fliegerleutnant Rosario Uceda übertragen habe (einem Mann aus seinem Stab, den er insgeheim verdächtigte, im Dienst von General Ramírez zu stehen).

Der Präsident war sehr verärgert über die Vereitelung seiner Pläne, die Stabschefs zu beseitigen, und als im Radio gemeldet wurde, daß keiner der Stabschefs als Sargträger anwesend sein würde, waren die letztgenannten gleichfalls verärgert über die Vereitelung ihrer Pläne.

Nichtsdestoweniger war jeder insgeheim auf die kommende Explosion gespannt, und Präsident Veracruz erkannte mit einemmal, daß die Öffentlichkeit den abwesenden Stabschefs die Schuld dafür zuschieben würde. Es hieße, den Zufall zu sehr zu bemühen, wenn sie ihre einhellige Abwesenheit in irgendeiner anderen Weise erklären konnten. Aus Gründen der politischen Vernunft änderte er seinen Entschluß, die unschuldigen Sargträger nicht in die Luft zu jagen. Er entschied sich dafür, den Sprengsatz zu zünden, wenn der Sarg die vielen Stufen der Kathedrale hochgetragen wurde, weil dort niemand sonst in direkter Nähe zum Explosionsherd sein würde.

Zum Glück für fast jeden verlief nichts nach Plan. Das Organisationschaos am Vormittag verzögerte alles beträchtlich. Die Ehrenwache konnte nicht rechtzeitig antreten, weil die Soldaten aus Ecuador und Kolumbien, die daran teilnehmen sollten, wegen Bodennebels am Flughafen zu spät kamen, so daß zu der Zeit, als der Gottesdienst hätte stattfinden und Ramírez' Bombe hätte explodieren sollen, der Leichenzug sich noch nicht vom Präsidentenpalast wegbewegt hatte. Als die kolumbianischen Husare und die ecuadorianischen Dragoner endlich auftauchten, brach zu allem Überfluß die Achse der alten Geschützlafette, so daß der Sarg in ein Vorzimmer verlegt werden mußte, damit eine andere Lafette herbeigeholt und hastig aufpoliert werden konnte.

Im leeren Vorzimmer explodierten die Claymore-Minen von General Ramírez mit großem Getöse. Die dünnen Außenwände des Zimmers senkten sich würdevoll und zeitlupenartig in einem Staubwirbel und Schuttregen auf den gefegten Kies des Hofes. Mit weißem Staub bedeckt, rannten die Ehrenwachen verwirrt umher, und Ramírez, der beim Fahren der Übertragung der Feierlichkeiten im Autoradio lauschte, schlug die Augen gen Himmel.

Der Präsident, der sich sicher war, daß er nicht unabsichtlich auf den Knopf seiner Fernzündung gedrückt hatte, fuhr mit seiner Hand hastig in seine Hosentasche, um zu prüfen, ob der Sicherungshebel noch umgelegt war.

Admiral Fleta lauschte in seinem Wohnzimmer dem aufgeregten Kommentar des Sprechers aus dem Radio, das auf dem Sarg mit dem alchimistischen Sprengstoff stand. Der Präsident fummelte an den Knöpfen seiner offenbar mit einem eigenen Willen begabten Fernzündung herum, weswegen der verschlagene Admiral durch eine Sprengung ausgelöscht wurde, die ihn und seinen Sessel erfaßte, aber schlagartig in einem Umkreis von zwei Metern vom Epizentrum an Wirkung verlor und das übrige Zimmer unberührt ließ.

Luftwaffenchef Marschall Sanchis schob gerade den Sarg mit Fletas Haftminen aus der alten Dakota, als dieser explodierte, ein riesiges Loch in den Boden des Rumpfes riß und Sanchis mit den Überresten des Sarges dreitausend Meter tief in den Dschungel darunter schleuderte. Als die Cusicuari die zerschmetterte Leiche fanden, gönnten sie sich einen neuen Schrumpfkopf, spießten ihn auf einen Stock und verehrten ihn als einen weiteren Engel, dessen Flügel unerklärlicherweise abgefallen waren. Die Dakota schaffte es gerade noch, zum Stützpunkt zurückzufliegen, obwohl vom Rumpf fast nichts mehr übriggeblieben war. Der Pilot, der sich vor dem unlösbaren Problem sah, wie er melden sollte, was geschehen war, ohne sich selbst in Sanchis' schändliches Komplott zu verstricken, berichtete, daß während eines Routineflugs mit Boden-Luft-Raketen auf ihn geschossen worden sei. Er erwähnte nicht, daß Luftwaffenchef Marschall Sanchis an Bord gewesen war, genausowenig ließ er ein Wort über explodierende Särge fallen.

General Ramírez war zur selben Zeit im leeren ehemaligen Offiziersflügel der Militärschule für Elektro- und Maschineningenieure. Er hatte den Sarg aus dem Truck auf eine Bahre geschoben und ins Krematorium gerollt. Gerade bockte er die Bahre auf die richtige Höhe auf, um den Sarg mit den Splitterbomben von Luftwaffenchef Marschall Sanchis in die Verbrennungskammer schieben zu können, als diese verheerend detonierten und die Stahlpfeile im engen Raum heulend hin und her flogen. General Ramírez bestand bereits nur noch aus Fetzen und winzigen Fleischbrocken, als die gewaltigen Benzintanks durchbohrt wurden. Sie gingen mit einem kehligen Röhren in Flammen auf, deckten das Dach ab, drückten die Wände nach außen und setzten die gesamte Schule in Brand.

Inzwischen wurde die gewaltige, an der Strecke des Leichenzugs aufgereihte Menge ungeduldig und verdrückte sich nach und nach, um die einwöchige Staatstrauer für sich auszunutzen.

Die Prälaten der Kathedrale warteten zwei Stunden länger, erteilten sich dann gegenseitig die Absolution und zogen ebenfalls ab. Die Soldaten wurden von ihren Kommandanten in die Kasernen zurückgebracht, und die ecuadorianischen Dragoner und die kolumbianischen Husare wurden von einem verlegenen Adlatus des Präsidenten unter vielerlei Entschuldigungen auf eine Stadtrundfahrt mitgenommen, bei der er sie schließlich um drei Uhr nachts in einer berüchtigten *putería* in der Calle de San Isidro sich selbst überließ.

Die Zeitungen der folgenden Woche schienen beinahe ausschließlich aus Schlagzeilen zu bestehen: LEICHE DES GENERALS EXPLODIERT, VERHEERENDES FEUER IN MILITÄRSCHULE, AUSLÄNDISCHE SOLDATEN RANDALIEREN IN BORDELL, ADMIRAL FLETA OPFER EINER EXPLOSION, PRÄSIDENT KÜNDIGT REDE AN DIE NATION AN.

In der Zwischenzeit war der Auslöser all dieser dramatischen Ereignisse mit seinem Freund Papagato und den fünf Katzen wohlbehalten im Marktflecken Chiriguaná angekommen, der unter einem halben Meter getrockneten Schlammes lag und nur von Marguays, Pumas und Ozelots bevölkert war. Zwei Monate lang wanderten sie im schlammbedeckten Mulabecken umher, bevor sie entschieden, den Katzen zu folgen, die sehr klare Vorstellungen davon zu haben schienen, wo es langging. Schließlich trafen sie in Cochadebajo de los Gatos gerade noch rechtzeitig ein, um das Ende von Pater Garcías Predigt an die Katzen zu hören und ihn dabei zu beobachten, wie er in einem Zustand der Epiphanie vom Obelisken herunterschwebte, an dessen Fuß er später die berühmten Worte einmeißeln sollte: *Et in Arcadia Ego*.

43

Das Geschenk des Lebens

Carmen sprang aus ihrer Hängematte und rüttelte Aurelio wach. »Ich weiß meinen wahren Namen, *querido*, ich habe ihn geträumt. Er lautet ›Matarau‹!«

Aurelio schlug die Augen auf. »Das hättest du mir nicht sagen sollen. Nun habe ich Macht über dich.«

Carmen lachte ihn aus. »Mein Gatte, glaubst du denn, du hättest noch keine Macht über mich?« Sie beugte sich hinab und küßte ihn auf die Wange.

Er lächelte ernst. »Deine Macht über mich ist wie meine über dich.« Er kletterte aus der Hängematte und schickte sich an, das Feuer mit getrocknetem Gras anzufachen.

Carmen sah ihm zu und fragte: »*Querido*, was bedeutet er?«

Er blickte auf. »Das ist Quechua«, sagte er. »Es bedeutet Schneestirn.«

»Das ist paradox«, meinte sie. »Hier stehe ich, schwarz wie die Nacht und ohne ein einziges graues Haar!«

»Mein Name ergibt auch keinen Sinn«, erwiderte Aurelio. »Aber er ist dennoch mein Name. Du mußt begreifen, daß einige Götter nicht mehr Hirn wie ein Affe haben und uns dieselben Streiche spielen wie diese.«

Als er sein Frühstück aus Maniok und *cancha* verzehrt hatte, ging Aurelio hinaus und schnitt einen Stecken aus Quebracho-Holz. Er spitzte ihn unter großen Mühen zu, da das Holz ausgesprochen hart war. Aber das war es ihm wert, weil der Stecken sehr lange halten würde. Dann füllte er seine *mochila* mit Maiskörnern und brach zur Lichtung auf, die er mit seiner Machete geschlagen hatte. Er ließ die feine Asche der Pflanzen, die er abgebrannt hatte, durch die Finger rieseln und war mit deren Qualität hoch zufrieden. Schon bald würde es regnen. Methodisch vorgehend, machte er kleine Löcher mit dem Stecken und legte einen Samen in jedes Loch, das er dann mit dem Fuß wieder zuschob, um ihm eine Chance gegen die Vögel und Mäuse zu geben. Als Carmen damit fertig geworden war, *arepas* zu machen und die Hühner zu füttern, kam sie nach, und zusammen arbeiteten sie flink und systematisch Seite an Seite, bis die Aussaat beendet war. Dann gingen sie zu ihrer kleinen Kokaplantage und ernteten genug Blätter für ein *tambo*, den Fünfzigpfund-Packen aus gepreßten Blättern, den sie den *cocaleros* verkaufen würden, wenn sie eintrafen, oder die Aurelio auch den Leuten in Cochadebajo de los Gatos als Geschenk mitbringen würde. Von Zeit zu Zeit warf er einen Seitenblick auf Carmen mit ihren Kupferlocken und der zwischen die Zähne geklemmten *puro* und dachte darüber nach, was es wohl war, das einen so lange Zeit mit jemandem zusammen sein und niemals Überdruß verspüren ließ, und was dafür verantwortlich war, daß jemand im Fleisch alterte, aber nicht im Geist.

Sie rasteten mittags, um mit *panela* gesüßten Zitronensaft zu trinken und die *arepas* zu essen. Sie saßen nebeneinander im Schatten eines Balsabaumes, ohne ein Wort zu sagen, blinzelten aber ins grelle Licht außerhalb des Schattenrings. Sie schliefen beide, als sie von zwei Explosionen und einer großen Unruhe drüben am verminten Pfad unsanft geweckt wurden. Aurelio und Carmen krochen durch den Wald, um nachzuschauen, was passiert war.

Leutnant Figueras hatte sich nicht freiwillig für die Aufgabe gemeldet, aber die Politiker hatten angesichts des Drucks aus den Vereinigten Staaten entschieden, etwas nachzugeben und ein paar Kokaplantagen zu zerstören. Die Anweisungen waren über den neuen Kommandanten nach unten weitergereicht worden, der das Ganze für Zeitverschwendung hielt. Für ihn war es aus diesem Grund nur allzu natürlich, bei dieser unerfreulichen Aufgabe an den einen Offizier zu denken, dessen Anwesenheit er nicht im mindesten vermissen würde und der, unter rein militärischen Gesichtspunkten betrachtet, zu nichts Anspruchsvollerem verwendbar war.

Figueras und sein Zug waren durch das verlassene Mulabecken gereist, das sich nun wieder mit Sträuchern und Dschungelpflanzen begrünte, und hatten einen Pfad gefunden. Ohne die geringste Idee, wohin er ging oder was er eigentlich vorhatte, hackte er sich mit seinen Männern einen Weg durch die überbordende Vegetation. Sie waren in Schweiß gebadet, und um ihre Köpfe und Arme hingen Wolken stechender Insekten, die sie bis zum Wahnsinn peinigten. Im Zwielicht der Dschungelwelt rammten sie sich Dorne ein, versanken bis zu den Knien im Morast und wurden von den gelben Peitschenschlangen erschreckt, die, verschwenderisch drapiert, von den Ästen herabhingen. Riesenspinnen ließen sich aus den Farnen fallen und klammerten sich an ihre Uniformen, und Parlanchinas Grollen und Brüllen entnervte sie vollends.

Figueras war wieder bei demselben Zug, den er vor seinem kometenhaften Aufstieg und ebenso kometenhaften Fall befehligt hatte, und die Männer verachteten ihn ebenso stark wie er sie. In einem typischen Anfall von Großmannssucht und sinnlosem *machismo* hatte sich Figueras an die Spitze gesetzt, ganz gegen die Regel, daß der Offizier bei einer Patrouille im Gänsemarsch immer ungefähr in der Mitte bleiben sollte. Er war dicker geworden als früher, weil er seine Schande mit Hilfe vieler alkoholischer Getränke heruntergespült hatte. Und schwere Tränensäcke zierten seine Schweinsäuglein, die von seiner Leidenschaft für immer billigere Huren stammten, deren Eroberung er allerdings nicht mehr an seiner Jeeptür markierte, seit der Stabsoffizier ihn für die grundlose Beschädigung von Heereseigentum bestraft hatte.

Figueras trat weder auf die ersten beiden noch auf die dritte

Mine. Er löste statt dessen die Schnappfalle aus, die Aurelio vor etlichen Monaten ausgelegt hatte. Die feuergehärteten Spitzen schnellten in einem Bogen unter dem Laub des Waldbodens hervor und rammten sich in seine Brust. Durchbohrt, mit hervorquellenden Augen, packte er den Rahmen mit den Händen und versuchte ihn gegen das Beharrungsvermögen der Widerhaken wegzuschieben, die ihm Herz und Lungen zerrissen. Blut gurgelte und schäumte in seinem Mund, und er erinnerte sich ohne besonderen Grund an den Anfang seiner glorreichen Tage, als er eine Granate in hohem Bogen in eine Gruppe von Bauern geworfen hatte, die ihn an ein bißchen Spaß gehindert hatten. Sein letzter Gedanke, als seine Beine nachgaben und er auf den Spitzen nach vorn kippte, lautete: »Bringt die kleine Hure ins Schulgebäude und bereitet sie vor.« Und das letzte Bild in seinem Hirn war das der beiden Medaillen, die einstmals ruhmreich an seiner Galauniform gehangen hatten, die Silberne und die Goldene Andenkondormedaille für Tapferkeit. Er starb glücklich in der Vorstellung, er hätte sie immer noch, und sein Leben wäre so gewesen, wie er es sich immer ersehnt hatte: ehrenhaft, heroisch und voller Schönheit.

Die anderen Männer waren entsetzt stehengeblieben, als Figueras in der Falle hin und her schwankte. Dann waren sie ihm zu Hilfe geeilt und von den Minen zerfetzt worden, wobei einer von ihnen, der Feldwebel, kopfüber in eine der Gruben fiel und grausam von den vergifteten Spitzen durchbohrt wurde. Er starb weinend und winselnd und mit Gedanken an seine Frau in Tolima, die ihn wegen eines anderen verlassen hatte.

Die restlichen Soldaten waren bereits auf und davon, als Aurelio und Carmen ankamen. Aurelio betrachtete das Blutbad voll Bitterkeit und klagte sich selbst laut an. »Ich war so daran gewöhnt, diesen Pfadabschnitt zu umgehen, daß ich ihn ganz vergessen habe.«

»Das waren Soldaten«, sagte Carmen im Versuch, ihn zu trösten. »Ihr Geschäft war nicht das Leben, sondern der Tod. Sie haben von den Früchten an dem Baum gekostet, den sie für andere gepflanzt hatten.«

»Der Krieg war doch vorbei«, sagte Aurelio traurig.

»Die Leute sterben immer an Kriegen, die schon vorbei sind.«

Sie ließen die Leichen dort liegen, und in dieser Nacht hatten Aurelios Hunde einen Festschmaus, bis der große schwarze Jaguar grollte und sie einschüchterte, so daß sie winselnd abzogen. Die samtschwarze Raubkatze ließ sich nieder und knurrte, als ihre Zähne durchs Fleisch fuhren, an dessen Geschmack sie sich dumpf irgendwie aus der Vergangenheit erinnerte, welche die ewig visionäre Gegenwart ihres Lebens war. Als sie gesättigt war, trug sie ein großes Stück zu ihren Jungen, von denen lediglich eines schwarz war und eines Tages auch ehrfurchtgebietend und majestätisch sein würde.

Am Morgen verließ Aurelio die schlafende Carmen, nahm seine *tejilinas* aus Blech und ging auf seinen Gummipfad, seine eigene *trocha*. Er hatte eine *estrada* von dreißig Bäumen, die ihm genügend Kautschuk lieferten, so daß er sich ein paar Pesos nebenher verdienen und etwas für sich verwenden konnte, wenn er ihn brauchen sollte. Doch oft wunderte er sich, warum er sich überhaupt mit dem Kautschuk abgab; der hatte noch nie viel eingebracht, und das schon seit Menschengedenken.

Es hatte eine Zeit gegeben, da wimmelte es im Dschungel von beutegierigen *bandeirantes*, die Indianer versklavt und gejagt und ihnen die Segnungen der Zivilisation gebracht hatten: Hemden als Ersatz für ihre *cuzmas*, Pocken, Grippe und Syphilis, damit keine Überbevölkerung aufkam. Zu jener Zeit waren die Flüsse voll kleiner, motorgetriebener Kanus, die lautmalerisch *pekepekes* genannt wurden und die an *varaderos*, den Stellen, wo Flüsse, nur durch einen schmalen Streifen Land getrennt, aneinander vorbeiströmten, übergesetzt werden konnten. Selbst Dampfer wurden manchmal von den Indianern, die nicht viel besser als Packtiere behandelt wurden, auseinandergenommen und zu einem anderen Fluß transportiert. Die Indianer selbst verkehrten auf den Flüssen mit ihren Balsaflößen, die irgendwie ägyptisch aussahen. In jener Zeit konnte einer zu Huren, die *canoeiras* genannt wurden, in Kanus hinausrudern. Sie wurden von ihren Zuhältern, den *llevo-llevos*, auf den Flüssen auf und ab gerudert, weil der Dschungel einen noch schlimmer als die Spanische Fliege in Lust entflammen läßt, und alle, selbst die Nonnen, das unermüdliche Jucken beständiger Erregung verspüren.

In jenen fernen Tagen gab es noch Inge-Inge-Indianer, deren gesamte Sprache nur aus *inge-inge* bestand, das mit Grimassen, Betonungen und Gesten wiederholt wurde, die mit seltener Präzision die exakten Bedeutungsnuancen ausdrückten, die in komplexeren Sprachen unerreichbar waren. Es gab noch Cascabeles, die sich vollkommen in Klapperschlangenschwänze kleideten, und es gab noch Menschen, die wußten, wie Köpfe sich auf vier Fünftel ihrer ursprünglichen Größe schrumpfen ließen, indem sie eine Woche lang auf Pfähle gespießt wurden. Wenn ein Kopf leicht angefault war, machten die Indianer einen senkrechten Schnitt in die Schädeldecke und entfernten alle Knochen. Das Innere wurde dann auf erhitzten Steinen karbonisiert, und der Kopf wurde über einem Feuer aus Palmwurzeln geräuchert, bis er die richtige Größe angenommen hatte. Selbst dann ließ sich noch sagen, ob der Kopf zu einem Weißen oder einem Indianer gehörte, weil ein Weißer längere Augenbrauen hat. Virtuose »Schrumpfer« der Cusicuari konnten einen ganzen Menschenleib verkleinern, doch die Putamayos und Yapuras, bloße Amateure auf diesem Gebiet, präparierten die Hände, während die nicht gerade abenteuerlustigen Cashibos bloß die Zähne sammelten.

In jener Zeit wurden Menschen unermeßlich reich durch das »schwarze Gold«, schickten ihre Kleider zur Reinigung nach Paris und brachten vollständige Gebäude aus Eisen mit, die im Dschungel aufgestellt wurden und heute noch zu sehen sind. Doch zum Bewohnen sind sie nach wie vor viel zu heiß.

Aber das war alles vor langer Zeit, bevor jemand Gummibaumsamen nach Malaysia schmuggelte und bevor entdeckt wurde, wie Gummi synthetisch herzustellen war. Als das geschehen war, wurde es im Dschungel wieder ruhig, und die Gebäude wurden von Schlingpflanzen umrankt und verschwanden.

Doch Aurelio sammelte immer noch Kautschuk und räucherte es über dem Feuer, um große schwarze Kugeln daraus zu formen. Er wußte noch, wie er es aus dem Baum fließen lassen konnte, so daß es Platten bildete, und er kannte immer noch ein oder zwei nützliche Dinge, die er damit anstellen konnte, wie etwa das Kalfatern von Kanus. Heute wollte er ein bißchen zapfen, damit der Dschungel nicht vergaß, wie es gemacht wurde, und damit die Geister der längst verstorbenen *caucheros* und *shiringueros* zufrieden in dem Wissen ruhen konnten, daß ihr Leben nicht vergeudet oder ihre Fertigkeiten nicht vergessen waren. Aurelio tat dies, weil er den Untergang von Kulturen haßte, da seine eigene Kultur sowie auch die der Navantes in der Sierra während seiner Jugend ausgelöscht worden waren.

Er hatte die erste *bandiera* am ersten Baum eingekerbt und sah gerade zu, wie die zähe Flüssigkeit in den kleinen Blechnapf rann, als Parlanchina verspielt hinter ihm auftauchte und ihm die Hände über die Augen hielt, wie sie es als Kind gemacht hatte.

»Ich wußte, daß du da bist«, sagte Aurelio. »Ich habe die Katze durch die Bäume kommen sehen.«

Parlanchina nahm die Hände weg und legte ihm die Arme um den Hals. »Papacito«, sagte sie schmeichlerisch, »setz dich her zu mir und erzähl mir, wie die Welt begann.«

»Gwubba, ich habe es dir so oft erzählt, daß es mir bald unmöglich sein wird, es zu erinnern.«

»Noch einmal«, sagte sie. »Setz dich zu mir.«

Sie setzten sich mit dem Rücken an den Baum, und Parlanchina umfaßte ihre Knie mit den Armen, bereit zum Zuhören. Sie blickte ihren Vater von der Seite an und wartete darauf, daß er anfing. Er aber zerstieß ein bißchen Koka in seinem Mörser und saugte am Ende des Stößels.

»Also gut«, sagte er. »Vom Himmel fiel ein kupfernes Ei, dem die Indios entsprangen. Dann fiel ein silbernes Ei herab, dem der Adel entsprang. Dann, nach sehr langer Zeit, fiel ein goldenes Ei herab, und aus diesem Ei entsprang der Inka höchstselbst.«

»Und wer hat die Eier gemacht? Sag es mir, Papacito.«

»Das war Viracocha, die Sonne.«

»Und wer hat Viracocha gemacht?«

»Das war Pachacamac.«

»Und wer hat Pachacamac gemacht?«

»Niemand, Gwubba. Pachacamac ist der Eine, der Geist von Allem.«

Parlanchina dachte nach und ließ ihren Kopf auf den Knien ruhen, so daß ihr Haar herabwallte und sich auf die Erde ergoß. »Wenn Pachacamac der einzige Geist ist, warum gibt es so viele Götter und so viele Menschen und so viele Pflanzen und so viele Tiere?«

»Weil jeder Geist ein Stück des Einen ist. Dieser Geist mag Pachacamacs Fingernagel sein, und jener Geist ein Haar von seinem Kopf.«

»Sag mir noch mal, Papacito, warum es verschiedene Völker gibt.«

»Der Grund dafür ist der, daß Pachacamac, als er sah, wie die Menschen geboren wurden, eine große Wanne schuf, in der er sie waschen wollte. Das erste Volk, das er wusch, kam am saubersten heraus, weil das Wasser am saubersten war, und das waren die Weißen. Dann wusch er das nächste Volk, doch das Wasser war schon ein bißchen schmutzig, so daß aus ihm das indianische Volk wurde, als es herauskam. Dann wusch er das letzte Volk, und das Wasser war gar nicht mehr sauber, und so entstand das schwarze Volk.«

»Papacito«, wandte Parlanchina ungehalten ein, »darf irgend jemand mich schmutziger als dich nennen?«

»Nein«, sagte Aurelio. »Nein, Gwubba. Das ist nur eine Geschichte der Unwissenden. Der wahre Grund ist der, daß Pachacamac Langeweile meidet und niemals zwei Dinge gleich erschafft, so daß es nirgendwo auf der Welt zwei identische Dinge gibt. Jedes Volk hat er anders als alle anderen Völker gemacht, und jede Person hat er anders als jede andere Person werden lassen. Das ist der wahre Grund.«

»Jetzt erzähl mir, Papacito, wie Manco Capac der Inka wurde.«

»Genug der Geschichten«, erwiderte Aurelio und lutschte wieder an seinem Stößel. »Sag mir, warum du mir nicht erzählt hast, daß du ein Kind in dir trägst.«

Parlanchina lachte. »Weil ich wußte, daß du schon gesehen hast, wie mein Bauch wächst und meine Brüste anschwellen.«

»Es wird ein Geisterkind sein«, sagte Aurelio. »Es wird weniger von den Lebenden und mehr von den Toten haben.«

»Es wird dein Enkel sein, Papacito. Es wird an meiner Brust saugen und wachsen, und sollte ihm ein Körper beschieden sein, wird es in einem Körper leben. Wenn nicht, wird es bei uns bleiben und wild bei uns unter den Bäumen leben.«

»Ist Federico bei dir?« fragte Aurelio. »Ich habe ihn nicht gesehen.«

Parlanchina lächelte resigniert. »Er ist nicht dein Sohn, Papacito, und er geht gern ins Gebirge und paßt auf, so wie ich am Pfad aufpasse.«

»Ich muß deiner Mutter von unserem Enkelkind erzählen«, sagte Aurelio, der aufstand und den Kokamörser in seine *mochila* steckte.

»Bevor du gehst«, sagte Parlanchina, »habe ich noch etwas für dich.«

Die uralte Hündin, die nicht mit den anderen Hunden davongelaufen war, kam zwischen den Bäumen hervor und trug im Maul ein winziges Junges, so wie eine Katze ihre Nachkommenschaft trägt. Aurelio bückte sich, nahm den Welpen in die Arme und kraulte ihn an den Ohren. Der Welpe gähnte und versuchte, an Aurelios Kleidung zu saugen.

»Das ist ein Hund, der niemals bellen wird«, sagte Parlanchina.

»Das ist nicht das gleiche«, sagte Aurelio traurig. »Er ist von einem Geist gezeugt worden. Ich wollte ihn selbst züchten.«

»Du hast ihn hervorgebracht«, erwiderte Parlanchina. »Einer deiner Hunde ist der Vater.«

Sie lächelte ihn nachsichtig an, als er mit Beschützermiene auf den Welpen blickte und ihm den Finger zum Saugen gab.

»Danke für all die Geschichten«, rief sie ihm, schon im Gehen begriffen, mit einem Blick über die Schulter zu, wobei sie ihr geheimnisvolles Lächeln aufsetzte. Der Ozelot trottete neben ihr her, und Aurelio sah ihr lange nach, wie sie groß und anmutig davonschritt, unaufhörlich mit ihrer Katze schwatzte und sich bückte, um dieser den Kopf zu streicheln. Sie hüpfte vor Freude, und ihr langes Haar wallte wie ein schwarzer Fluß bis zu ihrer Taille. Immer wenn Aurelio sie so sah, strahlend und bezaubernd, war ihm, als ob er einen Kloß in seinem Hals hätte, und ihre Schönheit ließ ihn vor Mitleid weinen.

Als er auf die Lichtung zurückkehrte, sah er, daß Carmens Haar auf einen Schlag vollständig weiß geworden war, und wußte, daß die Welt sich schließlich doch gewandelt hatte und das Werden von neuem begann.

Die Jahre sollten Aurelio recht geben, obwohl es wie bei allen Perioden der Verbesserungen und des Fortschritts Rückschläge und Katastrophen geben würde.

Hier endet die Geschichte von Don Emmanuels zufälligem Krieg und beginnt die Geschichte der Stadt Cochadebajo de los Gatos, der unüberwindlichen Liebe von Remedios und Conde Pompeyo Xavier de Estremadura, von Francesca und Capitan Papagato, von Parlanchinas Kind, von den Kindern von Farides, von Annicca, von Dionisio und den Kokabriefen. Das alles ist auch die Geschichte des neuen Albigensischen Kreuzzugs und der schrecklichen Verbrechen der Neuen Inquisition.

Nachbemerkung des Autors

Mit der Erfindung eines imaginären lateinamerikanischen Landes habe ich Vorfälle in vielen verschiedenen Ländern aus unterschiedlichen historischen Zeitepochen vermengt und bearbeitet. Ich habe Wörter und Redewendungen aus dem brasilianischen Portugiesisch und seinen regionalen Varianten, dem lateinamerikanischen Spanisch und seinen regionalen Varianten und aus vielen Indianersprachen und ihren Dialekten entlehnt. Bei einigen indianischen Ausdrücken gibt es – soweit ich weiß – keine festgelegte Schreibweise, und da in der Setzung von Akzenten allgemeine Anarchie herrscht, habe ich mich entschieden, sie in diesem Fall ganz wegzulassen.

Für meine Recherchen war ich auf viele Quellen angewiesen, doch ich möchte besonders hervorheben, daß ich Richard Gotts *Rural Guerillas in Latin America* (Pelican, 1973) und John Simpson und Jana Bennetts *The Disappeared* (Robson Books, 1985) viel verdanke. Die politischen Informationen in diesen Büchern waren von unschätzbarem Wert.

Besonderen Dank schulde ich Helen Wright, deren gewissenhafte Prüfung des Manuskripts es mir ermöglichte, sehr viele Irrtümer zu beseitigen.